Meir Shalev

Ein Russischer Roman

Aus dem Hebräischen
von Ruth Achlama

Diogenes

Titel der 1988 im Am Oved Verlag, Tel Aviv,
erschienenen Originalausgabe:
רומן רוסי מאיר שלו
(›Roman russi‹)

Umschlagillustration:
Mosaik im Mausoleo di Galla Placidia,
Ravenna (Ausschnitt)

400/90/8/1
ISBN 3 257 01878 9

I

Eines Nachts im Sommer fuhr der altgediente Lehrer Jakob Pines aus dem Schlaf hoch. »Ich fick Liebersons Enkelin!« hatte jemand draußen gerufen.

Unverschämt, laut und klar stieg der Schrei zwischen den Kronen der Kanarischen Kiefern am Wasserturm empor, schwebte einen Augenblick raubvogelgleich auf der Stelle, ehe die Worte auf den Erdboden des Dorfes niederschossen. Ein schmerzlich wohlbekannter Schauder durchzuckte das Herz des alten Lehrers. Wieder einmal hatte nur er den abscheulichen Schrei gehört.

Lange Jahre war er nun schon emsig bemüht, Ritzen zu verstopfen, Risse zu flicken, beherzt in die Bresche zu springen. »Wie dieser holländische Junge da, den Finger im Schleusenloch«, pflegte er von sich zu sagen, sobald er wieder gegen eine neue Gefahr anstürmte. Fruchtfliegen, Staatslotterie, Rinderzecken, Anophelesmücken, Heuschreckenschwärme und Jazz bäumten sich wie schwarze Wogen um ihn auf, zerstoben an seinem Brustkorb, rannen in trüben Gischtfetzen an ihm herab.

Pines setzte sich im Bett auf und strich sich mit den Fingern übers Brusthaar, voll Wut und Verwunderung, daß das Dorfleben weiter seinen Gang ging, obwohl solche Unverschämtheit ihre häßliche Fratze in aller Öffentlichkeit zeigte.

Der ganze Moschaw schlummerte, wie die Leute der Jesreelebene sagen – Maultiere und Milchkühe in den Kuhställen, Legehennen im Hühnerhaus, die Menschen des Geistes und der körperlichen Arbeit in ihren bescheidenen Betten. Wie eine alte Maschine, deren Teile sich schon aufeinander eingeschliffen haben, war das Dorf nicht aus seiner nächtlichen Routine zu bringen. Euter füllten sich mit Milch, Trauben schwollen vor Saft, auf den Schultern der großen Kälber, die für den Transport ins Schlachthaus bestimmt waren, wuchs erstklassiges Fleisch heran. Fleißige Bakterien, ›unsere einzelligen Freunde‹, wie der dankbare Pines sie im Unterricht nannte, mühten sich, die Wurzeln der Pflanzen mit frischem Stickstoff zu versorgen. Doch der alte Lehrer, ein umgänglicher Mann, der als Pädagoge für seine Geduld bekannt war, erlaubte niemandem, und gewiß nicht sich selber, auf den Lorbeeren des Erreichten auszuruhen. »Ich werde dich schon erwischen, Bürschchen«, murmelte er wütend und sprang schwerfällig aus dem Eisenbett. Mit bebenden Händen knöpfte er die alte Khakihose zu, schlüpfte in die schwarzen Arbeitsstiefel, die seinen Knöcheln Sicherheit verliehen, und zog in den Kampf. Seine Brille konnte er vor lauter Dunkelheit und Schreck nicht finden, aber das Mondlicht drang durch die Türritzen und wies ihm den Weg.

Draußen stolperte er über den Hügel eines Maulwurfs, der seiner subversiven Wühltätigkeit im Garten nachging, stand aber gleich wieder auf, wischte sich den Staub von den Knien, rief »Wer da? Wer da?« und lauschte angestrengt. Seine kurzsichtigen Augen durchbohrten die Dunkelheit vor sich, während sein großer weißhaariger Kopf eulenartig hin- und herschwenkte, als sitze er auf einer Achse.

Der unflätige Schrei kehrte nicht wieder. Wie immer, sagte er sich, er ruft nur einmal und nicht mehr.

Pines machte sich Sorgen. Die derben Worte waren ein klarer Aufruf, vom Weg abzuweichen, sich dem seichten Genuß hinzugeben, das Privatleben über alles zu stellen – kurz, ein eindeutiger Regelverstoß. Der alte Lehrer, der ›all unsere Kinder auf ein Leben des Glaubens und der Arbeit vorbereitet hat‹, mußte unwillkürlich an den großen Schokoladenraub denken, den einige seiner reiferen Schüler im Dorfladen verübt hatten, an Riva Margulis' Kiste, die einst voll mit überflüssigen Versuchungen, ›allem möglichen Luxuskram‹ aus Rußland eingetroffen war und Genossen nebst Grundsätzen erschüttert hatte, und schließlich an ›das teuflische Lachen der Hyäne, die damals – auch nur auf Hohn und Schaden bedacht – durch unsere Felder streunte‹.

Da ihm die heuchlerische Hyäne ausgerechnet jetzt einfiel, als er die Brille nicht auf der Nase hatte und halbblind umhertappte, verwandelte sich seine Sorge in Grauen. Ja er war beinah gelähmt vor jäher Angst.

Die besagte Hyäne hatte von Zeit zu Zeit die Dörfer heimgesucht – ein zur Verhetzung ausgesandter Bote aus den Welten, die sich jenseits der Weizenfelder und des blauen Gebirges erstreckten. In den vielen Jahren, die seit der Gründung des Dorfes vergangen waren, hatte der Lehrer ihr Hohngeheul mehrmals klar und schneidend aus dem Wadi emporklingen hören und war erschaudert.

Die Hyäne vermochte verheerenden Schaden anzurichten. Manchen der Gebissenen geriet der Arbeitsplan durcheinander; sie säten im Herbst die Hirse aus und beschnitten im Sommer die Reben. Anderen verwirrte sich der Verstand, sie begannen an der Sache zu zweifeln, nahmen nichts mehr ernst, ja gaben die Landarbeit sogar ganz auf – flüchteten in die Stadt, starben, verließen das Land.

Pines wußte vor Sorge nicht mehr ein und aus. Er hatte in seinem Leben schon genug Menschen vom Wege abkommen sehen – die geduckten Gestalten der Auswanderer am Hafen, die dürren Selbstmörder, die in ihren Gräbern ruhten –, war auch Abtrünnigen und Irrenden begegnet: »Diese parasitären Jerusalemer Talmudschüler, die sich von den Almosen der Diasporajuden ernähren, die Endzeitberechner aus Safed und jene kommunistischen Verführer, die Mitschurin und Lenin anhängen und die Arbeitslegion gespalten haben.« Lange Jahre nachdenklicher Prüfung hatten ihn gelehrt, wie leicht jemand aus der Bahn zu werfen war, der keine Widerstandskraft besaß.

»Vor allem wird sie Kinder angreifen, denn deren Weltanschauung ist noch nicht ausreichend gefestigt«, warnte er, wenn man die Spuren des verächtlichen Geschöpfs bei den Bauernhäusern entdeckte. Die Schule müsse sofort unter Bewachung gestellt werden, forderte er. Nachts schloß er sich den bewaffneten Burschen, seinen ehemaligen Schülern, an, die auf die Felder hinauszogen, um den Unruhestifter zur Strecke zu bringen. Aber die Hyäne war schlau und wendig.

»Genau wie die übrigen Verräter, die wir gekannt haben«, sagte Pines auf der nächsten Dorfversammlung.

Als er eines Nachts draußen war, um Spitzmäuse und Laubfrösche für die naturkundliche Ecke in der Schule zu fangen, sah er die Hyäne die eingesäte Fläche jenseits der Mulde überqueren und mit dem leichtfüßig raumgreifenden Gang wilder Tiere auf ihn zukommen. Pines hielt inne, während das Tier seine orange funkelnden Augen auf ihn richtete und einen gurgelnden Lockruf ausstieß. Er sah die gesenkten großen Schultern, die schwellenden Kiefermuskeln, das getigerte Fell, das sich auf der gewölbten Wirbelsäule sträubte.

Die Hyäne beschleunigte ihren Gang, zertrampelte dabei zarte Platterbsensprossen, und bevor sie sich abwandte und von wandhohen Sorghumpflanzen verschluckt wurde, blickte sie den Pädagogen noch einmal verächtlich grinsend an, wobei sie geifernd die Zähne fletschte. Pines begriff ›das verächtliche Grinsen‹ erst jetzt, als er merkte, daß er das Gewehr vergessen hatte.

»Pines vergißt immer das Gewehr«, hatten die Bauern gesagt, sobald sie von der nächtlichen Begegnung erfuhren. Viele Jahre zuvor, kurz nach der Dorfgründung, war nämlich seine Frau Lea, mitsamt den zarten Zwillingstöchtern in ihrem Schoß, an Malaria gestorben, worauf Pines vor dem geliebten Leib, der, auch als er schon ruhig und kalt geworden war, noch grünen Schweiß ausschied, entflohen und auf das Akazienwäldchen im Wadi zugerannt war, in dem man sich seinerzeit das Leben nahm. Die ihm zur Rettung nachgeeilten Genossen fanden ihn bitterlich schluchzend in den Golddisteln liegen. »Auch damals hat er das Gewehr vergessen.«

Jetzt, da in seinem bebenden Herzen die Erinnerung an das scheußliche Tier und an die tote Frau aufstieg – und an die bläulichen Embryos, die ›nicht gesündigt hatten‹ –, hörte Pines auf, ›wer da‹ zu rufen, kehrte in sein Zimmer zurück, fand seine Brille und eilte zu meinem Großvater.

Pines wußte, daß mein Großvater kaum je schlief. Er klopfte an die Tür, ohne eine Antwort abzuwarten. Als die Fliegengittertür gegen den Türrahmen schlug, wachte ich auf. Ich blickte zu Großvaters Bett hinüber. Wie immer war es leer, aber der Geruch seiner Zigarette wehte von der Küche herein.

Fünfzehn Jahre war ich damals alt. Die meisten davon hatte ich in Großvaters Baracke zugebracht. Seine Pflanzerhände hatten mich großgezogen. Seine Augen überwachten mein Wachsen und Tun, seine Lippen umwickelten mich mit dem dicken Raphiabast seiner Geschichten. ›Mirkins Waise‹ nannten sie mich im Dorf, doch Großvater, ein gutmütiger, eifriger und rächender Mann, sagte ›mein Kind‹ zu mir.

Alt und bleich war er. Als hätte er in der Kalkpaste gebadet, mit der er im Frühjahr die Stämme der Obstbäume bestrich. Von kleinem Wuchs, mit hervortretenden Adern, Schnurrbart und Glatze. Die Jahre hatten die Augen in ihre Höhlen zurücktreten lassen, bis sie nicht mehr glänzten. Nur zwei graue Nebelseen schimmerten dort.

In Sommernächten saß mein Großvater meist im verwaschenen Arbeitsunterhemd und kurzen blauen Hosen am Küchentisch, verströmte Rauchdunst und die süßen Düfte von Bäumen und Milch, ließ die von der Arbeit gekrümmten Beine baumeln und hing nachdenklich Erinnerungen und Unrecht nach. Stets schrieb er knappe Sätze auf Papierfetzen, die später wie ausschwärmende Kohlweißlinge durchs Zimmer stoben. Unablässig harrte er der Wiederkehr derer, die er verloren hatte. »Daß sie vor meinen Augen zu Fleisch werden«, stand auf einem Zettelchen, das mir geradewegs in die Hände flatterte.

Seit ich nur sprechen konnte, habe ich ihn bis zu seinem Tod immer wieder gefragt: »Worüber denkst du die ganze Zeit nach, Großvater?« Worauf er mir unweigerlich antwortete: »Über mich und über dich, mein Kind.«

Wir wohnten in einer alten Baracke. Die Känguruhbäume ließen Nadelteppiche auf ihr Dach herabregnen; zweimal im Jahr kletterte ich auf Großvaters Anweisung dort hinauf, um die angesammelte Schicht abzutragen. Der Barackenboden war etwas von der Erde abgehoben, damit Feuchtigkeit und Ungeziefer nicht an den Holzdielen nagten. Aus dem niedrigen, dunklen Zwischenraum hörte ich die Kriege der Igel und Schlangen, das weiche Kratzen ihrer Schuppenpanzer. Als einmal ein riesiger Tausendfüßler von dort ins Zimmer hinaufgekrochen war, legte Großvater Backsteine ringsum und versiegelte damit den Zwischenraum. Die Todesseufzer und die flehentlichen Hilferufe, die alsbald von dort heraufschallten, veranlaßten ihn jedoch, die Wand einzureißen, und ein zweites Mal hat er sein Tun nicht wiederholt.

Unsere Baracke war eine der letzten im Dorf. Als die Gründerväter den Boden in Besitz nahmen, investierten sie den ersten Bau-Etat in Betonställe für die Milchkühe, denn die waren Klimaschäden gegenüber empfindlicher, zumal generationenlange Domestizierung und Pflege ihnen jegliches Verlangen nach Rückkehr zur Natur ausgetrieben hatten. Die Pioniere lebten erst in Stoffzelten, dann in Holzbaracken. Jahre vergingen, bis sie in Backsteinhäuser übersiedelten, aber in dem Haus, das auf unserem Grundstück errichtet wurde, wohnten mein Onkel Abraham, seine Frau Rivka und deren Söhne, meine Zwillingsvettern Jossi und Uri. Großvater wollte in der Baracke bleiben. Als Pflanzer mochte er alles, was mit Bäumen zu tun hatte.

»Ein Holzhaus regt und bewegt sich, es schwitzt und atmet. Jeder Mensch, der darin herumläuft, läßt die Dielen anders knarren«, sagte er zu mir und deutete stolz auf den dicken Balken über seinem Bett, der jeden Frühling einen grünen Zweig ansetzte.

Die Baracke hatte zwei Zimmer mit Küche. Im einen Zimmer schlief ich mit meinem Großvater in Eisenbetten auf kratzigen Seegrasmatratzen. Hier stand auch der große einfache Kleiderschrank und daneben die Kommode, deren Schubladen mit einer geborstenen Marmorplatte abgedeckt waren. In der obersten Schublade verwahrte Großvater Bastfäden und Graftexstreifen zum Pfropfen. An einem Nagel hinter der Zimmertür hing sein Ledergürtel, und daran wiederum baumelten die Baumschere mit den roten Griffen, das Pfropfmesser und eine Tube selbst angerührte ›schwarze Creme‹ zum Verarzten der Aststümpfe. Die übrigen Werkzeuge – die Holzsäge, das Arsenal an Arzneien und Giften, die Tiegel, in denen er die ›Bourdoux-Suppe‹ und die Arsen-, Nikotin- und Pyrethrumlösungen mischte, verwahrte er in einem verschlossenen Häuschen am Kuhstall, in dem einst mein Onkel Efraim sich versteckt hatte, bevor er auf und davon gegangen war.

Im zweiten Zimmer standen die Bücher, die sich in jedem Haus des Dorfes befanden. *Das Insektenbuch für den Landwirt* von Bodenheimer und Klein, die blaugebundenen Hefte der Zeitschriften *Das Feld* und *Der Pflanzer, Eugen Onegin* als heller Leinenband, eine schwarze Bibel, die Bücher der Verlage Mizpe und Stybel und sein Lieblingswerk – die beiden grünlichen Bände der *Lebensernte* von dem Pflanzenzauberer aus Amerika, Luther Burbank. »Klein gewachsen, schlank, leicht gebeugt, Knie und Ellbogen von Jahren schwerer körperlicher Arbeit verkrümmt«, las Großvater mir Burbanks Beschreibung aus dem Buch vor. Aber Burbank hatte ›hellblaue Augen‹, und Großvaters waren grau.

Neben Burbank reihten sich die Lebenserinnerungen, die Großvaters Freunde geschrieben hatten. Einige Titel habe ich noch in Erinnerung: *Auf Heimatpfaden, Vom Don zum Jordan, Mein Weg in die Heimat, Meine Erde.*

Jene Freunde waren die Helden meiner Kindergeschichten. Alle, so erzählte er mir, waren in einem fernen Land geboren worden, ›schwarz über die Grenzen gegangen‹ und vor vielen Jahren hier eingewandert. Manche in Wagen von ›Muschiken‹, ein Wort, dessen Bedeutung ich nicht kannte, die ›gemächlich zwischen Schneefeldern und Wildapfelbäumen fuhren‹, an Felsküsten und salzigen Wüstenseen entlang, durch kahle Berge und Sandstürme. Andere, auf hellen Wildgänsen reitend, deren Schwingen so breit waren ›wie von der Scheunenecke bis zum Aufzuchthaus‹, schwebten freudeschreiend über weite Felder und ein schwarzes Meer. Wieder andere sprachen Geheimformeln, worauf ein ›starker Wind sie ergriff‹ und sie mit glühenden Gesichtern und geschlossenen Augen hierherwehte. Und dann war da noch Schifris.

»Als wir alle auf dem Bahnhof von Makarow standen und der Schaffner pfiff und wir alle in die Waggons kletterten, erklärte Schifris plötzlich, er werde nicht mitfahren. – Du hast deine Tomate nicht aufgegessen, Baruch.«

Ich sperrte den Mund auf, und Großvater schob mir eine mit grobem Salz bestreute Tomatenscheibe hinein.

»Schifris sagte zu uns: ›Genossen! Nach Erez Israel muß man zu Fuß hinpilgern!‹ Dann verabschiedete er sich von uns allen auf dem Bahnsteig, setzte den Rucksack auf und verschwand winkend in der Dampfwolke. Er ist noch heute unterwegs nach Erez Israel, bahnt sich seinen Weg und wird als letzter Pionier hier ankommen.«

Großvater erzählte mir von Schifris, damit wenigstens ein Mensch ihn erwarten, auf sein Eintreffen vorbereitet sein sollte, und ich sah Schifris auch dann noch entgegen, als alle seine

Freunde schon die Hoffnung verloren hatten, einfach aufgaben und wegstarben, ohne abzuwarten, ob er nicht doch käme. Ich wollte das Kind sein, das ihm bei seinem Eintreffen im Dorf entgegenlief. Jeden Punkt auf dem fernen Bergrücken hielt ich für seine nahende Gestalt, glühende Aschenringe, die ich am Feldrand fand, waren Reste seiner Teefeuer, Wollfäden an der rauhen Rinde der Holzapfelbäume stammten aus seinen Wickelgamaschen, fremde Spuren auf den Feldwegen waren seine Fußabdrücke.

Ich bat Großvater, mir auf der Landkarte Schifris' Marschroute zu zeigen, die Grenzen, die er heimlich überschritt, die Flüsse, die er durchquerte. Erst als ich vierzehn war, sagte Großvater: »Genug mit Schifris. Er hat tatsächlich verkündet, er werde zu Fuß herpilgern, aber gewiß ist er nach zwei Tagen müde geworden und dortgeblieben, oder es ist ihm unterwegs etwas zugestoßen – er ist krank geworden, hat sich verletzt, ist der Partei beigetreten, hat sich verliebt... Wer weiß, mein Kind, viele Dinge können einen Menschen an einem Ort festnageln.«

Auf einem der Zettelchen, die ich fand, stand in seinen winzigen Buchstaben: »Die Blüte und nicht die Frucht, das Fortschreiten und nicht der Fortschritt.«

Die Bücher lehnten an dem großen *Philco*-Radio, das die Abonnenten von *Das Feld* zu bequemen Raten kaufen konnten. Gegenüber standen die Couch und die zwei Sessel, die mein Onkel Abraham und seine Frau Rivka nach Anschaffung der neuen Möbel in Großvaters Baracke verfrachtet hatten. Diesen Raum nannte er das Empfangszimmer, aber seine Gäste empfing er immer in der Küche, an dem großen Tisch.

Pines trat ein. Sofort erkannte ich seine Stimme, dasselbe laute Organ, das mich Naturkunde und Bibel lehrte.

»Mirkin«, sagte er, »er hat wieder geschrien.«

»Welche war diesmal dran?« fragte mein Großvater.

»Ich fick Liebersons Enkelin«, rief Pines in durchdringendem Ton, erschrak aber sofort, schloß das Fenster und fügte hinzu: »Ich meine, der, der gerufen hat.«

»Schön, sehr schön«, sagte Großvater, »ein tatkräftiger Bursche. Soll ich dir Tee machen?«

Ich spitzte die Ohren, um ihr Gespräch mitzukriegen. Schon mehrmals war ich beim Lauschen hinter offenen Fenstern oder zwischen Obstbäumen und Heuhaufen verborgen erwischt worden. Ich hatte mir angewöhnt, dann aufzuspringen, die Hände, die mich packten, mit Gewalt abzuschütteln und aufrechten Gangs breitschultrig und stur wegzugehen, ohne ein Wort zu sagen. Hinterher kamen die Leute sich bei Großvater beschweren, aber der glaubte ihrem Gezeter nicht.

Ich hörte seine alten Füße über den Holzboden schlurfen, hörte das Aufgießen des Wassers, das Geklingel der Teelöffel an dem dünnen Glas und danach das laute Schlürfen. Die Fähigkeit der Alten, glühendheiße Gläser in den Händen zu halten und gemächlich siedendes Wasser zu trinken, verblüffte mich längst nicht mehr.

»Eine bodenlose Frechheit«, sagte Pines, »so zu schreien. Einem die Zunge rauszustrecken, unflätig zwischen den Bäumen rumzubrüllen.«

»Es will sich sicher jemand einen Spaß machen«, sagte Großvater.

»Was soll ich bloß tun?« stöhnte der altgediente Pädagoge, der die Sache als persönliches Versagen wertete, »wie kann ich dem Dorf bloß ins Gesicht sehen?«

Er stand auf und begann unruhig auf und ab zu gehen. Ich hörte ihn vor peinlicher Verzweiflung mit den Fingerknöcheln knacken.

»Jugendlicher Leichtsinn«, sagte mein Großvater, »nicht der Rede wert.«

Das verschmitzte Lächeln, das in seiner Stimme mitschwang,

ärgerte Pines, der plötzlich losdonnerte: »Das auszuposaunen?! Mit voller Lautstärke? Müssen's denn alle hören?«

»Sieh mal, Jakob«, versuchte Großvater ihn zu beruhigen, »wir leben in einem kleinen Ort. Wenn jemand etwas anstellt, ertappen ihn doch letzten Endes die Wächter, und der Dorfrat mischt sich ein, schade um die ganze Aufregung.«

»Ich bin doch der Lehrer«, ereiferte sich Pines', »der Lehrer, Mirkin, der Erzieher! Bei mir werden sie sich beklagen.«

In Meschullam Zirkins Urkundensammlung ist Pines berühmte Verkündung auf der Konferenz von 1933 abgeheftet: »Die biologische Fähigkeit, Kinder in die Welt zu setzen, verleiht den Eltern noch nicht die Fähigkeit, sie auch richtig zu erziehen.«

»Kein Mensch wird dir wegen eines heißblütigen Grünschnabels mit Klagen kommen«, sagte mein Großvater barsch, »du hast dem Dorf und der Bewegung eine prächtige Generation herangezogen.«

»Ich sehe sie vor mir, wie sie in die erste Stufe kamen«, sagte Pines zärtlich, »so biegsam wie Flußschilf, wie Blumen, die ich in das Gewebe des Dorfes einflechte.«

Pines sagte niemals ›Klasse‹, er sagte ›Stufe‹. Ich grinste im Dunkeln, denn ich wußte, wie es weitergehen würde. Pines verglich die Erziehung gern mit der Landwirtschaft. Wenn er seine Arbeit beschrieb, benutzte er die Wendungen ›jungfräulicher Boden‹, ›üppiger Weinstock‹, ›Bewässerungspfannen‹. Seine Schüler erschienen ihm wie Setzlinge, die Stufe war ihm ein Beet.

»Mirkin«, fuhr er in höchster Aufregung fort, »auch wenn ich kein Bauer bin, wie ihr es seid, säe und ernte ich doch. Sie sind mein Weinberg, mein Obstgarten, und so einer...« – jetzt erstickte er fast, weil ihm die Verzweiflung in der Kehle hochstieg – »so einer... Warum brachte er nur saure Trauben... Er fickt! Erguß der Hengste und Glieder der Esel.«

Wie die übrigen Schüler war ich an die Bibelverse gewöhnt, die ihm von den Lippen sprudelten, aber solche Ausdrücke hatte ich noch nicht gehört. Unwillkürlich bewegte ich mich im Bett, erstarrte jedoch sofort. Die Bodendielen knarrten unter meinem Gewicht, und die Alten unterbrachen für einen Augenblick ihr Gespräch. Damals, als ich sechzehn war, wog ich schon an die hundertzehn Kilogramm. Ich konnte ein stattliches Kalb an den Hörnern packen und ihm den Kopf zu Boden zwingen. Meine Maße und Körperkräfte erregten Staunen im Dorf, und manche Bauern scherzten, Großvater gäbe mir sicher Kälberkolostrum zu trinken, jene Erstmilch, die das Neugeborene stark und widerstandsfähig macht.

»Sprich nicht zu laut«, sagte Großvater, »sonst wacht das Kind auf.«

So nannte er mich bis zu seinem Tod – das Kind. ›Mein Kind‹. Selbst dann noch, als mir schwarze Haare am ganzen Körper wuchsen, dickes Fleisch meine Schultern überspannte und ich den Stimmbruch hinter mir hatte. Mein Vetter Uri lachte herzhaft, als unsere Stimmen zu brechen begannen, und sagte, ich sei der einzige Junge im Dorf, dessen Stimme von Bariton zu Baß wechsle.

Pines zischelte einige Sätze auf Russisch, der Sprache, zu der alle Gründerväter übergingen, sobald sich die Notwendigkeit zu zornigem Geheimgetuschel ergab, und gleich darauf hörte ich ein metallisches Reißgeräusch. Das war der Deckel der Olivendose, die Großvater mit dem Schraubenzieher geöffnet hatte. Jetzt würde er ein volles Schälchen davon auf den Tisch stellen. Pines, dem eine starke Gier auf alles Scharfe, Saure und Salzige innewohnte, würde mit vollem Mund davon essen, und sein Gemütszustand würde sich augenblicklich bessern.

»Erinnerst du dich, Mirkin, wie wir Milchbärte aus Makarow in Jaffa angekommen sind und im Restaurant Manzanillas gegessen haben, diese schwarzen Oliven, und ein hübsches, blondes Mädchen mit blauem Kopftuch auf der Straße vorbeigegangen ist und uns zugewinkt hat?«

Großvater gab keine Antwort. Wendungen wie ›erinnerst du dich‹ brachten ihn immer zum Schweigen. Außerdem wußte ich, daß er jetzt nicht reden würde, weil er eine Olive im Mund hielt, die er langsam beim Teetrinken lutschte. »Entweder man ißt, oder man erinnert sich«, hatte er mir einmal gesagt. »Man kann nicht zu viel auf einmal verdauen.«

Er hatte die eigenartige Angewohnheit, beim Teetrinken eine zerquetschte Olive im Mund zu halten und dabei bedächtig an einem Zuckerwürfelchen zu knabbern, das in seiner Hand verborgen lag. Er genoß die zarte Mischung von Bitterkeit und Süße: »Tee und Oliven. Rußland und Erez Israel.«

»Gute Oliven«, sagte Pines, der sich etwas beruhigt hatte, »sehr gute. Wie wenige Vergnügungen sind uns denn noch geblieben, Mirkin, wie wenige, und wie wenig Aufregung. Ich bin jetzt achtzig Jahre alt. Kann dein Knecht noch Geschmack finden an dem, was er ißt und trinkt? Höre ich denn noch die Stimme der Sänger und Sängerinnen?«

»Du sahst mir sehr aufgeregt aus, als du reinkamst«, bemerkte Großvater.

»Dieser Unverschämte!« spuckte Pines. Ich hörte den Kern aus seinem Mund fliegen, auf dem Tisch aufschlagen und in den Spülstein springen. Danach schwiegen sie beide. Ich wußte, daß eine neue Olive jetzt langsam zwischen den falschen Zähnen meines Großvaters zerquetscht wurde und unter dem Druck ihren feinen, bitteren Saft abgab.

»Und Efraim?« fragte Pines unvermittelt, »hast du vielleicht was von Efraim gehört?«

»Kein Wort«, antwortete Großvater mit erwarteter Kühle, »absolut nichts.«

»Nur du und Baruch, was?«

»Ich und das Kind.«

Nur ich und Großvater.

Wir beide. Von dem Tag, an dem er mich auf den Armen aus dem Haus meiner Eltern getragen hatte, bis zu dem Tag, an dem ich ihn auf den Armen trug und in der Obstpflanzung beerdigte.

Nur er und ich.

2

Die sehnsüchtigen Gedanken an Großvater hatten mir die Augen vernebelt. Ich erhob mich aus dem großen Ledersessel und begann in den Räumen des Hauses umherzuirren. Es war das große Haus, das ich mir gekauft hatte, als ich erwachsen geworden war, meinen Großvater und seine Freunde in der Obstpflanzung begraben und das Dorf als reicher Mann verlassen hatte. Dieser Satz von Pines, ›nur du und das Kind‹, durchwogte meine Sinne und wollte absolut nicht wieder in seiner Schublade verschwinden. Draußen dröhnte die Brandung, ich trat auf den kurzen Rasen hinaus und streckte mich zum Ausruhen darauf hin, den Blick zum Meer gerichtet.

Das Haus mit sämtlichem Inventar habe ich einem Bankier abgekauft, der das Land fluchtartig verlassen wollte. Ich weiß nicht, warum er abgehauen ist. Weder bin ich sonst mit solchen Leuten zusammengekommen, noch habe ich je eine Bank betreten. Das Geld, das mir die Angehörigen der Verstorbenen bezahlten, hatte ich in alten Düngemittelsäcken im Kuhstall verstaut, neben dem Lager des alten Seizer, für den das Zusammenleben mit den Kühen eine Frage des Prinzips war.

»Auch in Sedschera habe ich beim Vieh gewohnt«, erklärte er immer.

Seizers große Ohren lugten auf beiden Seiten unter der alten Schirmmütze hervor. Er konnte mit ihnen wackeln, und manchmal, wenn er guter Laune war, gab er dem Betteln der Kinder nach und tat es. Seizer besaß feste Grundsätze und ein ›Programm‹, das die Wirklichkeit wie einen Kleestengel zurechtbog. »Seizer«, schrieb Großvater, »ist eine Arbeiterpartei, die sich nie spalten wird, da sie nur ein einziges Mitglied hat.«

Buskila, der Direktor meines Friedhofs, dem ›Ewigen Haus

der Pioniere‹, hat mich mit demselben Lieferwagen in mein neues Haus gefahren, mit dem wir früher die Särge vom Flughafen und aus den Altersheimen und die Grabsteine von den alten Steinmetzen Galiläas abholten.

Es war ein weißes, geräumiges Haus, umgeben von einer duftenden Klebsamenhecke. Buskila betrachtete sie mit Befriedigung, ehe er den Kopf der elektrischen Toranlage drückte. Als ich ihm mitgeteilt hatte, daß die Pioniere allesamt gestorben waren, das Grundstück sich gänzlich mit Grabsteinen gefüllt hatte und ich daher den Betrieb schließen und das Dorf verlassen wolle, hatte er mir eine neue Unterkunft besorgt. Er kümmerte sich um den Ankauf, verhandelte mit den Maklern und zermürbte die Rechtsanwälte mit seiner giftigen Zuvorkommenheit.

Als ich mit Buskila vor dem großen Tor stand, sagte ich mir, daß ich noch nie in einem richtigen Haus gewohnt hätte. Bis dahin hatte ich ja in Großvaters Baracke gelebt, jener alten Holzhütte, derentgleichen in den meisten Siedlungen längst zum Lagerschuppen umfunktioniert oder in Flammen aufgegangen waren.

Ich war in meiner blauen Arbeitskluft gekommen. Buskila, im hellen Leinenanzug, schleppte den Sack. Der Bankier eilte uns entgegen, dicklich und flink. Weiche Muskeln ließen ihn förmlich über die polierten Fliesen rollen.

»Ah«, rief er, »die Totengräber sind da.«

Buskila reagierte nicht. Jahrelange Prinzipienstreitereien mit den Gremien des Dorfes und der Bewegung hatten ihn gelehrt, daß mein Friedhof bei allen, außer den dort Begrabenen, Mißgunst und Neid hervorrief. Er öffnete den Sack und schüttete die verstaubten Geldscheine auf den Teppich; eine erstickende Ammoniumsulfatwolke stieg von dem Haufen auf. Dann trat er zu dem hustenden Bankier, klopfte ihm mit der einen Hand kräftig auf den Rücken und streckte ihm die andere hin: »Buskila, Mordechai, Direktor«, sagte er, »alles in Dollar, wie vereinbart, bitte zählen Sie nach.«

Buskila ist meine rechte Hand, eine Generation älter als ich, aber trotzdem mein guter Freund. Klein und gewieft ist er, mit dünnem Haar und dünner Gestalt und stets von einem angenehmen Duft nach grüner Seife umgeben.

Während der Bankier die Geldscheine aufklaubte, führte Buskila mich durchs Haus, geleitete mich sicher über die Fallen der dicken Teppiche, vorbei an teurem Kristall und einer Silberkelchsammlung. Skizzen und Porträts schauten mich mit erzürnter Verwunderung von den Wänden herab an. Buskila lugte in den begehbaren Schrank, in dem Dutzende Anzüge hingen, und befühlte den Stoff mit bewunderndem Kennergriff.

»Was willst du mit all dem machen?« fragte er, »du bist zu groß für seine Kleidung.« Ich sagte Buskila, er solle sich nach Herzenslust von den Anzügen bedienen. Er legte eine Platte auf; die laut kreischende Stimme einer Opernsängerin zerriß den weißen Raum. Der Bankier eilte wütend auf uns zu.

»Vielleicht verschieben Sie die Party, bis ich abgefahren bin?« forderte er.

»Schnell gezählt ist bald gefahren«, grinste Buskila ihn an, »es ist besser für Sie.« Er legte dem Bankier eine Hand auf die üppige Hüfte, drehte ihn in einem Tanzschritt und stupste ihn sanft auf den Geldstapel zu.

Ein Weilchen später trafen die Anwälte mit den zu unterzeichnenden Schriftstücken ein. Der Bankier nahm seine Koffer und machte, daß er fortkam, während Buskila, in dessen Hand schon ein Glas funkelte, auf die Veranda hinausging und ihm gute Reisewünsche nachrief. Als er ins Zimmer zurückkehrte, sah er meine bedrückte Miene.

»Vielleicht sollte ich lieber abfahren?«

»Bleib hier«, sagte ich zu ihm, »übernachte bei mir, laß uns morgen gemeinsam frühstücken, und fahr dann erst.«

Das große Bett des Bankiers war das erste Bett, aus dem meine Füße nicht herausragten. Mein Körper war nicht an die nachgiebige Matratze gewöhnt, nicht an das schwarze Gefühl der mit Parfüm und Dekadenz getränkten Seide oder das Flair eleganter Frauen, die der Lust in den Laken freien Lauf gelassen hatten. Aber die Mauern, die Pines und Großvater in mir errichtet hatten, hielten stand. Die harte Haut meiner Fußsohlen riß Fasern aus dem Stoff, und weder die Gerüche nach Leder und Holz noch das Funkeln von Kristall und Chrom hafteten an meinem Fleisch.

Erst eine Viertelstunde vor Sonnenaufgang schlief ich für wenige Minuten ein. Der Tagesablauf meines Großvaters war mir noch wie eine innere Uhr eingraviert. Stets war er vor mir aufgewacht, hatte mir das Frühstück auf den Tisch gestellt, mir ein kurzes, scharfes Rütteln geschenkt und war an seine Arbeit in der Obstpflanzung gegangen. »Gut, wenn man die Birnen schnappt, bevor sie hellwach geworden sind«, hatte er mir erklärt.

Buskila schlief noch. Ich schob die große Glastür auf und trat ins Freie. Der Garten des Bankiers war zu wohlduftend für meinen Geschmack, voll gestutzter Ziergewächse, die ich noch nie gesehen hatte. Pines hatte uns alle nur zu Experten für Wildblumen und Nutzpflanzen erzogen.

»Dahlien und Freesien sind was für die Bourgeoisie. Unsere Zierblumen sind Kassia und Narzisse, unsere Kulturpflanzen der Klee und die Rebe«, verkündete er.

»Dein Burbank«, stichelte er gegen Großvater, »hat sich auch mit Chrysanthemen befaßt.«

Als ich mich umschaute, sah ich zum erstenmal im Leben das Meer. Immer hatte es sich hinter dem Gebirge versteckt, und doch kannte ich es ebenfalls aus den Geschichten. Es war das Meer, auf dessen Wogen mein Großvater und mein Vater ins Land gekommen waren, das Meer, das Gischtspritzer in das schöne Gesicht meines verlorenen Onkels Efraim gesprüht hatte, als er zu den Schlachtfeldern unterwegs war. Eine halbe Stunde später erschien Buskila im Morgenrock auf dem Rasen, in den Händen ein Tablett mit Toastscheiben und hohen Saftgläsern.

Wir setzten uns an den Rand des Gartens, wo meine über die Büsche schweifenden Augen sofort das Netz einer Trichterspinne entdeckten, dessen Fäden zu dieser Stunde noch vom Tau glitzerten. Ein Grinsen verbreitete sich über Buskilas Gesicht, als ich dorthin kroch, um die Spinne selber zu suchen. Sie saß unter einem winzigen Zelt aus trockenen, mit Spinnenfäden vernähten Laubstückchen, dem Auge verborgen, und lauerte auf ihre Beute. Meine erste Trichterspinne hatte Pines mir in Großvaters Pflanzung gezeigt. Zu Sommeranfang holte er mich häufig in ›die Schule der Natur‹, um Insekten und Spinnen zu suchen. Seine alte Hand regte sich mit überraschender Geschwindigkeit, fing eine Fliege ein, die auf einem Blatt stand, warf sie ins Netz.

»Paß auf, Baruch«, sagte er zu mir.

Die Spinne sauste einen Schrägfaden ihres Fangnetzes hinauf, umwickelte die Fliege mit einem weißen Leichenhemd, wobei sie die kleine Mumie zwischen ihren haarigen Beinen wiegte und drehte, drückte ihr einen winzigen Giftkuß auf und trug sie flink in ihr Versteck. Ich erhob mich aus meiner knienden Stellung und kehrte zu Buskila zurück.

»Bist du nun zufrieden?« fragte er belustigt, »ist das Haus in Ordnung? Ich habe dafür gesorgt, daß du auch Ungeziefer im Garten hast.«

Als ich fünf war, hatten Großvater und Pines mich einmal in Elieser Liebersons Mandelhain mitgenommen. Dort trat Großvater an einen Baum, grub ein bißchen in Wurzelnähe und zeigte mir Bohr- und Knabberspuren, die bis unter die Rinde reichten. Er strich mit den Fingern über den Wurzelansatz, drückte ihn vorsichtig ab, bis er das Gesuchte gefunden hatte, zückte dann sein Pfropfmesser und schälte ein exaktes Quadrat von der Rinde ab. Die freigelegte Larve war groß, an die zehn Zentimeter lang, blaßgelb mit dunklem Kopf, der breit und hart aussah. Als die Sonnenstrahlen auf ihn trafen, begann sie sich wie verrückt zu drehen und zu winden.

»Capnodis«, sagte Großvater, »der Feind der Mandel, der Aprikose, der Pflaume, jeder Frucht, die einen harten Kern hat.«

»Die ihr Tun im Finstern treiben«, fügte Pines hinzu.

Mit der Klingenspitze holte Großvater die Larve aus ihrer Höhle und warf sie auf die Erde. Ich spürte Ekel und Wut in mir aufsteigen.

»Wir haben dich hierhergeführt«, sagte Pines, »weil du in der Pflanzung deines Großvaters die Capnodisraupen nicht finden wirst. Mutter Capnodis wird keinen starken, gepflegten Baum befallen. Da sucht sie sich lieber das schwächste Schaf der Herde aus, um ihre Eier darin abzulegen. Sieht sie einen kräftigen, gesunden Stamm, dessen Säfte stürmen und rauschen, wendet sie sich lieber einem dürren, elenden und verzweifelten Baum zu. Dort nistet sie ihre zweifelhafte Brut ein, die schon bald die zappelnde Seele zersetzt.«

Großvater wandte das Gesicht ab, damit ich sein Lächeln nicht sehen sollte, während Pines mich davon abhielt, die Larve plattzutreten.

»Laß nur«, sagte er, »die Eichelhäher werden sie von ihren Leiden erlösen. Wird ein Dieb beim Einbruch ertappt und so geschlagen, daß er stirbt, so entsteht dadurch keine Blutschuld.«

Wir kehrten heim. Meine eine Hand lag in Großvaters, die andere in der des Lehrers. Beide hießen sie Jakob. Jakob Mirkin und Jakob Pines.

Bei einem anderen Rundgang zeigte mir Pines den Capnodiskäfer selbst, der auf den Zweigen spazierenlief. »Er tarnt sich als schwarzgewordene Mandel«, flüsterte er.

Als ich die Hand nach dem Käfer ausstreckte, zog er die Beine ein und stürzte wie ein Stein zu Boden. Der Lehrer bückte sich und legte ihn in ein Chloroformschälchen. »Er ist derart hart«, erklärte er, »daß man nur mit einem Hämmerchen die Stecknadel in ihn reinkriegt.«

Die beiden Alten tranken ein Dutzend Gläser Tee, aßen ein halbes Kilo Oliven dazu, bis Pines um drei Uhr morgens verkündete, er werde jetzt nach Hause gehen, und falls er den Übeltäter schnappen sollte, werde die Sache ›ein bitteres Ende nehmen‹.

Er öffnete die Tür, stand einen Augenblick vor der Dunkelheit, drehte sich um und sagte zu Großvater, er hätte furchtbare Angst, wenn er an die Hyäne dächte.

»Die Hyäne ist längst tot, Jakob«, antwortete Großvater, »wer weiß denn besser als du, daß sie tot ist. Da kannst du ganz ruhig sein.«

»Jede Generation bringt neue Feinde hervor«, sagte Pines trübsinnig und ging hinaus.

Durch das Dunkel der warmen Sommernacht, hinweg über ›die dünne Kruste, auf die wir unser Leben gebaut haben‹, bahnte er sich seinen Heimweg und sann dabei, soviel wußte ich, über die zerstörerischen und bedrohlichen Geschöpfe nach, die unaufhörlich ausschlüpften, ihn umwimmelten und wie Blasen einer trüben, wüsten Vergangenheit in seinen Alpträumen platzten. Er spürte die Reglosigkeit des geduckten Mungos, sah das verzerrte Gesicht der Wildkatze, die auf ihren Samtpfoten zum Mord- und Raubzug vorschnellte. Auf den Getreidefeldern fraßen Wühlmäuse den mühsamen Ertrag des Bauern, und unter dem Karoteppich der Furchen, Pflanzungen und Stoppelfelder grollte die größte Sagengestalt von allen: Der Sumpf, den die Gründerväter beseitigt hatten, wartete auf das erste Anzeichen von Zweifel. Hob er das Gesicht gen Westen, sah er den orangenen Lichterglanz der großen Stadt hinter den Bergen, das verführerische Glitzern von Ausbeutung und Korruption, das schnelle Geld, Sinnesfreuden und Augenzwinkern.

Einige Minuten noch räumte Großvater das Geschirr ab, dann löschte er das Licht und kam ins Schlafzimmer. Bevor er sich hinlegte, trat er zu mir, doch ich machte schnell die Augen zu, als schliefe ich.

»Mein Kindchen«, wisperte er, wobei mir sein Schnurrbart über Wangen und Mund strich.

Fünfzehn war ich, einhundertzehn Kilogramm derbe Muskeln und schwarzes Stoppelhaar. Doch Großvater deckte mich jede Nacht sorgfältig zu. So hatte er es in jener Nacht getan, in der er mich in sein Haus brachte, und so tat er es auch jetzt. Danach ging er zu seinem Bett hinüber und zog den Schlafanzug aus dem Bettkasten. Ich beobachtete ihn beim Ausziehen. Die Jahre hatten sein Fleisch weder schlaff noch fleckig gemacht. Auch als ich ihn nachts im Dunkeln in unserer Pflanzung begrub und ihm den neuen Pyjama auszog, den er sich kurz vor dem Tod gewünscht hatte, funkelte sein Leib immer noch in jenem geheimnisvollen weißen Glanz, der ihn sein ganzes Leben umgeben hatte. Alle seine Freunde waren sonnengebräunt, die Haut rissig und versengt von den vielen Jahren im scharfen Licht bei schwerer Arbeit. Aber Großvater ging stets mit einem breiten Strohhut und langen Ärmeln in seine Pflanzungen. Seine Züge trugen nicht die Striemen der Sonnenstrahlen, sondern waren bleich wie ein Leintuch geblieben.

Er öffnete das Fenster und ging seufzend ins Bett.

3

Meschullam Zirkin schüttelte am Ende eines jeden Satzes den Kopf, wobei seine hübsche graue Mähne in prächtige Wallungen geriet und die verbitterten Falten um seine Wangen sich verzogen. Von Kind an habe ich diesen Nichtstuer nicht gemocht, der am anderen Ende des Dorfs wohnte, mir dauernd auf die Schulter klopfte und dazu unweigerlich fragte: »Warum bloß so wenig Verstand und so viel Fleisch?« Dann folgte ein dünnes Lachen.

Meschullam ist der Sohn von Zirkin Mandolina, der einst mit Großvater, Großmutter Fejge und Elieser Lieberson die »Fejge-Arbeitsgruppe« gründete. Mandolina war ein fleißiger Bauer, ein wunderbarer Musiker und liegt heute bei mir begraben.

Pessja Zirkin, Meschullams Mutter, war eine wichtige Funktionärin, die wenig zu Hause saß. Meschullam futterte sich bei mitleidigen Nachbarinnen durch und wusch die Wäsche für sich und seinen Vater, bewunderte aber seine Mutter sehr und war stolz auf ihre Verdienste um den ökonomischen Aufbau der Bewegung. Allerdings bekam er sie nur ein- bis zweimal im Monat zu Gesicht, wenn sie mit ihrem üppigen Busen und den wichtigen Gästen eintraf. Das waren ›die Genossen von der Zentrale‹. Auch wir Kinder ergatterten einen Blick von ihnen. Mein Vetter Uri erspähte immer als erster den grauen ›Kaiser‹, der vor Zirkins Grundstück parkte, und verkündete: »Sie sind wieder da, um Mist zu schnuppern und sich mit Kälbern und Radieschen photographieren zu lassen.«

In einer Welt, in der Mutter nur eine vorübergehende Erscheinung war, suchte Meschullam nach leidlichen Schlupfwinkeln. Er verirrte sich nicht in das Dickicht der Phantasie, dem andere Kinder gern anheimfallen, und da er mit einem scharfen Gedächtnis und großer Wißbegier begnadet war und die Pioniere ihn mit einem anderen Netz umgarnten, als man es um mich ausbreitete, widmete er sich dem Forschen, Sammeln und Dokumentieren. Er studierte alte Satzungen, entzifferte Briefe, blätterte in Papieren, die so alt waren, daß sie ihm unter den Fingern zerbröselten, und fand darin Trost.

Schon in seiner Jugend konnte er einige Exponate zusammentragen, die er jeweils mit einem handgeschriebenen Zettel versah: ›Liebersons Hacke‹, ›Milchkrug aus dem Jahre 1924‹, ›der erste Pflug – aus der Schmiede der Gebrüder Goldmann‹ und natürlich – ›Vaters erste Mandoline‹. Als er größer wurde, räumte er die rostigen Scharen des Kultivators und die alten Sprühgeräte seines Vaters aus der alten Baracke, reparierte das Dach und füllte die beiden kleinen Zimmer mit löchrigem Küchengerät und wackligen Möbeln. Das war die ›Baracke der Ersten‹. Er wühlte in den Höfen und Häusern, sammelte angefressene Mehlsiebe, Waschbretter, mit Grünspan überzogene Kupfertöpfe, ja sogar einen Schlammschlitten fand er.

»Die sollen einmal wissen, was hier gewesen ist«, sagte er, »damit sie begreifen, daß die Wagen hier im Winter eingesackt sind, bevor man die Straße gebaut hat, und daß die Genossen die Milch auf Schlitten in die Molkerei transportieren mußten.«

Besonders stolz war er auf die ausgestopfte Riesengestalt von Chagit, Elieser Liebersons Holländisch-Beiruter Kuh, die zu ihrer Zeit den Landessieg in Milchertrag und Fettanteil davongetragen hatte. Als Chagit alt geworden war und Daniel, Liebersons Sohn, sie an die Knochenmehlfabrik verkaufen wollte, erhob Meschullam entschiedenen Widerspruch, forderte die dringende Einberufung des Dorfrats und erklärte, man dürfe ›eine solch fleißige Genossin‹ nun nicht einfach zu Würsten und Gelatine verarbeiten. »Chagit ist mehr als ein landwirtschaftliches Phänomen, sie hat den Leitern des Jischuw bewiesen, daß reinrassige Holsteiner den Bedingungen des Landes nicht gewachsen sind«, verkündete er.

Der Rat entschädigte Lieberson für die Übergabe der alten Milchkuh an Meschullam, ja wollte sich sogar an den Kosten für ihren Unterhalt beteiligen. Meschullam brachte die fleißige Genossin jedoch noch am selben Tag mit einer Extradosis Rattengift um die Ecke und stopfte dann mit Hilfe des Tierarztes den mächtigen Kadaver aus.

Chagit, ein Büschel Luzernestengel im Maul, ansonsten aber voll stinkiger Balsamierungsmittel, stand jahrelang auf dem Vorderbalkon des Zirkinschen Hauses, die berühmten Euter vor Formalin tropfend. Meschullam striegelte von Zeit zu Zeit ihr Fell, dem das Rattengift seinen Stempel in Form von großen Kahlstellen aufgedrückt hatte, putzte ihre viehischen Glasaugen und vernähte die Risse in ihrer Haut, da sich die Spatzen dort gern Strohhalme und Wattebäusche für ihren Nestbau herauszupften.

Das ausgestopfte Tier erschütterte das ganze Dorf, vor allem aber den alten Seizer, der Chagit sehr verbunden gewesen war und in ihrem Milchreichtum ›eine Art Symbol der nationalen Wiedergeburt‹ gesehen hatte. Manchmal stahl er sich von unserem Hof her näher heran, um sie zu sehen. Ein Gemisch von ›Grauen und Wehmut‹ überkam ihn, so berichtete er, wann immer er vor ihr stand.

»Arme Kuh«, murmelte er bei sich. »Meschullam Zirkin hat sie mit mehr Stroh vollgestopft als Lieberson ihr in ihrem ganzen Leben verfüttert hat.«

Mein Vetter Uri, der sich durch nichts beeindrucken ließ und das gesamte Dorf aus der Vogelperspektive des Spottes betrachtete, behauptete hingegen, die ausgestopfte Kuh hätte absolut nichts mit Meschullams Sammler- und Forscherleidenschaft zu tun.

»Chagits Zitzen haben ihn an seine Mutter erinnert und weiter gar nichts«, sagte er. Und ich schaute ihn an, wie ich es bis auf den heutigen Tag tue – voll Neid und Zuneigung.

Viele Besucher kommen in unser Dorf. Autobusse mit Touristen oder Schulkindern, die allesamt das blühende Werk der Gründer sehen möchten. Gerührt fahren sie langsam durch die Dorfstraßen, bestaunen jede Birne und jedes Huhn, atmen den Duft von Erde und Milch. Die Rundfahrt endet stets auf Mirkins Hof, meinem Friedhof.

Meschullam forderte, keinen Touristenbus ins Dorf und in das ›Ewige Haus der Pioniere‹ einzulassen, dessen Insassen sich nicht von vornherein verpflichteten, auch die ›Baracke der Ersten‹ zu besuchen – samt Chagit mit der Medaille, die der britische Generalgouverneur ihr verliehen hatte und die nun ihren konservierten Hals schmückte.

Das ›Ewige Haus der Pioniere‹ war dem Dorf und seinen Instanzen ein Dorn im Auge, aber besonderen Haß brachte ihm Meschullam Zirkin entgegen. Die Busse, die in den Mirkinschen Hof einschwenkten, die mit aufgerissenen Augen ankommenden Kinder, die staunenden Touristen, die fasziniert zwischen sauber gewaschenen Grabsteinen und Rosensträuchern umhergingen, im Flüsterton die legendären Namen von den Kupferlettern ablasen und kalten Saft tranken, den Buskilas kleiner Bruder ihnen am Tor verkaufte – sie alle erregten seinen unbändigen Zorn.

Meschullam Zirkin haßte meinen Friedhof, weil ich mich weigerte, seine Mutter, die verdiente Funktionärin Pessja Zirkin, neben seinem Vater beizusetzen. Ich begrub dort nur Großvaters Genossen, die Leute der Zweiten Alija. Pessja Zirkin war erst nach dem Ersten Weltkrieg mit der dritten Einwanderungswelle gekommen.

»Tut mir leid«, sagte ich zu Meschullam, der mir mit dem Jahrbuch der Histadrut vor der Nase herumfuchtelte, in dem die Verdienste seiner Mutter um den Aufbau des wechselseitigen Kredits im Genossenschaftswesen aufgelistet waren, »aber deine Mutter gehört nicht zur Zweiten Alija.«

»Die Verstorbene erfüllt nicht die Aufnahmebedingungen«, erklärte ihm Buskila.

Meschullam drohte, den Instanzenweg einzuschlagen. Ich erinnerte ihn daran, daß er schon einmal ein ähnliches Gesuch eingereicht hatte, als der alte Lieberson das *Album der Pioniere* zusammenstellte. Er war nicht bereit gewesen, Pessjas Bild darin aufzunehmen, und zwar aus genau dem gleichen Grund.

»Und außerdem«, sagte Buskila zu ihm, »hat dein Vater sie auch zu Lebzeiten nicht neben sich haben wollen.«

Doch am allermeisten ärgerten Meschullam die Bleisärge, die ich vom Flugplatz abholte. Er wußte, daß jeder dieser Särge aus Amerika Zehntausende Dollar in meine alten Säcke brachte.

»Mit welchem Recht begräbst du diese Abtrünnigen und nicht meine Mutter?« schrie er.

»Jeder, der mit der Zweiten Alija hergekommen ist, kann sich hier ein Grab kaufen«, antwortete ich ihm.

»Jeder Vagabund, der aus Rußland angelaufen kam, nach zwei Wochen die Hacke geschmissen hat und nach Amerika abgehauen ist, wird hier als Pionier begraben? Schau dir doch das hier an!« schrie Meschullam und deutete auf einen Grabstein. »Rosa Munkin mit all ihren Sünden.« Rosa Munkin, die Großvater noch aus Makarow gekannt hatte, war mein erster Geschäftscoup gewesen. »Ich werd dir was von Rosa Munkin erzählen«, sagte Meschullam verächtlich nach dem Aufruhr, der der Enthüllung ihres rosa Steins neben Großvaters Grab gefolgt war. »Rosa Munkin ist aus der Ukraine eingewandert, hat eine Woche im Mandelhain von Rechovot gearbeitet und dabei festgestellt, daß das der feinen Haut ihrer Hände nicht bekam. Also überschüttete sie die ganze Welt mit Briefen, man möge sie bloß aus diesem Land erretten. Nun hatte sie einen Bruder, ein wahres Juwel, der nach Amerika emigriert war und dort zu den Pionieren der jüdischen Gangster von Brooklyn zählte. Der hat ihr das Ticket geschickt.«

Meschullam deutete in herrisch abfälliger Pose mit dem Fuß auf die rosa Marmorplatte. »Im Ersten Weltkrieg, als deine Großeltern, mein Vater und Elieser Lieberson beinah verhungert sind und Seizer gegen seinen Willen ins türkische Heer eingezogen wurde, kaufte Rosa Munkin gerade ihren vierten Miederladen in der Bronx. Als die Arbeitsgruppe Fejge die Böden des Dorfes in Besitz nahm, wurde Rosa fromm, heiratete den Rabbi Schneur von Baltimore und veröffentlichte auf ihre Kosten antizionistische Anzeigen. Im Zweiten Weltkrieg, als dein armer Onkel Efraim im britischen Kommando verwundet wurde, verwitwete Rosa Munkin, mietete sich eine Suite in Miami und leitete von dort aus die Kasinos ihres Bruders. In den Akten des FBI firmiert sie bis heute als die ›Red Queen‹.«

»Und jetzt«, brüllte er, »jetzt liegt sie bei dir begraben. In der Erde unserer Jesreelebene, unseres Emeks. Als Pionierin. Als Gründermutter.«

»Gelobt sei der gerechte Richter«, sagte Buskila. Er trat an den Grabstein, schob höflich Meschullams Fuß beiseite, zog ein Läppchen aus der Tasche und polierte den letzten Buchstaben in Rosas Vornamen, das hebräische Hej.

»Sei du bloß still, Buskila!« Meschullam wurde ganz weiß im Gesicht. »Ihr Dreckskerle solltet überhaupt Haltung annehmen, wenn man von den Gründern spricht.«

»Die Verstorbene hat hunderttausend Dollar bezahlt«, sagte Buskila, dem derartige Anwürfe schnuppe waren.

»Mafiageld«, warf Meschullam verächtlich hin.

»Was willst du denn, Meschullam, sie ist mit der Zweiten Alija gekommen«, sagte ich.

»Und Schulamit?« schrie Meschullam, »gehört die auch zur Zweiten Alija?«

»Werd nicht frech«, ereiferte ich mich, »Schulamit ist Privatsache der Familie.«

Als Rosa Munkins Brief aus Amerika eintraf, waren mein Großvater und Schulamit – seine Altersliebe, die ein Jubeljahr nach ihm aus Rußland eingewandert war, alias »die krimtatarische Hure« nach Fanja Liebersons Ausdrucksweise – die einzigen, die bei mir im Obsthain begraben lagen. Buskila, der damals noch als Dorfbriefträger fungierte, kam auf Süß, dem Postesel, angaloppiert und schrie schon von weitem: »Ein Ärogramm, ein Ärogramm, ein Brief aus Amerika!«

Ich goß gerade die ganzjährig blühenden Burbank-Rosen, die ich um die Gräber von Großvater und Schulamit angepflanzt hatte.

Auch Luther Burbank hatte aus enttäuschter Liebe sein Haus verlassen. Großvater erzählte mir immer von seinen Obstbäumen, den stachellosen Kakteenfrüchten und den hellen Kartoffeln, aber den Abschnitt über Burbanks Liebe las er nun eben Uri und Jossi, den Zwillingen meines Onkels Abraham, vor, was mich mit so fürchterlichem Neid erfüllte, daß ich beinah in Tränen ausgebrochen wäre.

Ich schlug kräftig gegen die Barackentür, stürmte hinaus und hörte durchs Fenster Großvater, der meine Leiden zu ignorieren schien, ungerührt weiterlesen: »Seinerzeit verliebte ich mich mit der ganzen Leidenschaft meiner Jugend in eine schöne junge Frau, die weniger begeistert war als ich selber. Ein kleiner Streit zwischen zwei Starrköpfen, aufgebauscht durch unbedacht ausgesprochene Worte, genügte mir zum Beweis, daß mir das Herz im Innersten gebrochen war. Ich habe diese Liebesgeschichte wohl vielen als Beweggrund für meine Übersiedlung in den Westen erzählt.«

»Schrei nicht«, fuhr ich Buskila an, »hier wird nicht geschrien.«

Er übergab mir den Umschlag und blieb neben mir stehen.

Buskila war Anfang der fünfziger Jahre ins Dorf gekommen, als Großvater noch lebte und ich noch sein Kind war. Er kam in den Dorfkonsum und stellte sich neben die Kasse, an der Schlomo Lewin saß. Buskila, in Halbschuhen, ein lächerliches blaues Barett auf dem Kopf, blinzelte auf die Rechnungen, während er mit hörbarem Genuß eine Flasche Grapefruitsaft trank. Lewin notierte die Einkäufe der an der Kasse stehenden Kundin auf einen Zettel und begann murmelnd zu addieren.

»Zwei Pfund vierundfünfzig«, sagte Buskila über seine Schulter hinweg, ehe Schlomo Lewin mit dem Bleistift auch nur die erste Zahlenreihe abgehakt hatte.

Lewins private Geschichte im Lande hatte ihn Belehrungen gegenüber sehr empfindlich gemacht. Ganz besonders störte es ihn, wenn man ihn bei der Arbeit beobachtete. Er drehte sich um, warf dem ungebetenen Gast einen wütenden Blick zu und begriff sofort, daß der Mann aus dem Übergangslager kam, das auf den Hügeln hinter dem Eukalyptuswald eingerichtet worden war und nun im Dorf verächtliche und mitleidige Gefühle auslöste. Die Dorfbewohner fanden sich zwar bereit, die Neueinwanderer anzuleiten, brachten ihnen auch Ertragsüberschüsse und halfen mit Arbeitsgeräten aus, aber wenn sie nach Hause zurückkehrten, erzählten sie, die kleinwüchsigen Menschen mit den blauen Baretts würden den ganzen Tag saufen, würfeln und Karten spielen. »Sie sehnen sich bloß nach ihren Höhlen und wischen sich den Hintern mit Steinen ab.«

Lewin blieb allein wegen dieser Frechheit der Mund offenstehen, aber er sagte nichts, sondern wandte sich der nächsten Kundin zu.

»Ein Pfund siebzehn«, sagte Buskila in dem Augenblick, in dem Lewin die Preise der Waren notiert, aber noch nicht einmal den waagrechten Strich darunter gezogen hatte. Schlomo Lewin, der den Konsum schon Jahrzehnte leitete, stand auf, nahm die Mütze ab und wollte wissen, wer der Mann sei.

»Buskila, Mordechai«, sagte der verblüffende Fremde, sog geräuschvoll den letzten Saft ein und fügte hinzu: »Neueinwanderer aus Marokko. Suche Arbeit.«

»Das sehe ich selbst«, sagte Schlomo Lewin, »braucht man mir nicht erst zu erklären.«

In Meknes war Buskila Rechenlehrer gewesen und hatte Briefe in drei Sprachen an Gerichte und Behörden aufgesetzt. Jetzt suchte er Arbeit in der Buchhaltung, an der Schule oder bei der Brutmaschine.

»Ich habe schon immer Küken, Geld und Kinder gemocht«, sagte er.

Lewin war entsetzt, erzählte jedoch Lieberson, unserem damaligen Schatzmeister, von dem Neueinwanderer. »Er ist frech, aber rechnen kann er«, meinte er.

Buskilas Gesuch wurde höchst wohlwollend erwogen, obwohl die Sache mit der Liebe zum Geld den meisten Genossen bedenklich erschien. »Von dem Barett erst gar nicht zu reden«, meinte Uri, »nur Menschen ohne Wertvorstellungen tragen Mützen ohne Schirm.«

»Wir haben den Fall in prinzipieller Hinsicht erörtert, unter Berücksichtigung der Bedürfnisse der neuen Einwanderung im allgemeinen und der Fähigkeiten Buskilas im besonderen«, berichtete mir Elieser Lieberson, »und sind dann übereingekommen, ihn probeweise zum Zwiebelsammeln einzustellen.«

Nach Ablauf von zwei Jahren, in denen Buskila sich der Scholle mit den unbeliebtesten Arbeiten – Schädlingsbekämpfung, Ausdünnen, Einsammeln und Pflücken – verbunden hatte, hörte unser Postbote die Hyäne auf den Feldern heulen und wurde verrückt. Er kaufte schwarze Tusche und begann die vom Dorf abgesandten Briefe zu zensieren. Der Rat warf ihn hinaus, Buskila erbte seine Stelle nebst Esel. Er pflanzte Wermutsträucher ums Postamt, kochte einen Tee, dessen aromatischer Duft jedem Vorbeikommenden die Sinne verwirrte, und erwarb sich die Zuneigung der Einwohner, indem er rausgehende Briefe an der Haustür in Empfang nahm, was die Absender der Mühe enthob, sich zur Post zu begeben.

Ich riß den Umschlag auf. Seit Schulamit aus Rußland eingewandert war, hatten wir keinen Brief aus dem Ausland mehr erhalten.

»Was steht drin, Baruch«, fragte Buskila sanft.

»Das ist privat«, erwiderte ich ihm.

Buskila wich einige Schritte zurück, lehnte sich an Schulamits Grabstein und wartete auf meine Bitte, mir den Brief zu übersetzen.

»Es ist von einer alten Frau aus Amerika«, sagte er mir nach kurzer Lektüre. »Ihr Name ist Rosa Munkin. Sie stammt aus derselben Stadt wie dein Großvater, war vor vielen Jahren hier, hat in Rischon Lezion und in Rechovot mit ihm gearbeitet und für ihn geschwärmt. Man hat ihr von hier geschrieben, daß du ihn zu Hause bestattet hast, und sie möchte nun, daß du sie, wenn sie einmal stirbt, hier neben ihm beerdigst.« Er streckte mir den Umschlag hin. »Es ist noch was drin«, sagte er.

Drinnen lag ein Scheck auf meinen Namen. Über den Betrag von zehntausend Dollar.

»Das ist ein Vorschuß«, sagte Buskila, »diese Frau ist sehr krank und wird bald sterben, dann bringt ein Rechtsanwalt sie mit dem restlichen Geld.«

»Was mach ich denn damit«, fragte ich verwirrt, »das ist doch gar kein Geld.«

»Du wirst Hilfe brauchen, Baruch«, sagte Buskila geduldig, »hier geht's um großes Geld, um Leute aus dem Ausland und damit um Englisch und Gerichtsverfahren und euren Dorfrat und die Einkommensteuer. Allein findest du da nicht durch.«

Mit zehntausend Dollar, dachte ich, kann man wunderbare Bäume auf Großvaters Grab pflanzen: Judasbäume, Poincianen, weißen Oleander. Ich kann einen roten Kiespfad von Großvater zu Schulamit anlegen. Kann meinen verlorenen Onkel Efraim suchen, den alten Seizer von seiner Darmkrankheit heilen lassen.

»Erzähl keinem ein Wort davon, Baruch«, sagte Buskila, »keinem einzigen. Auch nicht deinem Cousin Uri.«

Am Abend schleppte Buskila seine schwarze Schreibmaschine in die Baracke und schrieb einen englischen Brief für mich. Rosa Munkin schickte eine Antwort, und rund drei Monate später traf sie zu nächtlicher Stunde auch selber ein, im funkelnden Sarg, begleitet von einem Anwalt mit üppigem Kopfhaar, der einen glänzenden Anzug trug und Rasierwasserdüfte verbreitete, wie unser Dorf sie noch nie geschnuppert hatte. Elegant und abstoßend stand er dabei, als ich die Grube aushob.

»Sieh dir den an«, flüsterte Buskila, »die Sorte kenn ich. Der begräbt nicht zum erstenmal jemanden mitten in der Nacht.«

Der Anwalt saß im Dunkeln auf Großvaters Grabstein, scharrte mit den blanken Schuhen im Staub, zerknabberte Strohhalme und schnüffelte angewidert die Dorfgerüche, die aus den Kuhställen und Hühnerhäusern in die warme Nachtluft sickerten.

Wir ließen Rosa Munkin in die Erde des Emek hinab. Der Amerikaner zog ein Stück Papier und ein Käppchen aus der Tasche und sprach ein kurzes Gebet in unverständlichem Hebräisch. Dann wies er mich an, ein Betongeviert für die Grabplatte zu gießen, und holte schließlich aus der rückwärtigen Tür seines riesigen Kombiwagens einen schwarzen Aktenkoffer. Buskila zählte die Scheine mit feuchtem, flinkem Finger und unterschrieb die Quittung.

Einige Tage später kehrte der Anwalt mit einem verschnörkelten Grabstein aus poliertem rosa Marmor zurück. Bis heute nimmt sich Rosa Munkins Grab zwischen dem Weiß und Grau der sämtlich aus heimischem Stein gemeißelten Platten wie eine Pralinenschachtel aus.

Die Geldnoten versteckte ich im Kuhstall. Seizer schlief ruhig unter seiner alten Militärdecke, die seit dem Ersten Weltkrieg in seinem Besitz geblieben war, und merkte nichts von mir und meinen Taten. Dann ging ich mit Buskila in die Baracke, wir setzten uns an Großvaters Eßtisch, tranken Tee und aßen Brot mit Oliven.

»Du möchtest sicher mit Onkel Abraham und Lehrer Pines sprechen. Tu's jetzt noch nicht, wart ein bißchen ab und red dann mit ihnen«, riet er mir.

Am nächsten Morgen verließ Buskila seine Poststelle und meldete sich bei mir. »Ich leite dir den Betrieb, und du zahlst mir nach Gutdünken«, sagte er.

So begann Großvaters Rache am Dorf. Sie lief wie am Schnürchen, getragen von jener Vorausschau und Genauigkeit, die jeder guten Pflanzerin eigen ist, sie füllte meine Säcke mit Geld und traf alle empfindlichen Nervenknoten des Dorfes.

»Sie haben meinen Sohn vertrieben, den Efraim«, hatte Großvater vor seinem Tod mir und Pines immer wieder erklärt, »und ich werde sie an ihrem wundesten Punkt, am Erdboden, treffen.« Aber damals wußten wir noch nicht, was er meinte.

Der Dorfrat erwog mehrere Anwärter auf Buskilas Poststelle, entschied sich letzten Endes aber für Süß allein. Der Esel kannte ja sowieso schon alle Anschriften, und solchermaßen von seinem Reiter befreit, konnte er auch Pakete zustellen. Süß war der Enkel von Katschke, der mit den Gründervätern zur Landnahme gekommen war und Wasser vom Brunnen geholt hatte, bis er einem Schlangenbiß zum Opfer fiel.

Nach zwei Jahren wurde Süß aus dem Dienst entlassen. »Die Alten haben entdeckt, daß er die Briefmarken von den Umschlägen klaut«, sagte mein spöttischer Cousin Uri.

Der Rat ersuchte Buskila, zur Post zurückzukehren, aber da hatte Buskila sich schon Visitenkarten drucken lassen, in denen auf Hebräisch und Englisch zu lesen stand: ›Ewiges Haus der

Pioniere – Direktor‹. Er hütete seine ›Herde der hundert Toten‹, wie der alte Lieberson abfällig zu sagen pflegte, bis Fanja, seine Frau, seine Liebste und Einzige, verstarb und die hundertunderste Tote wurde.

4

Der Mirkinsche Hof war einer der erfolgreichsten im Dorf. So hieß es freudig erregt, als Großvaters Obstbäume sich in ein wahres Blütenmeer verwandelten, so hieß es, als Onkel Abrahams Kühe Ströme von Milch abgaben, und so hieß es angst- und neidvoll, als eben dieser Kuhstall sich mit verstaubten Insektenpanzern und aufgeblähten Geldsäcken füllte, während der Obsthain abgeholzt und mit Knochen und Gräbern besät wurde.

Grabsteine in langen Reihen, dazwischen rote und weiße Kieswege, schattige Plätze zur stillen Trauer, grüne Sitzbänke, Bäume und Blumen und im Mittelpunkt – Großvaters weißes Grab. Alle Welt schüttelte den Kopf über das Los dieser Erde, die dazu ausersehen war, Viehfutter und Früchte zu tragen, sich aber in ein furchtbares Rachefeld verwandelt hatte.

»Die Geschichte ist doch ganz einfach«, sagte ich mir, während ich in den großen Zimmern meines Hauses umherirrte. »Warum also stocherst du immer weiter darin herum, lauschst allenthalben und suchst nach Lösungen?«

Dazu hat Großvater mich doch aufgezogen, hat mich groß und stark wie ein Bulle gemacht, treu und gewalttätig wie ein Hirtenhund, unempfindlich und dickfellig. Jetzt liegt er in seinem Grab, umgeben von seinen toten Genossen und schmilzt vor Wonne über das Entsetzen im Dorf.

»Laßt ihn. Dieses Kind ist nichts als ein Sack voller Geschichten und Phantasien«, meinte Pines, nachdem ich ihm mitgeteilt hatte, daß ich nicht zu der eigens einberufenen Ratssitzung erscheinen werde. Ich war schon kein Kind mehr, sondern ein reicher Bursche in Übergröße, beladen mit Mammon und Fleisch, aber Pines verlängerte die Kindheit all seiner Schüler weit über das übliche Maß hinaus und streichelte ihre Köpfe noch dann, als sie schon grau und kahl geworden waren. »Wie viele Erinnerungen sind in diesen großen Körper eingegangen, bis er zum Überlaufen voll war, aufplatzte und seine Bitternis zur Erde verschüttete«, sagte er über mich. Wäre Großvater noch am Leben gewesen, hätte er das mit der Bemerkung abgetan, Pines habe ja immer schöne Parabeln, ›bloß vergißt er manchmal den Sinn dahinter‹.

Ich selber sagte jedem, der mich aufforderte, mein Grabgewerbe aufzugeben: »Großvater hat es so gewollt.« Zur Ratssitzung schickte ich Buskila und den vom ihm engagierten Anwalt. Das sind Auswärtige, deren Haut zart und deren Herz grob ist. Das Herbstlaub der Erzählungen hat sich nicht auf ihren Schultern aufgetürmt, ihre Schuhsohlen trennen sie vom feinen Staub der Wege im Emek. Im Geist hörte ich die einfachen Stühle im Ratszimmer knarren, sah die Finger mit den abgebrochenen Nägeln wie Hufe auf dem Tisch trappeln. Sollten die beiden in die beherzten Augen starren, auf die harten Finger, die in die Höhe fahren würden. Ich war ja nur sein Kindchen, das seinen Willen erfüllte, ich hatte das meine schon gesagt.

In Odessa war Großvater mit seinem Bruder Josef an Bord der *Ephratos* gegangen. Es war ein dreckiges kleines Schiff ›voll böser Menschen‹, das zwischen dem Schwarzen Meer und dem Mittelmeer verkehrte. Wie die zwei Seiten einer Medaille betrachteten Jakob und Josef Mirkin zwei verschiedene Hälften der Welt. »Mein Bruder war begeistert, stürmisch, lief auf dem Bug des Schiffes umher und schaute vorwärts.«

Josef träumte von Bauerngütern in Gilead, weißen Eseln und jüdischer Macht. Großvater dachte an Schulamit, die dortgeblieben war, nachdem sie sein Fleisch mit Eisenzinken der Täuschung und Eifersucht malträtiert hatte, und an Palästina, das ihm nur eine Zufluchtsstätte für fahrlässig Liebende war, ein jeder Erinnerung fernes Land, ein Ort der Heilung, an dem die Wunden verschorfen konnten.

Er saß auf dem Hinterdeck, blickte aufs Wasser und entwand seinem bloßen Herzen Fasern, die ihm in die Gischt nachwehten. »Sieh unser heißes Herz, zerrieben und zerfasert wie ein Faden«, schrieb er viele Jahre später auf einen Zettel.

Während der gesamten Überfahrt aßen Jakob und Josef Mirkin nur Brot und getrocknete Feigen und hörten nicht auf zu kotzen.

»Wir kamen im Lande an und gingen nach Galiläa, und im Sommer saß ich mit meinem Bruder Josef schon am Ufer des Kinneret.« Seine Hand ging hin und her, stopfte mir einen Mischmasch aus hausgemachtem Weißkäse und salzigen Röstzwiebeln in den Mund. »Die ganze Nacht über bewachten wir die Felder, und im Morgengrauen setzten wir uns hin, um die Sonne Erez Israels aufgehen zu sehen. Die Sonne schien um halb fünf. Um Viertel nach fünf wollte sie uns schon umbringen. Josef senkte den Kopf und fing an zu weinen. So hatte er sich die Erlösung nicht vorgestellt.«

Jetzt schaufelten seine Hände gemischten Salat. »Wir waren drei Freunde. Zirkin Mandolina, Elieser Lieberson und ich. Mein Bruder Josef wurde krank, gab auf und verschwand auf Nimmerwiedersehen nach Amerika.«

Großvaters Körper war heiß, erregt und schwach, hin- und hergerissen zwischen Malariaanfällen, Wutkrämpfen und Sehnsucht.

Josef machte sein Glück in Kalifornien. »Als wir uns im Winter Säcke über den Kopf stülpten, Zeitungspapier in die Strümpfe stopften und im Schlamm rumpatschten, verkaufte er schon Anzüge an amerikanische Bourgeois.« Noch zu Lebzeiten von Großmutter Fejge, ein paar Monate vor ihrem Tod, wurde das Dorf ans Stromnetz angeschlossen. Josef schickte ihr aus Amerika Geld für einen Kühlschrank, aber Großvater warf den Brief in die Kotrinne des Kuhstalls und sagte Großmutter, er werde das ›Geld des kapitalistischen Verräters‹ niemals anrühren. Daraufhin fuhr Josef nach Santa Rosa, zu Luther Burbanks hochgeschätzter kleiner Farm, über die sich ein endloser, schwärmerischer Strom von Besuchern, Insekten und Briefen ergoß, und schickte Großvater von dort ein autographiertes Bild des großen Pflanzers. Ich sah es in dem Kasten unterm Bett. Mit Strohhut, gepünktelter Krawatte und fleischigen Ohrläppchen. »Aber auch diese Geste vermochte Mirkin nicht zu erweichen.«

Fanja Lieberson war Großmutters beste Freundin.

»Fejge, die schon krank und schwach war und nach Atem und Liebe rang, kam weinend bei uns angelaufen, aber wir konnten deinen Großvater auch nicht umstimmen. So schleppte sie eben weiter Eisblöcke«, erzählte mir Fanja, nachdem ich ihr stundenlang zugesetzt und sie mit erwartungsvollen Blicken verfolgt hatte.

»Und dein Freund, Mirkin, war ihr allergrößter Eisblock«, sagte Fanja einmal zu ihrem Mann. Großmutter Fejges Leiden und Tod gingen ihr nach, schürten ihren Ärger.

Elieser Liebersons mürrische Antwort konnte ich nicht hören. An ihrer Hauswand verborgen drückte ich das Gesicht an die feuchten Lamellen des Ladens, sah aber nur seine Lippenbewegung und das Strahlen ihres schönen weißen Kopfes, der an seiner Brust ruhte.

Großvater hat seinem Bruder nie vergeben und ihn nie wiedergesehen. Erst nach seinem Tod habe ich Josefs Gebeine aus Kalifornien in unser Emek überführt. Seine beiden Söhne, Eigentümer des Textilhandelshauses »Mirkin & Mirkin« in Los Angeles, mußten mir einen Scheck über neunzigtausend Dollar ausstellen.

»Ihr Vater ist ein kapitalistischer Verräter gewesen«, schrieb Buskila ihnen auf dem offiziellen Briefpapier des ›Ewigen Hauses der Pioniere‹. »Aber Sie bekommen zehntausend Dollar Ermäßigung, weil er schließlich zur Familie gehört hat.«

Die Toten kamen in gewaschenen Lieferwagen, die sonst

Feldfrüchte transportierten, auf traktorgezogenen Anhängern, in den Bäuchen von Flugzeugen, in Holz- oder Bleisärgen.

Zuweilen fanden Riesenbeerdigungen mit Volksmassen, Journalisten und ganzen Stoßtrupps schwitzender Würdenträger und Funktionäre bei mir statt. Buskila begrüßte sie mit gewundenen Gesten und Verbeugungen, die mir zuwider waren. Sie schauten mir zu, während ich die Grube aushob, schreckten vor dem auffliegenden Erdhagel zurück und baten Buskila, mich zur Eile anzutreiben.

Manche kamen ganz allein, nur mit dem Versandschein und einem Zettel ausgestattet, auf dem die gewünschte Grabinschrift vermerkt war. Bei anderen standen nur ein weinender Sohn und eine wütende Tochter am Grab. Einige schleppten sich sogar selber, in den allerletzten Zügen, über die Felder heran, um im ›Ewigen Haus der Pioniere‹ bestattet zu werden.

»Bei den Genossen«, sagten sie. »Neben Mirkin«, baten sie. »In der Erde des Emek.«

Vor der Beisetzung öffnete ich im Lagerraum neben Buskilas Büro die Särge und betrachtete mir die Gesichter. Das tat ich in dem Verdacht, man könnte mich täuschen und mir einen unwürdigen Toten untermogeln.

Die aus Amerika eintreffenden ›kapitalistischen Verräter‹ waren schon ein bißchen verwest, hatten die Haut des Vergnügens und der Leichtlebigkeit abgeworfen und blickten mich mit triefenden, starren Augen flehentlich um Verzeihung ringend an. Die Genossen aus dem Emek waren sehr still, als ruhten sie nur unter einem Baum auf dem Feld. Ich kannte viele von ihnen, diejenigen, die Großvater oder Seizer besucht hatten. Zu meiner Kinderzeit kamen sie, um sich auszusprechen und zu beraten, hielten angefressene Zweige, einen alten Brief oder ein von Läusen befallenes Blatt in den Händen. Andere kannte ich aus den Erzählungen. Von dem, was ich gehört und dem, was ich mir hinzugedichtet hatte.

Großvater hat mich, in eine Decke gewickelt, in sein Haus geholt, als ich zwei Jahre alt war. Hat mir den Ruß abgewaschen und die Glas- und Holzsplitter aus der Haut gepickt. Er hat mich großgezogen, mich ernährt, hat mir alle Geheimnisse der Bäume und Früchte beigebracht.

Und er hat mir Geschichten erzählt – wenn ich aß, wenn ich umgrub, wenn ich wilde Zweige von den Stämmen der Granatapfelbäume abhackte, wenn ich schlief.

»Mein Sohn Efraim hatte ein Kälbchen namens Jean Valjean. Efraim stand morgens auf, nahm Jean Valjean huckepack zu einem Spaziergang mit und kam erst mittags zurück. Das machte er jeden Tag. Efraim, habe ich zu ihm gesagt, das tut man nicht, das Kalb gewöhnt sich dran und wird nicht mehr zu Fuß laufen wollen. Aber Efraim hat nicht auf mich gehört. Jean Valjean wuchs und wuchs, bis er ein riesiger Stier war. Doch Efraim ist stur geblieben – nur auf dem Rücken ... denn so war mein Sohn Efraim.«

»Wo ist Efraim?«

»Das weiß keiner, mein Kind.«

Niemals stiegen ihm Tränen in die Augen, aber seine Mundwinkel zuckten fast unmerklich. Sehr oft, wenn die Bäume zu blühen begannen und sich ein besonders klarer Tag über das Emek wölbte, erzählte er mir von der Schönheit meines Onkels Efraim.

»Schon als er ein kleines Kind war, haben sich die Vögel vor seinem Fenster versammelt und hineingeblinzelt, um ihn aufwachen zu sehen.«

»Jetzt werde ich dir von deiner Mutter erzählen. Ah – nun mach den Mund auf, Baruch ... Sie ist eine fabelhafte Frau gewesen. Einmal, als deine Mutter noch ein kleines Mädchen war, saß sie auf dem Fußweg und putzte die Schuhe der ganzen Familie. Meine und die von Großmutter Fejge, die von Onkel Abraham und die von Onkel Efraim, der damals noch im Haus war. Doch plötzlich – mach den Mund auf, mein Kind – plötzlich sah sie eine Schlange, eine große Viper, ganz langsam auf dem Weg herankriechen, genau auf sie zu.«

»Nu ...«

»Und dann ... Noch einen Bissen. Was ist dann passiert?«

»Was?«

»Ist Mutter weggelaufen?«

Ich kannte die Geschichte auswendig. »Nein!«

»Hat Mutter geweint?«

»Nein!«

»Ist Mutter in Ohnmacht gefallen?«

»Nein!«

»Nu, Baruch, mein Kind, jetzt mach den Mund leer. Schluck's runter. Mutter ist nicht in Ohnmacht gefallen. Was hat sie gemacht? Was hat Mutter getan?«

»Sie hat dagesessen und keinen Mucks gemacht.«

»Und die Viper ist nähergekommen, ganz langsam hat sie sich über den Weg geschlängelt, gezüngelt und gezischt hat sie, psss – psss, immer weiter auf Mutters nackte Füße zu. Und da ... hat Mutter die große Schuhbürste hochgehoben und ...«

»Patsch!«

»Der Schlange auf den Kopf.«

»Wo ist Mutter?«

»Jetzt bist du bei Großvater.«

»Und die Schlange?«

»Die Schlange ist tot.«

»Und Vater?«

Großvater stand auf und streichelte mir den Kopf. »Du wirst so groß wie Mutter und so stark wie Vater werden.«

Er zeigte mir die krümeligen Blumen, die meine Mutter gepreßt hatte, als sie Pines' Schülerin war. Er erzählte mir von einem großen Fluß, ›über hundertmal größer als unser kleines Wadi‹, von ›diebischen Zigeunern‹, von den armen Deutschen, die sich hier vor uns angesiedelt hatten, bis alle ihre Kinder, die ›so gelb und zittrig wie Küken wurden‹, an Malaria gestorben waren.

Seine Finger, die gewöhnt waren, Pfropfbast zu wickeln, Unkraut zu jäten und Früchte zu betasten, banden mir behutsam das verkleckerte Lätzchen ab. Er hob mich zu sich hoch. Sein Schnurrbart sprang mir an den Hals und kitzelte mich im Rhythmus seines schnaufenden Atems. »Mein Kind.«

»Und wo ist Großmutter Fejge hergekommen?«

Auch Großmutter Fejge stammte aus jenem fernen Land, war viel jünger als Großvater, der damals schon ein geübter Arbeiter war, gefeit gegen jede Krankheit und fähig, jedes einheimische Essen zu verdauen, das man ihm vorsetzte. Aber er mußte immer noch oft an Schulamit denken, die ihm genug Bitteres angetan hatte, in Rußland geblieben war und ihm Briefe von dort schickte. Alle halbe Jahr trafen die blauen Umschläge ein – mit der türkischen Post, mit dem Nordwind, in den Schnabeltaschen der Pelikane, die hier zwischenlandeten ›auf ihrem Weg in die heißen Länder‹.

5

Großvater und Großmutter sind sich im Lande begegnet, als er und Elieser Lieberson und Zirkin Mandolina nach Sichron Jaakow kamen, um bei Baron Edmond de Rothschilds Kolonisten Arbeit zu suchen.

Wenn das unbändige Dreigespann ukrainische Lieder sang, ›um die Parasiten des Barons zu ärgern‹, saßen Fejge und ihr Bruder Schlomo Lewin mit knurrenden Mägen abseits. Gemeinsam waren sie ins Land gekommen und dort von den muskulösen Armen arabischer Seeleute auf die dreckige Mole geworfen worden, wonach sie sich wieder aufgerappelt und – halb ohnmächtig vor Dysenterie, Hitze und Hunger – auf die Wanderung gemacht hatten. Ihre zarte Statur senkte ihre Chancen, Anstellung zu finden. Schlomo Lewin nahm seine Brille ab, damit die Bauern der Moschawot ihn nicht für einen ›Intelligenzler‹ hielten, doch als er dann endlich Arbeit im Weinbau bekommen hatte, konnte er nicht zwischen dreiäugigen und vieräugigen Pfropfstellen unterscheiden, vermasselte eine komplette Rebreihe und wurde sofort entlassen.

Sie aßen das Armenbrot: Linsen in beizendem Sesamöl, ägyptische Zwiebeln, Fallapfelsinen, rotbraune *Kamardin*-Streifen.

Kamardin war ›der Zucker der Armen‹ – gestampftes, ausgewalztes und getrocknetes Aprikosenfleisch. Ich sagte das Wort wieder und wieder, schmeckte den klebrig-süßen Geschmack aus seinen Silben heraus. Schlomo Lewin schilderte mir, wie er dieses ledrige *Kamardin* verabscheute. »Aber es war billig«, sagte er, »und wir hatten kein Geld, ich und deine Großmutter, meine bedauernswerte Schwester.«

»Arme Leute brauchen etwas Süßes, das ist der Geschmack, der dem Trost am nächsten kommt«, erklärte er mir, und wurde ganz wütend, wenn er daran dachte, wie die Dorfjungen den gesamten Schokoladenvorrat des Konsum geklaut hatten, »obwohl sie sich's hätten kaufen können, diese großen Helden.«

In Rechovot fand Fejge vorübergehend Arbeit in einer Nähstube, doch als sie auf einer leeren Apfelsinenkiste dasaß und Kleider flickte, hielten einige Berittene neben ihr an. Eine hagere, hochaufgerichtete Frau blickte mit vornehmer Strenge vom Sattel auf sie herab. »Warum arbeitest du nicht in der Landwirtschaft?« rügte sie.

Fejge warf Nadel und Faden hin und stürzte heulend davon. Schlomo rannte ihr nach. »Weißt du, wer das war?« fragte er sie. »Das war Rachel Janait, die berühmte Arbeiterführerin.«

Zehn Jahre später kaufte Großmutter im nahen Tscherkessendorf unser erstes Huhn. Sie nannte es Rachel Janait und tadelte es gern wegen der kleinen Eier, die es legte.

Die Hungerschmerzen nisteten sich in Fejges Adern ein. Sie spürte sie in ihr Herz vordringen und von dort durch sämtliche Glieder pulsieren. An jenem Tag hatte sie mit ihrem Bruder im Sichroner Weinkeller Bottiche gereinigt, wobei ihr die Gärungsdämpfe derart auf den leeren Magen geschlagen waren, daß sie umzukippen drohte. Als die drei Burschen dann zu singen aufhörten und aus ihren Rucksäcken die Fladenbrote und Oliven, die harten Eier und die Käsewürfel hervorholten, dazu die Branntweinflasche, die sie aus dem Lager entwendet hatten, verschwamm das Bild vor Fejges Augen, ihr Blick verschleierte sich. Die drei rieben sich die Hände und begannen zu essen, und nun schnappte Zirkin Mandolina den Blick des Mädchens auf, der starr die Krumen auf seinen Lippen fixierte.

Zirkin wußte den Hunger aus den Augen der Menschen herauszulesen. Er machte eine einladende Bewegung mit dem Mandolinenhals in ihre Richtung.

»Sie sah wie ein gehetztes Vögelchen aus. Ich habe ihr mit den Augen zugelächelt wie man ein Kind anlacht.«

Fejge ließ vom Ärmel ihres Bruders ab und setzte sich zu den dreien.

»Sie aß von ihrem Brot und trank aus ihrem Becher«, zitierte Pines an Großmutters Grab.

Schlomo Lewin mißtraute diesem lärmenden Dreigespann, das ihm Furcht einflößte. »Sie schufteten und fraßen wie arabische Fellachen und sangen die Lieder russischer Vandalen«, erzählte er mir im Büro des Konsumladens. »In einer Zeit, in der wir alle zwischen tausend Loyalitäten hin- und hergerissen waren, machten sie sich keinerlei Gedanken.«

Er hielt die Augen gesenkt. Wir saßen allein im Büro des Dorfladens; die Sonne schien auf die Myriaden Staubkörnchen, die vorm Fenster schwebten. Lewin schnitt mit dem Daumennagel Blaupapierbögen für die Quittungsblöcke der Konsumgenossenschaft. Ich war ein kleiner Junge, nicht alles habe ich verstanden, aber ich unterbrach ihn auch nicht mit Bitten um Erklärung. Wie die Wüstenblumen in Pines' Sammlung öffnete sich Lewin nur alle paar Jahre einmal, da durfte man ihn nicht stören.

»Sie ist ihnen sofort zugeflogen«, flüsterte er, wobei seine blauen Finger bebten, »wie ein törichter Falter seiner Todesflamme.«

Lewin war entsetzt, als er zuschauen mußte, wie sie mit schmutzigen Händen kleine Stückchen von dem Fladenbrot und dem Käse abbrachen und sie seiner Schwester in den ausgehungerten Mund schoben. Er wollte sie wieder von ihnen wegholen, aber noch in derselben Nacht soffen Lieberson, Mirkin und Zirkin Mandolina den Rest ihres ›Fläschchens‹ aus und gründeten, entsprechend guten Mutes, die ›Arbeitsgruppe Fejge‹ – »um deine niedergeschlagene Großmutter aufzuheitern«. Sie verfaßten eine Satzung, erstellten einen Haushaltsplan und formulierten ein Programm.

»Die Historiker haben sich nicht ernsthaft mit der Arbeitsgruppe Fejge beschäftigt«, sagte Meschullam Zirkin einmal zu mir, »vielleicht hat ihr da der Name im Weg gestanden. Die maßgebenden Forscher haben sich wohl gescheut, ihre Studien etwa mit dem Titel ›Die Arbeitsgruppe namens Fejge‹ zu überschreiben«, grinste er, »aber unter den Pionieren war die Gruppe Legende. Es war die erste wahre Kommune, denn sie räumte als einzige der Genossin gleiche Rechte ein. Und ihre Satzung war zwar sehr persönlich gehalten, enthielt aber doch einige wegweisende Neuerungen.«

Unter Großvaters Bett in der Baracke stand eine große Holzkiste. Ich zog die Gardinen zu und machte den Deckel auf. Zwischen einer weißen, gestickten Damenbluse, einer Schirmmütze und einem vergilbten Moskitonetz waren die Papiere verborgen. Darunter lag das Bild.

Großmutter lächelte mich an. Sie hatte zwei schwarze Zöpfe und kleine Hände und sah aus, als wolle sie jeden Augenblick aus dem Photo hervorspringen. Als ich mich umdrehte, stand Großvater hinter mir, das bleiche Gesicht ernster als sonst. Er kniete neben mir nieder, löste meine Finger einen nach dem andern von dem Photo, legte es wieder an seinen Platz und zog einen Umschlag mit weiteren Bildern hervor.

»Das ist Rilow, der vielgerühmte Wächter«, sagte er mit dem leicht spöttischen Ton, den ich schon kannte. Großvater mochte die Leute vom *Haschomer* nicht besonders. »Unter seiner Abbaya hat er zwei Mauserpistolen und ein französisches Feldgeschütz versteckt. Die dahinter ist Rosa Munkin, die Nichtstuerin, und diese beiden im Vordergrund sind Pines und Bodenkin.«

Er begann im Zimmer auf und ab zu gehen.

»Auf den damaligen Bildern«, sagte er, »sieht man immer einige stehen, andere sitzen und zwei vorne liegen, auf einen Ellbogen gestützt, die Köpfe aneinandergelehnt. Einer der Stehenden und einer der Liegenden ist unweigerlich später ausgewandert, einer der Sitzenden jung gestorben.«

Er bückte sich, zog ein altes Blatt Papier aus der Kiste und fing an zu lachen. »Hier«, sagte er, »Satzung der Arbeitsgruppe Fejge Lewin.«

Er richtete sich auf und begann in feierlichem Ton vorzulesen.

»Paragraph eins: Die Arbeitsgruppe Fejge wird sich von der Stadt und ihren Verführungen fernhalten.

Paragraph zwei: Die Genossin Lewin wird kochen, der Genosse Zirkin das Geschirr spülen. Der Genosse Mirkin wird Arbeit suchen, der Genosse Lieberson übernimmt das Waschen und Reden.

Paragraph drei: Die Genossen Zirkin, Lieberson und Mirkin werden der Genossin Lewin nichts antun.

Paragraph vier: Die Genossin Lewin wird nicht versuchen ...«

Die Barackentür flog auf, Meschullam Zirkin kam so forsch hereingestürzt, daß sein Kopf vor Anstrengung hin und her wackelte.

»Gib mir das!« rief er. »Gib mir das her, Mirkin, ich bitte dich, dieses Dokument gehört unbedingt ins Archiv!«

»Geh deinem Alten helfen, heute wird Stroh eingefahren«, gab Großvater zurück, »schnell, bevor Baruch dir eine knallt.«

»Bei allen Vorbehalten gegen sein persönliches Wesen«, sagte Meschullam nach Großvaters Tod zu mir, »war Mirkin doch einer der angesehensten Vertreter der Bewegung. Kein Wunder, daß all diese Nichtstuer bereit sind, viel Geld für ein Grab neben ihm zu bezahlen. Da hat er dir ein schönes Vermächtnis arrangiert.«

Sobald die drei das Dokument unterzeichnet hatten, baten sie Fejge unter Bücklingen und Verbeugungen, doch ebenfalls beizutreten. Nachdem sie ihre Unterschrift dazugesetzt hatte, fragte Lieberson: »Und was ist mit deinem Bruder?« Aber der bedrückte Lewin meinte, er habe sich noch nicht entschieden, »welche Strömung unterstützenswert sei«.

»Wenn das so ist«, meinte Großvater, »wenn du es dir noch

hin- und herüberlegst und zu keiner rechten Entscheidung kommen kannst, bist du wirklich der richtige Mann, um zum Zionistenkongreß zu fahren und eine wichtige Rede in dieser Sache zu halten.«

»Du kannst dich ja jederzeit noch den Löcherzählern anschließen«, bemerkte Zirkin. Der Begriff ›Löcherzähler‹ war Mandolinas Standardausdruck, den er bis zu seinem Tod bei besonderer Verachtung oder Feindschaft benutzte.

Schlomo Lewin stand angewidert auf und ging in der Arbeiterunterkunft schlafen, aber am nächsten Morgen begriff er, daß er einsam und allein bleiben könnte, und folgte der Arbeitsgruppe gen Süden zu den Weingärten Jehudas.

»Es gab damals noch keine Straßen, keine Autos, und ein Pferd hatten wir auch nicht«, erzählte mir Großvater, »wir sind den ganzen Weg zu Fuß gelaufen, und wenn wir in Sumpfland kamen, zeigten uns die Frösche, wo der Pfad sicher war.«

Lewin stapfte einige Tage widerwillig hinter ihnen her. Sie erschienen ihm wie ein dreiköpfiges Ungeheuer. Zirkin hörte nicht auf zu musizieren, bis seine Klänge ihm ›die Schädelknochen zu durchlöchern drohten‹. Mirkin hielt die anderen stundenlang auf, um die langsam schwingenden Staubgefäße des Judendorns zu studieren. Und Lieberson war der Allerschlimmste. Nachtsüber lag er da, stieß langgezogene, tiefe Quaktöne aus und ruhte nicht eher, bis er von Kröten übersät war, die aus der ganzen Umgebung bei ihm zusammenliefen. »Zum Informationsaustausch«, erklärte er.

»Das sind leichtsinnige, unverbesserliche Narren«, sagte Lewin zu Fejge, »nichts gilt ihnen was.«

Jedesmal, wenn er mir von seiner verstorbenen Schwester erzählte, nahm er von Zeit zu Zeit die Brille ab, um die dicken Linsen zu putzen, die immer wieder beschlugen.

»Unser Vater hat mir aufgetragen, gut auf dich aufzupassen«, deklamierte er mir, denn er mußte diesen Satz sein Leben lang schon viele Male – sowohl laut als auch im Geist – aufgesagt haben. »Laß sie sofort gehen und komm mit mir.«

»Ich bin schon siebzehn, Schlomo«, antwortete Fejge, »und jetzt habe ich den Mann gefunden, mit dem ich mich fürs Leben verbinden möchte.«

»Welchen denn?« fragte Lewin und musterte mißtrauisch die drei jungen Männer in ihrer abgewetzten Kleidung, die mit atemberaubender Geschwindigkeit ganz nah an den Rebwurzeln jäteten. »Ich hab mich noch nicht entschieden«, erwiderte sie, »aber wir müssen zu einem Entschluß kommen. Es wird einer von diesen dreien sein.«

»Das sind Flegel. Die lassen dich hinterher bloß für sie kochen, Strümpfe stopfen und Wäsche waschen.«

»Wir haben ein Programm«, sagte Fejge.

»Die machen dich zu ihrem Dienstmädchen; du wärst nicht die erste Pionierin, die zum Pflügen und Säen hergekommen und in der Arbeiterküche versauert ist.«

»Aber sie werden mich aufheitern«, sagte Großmutter Fejge, »und sie werden mich mit diesem Land bekannt machen.«

»Aber gewiß doch«, erklärte mir Schlomo Lewin mit erstickter Stimme, »ganz gewiß hat Jakob Mirkin sie mit dieser Erde bekannt gemacht.«

Jetzt, viele Jahre nach ihrem Tod, hatte er Großvater bereits vergeben, half ihm in der Landwirtschaft und spielte Dame mit ihm. Aber zweimal im Jahr, am Tag seiner Einwanderung und am Todestag seiner Schwester, ging er zu ihrem Grab, um »dort ein, zwei Stunden zu sitzen und all die Großmäuler und Macher im stillen zu hassen«.

Er folgte ihnen im Schlepptau in die Moschawot Jehudas, zu den Versuchsfarmen, in die Jordansenke und ins Javneeltal. Großvater erzählte mir, wie sie tanzten und hungerten, Sümpfe trockenlegten, Steine klopften, das Land pflügten und dabei den Hauran und Galiläa durchwanderten.

»Damals gab es weder Buskila noch Süß, die uns Post gebracht hätten. Weißt du, wie wir Briefe aus Rußland bekamen?«

»Wie?«

»Lieberson war mit Pelikanen befreundet. Die haben sie uns gebracht.«

Ich sperrte verblüfft den Mund auf, in den Großvater mir eine harte Zahnbürste voll ätzender Zahnpasta stopfte, um mir damit die Kiefer zu schrubben.

»Hast du mal gesehen, was für einen Schnabel die haben?«

»Äh?« gurgelte ich.

»Einen Schnabel mit Sack. Jetzt spül den Mund aus. In diesem Sack nimmt der Pelikan die Post mit, und auf dem Weg nach Afrika hat er dann bei uns halt gemacht und uns die Briefe und Grüße überbracht.«

Pines wischte die Pelikangeschichte vom Tisch. »Das Jesreeltal und die Küstenebene liegen gar nicht in ihrer Flugbahn«, sagte er zu Großvater, »warum erzählst du deinem Kind solchen Unsinn?«

Doch Großvater, Lieberson und Zirkin hielten sich nicht an Pines' Naturgesetze. Auf Feldhacken reitend schwebten sie über das heimtückische Sumpfgebiet, durchbrachen die erstickende Decke von Schilf und Hundszahngras, während Fejges Kleid, einem leichten, duftenden Wölkchen gleich, ihre Gesichter mit den zarten Schleiern der Hingabe verhüllte. Ich sah die vier als weiße Flecken wie Pusteblumensamen über das öde Land fliegen. Lewin rannte auf dem Boden mit und rief ihr zu, sie solle herunterkommen.

»Keiner von ihnen wagte es, seine Hand nach deiner Großmutter auszustrecken. Sie umwarben sie nur unaufhörlich mit unsinnigen und spaßigen Reden, brachten sie genug zum Lachen, so daß das süße Blut der drei sie gegen jede Malaria und Schwermut gefeit machte«, erzählte mir Pines.

Sie schossen mit Steinschleudern wie die Hirtenjungen, sangen den Wasservögeln, die im Herbst von der Donmündung kamen, russische Lieder und wuschen sich nur alle zwei Wochen. Die ganze Nacht tanzten sie barfuß, und wenn das Tageslicht anbrach, durchstreiften sie das Land von einem Ende bis zum anderen. »Sie konnten eine Woche arbeiten und dabei nur fünf Apfelsinen essen«, erzählte ich meinem Vetter Uri.

Doch Jossi und Uri, Abrahams Zwillinge, ließen sich von diesen Geschichten nicht beeindrucken.

»Das ist noch gar nichts«, sagte Uri, »die haben vergessen, dir zu erzählen, wie Lieberson ihr zu Ehren splitternackt über die Wasser des Kinneret gewandelt ist, Zirkin die ganze Nacht in Zemach am Strand auf seiner Mandoline gespielt hat und bei Sonnenaufgang drei Riesenpetrusfische, wie verzauberte Kälber, aus dem Wasser gekrochen sind. Genau vor Großmutters Füßen sind sie auf ihren stachligen Flossen rumgewatschelt. Und Großvater hat Kieselsteine quer über den See bis zum andern Ufer hüpfen lassen.«

Sicherheitshalber fragte ich Meschullam, was er von Uris Reden hielte, worauf er meinte, er besäße »keinerlei Quellen, die derart phantastische Versionen über die Arbeitsgruppe belegen könnten«.

Meschullam konnte nie das Wesentliche vom Unwesentlichen unterscheiden. Pines erklärte mir, das passiere Menschen, die sich an die Erinnerungen anderer erinnerten. Sein Schubladenverstand setzte niemals Prioritäten. Elieser Liebersons Wandeln auf den Wassern stand für ihn auf derselben Ebene wie Bodenkäufe in der Jordansenke. Doch ich habe den alten Lieberson mit eigenen Augen bei Nacht schnaubend und prustend auf den Wassern des Dorfteichs schwimmen sehen, um seiner Frau Fanja zu beweisen, daß immer noch verborgene Kräfte sein Fleisch belebten. Und bei Zirkin wuchs die höchste und saftigste Pensilarie im Dorf, weil der Alte nachts mit silberschimmerndem Haupt aufs grüne Feld hinausging und den zarten Sprößlingen auf seiner Mandoline vorspielte. Aber das mit Großvater glaubte ich nicht. Denn Großvater war all die langen Jahre in diese krimtatarische Hure Schulamit verliebt gewesen, die ihn hintergangen und getäuscht, ›mit sämtlichen Offizieren des Zaren betrogen‹ hatte und all die Jahre in Rußland geblieben war.

»Aber geheiratet hat er Großmutter Fejge«, erklärte mir Uri, dessen lange Kuhwimpern nur dann flatterten, wenn er von Frauen und Liebe sprach.

Uri mochte ich schon damals, als wir Kinder waren. Wir saßen auf dem großen Kleefeld und warteten auf Abraham und Jossi, die Luzerne für die Kühe mähten und dabei auf der rumpelnden Mähmaschine thronten, die von einem Pferd gezogen wurde. Großvater und Seizer verbrannten Unkraut im Obstgarten.

»Das tut nichts zur Sache«, gab ich zurück. Ich wußte, daß er sie geheiratet hatte, weil die Arbeitsgruppe das auf einer Mitgliedsversammlung so beschlossen hatte. »Großvater hat eine Freundin in Rußland, und die wird eines Tages zu ihm kommen.«

»Die kommt nicht«, antwortete Uri, »die ist schon alt und schläft jetzt mit den pensionierten Generälen der Roten Armee.«

Großmutter Fejge war damals schon lange tot, und ich, der mit zwei Jahren zu Großvater übersiedelt war, sah ihn nachts den Kasten öffnen, in dem die blauen Umschläge aus dem fernen Land lagen, dem Land des bösen Mitschurin, der dreckigen Muschiken und der untreuen Schulamit. Dann setzte er sich hin und schrieb langsam, ohne je etwas durchzustreichen, Antworten, die nicht alle abgeschickt wurden. Eines Morgens, als er bereits in die Pflanzung hinausgegangen war, fand ich im nächtlichen Zettelniederschlag einen angefangenen Brief am Boden.

Ich konnte keinen einzigen Buchstaben entziffern. Das waren weder hebräische Buchstaben noch solche, wie sie auf dem grünen Glas unseres großen Rundfunkgeräts prangten. Ich kopierte sorgfältig einige Worte auf ein Stück Papier und nahm es mit in die Schule.

In der Pause ging ich zu Pines, der gekommen war, um mit den Lehrern Tee zu trinken.

»Jakob«, sagte ich, »kennst du diese Schrift?«

Pines betrachtete das Blatt, erbleichte, wurde rot, zog mich an der Hand aus dem Lehrerzimmer und zerriß den Zettel in kleine Fetzen. »Du hast etwas Unschönes getan, Baruch. Du mußt nie wieder in den Papieren deines Großvaters kramen.«

Das war das einzige Mal, daß ich meinen Großvater hinterging. Von da an schaute ich nie wieder in seine Papiere, bis er gestorben war.

6

Ich sehe Großmutter Fejges Bruder in meiner Erinnerung durch die Dorfstraßen gehen: Brille und Schädel in der Sonne funkelnd, hängende Schultern, zwischen den Zähnen vergammelnde *Kamardin*-Reste. Im Dorf schätzte man Lewin und die anderen Gemeindeangestellten relativ gering, weil sie keine Landwirte waren. Wurde jedoch ein gerechter Schiedsrichter oder irgendeine Finanzprüfung gebraucht, wandte man sich an ihn, denn Schlomo Lewin war so geradlinig und unbeugsam wie ein Brett und ein großer Pedant obendrein.

Eines Nachmittags saß er mit seiner Frau Rachel, der Jemenitin, unter dem weißen Wacholderbaum in seinem Vorgarten, brach mit dünnen, bläulichen Fingern kleine Stückchen Fladenbrot und Käse ab und schob sie ihr in den Mund, während ich, in der dichten Hecke versteckt, mich so klein wie möglich machte und ihrer Unterhaltung lauschte.

»Iß nur«, sagte er zu ihr, während er den nächsten Bissen in der Hand vorbereitete.

»Du brauchst mich nicht zu füttern«, protestierte Rachel lachend. »Ich bin kein Baby, ich bin schon eine alte Frau.«

»Mein Baby, mein kleines Schwesterchen«, hörte ich Lewin seufzen.

Manchmal, wenn die Alten sich an Großmutter erinnerten, schnappte ich auch einen Satz über ihren Bruder auf, und so bastelte ich ihn mir langsam in allen Einzelheiten zusammen, wie ich es bei vielen anderen tat, bevor ich sie bei mir begrub. Dem Wächter Rilow beispielsweise habe ich jahrelang nachspioniert, und zwar auf eigenes Risiko, weil ich einen alten Streit mit seinem Enkel hatte und mein Vater mit seinem Sohn verfeindet gewesen war, vor allem aber, weil Rilow die meiste Zeit in der

Senkgrube seines Kuhstalls verbrachte, wo er Waffen versteckte – und wer dort eindrang, wurde ohne Ansehen der Person auf der Stelle erschossen. Rilow pflegte einen mit seinem berühmten Quadratblick – zwei schräge Augen und zwei runde Gewehrläufe – zu fixieren und zu sagen: »Wenn du in deinem Bett sterben möchtest, komm hier nicht näher ran.«

Mit Rilow habe ich nie gesprochen, aber Lewin konnte ich studieren und ausfragen. Er hatte mich gern und sah mich immer mit trauriger Belustigung an, verwundert darüber, wie solch ein Goliat, ›so ein Achiman‹, aus seiner Familie hatte hervorgehen können.

»Hätte ich doch deine Widerstandskraft und Naivität«, sagte er lächelnd zu mir.

Einige Wochen zog er mit der Arbeitsgruppe umher, dann beschloß er auszutreten. Zirkin Mandolina, Großvater und Lieberson gingen nicht grob mit ihm um, aber wenn er sich die schmerzenden Handflächen rieb oder die Hacke im falschen Winkel ansetzte, genügte ein Blick von ihnen, ihm Tränen der Verzweiflung in die Augen zu treiben. Er begriff ihre Witze nicht, und es gelang ihm auch nie, mit ihnen mitzusingen, denn jeden Abend erfanden sie neue Lieder.

Ihre scheußlichen Angewohnheiten, sich während des Essens zwischen den Zehen zu kratzen, mit einem Strohhalm in den Zähnen zu stochern und Gespräche mit Maultieren und Eseln zu führen, versetzten ihn in Angst und Trübsinn. Selbst Fejge, so bildete er sich ein, achtete ihn nicht mehr.

»Unser Vater hatte mich ausgeschickt, um auf sie aufzupassen, und nun war ich zum armseligen Arbeiter und überflüssigen großen Bruder geworden.«

Die drei teilten ihre Nahrung mit den Geschwistern, bemühten sich, Arbeit bei den Bauern der Moschawot zu finden, und schützten sogar die beiden, als sie einmal bei Petach Tikva von vier Kamelführern überfallen wurden, die ihnen die Rucksäcke rauben wollten.

»Renn du mit Fejge weg«, rief Zirkin ihm zu, »und paß auf meine Mandoline auf.«

Schlomo und Großmutter verbargen sich hinter einer Bodenwelle und sahen verblüfft ›die drei Huligane‹ mit den Angreifern kämpfen und sie in die Flucht schlagen. Lieberson kehrte, triumphierend seine Werbelpistole schwenkend, mit aufgesprungener Lippe zurück, und Fejge reinigte ihm die Wunde und gab ihm unter dem Jubel seiner Freunde einen zarten Kuß.

Lewin tadelte sie später wegen der Freiheit, die sie sich da herausgenommen hatte.

»Ich hab die Burschen lieb«, antwortete sie ihm im Dunkeln.

Die ganze Nacht lag er schlaflos da, und am nächsten Morgen verkündete er in feierlich düsterem Ton, er habe die Absicht, sich von ihnen zu trennen.

»Auch uns ist es in den ersten Tagen im Land dreckig gegangen«, erklärte ihm Zirkin, »in einem Monat wirst du dich schon besser fühlen.«

Doch Lewin meinte, er müsse sich seinen Weg selber suchen, so oder so. Lieberson und Großvater kauften ihm eine Bahnfahrkarte nach Jerusalem und überließen ihm einige türkische Münzen. Fejge weinte, als ihr Bruder den Zug bestieg.

Niedergeschlagen saß er in dem klapprigen Waggon, die Hände auf der Suche nach etwas Wärme tief in die Taschen vergraben, die Knie sicher stocksteif in der rührend schüchternen Lewinschen Schrägung zusammengepreßt, denn so hockt er auch heute noch hinter der Ladenkasse. Ihm gegenüber saß ein Grüppchen Ultraorthodoxe mit ihren Frauen. Sie blickten ihn verächtlich an und erzählten sich von ihrem Zaddik, der vom Jaffaer Hafen abgehoben habe und auf einem kreiselnden Hut geradewegs an die Westmauer geflogen sei. Neben ihm saß ein gebeugter Händler, der den ganzen Weg über Zahlen vor sich hinmurmelte, als hoffe er, sie würden ihn auf sicheren Bahnen zur geistigen Normalität geleiten.

Lewin, der sich gerade erst aus der bedrückenden Gesellschaft von Postpelikanen und Pfadfinderfröschen befreit hatte, begriff, daß der Boden des Landes Wahnsinn erzeugende Dämpfe ausstieß, von denen sämtliche Einwohner, unabhängig von Alter, Volksgruppe oder Glauben, befallen waren.

Lewin guckte sich die dürre Landschaft an und knabberte an dem Brot, das Fejge ihm in den Rucksack gepackt hatte. Ruß- und Aschekrümel aus dem Schornstein der Lokomotive wirbelten durchs Fenster herein und schmeckten wie bittere Graupen. Die öde Strecke stimmte ihn traurig. Die grauen Täler, das stoppelige Brachland und die zerstörten Bergterrassen wirkten tot und elend im Vergleich zu den endlosen grünen Flächen, die er von den Flußufern seiner Kindheit her kannte.

Als die Lokomotive um den letzten Felsvorsprung bog und die Stadt in Sicht kam, nahm Großmutters Bruder sein Bündel in die Hand. Er ging zu der abgestellten Windmühle hinauf, von dort zum großen Teich hinunter, aus dessen trübem Wasser das Vieh trank, und passierte die Stadtmauer durch eines der Tore. Nun durchstreifte er die Altstadt, deren Ärmlichkeit und Dreck Abscheu und Angst in ihm erregten. Ein arabischer Junge verkaufte ihm eine fad schmeckende braune Dattelbrühe, die seine Gedanken noch zusätzlich trübte. Gegen Abend sah er zwei Pioniere, ging ihrem im Wind verwehenden russischen Wortschwall nach und fand eine Unterkunft für die Nacht. Aber seine Stimmung besserte sich nicht.

»Die Juden hier sehen uns mit scheelen Augen an, und Araber haben mich schon zweimal angefallen«, schrieb er seiner Schwester. »Diese Stadt mit ihren Steinen und ihrer Armut macht mich kaputt. Sie ist ganz und gar vergangener Glanz, verglühtes Feuer. Nur Steine sind ihre wahren Einwohner, das ist kein Ort für Menschen.«

Einige Zeit versuchte er, das Steinmetzhandwerk zu erlernen. Die arabischen Steinmetze verblüfften ihn mit ihrem sicheren Blick, der dem Stein gewissermaßen die Haut abzog und sein Wesen bloßlegte. »Ich erinnere mich an ihr Wort dafür – ›Messamssam‹. Sie gingen so leicht mit dem Stein um, als ob es Teig wäre.« Aber Lewins Finger zitterten und brannten noch Stunden nachdem er den Hammer niedergelegt hatte. Er beschloß, nach Jaffa hinunterzugehen. »Eine Stadt ohne Steine«, erklärte er mir, »eine sanfte Stadt.«

Da er nicht das Geld für eine Fahrkarte hatte, schloß er sich zwei Burschen und einem Mädchen aus Minsk an, die zu Fuß dorthin wollten. Gerade dieser schwere Marsch, der zwei Tage dauerte, gefiel ihm. Sie führten ihn über einen mit Dornbüschen, Felsbrocken und Hundegebell übersäten Bergpfad, »um den Wegelagerern von Abu Gosch nicht in die Hände zu fallen«.

Schwarze Vögel, die er nicht kannte, zwitscherten ringsum mit hocherhobenen orangenen Schnäbeln. Flinke Agamen, ›die Herren des Ödlands‹, erheiterten ihn mit ihrem Gebet. Auch seine Weggefährten behandelten ihn nett, halfen ihm sein Gepäck zu tragen und gaben ihm gute Ratschläge. Der größere der beiden Burschen, Chaim Margulis hieß er, empfahl ihm, auch an heißen Tagen eine wollene Leibbinde zu tragen, und erzählte ihm von seinem Vorhaben, Imker zu werden ›und Honig aus Felsspalten zu gewinnen‹, wie es die Bibel verheißen hatte.

»Aber Bienen bedeuten nicht nur Honig«, sagte Margulis fröhlich, »ohne Bienen werden wir das Land nicht zum Blühen bringen, ohne Bienen keine Früchte, keinen Klee, kein Gemüse, kein gar nichts. Auf die Fliegen und Wespen dieses Landes können wir uns nicht verlassen.« Bei einer Rast führte Margulis ihm vor, wie er die Nester der Wildbienen aufstöberte. »So machen's die Kosaken«, erklärte er. Er zog ein Schächtelchen hervor und näherte sich einem blühenden Thymianbusch, um dessen helle Blüten ›Wildbienen‹ schwirrten.

»Jetzt ist sie völlig trunken«, flüsterte er, indem er auf eine Biene deutete, die sich selbstvergessen an einer Blüte labte. Mit einer ruhigen Bewegung stülpte er ihr die Schachtel über und klappte den Deckel zu. Auf diese Weise fing er noch ein paar weitere Bienen.

»Sie kehren immer gleich zu ihrem Nest zurück«, erklärte er, ließ eine Biene frei und rannte ihr sofort erhobenen Hauptes nach, so daß er mit den Füßen über Erdklumpen und Steine stolperte. Lewin eilte hinter ihm her. Nach knapp hundert Metern hatte Margulis die Biene aus den Augen verloren, ließ eine zweite frei und rannte weiter.

Die sechste Biene brachte die beiden bis an das Nest, das in den geborstenen Wurzeln eines Johannisbrotbaums verborgen war. Lewin blieb in sicherem Abstand stehen und guckte staunend zu, wie Margulis sich Arme und Gesicht mit Macchiablüten einrieb, auf den Bienenstock zuging, dort stehenblieb und die Bienen auf der nackten Haut landen und umherkrabbeln ließ. Er schleuderte den Honig in seine Handfläche, und als sie zu den anderen beiden zurückkehrten, streckte er die Hand aus, worauf die Minskerin ihm die triefenden Finger abschleckte, als sei sie längst daran gewöhnt.

»Der süße Margulis«, lachte sie. Sie hieß Tonia und ließ die Augen nicht von dem Imker ab.

Sie sahen Kamelkarawanen: »Die türkische Eisenbahn«, erklärte Margulis. Lewin spürte ab und zu ein leises, angenehmes Kribbeln auf der Haut. Chaim Margulis war der erste Mensch in Erez Israel, der ihn nicht beleidigte. Lewin fühlte große Zuneigung zu diesem duftenden Burschen in sich erwachen. Im innersten Herzen wagte er es schon, ihn ›Chaimke‹ zu nennen, und spielte mit der Hoffnung, Margulis werde ihn einladen, sich ihm und seiner Minsker Freundin Tonia bis ans Lebensende anzuschließen.

Gemeinsam würden sie die Arbeit erobern, überlegte er, den

Boden und Tonia. Gemeinsam würden sie sich eine Heimstatt erwerben, würden im Lande Wurzeln schlagen und den eigenen Pflug führen. Einen Augenblick lang breitete sich die Zukunft wie eine wärmende Plane der Hoffnung über Lewins Kopf, und der Gedanke überlief ihn so rasch, daß ihm der Nacken vor lauter Wohlgefühl schwach und weich wurde. Doch als sie in Jaffa angelangt waren, hakte Margulis seine Tonia unter und verschwand winkend mit ihr und dem zweiten Burschen um die Ecke des ›Parkhotels‹. Lewin schaute traurig den enteilenden Rücken nach. Dann saß er mehrere Stunden auf einer Bank im Hotelgarten, betrachtete den Turm der deutschen Kirche und die sich rot färbenden Flammenbäume um sich herum, bis ein Kellner herauskam und ihn davonjagte. Über Nacht legte er sich auf die Sanddünen nördlich von Jaffa. Kalte Geckos krochen auf seinen Bauch, Schakalnasen beschnüffelten seine Füße. Die ganze Nacht machte er kein Auge zu, und am Morgen suchte er in Tel Aviv Arbeit auf dem Bau.

»Die Mädchen hier«, schrieb er seiner Schwester, die damals Bewässerungspfannen in den Zitrushainen Chederas grub, »sind grob und hart und beachten einen Burschen wie mich gar nicht erst. Ich weiß ihnen weder Lieder vorzusingen noch habe ich Honig, mit dem ich sie erweichen könnte. Sie wollen starke Burschen, die bei der Arbeit singen, während ich, so schwach und niedergeschlagen, keinen Gefallen bei ihnen finde. Ich sehne mich nach einer reinen, zarten Hand, einem duftigen Batistkleid, nach Kaffee und Kuchen am weißgedeckten Tisch auf grünen Flußauen.«

Lewin hob Baugruben aus und rollte hölzerne Schubkarren durch den Sand, bis ihm der Rücken lahm wurde.

»Meine armen Hände haben Blasen bekommen, die sofort aufplatzten. Die Haut hat sich geschält, bis Blut aus den Wunden rann. Auf den Arbeitstag folgt die schlaflose Nacht. Schmerzen im Rücken und in den Lenden und diese quälenden Gedanken.

Werden meine Kräfte durchhalten? Wird meine Körper- und Willenskraft ausreichen, die Prüfung zu bestehen? Am liebsten würde ich heimkehren oder nach Amerika fahren«, schrieb er Fejge, die seinerzeit bei Tiberias singend Steine zu Kies zerklopfte.

Er hat mir Großmutters Antwortbrief gezeigt. »Es gibt hier noch weitere Arbeiterinnen, die für die Männer waschen und kochen, wie du es in deiner Sorge um die kleine Schwester gefürchtet hattest. Aber wie glücklich bin ich! Arbeiterin bin ich! Zirkin, Mirkin und Lieberson – ich rede sie mit dem Familiennamen an, und auch sie nennen mich ›Lewin‹ und salutieren mir wie Offiziere – packen bei den häuslichen Aufgaben mit an. Zirkin kocht wunderbar, wenn er guter Stimmung ist. Gibst du ihm Kohl, Zitrone, Knoblauch und Zucker, bereitet er dir einen unvergleichlichen Borschtsch. Aus einem Kürbis, Mehl und zwei Eiern hat er uns Essen für die ganze Woche gezaubert. Gestern war Mirkin mit dem Waschen dran. Kannst du glauben, daß ein Mann die Schlüpfer deiner Schwester in einem Kessel mit der Wäsche der Männer gewaschen hat?«

Abscheu und Neid erfüllten Lewin, als er diese Zeilen las, und eilends schrieb er sie in sein Notizbuch, zur ewigen Schande.

»Erinnerst du dich an das Lied, das ich daheim gesungen habe? Gestern habe ich es den anderen Mädchen beigebracht. Zirkin hat für uns gespielt, und wir haben die ganze Nacht gesungen, bis die Sonne aufging und ein neuer Arbeitstag begann.«

Lewin steckte sich den Kopierstift hinters Ohr, stand auf, ging um den Bürotisch herum und begann langsam zu tanzen. Mit dünner Stimme singend, kreiste er zart und schmerzlich seine Leiden ein.

Pflügen und säen und unter Brüdern frohlocken werd ich,
Wenn ich nur sein darf in Erez Israel.
Ein Kattunkleid werd ich tragen, und Jehudija werd ich heißen,

Wenn ich nur sein darf in Erez Israel.
Trocken Brot werd ich essen, mich vor keinem Menschen beugen,
Wenn ich nur sein darf in Erez Israel.

Dann sank er wieder auf seinen Stuhl zurück. »Erez Israel«, sagte er zu mir, »hier wirst du nie einen Stein werfen können, ohne daß du damit eine heilige Stätte oder einen verrückten Menschen triffst.«

Er blickte auf die ersten Häuser von Tel Aviv, die jüdischen Arbeiter, die arabischen Fuhrleute, die Einwohner um sich herum.

»Plötzlich begriff ich, daß keiner in diesem Land geboren ist. Die einen sind vom Himmel heruntergefallen, die anderen aus dem Erdboden aufgestiegen«, erklärte er mir.

Aus einem raschelnden Bündel in seiner Tischschublade zog er vorsichtig weitere Papiere hervor. Großmutters Handschrift war groß und rund, leicht schräg geneigt in ansprechendem Winkel und sorgfältig um Schönheit bemüht.

»Ich bin vom Krankenlager aufgestanden«, schrieb sie ihrem Bruder, »und gegen Abend sind wir im Kinneret baden gegangen. Die Genossen haben sich wie Buben nackt im Wasser vergnügt, während ich in ein Laken gehüllt hineinwatete und es erst ans Ufer warf, als mir das Wasser bis zum Halse stand. Danach wetteiferten sie miteinander. Lieberson wollte wie Jesus auf dem Wasser wandeln und wäre beinah ertrunken. Mirkin schleuderte kunstvoll Steinchen, die ein Stück über die Wellen hüpften. Und Zirkin spielte für die Fische, um uns ein Abendessen zu besorgen. Aber drei Tage lang habe ich nichts als ein paar Feigen zu mir genommen.«

Lewin, der seine Schwester noch nie nackt gesehen hatte, kochte fast über vor Wut und Scham. Er beendete seine kurze Mittagspause. Auf der staubigen Straße gingen Burschen wie er in verschlissener Arbeitskleidung, verblühte, schwitzende Mädchen, in deren Augen Hunger und Krankheit funkelten, und Herren in weißen Jacketts und eleganten Schuhen, die nicht im Sand einsanken. Einer von ihnen richtete einen langen, starren Blick auf ihn, der ihm unangenehm war. Lewin erhob sich von dem Sandsteinblock, auf dem er gesessen hatte, und kehrte an seine Arbeit zurück.

»Den ganzen Nachmittag über dachte ich nur an eines – wie ich nachts zu der Sykomore auf dem Hügel gehen würde, um dort im Dunkeln zu sitzen und nachzugrübeln.«

Doch als er den Sandhügel bei Nacht mit Mühe erklommen und die Sykomore erreicht hatte, zu deren Füßen er niederfallen und die Puste wiedergewinnen wollte, stieß er auf ein Pärchen, das ›sich dort wie die Schweine wälzte‹. Der Blick der beiden ließ den verzweifelten Lewin Hals über Kopf an den Strand flüchten.

Am nächsten Morgen ging er in Jaffa zur Bank und bat um Arbeit. Das Glück war ihm hold. Er hatte eine sehr schöne Handschrift, buchhalterische Kenntnisse und ein angenehmes, vertrauenerweckendes Lächeln. So wurde er probeweise einem Beamten zur Hilfe zugeteilt, und ein Jahr später war er bereits Kassierer, trug ein weißes Jackett nebst Strohhut und hatte wieder weiche, glatte Hände ohne Blasen. Er ging mit leichten Schuhen am Strand spazieren, hörte nachts die Pioniere singen, lauschte dem Gewisper, das von der Sanddüne herüberdrang, schnupperte den scharfen Tee, den sie aus Blechdosen tranken, und fühlte sein Herz höher schlagen.

Aber da, als ihm das Glück zu lachen begann, brach, wie ich aus den Geschichten verstand, einer der Kriege aus. Großmutters Bruder wurde mit den übrigen Einwohnern aus Tel Aviv verbannt.

»Im Krieg«, sagte Großvater, »haben wir uns ein gefälschtes *Wassika* besorgt.«

Ich notierte mir das Wort *Wassika*, fragte aber niemals nach der Bedeutung von Worten, denn die Erklärungen störten und verwirrten die Fäden der Geschichte. »Wassika«, »Kulaken«, »Expropriation«, »Osmanisierung« waren Wörter, die ich nur deshalb bis heute in Erinnerung habe, weil ich ihren Sinn nicht kenne. Genau wie Lewin bis heute nicht weiß, was das Wort »Messamssam« bedeutet.

»Wir lebten von Oliven und Zwiebeln und wären beinah des Hungers gestorben«, erzählte Großvater.

Jeden Herbst erntete er Oliven und legte ein Faß davon ein. Ich saß dann neben ihm auf dem Betonpfad und schaute ihm zu, wie er den Knoblauch schälte, die Zitronen in Scheiben schnitt und die Dillstengel abspülte. Ein guter grün-weiß gestreifter Duft stieg von seinen Händen auf. Mit dem Messerstiel klopfte er kurz auf die Knoblauchzehen, und schon ließ sich das reine weiße Fleisch mit leichtem Druck seiner Schale entkleiden. Dann zeigte er mir, wie man das Faß mit Wasser füllt und die Salzlösung dazugibt.

»Hol ein frisches Ei aus dem Hühnerhaus, mein Kind, dann zeig ich dir was Schönes.«

Er legte das Ei in das Salzwasser, und wenn es auf halber Höhe schweben blieb, weder weiter aufstieg noch hinuntersank, sondern wie an einem unsichtbaren Faden des Glaubens und Vertrauens auf der Stelle stehenblieb, wußten wir, daß der Salzgehalt zum Einlegen richtig war. Dieses freischwebende Ei erschien mir immer als wahres Zauberwerk. Ebenso wie die veredelten Bäume auf unserem Hof und wie Elieser Liebersons Wandeln auf den Wassern.

Während des Krieges fand Lewin im Flüchtlingslager von Petach Tikva Unterschlupf. Diese Notzeit war aus seinem Gedächtnis gelöscht, oder er mochte nicht davon sprechen. Nur an eine Nacht erinnerte er sich, die Nacht, in der Heuschreckenschwärme über die Felder der Moschawa hergefallen waren und alles kahlgefressen hatten. Es war ein feines, anhaltendes, drohendes Rascheln.

»Und als wir morgens aufstanden, waren alle Zweige an den Bäumen weiß und tot, säuberlich abgeschält.« Das Knistern der Flügel und der nagenden Kauwerkzeuge erfüllte sein Hirn wie mit quälenden, harten Sandsteinkügelchen.

Als der Geschützlärm der Engländer von Süden her näherkam, kehrte Lewin nach Tel Aviv zurück und wanderte langsam über die rötlichen Sandwege, die gegen Abend immer gelber wurden. In der Stadt nahmen die Händler die genagelten Bretterverschläge von den Ladentüren. Australische Soldaten, die durch die Straßen schlenderten, lächelten ihnen zu und flößten ihnen Hoffnung und Sicherheit ein.

Lewin ging nicht wieder zurück zur Bank. Jetzt arbeitete er in einem Schreibwarenladen. Er lernte die Geheimnisse der Füllfederhalterreparatur, nahm ehrfürchtig die Füller von Brenner, Siskind und Ettinger auseinander, spülte die Teile in einer Lösung aus Galläpfeln, die er Sykomoren abgesammelt hatte, schliff Federn und entstörte Saugmechanismen. »Das Schicksal des Siedlungswerks liegt in Ihren Händen«, sagte der Ladenbesitzer lächelnd, als er Lewin den schwarzen *Waterman* von Arthur Ruppin prüfen sah, und machte ihn damit überglücklich. Der Ladeninhaber mochte ihn, stellte ihn jungen Mädchen, den Töchtern seiner Bekannten, vor. Doch Lewin sehnte sich nach dem Geruch von Stroh und Rauch, nach staubigen Füßen. Er wollte sich mit Heu und Sternen zudecken, auf der Tenne oder auf einem Sandhügel liegen. Schließlich schlug er seinem Arbeitgeber vor, ihn seine Waren in den umliegenden Moschawot feilbieten zu lassen, und so ritt er einmal pro Woche auf einem Esel nach Petach Tikva, Rischon Lezion, Rechovot und Gedera.

»Ich liebte diese Exkursionen.« Seine Lungen gewöhnten sich an den Staub, und der ruhige Trott des Esels tat seinem

Körper gut. Der Weg führte zwischen den duftenden Mauern der Apfelsinen- und Zitronenhaine und den stacheligen Akazienhecken mit ihren glitzernden Feuerkügelchen hindurch, passierte das schmiedeeiserne Tor von Mikve Israel und wandte sich den Weingärten Rischon Lezions zu. Er glaubte, durch ein sich ständig vor ihm teilendes Blütenmeer zu reiten. Ringsum sangen die Arbeiter. Sobald er sah, daß ein Grüppchen sich zum Essen niedersetzte, hielt Lewin schüchtern an und schaute von fern so lange zu, bis man ihn einlud mitzuhalten. Begierig aß er die Fallorangen und das in Bratöl getauchte Brot, das ihm immer noch Sodbrennen verursachte, steuerte aber auch selbst seinen Teil zur Mahlzeit bei: orientalisches Gebäck und süße Brötchen, die er in Jaffa eigens zu diesem Zweck gekauft hatte.

»Auch *Kamardin*?« fragte ich.

Lewin lächelte verschmitzt und überrascht. »Nein«, sagte er, »damals hatte ich schon ein bißchen eigenes Geld.«

»Der süße Lewin«, nannte ihn einmal eine hübsche, blonde Pionierin mit Stubsnase, die ihn lachend auf die Wange küßte, als er plötzlich Mut bekam und ihr ein klebriges Kuchenbröckchen in den Mundwinkel schob.

»Mir blieb fast das Herz stehen.« In den Nächten träumte er von ihr und von dem Bauernhaus, das er ihr und den Kindern errichten wollte – blühende Gemüsebeete, fleißige Hühner, eine Kuh und der Hände Arbeit. »Bis zum heutigen Tag lese ich Agrarzeitschriften, wie Frauen Kochbücher studieren«, erklärte er mir mit bitterem Lachen. »Jedesmal, wenn ich wieder unterwegs war, hielt ich nach ihrem blauen Kopftuch zwischen den Bäumen und Weinstöcken Ausschau.« Als er einen Monat später den Mut aufbrachte, nach ihr zu fragen, hörte er, daß sie an Fleckfieber gestorben war, und wieder überfiel ihn furchtbare Trauer.

»Sogar ihren Namen habe ich erst nach ihrem Tod erfahren«,

schrieb er seiner Schwester, die damals schon ein Ochsengespann lenken und damit pflügen konnte.

»Meine erste Furche in Erez Israel«, schrieb sie ihm. »Zu Anfang konnte ich nicht gleichzeitig den Pflug hinunterdrücken und die beiden Zügel halten. Lieberson führte die Ochsen für mich. Doch jetzt ziehe ich pfeilgerade Furchen.«

Auch sie erkrankte an Malaria, »aber das süße Blut der drei macht mich gesund«, schrieb sie ihrem Bruder.

In den Tragtaschen des Esels transportierte Schlomo Lewin Federhalter und Tintenfäßchen, Schreibpapier, Federn, Handelsformulare und Bleistifte. Zweimal wurde er ausgeraubt und übel zugerichtet, aber er hatte eine glückliche Hand bei seinen Geschäften, so daß ihn sein Chef zum Partner machte.

In jenem Jahr wurden die Böden des Emeks ›ausgelöst‹. Die Arbeitsgruppe beschloß, daß »der Genosse Mirkin und die Genossin Lewin in den Bund der Ehe treten«. Gemeinsam mit dem Imker Margulis, seiner Minsker Freundin Tonia, die sich später in den Wächter Rilow verliebte, Jakob Pines, dem künftigen Lehrer, und seiner schwangeren Frau Lea, die noch im selben Jahr sterben sollte, bildeten sie die erste Gruppe, die auszog, ›das ganze Land auszukundschaften‹ und nach käuflichen Böden abzusuchen. Sie kamen ins Emek und wurden die Gründer des Dorfes.

»Wir hatten damals einen Esel namens Katschke. Tagsüber brachte Katschke Wasser von der Quelle, doch nachts, wenn alle schliefen, zog er seinen Frackrock an, putzte sich Hufe und Brille, breitete die Ohren aus und flog nach London.«

Der englische König saß gerade beim Frühstück, als Katschke landete und mit dem Huf ans Palasttor pochte. Sofort bat der König ihn herein, bot ihm weiche Eier im Becher und zartes Weißbrot an. Katschke erzählte ihm von dem Dorf, und der König befahl den Dienern, alle anderen Audienzen abzusagen.

»Aber Boris von Bulgarien wartet im Vorderzimmer, Ihre Majestät.«

»Soll er warten«, erwiderte der englische König.

»Die Königin von Belgien wartet im Garten.«

»Soll sie warten«, sagte der König, »heute unterhalte ich mich mit Katschke, einem hebräischen Esel aus Erez Israel.«

7

»Großmutter Fejge ist wie eine ukrainische Bäurin durchs Narzissenfeld gegangen«, sagte Uri mit verschleierten Augen, »im Kleid ohne Schlüpfer drunter. Sie ist von der Berührung der Staubgefäße schwanger geworden. Deshalb heult und niest mein Vater bis heute, wenn die Narzissen an der Quelle blühen.«

Die Dorfgremien rechneten und fanden, daß Großmutter zum Wochenfest entbinden »und die vollkommensten Erstlingsfrüchte überhaupt darbringen werde – den ersten Sohn des Dorfes«.

»Zirkin und Lieberson waren ganz aufgeregt über Großmutters Schwangerschaft«, erzählte Großvater in unverdächtig gleichmütigem Ton. Die beiden unternahmen gefährliche Expeditionen, um ihr Zitronen aus Chamat Gader, Kapernknospen aus Samarien und Steinhuhnküken vom Karmel zu bringen. Zwei verantwortungsbewußte Genossinnen aus dem Jordantal wurden abgeordnet, sie in den letzten, schweren Monaten ihrer Schwangerschaft zu bekochen. Sie lasen ihr ausgewählte Romane und ›Abschnitte aus den theoretischen Schriften der Arbeiterbewegung‹ vor.

»Der Mythos des ersten Sohnes mag noch so lächerlich sein, von der Hand weisen läßt er sich nicht«, erklärte mir Meschullam Zirkin, der seinem Vater Mandolina und seiner Mutter Pessja nie verziehen hatte, daß er erst auf Platz zwei im Dorf angekommen war. »Der Bauch deiner Großmutter Fejge war in aller Munde.«

Wenn Fejge auf den schlammigen Wegen des Dorfs umherging, strahlte ihr Gesicht, und ihre Stimme wurde so volltönend und sanft, daß sie Mensch und Tier in ihren Bann schlug.

»Selbst Mirkin, der sie nur im Verein mit Elieser Lieberson und Zirkin Mandolina lieben konnte und auch dann noch seiner Krimtatarin nachgrübelte, als die arme Fejge in sein Zelt einzog, hat sie damals liebevoll und bewundernd angeschaut.«

»Er hat ihr den Bauch mit grünem Olivenöl eingerieben«, fügte Uri eigene Details hinzu.

Als ihre Stunde gekommen war, kutschierte man sie eiligst zur einige Kilometer entfernten Bahnstation, doch schon bei der Abfahrt sahen sie von weitem, wie die Eisenbahn sich von dem blauen Gebirgskamm löste und auf die Station zusteuerte.

Die Geschichte von Abrahams Geburt gehört zu den bekanntesten des Emek. Zur Fünfzigjahrfeier des Dorfs wurde sie sogar von einem eigens aus Tel Aviv herbeigerufenen Regisseur in Szene gesetzt, der alle mit seinen lila Hosen und seinen lautstarken Versuchen, so viele Mädchen wie möglich zu beschlafen, verblüffte.

Zirkin Mandolina und der Wächter Rilow ›sprangen auf die Pferde, galoppierten wie zwei Kosaken, wie feurige Blitze‹ und holten die Bahn ein. Der Lokomotivführer versuchte zu protestieren, hob sogar drohend die Kohlenschaufel, aber Rilow schwang sich vom Pferderücken in die fahrende Lok, durchbohrte den Lokführer mit steifem Zeigefinger und wütendem Blick und zog eigenhändig die Bremse.

»Wir sind nicht irgendwer, wir sind der Dorfrat!« verkündete er dem Lokführer und seinem rußverschmierten Assistenten, die ob des furchtbaren Spruchs und des jähen Halts zitternd auf dem Kohlenhaufen landeten.

»Steh auf und fahr sofort los, wenn du in deinem Bett sterben möchtest, du Aas!« schrie Rilow. »Volldampf voraus!«

Der Zug setzte sich ächzend in Bewegung. Zurück blieben eine lange Funkenschleppe, hohe Rauchwolken, zwei gesattelte Pferde und Großmutter Fejge nebst Begleitern, die schreiend auf die Schienen zuliefen. Sie selber ging in die Hocke, um auf offenem Feld zu gebären.

Nach einer Stunde kam mein Onkel Abraham zur Welt – Großmutters und Großvaters Erstgeborener und der erste Sohn des Dorfes. »Er ist auf unserem Feld, unserer Scholle, unter unserer Sonne geboren, genau an der Stelle, an der heute Margulis' großer Schieber steht.«

An jenem Tag zirpten die Zikaden mit unermüdlicher Vehemenz auf dem Feld, bei Nacht saßen die Pioniere dort und sangen, und am Morgen erschienen Rilow und Zirkin, die den ganzen Weg im Dauerlauf zurückgekommen waren. Rilow entschuldigte sich nicht einmal. Er trank etwas Wasser und wollte dann die Genossen versammeln, um zu entscheiden, wie das Kind heißen sollte, mußte jedoch hören, daß die Mutter ihrem Sohn schon einen Namen gegeben hatte: »Abraham, nach ihrem Vater.« Elieser Lieberson murmelte etwas über »eine Genossin, die sich unglaubliche Freiheiten herausnimmt«. Im Dorfblatt schrieb er: »Das ist genauso unser Kind wie es ihrs ist.« Aber er mußte sich fügen.

Fanja Lieberson, die einige Wochen zuvor aus dem Kibbuz entführt worden war, wußte, daß Männer bei der Geburt ihres ersten Kindes von Todesgefühlen befallen werden, und expedierte Großvater aus dem Zelt.

»Sie saß mit Lea, meiner armen Frau, zusammen, und gemeinsam nähten und bestickten sie Windeln für den kleinen Abraham und flochten ihm ein Körbchen aus frischen Weidenzweigen, die sie an der Quelle geschnitten hatten.«

Eine Woche später wurde der Mohel aus der Stadt jenseits der blauen Berge geholt. Die Genossen zogen weiße Kleidung an, kämmten sich sorgfältig, schnitten sich die Nägel und setzten sich im Halbkreis vor Mirkins Zelt. Großvater brachte seinen Sohn heraus und schwang ihn unter allgemeinem Jubel hin und her. »Dein Onkel Abraham war unsere Erstlingsfrucht. Er wurde geboren, bevor noch die Bäume erste Früchte angesetzt hatten.« Bis heute schwingen wir am Wochenfest vor versammeltem Publikum all unsere Kinder, die während des Jahres geboren wurden, zum Andenken an jenes Fest, an dem der erste Sohn zur Welt kam.

Die Anwesenden waren geblendet von der Schönheit und Reinheit des Babygesichts, das sie da ›mit einem so funkelnden Mund‹ anlächelte, »daß man hätte schwören mögen, es hätte schon Zähne, ja es glich einer riesigen Narzisse in seinem Steckkissenkelch«. Abraham wurde ohne die beiden tiefen Rillen geboren, die jetzt seine Stirn durchfurchen, und sein Gesichtsausdruck war noch freundlich, so glatt und frisch wie die Schale eines großen Apfels.

»Sofort schlossen sich die Reihen«, fuhr Pines fort, »Hände legten sich auf Schultern und Hüften, die Füße hoben sich zum Tanz.« In jener Stunde spürten alle, daß Gnade über dem Dorf ruhte, denn es war ja nun jemand da, der ›die Fackel im großen Generationenlauf weitertrug‹. Damit das Werk nicht erstarb, wenn sie einst selber in ihre Erde eingingen.

Pines lächelte sanft, freudige Erinnerung sprach aus jeder Faser seines Gesichts. »Dieses Kind hat uns mit unlöslichen Banden verknüpft«, sagte er, und die Worte fielen aus seinem Mund wie die Früchte der alten Wildzwetschge auf Margulis' Grundstück – klein, süß und treffend.

»Wir ließen ihn von Hand zu Hand wandern und erlaubten jedem Genossen und jeder Genossin, ihn in den Armen zu halten. Für einen unvergänglichen Augenblick voll Ehrfurcht und Süße spürten wir die Verheißung, die von der Anmut seines Körpers ausging, sogen begierig seinen guten Duft ein. Einer nach dem anderen hielten wir ihn, wie man einen geheiligten Gegenstand weiterreicht, und jeder versah ihn mit einem Segen, der eine laut, der andere leise in der Tiefe seines Herzens. Jeder von uns hatte Anteil und Erbe an ihm.«

»Ich zeig dir bei Gelegenheit mal das Protokoll der Beschneidungsfeier«, versprach mir Meschullam, »Lieberson wünschte dem Jungen, er möge die erste Furche im öden Negev ziehen, Rilow meinte, er solle Gilead und Baschan erlösen, und mein Vater sagte, er werde ihm Mandolinespielen beibringen. Im Geiste sahen sie ihn säen und pflügen, ferne Juden aus dem Ural und aus den arabischen Wüsten herholen und widerstandsfähige Getreidesorten züchten. Und was ist bei all dem herausgekommen? Dein Onkel Abraham.«

Eine schöne Stunde war das, von deren Güte und Glück die Menschen noch viele harte, entbehrungsreiche Wochen lang zehrten. Alle waren von stiller Freude erfüllt, außer Schlomo Lewin, dem Bruder meiner Großmutter, der mit dem Zug aus Tel Aviv zur Beschneidungsfeier angereist war. Da er sich nicht getraut hatte, mit seinem weißen Stadtjackett anzukommen, hatte er einen groben, scheuernden Blaumann und eine grauscheckige Schirmmütze angelegt.

Lewin ging von der Bahnstation zu Fuß durch die Felder, überwältigt von dem durchdringenden Geruch der schweren, summenden Erde ringsum. Fejge schlang ihm ihre dünnen, erschöpften Arme um den Hals. Tonia und Margulis, die ihn von ihrer gemeinsamen Wanderung von Jerusalem nach Jaffa in Erinnerung hatten, lächelten ihn wie alte Bekannte an. Und doch fühlte sich Lewin fremd und verloren unter den erregten Pionieren, die ihn umarmten und bewirteten. Sogar das Baby faßte er ›nicht gut‹ an, so daß es ihn mit seinen scharfen Kiefern ins Handgelenk biß.

Schließlich ging man den Mohel suchen, der im Dorf umherschlenderte, Erde schnupperte und im stillen überschwengliche Gebete sprach. Er nahm Abraham auf den Arm, schmatzte beim Anblick des wohlgeformten Gliedes anerkennend mit den Lippen und beschnitt sein Fleisch. Tiefe Stille breitete sich aus. Selbst Lieberson, der stets behauptete, die Beschneidung sei nichts als ein heidnischer Brauch, spürte, daß dies nicht der rechte Augenblick zum Debattieren war, und als dann das laute Gebrüll des ersten Sohnes über die Felder schallte, brachen die Pioniere in Tränen aus und schämten sich nicht.

8

Efraim, mein verlorener Onkel, war Großvaters Lieblingskind. Er sah gut aus, war leichtfüßig und flink. Großvater erzählte mir immer wieder, wie er in den Krieg gezogen war, wie er sein Kalb auf den Schultern getragen hatte und wie er aus dem Dorf verschwunden war. Efraim wurde ein Jahr nach Abraham geboren, und wieder ein Jahr später folgte Ester, die meine Mutter werden sollte. »Die Kinder, die bald im Dorf herumtollten und langsam bei der Arbeit mit anpackten, erwärmten einem das Herz.«

Auch Margulis' Tonia brachte ein Töchterchen zur Welt, das allerdings von Rilow, dem Wächter, stammte. Seit ihrer Ankunft im Dorf war sie seinem kriegerisch maskulinen Zauber erlegen, wollte in seinem Bett sterben und entflammte bis zum Wahnsinn, als er sie bat, für ihn Gewehrkugeln im Büstenhalter zu schmuggeln. Rilow stieg mit ihr in das große Geheimarsenal in der Senkgrube hinab. Ihre Schatten zitterten im flackernden Schein der Petroleumlampe, als er mit den Fingern die Munition zwischen ihren Brüsten herausfischte. Aber sobald er die Geschosse nachgezählt hatte, half er ihr beim Ankleiden. Ihr blieb fast der Atem stehen, als er die rosa Bänder auf ihrem Rücken festzog und verschnürte. Dabei verriet ihr Rilow mit unvermutet entrückten Augen, er träume nachts von Pessja Zirkin und von den Mengen, die sie für ihn schmuggeln könnte. »Sie hat alles, was ich brauche«, führte er aus, »ein Auto, gute Beziehungen und eine beachtliche Körbchengröße.« Tonia war gekränkt, gab aber nicht auf.

Rilow fand eine verschwiegene Verbündete in ihr. Nachts ging sie mit ihm weg, um Denunzianten in den Wadis zu treffen, Granaten an Geheimplätzen zu verbergen und Kollaborateure zu beseitigen. Sie liebten sich, von weißem Sprengstoffstaub bedeckt, auf Sprenggranatenkisten, und als Rilow, dessen Vorstellungswelt recht begrenzt war, sie »Schwarzlose« nannte, empfand sie das nicht als Beleidigung.

Sie heiratete ihn im Geheimen, umringt von einer Mauer aus Leuten des *Haschomer*, die ihnen Geschenke mitgebracht hatten – einen Tatarensattel, ein edles Pferd, dessen Fell unablässig bebte, und einen gefesselten, jammernden Rabbiner aus Tiberias, der die Trauung vollzog, obwohl man ihm die Augen mit einem schwarzen Tuch verbunden hatte. Nach einem Jahr brachte Tonia eine Tochter zur Welt, ohne je gewußt zu haben, daß sie schwanger war, denn Rilow hatte auf ihr morgendliches Stöhnen hin nur mit wegwerfender Geste gesagt, Übelkeit und Erbrechen seien eine bekannte Folge der häufigen Berührung mit Sprenggelatine.

Der süße Margulis, gutmütig wie immer und frei von törichter Eifersucht, nachtragender Feindseligkeit und aufbrausenden Rachegelüsten, kam ins Rilowsche Haus, ein großes Glas Honig in der Linken und seine neue Freundin, Riva Bejlin, an seine Rechte geschmiegt. Sie war eine Pionierin von der Arbeitslegion, die er im Zug nach Zemach kennengelernt hatte. Als Tonia, der noch alles wehtat, ihren verflossenen Liebhaber und seine neue Partnerin betrachtete, durchzuckte Wut ihre Adern. Noch in derselben Woche brach der erste Ehekrach mit ihrem Mann aus. Rilow wollte nämlich, nach alter Konspiratorentradition, auch die Geburt seiner ersten Tochter geheimhalten, worüber Tonia bis zu Tränen und Haßausbrüchen gekränkt war.

Daniel, der Sohn von Fanja und Elieser Lieberson, war gleichaltrig mit meiner Mutter Ester. Er fühlte sich ihr von dem Augenblick an verbunden, in dem die beiden erstmals im Freien gemeinsam auf einer Decke lagen. Drei Wochen waren sie damals jung.

Großvater, Lieberson, Großmutter und Fanja waren mit den

Babys in die Pflanzung gegangen, wo Großvater allen zeigte, wie man junge Birnbäume in Kelchform brachte. Während die Baumschere in seinen Händen klapperte, spottete er nebenbei über die sowjetischen Agrartheorien Mitschurins, nach denen die durch Veredlung erworbenen Eigenschaften der Obstbäume vererblich sein sollten.

Fejge, noch schwach und bleich, streckte sich auf dem Boden aus, stützte den Nacken auf Fanjas Schenkel und paßte auf, daß die Kinder nicht gestochen oder gebissen wurden. Bald hob Daniel den kahlen Kopf, schüttelte ihn kräftig hin und her und drehte sich mit äußerster Mühe zu Ester um. Seine Mutter traute ihren Augen nicht. Sie kam gar nicht auf den Gedanken, daß ihr dreiwöchiger Sohn Ester gesehen hatte und an sie rankommen wollte. Doch Großmutter begriff sofort, was da vor sich ging, und dachte insgeheim, ihr Mann könne ja sagen, was er wolle, aber Mitschurin habe doch recht.

An jenem Abend begann Daniel bereits zu krabbeln, und als Großmutter Fejge sagte, sie wolle jetzt ihre Tochter mit heimnehmen, waren alle über den Kleinen verblüfft, der wie ein winziger, hartnäckiger Gecko auf die Tür zusteuerte und dabei gar nicht wieder aufhören wollte zu brüllen. Seine Eltern machten schlaflose Wochen durch, bis sie begriffen, daß er nicht vor Hunger oder Zahnschmerzen weinte, sondern nach Mirkins Kleiner verlangte. »Alles Quatsch«, sagte Uri zu mir, »ich sag dir genau, warum er gebrüllt hat; das tut ziemlich weh, wenn er dir steif wird, zwei Wochen nach der Beschneidung.«

Mitten in der Nacht brachte Fanja manchmal ihren vom Schreien blau angelaufenen Sohn halb erstickt zu Großvater und Großmutter und entschuldigte sich für die Störung. Bevor er noch Laufen lernte, konnte Daniel schon wie ein Äffchen in die Krippe seiner Geliebten klettern. Dann klammerte er sich mit Armen und Beinen an Ester wie eine Zikade an einen saftigen Zweig, wurde sofort ruhig und schlief ein.

Ganze Tage lang war er bei Großmutter in Pflege. Wenn man ihm Ester wegnahm, um sie zu waschen oder schlafenzulegen, stimmte er ein Geheul an, das noch jenseits der blauen Berge zu hören war. Als er sieben Monate alt war, brachte er sich das Laufen und Rennen bei, um seine Geliebte überallhin begleiten zu können, und ihren Namen sprach er schon aus, bevor er Vater und Mutter sagen konnte.

Großmutter Fejge beobachtete die beiden Kinder liebevoll. Sie hatte immer daran geglaubt, daß jeder Mensch auf der Welt einen vom Himmel für ihn ausersehenen Partner hat.

»Aber es sorgt jemand dafür, daß sie an zwei verschiedenen Enden der Erde geboren werden«, sagte Großmutter zu Fanja. »Ihr ganzes Leben verbringen sie in Trübsal, ohne zu wissen warum. Meine Tochter und dein Sohn sind durch Zufall im selben Dorf zur Welt gekommen.«

»Wie Adam und Eva im Paradies«, sagte Jakob Pines, der junge Witwer mit dem gebrochenen Herzen, den die aktive Liebe zwischen Daniel Lieberson und Ester Mirkin derart anrührte, daß er es gar nicht abwarten konnte, sie schnell groß werden und in seine Klasse einziehen zu sehen.

»Die wahre Lehre der Paradiesgeschichte hat nicht mit Ethik, sondern mit Liebe zu tun«, bemerkte Pines in dem ebenso treuen wie diskussionsfreudigen Bibelkreis des Dorfes, »sie waren das einzige Paar, das ganz allein auf der Welt lebte.«

Elieser Lieberson erhob sich. »Mich beeindruckt nicht, daß Adam der einzige vor seinem Schöpfer war«, sagte er, »sondern daß er der einzige für Eva war.«

Die Genossen nickten lächelnd. Liebersons Atheismus und seine Liebe zu Fanja waren im ganzen Emek berühmt. Und Pines war selig. Er suchte in der Bibel nur humane Lehren und Aussagen über die Natur des Landes. Bibelgelehrte, Prediger und Funktionäre, die ihr politische Lehren und Inhalte entnahmen, waren ihm zuwider.

»Nur des Menschen Herz und die Erde des Landes in ihrem umwälzenden Leid sind sich von damals bis heute gleich geblieben«, sagte er.

Die Genossen verließen das Zelt des Lehrers, die Petroleumlampen in den Händen, und stapften mühsam durch den furchtbaren Schlamm. »In jedem Paradies gibt es auch eine Schlange«, sagte Großmutter zu Fanja, »früher oder später schießt sie aus dem Gras empor.«

»Ihre Schlange lebt in Rußland«, flüsterte Fanja ihrem Mann zu, »die Frucht des Baumes der Erkenntnis trifft in Briefumschlägen ein.«

Fejge betrachtete den kleinen Daniel, der auf dem Rücken lag und glückstrahlend am Daumen seiner Geliebten lutschte. »Der wird nie eine andere Frau angucken«, sagte sie.

Sie starb, als Daniel und Ester noch klein waren, sah also nicht, wie meine Mutter ihrem Liebhaber den Rücken kehrte. Ihr Bild, eine Vergrößerung des Photos aus der Kiste, stand jahrelang in Fanjas Küche auf der Anrichte: dieselben schwarzen Zöpfe, dieselben geballten kleinen Fäuste und dieselbe bestickte weiße Leinenbluse, während die Augen an beiden Seiten der Kameralinse vorbeizusehen schienen. Von klein auf wußte ich, daß so eine Frau dreinschaut, die ›an Liebesmangel gelitten hat‹.

»Meiner Freundin Fanja«, stand auf dem Bild.

Seinerzeit bestand das Dorf lediglich aus zwei weißen Zeltreihen, die durch den giftigen Vorhang von Sumpfnebeln und Mückenflügeln kaum zu sehen waren. Ein paar Verschläge waren bereits aufgestellt, es gab einen großen Trog für das Vieh, und Hühner pickten im Staub herum.

Später pflanzte Großvater hundert Meter vom Zelt entfernt ein paar Bäume: einen Granatapfelbaum, einen Olivenbaum, eine Feige und zwei Reihen Chasselas- und Perlettrauben. An die Stämme nagelte er Schildchen mit den Versen: »Der Weinstock gibt seine Frucht«, »Ölbäume wachsen überall in deinem Land«, »Wer einen Feigenbaum pflegt, wird seine Frucht essen« und »Die Granatbäume blühen«.

Der Granatapfelbaum alterte schnell, Tränen gelben Harzes sprenkelten seinen dürren Stamm, und nur gelegentlich trug er ein paar kümmerliche Früchte. Anfangs spritzte mein Großvater ihm Arzneien und Insektenbekämpfungsmittel ins Holz, doch als alles nicht helfen wollte, sagte Pines, der Baum ›ist von der Motte des Zweifels befallen, die sein Schicksal besiegelt‹. Die ersten Weinstöcke verwelkten wegen Reblausbefall, so daß Großvater seine Reben künftig kalifornischen Stöcken aufpfropfen mußte, obwohl Kalifornien als das Land seines Bruders und Luther Burbanks gemischte Gefühle in ihm weckte.

Aber die Feige und der Ölbaum, mittlerweile von Grabsteinen, Rasenflächen und Zierbäumen umgeben, stehen noch heute in vollem Saft. Von Großvaters Zauberhand berührt, ist der Feigenbaum so unverändert wild und spritzig, daß er dickflüssiges, scharfes Harz auf die Erde abgibt. Und der Ölbaum trägt schöne grünliche Früchte, hübsch gesprenkelt mit öligem Gelb.

Großvater besaß ein besonderes Gespür für die Baumzucht. Pflanzer aus dem ganzen Land berieten sich mit ihm, schickten ihm befallene Blätter und die Eier schädlicher Falter. Die Bäume, die auf seinem Hof wuchsen, erregten die Bewunderung sämtlicher Experten. Jedes Jahr wallfahrteten Bülbüle und Agronomen ins Dorf, um Mirkins Früchte zu sehen und zu kosten. Ich selbst erinnere mich, wie die Leute im Herbst ankamen, um Großvater bei der Olivenernte zuzuschauen.

»Komm her, mein Kind«, sagte er und forderte mich auf, die Arme wie er um den Ölbaum zu legen. Er schlug nicht, wie sonst üblich, mit Stöcken gegen die Zweige, sondern umarmte den Stamm, schmiegte das Gesicht daran und schwang sacht mit ihm mit. Zuerst geschah gar nichts, aber nach einigen Minuten spürte ich, wie der starke Baum ächzend ins Schwanken geriet, unter den Bewunderungslauten der Umstehenden nachgab und mir einen sanften Schauer auf Kopf und Schultern prasseln ließ. Das feine Trommeln der Oliven, die auf meine Haut regneten, haftet mir noch im Gedächtnis.

Die Kasuarinenallee hat Großvater gepflanzt, als Abraham geboren wurde. »Der erste Sohn, der enttäuschte, die Hoffnung, die nicht in Erfüllung ging«, titulierte ihn Meschullam Zirkin, der ein Jahr nach ihm zur Welt kam und alsbald eine umfassende Theorie darüber entwickelte, warum Großvater gerade Zierbäume bei der Geburt seines Sohns gepflanzt hatte.

Als Großmutter Fejge ihr zweites Kind, meinen Onkel Efraim, zur Welt brachte, war mein Großvater so überglücklich, daß er einem Wildorangenstamm je ein Reis Apfelsine und Grapefruit, Zitrone und Klementine aufpfropfte. Den »Baum der vier Arten« nannte er ihn in Anlehnung an den Feststrauß des Laubhüttenfests, und als dieser wundersame Zitrusbaum seine vielfältigen Früchte trug, fuhr Großvater mit seinen Okkuliermanövern fort und füllte das Dorf mit verrückten Bäumen, die sich bald gegenseitig befruchteten. Muskattrauben verfaulten unerreichbar auf hohen Zypressenwipfeln, irakische Datteln reiften an Pflaumenbäumen. Großvater erschauerte angesichts des Mitschurinismus, der jetzt im Dorf triumphierte, aber die Bäume machten fröhlich weiter. Ein Jahr später kam Großmutter mit Ester, meiner Mutter – ihrem letzten Kind – nieder. Von da an trug ihr Schoß keine Frucht mehr, sondern bereitete sich auf den Tod vor. Wenn man es bedenkt: diese Dinge liegen erst ein paar Jahrzehnte zurück und sind doch schon in die Webschleier uralter Zeiten gehüllt, eingeschmolzen in das schwarze Wachs des Geheimnisvollen, als entstammten sie Pines' Bibelstunden, in denen die Debora-Palme und Abrahams Tamariske noch in vollem Saft standen, gepflanzt an den Bächen seiner Geschichten, die von Wanderzügen, Erde und Zelt, von legendären Brunnen, Bäumen und Gebärmüttern handelten.

Großmutter hat noch in die Baracke einziehen können, die anstelle des Zelts errichtet wurde, dieselbe Unterkunft, in der ich später mit Großvater wohnte. Sie hat den Holzboden so blitzblank gescheuert, daß bis heute flache Dellen an die Abdrücke ihrer Knie erinnern, hat für ein bereits verglastes Fenster helle Gardinen aus altem Stoff genäht und neben dem Feigenbaum einen Lehmofen gebaut, der die Wohlgerüche von Brot und gebackenem Kürbis speicherte. Im Stall standen zwei gemischtrassige Damaszenerkühe, die der kleine Abraham täglich früh morgens zur Weide auf den vorderen Grundstücksteil führte, und mehrere bunte Hühner, die man bei den Tscherkessen jenseits der Berge dazugekauft hatte, pickten mit Rachel Janait auf dem Hof herum. Die alsbald ausschlüpfenden Küken wurden in einen Holzkasten gesetzt, in dem eine wärmende Petroleumlampe brannte, und eben diese Küken veranlaßten die alte Wildkatze, ihren Wohnort vom blauen Gebirgszug an die Quelle auf unseren Feldern zu verlegen.

»Die kochten im Lehmofen, pflückten Portulak für die Hühner, liefen barfuß und schleppten das Wasser in Kanistern ran«, sagte Uris Zwillingsbruder Jossi, »kurz gesagt, die sahen haargenauso aus wie'n arabisches Dorf.«

An der Stelle, an der sich heute das ›Ewige Haus der Pioniere‹ erstreckt, hatte Großvater seinen großen Obstgarten angepflanzt. Zwischen den Reihen grub er Bewässerungsrinnen, und um die Bäume nicht zu quälen, bewässerte er sie nur nachts. Wenn ihn Müdigkeit überkam, plazierte er den Schlauch an den Anfang einer Rinne und legte sich am anderen Ende schlafen. Das Wasser rann langsam. Sobald es ihn erreichte, wachte er auf, erhob sich, richtete den Schlauch auf die nächste Rinne und schlief darin wieder ein. Dieses System ließ einen Schwall von Witzen im Dorf aufkommen. »Er hat alles getan, um nicht zu Hause zu schlafen«, schimpfte Fanja in Liebersons Anwesenheit. Aber manche Bauern meinten, falls Mirkin, Gott behüte, einmal nicht aufwache, könne die Pflanzung überflutet werden und das Land womöglich wieder versumpfen.

Großvater kümmerte sich weder um die Leute noch um ihr Gerede. Jeden Morgen kehrte er, vor Kälte und Freude zitternd und nach feuchter Erde duftend, ins Haus zurück, und unter seinen Händen trug der Garten schon im zweiten Jahr reiche Frucht.

In jenem Jahr kam Seizer aus der Jordansenke auf Besuch. Er war ein alter Freund von Großvater. Obwohl er sich niemals beklagte, war ›leicht zu erkennen, daß das Leben in der Kommune ihm nicht lag‹. Großvater bat ihn zu bleiben, worin Seizer unter der Bedingung einwilligte, daß ihm die alte Freundschaft nicht etwa Vorteile einbringen dürfe. Er betrachtete sich als Arbeiter und wollte es bleiben. Ja er war derart bescheiden, daß er nicht im Haus übernachten wollte.

»Warum wohnt er im Kuhstall?« fragte ich Großvater oft, »warum lebt der alte Seizer bei den Kühen?«

»Seizer ist stur wie ein Esel«, antwortete Großvater lächelnd, »so ist er es gewöhnt, und so möchte er's haben.«

Er war Vegetarier, und nur ganz selten nahm er von Großmutter, die ihn sehr gern hatte, ein Stück Kuchen an, worauf er prompt Reue und Bauchschmerzen bekam.

Seizer blieb bis zu seinem furchtbaren Tod bei uns. Seine besondere Fähigkeit, schnurgerade Furchen zu pflügen, erregte allgemeine Bewunderung. Bereitwillig übernahm er alle schweren Arbeiten, und nur am Sabbat ging er lange allein durch die Felder spazieren, ›um Blumen zu schnuppern und nachzudenken‹.

»Nimm mich mit«, rief ich dann und rannte barfuß hinter ihm her, »nimm mich mit, Seizer.« Ich wußte, daß er sich, nach Großmutters Tod Jahre zuvor, um meinen Onkel Abraham gekümmert, mit ihm gespielt und ihn ›als Mehlsack‹ durch die Felder spazierengetragen hatte. Aber mit mir und meinen Vettern spielte er nicht mehr, denn auch Seizer war inzwischen älter geworden. Jetzt kasteite er seinen Leib mit Selbstprüfung und trug nur noch Erinnerungen und Einsichten auf dem Buckel.

»Laß ihn in Ruhe, Baruch«, sagte Großvater, »das ist sein Ruhetag, und jeder hat manchmal Anspruch darauf, allein zu sein.«

Seizers breite Gestalt verschwand dann langsam in der Ferne. Zuerst wurde er von den Obstbäumen verdeckt, tauchte dann wie eine Fliege auf dem fernen gelben Stoppelfeld wieder auf und geriet schließlich auf dem Bergkamm außer Sicht.

»Das waren schwere, schöne Tage«, erzählte mir Pines in der Küche seines kleinen Hauses, »wir sahen alle wie die Gibeoniter aus, barfuß und abgerissen, aber das Herz lief einem über.«

Im Sommer droschen sie gemeinsam den Weizen. Achtzehn Bauern betätigten die große Dreschmaschine und schrien einander wie die Verrückten an, wenn die Trommel steckenblieb. Die Frauen brachten trockene Kekse und hausgemachten Wein auf die Tenne, und nachts lockten die riesigen Strohhaufen sangesfreudige Grüppchen, Schlangen und Liebespärchen an.

»Geknickte Strohhalme im Haar sind der schönste Schmuck einer Frau«, meinte Uri.

»Jedes Radieschen, das im Gemüsebeet rot wurde, jedes neugeborene Baby oder Kalb brachten Hoffnung und Verheißung. Der Fettgehalt der Milch kletterte auf vier Prozent, und dreihundertsechzig Eier paßten in den neuen Petroleuminkubator«, erzählte Pines in den Geschichtsstunden der Schule. Rilow verschwand jetzt des öfteren für längere Zeit, so daß alle glaubten, er sei auf Beschaffungs- und Spionagetour in Syrien, bis sich herausstellte, daß die riesige Senkgrube, die er neben dem Kuhstall ausgehoben hatte, nichts anderes als ein raffiniertes Waffenversteck war, in dem Rilow untertauchte, um sich auf das Schlimmste vorzubereiten. Nur ›zum Luftschnappen‹ kam er ab und zu daraus hervor.

Die ›Arbeitsgruppe Fejge‹ bestand längst nicht mehr. Als sei sie von einer Wolke verschluckt. »Man kann kaum von einer ideologischen Spaltung sprechen«, meinte Meschullam, »vielleicht haben sie sich aufgelöst, vielleicht ist die Sache langsam eingeschlafen – schwer zu sagen, und sie reden nicht. Ich glaube, das ist nach Abrahams Geburt passiert. Aber die Wurzeln reichen tiefer. Da verheimlichen die drei was.«

Zirkin Mandolina kam jeden Sabbat Großvater besuchen, um mit ihm Oliven und Salzhering zu essen. Manchmal brachte er den kleinen Meschullam mit, der mit Abraham spielen sollte. Zirkin und sein Sohn sahen immer dreckig und ungepflegt aus. Meschullam, auf dessen Backen verklebter Rotz glänzte, beguckte staunend die Glasteller auf dem Tisch, und Mandolina schaute Großmutter Fejge mit einem Blick an, dessen Bedeutung ich Jahre später mitkriegte, als ich, starr im Bett liegend, Zeuge einer der schärfsten Unterredungen wurde, die die beiden Alten je in der Küche geführt haben. Selbst der Tee und die Oliven konnten den Zorn nicht tarnen.

»Wir haben sie deiner Obhut anvertraut«, knurrte Zirkin Mandolina.

»Ich will darüber nicht reden«, schnauzte Großvater.

»Und ich will sehr wohl davon reden«, gab Zirkin zurück.

Stille. Oliven. Feines Zuckerwürfelknabbern.

»Wenn ihr beide sie so geliebt habt«, platzte Großvater heraus, »was sollte dann dieses blödsinnige Loseziehen?«

»Wir haben dich nicht gezwungen mitzumachen«, schnaubte Zirkin.

»Ich gebe nicht nur euch die Schuld.«

»Wir wollten dich heilen«, flüsterte Zirkin, »wollten dich von Schulamit kurieren.«

»Fejge Lewin«, deklamierte Großvater mit boshafter Feierlichkeit, »still ergeben in unteilbarer Liebe, ein armes Lämmchen zum Sündenopfer.«

Auch Lieberson schaute mal rein. Aber seit seiner Hochzeit wurden seine Besuche seltener. Er spürte Großvaters Einstellung zu ihm, und außerdem ›nutzte er jede freie Minute, um sich mit Fanja abzuküssen‹.

Alle erkannten den sanften Groll, den Jakob Mirkins Stirn seinen Freunden entgegenhielt, doch Großvater war ein höflicher Mensch, der niemanden kränken wollte. Zuvorkommend, aber bestimmt weigerte er sich, in geselligem Beisammensein Erinnerungen an die Arbeitsgruppe und an das Leben mit seiner Frau aufzuwärmen.

»Als du vier Jahre alt warst, kamen Leute vom Radio, um eine Sendung über sie aufzunehmen, aber dein Großvater hat nicht mitgemacht.«

»Die Arbeitsgruppe Fejge«, sagte Großvater, indem er das Mikrophon wegstieß, »ist eine persönliche Angelegenheit. Wenn Lieberson und Zirkin erzählen wollen, wie sie getanzt und die Wüste zum Blühen gebracht haben, soll'n sie's tun.«

Nur einmal im Jahr, am Tag der Dorfgründung, kam die Arbeitsgruppe wieder zusammen. Menschen aus dem ganzen Emek strömten dann zu Fuß herbei, liefen wie schwarze Punkte über die Stoppelfelder zusammen und ließen sich auf der Erde nieder. Die drei Männer und die eine Frau bestiegen die aus Strohballen improvisierte Bühne und nahmen vor den Genossen Aufstellung. Wie ein großer Baldachin hing die Stille über den Köpfen der Zuschauer. Zirkin spielte die Mandoline, Lieberson und Mirkin sangen mit ihm, und Fejge trommelte lachend, aber schwach und krank auf dem großen Topf.

Es folgten ihre letzten Tage. Fanja Lieberson war ihre beste Freundin, der sie ihr ganzes Herz ausschüttete.

»Einmal pro Halbjahr kommen die häßlichen Vögel mit einem blauen Umschlag.«

»Alle halbe Jahr kam der Brief«, sagte Fanja zu Lieberson, während sie ihm den Rücken kraulte, »und alle halbe Jahr ist sie von neuem gestorben.«

Durch das beschlagene Glas sah ich ihre Hände in Bewegung.

Sie bekamen schon Altersflecken, aber die Zärtlichkeit und die Wut waren so jung wie immer.

Lieberson brummte etwas.

»Euer Scherz da mit der Arbeitsgruppe ist übel ausgegangen«, sagte sie.

»Es war klar, daß sie einen von uns heiraten mußte, so war es in der Satzung vorgesehen«, meinte Lieberson ausweichend.

»Warum hast du sie denn nicht geheiratet?« fragte Fanja.

»Ich habe sie nicht gewonnen«, lächelte der Alte, wandte sich seiner Frau zu und zog sie an sich. »Was hätte denn sonst auch aus uns werden sollen? Dann säßest du wohl noch heute im Kibbuz-Weingarten, oder womöglich hätte Mirkin dich an meiner Stelle entführt?«

»Das hätte mir gerade noch gefehlt.«

»Großmutter ist drei Jahre lang schwanger gewesen, hat die Kühe gemolken, Eisblöcke geschleppt, gekocht, genäht, geputzt und Großvater bis zu ihrem letzten Atemzug geliebt«, erklärte mir mein Vetter Uri in einem Augenblick unerwarteter Freimütigkeit.

»Großvater ist nicht schuld«, erwiderte ich.

»Der läßt keinen ein schlechtes Wort über seinen großartigen Opa sagen«, schnaubte Tante Rivka, Abrahams Frau, »ist ja wohl auch kein Wunder, daß er so geworden ist, wo er sein ganzes Leben unter verwirrten Tattergreisen verbringt, die ihm die Hucke vollquatschen. Der Großpapa war seine Mutter, dieser nervtötende Pines ist sein Freund, und mit Seizer quatscht er stundenlang auf dem Hof, obwohl dieser senile Alte ihm gar keine Antwort gibt. Nicht mal 'ne Freundin hat er und kriegt auch keine.«

Sie drehte ihren kurzen, schweren Leib zu mir um. »Dich hätten sie in ein Waisenhaus schicken sollen«, brüllte sie.

Siebzehn war ich damals, wütend und traurig. Die Einsamkeit, das Fleisch, das sich auf meinem heranreifenden Körper straffte, meine verschlungenen Gedankengänge, die keine einzige Windung der Kindheit ausließen – sie alle überschwemmten mich mit Zorn, stopften mich mit peinigenden Körnchen voll, erfüllten mich mit trübem Schaum. Schulamit war gerade eingewandert, und mein Großvater hatte mich verlassen, um mit ihr ins Altersheim zu übersiedeln. Alle zwei Tage ging ich ihn zu Fuß besuchen und brachte ihm eine Kanne Milch.

Wenn ich, die leere Kanne schwenkend, heimkehrte, schaute ich zuerst bei Pines rein. Der Lehrer zerrte einen alten Tisch in den Garten. Zwischen den Sträuchern zog er Trichterspinnen zu Beobachtungszwecken auf. Dutzende von ihnen lauerten dort in ihren Laubverstecken, bereit, auf die Beute zuzustürzen, die sich in ihren Netzen verfangen hatte. Pines war alt, aber er konnte immer noch mit der Hand eine Fliege aus der Luft greifen, ohne sie zu zerquetschen, und sie ins Netz werfen.

»All die Jahre hat dein Großvater diese Schulamit geliebt, die jetzt zu ihm ins Land gekommen ist. Und ich erinnere mich all die Jahre an meine verstorbene Lea. Wir waren anders gebaut als ihr. Die Geduld des ganzen Volkes, die Geduld von zweitausend Jahren ist in unserem Leib aufgebrochen und hat unser Blut in Wallungen versetzt.«

Er seufzte. »Ich beneide euch. Auch bei uns hat es Romanzen gegeben, wir haben ohne Hemden im Weinberg getanzt, Burschen und Mädchen, und auf der Tenne haben wir uns umarmt, aber wer von uns hätte schreien können: Ich fick die Tochter von dem und die Enkelin von jenem und die Frau von soundso? Wer hat das Maultier freigelassen, des Wildesels Fesseln, wer schloß sie auf?«

»Schreit er immer noch?«

»Alle paar Monate mal, dieser Mistkäfer. Und danach schlaf ich die ganze Woche nicht. Beim ersten Mal hätte ich ihn schnappen, würgen, umbringen mögen. Jetzt möchte ich nur noch wissen, wer's ist. Ihm nur in die Augen schauen und begreifen.«

Ich nahm eine Olive zum Tee in den Mund. Pines klopfte mir liebevoll auf den Kopf.

»Wie Großvater, was? Gut, daß du ihm nacheiferst. Jakob Mirkin ist ein außergewöhnlicher Mensch. Auch in unseren Kreisen hier ist er immer was Besonderes gewesen. Ist nicht auf Kongresse gefahren, nicht bei Behörden rumgeschwänzelt und auch nicht mit Munitionsgürtel um den Bauch und schwarzer Kefiya auf dem Kopf hoch zu Roß galoppiert, aber alle haben ihn hoch geachtet. Wenn Mirkin einen Obstbaum anfaßte, verstanden wir alle die Bedeutung von Idee und Tat. Du kannst dich glücklich schätzen, daß du von einem Mann wie ihm großgezogen worden bist. Wie geht es ihm?«

»Er wohnt dort mit ihr, steht viel auf dem Balkon.«

»Und was macht er, wenn er so dasteht?«

»Er guckt. Wartet.«

»Wartet immer noch?«

»Auf Efraim, glaube ich. Auf Jean Valjean. Vielleicht auch auf Schifris.«

9

Bis heute ist es mir nicht gelungen, Großmutters Leiche vom Dorffriedhof auf meinen zu überführen. Ich habe dem Sekretariat ein Vermögen dafür angeboten, meinen Antrag zu bewilligen. Habe erwogen, ihr Grab aufzubrechen und ihre Gebeine zu rauben. Sogar Pines, der das ›Ewige Haus der Pioniere‹ vehement ablehnte, hat ein Gesuch beim Dorfrat eingereicht und einen ›Aufruf‹ im Gemeindeblatt veröffentlicht.

Fanja Lieberson geriet darüber in Rage. Am Abend rannte sie das grüne Gartentürchen des Lehrers ein und steckte ihren alten hübschen Kopf in den Lichtfleck des Fensters.

»Gebt ihr endlich Ruhe!« rief sie und machte kehrt, ohne eine Antwort abzuwarten. Ich schlich ihr, von Schatten zu Schatten gleitend, so geräuschlos ich nur konnte nach.

»Mirkin hat sie umgebracht, und jetzt schändet sein Totengräberenkel ihr Andenken. Was will er denn? Daß sein Großvater vergnügt daliegt, seine Frau zur einen und seine Krimtatarin zur anderen Seite?«

Ich duckte mich vor Liebersons Hauswand, drückte meinen großen Leib so gut es ging dagegen, hatte aber Mühe, die Fortsetzung des Gesprächs mitzukriegen. Draußen wehte ein Wind, und Fanjas Lippen schmiegten sich eng an den runzligen Hals ihres Mannes.

Abraham, der fünf Jahre alt war, als seine Mutter starb, erinnert sich noch an sie, an ihre Beerdigung, an ihre Finger auf seinem Handgelenk. Schleier der Verwaisung umspielen noch immer sein Gesicht, berühren seine furchtbaren Stirnfalten, aber er spricht nicht von ihr.

»Abraham, der erste Sohn und nun das erste Waisenkind«, sagte Pines an ihrem offenen Grab.

Die mächtigen Zypressen des Dorffriedhofs waren damals zarte Setzlinge. Nur zehn Grabsteine gab es dort: sechs Pioniere, deren Körper zusammengebrochen oder deren Seele zerrissen war, die alte Mutter des Imkers Margulis, die mit einem erstklassigen kaukasischen Bienenschwarm aus Rußland gekommen und drei Tage später vor lauter Glück gestorben war, zwei kleine Kinder, die der Kälte in den Zelten nicht standgehalten hatten, und das Geheimbaby von Tonia und Rilow, das im Alter von einem Jahr aus der Baracke geschlüpft, in den Hof gekrabbelt und dort einer Kuh unter die Hufe geraten war. »Auch sie ist nicht in ihrem Bett gestorben, die Ärmste«, meinte Pines in einer der wenigen boshaften Bemerkungen, die ich je von ihm gehört habe.

»Damals begriff ich, daß wir zwei Siedlungen errichtet hatten, das Dorf und den Friedhof, und daß beide weiterwachsen würden«, fügte er hinzu.

Eine Schafherde weidete in der Nähe. Der Klang der Glöckchen, die Farbflecken auf der Wolle und die Pfiffe der Hirten trieben auf die Trauernden zu. Klein, klar und gestochen scharf waren sie in der kristallklaren Luft. Aus dem Dorf schallte das traurige Geschrei von Daniel Lieberson herüber, der daheim geblieben, auf der Suche nach Ester herumgelaufen und in der Scheune hingefallen war. Schlomo Lewin schluchzte an der offenen Grube seiner Schwester.

Zirkin und Lieberson standen neben Großvater, die Hände schützend an oder auf seine Schultern gelegt. Die Arbeitsgruppe schwieg. Es war ein Frühlingstag, Pelikanschwärme überflogen das Dorf, zogen kreischend tiefer auf ihrem Weg nach Norden. Fanja, die in einiger Entfernung von ihrem Mann und seinen Freunden stand, fluchte und heulte. »Erzählt der Hündin, daß Fejge gestorben ist«, wisperte sie verzweifelt gen Himmel.

Ich versuchte zu erraten, wie Schlomo Lewin wohl Großvaters Telegramm aufgenommen hatte. Sicher hatte er einen Füllfederhalter fallengelassen und war im Laden ohnmächtig zu Boden gestürzt.

»Nein«, antwortete er, als ich ihn fragte, ob sich die Dinge so zugetragen hatten. »Ich habe nur die Worte und das Papier angeschaut und mir gesagt – Huligane, Huligane, Huligane. So hab ich gesagt. Huligane. Immer, immer wieder.«

Er setzte sich auf einen Stuhl und meinte, den Gürtel seines Vaters auf sich niedersausen zu spüren. »In der Hand hielt ich einen Füllfederhalter, den ich gerade in Reparatur hatte. Der kaputte Pumpmechanismus tropfte mir Tinte auf die Hose.« Doch Lewin achtete nicht darauf. Er schloß den Laden, schickte einen Brief an seine Familie in Rußland und fuhr mit der Eisenbahn nach Haifa. Am Bahnhof entdeckte ihn Rilow, der eine Wagenladung Zementsäcke nebst dazwischen versteckten Jagdgewehrteilen ins Dorf kutschierte.

»Ich kenn dich von irgendwoher«, hat Rilow mißtrauisch gesagt.

»Ich bin Mirkins Schwager«, habe ich geantwortet.

»Steig auf.«

»Was ist genau geschehen?« fragte Lewin. Er saß neben Rilow, spürte den sehnigen Schenkel mit den metallenen Auswölbungen gegen sein angstschlotterndes Fleisch drücken. Aber Rilow sagte nur dies: »Sie war krank.«

Seine harten Hände, die niedrige, muskulöse Stirn, hinter der geheime Pläne für die Errichtung von Wehrdörfern in Transjordanien entstanden, und seine unverständlichen Gespräche mit den zwei Maultieren riefen Lewin seine ersten Erfahrungen im Lande ins Gedächtnis.

Nach einer Stunde schweigenden Nachdenkens beschloß Rilow, noch eine Tatsache preiszugeben. »Sie war nicht ganz in Ordnung«, sagte er, »hat Kugeln vergeudet. Im letzten Monat ist sie zweimal auf den Hof rausgegangen und hat auf fliegende Vögel am Himmel geschossen.«

Lewins Haß und Angst gegenüber Zirkin, Mirkin und Lieberson verwandelten sich in Mitleid, als er meinen Großvater mit Efraim auf dem linken, Ester auf dem rechten Arm und dem kleinen Abraham am Bein sah. Lewin umarmte seinen Schwager und beweinte unaufhörlich seine kleine tote Schwester und sein Leben, das noch nicht seine rechte Bahn gefunden hatte. Alle erinnerten sich von Abrahams Beschneidungsfeier an ihn, und Chaim Margulis klopfte ihm auf den Rücken.

»Ich habe eine neue Königin im Stock«, flüsterte er, »sie heißt Riva.«

Lewin gab keine Antwort.

»Komm hinterher zu mir Blütenstaub kosten«, sagte Margulis, »das süße Mehl des Frühlings wird dich stärken.«

Doch nach der Beerdigung ging Lewin zu Großvater.

»Jakob«, sagte er beherzt, »ich werde die Trauerwoche über hierbleiben.«

Und er blieb tatsächlich – putzte, kochte, wusch Abraham und wechselte Efraim und Ester die Windeln. Als er die Winden ausjätete, die sich in Fejges Gemüsebeet breitgemacht hatten, spürte er zum erstenmal seit seiner Ankunft im Land, daß er Nutzen brachte und daß die Sonne ihm nicht das Fleisch röstete. Die schwarze Erde des Emek klebte ihm an den Händen, und der Duft der Reseda und des wilden Dills, die er zwischen den Tomatenstauden ausriß, erfüllte ihn mit Glück. Fanja Lieberson, die Großvater ebenfalls half, war des Lobes voll.

»Er ist ein hervorragender Bursche«, sagte sie zu ihrem Mann, »ich weiß, ihr habt ihn nicht leiden können, du und deine Freunde, aber er ist ein wertvoller Mensch.«

Nach der Trauerwoche kehrte Lewin in seinen Schreibwarenladen zurück, fand aber keine Muße für seine Kunden. »Ich habe nur dagesessen und Beschlüsse gefaßt.« Als er nach Ablauf des ersten Trauermonats zur Gedenkfeier wieder ins Dorf fuhr, ersuchte er den Rat um eine öffentliche Anstellung. Da er ein guter Buchhalter und ein erfahrener Kaufmann war, gaben die Bauern seiner Bitte gern statt.

Lewin veräußerte seinen Geschäftsanteil, erhielt eine Baracke nebst Grundstück im Dorf, begann in unserem Konsumladen zu arbeiten und half weiterhin dem Großvater.

»In jeder freien Minute ging Schlomo zu ihm, wusch die Kinder, machte das Abendessen, brachte ihnen kleine Geschenke mit.«

Er wollte auch in der Landwirtschaft arbeiten, doch hier stieß er zum erstenmal auf Seizer. Die beiden konnten einander vom ersten Augenblick an nicht ausstehen. Seizer setzte zwar Lewins Anwesenheit keinen aktiven Widerstand entgegen, half ihm aber auch in keinerlei Weise bei der Arbeit. »Er hat mich überhaupt wie Luft behandelt.«

Lewin war ein schwächlicher Mann. Als er in jenem Sommer beim Dreschen mitmachte, drang ihm Spreustaub in die Lungen, worauf er noch jahrelang hustete. Deshalb übernahm er nur Arbeiten auf dem Hof. »Der hat bloß Frauenarbeit verrichtet«, sagte mein Vetter Jossi, wenn wir über die Familie sprachen. Lewin streute Hühnerfutter, sammelte Eier ein, schüttelte und faltete leere Futtersäcke, wusch Milchkannen. Außerdem kochte er wunderbare Konfitüre aus Großvaters Früchten und erwarb langsam dessen Freundschaft. Seine Sinne, die sich in den Jahren der Furcht und des Versagens wie die eines Hasen geschärft hatten, offenbarten ihm, daß Großvaters Verhältnis zu seinen beiden Freunden nicht mehr so gut war wie früher, und er freute sich, wann immer er spürte, daß Mirkin seine ruhige Gesellschaft den alten Abrechnungen vorzog, die Zirkin Mandolina und Elieser Lieberson bei ihm wieder wachriefen.

»Dein Großvater, dem nach dem Tod seiner Frau vor Reue schier das Herz brechen wollte, begann sich mit seinem Schwager anzufreunden, und nun lernte er auch seine feine, gutmütige Wesensart zu schätzen. Das waren nicht mehr die ersten Tage von einst. Wir saßen schon auf unserem eigenen Grund und Boden, ein jeder unter seinem Weinstock, wußten, was Heim und Familie bedeuten, haben weniger getanzt, weniger gesungen, weniger gehaßt.«

An Winterabenden saßen Ehemann und Bruder beim Damespiel zusammen. Seizer stand hinter Großvater und flüsterte ihm Ratschläge ins Ohr. »Aber das half nichts. Ich habe immer verloren«, erzählte mir Großvater, »und das hat Lewin sehr geholfen, bei uns heimisch zu werden.«

Großvater zeigte ihm, wie man den Schnitt beim Okkulieren anzusetzen hat, wie sich das Wachstum des Baumes durch richtiges Zurechtstutzen beeinflussen läßt, und wie man den Stamm eines befallenen Baums abtastet, um die schlimmste aller Larven, die der Tigermotte, aufzustöbern, die im Emek ganze Apfelpflanzungen vernichtet hatte. Aber die Bäume schreckten vor Lewins Annäherung zurück. Die Santa-Rosa-Pflaume warf mit einem Mal sämtliche Blätter ab, als Lewin ihre Rinde einkerbte.

»Man muß eine Frau für ihn finden«, sagten die Leute im Dorf und gingen in Gedanken sämtliche Witwen und ledig gebliebenen Pionierinnen durch.

Doch Lewin überraschte sie alle. Er korrespondierte insgeheim mit Heiratsvermittlern, fuhr eines Tages auf dem Karren des im Emek zirkulierenden Friseurs nach Tiberias und kehrte von dort mit Rachel, einer um viele Jahre jüngeren Jemenitin, zurück. Sie hatte zahlreiche Armreifen, einen Haufen Zähne im Mund und hunderte Verwandte, die auf Eseln eintrafen und für die Dauer der Hochzeitsfeierlichkeiten Mattenzelte auf den Feldern des Dorfes errichteten. Sie sprach in einem unverständlichen Tonfall und ging mit unhörbaren Schritten. Ungeheures Staunen erweckte es im Dorf, als man sah, wie sie auf einem glühenden Blech Heuschrecken röstete und die großen, mürben Insekten dann verspeiste. Lewin ließ kein Auge von seiner Frau und pries freudig von ganzem Herzen sein Schicksal, das ihm nun – erstmals seit seiner Ankunft in Erez Israel – endlich lachte. »Rachel rächt sich für mich an den Heuschrecken, die damals das Blau des Himmels verdunkelt haben.«

Nach Lewins Tod kam Rachel zu mir und sagte: »Ich weiß, daß er bei dir begraben sein wollte. Er mag kein großer Pionier gewesen sein, aber er ist doch mit der Zweiten Alija gekommen. Also tu's, obwohl ich weiß, daß man mich mal woanders bestatten wird.«

Efraim, mein verschwundener Onkel, war fünf Jahre alt, als Lewin Rachel heiratete. Ihr ruhiges, braunes Gesicht, der klimpernde Schmuck und ihr lautloser Gang faszinierten ihn. Am Hochzeitsabend heftete er sich an die Füße seiner neuen Tante, wollte sie nicht nach Hause gehen lassen und brachte damit das ganze Dorf zum Lachen. Als er ein bißchen größer war, lehrte Rachel ihn, Fladenbrote auf einem weißglühenden Blech zu backen, zu Gott zu beten und so lautlos wie eine Katze auf Sand zu gehen – eine Fähigkeit, die viele Bauern in furchtbaren Schrecken versetzte und zahlreichen deutschen und italienischen Soldaten einen frühen Tod bereitete.

Efraim und sein Charolais-Bulle Jean Valjean verließen das Haus, als ich ein kleiner Junge von zwei Jahren war. Obwohl ich mich an meinen Onkel nicht erinnere, beneide ich ihn immer noch um seinen leisen Gang. Mein großer, schwerer Körper verursachte unweigerlich einen Riesenlärm, und so erwischten mich nicht selten die Leute, an deren Häusern ich geduckt gelauscht hatte. Dann stand ich gemächlich auf und machte mich im Kreuzfeuer ihrer zornigen Blicke wortlos aus dem Staub. Sie taten mir nie etwas zuleide. Ich hatte ja keine Eltern mehr, war ›Mirkins Waisenjunge‹, Großvaters Kind.

»Du holst Atem, hebst das Knie hoch an, atmest aus und setzt den Fuß flach runter«, sagte Rachel zu Efraim. Sie liefen gemeinsam über trockenes Herbstreisig, das unter den Füßen am meisten kracht. Als mein Onkel acht Jahre alt war, konnte er leise ein Maisfeld überqueren und sich lautlos über eine Dornenschicht anschleichen. Aber er begann auch in tiefen gutturalen Tönen zu sprechen, und Pines verwandte große Mühe darauf, sie seiner Kehle wieder auszutreiben.

Meine Mutter Ester war damals noch klein. Fanja Lieberson und Schlomo Lewin halfen Großvater, sie aufzuziehen. Seizer ahmte Tiere und Vögel für sie nach, Pines las ihr Tolstois ›Filipok‹ auf Russisch vor, und Zirkin spielte ihr Schlaflieder. Sogar Rilow vergnügte sie mit seinen berühmten, laut durch die Luft knallenden Peitschenschlägen. Rilow führte die Ochsenpeitsche derart flink und geübt, daß er mit ihrer bebenden Spitze Äpfel pflücken konnte, indem er genau auf deren Stiel zielte.

»Du machst den Bäumen angst, geh in deine Grube zurück!« schimpfte Großvater auf ihn ein, erlaubte ihm aber doch, seine Tochter zu unterhalten.

Als Ester und Daniel größer wurden, spürte auch das Mädchen seine innige Liebe. Geblendet vom Glanz seiner Augen, umhüllt von seinen Liebkosungen und Küssen, löste sie ihre Hand nicht aus der seinen. Großvater, Lieberson und Fanja freuten sich am Anblick der beiden Kinder, die ganze Tage miteinander verbrachten, über die Felder streiften, jungen Hühnern auf dem Hof nachjagten.

»Wen willst du mal heiraten?« fragten sie Daniel hin und wieder, worauf er zu Ester ging, ihre Taille umfaßte und seinen Kopf auf ihre Schulter legte.

Lieberson begann von Verlobung zu reden und scherzhaft die Frage der Mitgift anzuschneiden, aber Großvater reagierte spontan mit sonderbar holzigem Zorn und fand eine unerwartete Verbündete in Fanja.

»Wie üblich schreibt ihr mal wieder allen alles vor«, sagte sie.

Als sie im Herbst zum Pflügen und Säen hinausgingen, nahmen sie die Kinder mit auf die Felder. Abraham konnte schon die Maultiere an den Wagen spannen, auf dem der Pflug, das Saatgut sowie Nahrung und Wasser für Mensch und Vieh transportiert wurden. In der Mittagspause kehrten sie nicht nach Hause zurück. Bauern von mehreren benachbarten Feldern versammelten sich im Schatten eines Wagens zum gemeinsamen Mahl. Ester und Daniel spielten daneben oder legten sich engumschlungen auf die Erdklumpen, und als sie etwas größer waren, durften sie beim Säen auf dem Saatkasten sitzen. Meine Mutter war flinker und wilder als Daniel und verleitete ihn mehr als einmal zu gefährlichen Streichen. Halb tot, das Haar grün und klebrig von Algen und Speichel, zog man die beiden einmal aus der Rindertränke, in die sie beim Spielen gefallen waren. Ein andermal blieben sie einen halben Tag spurlos verschwunden, bis man sie heulend auf dem damals gerade im Bau befindlichen Wasserturm wiederfand.

»Bei deiner Mutter gab es nur ein Problem – sie war eine Fleischfresserin.« Als sie ein halbes Jahr alt war, hatte Großmutter Fejge ihr einmal einen abgekochten Hühnerknochen zum Lutschen zugeworfen, weil sie vor Zahnschmerzen schrie. Die Kleine fand Gefallen an dem Fleischgeschmack und wollte hinfort nichts anderes mehr essen.

Großmutter Fejge hinterließ also eine kleine Waise, die kein Obst, keinen Käse, keine Eier anrührte. Sie aß nur Fleisch. Dreimal am Tag.

Als sie zweieinhalb Jahre alt war, vergaß Lewin einmal einen Teller rohes Hackfleisch mit Petersilie neben dem Spülstein. »Deine Mutter hat es mit dem Teelöffel aufgegessen, und als es alle war, hat sie vor Wut den Teller kaputtgeschmissen. Sämtliche Theorien der Gemeindeschwester Sonja über Blutgier, wichtige Vitamine und notwendige Minerale versagten hoffnungslos bei diesem Mädchen, das zu einer großen, hübschen Frau heranreifte. Sie wuchs wie eine Tomate, die man mit Blut bewässert hat – mit herrlicher Haut, herzlichem Lachen und wunderbarem Temperament.«

10

Noch bevor er Tonia aus dem Haus jagte, merkte Margulis der Imker, daß etwas nicht in Ordnung war. Stimme und Geruch der Minskerin änderten sich, ihre Haut wurde fleckig und sie selber einsilbig. Nachts verschwand sie des öfteren, und wenn sie daheim blieb, redete sie nicht mehr im Schlaf.

Margulis war ein guter, verträglicher Mann. Er drang nicht in sie, stellte keine Forderungen und spionierte nicht hinter ihr her. Erst als er in seinem Wachsfäßchen ein stinkendes Bündel Dynamitstangen fand, wies er ihr ruhig die Tür.

»Sein und mein passen nicht zusammen«, sagte er traurig.

Eine Weile lebte er trübselig und allein, ganz der Entwicklung von Neuerungen in der Bienenzucht gewidmet. Margulis war der einzige Imker im Land, der seine Bienen draußen weidete, sie darauf abrichtete, auf bestimmten Blütenarten zu landen. So gelang es ihm, neue Honigsorten zu erzeugen und nur die gewünschten Pflanzen zu befruchten. Die Technik hatte er dem russischen Imkereifachbuch von Chlimenko, einem begeisterten Anhänger Mitschurins, entnommen. Das System gefiel ihm, nicht aber der zugrundeliegende Gedanke. Die Kommunisten behaupteten, das von den Bienen Gelernte werde – ebenso wie die Eigenschaften veredelter Bäume und die anerzogene Ideologie der Revolutionäre – erblich weitergegeben. So könne man eine Gattung von Bienen züchten, die nur bestimmte Blüten aufsuchten.

»Sicher rote«, spottete Großvater.

»Die irren sich«, sagte Margulis, »wie soll das erworbene Wissen der Arbeiterinnen wohl vererbt werden? Die Königin ist doch die Mutter des Bienenvolks, und die fliegt nicht auf die Felder hinaus und lernt gar nichts.«

Großvater war glücklich, als Margulis ihm berichtete, daß jede Arbeiterinnengeneration alles von neuem lernen mußte. Auf den Feldern des Emek erlitt Mitschurin eine vernichtende Niederlage.

»Was hat Lenin denn mit Bienen zu tun?« fragte Großvater verächtlich, »seit wann begeistern sich die Kommunisten für die Lebensweisen monarchistischer Gesellschaften?«

Die beiden Pioniere saßen auf der Erde, und ihr herzhaftes Lachen, das in die jungen Birnbäume hinaufschallte, wirkte ansteckend auf die Bienen, die in den Eingeweiden der Blüten herumrumorten.

»Die Kommunisten haben sich von den Arbeitsbienen, den Stachanow-Arbeiterinnen des Bienenvolks, beeindrucken lassen und dabei ganz vergessen, daß das Proletariat doch eine Revolution einleiten muß, um die Zarin abzusetzen«, sagte Margulis.

»Eines Tages«, erzählte mir Großvater, »hat Chaim Margulis das fliegende Proletariat an die Eisenbahntrasse geführt, um ihm die Orchideen und den violetten Klee zu zeigen, die an den Schrägungen des Bahndamms blühten.«

Als die Bahn vorbeikrauchte, sah er Riva Bejlins Profil durchs Fenster. Sofort rannte er ihr wie irrsinnig nach, eine Wolke schwirrender Bienen im Gefolge, und sprang auf den Zug. Die Fahrgäste wichen entsetzt vor dem tönernen Bienenkasten in seiner Hand zurück, und als er bei Riva angekommen war, wurde augenblicklich der Sitz neben ihr frei.

»Hab keine Angst«, sagte er, »sie stechen nicht.«

Riva Bejlin entstammte einer sehr reichen Kiewer Familie. Ihre Eltern, die ihr Kapital in der Zuckerproduktion und im Getreidehandel verdienten, waren gegen ihre Auswanderung gewesen und hatten sie nur unwillig nach Palästina ziehen lassen – in teuren Kleidern, die das Staunen und den Spott ihrer Genossen erregten. Sie schaute etwas bedenklich auf Margulis mit seinen schlammverschmierten Stiefeln, doch er fuhr mit bloßer, geübter Hand in den Kasten, holte einen Finger voll Honig heraus und hielt ihn ihr vor die Nase.

Sie war verblüfft, aber die blauäugige Naivität in seinem Blick wirkte überzeugend. Als sie dann zögernd sein Handgelenk nahm und ihm den Finger abschleckte, leuchteten ihre Augen auf, und ein Lächeln erstrahlte auf ihren Lippen. Sie hatte noch nie im Leben Margulis' Finger oder den Wildblütenhonig des Emek gekostet. Freudig und süß sprang Margulis aus dem Waggon und kehrte zu seinen Bienenstöcken zurück, aber in den folgenden Monaten fuhr er zweimal die Woche mit der Eisenbahn, um seine neue Freundin zu treffen.

Jeden Sabbat brachte Margulis dem Großvater ein geheimnisvolles Glas, in dem er eine besondere Nahrung für den ersten Sohn des Dorfes angerührt hatte. Das ganze Dorf verfolgte Abrahams Entwicklung mit geduldiger Erwartung. Größe, Gewicht und die ersten Worte und Weisheiten des Jungen wurden regelmäßig im Dorfblatt veröffentlicht. Wer immer ihn sah, tätschelte und umarmte ihn. Die Bauern brachten ihm zartes Gemüse und Milch von den besten Kühen, und die Frauen nähten ihm Kleidung, aber Großvater wollte nicht einsehen, daß der erste Sohn Allgemeingut sein sollte.

»Das hat angefangen, als Fejge noch am Leben war. Die Leute schleppten um zehn Uhr abends Gäste an, um ihnen den ersten Sohn zu zeigen. Forderten Mirkin einfach auf, ihn zu wecken.«

Meschullam las mir ein ›Originaldokument‹ über Sakkai Akkermann, den ersten Sohn des benachbarten Kibbuz, vor. »Das erste Kind war gewissermaßen Allgemeingut, ein öffentliches Besitztum. Wer wollte, weckte es auf und brachte es in den Speisesaal, sogar bei Nacht. Mehr als einmal saßen sämtliche Genossen an Winterabenden dort um die Tische und freuten sich an dem Baby.«

»Laßt das Kind in Ruhe«, fuhr mein Großvater die Leute an, die sich immer wieder ins Zelt stahlen, um Abraham anzuschauen. Sie rollten mitten in der Nacht die Plane hoch, ja krochen sogar hinein, um zu sehen, ob der erste Sohn wirklich Licht in der Dunkelheit verbreitete, wie es von ihm hieß.

Großvater kochte vor Wut. »Die Tage sind vorbei«, verkündete er, nahm das Baby, versah sich mit Hirtenstab und Moskitonetz, schrie, »das ist nicht euer Kind«, und ging im Dickicht an der Quelle schlafen. Kein Mensch wagte es, ihm dorthin nachzulaufen. An der Quelle hatten einst die deutschen Siedler gesessen. Alle waren sie an Malaria gestorben, und das leise Todeswimmern der blondhaarigen Kinder hallte dort immer noch nach, ließ Schilfrohre und Alantstauden erzittern. Damit waren die störenden Übergriffe der Genossen beendet, denn jeder, der in jener Nacht den Wachturm bestieg und nach Süden blickte, sah einen goldenen Schimmer zwischen den schwarzen Klumpen der Brombeerhecken hervorleuchten, als lagere dort ein überdimensionales Glühwürmchen im Gebüsch. Einige Jahre später starb Großmutter, und keiner wagte es mehr, das Waisenkind zu belästigen. Abrahams Allergie gegen Narzissen und Sumpfblumen ist als einzige Erinnerung an jene Nacht übriggeblieben.

Tief in den Herzen nährte Abraham jedoch Kummer und Sorge. Sakkai Ackermann, der erste Sohn des Kibbuz jenseits des Wadis, zog in seinen Beeten schon Gurken von durchschnittlich fünfundvierzig Zentimeter Länge, und der Mispelbaum, den er gepflanzt hatte, trug Früchte in der Größe von Äpfeln der Sorte Grand Alexander. Der erste Sohn von Kfar Avischai trat auf einem der frühen Parteikongresse mit einer ›aufsehenerregenden Rede‹ hervor, in der er die Spaltung der Arbeitslegion genauestens voraussagte, ›und dabei war er erst ganze dreieinhalb Jahre alt‹. Der erste Sohn von Bet Elijahu widmete sich mit sechs Jahren der Erforschung der Coxidiose, einer Krankheit, die Küken befiel, und wurde später in Professor Adlers Forschungsgruppe aufgenommen, die das Medikament gegen die Fehlgeburtsseuche destillierte, die holländische Kühe Ende der zwanziger Jahre in unsere Bestände eingeschleppt hatten. Er erhielt eine Auszeichnung vom britischen Hochkommissar und eine Pergamentrolle von der Zentrale der Bewegung. Abraham Mirkin machte jedoch als Spätzünder das ganze Dorf nervös, kurzum – er enttäuschte.

»Wir hätten uns beruhigt, wenn es um ein normales Kind gegangen wäre, aber es war jedem klar, daß dein Onkel trotz allem was Besonderes an sich hatte.«

Abraham war imstande, jedes tobende Tier mit einem einzigen Blick zur Ruhe zu bringen. In der Mückenzeit rief man ihn zuweilen auf die Felder hinaus, wenn ein Maulesel oder ein Bauer von dem unaufhörlichen Gesumme der Stechmücken halb wahnsinnig geworden war. Hinzu kamen andere Absonderlichkeiten, die zu Hoffnung Anlaß gaben. So unternahm er beispielsweise mit fünf Jahren nachts unerklärliche Suchaktionen, bei denen er reihenweise Blecheimer umstieß, stapelweise alte Säcke ausschüttelte, Vorhänge anhob, zwischen schlummernden Kälbern herumstöberte und das Geflügel auf den Stangen aufschreckte, als wolle er etwas ausfindig machen.

Manche schoben das auf sein Waisendasein. »Er sucht seine Mutter, die arme Fejge«, sagten sie.

»Was wundert's?« bemerkte Fanja viele Jahre später. Umschlungen von den Armen ihres Ehemanns, geborgen in unerschöpflicher Liebersonscher Liebe, kam es Fanja gar nicht in den Sinn, daß jemand hinter der Wand stehen und lauschen könnte.

»Was soll es einen wundern?« sagte sie über meinen Onkel, »ein Kind, das in ein Haus ohne Liebe hineingeboren wurde«.

11

Pessja Zirkin war es natürlich, die die amerikanischen Philanthropen auf Besuch mitbrachte, und so ging auch ihr derbes Wesen in unsere Familiengeschichte ein.

Großvater zog nie über sie her, aber ich wußte die kleinste Regung in jeder Furche und Falte seines Gesichts zu entschlüsseln: Er verabscheute sie, und auch ihrem Mann war sie zuwider.

Mandolina hatte sie auf einem Kongreß der Bewegung kennengelernt, wo sie erregt über Genossenschaftshilfekassen referierte, während ihre großen Brüste im Eifer ihrer Vision mitwogten. Zirkin, den die finanzpolitischen Seiten des Pionierwesens nie interessiert hatten, wurde schwindlig vor lauter Begierde. Da war es nur noch ein leichtes, sie mit dem Zauber seiner Saiten zu umgarnen. Als Pessja schwanger war, wurde geheiratet, doch sie stellte alsbald fest, daß dem Dorfleben die prikkelnde Erregung abging, die sie in den Gremien der Bewegung gewohnt gewesen war: dieses befriedigende Sendungsbewußtsein, die vergnüglichen Reisen, die glänzenden Ideen und Schuhe der Programmformulierer, Schatzmeister und Redner.

Anfangs machte es ihr Spaß, auf den Hof hinauszugehen und den Hühnern ›tschip-tschip-tschip‹ zuzurufen, Brot zu backen und Kohlrabi, ›Marktwunder‹-Tomaten und ägyptische Zwiebeln für den Eigenbedarf zu ziehen. Doch sehr bald fühlte sie, daß sie bis zum Hals in der schweren Erde und dem ätzenden Hühnermist versank. Als Meschullam zwei Jahre alt war, fuhr Pessja nach Tel Aviv, und einige Tage nach ihrer Rückkehr gab sie dem Drängen der Genossen von der Zentrale nach und nahm ihre Arbeit wieder auf.

Pessja Zirkin erklomm die Karriereleiter, herrschte über Budgets und Planstellen, und nach wenigen Monaten begriff Zirkin, daß das unbehagliche Gefühl, das ihn jedesmal packte, wenn seine Frau zu Besuch nach Hause kam, nichts als blanker Haß war. Von einer Londonreise im Dienst der Bewegung kehrte sie umweht von fremden Wohlgerüchen heim, die den Lebewesen auf sämtlichen Höfen Schwindelgefühle und Niesen verursachten. Sie betrat das Haus, küßte Klein-Meschullam, der auf dem Boden saß und mit Küken spielte, ergriff mit ungewohntem Ausdruck die Hand ihres Mannes und versuchte ihn ins Schlafzimmer abzuschleppen. Zirkin, den der Duftschwall in den tiefsten Schichten seines Glaubens traf, befreite sich aus dem begierigen Zugriff seiner Frau, durchstöberte ihren Koffer und fand dort ein weiteres Fläschchen Parfüm, Schuhe mit spitzen Absätzen und ein schwarzes Kleid. Die sofort durchgeführte Leibesvisitation förderte auch einen Seidenunterrock zutage.

»Du hast diesen Dreck vom Geld der Bewegung gekauft«, sagte er, vor Wut zitternd.

»Keineswegs«, lachte Pessja und breitete die Arme aus, »zwischen den Sitzungen bin ich mit Ettinger ins Kasino gegangen.«

Als Zirkin nun die ausrasierten Achselhöhlen erblickte, wurde er vollends von Angst und Wut gepackt. Er warf Kleidung und Schuhe in die Tonne, in der er tote Hühner und vergiftete Mäusekadaver zu verbrennen pflegte, und goß das Parfüm darüber, um das Feuer höher auflodern zu lassen. Noch am selben Sabbat zog er mit seinem Bett unter den großen Maulbeerbaum im Hof und schlief fortan nicht mehr mit der Person, die Schande über die Bewegung, das Dorf und die Familie gebracht hatte. Das ganze Dorf wußte, daß Mandolina jetzt draußen nächtigte, wenn seine Frau auf Wochenendbesuch kam, denn er spielte dort bis zu später Stunde seine Mandoline, und seine Sabbatkleidung hatte schwarze und lila Flecken von den reifen Maulbeeren, die nachts auf ihn herabrieselten. Gelegentlich schallte sein Schrei durchs Dorf, denn Zirkin fiel mit als erster dem leisen Gang Efraims zum Opfer, der sich gern an sein

Lager anschlich und ihn mit spitzen Weizengrannen in die Nasenlöcher piekste.

Vierzig Jahre später erhielt Pessja den ›Preis der Arbeit‹. Die sture Enthaltsamkeit ihres Mannes bildete den Grund dafür, daß ›das Leben der Genossin Zirkin der Gesellschaft und dem Volk gewidmet war‹, wie es auf der Pergamentrolle heißt, die heute in der ›Baracke der Ersten‹ an der Wand hängt. Und aus eben diesem Grund blieb Meschullam ein Einzelkind.

Diesmal hatte sie die Philanthropen hergeführt, die das Geld für den Bodenerwerb des Dorfes gespendet hatten und nun das Ödland erblühen sehen wollten. Die drei Ford-Limousinen, die die Gäste brachten, waren die ersten amerikanischen Wagen, die wir zu Gesicht bekamen.

Lange Zeit spazierten die reichen Leute lächelnd und knipsend von Hof zu Hof. »Der Stoff ihrer Kleidung roch intensiv nach einem Leben in Saus und Braus, und die Glätte ihrer Haut verdeckte ungeheuerliche Geheimnisse des Wohlstands. Aber was sollten wir machen? Sie hatten das Geld gegeben.«

Einer kam in Begleitung einer bezaubernden jungen Frau. »Eine derart betörende Schönheit hatte man im Dorf noch nicht gesehen – rein wie das Himmelsblau und wie ein Saphir strahlend. Groß und anmutig war sie. Wenn sie lachte, verengten sich ihre grauen Augen auf Olivengröße, und der Schalk saß ihr in den Mundwinkeln.«

Die Gäste bewunderten den neuen Kühlschrank der Molkerei, staunten über Avigdor Jakobi, der mit starker Hand den Zuchtstier vor einen Wagen spannte und losfuhr, um Gemüse vom Feld zu holen. Sie sahen Jakob Mirkin Reben auf die mitgebrachten Weinstöcke pfropfen und beobachteten Rilow beim Zielschießen mit richtiger Atemkontrolle und in drei Lagen – liegend, knieend und stehend. Und dann stand Pessja auf und bat, ihnen den ersten Sohn zu zeigen.

Großvater widersprach. »Das Kind ist kein Vorführobjekt.«

Pessja ging lächelnd mit wogenden Brüsten auf ihn zu, um ihren Überredungskünsten zusätzlichen Nachdruck zu verleihen.

»Wir sind hier nicht im Londoner Kasino«, sagte Großvater, der die ganze Geschichte hinter Mandolinas verfleckten Sabbathemden kannte. »Laß die Finger von dem Jungen.«

Doch da kehrte Abraham, als ›Mehlsack‹ quer über Seizers Rücken baumelnd, unvermutet vom Feld zurück. Großvater wollte das Kind sofort nach Hause bringen, aber der Blick des ersten Sohnes, der die Umstehenden musterte, nagelte ihn am Fleck fest.

Die Wohltäter aus Amerika gerieten ganz aus dem Häuschen beim Anblick des ernsten, mutterlosen Knaben, dessen schimmernder Teint sie die Bedeutung des Aufbauwerks hautnah spüren ließ. Er lächelte sie an, kniete dann unaufgefordert nieder, grub eine kleine Vertiefung in die Erde, legte ein Maiskorn hinein und bedeckte es. »Diese Tat, die symbolisch das Wesen unseres Lebens zum Ausdruck brachte, rührte alle zutiefst.« Zwei der Philanthropen erboten sich spontan, den Jungen nach Amerika mitzunehmen, ihn dort in den besten Schulen zu erziehen und ihn danach reif, gebildet und in jeder Richtung vollkommen wieder nach Erez Israel zurückzuschicken. Hier mischte sich jedoch Pines ein und erklärte ihnen behutsam, daß die Kraft des ersten Sohnes allein auf der ständigen Berührung mit dem Boden des Landes beruhe, »wollte man ihm diese nehmen, wäre er – gleich Simson all seiner Kräfte beraubt – wie jeder andere Mensch«. Daraufhin baten die Gäste, der Junge möge ein paar Sätze über die Rückkehr zum Boden, die Verbindung zur Scholle und Ähnliches sagen.

In diesem Augenblick trat die fröhliche junge Schönheit näher, und als sie den Blick des ersten Sohnes auffing, streckte sie die Hand aus und strich ihm geistesabwesend übers Haupt. Abraham hielt inne, richtete sich vom Boden auf, wischte den Staub von Knien und Händen.

Jähe Katastrophenahnung braute sich über den Köpfen zusammen. Wer empfindsam genug war, begriff, daß Furchtbares bevorstand.

Der erste Sohn verlagerte den mächtigen Blick von den Umstehenden auf die schöne Maid und sagte ihr folgendes:

»Wenn erst schwerer Staub von der Decke fällt
Und meines Leibes Gedenken dich packt,
Wie wirst du beschwichtigen deine lodernde Seele?
Ein Blütenkelch, warm und hart,
Geht dann in deinem Fleische auf.
Dein Geliebter, im Grün seiner Worte gefangen,
schweigend verstrickt.
Was wirst du im Traume sagen, wenn seine Hand deine Haut
Wie die weiche Rechte eines Gläubigers berührt?
Der Rizinus der Liebe, der dein Haupt überschattet,
Will nicht welken.
In jenen Tagen lernst du den leisen Wüstenwind kennen,
Die hartnäckigen Körner des Sandes.
Unsere Rücken, den Schlägern preisgegeben,
Deine Erinnerung, erstickt, unterdrückt.
O aus den Tiefen, aus schlammigen Tiefen,
Umwindet Schilf der Sehnsucht unsere Häupter.«

So sprach Abraham, und ein großer Tumult brach aus. Die Schöne, deren makellose Glieder in Hitze entbrannten, begann auf englisch zu fragen: »Was sagt er? Was hat er gesagt?« Der Reporter der Gewerkschaftszeitung *Davar,* der die Philanthropen auf ihrer Tour durchs Land begleitete, notierte fieberhaft. Meschullam Zirkin hat mir später seinen Bericht gezeigt: »Der erste Sohn Abraham Mirkin deklamierte ein Gedicht unklaren Stils, das keine Verbindung zu unserem Leben und Streben im Lande erkennen ließ.«

Die Genossen waren entsetzt. Fanja Lieberson barg ihre Wange am Hals ihres Ehemanns in einer Geste, die ihr noch Jahre eigen blieb, und murmelte, der Hunger nach Liebe sei wohl aus dem gequälten Leib der armen Fejge auf das Ungeborene in ihrem Schoß übergegangen und habe den Jungen um den Verstand gebracht. »Da ist eure Frucht herangereift«, flüsterte sie wütend, »das war weder Fleisch noch Fisch. Das war Gift, niemals stockendes Toxin. Und wage bloß nicht, mir jetzt auch nur einen Witz zu erzählen.«

Pines, der Mitleid mit Abraham und seinem Vater empfand, versuchte anzudeuten, das Kind habe ›beachtlichen assoziativen Gebrauch von bekannten Motiven aus dem Buch Jona‹ gemacht, worauf Rilow ihn scharf anschnauzte, er solle den Mund halten, sonst werde er eins abbekommen und sterben, und zwar nicht in seinem Bett.

Abraham kümmerte sich als einziger nicht um den Lärm. Er betrachtete unverwandt die schöne Frau, die in Schwingungen geriet, weil ihr der Blick des Jungen durch Mark und Bein ging. Ein strenger Brunstgeruch, den jeder Bauer sofort zu erkennen und zu deuten vermag, brach durch die Parfümschleier, die sie umhüllten, und alle Umstehenden hörten das dumpfe Brüllen des holländischen Bullen, der auf seinen Zaun zustürmte. Sie stampfte mit einem Fuß, lachte verlegen, ging dann hüftschwenkend auf Abraham zu, zog eine glitzernde Münze aus der Handtasche und ließ sie vor seinen Augen kreisen.

»Geld hat sie ihm gegeben«, sagte Großvater während eines der nächtlichen Gespräche zu Pines. »Geld. Pessja hat den Leuten angewöhnt, das Land und die Seele mit Geld zu erlösen.«

Die fremde Frau steckte Abraham die Münze wie einen bösen Fetisch in die Hemdentasche, trat einen Schritt zurück und wartete beklommen.

Die Miene des ersten Sohns verfinsterte sich mit einem Schlag, und zwei furchtbare Rinnen, wie von einer niedersausenden Hacke beigebracht, klafften auf seiner Stirn von der Nasenwurzel bis zum Haaransatz.

12

Ich lag in den Narzissen, die Augen himmelwärts gerichtet. Durchziehende Storchenschwärme drehten hoch oben ihre Kreise wie winzige Wassermücken über einem ruhigen, klaren See. Auf Großvaters Schornstein in der Ukraine nistete einst ein Storchenpaar. »Ich wußte, daß sie jedes Jahr Erez Israel besuchten und den Bauch voller kanaanitischer Frösche zurückkehrten«, hatte Großvater mir erzählt. Ob die Enkel dieser Störche jetzt hier über mir kreisten?

Jeden Frühling und Herbst trat Großvater aus der Baracke, beschattete die Augen mit der Hand und schaute den Störchen und Pelikanen nach, erfüllt von der Wehmut breiter Flüsse, riesiger Kornfelder, verschneiter Tundren und grüner Birkenwälder. »Hier bin ich zwischen den Brombeersträuchern«, schrieb er, »im Land der Zikade und des Schakals, der Feige und des Ölbaums.«

Ich mußte an Schifris denken. Ob er noch lebte? Würde er den Weg auch finden, den seine Genossen in Beton und Asphalt gekleidet hatten, wie es im Liede heißt? Wo mochte er jetzt sein? Lag er, von Grenzposten getötet, nun unter Schnee oder Sand begraben? War er an den Stacheln eines elektrischen Zauns zu Asche zerfallen? Wußte er, daß die Sümpfe schon trockengelegt, die Wüste zum Blühen gebracht war? Daß Großvater mit Schulamit im Altersheim lebte?

Schifris würde kommen, und ich würde ihm Großvaters Bett anbieten. Er würde Oliven einlegen, nachts in der Küche rauchen, Ölbäume und Feigen, Reben und Granatäpfel anpflanzen – ein magerer alter Mann mit einer abgewetzten Kappe auf dem Kopf, einem Mandelstecken in der Hand und einem Rucksack über der Schulter, darin hartes Brot, eine Feldflasche mit Wasser,

Oliven, Käse, eine Bibel und zwei Apfelsinen. So ging er und sang sich eins, oder er spielte auf einer Flöte, die er unterwegs aus einem Bambusrohr geschnitzt hatte. Bedächtig wanderte er über Gebirge und Wüsten, an Felsstränden entlang, die Lippen trocken und schmal, die Schuhe aufgeplatzt.

»Man müßte Schifris einen kleinen Sumpf schaffen, den er trockenlegen kann«, meinte mein Vetter Uri, »müßte etwas Hundszahngras aussäen, damit er was zu jäten hat. Und man muß ihm eine alte Pionierin mit weißen Zöpfen besorgen, die ihn jede Nacht auf der Tenne bestürmt.« Seine Augen leuchteten. Er war ein Junge, der hinter Aufregung her war, sich über Erinnerungen lustig machte und von all den Erzählungen nur die Liebesgeschichten mochte.

Als kleiner Punkt würde Schifris von dem blauen Höhenzug abzweigen, immer näher kommen, vor Großvaters Baracke stehenbleiben und sagen: »Geh, mein Kind, und berichte Mirkin, daß ich da bin.« Müde und erschöpft von der Anstrengung des Weges würde er auf Großvaters Bett sinken und nur um Wasser bitten. Wie leicht Schifris war, wie mager und dürr, als ich ihn durch die Felder des Emek trug, um ihn Großvater vorzuführen.

Dorthin, zur Quelle will ich gehen, um mich im Dickicht hinzulegen. Auf dem Rückweg werde ich über die Felder meiner Familie wandern, wo einst Wasserbüffel weideten, grünes Schilf gedieh und Anopheleslarven in verfluchten Wassern brüteten, ehe die Flächen entsumpft und unter den Pflug genommen wurden. Großvater bestückte sie mit blühenden Bäumen, Abraham sah ihre Früchte, und ich pflanzte dort Zierbäume, Blumen und Tote ein.

›Mirkins Kinder‹ halfen im Gegensatz zu ›Zirkins Jungen‹ ihrem Vater bei allen Feldarbeiten, ja waren ausgezeichnete Arbeitskräfte. Abraham zeigte große Begabung für die Rinderzucht. Schon im Alter von zwölf Jahren kam er auf die Idee, künstliche

Besamung einzuführen, doch der Tierarzt meinte, es gäbe noch keinen hochwertigen Samen im Land, worauf Abraham, viele Jahre vor den Forschern, sein Hirn mit wissenschaftlichen Lösungen anstrengte.

»Man könnte den Samen einfrieren«, verkündete er plötzlich beim Mittagessen, während seine Stirnfalten vor lauter Konzentration schrumpften und ins Schwitzen gerieten. »Man könnte ihn einfrieren und nachher in den Stall bringen, statt die Kuh zum Bullen zu zerren. So ließe sich der Same erstklassiger Zuchtstiere aus dem Ausland einführen. Das würde viel Zeit und Arbeit sparen.«

Aber seit jener Affäre mit der ›Schönen aus Amerika‹ begegnete man Abrahams Einfällen eher mißtrauisch. Er war ein in sich gekehrter, zurückhaltender Junge. Mehrmals verschwand er einen ganzen Tag, wonach sich herausstellte, daß er am Grab seiner Mutter gewesen war, um ihr von all seinen Erfindungen zu erzählen.

Efraim, der ihm einmal dorthin nachgeschlichen war, hörte ihn mit dem Grabstein reden.

»Wir haben schon einen Stangenboden für die Hühner, durch den der ganze Mist runterfällt, und das ist der beste Mist auf der Welt.«

»Erzähl ihr auch von dem Schleckereis, das du aus den Bulleneiern machen willst«, rief Efraim hinter dem Rücken seines Bruders.

Abraham sprang hoch und wollte sich auf ihn stürzen, doch der flinke, leichtfüßige Efraim entwischte ihm. Lautlos wie eine Schleiereule glitt er über das Feld, wobei seine nackten Füße kleine Staubwolken aufwirbelten. Abraham rannte ihm nach, heulte den ganzen Weg bis zum Dorf, fünf Kilometer weit, und bückte sich von Zeit zu Zeit, um seinem Bruder Erdklumpen und Steine nachzuwerfen.

Abends erzählte Großvater den Kindern Geschichten aus seiner Kinderzeit, zum Beispiel wie sein Bruder Josef, der kapitalistische Verräter, mit drei Jahren von Zigeunern entführt worden war.

»Die Polizei des Zaren fand ihn in einem Sack auf dem Bahnhof von Charkow. Die Zigeuner hatten einen Akrobaten und Dieb aus ihm machen wollen. Ganze vier Tage war er bei ihnen, aber als er zurückkam, mußte man ihm erst mal wieder das Sprechen beibringen. Er hatte alle Worte vergessen, die er schon kannte, ging auf allen vieren und beklaute die Leute.«

Er erzählte, wie er im Alter von zehn Jahren ein Gewächshaus für Myrten gebaut hatte. »Zum Laubhüttenfest habe ich all den Chassidim Myrten verkauft, und keiner hat einen Makel daran gefunden. Es war das erste Gewächshaus in Makarow, und mein Vater war sehr stolz auf mich.«

»Erzähl von Mutter«, bat Abraham, und Großvater erzählte ihnen, wie Fejge darauf gekommen war, die Hühnereier von einem Truthahn ausbrüten zu lassen, dessen Brust und Bauch fünfzig Eier auf einmal abdecken konnten. Bloß stand der Truthahn ab und zu auf und zertrampelte die Eier. Großmutter gab ihm Wein zu trinken, und nun hockte der besoffene Puter mit feuerrot angelaufenen Kehllappen selig lächelnd auf den Eiern und rührte sich nicht vom Fleck.

»Alle Frauen des Dorfes übernahmen die Puter-Methode«, lachte Großvater, »trotz Liebersons Aufsatz im Dorfblatt unter der Überschrift: ›Ein hebräischer Hühnerstall ist keine Kneipe‹.«

Ich grübelte neidvoll über jene Zeiten nach. Sie erschienen mir wie ein Traum, obwohl Jossi meinte, sie seien schrecklich schwer gewesen.

»Sie waren drei Waisenkinder und ein Vater, der keine Ahnung von Wirtschaftsführung hatte«, sagte er. »Als alle neue Doppelscharpflüge anschafften, hat unser Großvater die Olivenbäume umarmt. Sie hatten kein Geld für Stiefel im Winter, melkten per Handbetrieb, und die Arbeitstiere mußten sie mit den

Nachbarn teilen, mit denen sie dauernd Streit bekamen. Heute haben wir elektrische Brutkästen, und bald kriegen wir künstliche Besamung auch bei den Puten.«

Jossi war stolz auf den neuen Zuchtstall, den er für die Truthennen gebaut hatte. Es war ein geschlossener, mit Pechstreifen gegen Licht abgedichteter Verschlag. Dort warteten die Junghennen auf gute Preise für befruchtete Eier, irrten im Finstern auf Nahrungssuche herum, während die Dunkelheit sie davon abhielt, zu denken, zu hoffen oder heißzulaufen. Sobald die Nachricht vom Putenausschuß eintraf, ließen wir sie rasch zu den Hähnen hinaus. Ängstlich kamen sie auf ihren wackligen Beinen angestolpert, blinzelten mit den Augen, deren wäßrige Linsen im grellen Licht sofort rissen. Nach fünf Minuten im Sonnenschein entflammten sie lichterloh und hockten sich flügelschlagend in den heißen Sand, um mit schrillen Lauten und roten pulsierenden Blumen unter gespreizten Schwänzen die Hähne anzulocken.

»Blöde Puten«, sagte Jossi. Die Hennen plumpsten mitten im Hof runter, streckten die Hintern in die Höhe und weigerten sich vor lauter Wollust, bis in die Zuchtställe zu laufen. Jossi und Abraham kickten sie hinein und sattelten sie mit Planen, damit die schweren Hähne ihnen nicht das Fleisch zerfetzten, wenn sie sie zu besteigen versuchten.

»Guck dir das an«, meinte Uri, »sieh bloß mal, was Verliebtsein bedeutet, die ganze Dunkelheit hat sich bei denen nach außen verflüchtigt.«

Die Hähne hackten neben den ungeduldigen Hennen aufeinander ein, stießen sich gegenseitig weg, und wenn es schließlich einem gelungen war, seine Aufgabe zu erfüllen, erhob sich die Henne mit hochmütiger Gelassenheit, schüttelte die Flügel aus und stolzierte zu ihren Freundinnen hinüber, um leise mit ihnen zu tuscheln. »Sie wollte es allen erzählen«, sagte Uri, »das Warten hat sich gelohnt.«

»Zwei Monate im Dunkeln, um mit einem Puter zu bumsen«, sagte Jossi verächtlich.

Doch ich dachte an die drei Kinder unter Großvaters ausgebreiteten Fittichen, an das Winterabendessen – die Pellkartoffeln, die harten Eier, den in Öl eingelegten Salzhering mit Zitronensaft, Zwiebelringen und hellen Rettichscheiben. An meine tote Mutter dachte ich, an ihre Zöpfe und an ihre langen Beine, die im Feuer aufgingen, und an Efraim. Bis heute fahre ich manchmal hastig herum, ob Efraim womöglich mit Jean Valjean, seinem mächtigen Charolais-Bullen auf den Schultern, hinter mir steht und über mein erschrockenes Gesicht lacht.

»Kein Mensch begriff, wie mein Sohn Efraim sich einen Bullen auf den Rücken laden konnte«, erzählte Großvater lächelnd.

Keiner verstand es, und keiner deutete die Zeichen. Nicht einmal Pines sah das aufkeimende Unheil voraus. »Ein Waisenkind, das bei seinem Großvater aufwächst, ist nichts als ein Faß voller Geschichten«, sagte er von mir. Wieder weiß ich nicht, was ich gehört und was ich erlebt habe. Ist nun Abraham ans Grab seiner Mutter gelaufen, oder war ich am Grab meiner Mutter? Ist Efraim weggegangen, oder habe ich das Dorf verlassen?

Die großen Grabsteine glänzten im ›Ewigen Haus der Pioniere‹ – ›Verschlußsteine auf den Brunnen des Traums‹, hat Pines sie genannt. Nachts irre ich durch das große Haus des Bankiers, und der Stier der Erinnerungen lastet auf meinen Schultern.

13

»Deine Mutter war eine empfindsame Göre, ein Lausebengel, ein Tom Sawyer mit Herz.«

Nur ihre Fleischgier war Pines unerklärlich.

»Sie war eine gute Schülerin. Konnte Tschernichowski und Lermentow auswendig aufsagen. Doch plötzlich, mitten im Unterricht, holte sie aus ihrem Stoffranzen ein Stück Fleisch heraus und biß hinein.«

Nicht nur der Lehrer, das ganze Dorf beobachtete die zweite Generation mit glühender Erwartung. Flink und robust wie die Wildesel arbeiteten sie neben ihren Eltern. Die Luft des Landes versengte ihnen nicht die Lungen, ihr Körper absorbierte die Sonne wie Kreidefelsen.

»Mirkins drei Waisenkinder packten jede Arbeit an.« Bei Sonnenaufgang weckte Abraham Bruder und Schwester, damit sie vor der Schule beim Melken helfen konnten. Gegen Abend mähten sie noch Luzerne, luden sie auf den Wagen und fuhren damit auf den Hof zurück. Die Heugabeln staken seitlich in der schwankenden grünen Ladung, auf der Mutter und Efraim sich balgten. Abraham, der den Hof praktisch schon damals leitete, führte ruhig die Zügel. Tiefe Zornesfalten schlängelten sich wie Eidechsen über seine Stirn hinauf, bis sie in seinem dichten Haarschopf verschwanden. Flink und geschmeidig rangelten Bruder und Schwester miteinander, brüllten vor Wut und Freude, fielen auch mehrmals vom Wagen und kämpften am Wegrand weiter. Der Vater beobachtete sie durch die Zweige seiner Obstbäume.

»Dieses Mädchen ist für den Hühnerstall gefährlicher als die Wildkatze von der Quelle«, sagte Großvater zu Seizer, »wenn die weiter soviel Fleisch ißt, haben wir bald kein einziges Huhn mehr.«

Mutter begann auf Bäume und Dächer zu klettern, um sich Stare zu fangen. Sie nötigte Daniel Lieberson, sich diesen Jagdausflügen anzuschließen, worauf der liebestrunkene Junge ihr tatsächlich über die Felder nachlief und zuguckte, wie sie die Wildvögel aus den selbstgestellten Fallen nahm. Die durchziehenden Wachteln landeten ihretwegen nicht mehr auf unseren Äckern, in den Gemüsegärten starben die Hasen aus, Kälber erstarrten vor Angst, wenn sie ihnen den Hals tätschelte.

Einmal kroch sie mit Efraim auf das Dach des Futtersilos und lauerte den Tauben auf. Ein Brett zerbarst unter ihren Füßen, sie rutschte ab, konnte sich aber gerade noch an der Regenrinne festhalten und baumelte nun an den Händen sechs Meter über dem Betonboden. Efraim versuchte vergeblich, sie zurückzuzerren.

»Halt dich gut fest«, schrie er, »ich geh Daniel rufen.«

Er verschwand. Mutter biß die Zähne zusammen, krallte die Fingerspitzen um den Kandelrand, und da kam unten Benjamin Schnitzer, ›Rilows doofer Jeckes-Arbeiter‹, vorbei.

»Benjamin!« quetschte das Mädchen zwischen den zusammengepreßten Kiefern hervor.

Der Arbeiter hob die Augen, senkte sie aber sofort wieder verlegen, »weil deine Mutter ein weites Kleid anhatte und mit den Beinen schlenkerte«, erzählte mir Uri mit blitzenden Augen. Benjamin war schon so manchem Streich aufgesessen und fürchtete nun, erneut in eine Falle zu tappen.

»Du brauchst dich nicht zu schämen«, rief Mutter, »darfst ruhig herschaun.«

Er stand genau unter ihr, und als er die Augen wieder hob, schnürte sich ihm die Kehle zusammen angesichts der Pracht ihrer Schenkel, die wie warme Klöppel in der Glocke ihres Kleides schwangen.

»Dein Vater, Benjamin, ist in den dreißiger Jahren mit einer der Jugendgruppen eingewandert, die man aus München hergeschickt hat. Er kam zur landwirtschaftlichen Ausbildung in unser Dorf und wurde Rilows Hof zugeteilt.«

Er war ein untersetzter, kräftiger Blondschopf. Ich schaue mir sein Photo im Gefallenenteil des Dorfbuches an. In blauen Arbeitshosen mit scharfer Bügelfalte und einem weißen Sabbatunterhemd steht mein Vater neben seiner Baracke unter der Palme auf Rilows Hof, jener Palme, von der Uri behauptete, ihre Früchte würden beim Aufschlag auf den Boden explodieren. Vaters jungenhaft-derbes Gesicht sitzt unmittelbar auf seinen gewölbten Schultern. Die Augen hält er wegen der Sonne zugekniffen. Seine Arme sind ebenso dick und formlos wie meine. Arm, Handgelenk und Hand wirken wie ein durchgehender Holzbalken. Die Brust ist rund und groß wie ein Faß.

»Du wirst groß wie Mutter und stark wie Vater sein«, hieß es immer, und als ich heranwuchs, freuten sich alle, daß es auch wahre Prophezeiungen gibt.

Benjamin breitete die Arme aus.

»Loslaß, schnell«, sagte er. Er konnte noch kein richtiges Hebräisch.

Das Mädchen zögerte.

»Schnell, schnell«, wiederholte Benjamin, nun auf deutsch, »ich halt fest.«

In unserem Dorf können die Leute das exakte Gewicht eines Kalbes mit einem Blick abschätzen, die Windrichtung am Farbton des Mondes ablesen und den Stickstoffgehalt des Bodens durch das Anbeißen einer Zwiebel bestimmen. Mutter musterte die ruhigen Augen und die festen Schultern des Arbeiters, ließ los und segelte hinab, wobei ihr das Kleid übers Gesicht schlug und der Magen in die Rippengegend hinaufrutschte. Mit fest geschlossenen Augen landete sie gleich darauf wohlgeborgen in seinen starken Armen.

Benjamin ächzte von dem heftigen Aufprall. Meine Mutter war ein großes, nicht gerade leichtgewichtiges Mädchen, so daß er in die Knie gehen und den Schwung ihres Gewichts mit Rükken und Oberschenkeln abfedern mußte. Ihr schreckerstarrter Körper schlug gegen seine Brust, ihr bloßer Bauch schnaufte angstvoll an seinen Wangen – so nahe, daß sogar ich, über Zeit und Geschichte hinweg, die Hitze spüren kann, die von ihrem Körper ausströmte.

»Du kannst mich jetzt loslassen«, sagte sie lächelnd. Sie hatte die Puste schon wiedergefunden und die Augen aufgeschlagen, aber die Nägel krallten sich noch furchtsam in das Fleisch seiner Schultern. »Du warst hundertprozentig in Ordnung.«

Mein Vater war verwirrt. Noch nie hatte er so enge Berührung mit einem Mädchenkörper gehabt.

»Vielen Dank, Benjamin«, lachte sie, löste sich schwungvoll aus seinen Armen, strich sich das Kleid glatt – und haargenau in diesem Augenblick kamen Efraim und Daniel mit einer hohen Ernteleiter angeschleppt.

»He, was machst du denn da, Jecke Potz?!« schrie Efraim wütend. Trotz seines schmalen, leichten Körperbaus schien der Fünfzehnjährige im Begriff, auf den kräftigen Arbeiter einzustürmen. Daniel stand wie betäubt daneben, fahlgelb vor Eifersucht, Hilflosigkeit und Verlust. Seine Lippen zitterten.

»Er hat mich gerettet«, sagte Ester, »Rilows doofer Jecke hat mich gerettet.«

Wieder hörte mein Vater ihr Lachen. Ein süßes Lüftchen umspielte sein Gesicht, als Mutter, Efraim und Daniel Lieberson wegrannten und um die Ecke verschwanden.

Mein Vater war als Sechzehnjähriger ins Dorf gekommen und zum Wohnen und Arbeiten auf Rilows Hof geschickt worden.

»Er kam am Vorabend des Großen Krieges aus Deutschland«, heißt es im Gefallenenteil des Dorfbuches, »seine ganze Familie ist in den Feueröfen umgekommen, und er hat seinen Tod in unserem Land gefunden. Immer noch gedenken wir seiner feinen, fleißigen, kultivierten Wesensart. Wir behalten ihn in Erinnerung, wie er Abend für Abend zur Molkerei ging, komplette Symphonien vor sich hinpfiff und jedem freundlich begegnete, während er die vier großen Milchkannen am Tragjoch schleppte.«

Rilows ›doofer‹ Arbeiter bürdete sich die Kannen auf, weil es ihm nicht gelang, sich mit Rilows Maultieren zu verständigen. Vier Kannen zu je fünfunddreißig Kilo baumelten an Ketten von der Eisenstange auf seinen Schultern herab.

Rilows Maultiere waren im Ersten Weltkrieg mit dem britischen Militär gekommen und hatten sich zum Bleiben entschieden.

»Abgesehen von ihrer störenden Angewohnheit, jeden, der ihnen in den Weg lief, um Bier anzugehen, waren es zwei hervorragende Arbeitstiere«, erzählte Meschullam. In einem Kasten mit der Aufschrift ›Streiflichter unseres Lebens‹ verwahrte er das Protokoll einer Ratssitzung, auf der Rilow einen Bierfonds für seine Maultiere beantragt hatte. Dieses Schriftstück pflegte er bei Dorffeiern vorzulesen.

»Genosse Rilow: Maultiere fressen Gerste, und Bier ist nichts weiter als Gerstensaft.

Genosse Lieberson: Rilow spielt schlau.

Genosse Rilow: Genossen, und was ist mit dem weinseligen Puter?

Genosse Zirkin: Keiner hat Wein auf Federvieh verschwendet. Das Ganze ist nur eine Legende von Mirkin.

Genosse Rilow: Nach einem kleinen Trunk arbeiten die Maultiere in Hochstimmung.

Genosse Lieberson: Das Gesuch wird abgelehnt; uns kommt kein Alkohol in den Kreislauf der Arbeit und des Schaffens.

Genosse Rilow: Die Arbeitsgruppe Fejge hat nicht wenig Wodka getrunken.

Genosse Lieberson: Wir danken dem Genossen Rilow für seinen Vergleich, aber in der Arbeitsgruppe Fejge hat es keine Maultiere gegeben, nur Esel.

Genosse Rilow: Dann werde ich eben selbst Bier brauen.

Genosse Zirkin: Wir sind nicht nach Erez Israel gekommen, um Vieh mit Champagner zu tränken.«

Das Publikum klatschte darauf lachend in die Hände, aber alle wußten, daß Rilow zwei Reihen Hopfen gesät hatte und daß seine Maultiere pro Arbeitstag doppelt soviel Grund umpflügten wie jedes andere Maultiergespann. Bis heute erzählt man sich im Dorf von den großen schäumenden Rinnsalen, die sie hinter sich zurückließen. Doch sogar Seizer, der ein Experte für Maultiere und Gerste war, äußerte sich ›entsetzt über solche Verwöhnung‹.

Lange Jahre beim Militär, im Kibbuz, in den Moschawot und im Dorf hatten die beiden Maultiere ruppig gemacht. Als sie dann einen schüchternen, unerfahrenen Jüngling vor sich sahen, spielten sie ihm Streiche und wollten sich partout nicht von ihm anschirren lassen. Sie brachten absichtlich die Zügel durcheinander, schissen auf die Deichsel und ließen zum Spaß pausenlos häßliche Rülpser los. Doch mein Vater war ein fleißiger Bursche. Wenn er die Dorfbewohner auch mit seiner unbeholfenen Ratlosigkeit amüsierte, schätzten sie andererseits seinen Fleiß und seine Pünktlichkeit. Bis heute erzählt man sich, wie er Rilow in der Kotrinne liegengelassen hatte. Dvora, die nervöse Milchkuh, hatte ausgeschlagen und Rilow so hart am Kopf getroffen, daß er bewußtlos in die Rinne kippte, wo mein Vater, der gern ›pünktlich auf die Minute‹ in der Molkerei ankam, ihn einfach beließ.

»Aber ich ihn mit Sack zugedeckt, damit nicht krank wird«, hatte er sich bei Tonia entschuldigt.

In Deutschland hatte er eine technische Fachschule besucht, und schon einen Monat nach seinem Eintreffen konstruierte und baute er auf Rilows Hof eine automatische Kälbertränke, die im ganzen Emek Staunen erregte. Außerdem reinigte er den Kuhstall mit Schrubber und Lysol und verlegte einen Lautsprecher von seinem Grammophon dorthin.

»Selbst Rilows Frau Tonia gab zu, daß Mahler sich gut auf die Milchleistung der Kühe auswirkte«, erzählte mir Abraham bei einem der seltenen Gespräche, die er mit mir führte.

»Als ich einmal durchs Dorf schlenderte, lockten mich Beethoven-Klänge wie mit Zauberhand zur Baracke deines Vaters. Ich lugte durchs Fenster. Dein Vater lag dort auf dem Bett, das Goldhaar wie Weizengarben auf der Stirn aufgetürmt, und lauschte der Musik. Er besaß ein Grammophon, das seine Eltern ihm aus Deutschland geschickt hatten. Sie haben's gerade noch schicken können, bevor Hitler sie verbrannt hat.«

Pines klopfte und trat ein. Benjamin stand auf, nahm Haltung an und verbeugte sich. Drei Dinge geschahen an jenem Tag. Der Name meines Vaters wurde von Benjamin Schnitzer in Benjamin Schenhar umgeändert, er erhielt seine erste Privatstunde in Hebräisch, und er lieh Pines zwei Schallplatten aus.

»Dein Vater war ein aufmerksamer und fleißiger Schüler. Er konnte zwar keine fließende Unterhaltung auf Hebräisch führen, aber jedes Wort haargenau richtig vokalisieren.«

Im Dorf gab es damals eine fröhliche Schar junger Leute, die sich ›die Bande‹ nannten. Es waren die Kinder der zweiten Generation, die nun ins Flegelalter eingetreten waren.

»Das ganze Dorf verzieh ihnen ihre Streiche, weil sie neue Juden waren, Sprößlinge dieser Erde hier, aufrecht und sonnengebräunt«, erzählte Pines. »Nachts entwendeten sie Süßigkeiten und Kaffee aus dem Konsum und Waffen von den Briten auf dem nahen Flugplatz. Rilow schickte sie, mit Peitschen bewaffnet, auf die Felder, um die Herden der Araber zu verscheuchen, die ins junge Getreide einbrachen. Und jedes Jahr, beim zeremoniellen Schwenken der Erstlingsfrüchte und der Babys, veranstalteten sie Fantasias, bei denen sie in schnellem Galopp an den Zuschauern vorbeiritten – auf ihren Pferden stehend wie ukrainische Banditen.«

Als sie den gesamten Schokoladenvorrat aus dem Laden entwendet hatten, kam Schlomo Lewin bei Pines angelaufen und wollte ihn unter vier Augen sprechen.

»Das haben sie meinetwegen getan, diese Räuber«, sagte er, »sie schätzen mich gering, weil ich kein Landwirt wie ihre Eltern bin.«

»Sie haben das getan, weil sie Schokolade essen wollten. Das Verlangen nach süßen Nahrungsmitteln ist fast allen Lebewesen gemeinsam«, sagte Pines.

»Einen Bauern hätten sie nicht zu beklauen gewagt«, meinte Lewin. »Wer kein Geld für Schokolade hat, soll *Kamardin* essen.«

»Letzte Woche haben sie zwei Gläser Honig aus Margulis' Lager mitgehen lassen«, bemerkte Pines.

»Genau so hat man mich behandelt, als ich neu im Lande war«, fuhr Lewin, taub vor Wut, fort, »ihr habt noch nie normale, ruhige Arbeit zu schätzen gewußt, habt bloß allesamt euer Erlösungs- und Auferstehungstheater gespielt. Pflügen war Rückkehr zum Boden, Hühner legten das erste Ei nach zweitausend Jahren Diaspora. Gewöhnliche Kartoffeln, unsere ›Kartoffalach‹, die wir in Rußland gegessen haben, wurden hier zu Erdäpfeln, zum Einswerden mit der Natur. Die Leute ließen sich mit Gewehren und Feldhacken photographieren, unterhielten sich mit Kröten und Mauleseln, verkleideten sich als Araber, glaubten in der Luft zu schweben.«

»So haben wir's durchgestanden«, sagte Pines.

Lewin stand bleich vor Haß auf. »Auch ich hab' was durchgestanden«, sagte er. »Ich hätte weglaufen können, hab's aber nicht getan. Ich hätte ein reicher Kaufmann in der Stadt sein können und bin statt dessen hierhergekommen. Du hast sie dazu erzogen, mich zu verachten, und leier mir bloß nicht deinen ewigen Vers runter – sie sind meine Beete, meine Schößlinge – du bist selbst kein Bauer. Wir sind beide Gemeindebedienstete. Wir haben beide gemeint, der Idee zu dienen, und nun sind wir Diener von Kulaken geworden. Das sind sie nämlich mitsamt ihren Schollen, ihren biblischen Früchten und ihrem Rindvieh. Gordon und Brenner haben mit Füllfederhaltern geschrieben, die ich repariert habe.«

Pines kochte. »Kein Mensch ist aus Gefälligkeit hierhergekommen«, sagte er jetzt lauter, »und keinem gebührt ein Orden dafür, daß er auf einen Laden in der Stadt verzichtet hat. Du bist hierhergekommen, weil du diese Erde ebenso brauchst wie wir alle, ihre Berührung, ihren Duft, ihre Verheißung. Du brauchst sie mehr, als sie dich gebraucht hat.«

Doch nachdem Lewin die Tür hinter sich zugeknallt hatte, rief Pines die Jungs von der ›Bande‹ zusammen und redete ihnen, zutiefst aufgewühlt, eindringlich ins Gewissen: »Unser Leben ist nicht nur Zuckerlecken. Wer seine Seele Pralinen und Bonbons verschrieben hat, soll bitte in die Stadt umziehen.«

Die Bande zog beschämt ab und erlegte sich selbst eine erzieherische Strafe auf – den Bau eines großen Sandkastens für den Kindergarten, der den Kleinen noch heute gute Dienste leistet.

Mein Onkel Efraim war mit von der Partie – schmal, hübsch, schnell und treffsicher wie ein Mungo, der allererste bei jedem Spott und Streich. Eines Tages bestimmten sie Benjamin zum Opfer ihrer Schelmenstücke. Mit seinen langsamen, unbeholfenen Bewegungen hatte er ihre Aufmerksamkeit auf sich gelenkt, und Efraim haßte – und fürchtete – ihn seit dem Tag, an dem er meine Mutter gerettet hatte.

Als Benjamin eines Samstagnachmittags friedlich sein Sabbatschläfchen hielt, schmuggelten die Jungen eine kleine Viper in seine Baracke und warteten draußen. Bald hörte mein Vater das Untier umherrascheln, schrie entsetzt auf und flüchtete sich unter dem schallenden Gelächter der Bande ins Freie, wo er zunächst wegen des scharfen Lichts der Sonne im Westen, dann vor Wut die Augen zusammenkniff, sobald er begriff, daß man Spott mit ihm getrieben hatte. Nun trat er auf den damals etwa siebzehnjährigen Efraim zu, schnappte ihn an seinem breiten Ledergürtel und hob ihn mit einem Schwung in die Luft.

»Onkel Efraim hat gezappelt, geschrien und gelacht, aber dein Vater hat ihn mit links auf den Hof geschleppt und dort, mitsamt seiner Sabbatkleidung, geradewegs in die Rindertränke geschmissen.«

Diese Tat wurde mit lauten Bravorufen der Bande begrüßt. Sofort drängten alle in Benjamins Baracke, und Efraim zerquetschte mit seinem verhornten Absatz den Nacken der Schlange, die unter einem Stuhl aufgeringelt lag. Danach setzten sie Benjamin an den Tisch und maßen sich einer nach dem anderen im Händerunterdrücken mit ihm. Als er sie alle besiegt hatte, nahmen sie ihn in ihre Reihen auf.

Verlegen lächelnd, sprachlich unbeholfen und langsam traf er sich nun jeden Freitagabend mit ihnen, und sie lernten bald, seine technische Begabung zu nützen. Ab und zu knackten sie Pessja Zirkins Wagen, der damals noch ein ›hundsgewöhnlicher grauer Willis‹ von der Genossenschaftszentrale war. Benjamin startete ihnen das Auto ohne Schlüssel, weil er glaubte, es diene dem Transport von Waffen oder der Überbringung wichtiger Nachrichten. Aber unterwegs gingen sie immer in Haifa ins Kino.

Efraim hing mehr als all seine Kameraden an ihm und vergaß den alten Groll, der ihn beim Anblick seiner schnaufend und lachend in Benjamins Armen liegenden Schwester überkommen hatte. Mehrmals pro Woche ging er zum Musikhören in seine Baracke, ›und sie schlossen einander ins Herz wie David und Jonatan‹. In Benjamins Kasten lagen Kleidungsstücke aus Deutschland, die Efraim ulkig fand. Er probierte Lederhosen und eine dunkle Lodenjacke an und floh zur Belustigung seiner Kameraden damit ins Freie. Danach fand er ganz unten auf dem Boden des Kastens ein langes Batistkleid.

»Was ist das?« fragte er und strich mit der Hand über den zarten Stoff. Im ganzen Dorf gab es nichts, das sich auch nur entfernt so angefühlt hätte wie dieses feine glatte Gewebe. Es glich nicht einmal den Samtnasen der Fohlen oder den Apfelblütenblättern. Plötzlich mußte Efraim an seine eigene Mutter denken, und seine Augen füllten sich mit Tränen.

»Für Hochzeit«, antwortete Benjamin, »von meine Mutti für mein Hochzeit.«

Er zog ein Photo aus dem Geldbeutel. »Vati, Mutti, Hanna, Sarah«, sagte er, indem er mit dem Finger auf die Abgebildeten deutete, »Mutti hat das Kleid gegeben.«

Benjamins Mutter, eine große, blonde Frau, saß auf dem Stuhl, die beiden Töchter, in gleichen Kleidern, an ihrer Seite. Hinter ihnen stand der kleine, schmale Vater mit soldatisch knappem Haarschnitt und Schnurrbart.

Efraim, der keine Mutter mehr hatte, und Benjamin, der bald gar keine Familie mehr haben sollte, wurden Busenfreunde.

»Sie klingen mir noch in den Ohren, die Stimmen meiner beiden Schüler. Efraims rasches Gequassel und Benjamins tiefes Näseln. Dein verlorener Onkel. Dein toter Vater.«

14

Eines Tages, gegen Winterende, schlich sich Tonia Rilow in Chaim Margulis' Imkerbereich. Nachdem ihre kleine Tochter im Rinderhof umgekommen war, hatte sie einen Sohn namens Dani geboren. Wegen Rilows Schweigsamkeit hatte das Kind erst mit fünf Jahren zu sprechen angefangen, und Tonias Haß auf ihren Mann türmte sich inzwischen wie eine Mauer in ihr auf. Rilow verbrachte die meiste Zeit in dem riesigen Waffenversteck, das er in der Senkgrube des Kuhstalls angelegt hatte, und hortete dort Waffen in Mengen, die keiner zu ermessen wagte. Die Gerüche von Harnstoff und Dynamit hafteten auch dann noch an seinem Körper, wenn er sich mit Stahlschwämmen schrubbte, und Tonia sehnte sich nach Margulis' süßen Honigfingern.

In Jakobis Satsumahain verborgen, schaute sie ihrem Liebsten aus der Ferne zu. Er steckte in einem unförmigen Schutzanzug und erschien ihr wie ein lieber Bär. Margulis versetzte Bienenkästen zwischen den Pflanzungen, plante Aromamischungen und Blütezeiten und bereitete sich mit Macht auf den Frühling – die Weidezeit seiner geflügelten Kühe – vor. Schließlich folgte Tonia ihm geduckt zu seiner Arbeitsbaracke und glitt hinter ihm hinein. Er bemerkte sie nicht, weil er immer noch einen schweren Helm aus Gitter und Stoff auf dem Kopf hatte.

Margulis holte einen Bienenkasten vom Regal herunter, öffnete ihn und prüfte aufmerksam die Waben. Tonia konnte sehen, wie gespannt und glücklich seine Züge waren. Er zog eine von aufgeregten Arbeiterinnen umsummte Wabe heraus, verscheuchte die Bienen mit der bloßen Hand, und sein Gesicht leuchtete auf. Mit fliegenden Fingern setzte er zwei der Bienen, die sich im Ringkampf umeinander verkrallt hatten, auf den Tisch, löste sie mit Hilfe von zwei Streichhölzern. Die beiden stürzten sich sofort wieder aufeinander, er trennte sie erneut und so weiter, bis ihre Kraft verbraucht war. Nun setzte er sie in ein besonderes Gefäß, in dem sie eine Glaswand trennte, wandte sich dann um, um seinen Helm abzunehmen und wegzulegen, und lief geradewegs in die ausgebreiteten Arme der hinter ihm stehenden Tonia.

»Ah, Tonia«, flüsterte Margulis erschrocken, »bist du verrückt geworden? Am hellichten Tag? Dein Mann bringt mich um.« Er stieß sie energisch zurück, setzte sie auf einen Stuhl und bewirtete sie mit Honig.

»Warum mit dem Teelöffel, Chaim? Warum nicht wie früher?« maulte Tonia.

»Du hast gerade mein größtes Geheimnis gesehen«, überging Margulis lächelnd ihre Worte, »die Versöhnung der Königinnen.«

Tonia versuchte, die eigene Versöhnung wieder in den Mittelpunkt des Gesprächs zu rücken, aber Margulis blickte sie mit seinen himmelblauen Augen unschuldig an und hörte nicht auf zu reden.

»In jedem Bienenstock gibt es nur eine Königinmutter«, referierte er, »das ist ein unverbrüchliches Gesetz. Sie bestimmt die Zahl der Bienen. Für die Blütezeit im Frühling brauche ich aber möglichst viele Arbeiterinnen.«

»Du redest wie ein Kapitalist«, lächelte Tonia unter Tränen, doch Margulis beachtete weder ihre Scherze noch ihren Schmerz.

»Ich warte, bis neue Königinnen ausschlüpfen«, fuhr er fort, »und wenn die aufeinander losstürzen, trenne ich sie langsam und geduldig mit einem Zahnstocher, bis sie den Streit leid sind und sich bereitfinden, in ein und demselben Stock zusammenzuleben und Eier abzulegen. So bekomme ich zweimal so viele Arbeiterinnen und doppelt soviel Honig. Du hast ihn vorgezogen, Tonia, und nun löffel das aus, was du dir eingebrockt hast.«

»Aber was hat es damit zu tun, Chaim?« murmelte sie, wobei sie die Lippen sanft über den Silben seines Namens schloß und an seine Honigfinger dachte, »wozu erzählst du mir von diesen Bienen?« Margulis war jedoch schon zu seinen schlüpfenden Königinnen zurückgekehrt, trennte mit unendlicher Geduld die mörderischen Mütter voneinander, redete beruhigend auf sie ein, und Tonia verließ die Baracke, schlich wieder durch Jakobis Mandarinenhain und hörte unter dem bleierngrauen Himmel nur ihr ersticktes Schluchzen und ihre im Schlamm versinkenden Stiefel, die mit ekligem Schmatzen wieder herauskamen.

Doch als sie nun – durch engstehende Futterkohlreihen und die erste Baumblüte halb verdeckt – die angrenzenden Grundstücke überquerte, sah sie Efraim und Benjamin im Valenciahain Walzer tanzen. Das erzählte sie daheim gleich ihrem Mann.

Rilow eilte zu Großvater. Nicht die ›Beziehungen‹ machten ihm Sorge, sondern das Eindringen bürgerlicher Tänze in unsere Lebensweise. Aber das Gerücht griff um sich, und im Dorf begann man zu reden.

»Er hat mir doch bloß Tanzen beigebracht«, erklärte Efraim am Familientisch, »ich habe ihm Puschkin-Gedichte aufgesagt und ihm gezeigt, wie man Rilows verrückte Maultiere anschirrt, und er hat mich Musikhören gelehrt.«

»Ist das nicht der Bursche, der Ester aufgefangen hat, als sie vom Dach gefallen ist?« fragte Großvater.

»Ich bin nicht gefallen«, sagte meine Mutter, »ich bin ihm in die Arme gesprungen.«

»Warum bringst du deinen Jonatan nicht mal nach Hause mit, damit wir ihn kennenlernen?« schlug Großvater Efraim vor.

Rivka Peker, die Sattlerstochter, die damals erst angefangen hatte, mit Abraham zu gehen, schürzte abschätzig die dicken Lippen, während Abraham Efraim als ›Strauß und Mathilde‹ betitelte und prompt einen ganzen Salzhering unterm Hemd stecken hatte.

»Ich habe ihn für Freitag abend zum Essen eingeladen«, verkündete Efraim am nächsten Tag, »er ißt alles, was auf den Tisch kommt.«

Abraham begann wenige Minuten vor Benjamins Eintreffen zu niesen, und alle grinsten, da sie begriffen, daß der Jecke offenbar einen Strauß Narzissen mitbrachte.

Meine Mutter, die damals achtzehn Jahre alt war, hatte von Kindesbeinen an für die mutterlose Familie gekocht. Beim Essen beobachtete sie nun interessiert Rilows doofen Arbeiter, der mit Leichtigkeit Messer und Gabel führte, obwohl er zuvor die im Wadi gepflückten Blumen auf ihre weißen Söckchen hatte fallen lassen, die sie eigens zu seinen Ehren angezogen hatte. Ihr Fleisch erinnerte sie an die Macht seiner Hände und an seinen warmen Atem auf ihrem entblößten Bauch. Seitdem sie ihm vom Dach in die Arme gefallen war, waren sie sich oft begegnet, aber er hatte jedesmal die Augen gesenkt, wenn er sie zu Gesicht bekam. Der Nachklang ihrer Beine in der Kleiderglocke dörrte ihm Mund und Rachen aus, so daß er fürchtete, es werde ihm nicht gelingen, seiner trockenen Kehle auch nur ein Grußwort abzuringen.

Benjamin wußte natürlich, daß Ester die Freundin von Daniel Lieberson und dieser wiederum der beste Volleyballspieler im Emek, ihr fester Volkstanzpartner und der Sohn Elieser Liebersons war, der einmal im Monat alle Jugendlichen, die zur Ausbildung ins Dorf gekommen waren, um sich scharte und ihnen die Ideen und Grundsätze der Bewegung einbleute.

Er hielt die Augen starr auf den Teller gerichtet. Nicht der leiseste Laut war zu hören, als er seine Suppe löffelte. Während der ganzen Mahlzeit wirkte er nachdenklich, und sofort nach der Nachspeise erhob er sich wie aufgrund eines spontanen Entschlusses, den man nicht ungenutzt verstreichen lassen durfte, und bat meinen Großvater um Erlaubnis, ›mit Ester spazierenzugehen‹.

»Bei uns fragt man das Mädchen selber«, sagte Großvater. Er betrachtete Benjamin und seine Tochter. Jedesmal, wenn er ein neues Paar erblickte, überlegte er, wo und warum sich der Spaltpilz in ihrer Liebe ausbreiten würde.

Sie gingen ins freie Feld hinaus, und Efraim, der ihnen wie ein Wiesel nachschlich, sah sie lange wortlos dahinwandern. Zum Schluß hob Benjamin die Augen zum Himmel auf und sagte mit sonderbar dumpfer Stimme: »Viele Sterne.«

»Eine Menge«, sagte Mutter und legte ihm die Hände auf die Schultern. Sie war erheblich größer als er.

»Sag mal, Benjamin«, fuhr sie fort und blickte ihm in die Augen, »bei euch ißt man lieber Würstchen als Fleisch, stimmt's?«

»Und am folgenden Donnerstag bat sie Efraim, in das englische Truppenlager einzuschleichen und Würstchen aus der Kantine zu klauen, denn Benjamin sollte am Abend wieder zum Essen kommen – und jetzt iß du auch fertig, mein Kind, nichts auf dem Teller lassen.«

Großvater seufzte. »So begann die Liebesgeschichte deiner Eltern«, sagte er. Zwischen dem barfüßigen Mädchen, ›Zirkins wildem Zicklein‹ mit dem dicken Zopf, den langen Beinen und den grüngelbgesprenkelten, funkelnden braunen Augen, und dem ungelenken, höflichen, sprachlosen Jüngling aus Bayern. Der gelbe Schopf meines Vaters reichte seiner Geliebten bis an die Schultern. Sein schwerer Gang neben dem schlanken lachenden jungen Mädchen, das leichtfüßig neben ihm hertänzelte, amüsierte die Dorfbewohner köstlich. Aber es hieß gelegentlich auch, sie ›paßten nicht zusammen‹ – sowohl ›in körperlicher Hinsicht‹ als auch im Tenor von: »Mirkins Tochter mit einem Jungen, der die Wertvorstellungen der Bewegung nicht mit der Muttermilch eingesogen hat?«

Und es gab auch praktischere Argumente. Die Arbeit im Kuhstall führte den Bauern die erbgenetische Seite der Liebe vor Augen, und die Aussicht, Mirkins Tochter mit Liebersons Sohn zu kreuzen, weckte die schönsten Hoffnungen.

Daniel, der seine Eltern unaufhörlich flirten und einander schöne Augen machen sah und mitkriegte, wie sie nach Tisch ihrer engumschlungenen Mittagsruhe zueilten, die alle anderen am Einschlafen hinderte, den gesamten Viehbestand in Aufruhr versetzte und die Legeleistung der Hennen reduzierte, wollte oder konnte die ersten Signale schwindender Liebe nicht deuten.

»Ihm ist das Schlimmste passiert, was einem Mann geschehen kann«, erklärte mir Uri, als wir über meine Mutter sprachen, »er hat den Verstand und die Fassung verloren, und damit ist auch seine restliche Anziehungskraft verflogen.«

Daniel war der Leidensweg des verschmähten Liebhabers bestimmt. Ja es schien, als habe man ihm ein Glied vom Körper abgehackt. Mitleidige Augen folgten ihm, als er mit melancholisch verlorenem Blick auf unser Haus zuging. Anfangs weinte und flehte er, dann verfiel er in Schweigen. Nachts lag er im hohen Gras vor Mirkins Baracke und lugte zwischen den Halmen hindurch, um vielleicht die geliebte Silhouette am erleuchteten Fenster vorbeihuschen zu sehen. Nach einigen Wochen stellte Großvater fest, daß das Gras an einer bestimmten Stelle jenseits der Straße besonders üppig wuchs, wie um einen tropfenden Wasserhahn. Als er eines Nachts nachschauen ging, fand er Daniel dort lautlose Tränen vergießen.

»›So wirst du sie nie kriegen‹, hab ich ihm gesagt.«

Lieberson und Zirkin beschlossen, Mirkin zu einer Aussprache aufzusuchen, aber noch bevor sie das Haus verließen, stießen sie auf ein unerwartetes Hindernis. Fanja hatte sich vor die Tür postiert und erklärte, die Arbeitsgruppe Fejge habe in Sachen Liebe bekanntlich schon einmal entschieden, und das sei mehr als genug.

»Ihr werdet diese Geschichte mit Fejge nicht neu auflegen«,

verkündete sie ihrem Mann und dessen Freund. »Laßt die Jungs gegeneinander konkurrieren, und laßt das Mädchen entscheiden. Wir sind weder Araber noch Fromme, bei denen die Eltern bestimmen, wer wen heiratet. Und auch eure Zeiten sind vorbei, in denen junge Mädchen nach Satzung heirateten und Herzen durch Mitgliedsabstimmung gebrochen wurden.«

Lieberson geriet in Rage. Rilows doofer Arbeiter erschien ihm keine Konkurrenz für seinen Sohn.

»Schade, daß man ein Zertifikat auf ihn verschwendet hat«, knurrte er, schob seine Frau sanft von der Tür weg und hielt sie fest, bis Zirkin draußen war. Doch bei Großvater bekamen sie ähnliches zu hören wie vorher bei Fanja.

»Ich mag deinen Sohn sehr gern«, sagte Großvater zu Lieberson, »aber ich finde an Benjamin nichts auszusetzen. Er ist ein fleißiger, anständiger Junge, auf den man sich verlassen kann, und mir scheint, das Mädchen liebt ihn auch.«

Lieberson und Zirkin erinnerten Großvater daran, daß Daniel sich schon mit drei Wochen in Ester verliebt hatte, doch Großvater erwiderte aufgebracht, diesen Quatsch glaube er nicht. »Die Liebe«, schrieb er, »hat im Gegensatz zu anderen Dingen, die hier unternommen wurden, nichts mit Grundsteinlegung, Landnahme oder Furchenziehen zu tun.«

15

Bevor Daniel geboren und Chagit angeschafft wurde, hatte Eliezer Lieberson – damals noch Junggeselle – eine große, hagere Damaszenerkuh mit langem Hals und langen Hörnern. Die Beziehungen, die sich zwischen dem Pionier und seinem Rindvieh entwickelten, erheiterten das ganze Dorf. Sie gab wenig Milch, fraß dafür doppelt soviel wie jede andere Kuh, und Liebersons Haß auf sie überstieg das sonst übliche Maß. ›Abschaum des Hörnergeschlechts‹ beschimpfte er sie. Die Kuh, unter deren plumpen Rippen sich ein ebenso feinfühliges wie nachtragendes Herz verbarg, spürte die Einstellung ihres Besitzers und zahlte ihm mit gleicher Münze heim.

Als Lieberson einmal vom Feld in seine bescheidene Baracke zurückkehrte, fand er das Vieh in seinem Zimmer liegen und gemächlich ›ein Laken und einen Aufsatz von Borochow zermalmen‹. Sein Tisch, an dem er aß, schrieb und las, das einzige Möbelstück, das er sich überhaupt angeschafft hatte, war zertrümmert. Sobald die Kuh seinen Zorn wahrnahm, begriff sie, daß sie diesmal die feine Grenze zwischen Aufmerksamkeit erheischen und empfindlich stören überschritten hatte, und flüchtete erschrocken ins Freie.

»Dabei hat sie die ganze Wand mitgenommen«, klagte Lieberson. Am nächsten Morgen band er ihr einen Strick um den Hals und führte sie zum Verkauf in den Nachbarkibbuz. Dort hatten sie einen neuen Schweizer, der einige Tage zuvor – voll überschwenglichen Lobes für die holländischen Kühe – von einem Fortbildungskurs in Utrecht zurückgekommen war. Nun versetzte ihm Lieberson einen Mordsschrecken mit seinen detaillierten Ausführungen über die Akklimatisationsschwierigkeiten eben dieser Kühe im Lande.

»Sie sind verwöhnt«, sagte Lieberson, »anfällig für Parasiten und Schwermut.«

»Ich kann nicht selbst darüber entscheiden«, sagte der Schweizer, »das ist Sache der Mitgliederversammlung.«

»Bitteschön«, antwortete Lieberson. Mitgliederversammlungen waren für ihn wie Ton in des Töpfers Hand.

»Man muß die Holländerkühe mit örtlichem Blut kreuzen«, sagte er im Speisesaal, »die Holländerinnen sorgen für die Milch, und meine wunderbare Kuh steuert die Widerstandskraft bei.«

Die Kibbuzmitglieder waren fasziniert. »Gemeinsam werden wir die hebräische Kuh hervorbringen«, rief Lieberson.

»Und was jetzt?« fragte Zirkin, als Lieberson fröhlich aus dem Kibbuz zurückkehrte und zu ihm kam, um Lupinenbrei bei ihm zu essen. »Willst du jedesmal, wenn du auf den Acker runtergehst, das Vieh und die Hühner sich selbst überlassen? Ein Hof braucht ständige Aufsicht. Du mußt heiraten.«

Bis zu dieser Begebenheit war Lieberson überzeugter Junggeselle gewesen. Jetzt bot Zirkin ihm Pessja an, war sogar bereit, zwei Kühe als Mitgift beizusteuern, doch Lieberson lehnte ab.

»Das hätte zusammen ja drei Kühe ergeben«, bemerkte Uri, als wir die Geschichte hörten, »und das ist nun wirklich zuviel für einen Ledigen.«

Im Dorf gab es kein einziges Mädchen, das noch frei gewesen wäre. Deshalb beschlossen Zirkin und Lieberson notgedrungen, die Tradition des Brautraubs aus dem Weinberg wieder aufzunehmen.

Die zwei jungen Männer kehrten zum Kibbuz zurück. Da Herbst war, hatte der Arbeitsverteiler ein paar junge Mädchen in den Weinberg geschickt, um übriggebliebene Trauben zu lesen und Rosinen einzusammeln. Bewaffnet mit der Mandoline, einem leckeren Freßkasten und Eßgeschirr zogen die beiden in den Weinberg und harrten der Leserinnen.

Nach einigem Zusetzen erzählte Fanja mir das Weitere. Beim

Sprechen wiegte sie den Kopf, ihr weißes Haar war eine Augenweide.

»Ich hörte jemanden am Rand des Weinbergs Mandoline spielen und ging dorthin. Hinter der letzten Reihe saßen zwei Burschen. Einer, den ich nicht kannte, spielte, und der zweite war der nette Junge, der uns einige Tage zuvor mit der Kuh angeschmiert hatte. Er schnipselte Gemüse für einen Salat und lud mich ein mitzuhalten.«

»Du solltest lieber schnellstens verschwinden«, sagte Fanja zu Lieberson, »die Genossen haben geschworen, dich dieser Kuh an die Hörner zu fesseln, wenn sie dich bloß erst zu fassen kriegen.«

Lieberson grinste wegwerfend. Er würzte den Salat, schnitt Brot und Käse auf, und während er und Fanja aßen, drehte sich Zirkin ›wie ein Gockel‹ vor ihnen, ein rotes Zigeunertuch um den Hals, und spielte ›süße, verlockende Weisen‹. Lieberson erzählte Fanja von seinem Leben, seinem Hof, von der Arbeitsgruppe Fejge und von seinen Mühen mit der Kuh.

Fanja stockte der Atem. Die Arbeitsgruppe war damals schon in dichte Nebel des Geheimnisses und der Bewunderung gehüllt. Legenden kreisten unter den Frauen des Emek über Fejge Lewin, die erste Pionierin, die wie ein ganzer Kerl arbeitete und von drei Männern geliebt wurde, die sie auf Händen trugen, mit ihrem süßen Blut impften und ihre Wäsche wuschen.

Lieberson gab bescheiden zu, daß er Fejge kannte, für sie gewaschen und gekocht hatte und von ihr eigenhändig verbunden und gestreichelt worden war. Er zeigte Fanja die kleine Narbe an seiner Unterlippe und vertraute ihr an, daß Fejge Lewin ihn genau hier geküßt hatte. Als er sah, daß Fanjas Züge weich wurden und jenen träumerischen Ausdruck annahmen, auf den er gewartet hatte, machte er Zirkin insgeheim ein Zeichen und summte die wohlbekannten Zeilen ›Pflügen und säen und unter Brüdern frohlocken werd ich, wenn ich nur sein darf in Erez Israel‹. Zirkin spielte, bis Fanja der Verlockung nicht widerstehen konnte und mit zarter, angenehmer Stimme einfiel.

Lieberson hüpfte das Herz in der Brust, aber gleich darauf beging er einen schweren Fehler und erzählte ihr von dem berühmten chassidischen ›Hof‹, dem er dort, in der Ukraine, in seiner Jugendzeit angehört hatte. Diese Story war bei den Bauerstöchtern der Moschawot Jehudas bestens angekommen, aber Fanja war alles zuwider, was mit Riten, Gebeten und Wundertaten zusammenhing. Als sie die Namen der Rabbis und Wunderprediger hörte, die er vor ihren Ohren herunterzuleiern begann, verzog sich ihr sympathisches Gesicht.

Lieberson verlor jedoch nicht die Fassung. Wie die Wanderfalken konnten auch die Burschen der Arbeitsgruppe auf der Stelle kehrtmachen, ohne an Höhe oder Geschwindigkeit zu verlieren. »In Wirklichkeit stamme ich natürlich vom Prager Golem ab«, verbesserte er sich rasch und wurde durch Fanjas schallendes Gelächter belohnt.

Die Verbindung zwischen Lachen und Liebe war ihm nicht fremd. Das Lachen, so wußte er, erwärmt, reizt und schmilzt das Fleisch der Frau, und sofort schmiedete er das heiße Eisen weiter mit einer scharfen Kritik am großen Kibbuz, an der kleinen Kwuza und am Gleichheitsgrundsatz im allgemeinen.

»Fanja, mein Schatz«, sagte er, »ich habe in eure Gemeinschaftsdusche reingelugt und mit eigenen Augen gesehen, daß die Menschen nicht alle gleich geboren werden.«

Fanja errötete, lachte erneut, ja schüttelte sich am ganzen Leib vor Vergnügen. Unwillkürlich legte sie ihm die Hand aufs Knie. »Bring mich weiter zum Lachen«, sagte sie.

Nun wußte Lieberson, daß die schöne Genossin aus dem Kibbuz sein werden würde und ihm lange Jahre der Prüfung und des Werbens bevorstanden. Noch auf der Stelle ergriff er ihre Hand und bot ihr die Ehe an. Sie kam vom Weinberg geradewegs mit ins Dorf.

»Das ist eine hübsche Geschichte, und Elieser Lieberson ist ein Genie in diesen Dingen, aber so war das nicht«, ereiferte sich mein Vetter Uri. »Zirkin ist allein in den Weinberg gezogen und hat zwischen den Reben gespielt. Fanja hat gespürt, daß sie diesen Klängen nachlaufen muß, denn es gibt Dinge, denen keine Frau widerstehen kann. Zirkin ist durch die Reihen weggeschlichen, im hohen Gras untergetaucht und den Abhang runtergerutscht, und Fanja immer stramm hinterher. So hat er sie bis zur großen Eiche mitgelotst, und da erst hat sie Lieberson mit der Mandoline in der Hand gesehen, während Zirkin sich still auf den Baum verdrückt hat. Erst nach der Hochzeit hat sie mitgekriegt, daß Lieberson überhaupt nicht spielen kann.«

»In demselben Jahr«, sagte Meschullam, »hat Ben Gurion verkündet, der Moschaw sei im Vergleich zum Kibbuz nicht zionistisch genug, und Tabenkin meinte, nur die Besitzgier treibe diejenigen an, die die Kommune verließen. Man braucht kein großer Geist zu sein, um den Zusammenhang zu begreifen. Das verantwortungslose Handeln meines Vaters und Elieser Liebersons hat nicht gerade zur Verbesserung der Beziehungen zwischen den beiden Siedlungsformen beigetragen.«

Fanjas Entführung löste eine Woge der Feindseligkeit zwischen dem Dorf und dem Kibbuz aus. Gemeinschaftsinitiativen auf dem Gebiet der Bewässerung wurden sofort abgebrochen. In einigen Fällen setzte es Steinwürfe oder Prügel im Wadi zwischen uns. Im Witzblatt wurde Fanja als ›die schöne Helena‹ betitelt, und manche meinten, man dürfe die Erlösung des Emek nicht auf dem Altar individueller Leidenschaften opfern. Doch Elieser und Fanja Lieberson waren das verliebteste Paar, das je auf den Böden des jüdischen Nationalfonds gesehen wurde. Lieberson ließ nie ab, seine Frau zu umwerben und ihr Freude zu machen. Ihr Lachen und ihre Überraschungsschreie waren im ganzen Dorf zu hören. In jenen Tagen, als die Menschen in Zelten lebten, so daß nur Stoffplanen sie von der Öffentlichkeit abschirmten, wußten alle, was in jeder einzelnen Familie vor sich ging, ohne daß man sich im Untergrund anschleichen und das Ohr an die Wand drücken mußte.

»Vor allem mußt du sie zum Lachen bringen«, riet Lieberson seinem Sohn, »Frauen mögen es, wenn man sie amüsiert. Dem können sie nicht widerstehen.«

»Das Lachen«, sagte Mandolina, »ist der Hörnerschall vor den Mauern von Jericho, die Zauberformel am Eingang der Schatzhöhle, die Tropfen des ersten Regens auf die ausgedörrten Schollen.«

»Sehr gut«, sagte Lieberson und starrte seinen Freund verblüfft an.

Aber seinerzeit war Daniel längst jeder Schalk vergangen. Den Humor hatte es unter den Elementen seiner Liebe als ersten erwischt.

»Blumen, Lieder, Musik«, meinte Zirkin.

»Genug, Zirkin«, sagte Lieberson, indem er sich seinem Sohn zuwandte: »Was mag sie gern?« fragte er.

»Fleisch«, antwortete Daniel verschämt.

Lieberson und Mandolina machten sich ans Kochen. Trotz der Knappheit, die damals im Dorf herrschte, schlich Daniel sich des Nachts mit zugedeckten Tabletts zum Mirkinschen Haus. Der Duft gerösteter Hühnchen, gebackener Kalbsrippen und saftiger Rinderbraten ließ den verärgerten, über die Verschwendung schimpfenden Nachbarn das Wasser im Mund zusammenlaufen und lockte Katzen und Schakale aus dem gesamten Emek an. Ester aß alles begierig auf, lachte, umarmte Daniel, ging aber nachts weiter mit Benjamin spazieren.

Mein Vater baute seiner Liebsten eine Riesenhängematte, die nichts anderes war als ein altes Bettgestell, das er mit Eisenketten und Seitenstangen versehen hatte. Das Ganze hängte er zwischen die beiden Känguruhbäume hinter der Baracke. Die abfallenden

Kasuarinennadeln verfingen sich in Esters Haar. Benjamins leise Pfiffe, das erstickte Lachen der beiden und Esters sanftes Stöhnen, wenn er seine starken Arme um sie schlang, waren in der Baracke deutlich zu hören.

Tonia Rilow, durch Margulis' Abfuhr zu einem wachen Empfinden für öffentliche Moral gelangt, rügte Großvater, weil seine Tochter und ›dieser Neueinwanderer‹ in aller Öffentlichkeit auf der Dorfstraße Händchen hielten, und erzählte, die Kinder gingen nachts zum Kiebitzen in den Obstgarten.

In jenem Jahr blühten Großvaters Obstbäume mit besonderer Kraft. Er bat Chaim Margulis, einige Bienenstöcke zwischen den Stämmen aufzustellen, und der gewonnene Honig war fast rot und geradezu brennend süß. Die meisten Stunden des Tages lief Großvater zwischen den Baumreihen umher, deren Blüten und Düfte präzise von Februar bis April berechnet waren, und kam abends, berauscht von all der üppigen Pracht, schwankend zurück. Abraham kümmerte sich schon um den Kuhstall, so daß Großvater Muße für seinen privaten Garten Eden hatte und sogar eine dichte Reihe Zypressenschößlinge pflanzte, damit sie wachsen und den Garten vor den Winterstürmen schützen sollten, die von dem blauen Gebirge herunterbrausten.

Die weißen Mandelblüten kamen vor allen anderen, und die Süße ihrer Blättchen durchzog die Luft, als wolle sie mit Regen und Schlamm wetteifern. Danach schlug der Pfirsich in leuchtendem Rosa aus. Dick und dunkel saßen die Knospen zwischen den bereits aufgesprungenen helleren Blüten mit ihren dünnen, hohen Staubgefäßen. Die Aprikose erstrahlte unweit davon in ihrer zarten Färbung und dem Duft eines Frauenparfüms. Alsbald schlossen sich die Pflaumen an, deren kleine Blütchen die Zweige wie dichtes weißes Samtgewebe überzogen. Gleich nach Purim erblühten die Apfelbäume in rötlichem Weiß, ihr Duft so saftstrotzend wie die spätere Frucht. Zu Pessach gesellten sich die Quitten hinzu, aus denen Rachel und Schlomo Lewin Konfitüren und Gelees kochten, und die Birnen mit ihren weißen Blütenblättchen und den lila Stempeln hauchten Weindünste aus. Sobald der Boden sich erwärmte und die Sonne über die Bäume zu herrschen und ihre Fruchtknoten zu schwärzen begann, beschloß die Reihe Zitrusbäume Großvaters Blütenreigen mit einem starken Duftschleier, der nachts den ganzen Ort einhüllte.

In diesem Obsthain, in dem Nymphulinenfalter und Blauracken umherschwirrten, das freudige Gesumm der Bienen alles übertönte, Vögel und Käfer ohnmächtig von ihren Zweigen auf die Erde taumelten, habe ich Großvater und seine Freunde begraben. Aber damals säte Ester dort Levkojen, die nachts aufgingen, und dorthin führte sie Benjamin, um mit ihm auf den feuchten Teppichen der abgefallenen Blüten umherzurollen. Gegen Morgen stahl sich Mutter in die Baracke, Sandalen in der Hand, aber der starke vertraute Duft nach feuchter Erde, Birnen und Levkojen, den ihre warme Haut ausdünstete, weckte ihren Vater.

»Er wußte gar nicht wohin vor lauter Glück. Der Duft seiner Tochter war wie der Duft des Feldes, das der Herr gesegnet hat.«

»Was für eine schöne Geschichte«, sagte Fanja Lieberson. Ihr Haar, so nehme ich an, war über die Brust ihres Mannes gebreitet, und ihr Schenkel lag wohl auch damals quer über seinem Bauch. »Bei allem Kummer über unseren armen Daniel bin ich doch froh, endlich mal einen liebestrunkenen Mann auf Mirkins Hof zu sehen.«

Zum erstenmal erfüllte Liebe das Mirkinsche Anwesen. Die beiden spielten unter Johlen immer wieder ihre erste Begegnung nach. Ester kletterte dabei auf die Strohballen in der Scheune, hielt sich am Mittelbalken fest, und Benjamin stand unter ihr und schaute ihr zu, wie sie mit den Beinen schlenkerte.

»Wenn du nicht auf Deutsch ›schnell, schnell‹ sagst, laß ich nicht los«, rief sie.

Abraham mistete den Kuhstall aus, den Blick zu Boden gesenkt. Seine Augen verdunkelten sich, seine Stirnrillen glänzten.

Als ich eines Nachts von meinen Feldausflügen zurückkehrte, zog ich die Schuhe aus, ging leise an Rivkas und Abrahams Fenster vorbei und hörte meine Tante von meiner Mutter sprechen.

»Ich erinnere mich an sie, als ob es heute wäre«, flüsterte sie mit ihrer Echsenstimme, »wie sie da am Scheunendach baumelte. Du hast den Blick nicht gehoben, aber ich sage dir, sie hat keinen Schlüpfer angehabt.«

»Ich glaube, meine Mutter hat die beiden beneidet. Mein Vater hat ihr nie so unters Kleid gelugt und ihr zuliebe nie so viele Opern verhunzt.«

16

Im Nachbardorf ereignete sich damals ein schrecklicher Zwischenfall. Einer der Bauern legte Hand an sich, ohne daß man gewußt hätte, warum. »Das Geheimnis seines Todes ist mit ihm begraben«, stand im Dorfblatt. Sein Leichnam, von toten Knospen und abgebrochenen Augenfalterflügeln übersät, wurde in Großvaters Obsthain gefunden, der Schädel gespalten, der große Zeh im rostigen Abzugsring eines alten Mehrladers steckend. Es vergingen einige Tage bis man ihn fand, denn die starken Blütendüfte überdeckten den Gestank der verwesenden Leiche. Großvater waren jedoch die grünen Fliegen aufgefallen, die in der Pflanzung umhersausten und seinen Verdacht erregten, weil der Blütenduft ihnen an sich zuwider ist.

Der Selbstmörder hinterließ eine Witwe und ein Einzelkind von etwa acht Jahren, während die funktionsunfähig gewordene Flinte von Rilow aus dem Waffenbestand des Emeks gelöscht werden mußte. Dem Jungen erzählte man, sein Vater sei auf eine weite Reise gegangen und werde ihm bei seiner Rückkehr Geschenke mitbringen, aber die Schulkinder verrieten ihm, was sie bei Nacht daheim aufschnappten, wenn ihre Eltern nach dem Arbeitstag in der Küche mit Freunden über den Teegläsern tuschelten. Er wurde mondsüchtig, begann nachts umherzuwandern und kehrte erst im Morgengrauen nach Hause zurück, die Füße von Feldsteinen und Disteln zerschunden.

»Ich höre Vater nach mir rufen«, sagte er. Pines kochte vor Wut. Die Kinder des Nachbardorfs lernten bei ihm. Jeden Morgen kamen sie auf einem Zweispänner zu uns in die Schule gefahren, die Schuhe feucht von den nassen Gräsern, die am Wegrand wuchsen. »Wie kann man Kinder belügen?« schrie er im Lehrerzimmer, »wie kann man diesen reinen Sproß beflecken?«

Er begriff sofort, daß die Hyäne da ihre Hand im Spiel hatte, aber der Frühling war in vollem Schwung, und keiner beachtete seine Warnungen. Menschen und Tiere wollten sich nur auf der Wiese ausstrecken, um die Sonnenstrahlen und den warmen Erdboden zu genießen. Die Kaninchen- und Kuhställe waren vom Quäken der Häschen und Kälber erfüllt. Die jungen Fohlen bekamen den berühmten Frühlingskoller, galoppierten hoch erhobenen Schweifs hierhin und dorthin und schlugen nach allen Seiten aus. Der tiefe Schlamm des Winters trocknete zusehends, nun war die Erde kein klebriger Morast mehr, sondern federte weich unter den Füßen. An der Quelle hörte man den Wurf kleiner Wildkatzen fauchen, wenn sie miteinander spielten und umherrollten, um sich auf den Gras- und Hundskamilleteppichen im Mordgeschäft zu üben. Chaim Margulis' Bienen mühten sich sanft brummend zwischen den Blüten, transportierten süße Ladungen, und die Bienenfresser, die aus den heißen Ländern in ihre Gefilde zurückgekehrt waren, wüteten unter ihnen. Auf dem Dach des Kuhstalls plusterten sich die Täuberiche auf, wobei ihre schillernden Kröpfe die Sonnenstrahlen wie voluminöse, glitzernde Prismen in ihre Spektralfarben brachen. Am Himmel zogen riesige Pelikanschwärme vorüber. Gen Norden strebten sie, nach dort, in das Land des Getreides, des Wolfes und der Birken, gingen über Liebersons Haus tiefer und kreischten Fanja höhnisch an. Die Quelle verdoppelte ihren Wassersprudel, und die letzten Narzissenstände, die noch vom Winter übriggeblieben waren, verbreiteten einen derart starken Duft um sich, daß Abraham wieder von Nies- und Tränenanfällen heimgesucht wurde.

Pines, ängstlich und besorgt, machte mit den Kindern Ausflüge in Feld und Flur, um ihnen die Blüten und Blumen zu zeigen.

»Der Monat Nissan ist unser Monat«, verkündete er seinen Schülern, während seine Augen die Gegend aufmerksam nach dem Feind absuchten, »die Natur hißt ihre roten Fahnen im Gedenken an den Auszug der Kinder Israels von der Knechtschaft in die Freiheit: die Anemone, der Klatschmohn, der Hahnenfuß, das Blutströpfchen, die Bergtulpen und das Makkabäerblut.«

»Und da, als ich mit ihnen auf dem Acker stand und ihr Gelächter hörte, teilte sich plötzlich die grüne Wand des jungen Maisfelds wie ein Vorhang, von den Schultern der Hyäne zur Seite gestoßen.«

Im Frühjahr verließen die Hornissenköniginnen ihre Winterverstecke, suchten unterkühlt und schwächlich nach einem geeigneten Ort für ihr neues Nest. Innerhalb weniger Wochen brachte jede von ihnen ganze Räuberscharen zur Welt. Im Sommer umschwirrten die gelb-schwarzen Leiber der Hornissen das Dorf mit lauten, drohenden Sägegeräuschen, stürzten sich auf Trauben, Milchkannen und Baumfrüchte, stachen Mensch und Tier, vernichteten Bienenstöcke, versetzten das ganze Dorf in Angst und Schrecken. Der Gemeinderat zahlte den Kindern ein paar Kupfermünzen pro toter Hornisse, und jeden Frühling nahm Pines die Schüler mit auf die Felder und Höfe hinaus, um die Königinnen zu fangen, bevor sie eine neue Generation »plündernder Midianiter« hervorbringen konnten.

»Schweren Herzens bitte ich euch, die Hornissenkönigin umzubringen«, sagte Pines, »es ist nicht unsere Gewohnheit, Lebewesen zu töten. Aber die Feldmaus, die orientalische Wespe, die Baumparasiten und die Viper – das sind unsere Feinde.«

Die Vipern schlüpften in jenem Jahr früher als gewöhnlich, dehnten ihre dicken Leiber in der Sonne und warteten auf einen nackten Fuß, eine Maus, eine unvorsichtige Pfote. Morgens fand man ihre schlappen Kadaver an den Gittermaschen der Hühnerställe hängen, weil ihr breiter Kopf dort bei dem Versuch, Eier und Küken zu räubern, steckengeblieben war. Benjamin, der sich vor Schlangen zu Tode fürchtete, ging nie ohne eine lange Spitzhacke über der Schulter und hohe Stiefel an den Füßen aufs Feld hinaus.

»Meine Tochter hat ihn immer ausgelacht, wenn sie barfuß durch den Klee sprang und er sie schreiend anflehte, damit aufzuhören.«

»So ein starker Bursche«, meinte Ester, »und hat solche Angst.«

Sie saßen auf dem Feld und beobachteten den englischen Flugplatz.

»Ich klau ein Flugzeug, um mein Haus wiederzusehen«, sagte Benjamin.

»Als meine Mutter noch am Leben war«, verriet ihm Ester, »hatten wir eine kleine Eselin. Die hat nachts die Ohren ausgebreitet und ist zum Rendezvous mit dem türkischen Sultan nach Istanbul geflogen.«

Sie lag auf dem Rücken. Benjamin blickte sie zweifelnd an. Dann prüfte er mißtrauisch das üppige Gras, zog Hemd und Schuhe aus und streckte sich wohlig neben ihr hin. Zwei Minuten später klopfte ihm Ester auf den Bauch und deutete auf eine große, armdicke Viper, die langsam auf die beiden zukroch. Sie spürte, wie Benjamins Körper erstarrte, zu zittern begann; der Schweiß brach ihm aus allen Poren.

»Rühr dich nicht«, sagte sie, »wenn ich dich nicht aufgefressen habe, wird die's auch nicht tun.«

Doch die Schlange kam immer näher, den Boden mit der Zunge beschnüffelnd. Ester packte Benjamin fester, damit er sich ja nicht regte. Als die Schlange kurz vor ihrem nackten Fuß angelangt war, hob sie einen der schweren Arbeitsstiefel auf und schlug ihr auf den Nacken. Das mächtige Reptil wand und krümmte sich, während sie wieder und wieder zuhaute, bis sein Kopf teigdünn ausgewalzt war.

»Was bist du doch doof«, sagte sie zu Benjamin, »dick und doof. Eine Schlange umbringen ist gar nichts. Efraim hat mal eine Viper mit der Schuhbürste erschlagen.«

Jenseits der Felder sahen sie Pines mit den Kindern an den Maisstauden, fern von den Häusern des Dorfes. Doch die bis zu den Schultern im dichten Mais versteckte Hyäne konnten sie nicht sehen.

Pines wußte, daß die Hyäne nicht angreifen würde, denn sie greift nur selten an, und auch dann nur ein einziges zartes, schwaches Opfer.

»Aber diese Hyäne kannte ich ja«, keuchte er, »da ist die Mordgier in mir erwacht. Ich wollte mich auf sie stürzen, sie töten, erwürgen. Aber die Hyäne hatte mich bemerkt. Sofort zog sie sich ins grüne Dickicht zurück, war weg und verschwunden. Die Kleinen haben sie gar nicht erst gesehen.«

Er scharte die Kinder – wie eine Glucke mit den Armen schlagend – um sich und kehrte ins Dorf zurück. Verstört und besorgt legte er seine Bedenken dem Sekretär dar.

»Jemand hat einen Kadaver aufs Feld geworfen, und der Geruch hat irgendeine Hyäne angelockt«, sagte der Sekretär, den Pines' Ängste an ›die hirnverbrannten Legenden der Araber über dieses Vieh‹ erinnerten. Schließlich könne es sich unmöglich noch um dieselbe Hyäne handeln, die in den ersten Tagen der Alija gebissen und gewütet habe, meinte er. Pines zog verärgert und bekümmert wieder ab.

Er eilte zu dem Lehrer im Nachbardorf, drängte, man möge Fallen und Wachen aufstellen, aber keiner hatte die Hyäne gehört oder ihre Spuren gesehen.

»Genauso wie Jahre später kein Mensch die vulgären nächtlichen Rufe gehört hat«, erklärte mir Pines wütend.

Der mondsüchtige Waisenjunge verschwand des Nachts auf der Suche nach seinem Vater. Im Schlaf löste er die Schlingen, die ihn ans Bett fesselten, und machte sich davon. Mehrmals gingen ihm Leute nach, die ihn aber bald aus den Augen verloren, als habe er sich in Dunkelheit aufgelöst. Einmal sahen die Wächter seine kleine Gestalt wieder aus der Finsternis auftauchen und im Schlaf den Hof des Zuchthengstes überqueren. Dieser herrliche, wilde Renner hatte bereits ein Kalb und einen Arbeiter unter seinen Hufen zermalmt, aber das Pferd tat ihm nichts zuleide, sondern drückte sich an das Gatter seines Pferchs und winselte ängstlich wie ein verlassenes Hündchen.

»In der siebten Nacht schrie die Hyäne wieder auf den Feldern, und der blondhaarige Junge, der meinte, sein toter Vater rufe ihn, ließ sich verlocken, aus dem Bett seiner Mutter zu klettern und mit geschlossenen Augen – nichts als ein weißes Nachthemd am Leib – ins Freie hinauszugehen.«

Drei Tage später fand man seinen kleinen Leichnam mit gebrochenem Genick im trockenen Bachbett neben dem Brustbeerbaum. Der alte Seizer hatte das tote Kind bei einer seiner Grübeltouren entdeckt – unter der wohlbekannten, verfluchten, grünen Aasfliegendecke. Er rannte los und trommelte die Gründungsväter des ganzen Emek herbei.

Pines, der noch nie zu ›den Schnellen im Wettlauf und den Tapferen im Kampf‹ gehört hatte, stand am offenen Grab vor dem kleinen Sarg des Opfers und schwor weinend Rache in unser aller Namen.

»Nicht umsonst trifft es die Kleinen und Schwachen unter uns. Die Hyäne steht für Hoffnungslosigkeit und Skepsis, Zweifelerregen und Sand-in-die-Augen-Streuen«, sagte Pines, »aber wir werden Herz und Hand einsetzen, weiterbauen und pflanzen, säen und bewässern, bis der Pflüger dem Schnitter auf dem Fuß folgt und der Obstpflücker dem Sämann.«

Grauen verbreitete sich über die Dörfer. Der gebrochene Nacken und die aufgerissene Brust des Kleinen hatten die gesamte Einwohnerschaft erschüttert. Jetzt schickte man die Kinder nicht mehr nachts hinaus, um Sprinkler abzustellen oder nachzusehen, ob der Rinderhof abgesperrt war. Aber der Frühling war in seinem Schwung nicht aufzuhalten.

»Bald ging auch das Andenken dieses Jungen in die schmerzlichen Gedächtnisablagerungen der Emek-Bewohner ein. Gemeinsam mit den Malariaopfern, den von Wegelagerern Ermordeten, den Selbstmördern und den am Wegrand Gefallenen wurde auch er zu einem Namen in unseren Dorfbüchern, einem schwarz umrahmten Bild in den Lehrerzimmern. Wann immer ich sein kleines Gesicht anschaute, entrang sich meinem Herzen ein stiller Fluch.«

Die Frühlingserde bekam Risse, die Getreidestengel wurden gelb und unsere *Marshall*-Dreschmaschine wurde wieder auf die Felder gezogen. Es war ein gesegnetes Jahr damals, ›als habe die Erde unser Opfer angenommen‹.

Benjamin half uns, sobald er bei Rilow mit der Arbeit fertig war, und meine Mutter brachte ihm Essen aufs Feld, spottete über seine empfindliche Haut, die in der Sonne Blasen bekam, zischelte hinter seinem Rücken wie eine Schlange, brachte ihn zwischen den Garben zum Straucheln und balgte sich mit ihm im erstickenden Spreustaub, der ihnen auf Gesicht und Kleidung haftete.

Auf dem Mirkinschen Hof bereitete man sich auf eine Doppelhochzeit vor – Benjamin mit Ester und Abraham mit Rivka. Kein Mensch dachte an die verschlagenen Hinterlisten der Zeit und an die üblen Ränke, die in ihren Schollen schlummerten. Der Tod meiner Eltern, Efraims Verschwinden mit Jean Valjean, Seizers schrecklicher Tod, das ›Ewige Haus der Pioniere‹ – all das war nicht einmal als fernes Wölkchen am Himmel zu sehen. Pines und Zirkin verfaßten ein kurzes musikalisches Lustspiel über die Geschichte der Tenne seit den Zeiten von Boas und Ruth bis in unsere Tage. Einige Genossinnen erklärten sich bereit, für die

Bewirtung zu sorgen, und der Rat kümmerte sich um das Aufstellen und Decken der Tische.

Zwei Hochzeitsbaldachine wurden vor Mirkins Feige und Ölbaum aufgerichtet. Großvaters und Großmutters Freunde kamen aus dem ganzen Land angereist, fielen sich fröhlich in die Arme und trampelten auf der gefügigen Erde herum. Ihre Finger waren schon vom Wühlen und Melken krumm, viele Köpfe kahl geworden. Lesebrillen wurden aus den Taschen der weißen Hemden gezückt.

»Die Schultern, auf die sich ein ganzes Volk stützte, waren schon ein wenig gebeugt«, sagte Elieser Lieberson, »aber die Augen sprühten Feuer.« Auch die führenden Persönlichkeiten waren gekommen. »Wenn die Arbeitsgruppe Fejge Sohn und Tochter an einem Tag verheiratet, wußten auch die Nichtstuer, die auf Kongresse fuhren statt zu arbeiten, daß es sich lohnte zu kommen.«

Erste Söhne aus dem ganzen Land strömten zu Mirkins Hochzeit. Sie bildeten ein eigenes Grüppchen, und alle waren erregt bei ihrem Anblick. Es gab Befehlshaber und Lehrer, Siedlungsleiter, Erfinder von Agrarmaschinen und Philosophen unter ihnen, ›und sie alle hatten denselben reinen Blick, dieselbe aufrechte Haltung‹, sagte Pines.

Ernst, verhalten und stumm suchend stand mein Onkel in blauer Hose und weißem Hemd unter seinem Hochzeitsbaldachin. Alle beobachteten ihn und erinnerten sich an Liebersons Worte: »Wie der Olivenkern ist er, der jahrelang in seiner Hülse ruht, ehe er aufbricht und keimt.« Die Gäste der Doppelhochzeit blickten Abraham forschend an, suchten nach der noch unerfüllten Verheißung des ersten Sohnes. Rivka, die Tochter des Sattlers Tanchum Peker, stand an seiner Seite. Eine düstere Wolke des Neids auf Esters Brautkleid verdunkelte ihr Gesicht. Ihr Vater, der bereits reichlich dem Alkohol zugesprochen hatte, machte in seinen duftenden, frisch gewichsten Stiefeln die Runde unter den

Versammelten und schwelgte in Erinnerungen an die wilden Gelage russischer Kavallerieoffiziere und an die Köchinnen und Mägde, mit denen er sich in den Wirtshäusern zwischen Rauchfleisch und Korbflaschen vergnügt hatte. Die Beine wie in Reitstellung gekrümmt, schnalzte er nach Kriegspferden, die er allein im Gedächtnis hatte, und wurde ganz rot im Gesicht vor Sehnsucht und Stolz.

Unter der zweiten Chuppa stand Ester und lachte. Ab und zu machte sie eine wirbelnde Drehung, die ihr bayrisches Brautkleid wie einen Teller voll weißen Schaum kreisen ließ. Weit ab im Eukalyptuswald schlich Daniel Lieberson zwischen den feuchten Stämmen umher und wußte vor Schmerz nicht ein und aus. Seine Kehle war schon ganz heiser vom Weinen und Schreien, so daß er nur noch Gurgellaute hervorbrachte. Als er die Woche zuvor vom Dorfrat mit dem Pflügen der Getreidefelder betraut worden war – ein paar Tausend Dunam –, hatten Zirkin und Lieberson beschlossen, die Gelegenheit zu einem beispiellosen Angriff der letzten Minute zu nutzen. Nach ihren Anweisungen zog Daniel mit dem Kreiselschwader und dem D-4 hinaus und pflügte den Namen seiner Geliebten ins Stoppelfeld. ESTER stand jetzt in quadratkilometergroßen Lettern quer über dem ganzen Feld – in sattem Furchenbraun auf strohgelbem Hintergrund. Aber Menschen, die mit beiden Beinen auf der Erde standen, hatten keine entsprechend erhabene Perspektive, um Daniels verzweifelte Liebesfurchen wahrnehmen zu können. Keiner beachtete sie also – außer den englischen Piloten, die über den Acker hinwegflogen, ›aber die konnten kein Hebräisch lesen‹.

»Und Vater?«

»Benjamin lächelte alle an, schwieg aber, weil es seinem Vater und seiner Mutter nicht vergönnt war, bei der Hochzeit ihres Sohnes dabei zu sein.«

»Und als die Zeremonien und Aufführungen vorbei waren,

räumte man den beiden Paaren die Tanzfläche, Zirkin schlug die Saiten an – und da kamen dein Vater und mein Sohn Efraim Arm in Arm an und haben einen flotten Walzer hingelegt. Tonia Rilow ist explodiert, und das ganze Dorf hat sich vor Lachen den Bauch gehalten.«

»Und dann?«

»Dann ist noch ein Krieg ausgebrochen, mein Kind, und Efraim ist weggegangen.«

17

Großvater fühlte das Unheil nahen und nahm Efraim mit in den Obsthain, um ihn auf andere Gedanken zu bringen. Die meisten Birnen und Äpfel wüchsen an bestimmten kurzen Zweigen, die Jahr für Jahr Frucht trügen und nie zurückgestutzt werden dürften, erklärte er ihm, wie er es viele Jahre später auch mir verriet.

Daneben, deutete Großvater, sprießen hohe, gerade Äste, die schnell wachsen und nur wenige dürftige Früchte ansetzen. Die Agrarberater sagten, diese unfruchtbaren Zweige müßten ausgedünnt werden. Großvater zeigte Efraim jedoch, wie er sie vom Baumwipfel nach außen bog und die Spitzen mit dünnem Bindfaden an ihre Ansätze zurückband, so daß sie wie gespannte Bogen aussahen. Im Dorf staunten alle über den reichen Ertrag dieser gefesselten Zweige. »Er hat das schon in seinen ersten Jahren im Land entdeckt«, erzählte mir Pines bewundernd, »dein Großvater hat herausgefunden, daß man nicht nur Pferde und Menschen anschirren und zügeln kann, sondern auch Obstbäume.«

Als uns einige Jahre später ein Plantagenberater enthusiastisch ›die amerikanische Caldwell-Methode‹ vorstellte, bekam er zu hören, die werde bei uns schon lange praktiziert, wenn auch ohne den hochtrabenden Namen. Außerdem wurden die Zweige bei Großvaters System in regelmäßigen Abständen losgebunden, und diese gute Behandlung vergrößerte noch ihren Ertrag.

Aber Efraim interessierte sich nicht für Bäume; er war so angespannt, daß seine Haut zitterte und bebte wie das Fell eines edlen Pferdes. Jeden Abend ging er zu Benjamin und Ester, in deren Baracke auf einer großen Wandkarte sorgfältig Stecknadeln und Fähnchen versetzt wurden.

Männer, die sich bereits gemeldet hatten, verschwanden aus dem Dorf. Als erste gingen unsere beiden Schmiede, die Gebrüder Goldmann. Seit den Gründertagen des Dorfes beschlugen sie die Arbeitspferde, schmiedeten Forken und hämmerten Pflugscharen, die niemals brachen. »Wie Jachin und Boas standen sie über dem Feuer, die Brust vom roten Licht erhellt, in der Linken die Zange haltend und mit der Rechten das Eisen schmiedend.«

»Eines Tages kamen wir in die Schmiede, Seizer und ich«, erzählte Großvater, »und die Brüder waren weg. Die Glut war grau, der Blasebalg verstummt, der Rauch abgezogen, und nur die beiden großen Hämmer schwebten noch über dem Amboß.«

Dann ging auch Daniel Lieberson, der nach dem Krieg mit den Rachetrupps in Europa blieb. Er schrieb Ester knappe, zornige Briefe, in denen er meinen Vater niemals erwähnte. Aber sein Haß auf ihn und seine Zielstrebigkeit bei der Beseitigung blonder Menschen durchwehten seine Zeilen und Taten wie eine kalte Brise.

Nachts saß Benjamin mit Rilow und fremden Männern zusammen, die als Düngemittelberater oder Kükenverkäufer getarnt ins Dorf kamen. Gemeinsam planten sie Waffenverstecke, konstruierten Zeitzünder, formten Bewässerungsrohre zu Mörsern um und vereinbarten nächtliche Geheimsignale, »die sämtliche Eulen und Zikaden des Emek verrückt machten«.

Sorge herrschte im Dorf. Der Krieg war weit weg, aber nachts und in den stillen Herbstnachmittagsstunden verstummten die Menschen, schauten zum nördlichen und westlichen Horizont, als könnten sie alles aus der Ferne sehen und hören. »Das Blut der fernen Brüder rief in höchster Not.«

Efraim bat Großvater immer wieder flehentlich um die Erlaubnis, sich zum Militär melden zu dürfen, aber Großvater wollte kein Wort davon hören.

»Ein Junge deines Alters kann hier alles tun, was getan werden muß, dort fährst du mir nicht hin!«

»Mein hübscher Junge weidet auf fremden Feldern«, schrieb er auf eine herausgerissene Heftseite.

Efraim arbeitete weiter mit seinem Vater zusammen, aber sein Gesicht blieb schmal und nervös. Wie besessen band er Zweige fest und sagte kein Wort. Pines, der den Wandertrieb mühelos aus Mienenspiel und Bewegungen der Lebewesen abzulesen wußte, warnte Großvater vor dem Kommenden.

»Ich kann ihn nicht mit Stricken festbinden«, sagte Großvater.

»Hab ein Auge auf ihn«, bat Pines.

»Hat denn uns jemand aufhalten können?« fragte Großvater, »war dein Vater etwa froh, als du von Zuhause weggelaufen und hier eingewandert bist?«

Beim Abendessen beobachtete er seinen Sohn, der begierig den gemischten Salat wegputzte, musterte seine schlanken, kräftigen Arme, die grünlichen Augen, die außer Fokus geraten waren, und wußte, daß Efraim innerlich bereits die Schwingen ausgebreitet hatte.

Nach dem Essen sprang Efraim vom Stuhl auf und verkündete, er wolle draußen noch mal die Schieber überprüfen.

»Schalom, Efraim«, sagte Großvater.

»Ich bin gleich zurück«, antwortete Efraim, und weg war er.

Eine Woche später fand man sein schweres Herkules-Fahrrad am Gitter des britischen Stützpunktes in Sarafand angeschlossen. Er selbst befand sich da schon an Bord eines Kriegsschiffes mit Kurs auf Schottland. Zwar mußte er sich unterwegs nicht übergeben, aber lange Schaumfäden und hohe Gischtspritzer klebten auch ihm im Gesicht. Efraims leise Füße steckten in schweren Kommißstiefeln, doch selbst als er damit breitbeinig auf dem schwankenden Eisendeck umherging, wurden seine Schritte vom Tosen des Wassers verschluckt.

Nachts höre ich das Meer draußen vor den Fenstern meines weißen Gefängnisses branden und schäumen. Dann grübele ich über all diese Dauergeräusche nach, die niemals abbrechen. Klänge, auf die man sein Ohr ausrichten muß, um sie zu hören: der Wind in den Känguruhbäumen, das Ticken der Sprinkler, das Plätschern der Quelle, das Widerkäuen der Rinder, das schleichende Kratzen unter dem Barackenboden. Pines hat mir das Geheimnis von Efraims leisem Gang erklärt. »Er ist nicht lautlos aufgetreten, sondern hat seinen Sohlen Geräusche zu entlocken gewußt, die mit den feststehenden Klängen der Welt verschmolzen.«

»Er war einer der wenigen Erez Israelis, die im britischen Kommando gedient haben«, sagte Meschullam zu einer Zeit, als Efraim schon zu einer Legende geworden war, die nicht alle glauben oder in ihrer Schwere tragen wollten. Aus der Apfelsinenkiste mit der Aufschrift ›Söhne beim Militär‹ begann Meschullam Papiere und Umschläge hervorzukramen.

»Dreiundfünfzig Landwirte haben gedient, davon zwei Ältere, achtunddreißig Söhne der zweiten Generation und dreizehn Mädchen. Außerdem sind vier Söhne und zwei Töchter von Gemeindeangestellten beim Militär gewesen. Sechzehn sind nicht zurückgekehrt. Ich habe hier einige Briefe von Soldaten an ihre Familien, aber keinen von Efraim, weil deine Familie sie ja aus irgendeinem Grund der Baracke der Ersten nicht rausrücken will.«

Als Meschullam von ›meiner Familie‹ sprach, bestand diese nur noch aus mir. Großvater war gestorben, Jossi beim Militär, Uri arbeitete auf den Traktoren seines Onkels in Galiläa, schob Erdhügel vor sich her und walzte Sandhaufen platt. Abraham und Rivka bereiteten sich auf ihre Reise zu den Karibischen Inseln vor, wo sie eine Musterfarm leiten wollten, und der Hof war ganz in meinen Händen, gedieh und expandierte um Großvaters Grabstein herum.

»Ich will nicht bei denen begraben werden«, hatte Großvater mir immer wieder eingeschärft, »sie haben Efraim aus dem Dorf vertrieben. Begrabe mich in meiner Erde.«

Meschullam braucht schon mehr als bloße Frechheit, um

Efraims Briefe für sein idiotisches Museum zu erbitten, dachte ich.

»Ich werde mich am schmerzlichsten Punkt an ihnen rächen«, hatte Großvater in einem Satz erklärt, der in seinen letzten Jahren zu einem beängstigenden ewigen Motto wurde, »in ihrer Erde.«

Unter meinen Händen nahm seine Rache Gestalt an. Der Leichnam des alten Baumzauberers vergiftete den Boden und verkehrte die Vision in ihr Gegenteil. Die Gräber auf Mirkins Grundbesitz brannten wie offene Eiterbeulen des Hohns und Tadels im Leib des Dorfes. Spinnen bauten ihre dichten Trichter in Abrahams modernen Melkständen. Die Betonwände wurden von Schimmel und Flechten befallen, die die letzten Spuren von Ernte und Ertrag tilgten. Hornissen errichteten riesige Kolonien aus Papier und Lehm in den Ritzen der Scheune.

Schlamperei herrschte allenthalben, aber das Geld hörte nicht auf zu fließen. Im leeren Kuhstall häuften sich die Säcke mit den Geldscheinen, und mein Gräberfeld blühte. Mein ›Ewiges Haus der Pioniere‹ hielt den Lauf der Zeit an wie ein riesiger Pfahl in der Erde, richtete Satzungen und Lebensstile zugrunde, störte die Saatfolge und spottete den Jahreszeiten.

Zwei Monate nach Efraims Mobilisierung begannen seine Briefe einzutreffen. Er schrieb kurze, uninteressante Ärogramme. Ich schmökere manchmal in ihnen. Landungsmanöver unter Beschuß mit scharfer Munition. Bergsteigen. Ein Bursche aus Neuseeland, der ›großes Interesse an unseren Milchkuhrassen zeigte‹, war bei Tauchübungen im Fluß ertrunken – im Lager ›Achnakarry‹ bei einer Stadt namens Inverness. Ich rolle die eigenartigen Silben im Mund, bekomme einen Geschmack von Efraims Leben. Sturmmärsche mit voller Montur, Sabotageübungen bei Oban. Er hatte ein Photo von einem freien Abend in der Stadt mitgeschickt: da steht er, bekleidet mit einem Schottenrock

(›Kilt‹, schrieb er), auf dem Kopf eine komische Gepardenfellmütze, in der Hand einen Quastenstab. Und er dankte Rachel Lewin für ihren Anschleichunterricht.

»Die Kommandosoldaten Seiner Majestät haben keine Ahnung vom Leisetreten«, schrieb er, »sie stampfen wie die Stachelschweine im Schilf an der Quelle.«

Er wurde geschnappt, so erfuhr ich, als er im Reservat Van Kripsdale einen Hirsch des Königs mit dem Messer erlegte, wofür er eine Woche Arrest und vierzig Pfund Sterling Geldbuße auferlegt bekam. Danach wurde er mit dem ›Orden für ausgezeichnete Dienste‹ bei dem Sturm auf Dieppe dekoriert, wo er im Nahkampf eine deutsche Geschützmannschaft erledigte, die Lord Lovetts Kommandosoldaten beschossen hatte. Die Briefe lese ich mir laut vor, denn ich bin es ja gewohnt, der Geschichte meiner Familie durch Zuhören nachzugehen. »Dieppe«, sage ich, »Dieppe, Kripsdale, Lovett«. Die fremden Laute erzeugen ungewohnte Luftströmungen in meinem Mund- und Rachenraum.

Die Zeit verging. Die jeden Morgen aufgehende Sonne weckte zuerst die Soldaten in den russischen Schützengräben und Schulamit auf der Krim, kitzelte Schifris irgendwo unterwegs wach, beleuchtete dann das Emek, Großmutter Fejges Grab, Großvaters Strohhut, Abrahams Stirnfalten, Vater und Mutter, und erst danach sah sie Efraim im äußersten Westen. So drehte sie ihre Runden, ein weiterer Monat verging, und Großvater erhielt die Mitteilung, sein Sohn sei bei dem Kampf um die El-Gitar-Kette in Tunesien verwundet worden.

In den nächsten sechs Monaten nach seiner Verwundung traf kein einziger Brief von ihm ein. Großvater wurde schier verrückt vor Sorge. Eines Nachts ging er mit Seizer hinaus, um gemeinsam den blauen Bergkamm zu erklimmen, von dem aus man das Meer sehen konnte.

Wie eine Riesenmauer trennte dieser Bergrücken uns von der

Stadt, vom Meer, von aller Versuchung und Eitelkeit. Jedes Jahr richteten sich die Augen des Dorfes hinauf, prüften die Wolken, die zwischen seinen Höhenzügen umherzogen, sich aufluden und zu ihrer großen Reise über unsere Felder verdichteten. »Die Wolken werden aus dem Gebirge geboren«, erzählte mir Großvater, als ich noch klein war. Wir gingen beide übers Feld, warteten auf Regen, und wie Großvater legte auch ich die Hand über die Augen. Er zerbröckelte Erde zwischen den Fingern und blickte geradeaus, zum Gebirge hin.

»Als einmal der Regen im Herbst nicht kommen wollte, sind wir nachschauen gegangen, was mit den Wolken ist. Wir waren allesamt dabei – Zirkin, Lieberson, Großmutter Fejge und ich. Einen ganzen Tag sind wir zwischen den Dornbüschen und Felsen hinaufgeklettert, bis wir oben waren, und die ganze Nacht sind wir rumgelaufen und haben die Regenhöhle gesucht, bis wir die Wolken tosen und donnern hörten. Ein großer Felsblock lag vor dem Höhlenausgang, so daß die Wolken nicht rauskonnten. Wir begannen, den Felsen wegzurücken, hau-ruck, hau-ruck, mit aller Kraft. Wir rüttelten draußen, und die Wolken schoben von innen, bis der Felsbrocken wegrollte und alle Wolken hinausströmten. Zirkin ist gerade noch auf eine Wolke draufgesprungen und gemeinsam mit dem Regen genau vor seinem Haus runtergekommen.«

Eine lange Weile starrten die beiden in die Ferne, bis Seizer hustete, weil er die fernen Rauch- und Explosionsdämpfe roch, und Großvater, der die rötlich flackernden Schlachtfelder sah und die wie Bachkiesel über die Wellen hüpfenden Schreie hörte, den Kopf zwischen den Knien barg.

Als sie morgens auf den Hof zurückkehrten, fuhr ein englischer Wagen ins Dorf ein. Die Kinder liefen zu Rilow, um ihn zu warnen, daß Major Stoves im Anrollen war und der Eingang zur Senkgrube sofort getarnt werden mußte. Major Stoves war ein hochgewachsener, hinkender Engländer, der ebenfalls in Nordafrika verwundet und samt seinem schwarzen Stock und seiner Uniform nach Palästina versetzt worden war. Er stieg aus dem Auto, humpelte zur zweiten Tür herum, öffnete und legte die Hand an die Mütze. Efraim war heimgekehrt.

In den weichen gelben Wüstenstiefeln der Kommandotruppen, geschmückt mit dem Emblem des geflügelten Dolchs, militärischen Auszeichnungen und den Streifen eines englischen Sergeanten, in der Tasche eine lebenslängliche Rente der Regierung Seiner Königlichen Majestät entstieg Efraim dem Wagen und lächelte die Menschen an, die sich um ihn versammelten.

Der Tumult, der sich bei seinem Anblick erhob, geriet im Dorf nicht so bald in Vergessenheit. Münder wurden aufgerissen und stießen Laute des Abscheus und des Grauens aus. Menschen eilten von den grünen Feldern, aus den blühenden Pflanzungen, aus den Hühner- und Kuhställen herbei, standen Efraim gegenüber und schrien. Die Tierarztgattin, mit der Efraim gelegentlich geschlafen hatte, kreischte eineinhalb Minuten, ›ohne Luft zu holen‹. Kinder, denen Efraim Drachen gebaut und Messerwerfen beigebracht hatte, wimmerten mit dünnen Stimmen vor lauter Angst. Aus der Schule hastete Jakob Pines herbei, kam mit schweren Schritten auf seinen Schüler zugerannt, stoppte dann aber so abrupt, als sei er gegen eine Mauer geprallt, schloß die Augen und brüllte wie ein Ochse am Spieß. Kühe, Kälber, Pferde und Hühner erhoben ein Entsetzensgeschrei in ihren Pferchen und Ställen.

Eine Phosphormine der italienischen Armee, der ›Hasenfußtruppe‹, wie Uri sie nannte, hatte das hübsche Gesicht meines Onkels in einen versengten Brei aus Haut und Fleisch verwandelt, der glänzte, »wie – ja wie soll ich das Grauen beschreiben, mein Kind – wie ein zerquetschter Granatapfel, in allen Rot-, Lila- und Gelbtönen, gut, daß du dich nicht an ihn erinnern kannst.«

Das eine Auge meines Onkels fehlte, die Nase saß schief, die

Lippen waren weg, eine violette, gewundene Rinne zog sich diagonal von der Stirn bis zur Gurgel über sein Gesicht und verschwand im Hemdkragen. Die verbrannte, zerfetzte Haut baumelte ihm schlaff an den Wangenknochen. Ein einsames grünes Auge blinzelte – als Zeugnis für die Bemühungen der Ärzte, ihm ein menschliches Antlitz wiederzugeben – aus dem zerfleischten Gewebe hervor.

Efraim, dessen Schönheit Neugierige aus dem ganzen Emek angelockt und verblüffte Vögel vom Himmel heruntergeholt hatte, war zu einer Fratze geworden, in die niemand gerade hineinzusehen wagte. Die Menschen schmiegten sich furchtsam aneinander, ›ein komplettes Dorf stand da und brüllte‹.

Das grauenhafte Lächeln meines Onkels wich aus seinem Gesicht. Er wandte sich ab, als wolle er wieder verschwinden, und Major Stoves hielt ihm schon leise fluchend den Wagenschlag auf. Doch da teilte sich die Menschenmenge, denn Benjamin bahnte sich wie eine harte Pflugschar seinen Weg hindurch. Rudernd stieß er bis zu seinem Schwager vor, blickte ihn ohne mit der Wimper zu zucken an, nahm ihn in seine breiten Arme und küßte ihn auf das zermalmte, schillernde Fleisch, das einstmals lebendig gewesen war.

Das Hebräisch meines Vaters hatte sich damals schon erheblich verbessert. »Gesegnet sei deine Heimkehr, Efraim«, sagte er und führte ihn durch die jäh ausgebrochene Stille von dort weg.

Zum Abendessen wünschte Efraim sich ›gemischten Salat nach Art des Hauses‹ und gab Ester sogar Anweisungen, wie sie ihn zubereiten sollte. Seine Stimme war schwach und heiser, denn auch seine Stimmbänder hatten unter dem Krieg gelitten. »Zuerst schneid die Zwiebeln und streu ein wenig Salz drauf, dann die Tomaten und auch darauf ein bißchen Salz. Die grünen Paprika und die Gurken zum Schluß. Misch alles gut durch, gib etwas schwarzen Pfeffer, Zitronensaft und Öl darüber, misch noch mal und laß ihn einen Augenblick durchziehen.«

Zwei Jahre lang, so sagte er, hatte er von diesem Salat geträumt, den »man nirgendwo auf der Welt zuzubereiten weiß«.

Er schaufelte sich einen gehäuften Löffel davon in die Visage, stöhnte vor Genuß, und als seine grauenvollen Gesichtszüge nun beim Kauen in Bewegung gerieten und sein Fleisch sich wie Tausend zerdrückte Körnchen verschob, heulte Abraham los und verließ fluchtartig den Tisch. Doch Benjamin sagte nur, »er hat vergessen, den Schieber in der Luzerne abzustellen«, und redete ungerührt weiter mit Efraim – über den Krieg, deutsche Maschinenpistolen, einen General namens Rommel, Kommandoübungen und britische Tapferkeitsauszeichnungen.

»Ich konnte nicht sprechen«, erzählte mir Großvater, »sie hatten mein hübsches Kind kaputtgemacht, und vor dem Schlafengehen hat er ›gute Nacht, Vater‹ gesagt und sich sofort zum Gehen abgewandt, damit ich ihn nicht umarmen und küssen mußte.«

»Jeder Kuß, den ich ihm damals nicht gegeben habe, ist mir ein Stich ins Herz«, fand ich auf einem seiner Zettel vermerkt.

Die ganze Nacht ging Efraim im Hof umher. Die Geräuschlosigkeit seiner Füße ließ niemanden einschlafen. Am nächsten Morgen kam Benjamin und setzte sich mit ihm an den Tisch, an dem sie nun gemeinsame Baupläne auf große Bögen zeichneten. Dann bat Benjamin Seizer, zur Hilfe mitzukommen. Sie fuhren mit dem Wagen durch die Felder zum englischen Stützpunkt, wo sie schon von dem hinkenden Major Stoves, zwei hageren, stillen schottischen Kommandooffizieren, die Efraim umarmten, und einem indischen Quartiermeister erwartet wurden, dem angesichts der Tapferkeitsauszeichnungen auf der Brust meines Onkels der Atem wegblieb. Auf dem Rückweg fuhr ein Armeelaster hinter ihnen her, hoch beladen mit Baueisen, Sand, Zementsäcken und Kies. Die beiden Schotten zogen, ebenso wie Benjamin und Efraim, die Hemden aus und begannen im Hof neben dem Kuhstall Gruben für die Fundamente auszuheben. Sie bauten ein Zimmer aus Backsteinen. Tür und Fenster gingen nicht zum Haus, sondern zu Feldern und Stall hinaus.

Benjamin verlegte Wasser- und Stromleitungen, konstruierte einen wunderbaren Holzofen, der das Zimmer und auch Wasser zum Waschen wärmte, und brachte braune Holzläden an, die mit Kupferzwergen an der Hauswand festgehalten wurden. Über die Jahre haben die Zwerge Grünspan angesetzt und lange Tränenstreifen über den Putz rinnen lassen.

»Das ist der Raum, der später meine Werkzeug- und Arzneikammer geworden ist.«

Efraim betrat sein Zimmer und kam nicht wieder heraus.

»Ich lief an den Mauern herum, die den frischen, feuchten Geruch nach Mörtel und Kalk verströmten, und wartete, daß mein Sohn herauskommen sollte. Deine Mutter stellte Essen vor die Tür und flehte ihren Bruder an, er möge doch kommen. Aber Efraim kam nicht.«

Pines klopfte an die Tür, bat seinen Schüler zu sehen.

»Du hast aufgeschrien, als du mich sahst«, knirschte Efraim hinter der Tür und kam nicht.

»›Ich bin auch nur ein Mensch‹, habe ich zu ihm gesagt, ›keiner hat geahnt, daß du auf diese Weise verwundet worden bist. Mach auf, Efraim, öffne dem alten Lehrer, der sich entschuldigen möchte.‹«

Aber Efraim machte nicht auf.

Großvater und Pines haben mir zigmal von Efraim erzählt, als wollten sie von mir seine Vergebung erwirken.

Jeden Abend kam Benjamin ihn besuchen. Nach einigen Wochen sagte er ihm, es sei besser, wenn er nachts hinausginge, um ein wenig im Kuhstall zu arbeiten.

»Auch die Kühe erschrecken vor mir«, antwortete Efraim.

Doch Benjamin meinte, wenn er nicht zum Arbeiten rauskäme, würde er ihn wieder am Hosengürtel packen und hinausbugsieren.

»Nur bei Nacht«, sagte Efraim und kam aus seinem Zimmer.

»Jeden Abend um halb zehn sah ich den Lichtstreifen von seiner aufgehenden Tür und den Schatten der Beine meines Sohnes auf den Kuhstall zustreben. Er mistete aus, spülte Milchkannen und verteilte das Futter für das morgendliche Melken auf die Krippen.«

Großvater lag dann wie gelähmt in seinem Bett in der Baracke, hörte das Rumpeln des Mistförderkorbs an der schwebenden Eisenschiene, das Kratzen der Schaufel in der Kotrinne und das schwache Muhen der Kühe, die sich in den Ständen zusammendrängten, verstohlene Blicke auf seinen Sohn warfen und traurig miteinander tuschelten. Er lauschte, und ›innerlich brach ihm das Herz in tausend Stücke‹.

In der vierten Nacht stand Jakob Mirkin auf, ging zum Kuhstall, blieb dort im Dunkeln hinter der Tür stehen und rief seinem Sohn.

»Komm nicht rein, Vater, komm nicht in den Kuhstall«, flüsterte Efraim mit erstickter Stimme.

»Ich komme«, antwortete Mirkin und trat ein.

Efraim konnte gerade noch einen leeren Futtersack über den Kopf stülpen, ehe er die Hände seines Vaters auf den Schultern spürte. Mirkin küßte den groben Jutestoff, biß auf dem Futterstaub herum, der in seinem Mund verklumpte, ehe er sich in Speichel und Tränen löste. Dann zog er seinem Sohn behutsam den Sack vom Kopf. Aus seiner Stallecke sah der alte Seizer Efraim und seinen Vater, tat aber so, als schliefe er.

»Am nächsten Morgen bin ich zu Margulis gegangen, habe ihn um einen alten Imkerhelm gebeten und den meinem Sohn gebracht, damit er unter Menschen gehen konnte.«

Efraims Schönheit wurde zum vergessenen Schatten, zum losen Gespinst, das vor den geschlossenen Augen derer flatterte, die sich erinnern wollten. Das Leben der Menschen wurde schwerer ohne solche Schönheit, an der man die Augen hätte weiden können.

»Im Leben des Dorfes«, erklärte mir Pines, »einem Leben, das an die Gesetze des Bodens und des Klimas, die erblichen Kaprizen des Viehs und die erlernten Verhaltensweisen des Menschen gebunden ist, war Efraims strahlendes Gesicht wie Schneekühle an einem Erntetag, wie Ruhe für den Erschöpften, wie ein See im dürren Ödland.« Erst jetzt begriffen die Dorfbewohner, was man ihnen geraubt hatte, und das verstärkte nur noch ihre Entfremdung von Efraim.

Einmal in der Woche bügelte mein Onkel seine Khakihose und ging zum nahen Militärflugplatz hinunter, um sich mit Major Stoves und den beiden wortkargen Schotten zu unterhalten und mit den dort stationierten englischen und indischen Artilleristen Bier zu trinken. Manchmal ging er zu Fuß durch die Felder, wobei er sich erst nach Passieren des Zitrushains gestattete, den Helm abzunehmen – sehr zur Überraschung der Bienen, die ihn neugierig begleitet hatten. Zuweilen schickte der Standortkommandeur einen Wagen, um ihn abzuholen.

»Dein Sohn verkehrt zu viel mit den Engländern«, sagte Rilow.

»Das Dorf hat Efraim davongejagt, aber die Engländer wissen ihre Helden zu ehren«, antwortete Großvater bitter.

»Diese Inder dort sind von Hause aus an Fratzen gewöhnt«, meinte Rivka.

In der Kantine, aus der er einst Fleischkonserven entwendet hatte, trank Efraim Bier, aß Würstchen und kaufte Waffeln für die Kühe. Mein Onkel Abraham knurrte leise, davon bekämen sie Würmer, aber Efraim wurde ihr Busenfreund. Im Dorf ging die Diskussion über seine Verbrüderung mit den Engländern weiter, zumal Efraim es wütend ablehnte, etwas für die Sicherheit des Dorfes zu tun. Alle Mitglieder der ›Bande‹ dienten in der Palmach, doch Efraim weigerte sich sogar, seinen Kameraden Unterricht in Sabotage, Scharfschießen, Topographie und anderen Dingen zu erteilen, die er beim Militär gelernt hatte.

»Was denkt er sich eigentlich?« schimpfte Rilow, der wußte, daß Efraim in jeder Kleinkampftechnik bewandert war.

»Warum den armen Kerlen Schrecken einjagen«, sagte Efraim.

Als jener Krieg vorüber war und Uri, Jossi und ich schon in den Bäuchen unserer Mütter wuchsen, fuhr eines Tages ein englischer Militärwagen auf unseren Hof. Drinnen saßen Major Stoves, die beiden hageren Schotten, diesmal in Zivil, und ein rothaariger Sergeant, dessen Arme mit blonden Löckchen bedeckt waren, während seine Uniform die Abzeichen des Kommandos trug. Die ruhige Sicherheit der Nachtmenschen sprach aus ihren Bewegungen; sie entnahmen dem Landrover einen klirrenden Kasten mit Bierflaschen nebst Players' Blechdosen, gingen auf Efraims Zimmer und blieben die ganze Nacht bei ihm sitzen. Rilow berichtete der Sicherheitskommission, daß nicht viel aus dem Raum zu vernehmen gewesen sei, weil die Kommandoleute sich mit vereinbarten Zeichen wie Augenzwinkern und Schnaufen verständigten. Als sie herauskamen, waren sie stockbesoffen, und der Sergeant rief, »die Kuh kriegst du in zwei Monaten«.

18

Wie mein Großvater trinke auch ich Tee, schöpfe Kraft aus der bitteren Olive in meinem Mund, sauge Stärke aus dem Zuckerwürfel zwischen meinen Fingern. Wie er lasse ich den Blick schweifen, um Efraim und Jean Valjean heimkehren, Schifris ankommen zu sehen. Vom Dach meines großen Hauses aus spähe ich übers Meer, sehe weiße Boote auf den Wellen tanzen, Kämme in den Badehosen schlanker Männer stecken, muskulöse Frauen mit gebeugten Knien auf Surfbrettern stehen und mit gespreizten Schenkeln das Segel lenken, während ihr kurzes, scheckiges Haar im Wind zu Berge steht. Einmal warf die Brandung eine Surferin gegen den Felsenstrand. Ich setzte das Fernrohr ab, eilte zu ihr, lud sie mir auf die eine Schulter, packte das Surfbrett nebst Segel mit der anderen Hand, schleppte sie an Land und ließ sie dort im Sand liegen. Von meinem Hausdach sah ich dann, wie sie aufstand, sich verwundert umblickte, ihre Blutstropfen und meine Spuren im Sand musterte.

So hat mein Großvater auf dem Scheunendach und auf dem Balkon des Altersheims gestanden und nach seinem Sohn Ausschau gehalten, hat darauf gewartet, daß er zurückkehren möge.

Das Altersheim, das etwa achtzehn Kilometer vom Dorf entfernt liegt, überblickt die ganze Gegend. Alle zwei Tage bin ich dort hingegangen, habe – durch die Felder abkürzend – die Entfernung wütend in drei Stunden gefressen, um Großvater eine Kanne Milch aus dem Stall zu bringen.

Onkel Abraham sagte immer: »Wart ein paar Minuten, Baruch, bis Milch von einer guten Kuh da ist.« Inzwischen schleppte ich schwere Futtersäcke in ihren Winkel, verlud mit Schwung volle Milchkannen, scheuchte verängstigte Kälber in die Versandboxen.

Meine beiden Vettern kümmerten sich eifrig um die Kühe: Jossi, verdrossen wie sein Vater, geschickt und flink bei der Arbeit, seinen roten Falken auf der Schulter oder wie ein Hündchen hinter ihm hertrippelnd, und Uri, der letzthin gern nachts verschwand und am Morgen nur schwer aus den Federn kam.

»Er muß irgendeine Brünstige haben«, schimpfte Abraham, wobei er seinem Sohn jedoch liebevoll auf die Schulter klopfte.

Uri ähnelte Efraim, meinte Großvater, war aber zarter und verträumter als er. Er glich ihm in seiner schlanken Figur, den hageren Wangen, den atemberaubend schönen Gesichtszügen. Wenn Großvater seinen Enkel anschaute, schien er ihn mit den Augen umzumodeln, als sei er sein verlorener Sohn, in einem Bernsteintropfen erstarrt. »Kinder. Aufgereihte Perlen. Eine lange Samenkette«, hatte er auf einen Zettel geschrieben, den ich fand, nachdem er ins Altersheim gegangen war.

Bevor ich loszog, umwickelte ich die Aluminiumkanne mit einem Stück Jute, das ich in Wasser tränkte, damit die Milch nicht warm und sauer wurde, und so verfuhr ich auch unterwegs, wenn ich an Sprinklern vorbeikam.

Beim Abmarsch war die Luft kalt und spröde, der Tau hing noch an den Blättern. In den Taleinschnitten wogte ein Wolkenmeer, aus dem das Gebirge wie eine blaue Insel herausragte. Die langsam aufsteigende Sonne, die Sonne Erez Israels, die Großvater und seinen Bruder um viertel nach fünf Uhr morgens hatte umbringen wollen, rollte weiße Nebelbäusche wie eine raschelnd in der Hitze dahinschmelzende Decke über die Felder. Langsam mußte das Emek sich aus den weichen Nachthüllen schälen. Danach erwärmte sich auch die Erde, und die nassen Füße wurden trocken. Ich ging immer barfuß, die Sandalen um den Hals gehängt, die Fersen den Staub des Weges zerdrückend. Das genüßliche Gefühl dieses warmen Sands, den Wagenräder und die harten Hufen des Viehs zu grauem Mehl zerrieben hatten, steckt mir noch zwischen den Zehen. Manchmal gehe ich zu dem Strand vor meinem Haus hinunter, um im Sand zu laufen, aber seine Körnchen sind spitz und grob, nicht wie das weiche Pulver der Pfade meiner Jugend, unterwegs zu Großvater.

Grünfinken hüpften auf den Buschhecken am Wegesrand, Falkenpärchen umflatterten einander trillernd in der Luft, und über den Felsspalten stob ein Stieglitzschwarm erschrocken in gelber Wolke hoch, mit den dicken, kurzen Schnäbeln überrascht aufquietschend.

»An seinem Schnabel erkennen wir den Vogel. Der Stieglitz hat einen dicken, kleinen Schnabel, dem Knacken von Samen angepaßt, der Falke einen krummen, scharfen Schnabel, um Fleischstücke abreißen zu können.«

Eines Morgens führte Pines uns an den Rand des Eukalyptuswalds zu einem eigens dort hingeworfenen Rinderkadaver. Einen Abend vorher hatte man die tote, bereits aufgeblähte Kuh hinter dem Traktor an einer Kette hingeschleift. Ihre Hörner durchfurchten die Erde. »Ein Eselsbegräbnis wird sie bekommen. Man schleift sie weg und wirft sie hin, draußen vor den Toren Jerusalems«, deklamierte Pines traurig und hieß uns schweigend beobachten. Einige Geier versammelten sich. Ihre kahlen Köpfe, ihr scharfer Blick und ihr faltiger Hals waren mir vertraut und irgendwie sympathisch. Mit ihren skalpellartigen Schnäbeln schlitzten sie der Kuh den Bauch auf, um ihr dann die weißen, federlosen Hälse in die Eingeweide zu stecken.

Pines erzählte uns von den Schnäbeln der Finken, die Darwin auf den Galapagos-Inseln erforscht hatte, ›eine kleine, isolierte Schar von Vögeln, die die Evolution – je nach vorhandener Kost – mit einer Vielfalt an Schnäbeln ausgestattet hat‹. So hatten die Finken mehrere Untergruppen gebildet, sich an neue Nahrungsquellen gewöhnt und damit ihren Fortbestand gesichert. Hier lenkte der Lehrer auf die Ebene der Lehre und des Exempels über, indem er von Darwins Finkenschnäbeln auf die Vorzüge der Mischwirtschaft schloß. »Obstgarten und Rinderzucht,

Geflügelhaltung und Gemüseanbau. Es ist am besten, wenn du an dem einen festhältst, aber auch das andere nicht losläßt«, zitierte er.

Manchmal scheuchte ich eine Lerche vom Boden auf. Die lief dann vor mir her, stolperte schreiend und humpelnd durch die Stoppeln, drückte ihren Federschopf in den Staub, emsig bemüht, mich von ihrem Nest und den wohlgetarnten Eiern fortzulocken. Grüne Eidechsen hasteten über den Sand, hinterließen winzige Keilschriftzeichen. Ein Steinhuhn schwang sich mit lautem Flügelschlag in die Luft, ein Mungo kreuzte plötzlich den Weg, den langen, bösartigen Leib wie eine Schlange windend. Gelegentlich war es auch eine echte Schlange.

»Obwohl sie Küken und Eier raubt, ist die schwarze Schlange eine Freundin des Bauern, da sie Mäuse vertilgt. Wenn du sie siehst, geh ihr aus dem Weg und laß sie laufen.«

Bauern, die schon früh auf den Feldern waren, erkannten mich am schweren Gang und an der Milchkanne, grüßten mich freundlich oder boten mir eine kurze Mitfahrt auf ihrem Wagen an. Vorsichtig überquerte ich die Äcker des benachbarten Kibbuz. Hinter einem Baum trat ein Genosse, etwa in Abrahams Alter, mit einem Körbchen hervor. Einen Moment spannten sich meine Muskeln. Jubeljahre nachdem Lieberson Fanja aus dem Weinberg entführt hatte, hatten sich die Beziehungen noch nicht entkrampft. Die kommenden Generationen würden die Geschichte kaum noch richtig kennen. Der Lauf der Zeit und die Schleusen der Erinnerung, ideologische Unterschiede und der Wechsel der Jahreszeiten hatten Liebersons Liebe und Späße in den düsteren Tönen der Spaltung eingefärbt. Der Groll zwischen Kibbuz und Moschaw wuchs weiter, schickte seine Ranken in alle Richtungen aus, gestützt auf Spaliere der Feindseligkeit. Von Zeit zu Zeit wurden Budgets vereitelt und Steine geworfen, blaue Augen erblühten in zornigen Gesichtern, und laute Schimpfworte hallten in beiden Richtungen übers Wadi.

Der Mann war allein, kam zögernd auf mich zu, die Augen gesenkt, als suche er die Pferdefüße an meinen Beinen.

»Du gehst zum Altersheim? Du bist Jakob Mirkins Enkel? Mein Vater hat viel von ihm geredet.«

Er streckte mir mit sanfter, verschämter Geste den Korb hin. »Nimm bitte und gib das Seew Ackermann auf Zimmer fünf. Er ist ein Freund von deinem Großvater.«

Alle waren Freunde von Großvater. Ich habe sie sämtlich bei ihm begraben. Wenn mein Gedächtnis mich nicht täuscht, liegt Seew Ackermann heute in Reihe sechs, Grabstelle siebzehn.

Im Korb waren ein Kuchen und überdimensionale japanische Mispeln, so groß wie Apfelsinen, verstaut. »Von unserem Baum. Wenn du willst, kannst du dir unterwegs eine Mispel genehmigen, aber nur eine.«

Um acht Uhr zwanzig stand ich regelmäßig vorm Altersheim, wischte mir die Füße auf dem Rasen ab und schnallte die Sandalen an.

»Mirkins Enkel ist da«, sagten die trübsinnigen Alten, die stets am Eingang saßen und auf Besucher warteten, »bringt seinem Großvater Milch. Ein guter Enkel.« Sie schauten mich liebevoll an. Einige glichen meinem Großvater wie mit demselben Model geprägt, andere kamen aus der Stadt. Die waren grau und durchscheinend wie die Reptilienhäute, die ich auf den Feldern sammelte, schlapp und verängstigt wie Schlomo Lewin. Jahre der schlechten Ernährung, ›ideologische Schwäche und Naturferne‹ hatten ihnen ihren Stempel aufgedrückt.

Ursprünglich war das Altersheim nur für unsere Alten aus Dorf und Kibbuz gebaut worden. Die kamen dort an, beriefen eine Versammlung ein, warfen den Beschäftigungstherapeuten ihre Glasperlen und Stricknadeln ins Gesicht und zogen in den hübschen Ziergarten. Mit schwerfälligen, zitternden Händen rissen sie die gelben Rosenbüsche und den hellblauen Bleiwurz heraus und säten statt dessen Rüben, Paprika, Kohl und Frühlingszwiebeln in Beeten an. Den Goldfischteich legten sie mit lautem Gesang trocken, sein Wasser leiteten sie zur Bewässerung ab.

»Es hätten bloß noch zwei Selbstmorde gefehlt, um das Bild zu vervollständigen«, meinte Großvater.

»Damals wußten sie noch nicht, was sie mit uns anfangen sollten. Der Alterungsprozeß der Pioniere verblüffte sie«, erzählte mir Lieberson einige Jahre später, als Fanja gestorben und er selber, blind und gereizt, ins Altersheim verfrachtet worden war. »Als die Felsen der Vision und Tat zu Körnchen der Verkalkung, des grauen Stars und der Gelenkschmerzen zerbröckelten, standen alle verdattert da.«

Ich ging in den Speisesaal, in dem Großvater mich erwartete, und trat vor ihn hin. Alle starrten ihn neidisch an. Er strich mir freudig über das spröde Haar.

»Schalom Schulamit«, sagte ich zu der Frau, die neben ihm saß.

Schulamit, Großvaters Freundin, eine ewig kränkliche, große und gebeugte Frau mit weißem Haar und Lesebrille, lächelte mich an. Ich senkte die Augen.

Einmal war Großvater nicht im Speisesaal. Ich ging durch den Garten, um in sein Zimmerfenster zu lugen. Dort lag Schulamit auf dem Bett, das Kleid bis zum eingesunkenen Bauch aufgerollt. Großvater kniete auf dem Teppich und wippte mit dem kahlen Kopf zwischen ihren Schenkeln, während sie mit jenen schwammig summenden Lauten sprach, die Pines nicht hatte übersetzen wollen. Ich ließ die Milch neben der Tür stehen. Großvater suchte mich später auf der Liegewiese. Ein beängstigender Sumpfgeruch entströmte seinem Schnurrbart, als er mich auf die Wange küßte.

Ich stellte die Kanne auf den Tisch, machte den Deckel auf und schenkte meinem Großvater eine Tasse Milch ein. »Direkt von der Kuh«, sagte ich mit einem stolzen Blick in die Runde. Pflegerin Schoschana wischte die roten Hände an der Schürze ab und klatschte Beifall.

»Prima, Mirkin. Nur getrunken, Mirkin. Das ist gesund, was, Mirkin? Milch ist sehr gesund.«

»Die meint, jeder über fünfundsechzig hätte die Alzheimer-Krankheit«, knurrte Großvater und trank die Milch bis zum letzten Tropfen aus. Vier Tassen nacheinander weg. Schulamit mochte keine Milch.

Danach verließ ich, von aller Augen begleitet, mit Großvater den Speisesaal. Wir gingen ein wenig im Garten spazieren oder setzten uns auf den Balkon, und ich erzählte ihm immer aufs neue, was zu Hause vorging, überbrachte Nachrichten aus Obstpflanzung und Hof, vom Dorf und seinen Bewohnern.

»Was macht Pines?«

»Der hört wieder den Ficker bei Nacht rufen.«

»Welche ist jetzt dran?«

»Jedesmal 'ne andre.«

»Und Zirkin?«

»Zirkin streitet sich mit Meschullam. Er hat ihn gebeten, das Gestrüpp auf dem Hof zu verbrennen, aber Meschullam ist jetzt damit beschäftigt, die Garbenbindemaschine instand zu setzen.«

»Dieses Schrottding?«

Die alte ›Clayton‹, die mit ihrer geborstenen Deichsel und den gebrochenen Flügeln wie das Riesenskelett eines abgestürzten Vogels wirkte, hatte Meschullam im äußersten Winkel des Bullenpferchs aufgestöbert. Ich erhob mich und versuchte ihn nachzuäffen: »Man darf die Historie nicht nach Ersatzteilen ausschlachten.«

Großvater lachte: »Meschullam wird noch seinen Vater ausstopfen, mit der Mandoline in der Hand.«

Als Großvater ins Altersheim gezogen war, hatte Meschullam mich dringend aufgefordert, ihm alle seine Papiere, Briefe und persönlichen Habseligkeiten für die ›Baracke der Ersten‹ zu übergeben.

»Jakob Mirkins Erinnerungen können die Lage im Lande zu Beginn des Ersten Weltkriegs erhellen«, verkündete er mir.

»Er hat keine Memoiren geschrieben«, sagte ich.

»Auch Briefe und Notizen sind wertvoll«, erklärte mir Meschullam mit wichtiger Miene.

»Mein Großvater lebt noch, und ich hebe die Dinge für ihn auf.«

Großvater mußte lachen, als ich ihm erzählte, wie ich Meschullam an Hals und Gürtel gepackt und durchs Fenster hinausbefördert hatte.

»Dieser Meschullam wird noch Unheil bringen«, sagte er und schickte mich nach Hause. »Bewässer die Obstpflanzung und hilf im Kuhstall. Du mußt nicht erst abwarten, bis Abraham drum bittet.«

Noch eine ganze Weile blieb er auf dem Balkon stehen und blickte mir nach, bis ich um die Wegbiegung verschwunden war. Einmal wartete ich dort eine halbe Stunde, schlich dann gebückt ein Stück zurück und schaute auf das Haus. Mein Großvater stand immer noch da. Gebeugt von der Arbeit. Sehnsüchtig Ausschau haltend. Rächerisch. Er wartete auf die Rückkehr seines Sohnes Efraim, auf die Baumblüte, auf Schifris, den letzten Pionier, der zu Fuß anpilgern, sich seinen Weg durch Sand und Schnee nach Erez Israel bahnen würde.

19

»Ich hab ein Photo von ihm«, verriet mir Meschullam. Manchmal machte er sich an mich heran, ging mit mir zwischen den Gräbern spazieren und versuchte sich einzuschmeicheln.

Er zog es aus der Hemdentasche. Wie bei allen Photos aus jenen Jahren waren die Ränder wellig geschnitten. Efraim sah darauf wie ein Imker aus. Sein Gesicht war unter der Maske nicht zu erkennen. Ein junger, schlanker Bursche in weiten Khakihosen und Kreppsohlenschuhen. Weder die Schönheit noch die Häßlichkeit, nur die Stille war auf dem Bild verewigt – deutlich sichtbar auch nach all den Jahren, die über das Photo hinweggegangen waren.

»Ich geb's dir im Tausch gegen die Satzung der Arbeitsgruppe«, bot Meschullam an.

Ich stieß ihn weg. »Hau ab, bevor ich dich auseinandernehme.«

Noch nie habe ich Meschullam gemocht. In meiner Kindheit kam er oft zu Großvater, um ihn über seine ersten Tage im Land auszufragen.

»Sag mal, Mirkin, du hast also Frumkin in Kinneret getroffen?«

»Ja.«

»In der Pumpstation am Jordan?«

»Auch dort.«

»Und hast du ihn sagen hören, man müsse streiken, bis Bermann abtritt?«

»Warum mußt du einen verrückt machen, Meschullam? Bermann hat ihnen Pferd und Wagen verweigert, als sie einen kranken Genossen in Tiberias besuchen wollten, und nachdem der Genosse gestorben war, haben sie sich aufgelehnt. Er hat ihnen übel zugesetzt. Wie die Verwalter in Kfar Uria und auf den übrigen Landgütern.«

»Berkin hat im *Hapoel Haza'ir* geschrieben, in Kfar Uria habe es vier Verwalter gegeben. Er hat auch finanzielle Unregelmäßigkeiten aufgedeckt.«

»Und?«

»Ich werde dir in Erinnerung rufen, was er genau geschrieben hat.« Meschullam schloß die Augen und begann zu zitieren: »In Kfar Uria gibt es gleich vier Verwalter, und was tun sie? Einer, der Oberaufseher, wohnt in Petach Tikva und kommt auf einem Maultier zu Besuch angeritten, und von den anderen drei ist einer für die Feldfrüchte und einer für die Plantagen verantwortlich.«

Meschullam öffnete die Augen. »Was sagst du dazu?«

»Du mußt mich entschuldigen, Meschullam, ich habe viel zu tun.« Großvater wandte sich mit heftigem Achselzucken zum Gehen. Meschullam lief ihm auf den Hof nach.

»Aber du verstehst nicht, Mirkin. Er spricht von vier Verwaltern und zählt sie dann auf – einer in Petach Tikva, einer für die Feldfrüchte und einer für die Pflanzungen. Ja? Wo ist dann der vierte? Was ist mit dem? Und Bilizkin sagt, es seien drei gewesen. Ich suche jemanden, der mir die richtige Version bestätigt.«

»Das macht dir zu schaffen? Wie viele Verwalter es in Kfar Uria gegeben hat? Warum gehst du nicht Seizer fragen?«

»Du weißt doch selbst, daß Seizer nicht mit mir spricht.«

Als Zehnjähriger war Meschullam eines schönen Tages Seizer nachgelaufen und hatte ihn solange mit Fragen traktiert, bis er einen derben Tritt in den Hintern bekam. Darauf war er heulend zu seinem Vater gerannt, der ihm prompt sagte, wenn er nicht mit dem Unsinn aufhöre, würde er von ihm noch einen Tritt dazukriegen.

Auch die anderen Gründerväter konnten Meschullam nicht ausstehen.

»Geh weg! Aber dalli!« rief Lieberson verzweifelt, »wie soll man sich daran erinnern, wieviel Geld Chankin von Abramson für die Auslösung der Böden von Ein-Scheikha verlangt hat?«

Nach sechs Stunden in Meschullams Gesellschaft ließ Lieberson einen schweren Heuballen aus den Armen fallen und setzte sich erschöpft darauf nieder. Achtzigjährige mögen keine pedantischen Fragen, die ihnen beweisen, daß ihr Gedächtnis nachläßt.

»Du brauchst dich nicht zu erinnern«, meinte Meschullam, »nur sag mir's.«

»Zwölf Franken pro Dunam.«

»Siehst du, Lieberson, wenn du willst, fällt's dir auch ein«, sagte Meschullam, »aber jetzt taucht ein Problem auf, weil nämlich Abramson in seinem Brief an Tiomkin gegen Ende des Krieges ausdrücklich von fünfzehn Franken pro Dunam schreibt. Wo ist das übrige Geld geblieben?«

Auch meine Geduld war am Ende.

»Was soll ich damit?« fragte ich und warf das Photo auf die Erde, »wer garantiert mir überhaupt, daß das Efraim ist?«

Die Kuh war ein Geschenk von Efraims britischen Kameraden, die sich durch den Krieg in alle Welt verlaufen hatten. Es war eine trächtige Färse der Rasse Charolais mit Stammbaum, die sehr teuer gewesen sein mußte. Den Hauptanteil des Kaufpreises hatte ein Sergeant aus seiner Gruppe gespendet, der in das Diamantbergwerk seiner Familie in Rhodesien zurückgekehrt war. Zwei schottische Geheimagenten hatten das Geld einem ehemaligen Résistance-Angehörigen überbracht, der sich jetzt mit der Reparatur von Rennkrafträdern in Dijon beschäftigte, und der kaufte dann die Kuh bei einer alten Bäuerin in der Region Charolais und übergab sie ihnen. Die Agenten trieben sie über Bergpässe zu einer Hafenstadt, von wo aus die britische Marine sie auf einem grauen Zerstörer, der illegale Einwandererschiffe auf dem Meer aufbringen sollte, ins Land beförderte.

Efraim legte Uniform und Auszeichnungen an und fuhr zum Hafen. »Er kehrte mit dem hinkenden Kolonialisten, Major Stoves, in einem Armeelaster Marke Bedford zurück. Die Kuh stand, von der langen Seefahrt noch ganz grün um die Nase, auf der Ladefläche.«

Das ganze Dorf zog auf die Hauptstraße hinunter, um sie zu sehen. Es war die erste Charolais im Lande. In einem mit grünem Samt ausgeschlagenen Nußbaumkasten führte sie die gerahmten Urkunden des französischen Landwirtschaftsministeriums mit.

»Nie im Leben hatten wir eine solche Kuh gesehen. Niedrig, breit, voll Selbstbewußtsein und wohlgefilterter Erbanlagen, wie sie die Menschen an Reinheit nicht kennen. Als ich sie zu Gesicht bekam, verstand ich zum erstenmal Jeremias Worte über Ägypten – ›eine stattliche Jungkuh‹.«

Anwa, Jakobis hübsche Färse, die in jenem Jahr den dritten Platz auf der Landwirtschaftsausstellung in Haifa belegt hatte, nahm sich daneben ›wie ein eingeschrumpelter Giboniterweinschlauch‹ aus, sagte Pines.

»Ein zarter Duft nach rotem Fleisch stieg von ihr auf, und meine Tochter betrachtete sie mit einem hungrigen Blick, der alle amüsierte.«

Eineinhalb Monate nach ihrem Eintreffen brachte Efraims Kuh ein herrliches Charolais-Kalb zur Welt, ›ein Geschöpf, wie man es in unseren Breiten noch nie gesehen hatte‹. Geburtshilfe leisteten unser Tierarzt und der englische Bezirksveterinär, der für die Hunde und Pferde des Polizeireviers verantwortlich war.

»Sie hat sich wie eine Heldin benommen«, sagten sie, als sie die Gummihandschuhe auszogen und sich das Blut und den Kot von den Armen spülten. Die edle Kuh war in einem versteckten Winkel des Stalls niedergekommen, ohne einen einzigen Mucks von sich zu geben; ganz anders als unsere mischrassigen Kühe, die wie am Spieß zu brüllen pflegten und ihre Kameradinnen ermunterten, näherzukommen und zuzuschauen.

Efraim betrachtete das Neugeborene, das zum erstenmal auf allen vieren stand, und wußte vor Glück weder aus noch ein. Mit seinem breiten Hals und der quadratischen Stirn, den dicken Beinen und den weichen hellen Locken ließ das Kalb ihn vor Behagen und Lust erschauern. Er fiel auf die Knie, legte ihm die Hand auf den schweren Nacken, nahm die Drahtmaske ab, und das Kalb streckte seine rauhe Zunge nach ihm aus, leckte ihm das verbrannte Fleisch an seinen Wangen und wollte an seinen versengten Ohren und der schiefgedrückten Nase säugen. Es stolperte immer noch, wenn es zu gehen versuchte. Daneben stand seine Mutter, die wutschnaubend mit dem Huf eine Vertiefung scharrte, um ihre Nachgeburt darin zu vergraben.

»Das war der Anfang einer außergewöhnlichen Freundschaft«, erzählte mir Abraham, der ein Experte für Rinder war.

»Efraim umarmte das Kalb«, sagte Pines, »hob es, einer spontanen, peinlichen Leidenschaft folgend, auf den Arm wie ein treuer Pfleger den Säugling, ging mit ihm auf den Hof hinaus und schweifte über die Felder.«

»Und so wanderte der Onkel Efraim, die süßen vierzig Kilo auf den Schultern, und beschloß, seinen kleinen Franzosen Jean Valjean zu nennen.«

Großvater nahm mir das Lätzchen ab, schwang mich vom Stuhl hoch, setzte mich auf seine Schultern und begann mit mir im Zimmer umherzutanzen und zu springen. Das Charolais-Kalb legte seinem Herrn den warmen Lockenkopf auf den Brustkorb und murrte leise. Großvater kraulte mir den Nacken, und das vor Sehnsucht halb verrückte Muhen der Mutter, die ihren Sohn wiederhaben wollte, erklang vom Hof. Efraim machte Luftsprünge auf dem Feld und rannte vor Vergnügen und Freude umher, bis die Luft kühl wurde und er Jean Valjean seiner Mutter zum Säugen zurückbrachte.

Das Kalb erregte enormes Aufsehen im Dorf. Zwei Tage später kam der englische Veterinär auf Visite, um den Nabel zu desinfizieren. Er und unser Tierarzt gaben Efraim gute Ratschläge für die Aufzucht.

Tagsüber ging Efraim mit Jean Valjean auf dem Hof und im Obsthain spazieren, nachts kehrte er nach der Stallreinigung zu ihm zurück, prüfte, ob seine Spreuunterlage dick und trocken genug war und ob auch kein böses Tier sie aufgefressen hatte. Dann legte er sich überglücklich ins Bett, und sein einziges Auge leuchtete in der Dunkelheit. Benjamin machte so seine Witzchen, nannte ihn auch scherzhaft Minotaurus, aber Efraim war nicht gekränkt, sondern sagte, dieses nette Kalb hätte ihn nicht vor seiner Verwundung gesehen und akzeptiere ihn daher, wie er sei. Als Jean Valjean etwa einen Monat alt war, wuchtete ihn mein Onkel auf seine Schultern und ging, zum erstenmal seit seiner Rückkehr, auf die Straße.

»Ich werde ihm das Dorf zeigen«, verkündete er mit seiner brüchigen Stimme. Einige überraschte Blicke folgten ihm, doch Efraim krächzte unter seiner Gesichtsmaske, er wolle dem Kalb den Ort vorführen, an dem es aufwachsen werde. »Unser Dorf.« Die Menschen gingen verlegen lächelnd hinter ihm her, streichelten Jean Valjean und betasteten seine feinen Glieder. Manche begrüßten Efraim so freundlich, daß Hoffnung in ihm erwachte. Seine Beziehungen zum Dorf würden eine neue Wendung nehmen, dachte er sich, und als Chaim Margulis ihn aufsuchte und seine Mithilfe bei der Beseitigung Bulgakows erbat, willigte er gern ein.

Bulgakow war Riva Margulis' großer Schoßkater, der so verwildert war, daß er sich in den grausigsten Mörder auf unseren Feldern verwandelt hatte.

»Margulis' Kater war das einzige Tier, das zum Vergnügen und nicht aus Hunger tötete«, sagte Pines, der Bulgakows Andenken eine besondere Naturkundestunde widmete, »das ist der böse Einfluß der Menschen.«

Das sei geschehen, erklärte er uns, weil er sich als Hauskater menschliche Gewohnheiten angeeignet habe, »und die Moral des Waldes ihm fremd war«.

Bulgakow, ein bildhübscher silbergrauer Perserkater mit langhaarigem Fell, war eines Tages aus dem Linienbus gesprungen, der einmal am Tag das Dorf anfuhr, und schnurstracks auf den Margulisschen Hof zugesteuert, als sei er dort geboren und aufgewachsen. Der herrliche Kater schlüpfte ins Haus, rieb sich an Rivas Waden, und beide schlossen vor Wohlbehagen die Augen. Riva Margulis hatte noch nie im Leben ein so schönes Tier gesehen. Bulgakow sprang mit einem weichen Satz auf den Tisch, schlabberte Milch und musterte wohlgefällig die Gläschen, die dort aufgereiht standen. Noch Jahre später schwor Riva unverwandt, er hätte laut die aufgeklebten Etiketten vorgelesen: »Luzernenhonig«, »Heckenblumenhonig«, »Pampelmusenblütenhonig«.

Der Gast pochte mit geschliffener Kralle an das Glas »Wiesenhonig«, damit man es ihm öffne, und als er seinen Bart fertig geputzt und sich auf Rivas Schoß zusammengerollt hatte, mußte sie an die Aussteuerkiste denken, die ihre Eltern ihr aus Kiew geschickt hatten, an die dicken Teppiche, die auf Anordnung des Dorfrats beschlagnahmt worden waren, um sie gegen holländische Kühe und Maschinengewehre zu tauschen, an das Limoger Porzellan und an die Steuben-Kelche, die auf dem Weizenfeld in die Brüche gegangen waren, so daß ihre Scherben jeden Herbst funkelten, wenn die Pflugscharen sie aus der Erde gruben.

Zwanzig Jahre, nachdem das letzte Glas zerbrochen war, hatte der Perserkater das Margulissche Haus betreten: »Die einzige Katze im Emek, die keine Milch mit Haut anrührte.« Auch den mußten ihre Eltern ihr geschickt haben, dachte sie. Sie nannte ihn Bulgakow nach dem russischen Schriftsteller und Katzenliebhaber, den sie im Kiewer Schriftstellerklub kennengelernt hatte.

»Du kannst mir eine komplette Bienenwabe um die Nase

schmieren«, sagte sie zu ihrem Mann, »aber dieser Kater gehört mir. Nicht dem Dorf. Er wird weder pflügen noch Wagen ziehen, und melken werden sie ihn auch nicht.«

Sie band Bulgakow lila Schleifen um den Hals, streute ihm feinen weißen Sand in eine Holzkiste, und beim Mittagessen speiste das wunderhübsche Tier schon mit der ganzen Familie.

Am nächsten Morgen nahm Riva Margulis ihn mit in den Konsumladen.

»Du begehst einen Fehler, Riva«, sagte Fanja Lieberson, der die abschätzige Miene aufgefallen war, die der Kater ob des dürftigen Angebots auf den Ladenregalen aufgesetzt hatte, »diese Katze gehört nicht hierher. Entweder wird sie leiden oder wir.«

Aber Riva streichelte Bulgakow und spürte, wie sein weiches Fell ihre rissigen Hände heilte und wie sich die verstaubte Scheune ihres Mannes in ein mit goldenem Efeu bewachsenes ukrainisches Gutshaus verwandelte.

Margulis hatte nichts dagegen. »Nur daß er mir nicht an die Bienenstöcke geht und womöglich meine Italienerinnen anrührt«, sagte er.

Riva war eine ausgesuchte Sauberkeitsfanatikerin und Bulgakow das einzige Familienmitglied, dem sie erlaubte, auch in den geschlossenen Zimmern umherzulaufen und auf die abgedeckten Möbel zu springen. Wenn der Kater es sich auf der Sofadecke gemütlich machte, fielen alle Staubkörnchen spurlos nieder, ein feiner Duft nach Waldbeeren mit saurer Sahne durchzog die Luft, und man hörte das Huschen von Dienstmädchen. Er kam den Bienenstöcken nicht nahe, ging niemals in die Scheune, um Mäuse zu fangen, kletterte nicht auf Bäume, und als einmal einer von Rilows Hunden auf ihn losstürmte, flüchtete er nicht etwa, sondern hielt dem Feind nur demonstrativ seine mächtige Pranke vors Gesicht, deren scharfe Krallen eine nach der anderen wie eine Reihe scharfer Blitze hervorschnellten.

So lebte er drei Jahre, bis er eines Nachts mit gebieterisch-gelangweilter Miene über die Felder spazierte, sich im Dickicht an der Quelle verlor und dort die Bekanntschaft der Wildkatzen, Uhus und Mungos machte. Kein Mensch weiß, was dort geschah, aber seitdem veränderte sich sein Lebenswandel. Zunächst gewöhnte er sich ein blechern-heiseres lautes Jaulen an, dann verlor er seine Manieren, wurde ungeduldig, gewalttätig und rücksichtslos. Alle bemerkten die Veränderung, aber niemand sah voraus, was noch kommen sollte. Wieder einmal wußte man bei uns im Dorf die Zeichen nicht zu deuten. Immerhin hatte man schon Hunde mit den Schakalen heulen, Bauernsöhne in die Großstadt ziehen, entsprungene Kälber sich den Wasserbüffeln anschließen sehen. »Und der Gipfel war erreicht, als eine von Rilows Brieftauben sich bei den Steintauben in den Felsspalten einnistete und dort alle Geheimnisse ausplauderte«, meinte Uri. Aber keiner hätte sich träumen lassen, daß es auch Bulgakow so ergehen würde.

Er stutzte sein wunderbares Fell zu einem lässigen Bürstenschnitt, bekam schwarze Haarpinsel nach Art der wilden Wüstenluchse auf den Ohrspitzen und entfloh letzten Endes dem Haus, um auf den Feldern zu leben, unter Zurücklassung eines erstaunten Margulis und einer entsetzten Riva.

Sie ging ihn im Freien suchen, streute gebratene Lebern, köstliche Sahnespeisen, weiche Sandhäufchen auf den Äckern aus – aber vergebens. Zuweilen sah sie ihn schemenhaft zwischen den Obstbäumen vorbeiflitzen. Einmal lief sie ihm nach, flehte ihn an zurückzukommen, doch Bulgakow drehte sich nach seiner Herrin um, fletschte drohend die Zähne und schnaubte. Der saure Geruch nach Verdauungssäften und faulem Fleisch, der seinem Rachen entströmte, brachte Riva aus der Fassung. Sie lief heulend nach Hause und scheuerte den ganzen Abend die Türklinken mit Poliermittel und Zitronensaft.

Aus blanker Mordlust ließ Bulgakow in den Hühnerställen des Dorfes Hunderte von blutbespritzten Kadavern mit durchbissenen Hälsen zurück. Wie alle Frischbekehrten hielt er sich strengstens an die Gebote seines neuen Lebens. Dermaßen furchterregend war er, daß die Hühner, die normalerweise bei jeder aufziehenden Gefahr einen wahnsinnigen Lärm veranstalteten, völlig verstummten, wenn sein hübsches Gesicht durch den Maschendraht lugte. Er vernichtete ganze Scharen junger Ancona-Hennen, und den Hof seiner ehemaligen Herren suchte er mit voller Absicht mehr als alle anderen heim. Die Bauern legten ihm Fallen und Hinterhalte, konnten ihn aber nicht zur Strecke bringen. Ja, sie holten sogar einen Jäger von den Drusen oben im Gebirge, aber der Teufelskater sprang ihm in den Nacken und zerriß ihm Hemd und Käppchen, so daß er bleich und Gebete murmelnd heimkehrte.

In seiner Verzweiflung beschloß Margulis, sich an Rilow zu wenden, der daraufhin zwei erfahrene Veteranen des *Haschomer* beibrachte. Doch der Kater zeigte sich nicht im mindesten beeindruckt von den alten Abbayas, den Reitstiefeln, den Mauserflinten und den Geheimparolen, die man ihm entgegenschleuderte. Klug und verschlagen und mit den Sitten der Menschen wohlvertraut, ignorierte er vergiftetes Fleisch, wich Fallen aus und bewegte sich lautlos wie eine Wolke.

»Ich bin sicher, eine der Junghennen macht ihm vor lauter Angst sogar die Stalltür auf«, sagte Margulis zu Großvater und Efraim.

Efraim holte von den Engländern ein Gewehr mit einem Schuß Munition und postierte sich bei Sonnenuntergang zwischen den Strohballen in Margulis' Scheune. In meiner Phantasie sehe ich sein eines Auge zwischen den Drahtlöchern und Spreuflocken hervorblinzeln. Als Bulgakow ankam, schnellte Efraim aus seinem Versteck, schlich dem Kater mit leisen Sohlen dicht auf den Fersen nach und grinste sich eins unter der Imkermaske.

Margulis und Großvater hatten sich im Lagerhaus versteckt.

»Wir schauten durchs Fenster und sahen das Raubtier mit seinem Verfolger wie zwei stumme Schatten.« Drei grüne Punkte, zwei niedrige und ein hoher, funkelten in der Dunkelheit. Vor dem Eingang zum Gewächshaus rief Efraim der Katze ›hands up‹ zu.

Bulgakow erstarrte. »Nicht aus Angst, sondern vor Verblüffung«, erläuterte Großvater. Er stellte seine Pinselohren auf und fuhr herum, um nachzusehen, wem es gelungen war, ihn derart zu übertölpeln. Efraim zog die Maske vom Gesicht, der Kater riß vor Grauen das Maul auf. In dieses aufgesperrte Maul gab Efraim eine einzige Bleikugel ab, deren Kupferhülse er vorher an der Spitze fast durchgefeilt hatte. Das scharfe Geschoß zersplitterte in Bulgakows Schädel und versprengte sein Hirn in winzige Partikel, die vor lauter aufgestauter Bosheit und Sünde auf Boden und Wänden weiterwuselten.

»Jetzt sehen wir uns ähnlich«, sagte Efraim zu dem zerfleischten Kadaver, der unablässig zitterte und geronnene Gifte absonderte. Sagte es und kehrte auf sein Zimmer zurück.

20

Manchmal kommt mich jemand aus dem Dorf besuchen: ein hungriger Soldat auf dem Heimweg, der Schatzmeister oder ein Wirtschaftsleiter, den seine Geschäfte in die Küstenstädte geführt haben. Staunend gehen sie in dem großen Haus umher, treten auf den Rasen hinaus, um sich den Strand und die Badenixen anzuschauen. Die jüngeren bitten mich schüchtern, ihnen eine Badehose zu leihen, die ich nicht habe, die älteren schrecken vor dem weiten Horizont zurück, wenden den Blick zur Hecke oder senken ihn zur Erde, sehnen sich nach dem ruhenden Pol der gewohnten Rahmen und Begrenzungen.

Ich bin dem Meer gegenüber schon abgestumpft. Sein Rauschen höre ich nur noch selten, nur wenn ich darauf lausche. Auch der Anblick der Wellen hypnotisiert mich längst nicht mehr. Aus solcher Nähe verliert das Meer alles Bedrohliche. Sanft und träge sieht es aus, wenn es wohlig in der Sonne dahinrollt, und auch an den Wintertagen, wenn es grau und wütend wird und der Regen es mit winzigen Dellen pünktelt, scheint es nur zu spaßen. Ich schwimme nicht in ihm, und es jagt mir keinen Schrecken ein.

»Was gibt's Neues?« fragen sie.

»Alles in Ordnung.«

Ich bemühe mich, sie auf meine Art nett zu bewirten. Die fundierten Legenden über meinen Reichtum sind in aller Munde, so daß sie vielleicht ein Festmahl mit Mastochsen und Markknochen erwarten, aber ich trage noch immer meine alte Kleidung und esse das, was ich im Dorf gegessen habe. Nur das Kälberkolostrum trinke ich nicht mehr, weil ich groß und stark genug geworden bin und Großvaters sämtliche Pläne bereits durchgeführt habe. Um das Rasenstück herum habe ich sieben

Kubikmeter schwere Erde aus dem Dorf mit dem Sandboden des Gartens vermischt. Buskila hat sie mir mit dem schwarzen Lieferwagen angefahren, und nun ziehe ich Tomaten, Frühlingszwiebeln, Gurken und Paprika darin. Die Hennen, die dort umherliefen, habe ich in den Ziegenpferch eingesperrt, weil die Kinder des Viertels Steine nach ihnen warfen und ich fürchtete, ich könnte rauslaufen und jemanden zu schwer verletzen.

»Sehr schön«, sagen die Gäste, während sie mit denselben vorsichtigen Schritten durch die Zimmer tappen, mit denen sie früher bei mir zwischen den Grabsteinen umherspaziert sind. Stumm und verlegen staunend suchen sie nach Geheimnissen und Erklärungen.

Ich bewirte sie in der Küche. Mache Salat, koche harte Eier, zerdrücke Kartoffeln mit Sauermilch und gerösteten Zwiebeln zu Brei, schneide Matjes in Stücke.

»Was gibt's im Dorf Neues?«

Sie erzählen mir von Rachel Lewin, an der die Jahre nicht zehren, von der Frau des Dorfsekretärs Jakobi, die eine Theatergruppe eingerichtet hat, von den Streitereien über die wechselseitige Haftung, von Margulis' Sohn, der das Joch der Kooperativgemeinschaft abgeworfen, an der Hauptstraße einen privaten Verkaufsstand für Imkereierzeugnisse eröffnet und einen Sturm in der Mitgliederversammlung entfacht hat.

»Und davon geht viel auf deine Kappe«, erklärte mir Usi, Rilows Enkel, der plötzlich, wenige Monate, bevor er in einem der Kriege umkam, bei mir aufgetaucht war, als hätte er vergessen, daß er mir früher auf den Rücken gehopst war und mich an den Ohren gezogen hatte und daß sein Vater Dani Efraim mit Schimpfnamen belegt hatte. Ich laste ihm sein kurzes Gedächtnis nicht an, denn jetzt sehe ich ein, daß manche Menschen ein schwächeres Erinnerungsvermögen als ich besitzen, und das wundert mich nicht. Ebenso wie Meschullam habe ich schließlich mein Leben lang auf den Gedächtnisbahnen anderer geübt.

»Du bist viel mit schuld«, griff Usi mich an, »du hast etwas sehr Grundsätzliches in unserem Leben zerstört.«

»So hat Großvater es gewollt«, erwiderte ich müde.

Usi grinste nur, machte ein provozierendes Ohrfeigengesicht. »Einem alten Kumpel kannst du die Wahrheit erzählen«, sagte er, »stell dich doch nicht so dumm. Alle wissen längst, daß du erheblich schlauer bist, als man gedacht hätte und als du ausschaust.«

Eines Tages stand Daniel Lieberson vor der Tür.

»Ich bin zufällig in der Gegend und wollte mal reinschauen«, sagte er schroff.

»Bitteschön«, lud ich ihn ein.

Daniel war der erste Gast, der nicht den chinesischen Teppich im Empfangsraum umging. Er lief mit seinen Arbeitsschuhen geradewegs darüber hinweg in die Küche, machte den Kühlschrank auf und schaute hinein. »Hast du kein kaltes Wasser?«

Halb entschuldigend zeigte ich ihm die kleine Einbuchtung in der Kühlschranktür, die Eiswürfel ausstieß.

»Welch ein Fortschritt«, grinste er, »wenn man bedenkt, wie deine Großmutter sich damals wegen dem Kühlschrank deines Onkels aus Amerika bei uns ausgeweint hat.«

Noch jetzt kann ich ihn leicht in seinen Windeln auf das Bettchen meiner Mutter zukrabbeln sehen. Die Beständigkeit und Liebe waren noch nicht aus seinen Zügen gewichen, und das Morden saß ihm noch in den Fingern.

Er blickte durchs Fenster, atmete tief durch.

»Die Luft ist hier so anders«, sagte er, »komm, Baruch, wir gehen am Strand spazieren.«

Daniel schritt langsam voran. Die Abstände zwischen seinen Fußabdrücken waren wie mit dem Zentimetermaß abgemessen. Ich winkte von fern David zu, dem alten Mann, der die Liegestühle vermietet.

»Also, was machst du den ganzen Tag?« fragte Daniel.

»Nichts besonderes.«

»Ich suche ab und zu euer Grundstück auf, zum Todestag von Vater, zum Todestag von Mutter. Uri arbeitet sauber. Ein guter Landwirt. Verantwortungsbewußt. Hat sich sehr verändert, dein Cousin. Zum Guten.«

Daniel sieht weder seinem Vater noch seiner Mutter ähnlich. Elieser Lieberson hatte bis zu seinem Tod einen Lockenkopf, Daniel ist schon fast völlig kahl, auch robuster und ruhiger als sein Vater.

»Und manchmal steig ich auf die Anhöhe, zum Grab deiner Mutter.«

Wenn er davon reden will, soll er's tun, sagte ich mir im stillen. Ich werde ihn nicht stören. Auch ich bin, wie er, gefesselt und angenagelt. Der Angelhaken der Erinnerungen und der Erde steckt in unser aller Nasen.

»Heute bin ich nicht mehr böse«, fuhr er fort, »ich bin zu dem Schluß gelangt, daß ich mich im richtigen Alter in sie verliebt habe und daß die Sache im richtigen Alter auseinandergegangen ist.«

Lautes Knattern hinter uns, ein Bursche und ein Mädchen fuhren auf einem blauen Motorrad am Wasser entlang, spritzten Tröpfchen und feuchten Sand zur Seite, hinterließen goldene Metallblitze und scharfzackige Reifenabdrücke.

»Obwohl ich längst mit einer anderen verheiratet bin und Kinder habe, sehe ich bei manchen Leuten noch heute Ester im Blick, wenn sie mich anschauen.«

Daniels Frau kenne ich nicht näher. Eine kleine, robuste Person, die etwas von einer jungen Eselin hat und sehr tüchtig ist. Verängstigt und aufgeregt, wie sie damals war, hatte er sie aus einer Neueinwanderersiedlung mitgebracht, in der er einige Zeit als Berater tätig war. Bei uns im Dorf hieß es von ihr, ›sie ist Rumänin, aber in Ordnung‹.

»Die Leute haben mich und Ester immer noch als Kinder in Erinnerung. Meschullam sagt, unsere Liebe sei im Dorf als Chance ausgelegt worden, wie eine Prophezeiung direkt aus Pines' Schulstunden. Liebersons Sohn mit Mirkins Tochter. Wenn meine Mutter und dein Großvater nicht gewesen wären, hätte sie sich auch erfüllt.«

»Wie geht's Meschullam?«

Er stockte. »Du könntest mein Sohn sein«, flüsterte er, »sicher würdest du dann anders aussehen und handeln.«

»Oder ich wär überhaupt nicht«, bemerkte ich.

»Das war eine Kinderliebe«, sagte Daniel, »mit acht Jahren, in dem Alter, in dem alle Jungen Mädchen nicht ausstehen können, hat Pines uns im Schulchor nebeneinandergesetzt, und da habe ich mich in sie verliebt.«

»Bei jedem Ereignis, das sich in diesem Emek zugetragen hat, gibt's mehr Versionen als Beteiligte«, hatte Meschullam einmal zu mir gesagt.

»Als wir in der dritten Klasse waren, hat sie mich auf den Berg mitgeschleift. ›Dort gibt's Steinhühner‹, hat sie gesagt, ›ich will, daß wir Steinhühner fangen und Blumen zum Trocknen pflükken.‹ Wir sind den ganzen Tag herumgestreift, und bevor die Sonne unterging, sagte sie, ›komm, wir bleiben hier und schlafen zwischen den Felsen‹. Sie hatte vor nichts Angst, wußte mir aber schon damals das Gefühl zu geben, daß sie von mir Schutz erwartete. Kannst du dir das vorstellen? Ein Mädchen von neun Jahren ... Die ganze Nacht haben wir zwischen den Felsen gelegen, und da hat sie mir gesagt, daß sie mich nie heiraten würde, schon mit neun, denn ich sei zu ernst, zu liebevoll, zu abhängig. Vor lauter Fleischessen hat sie wie ein Mädchen ausgesehen und wie eine Frau gedacht.«

»Und was ist passiert?«

»Am Morgen hat Seizer uns gefunden. Das Dorf ist die ganze Nacht auf den Beinen gewesen. Rilow hatte Beduinenhirten von den Bergen und Reiter aus Tel Adaschim geholt, aber Seizer hat ja immer verlorengegangene Kinder aufgestöbert, und er hat uns nach Hause gebracht.«

»Mit euch, was ist mit euch passiert?«

»Was mit uns passiert ist?« Seine Stimme klang jetzt bellend. Die beiden Angler, die jeden Abend an den Strand kamen, drehten sich nach uns um. »Was mit uns geschehen ist, fragst du? Willst du dich über mich lustig machen? Weißt du's denn nicht selber?«

Ich gab keine Antwort. Der Vergleich verschiedener Versionen enttäuschte mich jedesmal.

»Sie hat deinen Vater vorgezogen, der ein solch starkes, gedrungenes und dummes Rindviech war, daß er ihr das wunderbare Gefühl männlicher Gleichgültigkeit vermitteln konnte.«

»Er hat sie gerettet!« rief ich. »Als du und Efraim weggelaufen seid, um Leitern zu suchen, hat er sie mit den Armen aufgefangen, bevor sie abgestürzt wäre.«

»Ho«, wieherte Daniel, »das haben sie dir aufgebunden? Daß er sie gerettet hat?«

Ich schwieg.

»Sie waren ein sehr interessantes Paar, dein Vater und deine Mutter, ein höchst interessantes Paar. Im Dorf erzählen sie lauter Quatsch – daß ich ihr mit Bratentöpfen hinterhergelaufen bin, mich bei ihrer Hochzeit im Eukalyptuswald versteckt und geschrien und vorher ihren Namen in quadratkilometergroßen Lettern ins Feld gepflügt habe ...«

»Hast du nicht gepflügt?«

»Sag mal«, fuhr Daniel mich an, »denkst du etwa, beim Pflügen der Getreidefelder, vor der Aussaat, hat jemand Zeit, kilometergroße Buchstaben ins Gelände zu malen? Wo lebst du denn, sag mal, wo?! In welcher Welt befindest du dich eigentlich? Weißt du, was im Dorf los ist? Was im Staat los ist? Weißt du, daß die Bewegung in Schwierigkeiten ist? Daß die jungen

Leute weggehen? Daß das ganze Dorf in Schulden steckt? Daß Milchkühe verkauft und Obstpflanzungen umgehackt werden? Weißt du, daß Menschen in Kriegen umkommen, oder meinst du, das Gefallenendenkmal wär noch so eine Versteinerung, die Pines in der Erde gefunden hat?«

Eine Weile gingen wir schweigend. Langsam beruhigte sich Daniels Atem, und seine Wangen zitterten nicht mehr.

»Wirklich geholfen hat mir dein Großvater«, sagte er schließlich, »ich hab sie mir erst aus dem Herzen gerissen damals in jener Nacht, als er mich wie einen Idioten vor eurer Baracke heulen gehört hat, auf seinen krummen Beinen rausgekommen ist und zu mir gesagt hat: ›So kriegst du sie nie.‹ Da bin ich, Elieser Liebersons Sohn, Daniel der Sportler, der Tänzer, der Verliebte, von der Erde aufgestanden und hab gedacht, aber ich weiß doch keinen anderen Weg, sie zu ergattern.«

Und wieder Schweigen.

»Ich hab sie rausgerissen, wie man ein Unkraut ausreißt, wie Prosopis, Winden und Hundszahngras, habe keine einzige Faser im Boden gelassen und alle Teilchen verbrannt. Sie war keinen Augenblick Liebe wert.«

»Ich versteh nicht so viel von diesen Dingen, Liebe und all das«, murmelte ich.

»Jene Nacht auf dem Berg«, sagte Daniel, »ist das einzige, was ich davon im Herzen bewahre. Wir waren Kinder, ich kann das schwer verstehen, aber eigentlich waren wir noch Babys. Wildkatzen kamen zu uns ran, Schakale beschnüffelten unsere Füße. Sie hat die ganze Nacht geredet, und ich hab sie gestreichelt vor lauter Angst, hab sie am Hals geküßt, hab sie durch meinen Mund gehört.«

Die in Mutters Kehle vibrierenden Stimmbänder hatten die Luft über ihrer Haut in Schwingungen versetzt. Der neunjährige Daniel konnte nicht wissen, daß sein Leben von nun an den furchtbaren Abhang der Ernüchterung hinabgleiten würde.

»Was hast du gesagt?«

»Gar nichts, bloß so«, antwortete ich.

»Ich hab dir all das überhaupt nicht erzählen wollen«, sagte Daniel, »ich bin zufällig hier vorbeigekommen und weiß ja, daß du sehr an meinen Eltern gehangen hast, als Kind. Auch sie haben dich sehr lieb gehabt, bis zu einem bestimmten Stadium natürlich. Und glaube mir, daß ich dir das alles gar nicht erzählen wollte.«

»Du hast gar nicht so viel erzählt«, sagte ich, »und das meiste habe ich sowieso schon gewußt.«

»Du wirst nie nachgeben, was?« Er blickte mich neugierig an. »Als du klein warst, habe ich dich oft angeschaut. Sicher hast du nicht drauf geachtet. Einmal war ich mit deiner Klasse auf einem Ausflug, Pines hatte mich gebeten, euch zu begleiten, und ich habe dich beobachtet. Daß dir bloß nichts passiert, denn sonst geben sie mir nachher die Schuld, hab ich gedacht. Du warst ein eigenartiges Kind, hast an Pines geklebt, hast ihm die Chloroformschälchen und Netze geschleppt, und deine Lippen haben sich bewegt, wenn er sprach.«

»Pines war wie ein zweiter Großvater für mich«, sagte ich.

»Bei ihrer Hochzeit und in den Tagen danach haben mich alle irgendwie traurig angeguckt, in so 'ner Art Gemeinschaftshilfe. Wir sind schließlich ein Ort mit Grundsätzen. Einem leidenden Genossen muß geholfen werden, auch wenn er jung und dumm ist. Nur meine Mutter, das Weinbergvögelein, die Liebesgöttin, hat mich bespöttelt.«

»Verstehst du«, fügte er nach kurzer Pause hinzu, »alles ist bloß wegen dem Tick passiert, den meine Mutter wegen deiner armen Großmutter Fejge entwickelt hat, bloß deswegen.«

»All die Liebesgeschichten, Haßgefühle und persönlichen Abrechnungen in unserem Dorf sind wie kommunizierende Röhren«, bemerkte er später, als wir heimgekehrt waren. »Wenn du auf ein Ende draufdrückst, kommt der ganze Dreck und

Schlamm am anderen Ende hoch, und zum Schluß pendelt sich alles ein, gleicht sich aus, kommt zur Ruhe. Ich habe den Preis dafür bezahlt, daß dein Großvater seine Krimtatarin weiter geliebt hat, Meschullam hat Chagit umgebracht, weil Pessja Zirkin nicht auf dem Bauernhof arbeiten mochte, und deine Großmutter, die arme Fejge Mirkin, die hat für alles bezahlt. Ich kann mich an sie erinnern, obwohl ich noch klein war, als sie starb. Die einzigen Streitereien zwischen meinen Eltern sind wegen ihr ausgebrochen.«

»Ehe ich ins Dorf kam, hatte ich deine Großmutter nur wenige Male gesehen«, erzählte mir Fanja Lieberson in meiner Kindheit, »und immer von fern. Das erstemal war bei Migdal. Sie ist mit ihnen auf den Berg gestiegen, und die Leute in meiner Gruppe waren wie elektrisiert. Sie tuschelten und zeigten mit den Fingern auf die Arbeitsgruppe. Fejge trug die Arbeiterkleidung Galiläas – weiße Bluse und rote arabische Schuhe –, und man konnte förmlich die Bande sehen, die die Männer an sie fesselten.«

Fanja lächelte. »Ich habe nicht gepflügt und nicht gesät und keine Steine geklopft. In meiner Gruppe waren alle große Idealisten, die viel von Gleichheit und Gemeinschaft redeten, aber die Mädchen wurden in die Küche geschickt. Am Abend vorher hatte ich das Linsengericht anbrennen lassen, und die Flut von Schimpf und Schande, die ich dafür eingesteckt habe, werde ich mein Leben lang nicht vergessen. Sie haben mir eine Eisenbahn gemacht: haben mit den Blechtellern auf den Tisch geklopft, sie von Hand zu Hand weitergegeben und auf den Boden geschmissen. Ich hab die ganze Nacht geweint. Fejge Lewin war im Kreis der Arbeiterinnen ein Begriff.«

Als Fanja ins Dorf kam, bat sie Lieberson, er möge sie Fejge vorstellen. »Ich bin ihr schüchtern entgegengetreten, habe ihr in die Augen geschaut.« Da sah sie Großmutters Blick zerstreut zu beiden Seiten an ihr vorbeigehen. Ohne zu glauben, daß sie es tatsächlich tat, hob Fanja die Hände und legte sie an Fejges kalte Schläfen. »Sie waren immer kühl, feucht, frostig.«

Großmutters Augen kamen wieder in Fokus, und die beiden Frauen wurden Busenfreundinnen. In den folgenden Jahren brachte Großmutter nacheinander drei Kinder zur Welt. Fanja hatte eine Totgeburt und danach Daniel, ihren einzigen Sohn.

»Du hättest sie alle drei heiraten sollen oder keinen von ihnen«, meinte Fanja. Sie wußte, daß zwischen Jakob Mirkin und seiner Frau gute Beziehungen herrschten, in denen es aber keine Liebe gab.

»Nach zehn gemeinsamen Jahren waren sie schon wie drei Brüder und eine Schwester«, pflegte Fanja jedesmal zu bemerken, wenn die Leute Geschichten verglichen und Vermutungen über die Arbeitsgruppe aufstellten. Sie verzieh ihrem Mann und seinen beiden Freunden nie. Ihre Wut entbrannte an Großmutters Todestag, ohne hinfort auch nur einen Augenblick zu verlöschen.

»Ich habe sie weinend auf einem großen Basaltblock am Strand des Kinneret sitzen sehen. Es war Abend, und die drei kämmten Fejges Haar. Dieses Bild werde ich nie vergessen«, erzählte Fanja Rachel Lewin. Die beiden alten Frauen saßen in Rachels Gewürzgarten, und die Düfte der ätherischen Öle umhüllten auch mich in meinem Versteck in der Hecke.

Daniel lächelte. »Alle wußten, daß du dich versteckst und zuhörst«, sagte er, »mir hat das nichts ausgemacht.«

Wir saßen auf dem Dach meines Hauses. »Dies ist mein Ausguck«, sagte ich, während ich den Tisch deckte.

»Ich habe deinen Großvater noch als jungen Mann in Erinnerung, deine Großmutter – und Efraim als Kind.«

»Dein Großvater war der klügste Mensch, den ich je gekannt habe«, sagte Daniel am nächsten Morgen, »klug und boshaft.«

Gut gelaunt ging er in meinen kleinen Garten hinaus, pflückte sich eine Paprikaschote und verzehrte sie genüßlich.

»Großartiger Paprika«, sagte er, »bei uns baut keiner mehr Gemüse an, nur Rachel. Wir kaufen es im Konsum wie die Städter, und danach schmeckt's auch.«

»Ich habe mich immer gefragt, warum sie aus der ganzen Welt angelaufen sind, um neben ihm begraben zu werden«, sagte ich.

»Das ist offenbar Modesache, aber er war wirklich ein Mensch, den alle bewundert haben. Sogar mein Vater ist sich immer klein und schuldbewußt neben ihm vorgekommen, und Zirkin überhaupt...«

»Weißt du«, fügte er hinzu, »in meiner Kindheit, als ich bekanntlich viel in eurer Baracke war, sind sie aus dem ganzen Land zu ihm gepilgert, um ihn über Obstbäume auszufragen. Schließlich wußten sie ja überall, daß er die Commosis in den Zitrushainen ausgerottet hatte.«

»Vielleicht haben sie ihn für einen Propheten gehalten, Mirkin unter der Debora-Palme«, setzte er nach einigen Minuten hinzu, »Mirkin mit dem grünen Daumen, mit der Aureole der Sehnsucht, die sich um sein Haupt legte.«

21

Große Zuneigung entspann sich zwischen Efraim und Jean Valjean, und nach Ablauf einiger Wochen, in denen das Kalb gut und gern ein Kilo pro Tag zugelegt hatte, war ihnen das Huckepackreiten zur Routine geworden. Trotz der Last fühlte Efraim sich leicht und glücklich, als sei das Kalb von seinem eigen Fleisch und Blut. »Die dicke Französin«, wie sie im Dorf genannt wurde, wußte schon, daß ihr Sohn wohlbehalten von dem Ausflug zurückkehren würde, und übergab ihn Efraim ruhigen Herzens. Auch das Kalb fand Gefallen an der Sache, so daß es seinen Herrn bereits im Hof erwartete, auf ihn zusprang, ihn mit seinem festen Schädel vor Ausgelassenheit sanft in die Lenden stupste und ihn wie ein Baby anbettelte, auf den Arm genommen zu werden. Seinerzeit hatte Jean Valjean nach meinen Berechnungen an die hundertfünfzig Kilo erreicht. Efraim spürte das Gewicht nicht, aber seine sonderbare Angewohnheit brachte ihm böse Zungen und Gegner ein. Auch unter dem Vieh wurden sicher Klagen laut, und einige Genossen fürchteten, Efraims Vorgehen könne Aufruhr in den Ställen auslösen.

Selbstverständlich gab es auch Spaßvögel und Engstirnige, die sich spöttisch über die Freundschaft zwischen Efraim und seinem Schoßkalb äußerten. »Wer weiß, demnächst werden die Kühe und Esel noch darauf bestehen, wie Jean Valjean auf der Schulter herumgetragen zu werden«, schrieb ein Genosse anonym im Dorfblatt.

Kaltherzige sprachen von »Les Misérables, Jean Valjean und Quasimodo, seinem Herrn«. Als diese Bezeichnungen bis zu unserem Haus durchgedrungen waren, wurde Großvater totenblaß und blieb es. Bei Frühlingsbeginn hofften Ester und Benjamin, die Sonne werde ihm wieder Farbe geben. Doch Großvater war bis zu seinem letzten Tag so weiß wie Milch, und unter seiner bleichen Haut wuchs nun sein eiskalt berechnender Haß, der künftig die Fäden seiner Rache knüpfte. Als Benjamins bedächtige, gründliche Nachforschungen ergaben, daß Rilows Sohn Dani Efraim als Quasimodo betitelt hatte, suchte er ihn auf, legte ihm seine schwere Hand auf die Schulter und warnte ihn: »Nimm du dich mal in deinem eigenen Bett in acht, denn bei mir bist du unten durch, hörst du?«

Mein armer Onkel, der Jean Valjean liebte und ›gehofft hatte, durch ihn wieder Kontakt zu den Freunden im Dorf zu gewinnen‹, ging erneut in den Engen seiner Einsamkeit vor Anker. Leise und allein lief er umher, als stoße er gegen unsichtbare Schranken, das massive, herrliche Kalb auf dem Rücken. Sie kehrten nicht mehr auf die Dorfstraßen zurück, durchstreiften statt dessen die Obstpflanzungen und freien Felder. Bauern gingen ihnen bei ihrem Anblick aus dem Weg, nur Kinder rannten ihnen noch nach und wollten Jean Valjean streicheln.

Gegen seine Gewohnheit wandte sich mein Großvater an seine Freunde und forderte sie auf, seinen Sohn trotz seines entstellten Gesichts wieder in die Gesellschaft aufzunehmen, damit er sich nicht in einen Tiere schleppenden Irren verwandelte. Aber Efraim löste im Dorf Angst aus – mit seiner grauenhaften, maskierten Fratze und weil er sich das Kalb auf die Schultern lud und damit die Gesellschaftsordnung unserer Gemeinde auf den Kopf stellte.

»Unsere ausführliche Satzung enthielt keine Bestimmungen über einen entstellten Sohn der zweiten Generation, der sich darauf versteift, Rinder auf den Schultern zu tragen«, sagte Großvater bitter, »und inzwischen wuchs Jean Valjean immer weiter, und mein armer Sohn lief weiter mit ihm herum.«

Als Jean Valjean herangereift war, brachte er eintausenddreihundert Kilogramm unvergleichlichen Fleisches auf die Waage. Die Kräfte, die im Körper meines Onkels verborgen waren, erregten Furcht und Bestürzung. Aber Jean Valjean war ein im ganzen Lande einzigartiges Rind, und die Genossen begannen ihm die Tür einzurennen, um den edlen Bullen mit ihren Färsen zu verkuppeln.

Anfangs wies Efraim sie empört ab. Vermutlich spürte er sich im stillen durch die jetzt stürmisch aufwallende Männlichkeit des Bullen in seiner Ruhe gestört. So geht es mir ja gelegentlich auch mit meinem Körper. Efraim selber hatte schon lange Zeit keine Frau mehr gehabt. Vielleicht erschien es ihm inzwischen besser so, meine ich, obwohl ich von solchen Dingen absolut nichts verstehe. Aber Jean Valjean hatte Paarungsgelüste, seine Virilität suchte sichtlich nach Entladung, denn zuweilen schob sich sein steifes Glied aus der Scheide hervor und tastete wie ein roter Blindenstock in der Luft herum.

Seinerzeit traf ein Brief aus der französischen Region Charolais ein. Das Schreiben ist in der Baracke verwahrt. Buskila hat es mir übersetzt, ohne sich dabei das Lachen verkneifen zu können. Die Hofeigentümerin, die das Rind an den Motorradfritzen aus Dijon verkauft hatte, wollte wissen, ›ob der Bulle schon springt‹, und fügte an, ›ein Tropfen von seiner *crème*‹ sei ›ihr Gewicht in Gold wert‹. Auch Efraims englische und schottische Kameraden sagten, der Bulle sei nicht nur ein Zeichen und Symbol der Kriegerkameradschaft, sondern auch Ausdruck ihres Wunsches, ihren Waffenbruder wohl eingegliedert und versorgt zu sehen.

Die Bauern waren bereit, für die Sprünge des imposanten Charolais ansehnliche Summen hinzublättern, und auch aus den umliegenden Siedlungen kamen bald enthusiastische Rinderzüchter und Schweizer, denen der Atem stillstand, sobald sie Jean Valjean und die in seinem Fleischgewebe verborgene Verheißung sahen.

So kam Efraim zu Wohlstand. Jeden Morgen stand er auf, striegelte Jean Valjeans helles Fell, wusch seine kurzen Hörner und die Hufe, die in der Sonne funkelten, klopfte auf den massigen Nacken und schnarrte liebevoll: »Na, du Rindviech, gehn wir an die Arbeit.«

Jean Valjean schloß die Augen, zog etwas den Bauch ein und spreizte die dicken Beine. Efraim kniete unter ihm nieder und schulterte ihn. Mit den Händen umfaßte er sanft die mächtigen Hufe, wobei sein Monsterkopf fast ganz durch die Gebirge des schwer atmenden hellen Bauches verdeckt wurde. Auf der Brust baumelten ihm, wie geheimnisvolle Früchte, die schweren Hoden in ihrem glatten rosa Sack, aus dem er seine Brötchen verdiente.

Jean Valjeans kräftige Nachkommen bevölkerten die Ställe des Dorfes auch dann noch, als er und sein Herr längst verschwunden waren. Bis heute sehe ich bei Besuchen hier ein besonders helles Kalb, dort eine Färse mit ungewöhnlich breiter Stirn oder einen Mastochsen mit massigem, gelocktem Nacken. Jean Valjeans *crème* sprudelt weiter in den Kuhställen des Dorfes, überspült das Gelände mit weißschäumenden Kaskaden eines Vorwurfs, über den die Leute nicht reden wollen.

Die Dorfkinder rannten meinem Onkel und seinem Tier in der Hoffnung nach, das Schauspiel mitzukriegen, aber Efraim ging diskret vor. »Sobald er den betreffenden Hof erreicht hatte, forderte er, ihm jeden Menschen fernzuhalten.« Er lud Jean Valjean in der Stallecke ab, prüfte, ob der Boden sauber und trocken war, damit der Bulle nicht etwa während des Akts ausrutschte und sich die Hüfte brach, hängte dann eine Sackleinwand als Vorhang auf, und nur er allein ging mit Jean Valjean zu der Kuh hinein. Draußen hörten die Leute das Schlagen der großen Hufe und Efraims sanft schnarrende Worte, später das laute Ächzen der Kuh, sobald die erdrückende Riesenlast auf ihrem Hinterteil landete, und gleich darauf das Schnaufen des ejakulierenden Bullen.

Efraim schob den Vorhang beiseite, streckte den behelmten Kopf hinaus und sagte schüchtern, »wir sind fertig«, worauf er die feuchten Lenden des Bullen mit einer eigens zu diesem Zweck bestimmten Desinfizierungspaste einrieb. Nach einigen Monaten hatte er schon genug Kapital zusammengebracht, um Jean Valjean einen komfortablen kleinen Stall zu bauen und sich selber ein großes Radio sowie einen Plattenspieler nebst Platten anzuschaffen. Auf das Dach seines Zimmers montierte er eine hohe Antenne, die Verdacht erregte, und nachmittags lag er nun in seinem Zimmer, lauschte schottischen Dudelsackweisen oder Benjamins Schallplatten, und manchmal lud er auch englische Soldaten aus seinem Bekanntenkreis ein, auf die Rilow prompt ein Auge hielt.

All diese Jahre kam Schlomo Lewin weiterhin auf unserem Hof arbeiten. Er war und blieb ein schlechter Landarbeiter, aber seine Agrarleidenschaft hatte sich noch nicht gelegt, und Großvater hielt ihm nach wie vor dankbar die Hilfe zugute, die er nach Fejges Tod bei der Kinderpflege und der Versorgung von Haus und Hof geleistet hatte. Jetzt erinnerte Lewin jedoch daran, daß er ›dem Jungen praktisch Mutter gewesen‹ sei, argumentierte gegen ›Efraims Unfug mit dem Bullen‹ und meinte, man müsse ihn bitten, reguläre Feldarbeiten zu übernehmen. Die würden ihn schon wieder zum normalen Leben zurückführen. Aber Großvater antwortete ihm schroff.

»Alles was Efraim glücklich macht, ist gut in meinen Augen«, sagte er.

Inzwischen verschlechterte sich der Gesundheitszustand der dicken Französin. Jean Valjeans Mutter hatte im Lande nie Wurzeln geschlagen, und eines Tages starb sie an einer Rizinusvergiftung. Nun hing das riesige Waisenkind noch stärker an Efraim. Seizer, der Jean Valjean sehr gern hatte – ebenso wie er jeden anderen mochte, der sich auf eine Sache zu konzentrieren und in ihr Ausgezeichnetes zu leisten versuchte – und jetzt auch Mitleid mit ihm empfand, schnappte sich Lewin auf dem Hof und verkündete ihm knapp und bündig: »Auch Tiere haben Anteil an der Erlösung des Volkes.«

»Wenn er stark genug ist, einen Bullen auf dem Rücken zu schleppen«, sagte Lewin, »sollte er weitere Arbeiten verrichten. Es ist nicht gut für einen Mann, allein im Zimmer rumzuliegen und sich von Unzüchtigkeiten zu ernähren.«

Doch Efraim war seit seiner Verwundung sehr geschwächt. Seine Kraft reichte allein für Jean Valjean. Andere Lasten vermochte er nicht aufzuheben. Mein Vater Benjamin beispielsweise konnte zwei Futtersäcke auf einmal vom Wagen in den Stall tragen, ohne die Puste zu verlieren, während Efraim schon unter einem wankte. Kein Mensch begriff, wie er den Bullen hochwuchtete – außer Pines, der in einem Aufsatz im Dorfblatt behauptete, »man darf das Problem Efraim und Jean Valjean nicht mit biologischen oder psychologischen Maßstäben angehen; vielmehr handelt es sich um eine Seelenhaltung, die Freundschaft, Bereitschaft, große Hoffnung und geistige Hochstimmung ausdrückt.«

»Jeder hat seinen Bullen, den er vom Erdboden aufheben muß«, schrieb Pines, »und wir alle sind Fleisch und Same und ein großes Aufbrüllen, das im Herzen nistet und ins Freie drängt.«

22

Nachts hörte ich Rivka mit Abraham sprechen.

»Bist du sicher, daß diese Kuh an Vergiftung gestorben ist und deine Schwester sie nicht geschlachtet und zu Braten verarbeitet hat?«

Von Angst gepackt rannte ich zu Pines' Haus. Er schloß nie die Tür ab, und sein alter Körper, der mit abgespreizten Gliedern in kindlicher Sicherheit auf dem Rücken lag, strahlte Vertrauen und Verständnis aus, die er für jeden bereithielt.

»Rivka war eine schlechte Schülerin«, tröstete er mich. Tadelte mich nicht einmal dafür, daß ich hereingeplatzt war und ihn aus dem Schlaf gerissen hatte. Seit mein Großvater gestorben war und ich mir Pines zum Großvater erkoren hatte, brachte er mir noch größere Geduld als gewöhnlich entgegen.

»Glaub nicht an diese Geschichten«, fuhr er in strengem Ton fort, »manche Leute erzählen ja auch, Efraim sei weggejagt worden, weil er Geheimnisse an die Engländer verraten habe. Major Stoves war sein guter Freund, und es gibt hier Menschen, ich brauche keine Namen zu nennen, die ihm das ankreideten.«

Seinerzeit war ein Hühnerzuchtberater ins Dorf gekommen, der sich übernatürlich lange um Rilows Hof herumgetrieben hatte. Seine Leiche wurde einige Tage später mit einem violett verkrusteten Blutgerinnsel zwischen den Augen und einem herausgerissenen Bibelblatt auf der Brust im Eukalyptuswald aufgefunden.

»Unsinn«, sagte Pines, »Efraim ist wegen dem Tod deiner Eltern weggegangen. Er hat sehr an ihnen gehangen. Benjamin war ihm wie ein Bruder, er hat ihn innig geliebt.«

Aber einige Leute im Dorf meinten, Efraim sei wegen einer Akrobatin weggelaufen, die bei uns mit einem Mann namens Setuni aufgetreten war, während andere glaubten, er habe einfach die Hoffnung aufgegeben, wieder in ›die Gesellschaft‹ hineinzukommen.

»Wie lange kann ein Mensch sich mit der Gesellschaft eines Tieres begnügen?« pflegte mein Großvater zu sagen, bei dem Efraims Schicksal Haß und Ärger entfachte.

»Begrab mich nicht auf deren Friedhof«, schärfte er mir vor seinem Tod immer wieder ein, »das sind die heuchlerischen Hyänen, die meinen Sohn verjagt haben, begrab mich in meiner Erde.«

»Was will man eigentlich von uns?« fragte Rivka, »das war ein Bursche, dem niemand ins Gesicht schauen konnte, ein Monster, und verrückt dazu. Was wollen sie von uns?«

»Ich kenne Efraim. Er ist auf Rache ausgezogen«, sagte Major Stoves, nachdem er und seine Leute einen geschlagenen Tag auf Rilows Grundstück gegraben hatten, ohne auf die Idee zu verfallen, daß die Waffen in der Senkgrube versteckt liegen könnten.

Und Rilow selbst sagte kein Wort.

»Er hat meinen Bulgakow ermordet«, sagte Riva Margulis.

Seit dem Tod des Katers verschanzte sie sich in ihrer Besenkammer, hamsterte Lysol, Reinigungsmittel, tausend Putzlumpen und redete unaufhörlich von dem Preis, den sie für die Rückkehr zum Boden gezahlt habe.

Alle Frauen des Dorfes kämpften, mit Scheuertuch und Besen bewaffnet, gegen den Staub, den die Wagenräder aufwirbelten. Aber Riva hatte es immer sehr streng in punkto Sauberkeit gehalten, und nachdem Bulgakow gestorben war und der Staub durch die Fenster einzudringen und auch die Klarheit ihrer Sehnsüchte zu trüben begann, verschlimmerte sich ihr Wahn. Den drei abgesperrten Zimmern fügte sie nun auch die Dusche hinzu, da sie entdeckt hatte, daß beim Waschen Tropfen zurückblieben, die zu winzigen weißen Flecken auf den Fliesen verdunsteten. ›Plattenaussatz‹ nannte sie das, und Familie Margulis wurde zum Waschen an den Rindertrog oder in die Wäscherei geschickt.

Das ganze Dorf sah, daß sie den Verstand verlor, aber Margulis und seine Söhne, die sich von den reinsten und aromatischsten Produkten der Natur ernährten, waren versöhnliche Menschen von guter, umgänglicher Wesensart. Ihr Leben mit den Bienen hatte sie gelehrt, jeden arbeitenden Menschen zu achten. Sie tadelten Riva nicht, sondern taten alles, was sie verlangte. Zum Jahrestag des Katermords kaufte Margulis seiner Frau einen großen amerikanischen Staubsauger, um sie in ihrem Schmerz zu trösten und ihrem Leben Inhalt zu verleihen.

Als Riva den großen Karton aufmachte, dem der starke, wohlbekannte Geruch von Luxusgütern entströmte, blieb ihr vor lauter Freude der Atem stehen. Für einen Abend verzieh sie ihrem Mann beinah, daß er Efraim gerufen hatte, um Bulgakow zu beseitigen. Sie schaltete das Gerät ein und bebte am ganzen Leib mit dem starken Motor, der den Schmutz aufsaugte und völlig reine Bahnen hinterließ. Doch nach einer Woche des Glücks öffnete Riva den Staubsauger und entdeckte in ihm eine Ansammlung von Dreck. Voll Wut und Schmerz begriff sie, daß ihr Mann sie getäuscht hatte. Der Staubsauger reinigte nicht, sondern verbrachte den Morast nur an einen anderen, dem Auge verborgenen Ort. »Sie hat das Gesetz der Dreckerhaltung entdeckt«, sagte Uri, als die Geschichte im Dorf bekannt wurde.

An jenem Morgen putzte Riva den Staubsauger von innen und außen, wickelte seine auseinandergenommenen Einzelteile in saubere, weiche Tücher, schloß sie im Badezimmer ein, ging in die Imkerei hinaus und begann ihren Mann anzuschreien.

»Die Maschine kehrt unter den Teppich«, brüllte sie, »ich weiß, das ist eure Methode, so macht ihr's mit allem!«

Margulis musterte seine Frau und begriff, daß selbst reiner Blütenstaub sie nicht wieder zur Ruhe bringen würde. »Komm nicht näher«, sagte er. »Die Bienen könnten dir was anhaben.«

Er selbst wußte sich zwischen den Bienenstöcken zu bewegen, ohne die Luft in Schwingungen zu versetzen. Hinter einer Wand wütender Arbeiterinnen, die bereit waren, ihren Herrn zu verteidigen, betrachtete Chaim Margulis seine Frau. Jetzt sah er zum erstenmal die schwammigen Wülste, die sich in den Jahren peniblen Bodenscheuerns auf ihren Knien gebildet hatten, und die durch das übertriebene Reiben mit in Ammoniak getauchten Lappen um die Hälfte verkürzten Finger.

»Laß mich in Ruhe, Riva«, sagte er. »Du bist wahnsinnig.«

Am selben Abend ging er zu Tonia, wartete im Dunkeln, bis er Rilow mit Taschenlampe und Maschinenpistole in die Grube hinabsteigen sah. Als das mit Erde und Stroh getarnte Türchen eingeschnappt war, betrat Margulis das Haus. Seine myrrhetriefenden Hände verkleckerten die Türklinke. Drinnen streckte er zwei süße Finger aus und sagte Tonia, er sei bereit.

Ich erinnere mich überhaupt nicht an Efraim. Manchmal bemühe ich mich, meinem Gedächtnis einen behelmten Kopf abzuringen, der sich über mein Bettchen beugt, ein grünes Auge, das mich durch die Löcher des Netzes betrachtet. Selbst das verblüffende Bild eines Menschen, der einen Bullen auf dem Rücken trägt, ist nicht in meiner Erinnerung haftengeblieben.

Auch an meine Eltern erinnere ich mich nicht. Als ich zwei Jahre alt war, erlitt die Familie Mirkin ihre schwersten Schläge. Mein Vater und meine Mutter starben, Efraim und Jean Valjean verließen das Haus. Damals nahm Großvater mich bei sich auf.

Im Dorf wurden – vornehmlich weibliche – Stimmen laut, die behaupteten, ein alter Witwer sei nicht fähig, ein Kleinkind ›unter den gebotenen pädagogischen und hygienischen Bedingungen‹ aufzuziehen, aber Großvater hörte nicht auf sie. Er hatte schon mehr Kinder großgekriegt und fügte mich nun seiner Mischung aus Oliven, Trauer und Zucker an.

Meine Einsamkeit und Sehnsucht trüben mir Großvaters Bild.

Gelegentlich kann ich ihn mir – bleich und klar – im Ganzen vor Augen führen, aber meistens gelingt es mir nur, ein Detail zu sehen, das strahlendhell aufleuchtet wie ein winterliches Ackerstück unter einem Wolkenloch: ein weißer Arm, der neben einem Teeglas ruht, eine Schulterbewegung, Schnurrbart und Wange zu mir herabgebeugt, die dünnen, von der Arbeit und den Jahren gekrümmten Beine.

Aber einige Ereignisse sind in meinem Herzen aufbewahrt, helle, komplette Bilder, sogar aus dem ersten Jahr in seinem Haus.

Eine solche Szene ist das Wiegen. Großvater achtete sorgfältig darauf, mich jeden Monat auf die Waage zu stellen. Schon als ich noch ganz klein war, setzte er meiner Nahrung verschiedene Samen und Margulis' *Gelée royale* bei, und jeden Morgen, während er mich ankleidete, kniff er mir an Schulter und Schenkel sanft ins Fleisch, als wolle er dessen Dicke und Stärke prüfen, wobei er mit Freuden mein ungewöhnliches Wachstum verfolgte. Erst Jahre später begriff ich, daß er meine Eignung für seine Pläne prüfte.

Das Wiegen war eine angenehme Zeremonie, die ich sehr gern hatte. Alle Kleinkinder wurden auf der Krankenstation gewogen und die Größeren später bei der Schwester in der Schule. Mich wog Großvater im Futtersilo. Ich sehe mich heute noch in kurzen Hosen barfuß und stolz auf der kühlen, glatten Platte der großen Waage stehen. Die kraftstrotzenden Lastträger, die die Futtersäcke schleppten, umstanden mich lachend und daneben Großvater, der – nach dem Ausbalancieren der Gewichte auf den Schienen – ein zerdrücktes Notizbuch hervorzog, dort mit Genuß die Zahlen notierte und mir dann auf die Schulter klopfte. Ich schloß die Augen, sobald die rissige Haut seiner Handflächen mein Fleisch berührte.

Ich erinnere mich, wie mir Großvater einen Holzhammer in die Hand drückte und wir beide Oliven klopften, um die Bitterkeit zu mildern, bis mir ein ätzender Safttropfen ins Auge spritzte und ich brüllend davonlief. »Mutter... Mutter...«

Ich weiß noch, wie er mich abends wusch, mit hartem Faserschwamm und Wäscheseife meine Gelenke rubbelte und mir vom Baden in einem breiten Fluß, von großen Gänsen und einem wunderhübschen Fischreiher erzählte, dessen weiße, verlockend weibliche Brust zwischen den Schilfrohren hervorblitzte.

Und auch seine Frühstücke habe ich in guter Erinnerung. Schon als ich drei Jahre alt war, ließ er mir mein Essen auf dem Tisch stehen und ging zur Arbeit hinaus. Wenn ich aufwachte, erwartete mich das gewohnte Menü: zwei Scheiben Brot, von denen er mir ›das Harte‹ – so nannte er die Brotkrusten – abgeschnitten hatte, eine Ecke von dem Pepsinkäse, den ich sehr gern mochte, Frühlingszwiebeln, eine aufgeschnittene, mit grobem Salz bestreute Tomate, ein hartes, noch lauwarmes Ei und ein Glas Milch mit Kolostrum vermischt, das er aus Abrahams Kuhstall für mich holte.

So saß ich dann am Tisch und aß gemächlich allein, freute mich an den frischen Aromen und Gerüchen, die von meinem Teller aufstiegen und zum Fenster hereinkamen, und an meiner kindlichen Selbständigkeit. Dann stieß ich die Fliegengittertür auf und sprang in den klaren Morgen, der auf den Hof strömte, nur das leichte, weiße Nachthemd auf dem Leib. Ohne einen Menschen zu sehen, lief ich barfuß über die Basaltkörner, denn meine Fußsohlen waren schon hart und kräftig, geradewegs zu den jungen Kätzchen, die sich in der Sonne wärmten.

Ringsum war das sanfte Werkeln des Dorfes zu hören, das dumpf dahinplätschernde Getucker von Motoren und Sprinklern, Spatenschläge, Blätterrauschen und das tiefe Muhen der Rinder, eine Geräuschkulisse, die noch heute in mir aufsteigt und meine Ohren umhüllt. Ich blickte um mich, sah die Tauben auf dem Dach, die prall heranreifenden Sonnenblumen und meinen Großvater, der im Laufschritt aus dem Kuhstall angerannt kam,

Efraims spitze Mistgabel in der Rechten, während die Linke seine offene Hose festhielt. Er hatte hinter dem Misthaufen gepinkelt, als er plötzlich die Hyäne entdeckte, die mit eingerolltem Schwanz und vor Begierde und Hunger triefendem Maul aus den Feldern angeschlichen kam und den Hof betrat.

»Und du hast dagesessen und die Katzenjungen geärgert, die sich in der Sonne wärmten, hast sie mit Staub beworfen.«

Als die Hyäne in Sicht kam, schlüpften die Kätzchen unter einen Haufen Tonnen, und Manja, unsere damalige Wachhündin, heulte entsetzt auf, sprang vor lauter Angst wie ein Eichhörnchen aufs Dach des Kuhstalls und blieb zitternd auf den Schindeln liegen.

Es war ein so glasklarer hellichter Tag, daß er sich mir als ein Bild lichtüberfluteten Heldentums ins Gedächtnis eingegraben hat. Die Hyäne entblößte die Zähne zu einem verbindlichen Lächeln, richtete die trockene Schnauze nach mir aus und kam auf mich zu, ihr bebendes Hinterteil nahe am Boden, auf dem sie fremde Duftmarken hinterließ. Ich hatte gar keine Angst vor ihr, hieß es, weil ich an Tiere gewöhnt war. Doch plötzlich hielt die Hyäne inne. Ein harter, verschlagener Ausdruck trat auf ihr Gesicht beim Anblick des rennenden, Hose und Mistgabel haltenden Alten.

Großvaters bleiches, angespannt konzentriertes Gesicht schien durch die warme Luft zu schweben. Im Laufen hob er den Arm und schleuderte die Forke nach dem Tier, verfehlte jedoch sein Ziel. Die Hyäne, der klebriger Wutschaum aus dem Maul troff, blickte mich und ihn an, unschlüssig, auf wen sie sich stürzen sollte, während mein Großvater unter leisem Schluchzen und Stöhnen weiterrannte, sich auf sie warf und ihr seine beiden knochigen Arme um die gekräuselte Brust schlang.

Die Hyäne heulte und knurrte, schlug mit den Beinen, wand und krümmte sich, ritzte mit feuchten Zähnen Großvaters Schulter. Die Ärmel seines grauen Baumwollhemds gingen in

Fetzen, aber ich höre immer noch das Krachen der zersplitternden Rippen aus dem Hyänenleib in die klare Luft schallen, während die an Schwerarbeit, Briefeöffnen, Abschiedswinken und Okkulieren gewöhnten weißen Arme des Alten ihm das Rückgrat brachen. Ich war nicht einmal vom Boden aufgestanden. Seelenruhig und vertrauensvoll oder vielleicht auch einfach neugierig beobachtete ich die Ringenden, bis mein Großvater, auf russisch durch die Zähne fluchend, sich aus dem Staub erhob, den großen, schlaffen Kadaver in den Armen.

»Du ... du ... du ...« stöhnte er immer wieder, bis die Nachbarn herbeiliefen und ihm die Leiche mit Gewalt entwanden. Er umarmte mich, sagte, »niemand wird mir mehr was wegnehmen, niemand wird mir mehr was wegnehmen«, und trug mich dann auf den Armen ins Haus. Dort stand er ein paar Minuten still da, und als das Gift in seinen Adern zu brodeln begann, murmelte er plötzlich alte Verse, sang eine klagende Melodie, wiegte sich auf sonderbare Weise und wurde sofort auf die Krankenstation befördert.

Der Nachbarssohn spießte die tote Hyäne auf die Mistgabel, trug sie zu dem Dunghaufen hinter dem Kuhstall, übergoß sie mit Petroleum aus einem gelben Kanister und zündete sie an. Stinkender Rauch stieg von dem Kadaver auf und blieb mehrere Tage über dem Dorf hängen.

»Ein völliger Mangel an Geschichtsbewußtsein«, sagte Meschullam zu mir, als ich älter war, »diese Hyäne hätte man bei mir ins Museum stellen müssen.«

Das war eine große Tat, sagten alle im Dorf, und es erschien auch ein kurzer Bericht darüber in der Gewerkschaftszeitung *Davar* unter der Überschrift »Ein Mann der Zweiten Alija rettete seinen Enkel«. Als ich etwas größer geworden war und lesen gelernt hatte, kramte ich den Zeitungsausschnitt immer wieder aus den Schubladen meines Großvaters hervor und las ihn, bis ich ihn auswendig kannte.

»Jakob Mirkin, ein Mann der Zweiten Alija, der zu den ersten Pionieren des Emek gehört, hat seinen kleinen Enkel, Baruch Schenhar, vor dem Angriff einer Hyäne gerettet, die in den Hof eingedrungen war. Mirkin arbeitete im Kuhstall, als er das gefährliche Tier, das schon mehrere Bewohner des Emek angefallen hatte, auf seinen im Hof spielenden Enkel zukommen sah. Ohne zu zögern stürzte er sich mit ungeheurem Mut auf die Hyäne und erwürgte sie mit bloßen Händen. Mirkin wurde gebissen und auf die Ortsstation der ›Krankenkasse der Allgemeinen Gewerkschaft der Arbeiter in Erez Israel‹ gebracht, wo ihm eine Reihe von Spritzen gegen Tollwut verabreicht werden mußten. Der kleine Baruch Schenhar (3) ist der Sohn der Genossen Ester und Benjamin Schenhar, die vor einem Jahr einem Mordanschlag arabischer Gewalttäter, die ihnen einen Sprengkörper ins Haus warfen, zum Opfer fielen.«

23

»Aber du hast gepinkelt«, sagte ich einige Jahre später zu meinem Großvater, als ich größer war und die ganze Geschichte bis in alle Einzelheiten erforscht hatte.

Wir gingen damals durch die Pflanzung. Großvater zeigte mir, wie man die Zweige eines Quittenbaums einkerbt, die sich nicht richtig verästeln. Lange Zweige ohne Seitentriebe wucherten bei ihnen oft wild.

»Jetzt sag mir, mein Kind, wo soll sich der Zweig verästeln?«

Wieder guckte ich ihn mit ungläubigen Augen an. Ich wußte noch nicht, daß das Einkerben der Zweige eine Routinearbeit bei der Obstbaumpflege ist. Er musterte den kahlen Ast, suchte sich ein gut entwickeltes Auge in seiner Rinde aus und brachte darüber eine sichelförmige Kerbe an. Beim nächsten Ausschlagen setzte jedes dieser Augen einen Seitenzweig an, und Großvater beschnitt den Baum.

Als Elieser Lieberson verwitwet und erblindet war und nur noch die Schatten seiner Liebe zu Fanja sah, erzählte er mir einmal im Altersheim, wie Großvater sich langsam einen Namen als Pflanzer erworben hatte.

»Ich sehe ihn klar vor Augen mit seinem Wildorangenbaum«, sagte er mit einem Seufzer der Befriedigung, »das hat einen ungeheuren Eindruck gemacht. Nicht jeden Tag hat ein kleiner Sozialist aus Rußland den Zitruspflanzern der Moschawot gezeigt, daß sie keine Ahnung haben.«

Ich wußte, daß Großvater mit den Plantagenbesitzern in Streit geraten war, weil er entdeckt hatte, daß einige unter ihnen ›auf unverantwortliche Weise‹ mit Orangenedelreisen handelten und die Schamuti-Orangen deswegen an Qualität verloren.

»Und dann kam die Commosis-Epidemie und vernichtete ganze Zitrusplantagen«, erzählte Lieberson. »Stämme verfaulten, Blätter wurden gelb, die Bäume starben ab, und all die Pasten und Desinfektionsmittel und die Kupferoxyde und der Kalk halfen nichts. Sie haben ihre Hacken sterilisiert wie im Krankenhaus, aber vergebens.«

Großvater forderte ein befallenes Grundstück für Versuche, und die verzweifelten Bauern, die den jungen Pionieren meist mißtrauten, willigten schweren Herzens ein. Sie stellten ihm einen Zitrushain, Geld und Arbeiter zur Verfügung. Er brachte kräftige Wildorangensetzlinge mit und pflanzte sie neben den kranken Bäumen ein. Als sie angewachsen waren, schälte er von jeder Wildorange ein Stück Rinde ab und entfernte mit dem Messer die verfaulte Borke der befallenen Orange bis ins Fleisch des Baumes. Dann drückte er sie paarweise aneinander, umwickelte die Berührungsstelle der entblößten Gewebe, des kranken und des gesunden, sorgfältig und band trockene Säcke zum Schutz um die Stämme.

»Die todkranken Zitrusbäume erholten sich, als hätte man ihnen neues Blut in die Adern gegossen«, erzählte Lieberson.

»Die Pioniere haben einen ganzen ideologischen Zinnober daraus gemacht«, erzählte mir Meschullam, »das war nicht nur eine Frage der Agronomie und Botanik, das war ein Symbol. Das neue, stürmische Blut der Wildorange heilte die Fäulnis, die in den Zitrusplantagen der Moschawot um sich gegriffen hatte – du kannst dir schon ausmalen, was für einen Spektakel sie da veranstaltet haben. Hast du nicht gewußt? Das ging damals doch durch alle Zeitungen.«

»Die Zeitungen schreiben nicht über pinkelnde Pioniere«, lachte Großvater. Aber ich in meinem kindlichen Widerspruchsgeist mochte die wahre Geschichte lieber – daß mein Großvater in die Kotrinne gepinkelt und nicht auf dem Hof gearbeitet hatte, als er die Hyäne entdeckte, denn der Übergang vom Pinkeln zum Rennen erfordert doch eine ganz andere Entscheidung. Bekanntlich ist es leichter, eine Futtertonne oder einen Häckselballen aus der Hand zu werfen, als gewaltsam mitten im Pissen aufzuhören.

Nach dieser Begebenheit ging ich in den Nachmittagsstunden manchmal in den Kuhstall. Großvater schlummerte in der Baracke oder unter einem Obstbaum. Seizer lehnte müde an der Wand und blickte in eine alte Zeitung, die Schlomo Lewin im Hof vergessen hatte, die Kühe dösten im Pferch, und sogar die Fliegen ruhten sich erschöpft auf einem verstaubten Säckestapel in der Ecke aus oder klammerten sich an ein Stückchen Johannisbrot in der Futtermischung und schliefen vor lauter Süße und Mattigkeit ein. Ich stellte mich hinter den Misthaufen zum Pinkeln und zwang mich, mit starker, runder Verkrampfung urplötzlich aufzuhören, ergriff eine Mistgabel und rannte auf den Hof. Nach vielen Übungen entwischte mir kein einziges Tröpfchen mehr.

Großvater kehrte, nach den furchtbaren Spritzen vor Schmerz stöhnend, aus der Krankenstation zurück. Zuallererst zitierte er Manja, die pflichtvergessene Wachhündin, herbei und tadelte sie mit den strengsten Worten. Manja trollte sich beschämt und beleidigt davon, nahm ihren Napf und verschwand auf Nimmerwiedersehen von unserem Hof. Lieberson, der damals unser Schatzmeister war und gelegentlich nach Tel Aviv kam, wollte sie bei den Strandcafés umherstreunen und die Engländer umschwänzeln gesehen haben. »Als sie mich erkannte, hätte sie sich vor lauter Scham am liebsten unsichtbar gemacht«, grinste er.

Ich zerrte Großvater den Lehnstuhl herbei, denn ich war – dem Vernehmen nach – ein kräftiger kleiner Junge. Ich galt zwar nicht als besonders schlaues Kind, aber doch als ›zäh, verantwortungsbewußt und gutmütig‹. Er setzte sich auf den Stuhl und erzählte mir eine Geschichte, von der ich bis heute nur die Worte behalten habe, die ich nicht verstand – Bazillen, Anthrax,

Hydrophobie – und verschwommen etwas von einem ukrainischen Bauernsohn, der von einem tollwütigen Wolf gebissen, nach Paris verbracht und vom Tod errettet worden war.

»Ah – na, siehst du, mein Kind«, sagte mein Großvater zu mir, »Louis Pasteur war wie Burbank. Ein Freund der Landarbeiter.«

Riva Margulis und Tonia Rilow kamen ihn mit sorgendurchfurchten Gesichtern besuchen, worauf Großvater sie verdutzt anguckte, denn die beiden hatte man noch nie zusammen gesehen. Sie sagten, der Dorfrat empfehle dem Genossen Mirkin, mit Hühnersuppe wieder zu Kräften zu kommen, und boten ihre Hilfe an, doch Großvater sagte ›nicht nötig‹ und schickte mich weg, ihm Beil und Haken zu bringen. Damit gingen wir uns ein Huhn schnappen.

In der hintersten Stallecke saß Pines neben dem verkohlten Kadaver der Hyäne, vermaß seine Zähne und Schädelbreite und machte sich Notizen und Skizzen in sein Notizbuch. Stumm, aber sichtlich erregt erhob sich der Lehrer, als er uns sah und kam auf uns zu.

»Ich hege keinerlei Zweifel, daß sie es ist«, sagte er, »nicht den geringsten Zweifel.«

Nun begann er, den Kopf der Hyäne abzutrennen. Sachkundig führte er das Messer zwischen die Halswirbelenden und kappte mit geübten Schnitten die großen Muskelstränge an Schulter und Nacken. Eine Woche später stand der Hyänenschädel glänzend weiß im Glasschrank des Naturkundezimmers. Pines hatte, wie gewohnt, das Fleisch nicht mit Chemikalien abgelöst, sondern den Kopf in Gesellschaft von Goldfliegeneiern vergraben. Die ausschlüpfenden Larven ließen die Knochen nach wenigen Tagen sauber abgeknabbert zurück.

Als die bangen Hühner, die bei der Scheune umherliefen, mich und Großvater mit dem kurzen Beil und dem langen Haken sahen, wußten sie sofort, worum es ging. Großvater begann, das Beil zu schärfen, erst an dem Stein, der sich in einem Wasserbekken drehte und Funkenregen versprühte, dann mit dem feinen Sensenwetzstein. Die Hühner gackerten einander an, rannten flügelschlagend im Hof herum. Mein Großvater, der nicht zu den Fleischgierigen gehörte, aber stets die Hühner für den Familientisch gefaßt hatte, schwenkte den Haken, der nichts als ein rostiges, am Ende umgebogenes Stück Baueisen von eineinhalb Meter Länge war, ließ dann jäh die Hand vorschnellen, kriegte Schoschana, die gefleckte Legehenne, mit dem Haken an den Beinen, krümmte sich sofort stöhnend, weil ihm die Spritze immer noch im Bauch brannte, und packte sie an der Gurgel.

Die Kühe schlossen entsetzt die Augen. Mit einer blitzartigen Bewegung, die ich nie zu erfassen vermochte und gern verlangsamt und in allen Einzelheiten aufgenommen hätte, drückte Großvater Schoschanas Hals an die Betonwand der Rindertröge und ließ das kurze, scharfe Beil auf ihre Gurgel niedersausen.

Der Kopf samt Zackenkamm landete mit verzerrt aufgerissenem Schnabel auf den schwarzen Gummistiefeln, und den überraschten Körper schleuderte Großvater in exakt gekrümmtem Bogen hinter sich, ohne das Gesicht zu wenden, denn die Bahn war ihm schon im voraus klar.

Das geköpfte Huhn, eine fliegende Blutfontäne, fiel zu Boden, zappelte und kam zum Totentanz wieder auf die Beine. Großvater war schon weggegangen. Er hatte etwas gegen meine Neigung, mit aufgerissenen Augen starr dazusitzen und die Henne bei ihren kleinen, wilden Schritten zu beobachten. »Diese Leidenschaft mußt du wohl von deiner Mutter geerbt haben«, meinte er.

Inzwischen lief Schoschana vor und zurück, taumelte gelegentlich zur Seite, stolperte beinah, während aus ihrem abgehackten Hals das Blut spritzte und von der Erde aufgesogen wurde, und das alles in einer furchterregenden, verlockenden Stille, weil die Leiden ihrer Seele nun von den Leiden ihres Körpers getrennt waren.

Obwohl Kopf und Kehle samt Stimmbändern, Schmerzempfinden und Erinnerungsvermögen vorm Trog im Stroh lagen, fürchtete ich immer noch, die Henne könnte ihren Kopf finden, aufsetzen und davongehen. Sicherheitshalber schlich ich mich zu dem abgeschlagenen Kopf hin und warf ihn den Katzen vor.

Schoschanas Schritte wurden zusehends schwächlicher. Ihre Freundinnen pickten wieder neben ihr herum, als ob nichts geschehen sei. Auch der kleine brennende Gockel in meinen Hosen legte sich wieder. Als sie kraftlos hinsank, stand ich auf, um aus der Nähe zu betrachten, wie sie ihren Atem aushauchte. Noch ein paar kurze, kleine Blutstöße, ein Zucken, danach traten einige rosa und schwarze Blasen aus der weißen, abgeschnittenen Röhre, die ein leichtes, sonderbares Pfeifen abgab. Großvater kam, schob mit den Stiefeln Erde in die Blutlache, um sie zu bedecken, und nahm Schoschana zu Tante Rivka zum Rupfen mit. Aber die Blutspritzer, die Schoschana beim Tanz versprengt hatte, pünktelten den Hof noch stundenlang mit Schwärmen grüner Fliegen, bis auch sie verschwunden waren.

Am Abend kam Fanja Lieberson, um die Hühnersuppe zu kochen, und während Großvater Schoschana verspeiste, saß die hübsche Frau vor ihm und las ihm mit wohltönender Stimme die Satzung des Dorfes vor.

»Unser Ziel ist es, eine Arbeitergemeinde zu schaffen, die ohne Ausbeutung von ihrer Hände Arbeit lebt...

Unser Weg muß auf die Integration des Realen mit dem Idealen ausgerichtet sein...

Die Erziehung wird gemischt und für die Kinder aller Genossen gleich sein...

Die öffentlichen Einrichtungen sollen die geistigen und wirtschaftlichen Bedürfnisse der Familie befriedigen...«

›Genossenschaftshilfe‹, ›eigenhändige Arbeit‹, ›Stellung der Genossin‹, ›Rückkehr zum Boden‹ – gute, ermutigende Worte schallten durch das Zimmer meines Großvaters, bis seine gequälten Gesichtszüge plötzlich weich und versöhnlich wurden. Ein gelangweiltes Lächeln trat in seine Mundwinkel, und er schlummerte wie ein Baby ein. Sein Ausdruck im Schlaf glich haargenau dem nach seinem Tod, als ich seinen weichen, warmen, weißen Körper aufhob und ihn in seinem Feld begrub, an dem Ort, an dem er ruhen wollte.

24

Nachdem Schulamit gekommen und mit Großvater ins Altersheim übersiedelt war, ging ich zu Pines, um weitere Geschichten zu hören. Er hatte ein kleines Haus am Wasserturm, umgeben von einem einzigartigen Ziergarten mit Sträuchern und Wildblumen. Dort pflanzte er büschelweise dunkle Alpenveilchen und Riesenanemonen in verschiedenen Farben. An den Bergbächen des Arbel grub er Zwiebeln der Echten Hyazinthe aus, und auf dem Karmel fand er Berglupinen, deren große, giftige Samen aufgingen und seinen Garten mit leuchtendem Königslila überzogen. Unter den Resten des Sumpfpflanzenwuchses an der Quelle sammelte er Narzissen und Ehrenpreis, und der Hahnenfuß bei ihm im Garten glänzte, als habe Gideon, der Schreiner, ihn lakkiert. »Wenn ich Rosen und Chrysanthemen züchten wollte, hätte ich ja in der Diaspora bleiben können«, verkündete er.

»Die Orchidee ist eine herrliche Wildblume, die der Mensch verstümmelt hat«, reagierte er streng auf meine Begeisterung über Sattler Pekers Geschichten, wie ein russischer Offizier ihn mit einem weißen Orchideenstrauß losgeschickt hatte, um ›das schöne Generalstöchterlein‹ zu becircen.

»Selbst Luther Burbank, der Rosen und Chrysanthemen gezüchtet und entwickelt hat, verpflichtete sich, keine Orchidee anzurühren. Die wären sonst wie die armen chinesischen Mädchen, denen man die Füße bindet.«

Wann immer ich Pines' grüne Gartenpforte öffnete und über die Steinfliesen schritt, war ich wieder Baruch aus ›der vierten Stufe‹, der einmal in der Woche zu dem alten Lehrer geschickt wurde, weil er ein anderes Kind geschlagen hatte.

»Geh dich ein bißchen bei Jakob beruhigen, vielleicht kann der dich erziehen.«

Er war der erste Lehrer. Er hat meine Mutter, Onkel Efraim und Onkel Abraham unterrichtet, dann mich, Uri und Jossi. Pines hat alle unterrichtet. Wenn Pines einem neuen Jahrgang von Schulanfängern das Alphabet beibrachte, herrschte verhaltene Erregung im ganzen Dorf, ja die Leute liefen am Schulzaun zusammen, um das Lachen der Kinder durch die Fenster des Klassenzimmers zu hören. Er fing nicht mit dem ersten Buchstaben, Alef, an, sondern mit Hej. Die erste Silbe, die die Kinder in der Schule sagten, war ha ha ha. »Und jetzt, Kinder, ein offenes ha – ha ha ha.« Ein, zwei Jahre spielte er mit ihnen, machte mit ihnen Ausflüge, führte sie hinters Licht, bis sie entdeckten, daß sein Sattel schon auf ihrem Rücken, sein Zaum fest in ihrem Mund lag, worauf sie sich seiner Autorität in niemals endender Liebe und Zuneigung fügten.

Als einziger unter den Gemeindeangestellten wurde Pines den Bauern gleich geachtet. Die Kinder verspotteten ihn zwar ab und zu, aber auch nach seiner Pensionierung gab es kein Kind im Dorf, das nicht Respekt vor ihm gehabt hätte. Gelegentlich betrat er, ohne anzuklopfen, eines der Klassenzimmer, sagte ›laßt euch gar nicht stören, macht ruhig weiter‹ zu dem befangenen Lehrer und den aufgeregten Schülern, nahm an der Seite Platz und lauschte dem Unterricht, die Augen liebevoll verlangend auf die Kinder gerichtet.

Neue Lehrer kamen ins Dorf. Doch Pines rügte sie niemals wegen ihrer Unkenntnis oder ihrer ungefestigten Weltanschauung. »Ein Kampf gegen Windmühlen«, sagte er und fügte in den Worten der Bibel hinzu: »Wie man in den Bergen ein Rebhuhn jagt.«

Ein Schüler, der etwas ausgefressen hatte, wurde zu Pines nach Hause geschickt. Langsam ging er dann auf die Thujahecke zu, machte die grüne Gartenpforte auf, schritt über den Steinfliesenpfad, wurde von dem kleinen Rasensprinkler naßgespritzt und öffnete zögernd die niemals verschlossene Tür. Pines legte ihm wohlwollend die Hand auf den feuchten Rücken, führte den Jungen in die kleine Küche, brühte ihm Tee aus dem stets bereiten Extrakt auf und unterhielt sich mit ihm. Mal über Drainageverfahren, mal über das Gleichnis vom Weinberg im Buch Jesaja, mal über zweigeschlechtliche Blumen und deren bewundernswerte Anstrengungen, eine Selbstbestäubung zu vermeiden. Danach kehrte das Kind, einen Keks oder Bonbon in der Hand, ins Klassenzimmer zurück und spürte noch einige Stunden, ruhig und entspannt, die Güte des alten Lehrers und die Süße des Tees, den es getrunken hatte.

Als er jünger war, lud er seine zwanzig Schüler – ›steigt auf, Kinder, nur raufgeklettert, ihr zarten Pflänzchen‹ – auf einen Wagen, der von einem Maultiergespann gezogen wurde, und fuhr mit ihnen zwei Wochen lang auf Frühlingstour.

Der alte Seizer, der sehr kritisch war, bekundete einmal seinen Willen, an einem der letzten Ausflüge Pines' teilzunehmen. Müde, begeistert, nach Lagerfeuer und zertretenen Wildknoblauchblättern duftend kehrte er zurück, erzählte, es sei höchst interessant gewesen, und sagte zusammenfassend, »solche Lehrer gibt's heute gar nicht mehr«.

Pines lehrte uns Davids Klagelied auf Saul und Jonatan hoch auf dem Gilboa, Tschernichowskis Gedicht über Saul bei der Totenbeschwörerin an Ort und Stelle in En Dor und die Geschichte der Bewegung mitten im Jordantal. Er zeigte uns die Duftmarken des Wilds, die Befruchtungsfallen des Ragwurzes und die klebrigen Netze der Kreuzspinne in den Zistrosebüschen. Seine kleinen Sendboten sammelten Tonscherben auf dem Tell, Skinkeneier auf den Feldern, Versteinerungen in den Kreidefelsen der Berge. Er bestimmte, katalogisierte, legte in Kästen und versandte an Professoren in Jerusalem und in London. Nachts holte er uns auf die Felder unter den Sternenhimmel hinaus, um uns das ›Krötenkonzert‹ vorzuführen und ›die Himmelskörper‹ zu zeigen.

»Fejge ist langsam gestorben«, erklärte er, während er mir Tee und Gebäck vorsetzte, und schaute mich prüfend an, als zweifle er an meinem Auffassungsvermögen. »Sie war krank. Hat schwer gearbeitet. Nicht alle waren den damaligen Lebensbedingungen gewachsen, und sie hat noch ein Kind nach dem anderen zur Welt gebracht. Nach Abraham Efraim und wieder ein Jahr später deine Mutter, Ester. Das hält der Körper nicht durch.«

Ich erzählte ihm, wie Zirkin Mandolina Großmutters Bild anguckt.

»Alle drei haben deine Großmutter lieb gehabt«, seufzte er, »haben sie verehrt und auf Händen getragen, aber nicht so, wie ein Mann eine Frau liebt.«

»Fanja sagt, sie seien wie drei Brüder und eine kleine Schwester gewesen.«

»Sie waren wie drei Brüder und ein kleiner Bruder«, sagte Pines, »ein kleiner Bruder, den alle gern haben. Verstehst du, was ich meine?«

»Ich versteh schon«, sagte ich.

Irgendwas an meinem stämmigen, schweren Körperbau veranlaßt die Leute, mich für leicht beschränkt zu halten.

»Ich weiß, wie sehr du an deinem Großvater hängst, er ist wirklich eine hervorragende Persönlichkeit, und ich weiß, wie schwer dir's jetzt fällt, ohne ihn. Aber er hat eine andere Frau geliebt, hat sein Leben lang auf sie gewartet und gegen sie angekämpft. Jetzt weißt du das ja schon selber.«

»Und warum hat er Großmutter geheiratet?«

»Mein Kind«, lachte Pines, »so hat es die Arbeitsgruppe beschlossen. Das klingt heute wie einer ihrer alten Witze, aber damals hat man sogar über solche Dinge abgestimmt. Als ich im Jordantal war, hat die Mitgliederversammlung darüber entschieden, wer wann schwanger werden darf, und da habe ich die Kommune mit Lea und den Zwillingsmädchen in ihrem Schoß verlassen. Im Nachbarkibbuz hat es eine große Debatte darüber gegeben, ob die Mitglieder einander grüßen sollten oder ob das eine bourgeoise Sitte sei. Vielleicht hatten die drei Angst, sie jemand Fremdem zu geben, vielleicht haben sie es nicht genug durchdacht. Auch sie hat die Beziehungen, die sich da entwickelt haben, nicht eigentlich verstanden. Schließlich haben sie doch alle vier zusammen nackt im Kinneret gebadet. Diese Dinge versteht kein Mensch, auch nicht die Betreffenden selber, nicht einmal Meschullam Zirkin, unser großer Experte. Kennst du der Steinböcke Wurfzeit? Bist du zu den Quellen des Meeres gekommen? Aus wessen Schoß ging das Eis hervor, des Himmels Reif, wer hat ihn geboren?«

Er strich mir über den Nacken. »Ein sonderbarer Junge bist du«, sagte er, »Jossi ist nichts als ein kleiner Muschik, Uri erinnert uns alle an Efraim, und du bist das Kind der Alten, Mirkins Waise. Komm, mein Kind, ich werde dich ein bißchen ausnutzen. Hilf mir im Garten.«

Efraim ging – Jean Valjean auf der Schulter – mit Setunis Truppe, sobald die Trauerwoche für meine Eltern vorüber war. Der Sprengkörper, den man ihnen ins Haus geworfen hatte, war zischelnd und rauchend unter mein Bett gerollt. Das Klirren der zersplitternden Fensterscheibe hatte meinen Vater geweckt, doch bis er die Lunte gerochen, die Situation erfaßt und das Licht eingeschaltet hatte, war kostbare Zeit vergangen. Rilows Jecke riß mich mit einer Wickelbewegung samt Decke hoch, schleuderte mich als Bündel durchs Fenster und warf sich dann auf meine Mutter, die ihn im Schlaf lächelnd mit Armen und Beinen umschlang.

Die Leute hörten die Explosion auf der Mitgliederversammlung im Volkshaus. Es ging um die dringende Erneuerung einiger Hauptbewässerungsleitungen, und die Gemüter waren erhitzt. Nun stürzten alle durch die Türen des Volkshauses und rannten dem verklingenden Donnerhall, dem Knistern der brennenden Wände und dem Geruch versengenden Fleisches nach.

Als sie Rilows Hof erreicht hatten, herrschte schon wieder Ruhe. Die Kühe hatten ihr Brüllen eingestellt und käuten friedlich wider. Der Rauch war abgezogen. Im fernen Berlin, so stelle ich mir vor, schreckte der Rächer Daniel Lieberson aus einem Alptraum hoch und schrie mit lauter, weit schallender Stimme: »Ich will heim!« Er wimmerte wie ein Baby, machte in die Hose, lutschte am Daumen und kroch wie ein Gecko auf seinem Lager umher. Seine Freunde wickelten ihn in ein Laken, wiegten sanft sein Bett, und am Morgen kamen zwei Schotten, die viele Sprachen und Wege kannten, um ihn auf langer Fahrt ins Land zu geleiten.

Die Tiroler Lederhosen, das Hochzeitskleid, Efraims Briefe an Benjamin – alles verbrannt. »Nur das beleidigte Heulen eines Babys war in der Dunkelheit zu hören. Wir leuchteten mit Taschenlampen und fanden dich – halb nackt und mit großen Motten übersät – auf dem Rasen krabbeln.«

Ich war damals zwei Jahre alt.

»Wir werden ihn mit Uri und Jossi großziehen«, sagte Abraham.

Aber Großvater wickelte mich in eine Decke und trug mich in sein Haus. Die Nacht über wusch er mir den Ruß und den ätzenden Staub, den die Mottenflügel abgeworfen hatten, vom Leib und pickte mir die feinen Glassplitter aus der Haut. Am Morgen kleidete er mich an, und wir gingen gemeinsam zu den in die Nationalflagge und schwarzes Tuch gehüllten Särgen, die bereits im Volkshaus aufgebahrt waren.

Rilow stand fassungslos da, vom Gefühl des Versagens zerfressen. »Sie sind wenigstens in ihrem Bett gestorben«, rang er seinem Hirn doch noch einen heiseren Trostsatz für Großvater ab, der schwach lächelte.

»Ja, Rilow, du hast recht, in ihrem Bett«, sagte Großvater und klopfte dem Wächter dort auf die Schulter, wo der Gewehrriemen schon eine narbige Furche eingegraben hatte.

»Rilow, dieser Idiot«, sagte Uri zu mir, »das liegt bei denen in der Familie. Was soll man schon von einem erwarten, dessen Großvater der einzige Jude in Rußland war, der Kosakinnen vergewaltigt hat?«

»Mirkin zieht noch ein Waisenkind auf«, hieß es im Dorf. Schlomo und Rachel Lewin kamen das Mittagessen zubereiten und boten wieder ihre Hilfe an. Doch Großvater sagte: »Abraham soll sich um den Hof kümmern. Ich werde dieses Kind schon allein großkriegen.«

Jean Valjean rieb sich an den Zypressen, die den Dorffriedhof umstanden, Efraim und Abraham schaufelten die Erde in die Gräber meiner Eltern. Auch die Führer des Jischuw und der Bewegung waren gekommen und schwangen Reden. Großvater hielt mich auf dem Arm, Zirkin und Lieberson flankierten ihn wie zwei Standbilder zu beiden Seiten.

Danach verliefen sich die Leute in kleinen Grüppchen über den Friedhof und legten wie gewohnt Blumen und Steinchen auf die Grabplatten.

»Komm, Baruch«, sagte Großvater zu mir und fügte auf deutsch hinzu: »Schnell, schnell.«

»Du hast gelacht, weil du diese Wendung von daheim kanntest.« Und Großvater hob mich hoch auf seine Schultern.

Das Dorf kam über das Unheil hinweg. »Wir sind aus robustem Stoff.« Es gibt kein Haus in unserem Dorf, in dem nicht jemand gestorben wäre. Sei es an Malaria, durch eine Kugel, durch das Ausschlagen eines wildgewordenen Maultiers oder von eigener Hand. »Sei es im Dienst des Volkes, sei es im Dienst der Bewegung und der Idee.«

»Auch in der Diaspora ist jüdisches Blut vergossen worden«, schrieb Lieberson im Dorfblatt über meine Eltern, »aber dort hat ihr Tod ebensowenig Sinn wie ihr Leben. Hier besitzen Leben und Tod Bedeutung, weil uns Heimat und Freiheit winken. Möge unser Leid sich in doppelte Tat- und Willenskraft umsetzen. Wir haben das Leben gewählt, und leben werden wir.«

25

Reiner Zufall, beendete Pines eine unserer Unterhaltungen über die Evolutionslehre, blindes Geschick hatte Setuni veranlaßt, gerade damals, nach dem Tod meiner Eltern, erneut bei uns aufzutreten.

Wie die wiederholten Unzuchtsschreie vom Wasserturm, die sporadischen Besuche der Hyäne, die alljährliche Landung der russischen Pelikane und wie Schulamit zu Großvater – so kehrte auch der verdammte Schausteller auf die Felder unseres Dorfes zurück. Zwei hohe, ausgemergelte Pferde zogen einen klapprigen Planwagen. Ein verrosteter Käfig mit einem betagten Bär folgte im Schlepptau. Der Geruch nach Reisigfeuer, Schminke, Augenwischerei und flinken Taschenspielertricks umgab die kleine Karawane.

Setuni war ein Chassid aus Tiberias, der Familie und Haus bei einer Überschwemmung verloren hatte. Rachel Lewin, die ihn noch von dort her kannte, erzählte, nach dem Unglück habe er seinen Bart abrasiert, Käppchen samt Gebetsschal in die braunen Fluten geworfen, die sein Leben fortgeschwemmt hatten, die generationenlang im Familienbesitz befindlichen Torarollen verkauft und begonnen, mit seiner Truppe auf Wanderschaft zu gehen – zwischen Damaskus und Jerusalem, Hebron und Beirut.

So war er auch ins Emek gelangt. Wäre jene Überschwemmung nicht gewesen, hätten wir ihn nie zu Gesicht bekommen, und Efraim wäre nicht mit ihm fortgezogen. Aber Großvater, der weder an Zufälle und Wunderzeichen noch an ein unabänderliches Geschick, sondern nur an Flucht und Vertreibung glaubte, war überzeugt, daß Efraim auch sonst weggegangen wäre und die Schuld daher bei den Dorfbewohnern, nicht bei Setuni lag.

»Begrabe mich in meiner Erde«, schrieb er auf einen Zettel. Er wußte, daß ich seine Notizen zusammensuchte. Seine Rache plante er mit ausgefeilter, berechneter Genauigkeit. Er markierte die wunden Stellen und legte die weichen Bäuche bloß.

Anfangs ernährte sich Setuni von kleinen Diebereien und von einfachen Wundertaten, die er aus seiner chassidischen Zeit behalten hatte. Er verkaufte Messingamulette an unfruchtbare Frauen, heilte Pocken durch Besprechung mit Zahlenmystik, setzte feuchte Holzbündel kraft listiger Gebete in Brand und holte örtliche Platzregen vom Himmel, indem er den Namen Gottes aussprach. Diese Taten erregten so mancherorts im Land Hoffnung und Begeisterung, aber im Emek lösten Setunis armselige Wunder nur Ärger und Mitleid aus. »Von diesem Unsinn haben wir an den Höfen der ukrainischen Zaddiks genug gehabt«, verkündete Elieser Lieberson, und alle Gründerväter nickten zustimmend.

Nach seiner ersten Aufführung bei uns, im Gründungsjahr des Dorfes, erntete Setuni äußerst schwachen Applaus. Hinterher kam Zirkin Mandolina, ein lustiger Bursche, der mütterlicherseits von einer berühmten chassidischen Rabbinerfamilie abstammte und väterlicherseits mit den führenden Bolschewisten verwandt war, auf ihn zu, schwang seinen Spaten und hob einen tiefen Graben aus. Je tiefer er vordrang, desto stärker grummelte die Erde, und als das Spatenblatt genau vor Setunis Füßen auf die Oberfläche des eingeschlossenen Sumpfes stieß, schossen scharfkantige Schilfrispen in einer furchtbaren Mückenwolke daraus hervor und zerschnitten seine zarte Haut. Muskulöse Blutegel kletterten hinauf, um sich in seine mageren Oberschenkel zu bohren, und bleiche Würmer versuchten ihn in die Tiefe zu ziehen. Er schrie sämtliche Gebete, die er kannte, bis Rilow ihn zwang, das bekannte Lied ›Ein Gesell des Frosches bin ich‹ zu singen, ehe er ihm das Ende seiner Peitschenschnur hinunterwarf und ihn aus seiner Lage befreite.

»Hokuspokus und Zauberstückchen, eine verächtliche Beschäftigung«, sagte Pines, »heute hier und morgen dort, nichts als Betrug, Landstreicherei und unproduktive Arbeit.«

Die ganze Trauerwoche hatte Efraim so still an den frischen Gräbern meiner Eltern auf der Anhöhe verbracht, daß selbst Fejge, Ester, Benjamin und die übrigen Toten ihn nicht bemerkten. Jean Valjean rupfte seelenruhig die saftigen Gräser, die zwischen den Gräbern wuchsen, und angelte sich mit seiner großen Zunge die auf den Grabplatten abgelegten Blumen, ohne daß Efraim ihn getadelt hätte. Efraim selber trank Wasser aus dem Friedshofshahn, aß die Früchte des großen Brustbeerbaums, der auf dem nächsten Hügel wuchs, und briet sich Steinhühner, die gar nicht erst mitkriegten, wer sie da so plötzlich geschnappt hatte – eine Wildkatze, ein Iltis oder ein Falke. Abends beobachtete er den Steinkauz, der sich auf dem Gitterzaun unablässig wippend vor ihm verbeugte und ihn mit seinen funkelnden Augen anschaute.

Am siebten Tag, als mein Onkel aufstand, um in sein Haus hinunterzugehen, brach Setunis Karawane aus den Schatten des Eukalyptuswalds hervor, überquerte die Bahn der englischen Flugzeugabwehrgeschütze und hielt an der Quelle. Binnen kurzer Zeit züngelten Feuerchen unter den Eisenkesseln, und ein guter Duft nach Gemüseeintopf und Braten stieg in dem dünnen Rauch auf, der sich emporkräuselte und in Efraims zerfetzte Nasenlöcher drang.

Die wandernden Spielleute aßen ihr Mahl unter lauten Reden, deren einzelne Laute durch die kristallklare Luft davongetragen wurden. Es gab dort einen hageren assyrischen Zauberer mit Spitzhut, der auch den Bären dressierte, eine arabische Wahrsagerin, deren mächtige Pobacken sich beim Gehen geräuschvoll zum Klingeln der Münzen in ihrem Büstenhalter rieben, und einen starken Mann, der das Reisig fürs Feuer zwischen Finger und Daumen kleinbrach. Setuni schob die Plane des Wagens zur

Seite und zog aus seinen Tiefen einen kleinen Holzkasten von der Größe einer Obstkiste hervor. Daraus wand und drehte sich eine zarte, biegsame Schlangentänzerin, die sich wie ein Otter über die Erde schlängelte. Efraim war außergewöhnlich scharfäugig. Durch die in Bodennähe vor Hitze bebende Luft sah er ihre braun-grau schimmernde Haut und ihren knochenlosen Körper, der sich auf der Erde leise raschelnd verknäulte und wieder löste.

Uri erzählte mir weiter, Efraim habe ein solches Mädchen schon einmal gesehen – während des Krieges im Hafenviertel von Arseves in Algerien. Die Kommandosoldaten hatten die den Hafen überblickende Festung der Fremdenlegion erobert, indem sie sich vom Dach abseilten, wie Spinnen die Mauern hinabglitten und Granaten in alle Fenster warfen, bevor sie sich wieder davonmachten, um die Stadt von Scharfschützen zu säubern.

Aus einem Haus eröffnete man Feuer auf sie. Sie stürmten hinein, erschossen den Schützen und fanden sich von ängstlichen Mädchen in durchsichtigen Gewändern umringt, die vom aufwirbelnden Staub der Einschußstellen und dem Puder aus zersplitterten Schminktiegeln husteten. Als sich der Geschützrauch gelegt hatte, hielten die Dirnen sie für Amerikaner und baten um Kaugummi. Captain Stoves, der Efraims Einheit kommandierte, nahm den Lippenstift eines der Mädchen, schrieb an die Tür »Zutritt für alle Dienstgrade verboten«, wurde ins linke Knie getroffen und schleppte sich wieder hinein.

Schwere Seidenschleier bedeckten die Gesichter der Frauen, begeisterte sich Uri, aber ihre Nippel taxierten die Schultern der Soldaten durch die Netzgewänder. Sie sprengten starke Parfüms auf Captain Stoves Wunde, verbanden sie und setzten ihn auf ein tiefes Sofa, damit er zuschauen und sich amüsieren konnte. Es gab dort zwei hochgewachsene Senegalesinnen, deren Stammesregeln ihnen den Beischlaf nur im Stehen erlaubten, aber jeder, der es mit ihnen machte, fand sich am Ende mit dem Kopf an der Alabasterkuppeldecke schaben. Dann war da eine junge Ungarin, flüsterte Uri, deren Mundhöhle mit Samt ausgeschlagen war, während auf ihrem Kehlgrund fleischige Blütenblätter fächelten. Es gab eine Schafhirtin aus Anatolien, aus deren – mit einem Blütenwasser aus Kapuzinerkresse parfümierten – Achselhöhlen schleifchengeschmückte Zöpfe sprossen und deren Schamhaar als dicker, lockiger Vorhang vom Nabel bis zu den Knien wallte. Sie lud jeden ein, sanft daran zu ziehen, um sich zu überzeugen, daß es echt war. Es gab auch eine Kommunistin aus Krakau, eine Jüdin mit dünnen Augenbrauen, die absolute Stille im Zimmer forderte und nach einer gewissen Konzentrationszeit von ›dorther‹ sprechen konnte. »Aber Efraim konnte kein Jiddisch, deshalb hat er kein Wort verstanden«, sagte Uri erhitzt und aufgedreht. Die Dirnenwunder wurden bei ihm immer großartiger, je weiter er die Geschichte ausschmückte.

Die Mädchen unterhielten die Truppe so gut sie nur konnten, und Efraim ›lernte dort alles, was unsere Veterinärsfrau noch nicht gewußt hatte‹. Farbige Springbrunnen plätscherten lustig aus allen Bidets des Etablissements, und abgerichtete Dohlen ›beschmutzten sich die Schnäbel mit Unflätigkeiten‹ in allen Sprachen, die sie gelernt hatten, um die Burschen und Mädchen anzureizen. Eine führte ihnen den Schlangenmädchentanz vor, an dessen Ende sie sich mit den Fußsohlen über dem Rücken Beifall klatschte. Als Efraim nun Setunis Schlangentänzerin sah, erklärte mir Uri, waren ihm die Silberglöckchen an den Zehen der algerischen Hure wieder eingefallen, die ihm nach dem Tanz unter den Baldachinen des zweiten Stocks ganz zart in den Ohren geklungen hatten.

Pines sah sie an der Quelle Quartier aufschlagen und wußte nicht, was er tun sollte. Üblicherweise alarmierte man Rilow in solchen Fällen, aber Pines sprach weder im Guten noch im Bösen mit ihm. Letzten Endes rannte er zu Margulis, Margulis erzählte es Tonia, und Tonia lief auf den Hof und klopfte an die Eisentür des Verstecks.

Die Grube tat sich auf. Eine elektrische Taschenlampe und der Doppellauf eines Gewehrs streckten sich ihr zur Begrüßung entgegen.

»Was willst du?« wollte ihr Mann wissen.

Tonia berichtete ihm, Setuni sei da, worauf Rilow die Peitsche ergriff, sich auf sein Pferd schwang und davongaloppierte.

Wie alle Gründerväter kannte Rilow diesen Setuni und mochte ihn nicht.

»Möchtest du eine Portion?« fragte Setuni, sobald Rilow angelangt war, schnappte sich einen Schöpflöffel und hob den Deckel vom Topf.

»Was suchst du hier, Setuni?« fragte Rilow wütend, indem er sein Pferd auf der Stelle tänzeln ließ.

»Wir werden etwas essen, eine Vorstellung geben und weiterziehen.«

»Ihr werdet etwas essen, keine Vorstellung geben und weiterziehen!« verkündete Rilow und fügte gleich noch seine übliche Drohung hinsichtlich des Sterbens im Bett oder anderswo hinzu.

Setuni lächelte. »Das ist unser Gewerbe«, sagte er mit süßlicher Stimme, »und wo ich mal sterbe, ist mir egal.«

»Wir sind nicht einfach irgendwer, wir sind der Dorfrat!« erneuerte Rilow seine Drohung.

Aber Setuni war nicht aus dem Holz, aus dem Lokomotivführer geschnitzt sind. Er ließ sich nicht ins Bockshorn jagen, sondern begann zu diskutieren. Anfangs erwog Rilow, Zirkin Mandolina beizuziehen, damit der den Zirkusdirektor wieder ins Sumpfloch befördern konnte. Doch Rilow war, allem Anschein zum Trotz, kein Extremist, ›und begnügte sich deswegen mit einem Griff an die Peitsche, die aufgerollt in der Satteltasche steckte‹.

Der Kraftmensch, der seine Absicht erriet, wollte gerade von seinem Stein aufspringen, aber da trudelten schon erregt schwatzende Menschen aus dem Dorf ein, die nach der tiefen Trauer, die eine Woche bei uns geherrscht hatte, etwas Zerstreuung suchten. Pines rannte hinter ihnen her, kickte Erdklumpen hoch, rief ihnen zurückzukommen, doch Setuni bedeutete seinen Leuten anzufangen, kletterte selber auf eine hohe Palme und begann die Aufführung zu leiten.

»Aber was hat's euch eigentlich ausgemacht?« fragte ich Pines.

Pines hatte auch nicht eine der Lehren jenes Tages vergessen, an dem Efraim weggegangen war. »Sieh mal, Baruch«, sagte er wohlwollend und geduldig, »abgesehen von der Tatsache, daß wir gerade erst deine Eltern begraben hatten, erhoben sich hier doch auch einige wichtige grundsätzliche Fragen. Menschen, die zum Boden zurückkehren, um nach zweitausendjähriger Entwurzelung darin Fuß zu fassen, brauchen nicht gerade einem Juden zuzusehen, der auf einem Seil durch die Luft tanzt. Die Wahrsagerin hätte mit unserer Vision unvereinbare Prophezeiungen machen können. Und der Zauberer mit seiner ungesunden Einstellung stand im Verdacht, er werde der Jugend leichte, nach Opportunismus riechende Lösungen für aktuelle Probleme anbieten und damit die Zweifel verstärken, die sowieso schon in der Seele nisteten.«

Seine Stimme versank ins russische Gewisper. »Und gewiß konnten wir dieser Königin der Gosse nicht zustimmen, dieser Schlangentänzerin, dieser Nachtschüssel voll Kot, Unzucht und Seichtheit. Wir hegten keinen Zweifel, daß sie mit ihren endlosen Spreizungen und Verrenkungen das Herz der Burschen von der Arbeit ablenken werde, denn die Hure ist eine tiefe Grube, die fremde Frau ein enger Brunnen.«

Wir saßen auf der Holzbank am Grab meines Großvaters. Ich war damals schon allein auf dem Hof zurückgeblieben, und das ›Ewige Haus der Pioniere‹ erstreckte sich bereits über Großvaters gesamtes Grundstück. Abraham und Rivka waren im Ausland, Jossi absolvierte als Berufsoffizier einen Kurs nach dem anderen mit Auszeichnung, und Uri fuhr seit seiner Wehrentlassung wieder die Traktoren seines Onkels in Galiläa.

Das Geld häufte sich im Kuhstall, und der gute Duft nach Blumen und gepflegter, wohlgedüngter Erde hing in der Luft. Ein paar Leute gingen mit angenehm knirschenden Schritten auf den Kieswegen zwischen den großen Grabsteinen umher, darunter Familienangehörige von Verstorbenen, die mir von Zeit zu Zeit ihre Hochachtung für die schlichte Würde des Ortes ausdrückten, Oberschüler, die enthusiastische Arbeiten über die Pioniere schrieben, und stämmige Jugendleiterinnen, die schwerfällig herumhüpften und die duftenden Schattenflecken genossen. An Margulis' Grab saß Tonia Rilow auf ihrem gewohnten Platz, ihre Silhouette schimmerte silbrig durch die blinkenden Flügel der ewig dort schwirrenden Bienen. »Sie ist sein wirkliches Grabmal«, erwiderte Uri mit überraschender Rührung, als ich ihm von der alten Tonia geschrieben hatte, die am Grab ihres Liebsten sitzt und unaufhörlich an ihren Fingern saugt und schleckt.

Buskila schlenderte mit zwei jungen Amerikanern über die Wege, den Söhnen eines New Yorker Kosmetikfabrikanten namens Abe Cederkin, einst Mitglied der ›Jordankommune‹, der sie hergeschickt hatte, um eine Grabstätte für ihn auszusuchen.

»Großartig, herrlich«, wiederholten sie immer aufs neue in sichtlicher Erregung.

Buskila dankte ihnen für die Komplimente.

»Unser Vater hat drei Wochen im Weinberg des Barons gearbeitet, aber als seine Mutter erkrankte, hat er das Land verlassen müssen«, erzählten sie Buskila.

»Alles gute Pioniere, sorgen für die Mama«, sagte Buskila mit freundlichem Gesicht, während er ihnen auf dem Friedhofsplan einige mögliche Standorte zeigte.

»Der Preis richtet sich nach der Entfernung von Jakob Mirkin, möge sein Verdienst uns beschützen«, erklärte er.

»Unser Vater hat mit Jakob Mirkin vier Tage in Petach Tikva gearbeitet«, sagten sie.

»Alle Juden sind Brüder«, bemerkte Buskila, »alle haben einmal mit Jakob Mirkin gearbeitet.«

»Vater hat gefragt, wie es Zirkin Balalaika geht«, fuhr der ältere Sohn fort.

»Mandolina«, verbesserte Buskila, »Zirkin Mandolina. Fünfte Reihe, Grab sieben, unter dem großen Olivenbaum dort. Er war ein guter Freund von Mirkin.«

»Unser Vater auch«, sagte der Amerikaner.

»Es gibt bei uns keine Ermäßigungen«, stellte Buskila fest, »Hauptsache, euer Vater, möge ihm ein langes Leben beschieden sein, ist von der Zweiten Alija.«

»Aber gewiß doch.«

»Es wird jetzt ein Vorschuß für die Platzreservierung fällig, der Rest, Gott behüte, bei der Überführung. Bitteschön, dort ist unser Büro.«

Pines beobachtete interessiert den Geschäftsvorgang, ehe er sich seufzend wieder mir zuwandte. Er war schon sehr alt. Seine Augen waren trüb geworden, Kiefern und Zunge befanden sich in ständiger Bewegung, als zermalmten sie einen nie endenden Brei. Er hatte stark zugenommen.

»Alt und schwer«, meinte er von sich selbst.

»Letzten Endes hat Setuni nachgegeben«, sagte er zu mir, »er hat zugestimmt, daß nur der Bär und der starke Mann auftraten.«

Es war eine ruhige, professionell gemachte, aber recht enttäuschende Vorstellung.

»Der Bär hat zwar tatsächlich Rechenaufgaben gelöst«, pflegte

Uri die Setuni-Geschichte auszuspinnen, »aber es waren einfache Sachen, die jeder Drittkläßler rauskriegt.«

Der Kraftmensch fand einigen Anklang, als er mit bloßen Fingern dicke Nägel zu Zöpfen flocht und Backsteine an seiner Stirn zerschmetterte. Die Bauern guckten ihn neugierig an, als musterten sie ein vorzügliches Arbeitstier. Die Begeisterung steigerte sich noch ein wenig, als er dann seine Muskeln zu rollen und zu schütteln begann, als krabbelten ihm große Ratten unter der Haut von der Schulterschrägung bis zu den beiden babyhaften Grübchen im Kreuz.

Doch genau in dem Augenblick, als er mit Gebrüll das ›Apollo-Gewicht‹, ein Paar große Eisenbahnräder mit der dicken Verbindungsstange dazwischen, hochstemmte und – hochrot im Gesicht und am ganzen Körper vor Anstrengung und Genuß bebend – mit erhobenen Armen dastand, kam Efraim leichtfüßig von den Gräbern meiner Eltern herunter, um sich den Auftritt anzusehen, auf den Schultern wie üblich Jean Valjean: eintausenddreihundert Kilogramm Hörner, Hufe, *creme* und Fleisch.

Die Genossen grinsten. Der starke Mann glotzte Efraim samt Bullen fassungslos an, als werde er gleich den Verstand verlieren, geriet bedrohlich ins Zittern, ließ seine Last fallen und setzte sich auf die Erde. Efraims grünes Auge blinzelte durch den Netzschleier seines Helms.

»Wunderbar«, rief Setuni und eilte Efraim entgegen, »fabelhaft, und auch dieser Hut ist großartig.« Er war ganz atemlos.

»Vor Geldgier und wegen der Chance, alte Rechnungen zu begleichen«, meinte Pines.

Efraim trat zur Seite, den gähnenden Jean Valjean auf den Schultern, und beobachtete den zotteligen Bär, der bei seiner Nummer, vor Schmerzen winselnd, durch einen brennenden Reifen sprang.

»Wieviel willst du fürs Auftreten haben?« fragte Setuni.

Ein mißbilligendes Murren ging durchs Publikum. Efraim

wandte sich zu ihnen um, drehte seinen ganzen Körper mitsamt dem massigen Bullen.

»Vor denen trete ich auch gratis auf«, sagte er und nahm den Helm ab.

Das Publikum verstummte.

»Schalom, Freunde«, sagte Efraim.

»Wir haben die Blicke zu Boden gesenkt. Vor Grauen und Scham.«

Mein Onkel wandte sich wieder Setuni und seiner Truppe zu. Als der starke Mann sein Gesicht sah, spuckte er Schrauben und Betonsplitter. Die Tauben des Zauberers schlossen die runden Äuglein. Die Wahrsagerin sprang auf und schrie: »Ich sehe viel Feuer und starke Schmerzen.«

»Sei jetzt still, dumme Ziege«, knurrte Setuni.

»Na, Setuni, was sagst du zu meinem Auftritt?« fragte Efraim.

»Das ist mir völlig gleich«, sagte Setuni. »Der Mensch sieht, was vor den Augen ist, Setuni aber sieht das Herz. Du kriegst bei mir viel Geld.«

»Ich brauche kein Geld«, erwiderte Efraim.

Mit fast unmerklichem Lidschlag blinzelte Setuni der Schlangentänzerin zu, die daraufhin viperngleich vor Efraims Füße kroch, die Knöchel im Nacken verschränkte und sich in Rückenlage wiegte wie eine umgefallene Schildkröte. Dann zog sie das eine Bein heraus und schlang es weit um sich herum. Ihr flacher Bauch wogte, als sie die eine Wange auf ihren Venushügel senkte, der bei dieser Stellung stark hervortrat.

Pines räusperte sich verlegen. »Da sitzt so ein Fettpölsterchen unter der Haut«, erklärte er mir geduldig.

»Sie erschien uns ganz und gar wie eine Verheißung verbotener Lüste, die der Körper nur insgeheim begehrt«, sagte er, »erschreckend und furchtbar anzusehen. Eine Strichkatze, eine Hyäne.«

Seit seiner Rückkehr ins Dorf war Efraim ohne Frau gewesen. Die Herzloseren meinten, er finde seine Befriedigung, wenn er Jean Valjean bei der Fortpflanzung zuschaue. Als Jüngling, hieß es, habe er manchmal mit der Tierarztgattin geschlafen, einer triebhaften, vulgären Frau, die genüßlich zuschaute, wenn ihr Mann Fohlen und Kälber kastrierte. Jetzt verkrampfte sich sein Bauch in der Hitze der Verlockung und des Hasses. Seichte Erinnerungen an die Falten eines lila Baldachins krochen ihm die Lenden hoch. Er verlagerte sein einziges Auge von der Schlangentänzerin auf ihren Herrn.

»Wir werden uns heute abend unterhalten«, sagte er zu Setuni, »wartet bis dahin hier.« Dann lupfte er Jean Valjean auf den Schultern, um ihn besser in den Griff zu bekommen, und machte sich mit seinen gemessenen, lautlosen Schritten auf den Heimweg, ja schwebte fast auf seinen weichen Wüstenschuhen.

»Von hinten, aus der Ferne, wirkten die beiden wie ein riesiger Butterpilz auf einem dünnen Stiel«, sagte Pines.

Er erhob sich mühsam von seiner Bank, nahm die Brille ab, die trotz der Hitze beschlagen war, und begann sie in endlosen Runden mit dem Zipfel seines blauen Hemds zu putzen.

»Wer ist das da, Baruch? Ist das nicht Bodenkin?«

»Das ist er«, sagte ich.

Jizchak Bodenkin, einer der ersten Pioniere im Jordantal, halb taub, den Mund verzerrt und schlaff wie die Stoppeln vom Vorjahr, jätete langsam die Stechpalmenbeete am Tor.

»Was macht der denn hier?«

»Er ist vor einer Woche hergekommen«, erklärte Buskila, »ist aus der Kibbuz-Isolierstation geflohen, halb tot zu Fuß angekommen und möchte hierbleiben, bis er ganz tot ist.«

»Und so lebt er? Wie ein Hund im Freien?«

»Keineswegs«, ereiferte ich mich, »er hat ein bißchen mit der Hacke arbeiten wollen, und abends geht er im Kuhstall schlafen.«

»Im Kuhstall?«

»Ich habe ihm angeboten, in die Baracke zu kommen, aber er möchte mit Seizer zusammensein.«

»Ein Friedhof der Elefanten«, sagte Pines.

Er ging zu Bodenkin hinüber und begrüßte ihn. Der Greis erkannte ihn nicht.

»Stör nicht beim Arbeiten, Kind«, schalt er, »heute nachmittag nehme ich dich zur Viehausstellung mit und kauf dir einen Zukkerhahn.«

»Er kann sich nicht an mich erinnern«, sagte Pines, »wir haben mal ein paar Tage zusammen in der Grapefruitpflanzung neben der Pumpstation im Jordantal gearbeitet. Haben die Baumstämme mit der schwarzen Paste deines Großvaters bestrichen. Es gab dort katzengroße Ratten, die von der Hitze und Einsamkeit übergeschnappt waren. Sie kletterten auf die Zitrusbäume und nagten die Rinde ab. Furchtbare Wunden.«

Er setzte sich, müde und traurig.

»Wir haben nicht mal geahnt, was geschehen würde«, sagte er, »Rilow hätte diesen Anstifter und Verführer, diesen Setuni, wegjagen müssen, hätte ihm die Haut mit Prügeln, Peitschen und Skorpionen gerben sollen.«

26

An den öffentlichen Strand, südlich meines Hauses, gehe ich nur abends hinunter. Die Schwimmer und die Surferinnen sind dann schon weg; kein Mensch, so weit das Auge reicht. Halb aufgegessene Stullen, kahle Traubengerippe, verlorene Sandalen liegen über den Sand verstreut. Die Schreie der Kinder hängen noch wie dreckige Lumpen in der Luft, verziehen sich langsam. In der Ferne schaukelt beuteharrend ein wehrhaftes graues Wachschiff auf den Wellen.

Sobald David, der Alte mit den Liegestühlen, mich nahen sieht, setzt er den Kessel auf den kleinen Gaskocher in seiner Schilfhütte. Immer bringe ich ihm was Eßbares mit oder eine hochprozentige Flasche aus den Kellern des Bankiers oder einen Band aus seiner Bibliothek. Er ist ein Büchernarr, liest spanisch und französisch.

»David mit Vau, nett und genau«, stellt er sich gern in Versen vor und lacht dabei sein rostiges Lachen. Seine Zähne sind groß und weiß, sein Körper ist von der Sonnenhitze verschrumpelt und versengt.

Wir trinken starken Tee und unterhalten uns gemütlich. Ringsum wimmelt der Sand von kleinen, gelben, feingliedrigen Strandkrebsen.

»Sie machen den Strand für mich sauber«, sagt David.

Die Krebse flitzen aus ihren Höhlen, laufen hin und her, heben ihre Arme mit der ältesten menschlichen Geste, dem ergreifenden Ausdruck der Drohung und des Flehens. Sie erinnern an Efraim, der die Hand vors Gesicht schlug, als er im Dorfzentrum aus dem Auto stieg, an Großmutter Fejge, wenn sie nach Pelikanen und Regen Ausschau hielt.

Andere Krebse bauen ihre Höhlen aus, nur feuchte Sandspritzer zeugen von ihrer Geschäftigkeit. Im Stand sind sie schwer zu erkennen, weil sie dieselbe Farbe wie der Sand haben, aber ich, der Gottesanbeterinnen auf trockenem Gestrüpp wahrnehmen, die getarnten Falltüren von Spinnen öffnen kann und zu unterscheiden vermag, welches der trockenen Reise in der Pflanzung eine Spannerraupe ist, sehe sie mühelos.

»Magst du sie?« fragte mich David, der meinem Blick gefolgt war, »die sind nicht koscher.«

»Mag ich«, antwortete ich, »aber ich esse sie nicht. Ich habe eine alte Tante, die Heuschrecken verspeist.«

»In der Wüste gibt es Heuschrecken, die reglos dastehen, man denkt, es wäre ein Stein«, meinte David grinsend.

»Man braucht nur Geduld«, sagte ich.

In den Silberimmortellenstauden versteckten sich kleine Wanzen, als funkelnde trockene Blättchen getarnt.

»Man braucht nur Geduld, Baruch«, hatte Pines gesagt, als wir beide vor der Pflanze lauerten. »Einige dieser weißen Blättchen, die jetzt wedeln, sind Wanzen, die die Bewegung des im Wind spielenden Blattes nachzuahmen wissen. Wir warten, bis der Wind abflaut, und dann siehst du's. Was ruhig dasitzt, ist ein Blatt, und der Trottel, der weiterhopst, ist eine Wanze.«

Er erklärte mir, der Mensch und das Insekt seien zwei Extreme, die auf zwei verschiedene Wege die Welt zu meistern suchten. Der dürftig ausgerüstete, anfällige Mensch verläßt sich auf seine Lernfähigkeit und seinen Erfindungsgeist, während das fruchtbare, widerstandsfähige Insekt gar nichts lernt – alles, was in ihm steckt, ist angeboren. Sogar solch vielfältige und komplizierte Verhaltensformen wie die, die wir in Margulis' Bienenstock sehen, beruhen nicht auf Erfindung und Lehre, meinte er.

Großvater guckte uns zu, als wir auf zwei Milchkannen an der Kuhstallwand standen und die Lehmnester der Wespen im Dekkenwinkel untersuchten. Pines zerbröckelte den Boden der kleinen krugartigen Wabenzellen mit einem Strohhalm und zeigte mir, wie die Wespe am Dach ihres Hauses weiterbaute, ohne das zerstörte Fundament auszubessern.

»Sie gehorcht ihren ererbten Verhaltensmustern«, sagte er und fragte gleich darauf: »Und was ist überlegen? Der begrenzte Verstand des Insekts, der ganz auf einige wenige Aufgaben ausgerichtet ist, oder der große, zerstreute Verstand des Menschen?«

»Nimm Rilow und seinen Sohn zum Beispiel«, sagte er bei anderer Gelegenheit zu mir, »zwei ausgemachte Dummköpfe, so sind sie geboren, und so bleiben sie. Ganze fünf Prozent ihrer Hirnmasse sind des Denkens fähig. Aber diese fünf Prozent arbeiten unaufhörlich und in eine Richtung, nicht wie bei den gescheiten Intelligenzlern, deren tätiger Geist sich im weiten Raum verzettelt.«

Ich erzählte David von dem großen Heupferd, der furchtbaren Laubheuschrecke, die Pines mit funkelnden Augen aus Galiläa mitgebracht und als Zierde seiner Sammlung mit einer Stecknadel aufgespießt hatte.

»Wie du siehst, Baruch, ist das Heupferd hervorragend getarnt«, sagte Pines, »seine Farbe ist grün, und wenn es reglos dasteht, sieht es wie ein längliches Blatt aus. Nähert sich ein Opfer, schnellt es darauf zu, umschlingt es mit tödlicher Umarmung, drückt es an die Stacheln seiner Brust. Und Joab griff nach Amasa, ihn zu küssen, und stieß ihm das Schwert in den Bauch.«

»Du hast aber einen klugen Lehrer gehabt«, sagte David.

»Das Heupferd frißt sogar kleine Vögel, Mäuse und Eidechsen«, sagte ich, stolz auf die Bildung, die ich in meiner Kinder- und Jugendzeit erworben hatte.

David war verblüfft. »Eine Heuschrecke frißt eine Maus?« wunderte er sich, »so ein Strolch.«

»Sogar eine kleine Schlange.«

David erhob sein Glas auf das Wohl aller Heuschrecken.

Danach begann er mich behutsam über mich selbst und meine Familie auszufragen.

»Du bist ein sonderbarer Mensch«, sagte er, »wenn du hier wohnst, mußt du Geld haben, aber du bist nicht wie einer mit Geld.«

»Ich bin ein Landwirt auf Urlaub«, antwortete ich ihm. Auf Urlaub vom Dorf, von der Familie, von der Erde.

Nachts, in mein Bankiershaus zurückgekehrt, stöbere ich gern in Briefen, Zetteln und in Luther Burbanks Buch, das mir Großvater vererbt hat.

»Kein Mensch hat bei seinem Tod schöner, ruhiger, heller als er ausgesehen. Er ähnelte einem schlafenden Kind.«

»Wir haben Luther Burbank im Garten des alten Hauses, in dem er vierzig Jahre lang gelebt hat, zur ewigen Ruhe gebettet, an dem Ort, an dem er gewirkt und den Großteil seiner Arbeit verrichtet hat. Häufig ist er zu seinen Lebzeiten an diesem lieblichen Ort eingekehrt, an dem die bis zur Erde geneigten Zweige ein kleines, kühles Zelt um den Baumstamm formten, ganz und gar von aromatischem Harzduft erfüllt. Dort haben wir ihn zur ewigen Ruhe gebettet.«

In einem alten Heft von *Das Feld* finde ich die gepreßten Alpenveilchen und Krokusse, die meine Mutter meinen stöbernden Fingern hinterlassen hat. Dort hatte Großvater eine blaue Linie unter den Nachruf gezogen, den ein Mann namens A. Feldmann auf seinen Helden verfaßt hatte. »Siebenundsiebzig Jahre war er bei seinem Tode alt, als er zu Santa Rosa in seinem bescheidenen Hause starb, umgeben von Rosen und Pflaumen, Reben und Feigenkakteen.«

»Feigenkaktus und Rebe, Dornbusch und Bilsenkraut«, hatte Großvater mit der Hand an den Rand des brüchigen Hefts geschrieben, denn das waren die Pflanzen, die ihn bei seiner Ankunft im Land empfangen hatten.

»Unter einer Blumendecke«, sagte ich mir immer wieder laut,

»unter einer Blumendecke.« Doch der zufriedene, fruchtbare, glückliche Burbank war zwar ebenfalls seiner Geliebten entflohen und hatte gute Obstbäume gepflanzt, aber er hatte seine Blumen und Bäume nicht im Schlamm Siseras gezüchtet, hatte sie nicht in die seinen Vätern verheißene Erde gesteckt, besaß weder eine Satzung noch jemand, an dem er sich hätte rächen können.

Setuni sah dem entschwindenden Efraim nach. Dann drehte er sich händereibend um. Der Geruch leichter Gewinne und fälliger Abrechnungen kitzelte ihn in der Nase.

»Yallah, yallah«, schrie er den Kraftmenschen an, »geh den Topf schrubben. Los! Ya Weib, ya Halunke.«

Die Dorfbewohner standen mit Unbehagen auf und machten sich davon. Auf Rilows Verlangen räumte Setuni das Quellgebiet und führte seine Leute zum Nachtquartier außerhalb der Dorfländereien.

»Am nächsten Tag kam der alte Hussein vom Stamm der Masarib zu uns. Er war im Morgengrauen aufgestanden, um seine Hunde zu beruhigen.«

Zwischen den Nebelfetzen, die noch auf den Feldern hingen, hatte Hussein den Planwagen samt Käfig gen Osten zockeln und Efraim mit seinen weichen, regelmäßigen, unermüdlichen Schritten hinterherschlendern sehen. Jean Valjean lag noch schlafend auf seinen Schultern. Anfangs hatte der alte Araber gedacht, jemand habe Efraim zur Besamung gerufen, aber es war ihm doch den ganzen Tag unbehaglich zumute gewesen. Gegen Abend meinte er, Bericht erstatten zu müssen. Er ritt zum Hause Rilows, mit dem er seit langen Jahren befreundet war.

»Abu Tor ist weggegangen«, rief er und pochte an die Tür des geheimen Waffenverstecks, »euer Stiermann ist weg.«

Aber es war niemand dort. Zu eben dieser Zeit kurvte Rilow mit einem kleinen Laster über geheime Schleichwege zum Dorf, glitt mit abgestelltem Motor und ausgeschalteten Scheinwerfern die Abhänge hinunter, einen neuen tschechischen Mähdrescher voll Dynamit im Schlepptau. Hussein wußte natürlich, daß Tonia die letzten süßen Kräfte der Leidenschaft mit Margulis zwischen den Bienenstöcken im Zitrushain verströmte, wollte jedoch den Bienen nicht zu nahe kommen und ritt daher zum Sekretariat. Dort formierte sich sofort ein Suchtrupp, aber Efraim, Jean Valjean, Setuni und seine Leute waren weg und verschwunden.

»Ich habe meinen Schüler nie wiedergesehen«, sagte Pines, »und Mirkin seinen Sohn auch nicht.«

Er putzte sich noch einmal die Brille. »Wie können ein Bulle von eineinviertel Tonnen, der im ganzen Land nicht seinesgleichen hat, und ein Bursche, der – mit Verlaub – aussieht wie Efraim, bloß spurlos verschwinden? Wie kann so was passieren?«

»Efraim hätte zwischen Fledermäusen hindurchgehen können, ohne von ihnen bemerkt zu werden«, sagte ich, »du hast mir doch selbst von Margulis' Kater erzählt.«

Pines begann zwischen den Grabsteinen umherzuwandern. »Als du mit diesem furchtbaren Unternehmen angefangen hast, war ich sehr dagegen«, sagte er. Seine falschen Zähne klapperten hungrig schmatzend. »Weißt du noch, ich war sogar bei der Ratssitzung dabei damals, als du deinen gerissenen Anwalt mitgebracht hattest.«

Ich gab keine Antwort.

»Glaub bloß nicht, ich hätte meine Meinung wegen dem Unsinn geändert, den ihr damals dahergeredet habt. Der Friedhof sei ein Erwerbszweig... Bodenbestellung... Verbindung zur Erde... eine Schande! Ich habe mich geschämt, als ich das hörte. War beschämt und gedemütigt. Daß Mirkins Enkel solche Dinge sagt, habe ich gedacht.«

»Und jetzt?«

Pines lachte. »Jetzt habe ich mich geändert, die Dämme sind gebrochen, ich lege einen Groschen auf den anderen, um bei dir begraben zu werden.«

»Wieso das denn, Jakob«, rief ich aufgeregt, »dir soll ich Geld abnehmen?!«

»Willst mich wohl gratis beerdigen, was?« fragte Pines.

Seine Miene verriet mir, daß ich einen Fehler gemacht hatte, aber ich begriff nicht, wo.

»Mein Kind«, sagte Pines, »mein Kind.« Er streichelte meine Wange. Seine weiche Hand, deren Haut von Kreide und Äther geglättet, deren Griff von Flöte und Stift geformt worden war, glitt über mein Gesicht, nahm die Kurve zum Nacken. Ich schloß die Augen.

»Du hast ein gutes Werk begründet, Baruch. Das Schlechte ist zum Guten verkehrt worden, aber ich werde mir eine andere Grabstätte suchen.«

Er ging langsam, doch seine Hand schien mich weiter zu berühren. Ebenso wie Großvaters Hand, wie Zirkin Mandolinas Weisen, wie Großmutters eisige Schläfen, wie der Flaum der Taubenjungen auf dem Dach des Futtersilos.

Mit achtunddreißig Jahren und einhundertsiebenundzwanzig Kilo Körpergewicht in einem großen Haus am Meer bin ich immer noch Pines' Schüler und Großvaters Kind. Ich warte auf seinen Schnurrbart an meinem Hals, auf seine Geschichten, auf die aufgeschnittene, mit grobem Salz bestreute Tomate auf meinem Frühstückstisch.

Das Gefühl feinen, warmen Staubes umspielt meine Zehen. Das süße Blut macht gegen Malaria und Melancholie gefeit. Das Gift wird nie zur Ruhe kommen. Schifris wird abgerissen und zerlöchert auftauchen, von Mahlers Klängen wie mit Zauberbanden geleitet. Störche auf dem Schornstein des Hauses in Makarow gedenken der Frösche Zions.

Das Rauschen der Brandung vor dem Fenster des großen Hauses, das Rascheln der Geldsäcke. Zweihundertvierundsiebzig alte Männer und Frauen, eine Mandoline und ein greises Maultier liegen auf meinem Friedhof begraben. Pioniere, Menschen der Tat und kapitalistische Verräter.

27

Uri und ich konnten schon mit fünf Jahren lesen. Jossi wollte nicht lernen. Wenn Großvater Wörter auf Papierbogen malte, saß er schweigend dabei. Großvater brachte uns keine einzelnen Buchstaben bei wie Pines, sondern fing gleich mit ganzen vokalisierten Wörtern an. »Die Buchstaben werden sie schon von allein kennenlernen«, sagte er, »einzelne Buchstaben haben keinerlei Sinn, sie nehmen erst Leben an, wenn sie zusammen sind.«

Im Kindergarten spielten wir im Sandkasten, den Efraim und seine Freunde nach dem großen Schokoladenraub gebaut hatten, oder wir saßen auf dem alten *Case*-Traktor mit Eisenrädern, den man, Meschullam Zirkins Einwänden zum Trotz, lieber dem Kindergarten als seinem Museum spendiert hatte.

Lewin kam manchmal aus dem nahen Laden herüber und brachte uns kalten Saft oder frische Brötchen. Die Brötchen nahmen wir in das Waldstück hinter dem Volkshaus mit. Dort wuchs wilder Knoblauch, ein Überbleibsel aus den Tagen, in denen uns Wasserbüffel verspottet und Anophelesmücken bekriegt hatten. Wir stopften die langen, aromatischen Halme in die Brötchen.

»Das Brot belegen«, sagte die Kindergärtnerin Ruth dazu, »jetzt gehen wir das Brot belegen.«

In kurzen Hosen, weiße Stoffmützen auf dem Kopf, an den Füßen grobe Sandalen, die Schuhmacher Bernstein für uns alle nähte, zogen wir singend in das Wäldchen. Jedes Jahr vor Pessach empfing Bernstein uns in seiner Baracke, gab uns Gewichte in die Hände, damit die aufgeregten Füße fest auf den Lederstreifen hafteten, und malte mit einem dicken, kitzelnden Bleistift die Größe auf.

»Nicht schwatzen, Kinder«, warnte er uns mit geschlossenen

Kiefern, weil er den Mund voller Nägel hatte. Mindestens einmal pro Woche hörte man ihn auf der Toilette hinter der Schuhmacherei vor Schmerzen aufschreien.

»Bevor du geboren warst, haben wir so was nicht gehabt. Abraham ist in Sandalen aus Gummireifen rumgelaufen, und deine Mutter und Efraim sind barfuß gegangen.«

Wir zogen in langer Reihe ins Wäldchen. Ich machte immer den Schluß, weil ich ›der Größte‹ war. Jossi scherte dauernd mit verbissener Miene aus, um glatte Steine für seine Schleuder zu suchen. Und Uri schlüpfte unter das Kleid der Kindergärtnerin Ruth. Nur seine Waden und Füße blitzten darunter hervor, wie das Hinterteil einer Biene aus einer großen, süßen Blume. Ruth mit ihrem breiten, gutmütigen Gesicht schien vier Beine zu haben, zwei große barfüßige und zwei kleine in Sandalen.

»Der Segen liegt nur in dem, was dem Auge verborgen ist«, sagte Pines ebenso spöttisch wie liebevoll, als er dieses Schauspiel sah.

»Hör auf damit, hörst du!« schrie Rivka ihren Sohn an, »das ganze Dorf redet über dich. Was soll denn das?«

Aber auch fünfjährige Kinder verzichten nicht gern auf ihre Vergnügungen.

»Ich geh gern so«, sagte Uri.

»Aber so geht man nicht«, mischte sich Abraham ein.

»Sei du mal still«, fauchte Rivka, »wir kennen ja deine Gedichte, die du mit neun Jahren zum besten gegeben hast. Dieser Junge ist nicht weit vom Stamm gefallen.«

»Ruth erlaubt mir's«, sagte Uri.

»Was die dir wohl erst noch in zwei Jahren erlaubt«, sagte Rivka aufgebracht.

»Ruth riecht gut«, stellte Uri fest.

Wegen Uri teilte der Rat Ruth mit, daß sie künftig in Hosen im Kindergarten zu erscheinen habe, und Uri begnügte sich damit, daß er manchmal in der Zehnuhrpause zu ihr ging, sein Hemd auszog, sich neben ihren Schenkel hockte und sie bat, ›ihm den Rücken zu kraulen‹.

Am ersten Schultag nahm Großvater sich einen halben Tag Urlaub von den Bäumen und begleitete mich, Jossi und Uri zum Klassenzimmer. Jossi lief zur Wand, hob den Kopf zu dem großen Spruchband, das Pines über die Tafel gehängt hatte, und las langsam mit lauter Stimme: »Nicht das Schwert des Soldaten hat das Land erobert, sondern der Pflug des Bauern.«

Großvater brach in Lachen aus. »Du hast uns beschwindelt«, sagte er zu Jossi, der vor Freude rot anlief, »hast da still bei uns gesessen und alles verstanden.«

Ich war einen Kopf größer als alle anderen Kinder und wurde deshalb nach hinten gesetzt. Dort stellte ich meine Schultasche, die deutsche Ledermappe meines Vaters Benjamin, ab und sah Pines das Klassenzimmer betreten. Ich hatte schon einigen Unterricht von ihm bekommen. Als ich fünf Jahre alt war, hatte er mich in den Zitrushain mitgenommen und mir ein ovales Kuppelnest mit einer runden Öffnung an der Seite gezeigt.

»Das ist das Nest des Zarten Sängers«, hatte er gesagt, »die Jungen sind schon ausgeflogen. Du darfst die Hand hineinstekken und fühlen.«

Das Nest war mit Kreuzkrautsamen und Flaum weich und warm ausgepolstert.

»Der Zarte Sänger ist unser Freund, denn er vertilgt schädliche Insekten«, sagte Pines. »Er hat einen ganz kleinen Körper und einen langen Schwanz.«

Er nahm mich in sein Haus mit. Unter den Hunderten leerer Eier, die er in seinen Kästen verwahrte, holte er das Ei des Zarten Sängers hervor und zeigte es mir – winzig, blaß, mit roten Pünktchen an der Spitze. Einige Tage später arbeiteten wir uns schon gemeinsam durchs Dickicht, um das werbende Tschilpen des Männchens zu hören und ihn dabei mit dem Schwanz die Balance halten zu sehen. Sein langer, scharfer Schnabel war tatsächlich bestens zum Insektenfangen geeignet.

»Schalom Kinder, ich heiße Jakob.« Seine Brillengläser überflogen die Kinder, hielten einen Moment bei meiner Tasche an, die einmal voll mit Schallplatten gewesen war, und lächelten mir zu. Die Tasche war in der Nacht, in der meine Eltern starben, bei ihm daheim gewesen und so vor dem Feuer bewahrt geblieben. Vor Schuljahrsbeginn hatte er sie mir gebracht. »Morgen kommst du in die Schule, Baruch. Hier ist die Mappe deines Vaters. Ich habe sie für dich aufgehoben.«

Jedes Jahr ging er in die neue erste Klasse, um die Schüler willkommen zu heißen. Gewöhnlich nutzte er die erste Stunde dazu, eine Geschichte zu erzählen. Diesmal erzählte er von Simson, dem Helden, und das Gebrüll des zerrissenen Löwen, das er seiner Kehle entlockte, erschütterte das ganze Schulhaus.

»Sagt mir nun, Kinder, warum war er ein Held?« fragte er, als er am Ende angelangt war.

»Wegen dem Löwen«, sagte Rilows Enkelin Jael.

»Weil er das Haus von den Philistern umgeschmissen hat«, sagte Jossi.

»Er hat keine Angst vor Bienen gehabt, hat mit den Händen Honig rausgeholt«, sagte Margulis' Enkel Micha.

»Daran habe ich gar nicht gedacht«, staunte Pines.

Nach dem Unterricht versammelte er alle Lehrer zu einem Gespräch. »Ich war jung und bin alt geworden«, sagte er zu ihnen, »Generationen von Kindern sind durch meine Hände gegangen, und immer noch stehe ich erregt und staunend vor ihrem Verstand. Heute morgen hat mir ein Junge in der ersten Stufe gesagt, Simsons Heldentum sei nicht an seiner Körperkraft, sondern an seinem Mut zu messen, und sein Mut drücke sich darin aus, daß er mit bloßen Händen den Honig aus dem Nest der Wildbienen löste.«

Pines ließ den Blick rundum über die Lehrer schweifen.

»Ein wertvoller Schatz ist euren Händen anvertraut, die zartesten, feinsten, schönsten Pflänzchen, die dieses Dorf in die Erde steckt. Ihr müßt bewässern und ameliorieren, bereichern und lenken, aber beim Zurechtstutzen sehr vorsichtig sein.«

Abends erzählte Pines dem Großvater von Margulis' Enkel und seinem Gespräch mit den Lehrern, während ich im anderen Zimmer im Bett lag, sie insgeheim beobachtete und ihrer Unterhaltung lauschte.

»Verstehst du, Jakob«, sagte der Lehrer, »Chaim Margulis' kleiner Enkel sieht seinen Vater und seinen Großvater Schutzkleidung, Helme, Handschuhe anlegen und die Bienen vorher ausräuchern. Doch Simson geht ohne jeden Schutz an den Bienenschwarm und nimmt sich den Honig mit den Händen wie jemand, der bloß ein Glas entkorkt. Und dieser kleine Junge sagt – das ist ein Held.«

»Alles schön und gut«, sagte Großvater, »aber einen Löwen zerreißen kann keiner, ob mit Imkerhelm oder ohne.« Seine Stimme erstickte. Das Gesicht verzog sich wie im Schmerz.

»Was tut das zur Sache, Mirkin«, sagte Pines, »was kümmert es, ob das Kind recht hat oder nicht? Hier geht es um das blütenfrische Denken dieser Kinder, um ihren naiven, reinen Geist. Gerade du als Pflanzer wirst wissen, wie schwer so was zu kultivieren ist.«

»Hör mit deinen ewigen Vergleichen auf, Jakob«, sagte Großvater, »es besteht keinerlei Zusammenhang zwischen Pflanzen und Erziehen, zwischen Mensch und Tier, zwischen Capnodisraupe und Weltanschauung.«

Nach der Schule ging ich bei Großvater mittagessen. Aber manchmal, wenn er mit seiner Arbeit beschäftigt oder trüber Stimmung war, aß ich bei Rachel Lewin. Ihre dichten Kringellocken begannen sich schon damals mit Grau zu durchziehen. Im Haus lief sie immer in einem grünlichen Arbeitskittel herum.

Ich beobachtete fasziniert ihre Füße, die sich lautlos über den Boden bewegten.

»Möchtest du lernen, leise zu gehen?« fragte sie.

»Ja«, sagte ich begeistert, denn ich hatte Geschichten über Onkel Efraim gehört und fing schon seinerzeit mit meinen Schleichgängen an, um Leute zu belauschen.

»Komm, ich zeig dir's.«

Sie führte mich in den Garten. Neben dem Haus hatten sie eine kleine Hilfswirtschaft – ein paar Hühner, Kaninchenstall, Gemüse- und Kräuterbeete. Schon gleich nach seiner Übersiedlung ins Dorf hatte Lewin versucht, ums Haus Gemüse anzubauen. Doch seine Hände hatten etwas an sich, das alles welken und absterben ließ. Jede Pflanze, die er nur anfaßte, verkümmerte. Er selbst aß seine grauen Tomaten und bleichen Paprikas mit großem Appetit und versuchte sogar dem Agrarberater einzureden, daß hier vor seinen Augen neue Gemüsesorten heranreiften, die er persönlich entwickelt habe. Doch erst nach seiner Heirat, als Rachel die Gartenpflege übernahm, konnte Lewin, der immer Bauer hatte werden wollen, endlich die Früchte seines Landes wirklich genießen. Rachel Lewin pflanzte Gemüse und Blumen, holte aus ihrem Vaterhaus duftendes Basilikum in Kästen und Blechdosen, und des Nachts kamen Menschen und Tiere an den Zaun, um mit geschlossenen Augen den Duft einzusaugen.

Rachel schnitt einige trockene Zweige aus der Hecke und verstreute sie auf dem Pfad. »Paß auf, Baruch«, sagte sie und schritt lautlos darüber hinweg. »Jetzt bist du dran.«

Die Zweige krachten unter meinen Füßen. Rachel lachte.

»In deinem Alter war Efraim schon so geräuschlos wie Flanell auf der Tischplatte«, sagte sie, »du mußt den Fuß weich und flach absetzen und nur mit dem Bauch atmen, nicht mit der Brust.«

Sie legte weiteres Reisig hin, aber es half alles nichts.

»Du gehst wie eine alte Kuh«, seufzte sie, »am besten, wir warten, bis Efraim zurück ist.«

Lewin kam zum Essen. Er hatte überhaupt keine Ähnlichkeit mit Großmutters Photo. War immer blaß und schwach und ging auch nicht leise, weil er nämlich schlurfte.

Vielleicht sind alle Lewins so, dachte ich, und deshalb ist Großmutter gestorben.

Manchmal lud mich Abraham ein, bei ihnen mitzuhalten. Aber wegen Rivka mochte ich nicht gern dort essen. Dann aß ich lieber bei Großvater, obwohl er nur Pellkartoffeln kochen konnte. Sobald ich meine Mahlzeit beendet hatte, setzte ich mich verstohlen auf den Betonpfad unter ihrem Küchenfenster und lauschte ihrem Tischgespräch.

Uri, der wißbegierige Spötter, der schon damals Aufregungen nachjagte, war imstande, seinen Eltern den Appetit zu verderben.

»Woran ist Großmutter gestorben?« fragte er unvermittelt.

Ich konnte förmlich hören, wie Abrahams Züge sich verfinsterten: »An einer Krankheit.«

»Was hat sie denn gehabt?«

»Hör auf, einem Löcher in den Bauch zu fragen, Uri.«

»Nira Lieberson sagt, das wäre keine Krankheit gewesen.«

»Sag Liebersons Enkelinnen, sie sollten sich um ihren eigenen Familienkram kümmern.«

Erst herrschte Stille, dann Rivkas Stimme: »Euer lieber, hochverehrter Großvater hat sie umgebracht, was hattest du denn sonst gedacht?«

Ich stand auf und lugte ins Fenster. Rivka wischte wütend die Wachstuchdecke ab, wobei Brust, Bauch und Lenden wie eine Schar Doppelkinne unter ihrem Kleid schwabbelten. Fliegen landeten auf den Marmeladeflecken, die vom Frühstück zurückgeblieben waren. Abraham aß schweigend. Sein Sohn Jossi tat es ihm nach. Beide beluden die Gabel mit Hilfe einer Brotscheibe.

»Es ist nicht genug Soße am Salat, Mutter«, sagte Jossi. Er und sein Vater tauchten gern das Brot ein.

»Entscheid dich, ob du Salat oder Matsch essen willst«, erwiderte Rivka.

»Er hat recht«, bemerkte Abraham, »wir mögen gern Soße.«

»Und dann verputzt ihr ein ganzes Brot mit dieser Soße, und dabei seid ihr beide sowieso schon zu dick.«

»Warum hat er sie denn bloß umgebracht?« fragte Uri, dem die Debatte um den Salat aussichtslos erschien.

»Die Eisblöcke, die sie geschleppt hat, und die Briefe von seiner Russin haben sie umgebracht«, sagte Rivka.

»Das scheinen mir keine geeigneten Geschichten für neunjährige Buben zu sein«, stellte Abraham fest, wobei seine Stirnfalten sich schlängelten.

Ein dumpfes Klatschen folgte. Das war Jossis Falke, der mit den Flügeln gegen die Fensterscheibe schlug, und ich duckte mich eilig, um von der Wand wegzurobben. Seinen Rotfalken hatte Jossi aus dem Nest genommen, als er noch ein flaumig weißes Küken war, das sich schnaubend gegen die ganze Welt sträubte. Drei Monate lang hatte Jossi für seinen Vogelliebling Mäuse und Eidechsen gefangen, bis er herangewachsen war und dichte, starke Flugfedern entwickelt hatte. Er hing wie ein Hündchen an seinem Herrn, lief ihm hüpfend und über seine Krallen stolpernd im Hof nach. Schließlich trug Jossi ihn auf das Kuhstalldach und warf ihn in die Luft, damit er fliegen lernen sollte. Der Falke wurde flügge, verließ aber nicht unseren Hof. Er trillerte aus vollem Hals, rief unaufhörlich nach Jossi, und man durfte kein Fenster auflassen, denn sonst kam er sofort ins Haus geschossen, wo er vor lauter Freude Gardinen zerfetzte und Vasen umstürzte. All seine Artgenossen hatten längst ihren Wanderzug angetreten, nur er war hier im Land geblieben.

»Höchst selten«, meinte Pines, »sehr selten. Ein Rotfalke, der in Erez Israel überwintert. Solche Treue.«

»Jag den Scheißvogel weg!« schrie Rivka.

Uri lachte los.

»Sei froh, daß er hierher kommt und nicht zu deinem Vater«, sagte Abraham.

Rivkas Vater, der Sattler Tanchum Peker, war hell begeistert, als sein Enkel den Falken aufzuziehen begann. »Wir machen einen Jagdfalken aus ihm«, sagte er, und seine Glatze glänzte ordentlich vor Erwartung auf Nervenkitzel.

Tanchum Peker war in den Anfangsjahren einer der meistbeschäftigten Dorfbewohner gewesen. Er nähte und reparierte Zaumzeuge, Zügel, Halfter und Gurte. Seine Zuggeschirre waren im ganzen Emek berühmt, weil sie den Tieren niemals in den Hals schnitten. Großvater hat mir beschrieben, wie Peker Peitschenriemen zuschnitt, indem er das Messer, vor Anstrengung stöhnend, durch die großen Lederbahnen zog und dabei die Zungenspitze aufrollte. »Er hatte eine so sichere und genaue Hand, daß die Peitschenspitze sofort nach ihrer Abtrennung von der Lederbahn zu zittern begann.« Als die Traktoren kamen, hatte er weniger Arbeit, aber der Geruch nach Leder und Sattelwichse hing ihm immer noch an Fingern und Stiefeln und wehte einem aus den Holzwänden seiner Werkstatt entgegen.

»Jagdfalken«, sagte Peker verträumt, »wie die Adligen und die Offiziere sie haben.«

In seiner Jugend war er Adjutant eines Kavallerieoffiziers im Heer des Zaren Nikolai gewesen.

»Das waren noch Tage«, pflegte er mit einer Sehnsucht zu sagen, die den Gründervätern auf die Nerven ging. »Offiziere in Uniformen mit goldenen Epauletten, Säbel, Landadelstöchter, und erst die Festlichkeiten, die bauschigen Kleider, die Tänze, das süße Getuschel im Garten . . .«

Peker schilderte gern die alljährliche Gesellschaft im Haus des Polizeihauptmanns in der Bezirksstadt: »Es wurden großartige Flußfische aufgetischt, Hechte und Zander, und auch mir gab man zu essen und zu trinken, und hinterher wurde getanzt.«

»Und der Jidd Peker hat auch getanzt und getuschelt? Oder hat er nur mit der Zunge die Stiefel seines Herrn poliert?« fragte Lieberson verächtlich.

»Hat getanzt«, antwortete Tanchum Peker stolz.

»Mit dem Reitknecht des Majors oder mit der Stute des Gouverneurs?«

Peker gab keine Antwort. Er war der Mann, der die Sättel und Trensen für die Pferde des *Haschomer* gemacht hatte, und mit diesem Eintritt in die Annalen der Geschichte war sein Verewigungstrieb befriedigt, an dem alle Alten litten. Das Register im *Buch des Haschomer* erschien ihm als eine durchaus würdige Gedenkstätte, der man nichts mehr hinzuzufügen brauchte.

Großvater konnte ihn nicht ausstehen, weil die Arbeitsgruppe im Ersten Weltkrieg auf der Weide gearbeitet und dabei viel unter den Leuten des *Haschomer* gelitten hatte, die ihnen ihre Tiere raubten und sie bei den Verwaltern verleumdeten, so daß sie ihren Lohn nicht bekamen. Das einzige Paar Schuhe, das sie noch besaßen, gaben sie Fejge, und die schwere Arbeit und der Hunger hinterließen tiefe Spuren.

Zirkin saß stundenlang da und spielte seine Mandoline, versuchte die abgerissenen Töne mit offenem Mund aufzuschappen, um den Gesang in seinem Magen zum Verstummen zu bringen. Abszesse bildeten sich auf Fejges Haut. Aber sie – hager und sonnenverbrannt – streckte matt die Hand aus und streichelte die Köpfe ihrer Kameraden.

»Meine Jungs«, sagte sie, »meine Liebsten.«

Ihre Jungs wickelten sich Lumpen um die Füße. Sie schwebten nicht mehr. Harte, dicke Haut überzog nun ihr Fleisch, und der Hunger heftete sie an die Erde. Wären sie reglos dagestanden, hätte ich sie nicht einmal mit zusammengekniffenen Augen sehen können, denn sie wirkten wie riesige Erdklumpen. Alle zwei Tage kochte Zirkin ihnen einen klebrigen Brei aus Mais und Kichererbsen in dem Blechofen, den er in einer Grube gebaut hatte, mit einem zerbrochenen Tonkrug als Schornstein.

Noch Jahre später, als der Rauchgeschmack längst aus ihren Mündern und Haaren gewichen war, behielten Großvater und seine Freunde ihren Groll auf die Leute des *Haschomer*, und Großvater bezeichnete sie als ›Satrapen, die eine Kommune edler Araberstuten in Galiläa gründen wollten‹.

»Ein Jagdfalke«, sagte Peker, indem er die alten Pfrieme und die krummen Nadeln aus seinem Kästchen zog. Er setzte sich auf den Sattlerbock, in dessen Mitte unförmige, hölzerne Schraubzwingen hervorragten. Jossi, Uri und ich hockten uns neben ihn, fasziniert von seinen geschickten Händen und dem guten Duft seiner Arbeit. Der Alte rieb Fäden mit Wachs ein, spuckte sich auf den braunen Daumennagel, mit dem er die Umrißlinien für sein Messer in das Leder einritzte, und heftete dünne, weiche Lederstückchen aneinander, um daraus eine Haube für den Falken zu machen. »Wenn man einem Vogel etwas über die Augen streift, sitzt er mucksmäuschenstill da und rührt sich nicht«, erklärte er.

Er schnitt eine Öffnung für den krummen Schnabel des Falken aus und nähte sich dann aus dickerem Leder einen großen Handschuh, der bis zum Ellbogen reichte. »Der Handschuh ist dazu da, Hand und Arm zu schützen, damit der Falke sie nicht in Stücke reißt. Guckt nur, was der für Krallen hat.«

Seinerzeit flog der Falke schon auf Raubzüge aus. Doch sobald er Jossis Pfiff hörte, kam er eilig angeflogen und ließ sich zu Füßen seines Herrn nieder.

»Prima, daß er jedesmal zurückkehrt. Jetzt werden wir ihm beibringen, auf meinem Arm zu stehen, und in zwei Wochen, du wirst sehen, Jossi, bringt er uns schon Kaninchen zum Mittagessen.«

»Der Rote Milan ist zu klein. Der wird allerhöchstens eine

Maus anschleppen«, verwarf Pines die Idee. »Zum Jagen brauchst du einen echten Falken. Und außerdem, Jossi, war die Jagd mittels Raubvögeln der verächtliche Sport einer parasitären, degenerierten Schicht, die ihr Luxusleben auf Ausbeutung gründete.«

»Sag deinem Lehrer, er soll weiter nachts seine Frösche jagen«, schnaubte Sattler Peker, als Jossi ihm ängstlich Pines' Worte überbrachte.

Jossi und sein Großvater zogen mit dem Falken aufs Feld. Uri und ich gingen auf entsprechende Bitte ein Stück hinter ihnen, um nicht zu stören. Der Falke stand gehorsam auf dem Arm des alten Sattlers, die weißen Füße in den Handschuh gekrallt, den markanten Kopf starr unter der Lederhaube. Peker suchte sich einen passenden Ort aus, befeuchtete einen Finger mit Spucke, peilte die Windrichtung, nahm dem Vogel die Kappe ab und ließ ihn fliegen. Der herrliche Vogel hob ab, der rote Bauch mit den braunen Streifen am unteren Rand schimmerte in der klaren Luft.

»Ah – na, pfeif ihm.«

Jossi steckte zwei Finger in den Mund und pfiff. Der Falke stoppte in der Luft, breitete die Schwanzfedern zum Fächer aus, flatterte einen Augenblick auf der Stelle und segelte dann mit halb angelegten Flügeln in diagonaler Linie auf sie zu. Der alte Sattler streckte ihm den handschuhgeschützten Arm entgegen. Der Falke spreizte die Glieder zum Bremsschlag, aber der ausgestreckte Arm erschreckte ihn. Er schlug mit den Flügeln in der Luft und drehte eine Schleife zu Pekers Glatze.

»Das war furchtbar«, sagte Peker zu dem Arzt, der ihm den Schädel genäht hatte, »ich dachte, es sei aus mit mir.«

Jossis Falke, der auf der glatten Kopfhaut keinen Halt fassen konnte, hatte ihm wieder und wieder die nadelspitzen Krallen hineingeschlagen, so daß Peker mit blutüberströmtem Gesicht auf offenem Feld zusammenbrach. Der verdammte Vogel ergriff entsetzt die Flucht, und wir rannten heim, um Hilfe zu holen. Zu Hause war kein Mensch, nur der alte Seizer arbeitete auf dem Hof. Er ging mit uns aufs Feld. Die grünen Fliegen bedeckten schon Pekers Kopf, dessen Skalp in Fetzen von den Schädelknochen baumelte. Wir halfen Seizer, den Verwundeten auf den Rücken zu laden, und brachten ihn auf die Krankenstation.

Einige Tage später, als klar wurde, daß Tanchum Peker auf dem Weg der Besserung war, da er bereits mit einem mächtigen, leuchtend weißen Gazeturban auf dem Kopf draußen spazierenging, begann man ihn im Dorf ›Falkenauge‹, ›Nimrod‹ oder ›Sultan Abd el Hamid‹ zu nennen, und Lieberson schrieb im Dorfblatt, unsere Gesellschaft strebe zwar die Rückkehr zur Natur an, verstehe darunter aber keineswegs ›die Ausnutzung von Raubvogelinstinkten zur Befriedigung primitiver Triebe‹.

»Das Tier jagt zur Selbsterhaltung, der Mensch um des seichten Vergnügens willen«, verkündete Pines in der Schule und las uns passende Abschnitte aus dem *Dschungelbuch* Rudyard Kiplings vor, der ›zwar ein Kolonist, aber doch ein vernünftiger Mensch‹ gewesen war.

Ich sprang auf und warf das Fenster mit dem Stein ein, den ich in der Hand hielt. Glasscherben fielen auf Abrahams und Rivkas Tisch.

»Großvater hat sie nicht umgebracht«, sagte ich bleiern.

»Das Kind seines Großvaters«, sagte Rivka abfällig, »schafft ihn hier weg, bevor ich ihn umlege.«

»Hör sofort auf, Rivka!« rief Abraham.

»Soll dein Vater die Scheibe bezahlen.«

»Beruhig dich! Auf der Stelle!«

»Wart nur, bis der Alte stirbt, dann fängt er an, sich mit unseren Kindern um die Erbschaft zu streiten«, zischte Rivka.

»Genug!« schrie Abraham.

Er stand auf und kam zu mir heraus.

»Du mußt nicht auf sie achtgeben, Baruch«, sagte Onkel Abraham. »Sie ist nervös. Du kannst immer bei uns bleiben. Ich werde den Sohn meiner Schwester nicht aus dem Haus werfen.«

Ich blickte ihn an. Seine kurzen Schritte, sein durchfurchtes Stirnfeld und seine hängenden Schultern umgaben ihn mit einer undurchdringlichen Hülle, die ihn wie der Panzer einer Schildkröte begleitete. Manchmal nahm er mich und seine Zwillinge in die Scheune mit und ermunterte uns, auf den Strohballen Ringkämpfe zu veranstalten. Ich wußte nie, ob es ihn nun amüsierte oder ärgerte, wenn ich seine beiden Söhne unweigerlich zu Boden zwang. Uri pflegte mich überraschend von hinten anzufallen und erlitt jedesmal einen Lachkrampf, wenn ich ihn im hohen Bogen durch die Luft wirbelte. Jossi rannte beleidigt, gedemütigt und vor Scham heulend zu seiner Mutter.

Abraham ergriff meine Hand. Ich fühlte sie gern. Schon damals begriff ich verschwommen, daß es in unserer Familie Menschen gibt, die sich dasselbe Stück Schmerz teilen. Im Dorf hieß es, Abraham habe in seiner Kindheit eine ausländische Besucherin angefallen, sie brüllend in die Waden getreten und in den Bauch gebissen, bis eine Ohrfeige von Rilow ihn zu Boden brachte. Aber mein Onkel war ein ausgezeichneter Landwirt, der viel Fachliteratur las und nicht selten auf einen Nachbarhof gerufen wurde, um dem Tierarzt bei der Diagnose zu helfen. Abraham führte ein genaues Stallbuch. Für jede seiner Kühe enthielt es einen detaillierten Stammbaum und einen laufenden Bericht über Milchleistung, Fettgehalt, Besamungen, Geburten, Fehlgeburten und Trockenperioden. Es war ein ausführlicheres Herdenbuch als sonst üblich, besonders der Abschnitt mit den Daten, an denen die trauernden Mutterkühe ihre zum Schächten abtransportierten Söhne verloren hatten.

Meine Mutter war tot, Efraim verschwunden, Abraham also das einzige von Großmutter Fejges Kindern, das daheim zurückgeblieben war. All jene Jahre hindurch suchte er das Grab seiner

Mutter auf. Uri und ich sahen ihn auf Efraims schwerem Herkulesrad zum Friedhof auf der Anhöhe fahren.

»Er geht mit Großmutter reden«, sagte Uri, »er erzählt ihr alles, was auf dem Hof geschieht.«

»Auch deine Mutter ist dort«, fügte er bedeutungsvoll hinzu, aber ich reagierte nicht.

Nur einmal im Jahr ging ich furchtzitternd mit Großvater an die Gräber meiner Eltern. In unserem Dorf lief die Zeit auf den Kreisbahnen der Regenwolken, bemaß sich nach Schwangerschaftsmonaten, der Gesamtfurchenlänge, den geheimnisvollen, irreversiblen Fäulnisprozessen, und ich wollte sie nicht nach Gedenktagen messen. Ein paar Jahre später, als ich mich vom Kind zum erfahrenen Totengräber gemausert hatte, konnte ich schon das gewaltsame Bersten der Leichenbäuche aus der Erde heraushören. Aber damals saß ich nur mit Großvater an den Grabsteinen meiner Eltern und begleitete ihn danach ans Grab seiner Frau, das immer gepflegt glänzte. Die Betonrinne am Fuß der Platte schimmerte vom üppigen Gelb-Weiß der Narzissen und den lila-grünen Blütenständen des Basilikums.

»Mein Vater hat Narzissen bei ihr gepflanzt«, sagte Uri, »damit er leichter weinen kann.«

28

Als wir elf Jahre alt waren, veranstaltete Pines einen seiner letzten Ausflüge.

»Wie in den guten alten Zeiten, mit Pferd und Wagen«, verkündete er.

In jüngeren Jahren hatte er seine Schüler auf Exkursionen, die gut und gern drei Wochen dauern konnten, bis zum Golan und Choran geführt. Sie preßten Blumen, fingen Insekten, aßen und übernachteten in Moschawim und Kibbuzim oder auch in arabischen Dörfern, die Rilow empfohlen hatte. Die Eltern beschwerten sich wütend, Pines hole die Jungen und Mädchen ausgerechnet dann aus der Landwirtschaft heraus, wenn ihre Hilfe am dringendsten gebraucht werde. Aber Pines erklärte in der dafür einberufenen Sitzung, in seinem Zweig herrsche ›immer Hochsaison‹.

»Was die Schule heute sät, werdet ihr erst in zehn Jahren ernten«, sagte er, »nur Geduld, Freunde.«

Jetzt plante er einen dreitägigen Ausflug. »Es tut mir leid, meine Kinder, eure Eltern werden euch von großen Ausflügen erzählen, aber ich habe heute nicht mehr die Kraft von damals, kann nicht mehr so weite Sprünge machen. Wir werden nur bis an den Kischon und zum antiken Bet Schearim fahren.«

Frühmorgens brachte Großvater mich zum Haus des Lehrers.

»Paß auf mein Kind auf, Jakob«, sagte er.

Mit elf hatte ich schon Großvaters Höhe erreicht. Pines sagte lachend, ich würde wohl eher auf ihn aufpassen.

Daniel Lieberson gab uns Begleitschutz. Mit Gewehr und Peitsche bewaffnet, ritt er hoch zu Roß. Sein Blick schälte mir förmlich die Haut ab, suchte auf meiner Stirn nach verlorenen Zeichen.

Im Kischontal holten wir die kleinen Bibeln mit dem roten Schnitt aus den Rucksäcken und lasen mit dünnen, aufgeregten Stimmen:

»Könige kamen und kämpften,
damals kämpften Kanaans Könige
in Taanach, an den Wassern Megiddos,
doch Beute an Silber machten sie nicht.
Vom Himmel her kämpften die Sterne,
von ihren Bahnen aus kämpften sie gegen Sisera.
Der Bach Kischon schwemmte sie fort,
der altberühmte Bach, der Bach Kischon.«

Pines schwang im alten Rhythmus der Worte mit, rügte die Stadtältesten von Meros, die ›auf der Müllhalde des Dorfes saßen und sich um den Krieg herumdrückten‹. Und später sagte er: »Die Kanaaniter hatten neunhundert Kampfwagen, sie stürmten durchs Emek, und wir verbargen uns zwischen den Eichen des Tabor.« Sein Finger zeichnete weiträumige Truppenbewegungen in der Luft, seine Stimme wurde erregt. »Und dann ist Regen gefallen. Und was passiert bei uns im Emek, wenn es regnet?«

»Es gibt Matsch«, riefen wir.

»Wieviel Matsch?«

»Massenweise«, schrien wir, »die Stiefel bleiben drin stecken und kommen nicht wieder raus.«

»Bis zum Bauch der Kühe«, sagte mein Vetter Jossi ernsthaft.

»Und der Schlamm reichte den Pferden bis an den Bauch«, führte uns Pines Schritt für Schritt weiter, »die Wagenräder blieben im Morast stecken, und wir kamen aus dem Wald und schlugen sie. Dann hatte das Land vierzig Jahre lang Ruhe.«

»Ruhe«, sagte Pines danach wie zu sich selbst, »diese Ruhe, die nach Jahren bemessen wird.« Aber wir waren Kinder, die sein Gemurmel noch nicht verstanden.

Am nächsten Tag fuhren wir zum antiken Bet Schearim. Schon unterwegs warnte uns Pines, daß wir ›einen furchtbaren Ort‹ besuchen würden.

»Hierher brachte man die Toten aus der Diaspora, um sie in der Erde unseres Landes zu bestatten«, erklärte er uns, als wir in den geräumigen Grabhöhlen standen. Seine Stimme hallte in dem kühlen Dunkel, und sein Schatten zitterte an den Wänden, verdichtete sich in den Vertiefungen, die die Meißel der antiken Steinmetzen hinterlassen hatten. »Hier hat Rabbi Jehuda Hanassi bis zu seinem Tod gelebt, und nachdem man ihn hier beigesetzt hatte, wurde der Ort eine wichtige Nekropolis.«

»Aber wir, Kinder«, fügte er sofort hinzu, »wir sind ins Land gekommen, um darin zu leben und nicht nur zu sterben. Damals glaubte man, die Bestattung hier im Land könne von Sünden reinigen und einen dem Paradies näherbringen. Doch wir glauben weder an die künftige Wanderung der Toten durch unterirdische Tunnel zur ewigen Auferstehung noch an Sühneopfer. Unser Sühneopfer ist die Landarbeit, nicht das Ausmeißeln von Gräbern. Unsere Tunnelwanderung zur Auferstehung ist das Furchenziehen. Unsere Seelen werden wir mit schwerer Arbeit läutern, denn Rechenschaft müssen wir noch in dieser Welt ablegen.«

»Warum fütterst du sie mit diesen Nichtigkeiten?« fragte Großvater ihn bei einem nächtlichen Teegespräch der Alten. Aber Lieberson pflichtete sofort Pines bei. Die kommende Welt sei ein Schwindel, sagte er, eine Erfindung gerissener Pfarrer und Rabbiner, die ihre Versprechungen in dieser Welt nicht eingehalten hätten.

Zehn Jahre später, auf meinem Friedhof, dessen Erde schon überwiegend von toten Juden aus der Diaspora bevölkert war, erinnerte mich Pines an unseren Ausflug ins antike Bet Schearim.

»Ein pädagogischer Fehlschlag«, sagte er zu mir, »ich hätte mir nie träumen lassen, daß einer meiner Schüler mal so etwas nachmachen könnte. Damals habe ich nur flüchtig warnen wollen, und nun frage ich mich, ob ich dich damit nicht erst auf diese ungeheuerliche Idee gebracht habe. Neunzig Prozent der Leute von der Zweiten Alija haben das Land wieder verlassen, und du bringst sie jetzt in seine Erde zurück.«

Wir standen an Zirkin Mandolinas Grab.

»Da spielt er nun weiter«, sinnierte Pines, »spielt und spielt.«

Und dort, an Zirkin Mandolinas Grabstein, erlitt Pines einen Gehirnschlag. Er beugte sich wie gewohnt zur Erde, versuchte zu lauschen, doch plötzlich trat ein schwaches Lächeln auf sein Gesicht, und seine Miene veränderte sich langsam, als höre er ein geheimnisvolles Plätschern bei sich im Kopf. Anfangs begriff ich nicht, was geschah, aber als der Lehrer zu taumeln drohte, warf ich die Hacke weg und eilte zu ihm. Aus Scheu, ihn mit beiden Händen zu packen, bot ich ihm nur den Arm zur Stütze, aber es gelang ihm nicht, seine Hand hineinzulenken. Die Hand, die einst Kaulquappen unter dem Vergrößerungsglas seziert und die Lautapparate der Zikade zum Klingen gebracht hatte, tastete wie ein blinder, schlaffer Rüssel in der Luft herum.

Er hob schwerfällig den Kopf, seine Lippen verzerrten sich, als er zu sprechen versuchte. Nur schnarrende, dumpfe Laute entrangen sich seiner Kehle, dann fiel er langsam zu Boden, als versinke er in einer Schlammgrube. Sein Gesicht wurde blaß, der Atem flacher und schneller, Schweißperlen rannen ihm über die Wangen. Ich lud ihn mir auf die Schultern und rannte zur Krankenstation.

Dr. Munk, der unbeliebte Dorfarzt, schickte ihn mit dem Ambulanzwagen ins Krankenhaus; ich fuhr zur Begleitung mit.

»Schwer zu sagen, wie es ausgehen wird«, sagte mir der aufnehmende Arzt, »wir behalten ihn hier. Bei diesen Sachen gibt es große Überraschungen, in beiden Richtungen.«

Pines lag auf seinem Bett und wand sich wie eine riesige Made, die dem Licht ausgesetzt wurde. Weiß, plump und feucht krümmte er sich in den Laken, kaute unaufhörlich und mühte sich die ganze Zeit, seinem Mund Worte abzuringen. Als ich ihm Papier und Stift in die Hand gab, damit er mir das, was er sagen wollte, aufschreiben konnte, begann er am äußersten Rand des Bogens zu kritzeln und schrieb in der Luft weiter. Sein eines Bein bewegte sich nur mit Mühe, die vorgequollenen Augen rollten wie triefende Früchte.

Seine Haut setzte Flechten an. Wenn die Schwester ihn morgens wusch, zog der Schwamm dünne, graue Fäden mit. Nachts wuchs das Gespinst erneut nach, als wolle er sich in einen Kokon einspinnen, um dann gesund und beflügelt in die altbekannte Welt der Sonnenstrahlen und des Blütenstaubs hervorzubrechen.

Pines machte mir große Sorgen. Er kreischte wie ein Tier, machte das Bett naß und unternahm von Zeit zu Zeit den Versuch, seine beiden Hände in der Luft zusammenzuführen. Ich blieb zwei Nächte und drei Tage bei ihm. Das Klappern seiner unaufhörlich mahlenden Kiefer brachte mich schier um den Verstand. Zu meinem Glück schickte das Dorf Leute zur Ablösung, die ihn versorgten, bis er sich erholt hatte.

Erst nach drei Wochen wurde seine Haut normal, und sein Mund konnte wieder Worte hervorbringen. Anfangs fiel es ihm schwer, bestimmte Konsonanten auszusprechen, aber von dem Augenblick an, in dem er zu reden begann, trugen ihn die Worte wieder aus den Tiefen nach oben. Später merkte ich, daß er weder Vergangenheit noch Zukunft benutzte. Das sei doch ein gutes Zeichen, meinte ich zögernd zu dem Arzt, der alte Lehrer ringe danach, die zeitliche Realität um sich herum wieder zu erfassen. Langsam kehrten ihm die Worte und Sprachregeln zurück, versammelten sich wie Ameisen auf einem Stück Fallobst und schleppten ihn in langer, erregter Prozession zur Bewußtheit.

»Schön«, sagte der Arzt, »er macht Fortschritte.«

Jetzt, da Pines sprechen konnte, gesundete er schnell. Der Arzt war verblüfft über seine Genesungskraft. Er begriff nicht, daß ein Mann der sprachgewaltigen Vision und Wissenschaft wie Pines nun unter Umgehung seiner blockierten Nervenstränge die Glieder direkt ansprechen und zur Bewegung veranlassen konnte. So vermochte er bald die Beine zu regen, und danach gewannen auch seine Hände ihre alte Sicherheit zurück.

Drei Tage lang redete er nur mit sich selbst, dann, am vierten Tag, wandte er sich mir zu und sagte völlig klar: »Meine Vorväter sind die Höhlenmenschen.«

Ich starrte ihn verblüfft an, worauf Pines, von meiner Verständnislosigkeit irritiert, in Diktiergeschwindigkeit hinzufügte: »Die Menschen an die Erde binden zu wollen, bedeutet nichts weiter, als sie in dumme Kühe und blinde Maulwürfe zu verwandeln.«

Da verstand ich, daß der alte Lehrer in sein Haus zurückkehren, gehen, sprechen und sogar wieder Schmetterlingsnetze schwingen, aber niemals genesen würde. Sein sorgfältig konstruiertes Wertsystem, die Mauern seines Glaubens und die Reservoire seiner Hoffnung hatten sich unter dem trüben Blut, das seiner Hirnrinde entquollen war, zu einem schlaffen Schaumgespinst verwoben.

»Jetzt werden mich alle für verrückt erklären«, jammerte er einige Tage später plötzlich, als er langsam begriff, was ihm passiert war. Ich versuchte ihn zu beruhigen, indem ich ihn daran erinnerte, daß keiner im Dorf von allen für normal gehalten wird. Die geistige Klarheit eines Menschen bestimmt sich bei uns nach einfachem demokratischem Mehrheitsbeschluß. Efraim beispielsweise gilt nach einhelliger Meinung bis heute wegen Jean Valjean als durchgedreht, manche betrachten ihn zudem als Denunzianten und Verräter. Die Dorfleitung hielt Pines schon vor seinem Gehirnschlag für meschugge, weil er nachts Schreie hörte. Viele meinten, mein Großvater sei übergeschnappt, weil er seit Efraims Weggang kein Obst mehr pflückte, sondern es abfallen ließ und wegwerfend behauptete, er züchte die Bäume nur der Blüten wegen. Als Rilow von Margulis' Verhältnis mit Tonia erfuhr, dachte er, der Mann sei durchgedreht und auf den Kopf gefallen obendrein. Margulis wiederum hielt Riva für meschugge und stürzte sich mit der flatterhaften Leidenschaft eines Nachtfalters auf Tonia Rilows knochigen, längst vergessenen Leib, um seine süße Virilität ›emsig schwirrend und sirrend‹ in ihr zu entladen, wie Uri sagte. Tonia begriff, daß sie selbst nicht alle Tassen im Schrank hatte, zog ihren eigenen Irrsinn aber dem Gewehröl-, Schießpulver- und Urinduft ihres Angetrauten vor.

Auch ich galt in der Zeit, als ich noch im Dorf wohnte, als angeknackst. Der Friedhof erbrachte dann den schlagenden Beweis dafür, aber schon im Kindergarten und in der Schule hielten die Kinder Distanz zu mir; außer Uri hatte ich keine gleichaltrigen Freunde.

Großvater und Pines fütterten mich mit Geschichten und unterrichteten mich über Insekten und Bäume. Zirkin spielte mir vor und verblüffte mich, indem er mit bloßer Hand Nägel ins Holz schlug – so hart war die Haut an den Innenflächen. Drückte man Zirkin die Hand, war deutlich ein hölzernes, trockenes Reiben zu hören. »Die Skorpione in den Mauerritzen von Vaters Kuhstall haben eine Mordsangst vor ihm, seit einer von ihnen sich mal den Stachel bei ihm abgebrochen hat«, grinste Meschullam. Doch wenn Mandolina seine Kühe melkte, wurden seine Handflächen so weich, daß keine sich je über grobe Behandlung beschwerte.

Und Lieberson las mir Abenteuer aus einem Buch vor, ja spielte ein einziges Mal sogar Verstecken mit mir.

»Sie haben das zum Andenken an deine Großmutter getan«, sagte Pines.

29

Nicht immer hatte Elieser Lieberson Zeit für mich. Die Landwirtschaft hatte er zwar Daniel übertragen, aber dafür war er vollauf beschäftigt, Fanja immer raffinierter zu umwerben.

Unablässig überraschte und vergnügte er sie mit einem Geschick, das stets in ihm gesteckt, seit ihrem Eintritt in sein Leben aber eine großartige Entwicklung genommen hatte. Er wußte, daß die Liebe der geheimnisvollste und empfindsamste aller Böden ist, und der könne keine banalen, plumpen Annäherungsversuche wie die Einhaltung des Jubeljahrs oder der Saatfolge vertragen, die für dürftige Böden und einfallslose Bauern gedacht seien, erklärte er. Von Zeit zu Zeit hörte das ganze Dorf Fanjas Lachen durch die Fenster ihres Hauses schallen, worauf Uri anerkennend zu sagen pflegte: »Lieberson hat's wieder mal geschafft.«

Keiner von uns vermochte den Widerspruch zu erklären zwischen dem Ideologen Lieberson, der einen mit visionären Versen bombardierte und auf Versammlungen wie im Dorfblatt ganze Wortlawinen losrollte, und dem verkappten Schwerenöter, der nur für Fanja da war. Er richtete die Eichelhäher in seiner Obstpflanzung darauf ab, ihr ›wie ein russischer Student‹ nachzupfeifen, schleppte sie in Sommernächten zu neckischen Ausflügen in die Felder, was ich selbst noch als verborgener Zeuge mitbekam. Und Pines erzählte, als Fanja vor vielen Jahren im Packhaus arbeitete, habe Lieberson in seiner Baracke eine Köstlichkeit aus Sahne, Kakao und Zucker zubereitet und sich den Mund damit gefüllt, um seiner Frau beim Küssen die süße Creme einzuflößen. »Unterwegs sprachen ihn Leute an, die baß erstaunt waren, daß Lieberson erstmals in der Geschichte des Dorfes den Mund nicht aufmachen wollte.«

Am zehnten Hochzeitstag setzte er sich über einige Grundsätze hinweg, kutschierte mit dem Wagen in die Stadt und kaufte ihr ein Stück teure, parfümierte Seife, die weithin nach Frivolität und Ketzerei duftete. Damals wuschen sich die Frauen des Dorfes Körper und Haare noch mit den unförmigen, stinkenden grauen Wäscheseifenwürfeln. Fanja benutzte die neue Seife nur freitags, doch der verführerische Duft, der ihrer Haut dann entströmte, machte sie selbst schüchtern, löste eine Welle empörten Getuschels im Dorf aus, erinnerte manche Alteingesessenen an Rivas verruchte Luxuskiste oder Pessja Zirkins Parfüm und verdreifachte Liebersons Leidenschaft.

Zwei Monate vergingen, das Stück Seife wurde klein und kleiner, und nun entdeckte Fanja das wahre Geschenk ihres Mannes darin – »ein dummes Zettelchen«, verborgen in einem versiegelten Zinnröhrchen, das ihm der Klempner angefertigt hatte. Lieberson hörte ihren fröhlichen Aufschrei aus der Wäschereibaracke, in der man sich damals wusch, und eilte sofort zu ihr.

Von da an, hieß es, versteckte er ihr Zettelchen an jedem nur möglichen Ort. Sie fand seine winzigen Blechröhrchen in den Krippen der Milchkühe und in Pepsin-Käselaiben, hörte sie in den Petroleumdosen des Brutkastens rasseln und, als Liebersons Kunstfertigkeit zu ihrem Höhepunkt ausgereift war, entdeckte sie sie sogar in den Mägen der Hühner, die sie zum Mittagessen schlachtete und ausnahm.

»Elieser übertreibt wie üblich«, bemerkte Pines mit Genugtuung, »Fanja wird noch Verfolgungswahn kriegen, wenn er damit weitermacht, aber das ganze Dorf weiß, daß seine Verstecke weit besser sind als Rilows stinkendes Geheimarsenal.«

Zirkin hingegen arbeitete immer noch schwer und war des Lebens mit seinem trägen Sohn und seiner ›vollbusigen Funktionärin‹ als Frau rechtschaffen müde.

Meschullam hatte in einem nahegelegenen Kibbuz zig Kisten mit Papieren ergattert und beschäftigte sich jahrelang damit, sie zu ordnen. Pessja kam ab und zu aus ihrem Tel Aviver Büro im Gewerkschaftshaus auf Stippvisite ins Dorf – in Begleitung ausländischer Arbeiterführer, burmesischer Landwirtschaftsexperten oder schwarzer Minister in bunten Röcken und Bäckermützen. Sie leitete auch pädagogische und soziale Aktivitäten in den Auffanglagern ein, was durch ein Zeitungsbild dokumentiert wurde, auf dem sie ein marokkanisches Kind in einer Blechwanne wusch und dabei seiner Mutter zulächelte. »Genossin Pessja Zirkin zeigt einer Neueinwandererin, was Mutterliebe ist«, prangte unter ihrem mütterlichen Busen als Bildunterschrift.

Unter dem Deckmantel der Höflichkeit bewahrte Großvater den beiden Freunden gegenüber einen leisen, verhaltenen Groll. Er zog mich auf, beschnitt und veredelte seine Bäume, schrieb Zettelchen und schmiedete Pläne. Die Zeitspanne, die festes Fleisch auf meinen Knochen wachsen ließ und mich mit Geschichten vollstopfte, löste die ›Arbeitsgruppe Fejge‹ auf, so daß nur noch eine großartige Legende, brüchige Photos und blutlose Schatten von ihr übrigblieben.

Aber für mich gehörten Zirkin und Liebersons zur Familie. Als ich eines Tages bei Liebersons niemanden zu Hause vorfand, nahm ich sein Geschichtenbuch zur Hand. Ich war damals noch zu klein, um lesen und schreiben zu können, sah aber doch, daß das Buch leer war. Weißglänzende Bögen in Stoff gebunden. Lieberson hatte all die Geschichten erfunden, die er mir erzählt hatte. ›Die Grille und die Ameise‹, ›Der Storch und der Fuchs‹ und auch ›Die Blume mit dem goldenen Herzen‹.

Pines lachte schallend, als ich ihm davon berichtete.

»Wir alle erfinden meist Geschichten, oder wir erzählen die von anderen«, meinte er. »›Die Grille und die Ameise‹ ist übrigens, persönlich gesagt, nichts als unfundierter Quatsch.«

Eines Nachts hörte ich ihn mit Großvater in der Küche sprechen.

»Er muß mehr raus und mit Kindern seines Alters zusammenkommen«, sagte er, »es tut nicht gut, wenn ein kleines Kind nur unter Erwachsenen ist.«

Doch Großvater antwortete: »Das ist mein Kind«, und lutschte energischer an der bitteren Olive im Mund.

»Mirkin«, beharrte Pines, »willentlich oder unwillentlich schichtest du Schutthügel um Baruch auf. Ich sehe ihn in der Schule. In den Pausen macht er weder beim Murmelspielen noch beim Schlagball mit. Er spricht mit niemandem, kriecht bloß immer allein auf der Wiese herum«

»Er sucht Käfer, wie du«, sagte Großvater.

Manchmal hob ich die Augen und sah mich von einem höhnisch schreienden Kreis umgeben.

»Die Kinder umringen ihn wie Tagesvögel, die sich kreischend und zeternd um einen Uhu versammeln.«

»Ich mach mir keine Sorgen«, sagte Großvater, »und ich möchte nicht das Kind sein, das es wagen sollte, ihn zu sehr zu reizen.«

Als ich in der zweiten Klasse war, brach ich Rilows Enkel Usi zwei Finger. Ich hatte vor den weißen Oleandersträuchern am Zaun gekniet und nach Schwärmerraupen Ausschau gehalten. Dick und glänzend krochen sie schwerfällig über die Blätter der giftigen Pflanze, und wenn ich eine von ihnen berührte, wandte sie mir den Nacken zu, um mich mit zwei furchterregenden Augen anzugucken. Ich wußte, daß diese Augen nur vorgetäuscht waren – zwei bläuliche Flecken, mit schwarzer Tusche umrahmt. Pines hatte mir erklärt, der aufgemalte Blick der Raupe sei dazu gedacht, lebensbedrohende Feinde abzuschrecken.

Usi Rilow landete mit einem Plumps auf meinem Rücken, faßte mich an den Ohren und begann mich durchzuschütteln.

Ich packte ihn am Handgelenk und schnellte herum. Mit seinen dreizehn Jahren war er älter und flinker als ich. Zu seiner Bar Mizwa hatte er von seinem Großvater ein Reitpferd und eine *Parabellum*-Pistole bekommen und war damit, ohne Proviant, losgeschickt worden, um sich in den Bergregionen der Tscherkessen durchzuschlagen. Aber in der zweiten Klasse wog ich schon zweiundvierzig Kilogramm, war ebenso groß wie er und kriegte von meinem Großvater wohlberechnete Portionen an Kolostrum und Haß. Ganz langsam bog ich Usi zwei Finger nach hinten, bis ein leises Krachen zu hören war. Er erbleichte, sackte weg und verlor das Bewußtsein. Zwei Lehrer trugen ihn fort, während ich mich wieder über die Raupen beugte, um ihre künstlichen Augen zu betrachten.

Am Abend kam Rilow in die Baracke, um mit Großvater zu sprechen, aber der sagte ihm – durch eine Reihe klirrender Eiswürfel, die er verächtlich zwischen den Zähnen rollte –, sein Enkel solle sich gefälligst mit Gleichaltrigen anlegen, statt über Kleinere herzufallen, die eben böse reagierten.

Seitdem griff mich keiner mehr an, aber in den Pausen sangen die anderen Spottlieder auf mich, worauf Pines, der genau im richtigen Augenblick durchs Lehrerzimmerfenster zu blicken wußte und sah, daß ich gerade losstürmen wollte, fürsorglich herauskam, mich ins Naturkundezimmer abführte und meinem Nacken durch seine ruhig aufgelegte Hand die harte Spannung nahm.

An zwei Nachmittagen pro Woche ging ich mit ihm auf die Felder, in ›die Schule der Natur‹, hinaus.

»In der Natur gibt es keine Verschwendung«, verkündete Pines, als wir auf dem Sandweg aufs Wadi zuschritten, »alles ist genießbar. Und wie es in der Schrift heißt: Es ist am besten, wenn du an dem einen festhältst, aber auch das andere nicht losläßt. Es gibt einen Wurm, der in den Knoblauchschalen lebt. Es gibt

Spinnen, die ihre Männchen auffressen. Kuhfladen, verfaultes Obst, Stoff, Papier – alles verwertbar.«

Pines hielt die Hände auf dem Rücken verschränkt wie ein Gutsherr, der seine Besitzungen inspiziert. Ich trug seinen quadratischen Militärtornister voll Pinzetten, Netzen, leeren Streichholzschachteln und versiegelten Chloroformschälchen auf dem Rücken. »Dein Großvater hat ihn mir geschenkt«, erzählte er, »es ist ein englischer Funkerranzen, der deinem Onkel Efraim gehört hat.«

Ich bat Pines, wir sollten eine Gottesanbeterin fangen, ein Insekt, das mit seinem zierlichen Gang und seinem frommen Gesichtsausdruck mein Interesse erregt hatte. Doch gerade da kroch flink ein orangenfarbener Käfer mit schwarzen Flecken auf dem Rücken vor uns über den Pfad. Ich zeigte ihn dem Lehrer, dessen Augen ständig umherschweiften, während sein Mund unaufhörlich redete. Beim Anblick des Käfers wurde er ganz aufgeregt.

»Vielleicht haben wir diesmal Glück«, sagte er und befahl mir, das Insekt nicht aus den Augen zu lassen.

Der Käfer krabbelte, offensichtlich beschäftigt, in gerader Linie. Seine Fühler, die zwei kurzen Stöcken glichen, bewegten sich ununterbrochen.

»Wunderbarer Geruchssinn«, flüsterte Pines, indem er ihm auf allen vieren nachkroch.

Nach einer Viertelstunde beschleunigte der Käfer seinen Schritt, und nun stieg auch uns ein leichter Aasgeruch in die Nase.

Der Käfer verschwand unter einem Strohlager.

»Ah – na, sehen wir mal nach«, sagte Pines, drückte das Stroh zur Seite und legte einen toten Stieglitz frei. Wir setzten uns so, daß der Wind den Gestank in die andere Richtung trug, und Pines schärfte mir ein, das nun Kommende genau zu verfolgen.

Ein zweiter Käfer erschien auf der Bildfläche, bahnte sich seinen Weg durch die Erdklumpen. Ohne Zeit zu verlieren, eilten die beiden aufeinander zu und paarten sich neben dem Kadaver.

»Siehst du, Baruch«, sagte Pines, »die Natur ist groß und weit. Es gibt Paare, die sich auf der Blumenwiese verabreden, andere gehen ins Theater, und jene beiden da immer dem Gestank nach.«

Nun begannen die beiden Käfer unter dem toten Stieglitz zu graben, räumten Erdkrumen und kleine Steinchen beiseite, so daß der Kadaver langsam in die Grube absank, die unter ihm ausgehoben wurde. Wir saßen mehrere Stunden dabei, bis der Vogel verschwunden und mit Erde bedeckt war.

»Jetzt«, sagte Pines, »legt die Käfermutter ihre Eier in dem Kadaver ab, und bis die Larven ausschlüpfen, nagt sie das Fleisch ab und weicht es für ihre Kinder auf. Manche wachsen in Palästen auf, andere in Kadavern. Mein Teil sei mit euch, den Bescheidenen der Welt.«

Er nahm mich an der Hand, und wir gingen heimwärts.

Als die Ärzte befanden, Pines könne ins Dorf zurückkehren, bestellte Buskila ihm eine Taxe, und ich bot ihm an, ein paar Wochen bei mir zu wohnen, aber Pines sagte nur eines: »Nach Hause.«

Tränen des Kummers und der Anstrengung traten dem Lehrer in die Augen, als wir bei ihm daheim angelangt waren. Er war sehr gealtert. Die winzigen Blutgerinnsel hatten wie exakt geführte Skalpelle seine Erinnerungslinien durchtrennt, die seit seiner Ankunft im Land errichteten Dämme eingerissen und das Hungerzentrum in seinem Gehirn dazu veranlaßt, unentwegt zu signalisieren.

»All die alten Knaben sind gestorben«, sagte Pines, »am Kampf gegen die Verlockungen und an harter Arbeit. Nur Lewin ist noch am Leben, und ich bin's auch. Zwei Müßiggänger.«

Jetzt unterrichtete er nicht mehr und lud kaum noch Schüler

zu sich nach Hause ein. Auch streifte er nicht mehr durch Feld und Flur, saß aber manchmal im Garten und beobachtete die Ameisen und Feldheuschrecken, die sich auf dem Rasen tummelten. Zwischen den Wildblumen, die er angepflanzt hatte, schlängelte sich träge die Sandboa, die Pines aus dem Käfig im Naturkunderaum freigelassen hatte. Seine zoologischen Sammlungen hatte er zwischen mir und der Schule aufgeteilt, wobei die Gliederfüßler, die verblichenen Kriechtiere in den Formalingläsern und die ausgeblasenen Vogeleier im Naturkundesaal blieben. Doch abgesehen von der regulären Systematik unterteilte Pines die Lebewesen noch in nützliche und schädliche, und so hatte er auch seine Privatsammlung in nur zwei Klassen eingeteilt: ›Unsere Freunde‹ und ›unsere Feinde‹.

»Eine schwierige Unterscheidung«, grübelte er, »der Bienenfresser zum Beispiel vernichtet Hornissen, aber auch Margulis' Bienen. Das Ichneumon vertilgt Wühlmäuse, aber auch Küken.«

»Wenn du ein Insekt, einen Vogel, ein Säugetier oder ein Reptil siehst, dann frage gleich: Gehörst du zu uns oder zu unseren Feinden?« belehrte mich Pines schon bei unseren ersten Feldspaziergängen, als ich fünf Jahre alt war.

»Diese Sammlung werde ich dir einmal vererben«, verkündete er mir. »Du bist ihrer würdig.«

Er beriet sich viel mit Großvater, der ein Experte für Obstbaumschädlinge war, und gemeinsam unterrichteten sie mich in der Kunst ihrer Bestimmung und Bekämpfung. Sie gingen mit mir in die Pflanzung, führten mich vor einen Birnbaum und legten mir die Hände auf die Schultern.

»Schau gut hin«, sagte Großvater.

Die beiden Männer in grauen Hemden, der eine mit Schirmmütze, der andere mit breitkrempigem Strohhut, überragten mich mit feierlichen Mienen. Eine mir unerklärliche Erregung hing zwischen ihnen in der Luft.

»Ich seh gar nichts«, sagte ich.

Großvater kniete nieder und zeigte mir ein rundes Loch von einem halben Zentimeter Durchmesser in dem Stamm des Birnbaums. Genau darunter lag ein Häufchen feines Sägemehl auf dem Boden.

»Ein solcher Räuber kann den ganzen Baum vernichten«, sagte Pines.

Großvater zog ein langes, dünnes, an der scharfen Spitze spiralförmig gedrehtes Stück Draht aus der Tasche.

»Die Pflanzerangel«, sagte er, indem er vor dem Baum niederkniete. Mit behutsamen, sicheren Bewegungen führte er den Draht in das Raupenloch ein. Eineinhalb Meter davon verschwanden langsam im Stamm. Großvater seufzte leise, denn er begriff, wie groß der bereits angerichtete Schaden war.

»Scheißviech«, fluchte er, als er den Draht in die Raupe eindringen spürte. Er drehte ihn wie einen Korkenzieher ein wenig fester ins Fleisch seiner Beute und begann vorsichtig zu ziehen. Aus dem Stamm hörte man ein schauderhaftes Kratzen, begleitet von einem sanften, ekligen Pfeifen, als die Kauwerkzeuge und Krallen der Raupe aus dem Mark des Birnbaums losrissen und auf dem unfreiwilligen Weg ans Sonnenlicht die Tunnelwände entlangschabten.

»Ah – na«, sagte Großvater und zog das Drahtende heraus. Ein weichlicher, apfelsinengelber Klumpen mit schwarzen Punkten saß dort aufgespießt und krümmte sich vehement. Großvater hielt mir das Ganze dicht vors Gesicht. Ich empfand Haß und Ekel.

»Schau ihn dir gut an, mein Kind«, sagte Großvater, »das ist der Feind. Die Tigermotte.«

So begann mein Agrarunterricht. Zweimal wöchentlich wurde ich in die Pflanzung geschickt, um die Sägemehlhäufchen zu Füßen der Stämme zu suchen.

Ich kann mich noch daran erinnern, wie ich eigenhändig meine erste Raupe aus dem Stamm eines Renettenapfelbaums herausgezogen habe. Das Zappeln und Zähneknirschen des Untiers im Stamm übertrugen sich mir per Stahldraht auf Finger, Handgelenk, ja bis in die Wirbelsäule.

»Nur keine Angst, Baruch«, sagte Großvater, »er ist in deiner Hand.«

Ich schüttelte den Tiger auf die Erde und zertrat ihn mit den Füßen.

Als die Tigermotte einen Aprikosenbaum in Liebersons Pflanzung erledigt hatte, fällte Pines den toten Baum und bohrte mit einem kleinen Beil in seinem Stamm herum, bis er eine der Raupen erreicht hatte.

Er hackte das Stammende mit der Raupe darin ab. »Dich brauchen wir für die Sammlung«, grinste er, »und deinen Genossen werden wir einen schönen Feuertod bereiten.« Wir zerrten das ganze Baumgerippe aus der Pflanzung heraus und steckten es in Brand.

»Auf Nimmerwiedersehen, ihr Schurken«, sagte Pines, als das Kreischen und Todeshusten aus den lodernden Zweigen schallte.

Wir gingen zu ihm nach Hause. Pines zog die Raupe mit einer gepolsterten Pinzette heraus und wickelte ihren Leib in Löschpapier. »Es kommt vor, daß die Raupen bei ihrem Tod eine färbende Flüssigkeit absondern«, erklärte er beim Einpacken.

Dann stopfte er die zappelnde Raupe in ein Reagenzglas, schob einen in Benzin getränkten Wattebausch nach, bot mir einen Stuhl an, gab mir einen Keks und begann zu referieren.

»Das ist der Härtetest für jeden Sammler«, sagte er, »es gibt nichts Schwierigeres als die Präparation einer Raupe. Sie ist saftig, leicht verwesend und besitzt auch keinen Außenpanzer, der die Form bewahren würde.«

Als die Raupe an den Benzindämpfen eingegangen war, zog er sie heraus, legte sie auf ein Glasplättchen und schnitt mit einem winzigen, scharfen Skalpell kurz vor ihrem After ein. »Das habe ich von Sonja aus der Krankenstation geklaut«, sagte er spontan und bebte am ganzen Leib vor verhaltenem Wohlbehagen. Dann rollte er einen Bleistift von Kopf bis Schwanz über den Raupenkörper. Die Eingeweide quollen aus dem Einschnitt, Pines trennte sie ab und warf sie aus dem Fenster.

»Den Vögeln des Himmels und den Tieren des Feldes«, deklamierte er in biblischem Sprechgesang.

Er nahm einen kleinen Strohhalm, führte ihn in den leeren Raupenkörper ein und blies äußerst behutsam, die Augen hinter seinen vor Anstrengung beschlagenen Brillengläsern halb zugekniffen. Die Raupe blähte sich langsam auf. Pines stand vorsichtig auf, beugte sich über die Tischlampe, drehte die Raupe über der heißen Glühbirne und blies sanft weiter.

»Du kannst das auch über einem heißen Bügeleisen machen, aber nicht über offener Flamme.«

Nach einigen Minuten war die Haut der Raupe trocken und hart geworden.

»Die ganz Peniblen überziehen das mit farblosem Lack«, sagte Pines, indem er ein Tröpfchen verdünnten Klebstoff auf den Einschnitt am Hinterende der Raupe träufelte.

Nun nahm er das Stück Baumstamm und zersägte es so, daß der Tunnel der Tigermotte in ganzer Länge offenlag, blies und wischte das Sägemehl vom Holz und setzte den präparierten Schädling in sein früheres Heim. Dann schrieb er Datum und Ort des Fundes auf einen Zettel, holte aus einem Schächtelchen eine dicke, haarige Motte mit getigerten Flügeln, die auf einer Stecknadel aufgespießt war, und heftete sie an die Baumrinde.

»Es ist wichtig, sie in ihrer natürlichen Behausung auszustellen«, seufzte er zufrieden.

30

Auf seine alten Tage wurde Lewin zum unausstehlichen Nörgler. Großvater, der einzige Mensch, vor dem er Respekt gehabt hatte, war schon tot, und in einem schwachen Moment hatte ich ihm die alten Arbeitsstiefel geschenkt, die Großvater in der Pflanzung zu tragen pflegte. Lewin saß auf dem Bett, steckte seine mageren Füße hinein, stand auf, stiefelte mit dem glücklichen Ausdruck eines Kindes zu Pessach umher und warf den Kopf wie ein übermütiges Fohlen, wann immer er auf die abgewetzten Spitzen niederblickte.

»Wozu hast du ihm Großvaters Stiefel gegeben?« schimpfte Jossi, »jetzt meint er, er wäre sonst was.«

Durch die Stiefel inspiriert, steckte Lewin seine Nase plötzlich mehr in die Führung der Landwirtschaft als in die Geschäftsbücher des Konsumladens. Außerdem begann er, Rachel anzuschreien, wanderte in seinen Stiefeln über die Felder, um sein Spiegelbild in jeder Pfütze zu bewundern, nannte sich selber ›der süße Lewin‹, bat Rachel, ein blaues Kopftuch aufzusetzen, und bekam Angst beim Anblick von Grillen und Heuschrecken.

Eines Nachts, als ich es einfach nicht lassen konnte, wieder zu seinem Haus zu schleichen, um durchs Fenster zu lugen, sah ich ihn ein schwarzes Notizbuch herausziehen, das er Rachel wütend unter die Nase schob.

»Alle Sünden der Arbeitsgruppe«, zischelte er, »hier stehen sie schwarz auf weiß.«

»Wann wirst du endlich mal zur Ruhe kommen«, sagte Rachel müde, »Zirkin und Mirkin sind schon tot. Lieberson, der Ärmste, sitzt blind im Altersheim. Auf wen hast du's denn noch abgesehen?«

»Sie hat dauernd so gelacht«, sagte Lewin, »abends hat sie mit ihnen rumgealbert und gelacht. Sie haben chassidische Lieder gesungen und dabei die Worte absichtlich entstellt, um sie zum Lachen zu kriegen und mich zu kränken.«

Fejges Lachen, die Flecke der geklauten Schokolade, Seizers abschätzige Blicke – sie alle hatten ihre Zeichen in Lewins Haut eingeritzt wie die nagenden Kauwerkzeuge der Heuschrecken. Er erinnerte sich, daß Lieberson ihm eine ganze Nacht mit der Frage zugesetzt hatte, ob die Arbeitsgruppe Fejge aktiv am Klassenkampf in China teilnehmen müsse. »Ihr gelben Arbeitermassen, wir eilen euch zu Hilfe!« schmetterte der junge Pionier in die Dunkelheit. Fejge lachte schallend und umarmte ihn, ja schmiegte sich eng an seinen Körper. Lewin hatte jene Nacht keinen Schlaf finden können, da seine Schwester nun offensichtlich nicht mehr zwischen Idee und Wirklichkeit zu unterscheiden wußte.

In Petach Tikva hatte Mirkin in aller Öffentlichkeit am Sabbat geraucht und damit Streit mit den frommen Bauern heraufbeschworen. Zirkin hatte in Jaffa zwei Chassidim dumme antichassidische Witze erzählt. In Rischon Lezion war Lieberson zwischen den Weinstöcken dabei überrascht worden, als er der Schuldirektorstochter mit beiden Händen unter der Bluse herumfummelte. Alle drei hatten sich in Anwesenheit seiner Schwester an- und ausgezogen.

Heimlich notierte er in ein kleines schwarzes Heft alle Sünden jener drei, die ihm seine Schwester abspenstig gemacht hatten, und eines Abends zog er es heraus und las ihnen die ganze Liste vor.

»Du hast vergessen aufzuschreiben, daß Mirkin in Jaffa Orangen geklaut hat«, sagte Lieberson.

»Ich habe gar nichts vergessen«, sagte er jetzt zu Rachel, »sie haben mich verspottet und meine Schwester umgebracht, aber nur Mirkin hat seine Strafe bekommen. Nur er.«

Dann fing er an, Meschullam nach der Freitodwelle in der Anfangszeit der Zweiten Alija auszufragen. Auf den Friedhöfen der älteren Moschawim und Kibbuzim ruhten stets auch Pioniere, die Hand an sich gelegt hatten, und die Aura von Reue und Scham umschwebte weiter ihre Gräber. Die meisten waren schon zu mir überführt worden. Lewin ging zwischen den Grabsteinen spazieren und las verträumt murmelnd die furchtbaren Worte: ›Legte Hand an sich‹, ›War seinen Leiden nicht gewachsen‹, ›Trank den Giftbecher‹, ›Setzte seinem Leben ein Ende‹.

Ab und zu lief er schreiend ins Freie hinaus, in den Händen eine grüne Dose Insektengift. Rachel rannte ihm nach. Sie war jünger als er, aber der Wahnsinn verlieh Lewins grauen Waden Kraft und Geschwindigkeit, und als Rachel ihn auf dem Feld einholte, hatte er das Gift bereits ausgetrunken und wartete nun, auf der Erde liegend, auf den Tod. Doch die langen Jahre im Lager des Konsumgeschäfts im unmittelbaren Dunstkreis von Ammoniak, Parathion, Benzolsäure und DDT hatten ihn gegen giftige Chemikalien immun gemacht. Nach zwei Stunden war er es überdrüssig, in der prallen Sonne zu liegen, stand auf und ging deprimiert nach Hause. Rachel schritt wortlos neben ihm her.

Auch als Großvater gestorben war, kam Lewin weiter zu uns auf den Hof, um sich Beschäftigung zu suchen. Mein Onkel Abraham, der sich daran erinnerte, wie Lewins gute Hände ihn als Waisenjunge gefüttert, gewaschen und zugedeckt hatten, schickte ihn nicht weg. Er ließ seinen Onkel die alten Drähte aufsammeln, die zwischen den Strohballen hängengeblieben waren, denn auch wenn sie keinen Verwendungszweck mehr hatten, war es doch besser, sie gerieten nicht etwa versehentlich in den Trog und brachten eine Kuh zur Strecke. Lewin richtete sich sogar eine kleine Arbeitsecke in der Scheune ein, in der er stundenlang saß, mehrfarbige Milchleistungskurven aufzeichnete und krumme Nägel zur Wiederbenutzung geradeklopfte. Wir hörten seine Hammerschläge, gelegentlich unterbrochen von einem schmerzlichen Stöhnen, in das die Truthähne begeistert im Chor einstimmten. »Mir scheint, dein Onkel klopft nicht unsere Nägel, sondern seine eigenen Finger gerade«, hörte ich Uri einmal beim Mittagessen zu seinem Vater sagen. Jossi beschwerte sich, Lewin wirbele beim Ausschütteln und Falten leerer Futtersäcke dichte Staubwolken auf, und deswegen grassiere die Kehlkopfentzündung unter den Hühnern. Hinterher trat er sogar auf den Hof und fuhr Lewin grob an, unterstützt von seiner Mutter Rivka, die vom Balkon aus noch einige Schmähungen draufgab.

Lewin kehrte gedemütigt und wutkochend heim und sann auf Rache. Sämtliche Spötteleien der Arbeitsgruppe wurden in seinem Gedächtnis wieder hochgeschwemmt. Eines Tages überraschte er Abraham während der Mittagsruhe.

»Mich behandelt ihr wie ein Stück Vieh, aber Seizer behaltet ihr auf dem Hof.«

»Seizer hat schon in den ersten Tagen mit Vater zusammengearbeitet«, sagte Abraham, »wir werden ihn nicht verkommen lassen, bloß weil er alt und schwach geworden ist.«

»Seizer ist überflüssig«, zischte Lewin, »er ißt das Gnadenbrot.«

»Seizer ist das beste Maultier im Dorf«, erwiderte Abraham, »Vater und ich haben ihn nie als einfaches Lasttier betrachtet, er hat sein Leben lang bei uns gearbeitet und viel Schweiß investiert. Mehr als so manche zweibeinigen Pioniere.«

»Er ist das beste Maultier im Dorf gewesen«, antwortete Lewin unter Betonung des Wortes ›gewesen‹, denn die Sache mit dem Schweiß erschien ihm als persönlicher Seitenhieb, »und ich habe noch von keinem Pferd oder Maultier gehört, das Pension erhalten hätte. Man müßte ihn an die arabische Wurstfabrik oder an das Klebstoffwerk in der Haifaer Bucht verkaufen. Kein Mensch behält ein altes Maultier im Inventar, das schon keinen Wagen mehr ziehen kann.«

»Zwinge mich nicht, zwischen euch zu wählen«, sagte Abraham, »und Seizer ist noch nie ein Inventarposten gewesen.«

Die meisten Maultiere in unserem Dorf waren Engländer oder Jugoslawen. Daneben gab es zwei Deutsche, die nach dem Ersten Weltkrieg hiergeblieben waren. Und Seizer, so erzählte man mir, war das einzige Maultier, das aus Rußland eingewandert war, zusammen mit einer Gruppe von Pionieren, die aus einem Ort namens Mogilew stammten. Sie hatten es an dem Tag gekauft, an dem sie ihre Reise nach Odessa antraten. Einer von ihnen hatte Seizer auf dem Viehmarkt entdeckt und seinen Kameraden mit lauter, höhnischer Stimme zugerufen: »Ich kenne dieses Maultier, er ist ein direkter Nachfahre vom Maultier des Baal Schem Tow.«

»Apikoirus, Abtrünniger«, schimpfte der Chassid, der Seizer am Zaum hielt, »seit wann hat ein Maultier Nachfahren?«

»Zweifelt ihr etwa an der Macht des Zaddiks?« antwortete ihm der Pionier unter dem Gelächter seiner Genossen. »Wenn der Rabbi will, hat sogar ein Maulesel Söhne.«

Die Mogilewer Chassidim wollten schon losschlagen, aber die klingenden Münzen beruhigten die Gemüter. Die Pioniere kauften das Maultier, und der dankbare Seizer schleppte ihr gesamtes Gepäck bis zum Hafen. Als sie sich auf der *Kernilow* einschifften und seine traurigen Augen sahen, legten sie ein bißchen Geld drauf, ›hievten ihn in einem riesigen Netz, das an einem Kran baumelte‹, an Bord und brachten ihn mit ins Land.

»Sie haben es nie bereut, Seizer hat bei jeder schweren Arbeit mit angepackt.«

Meschullam Zirkin fand sogar heraus, daß Seizer in Sedschera mit Ben Gurion gearbeitet hatte. Er las mir einen Brief von Ben Gurion vor, ein ›Papier‹, das er bei einem Tauschgeschäft mit dem Archiv der Bewegung ergattert hatte:

»Sedschera, den 22. Adar II 5678 (26. 3. 1908).

Frühmorgens, um halb fünf, stehe ich auf, gehe in den Kuhstall und füttere mein Vieh. Siebe Häcksel in die Krippe vor den Ochsen, streue etwas Linsenwicke darüber und mische sie unter.

Danach koche ich mir ein wenig Tee und speise. Mit anbrechender Morgendämmerung führe ich meine Herde, zwei Ochsengespanne, zwei Kühe, zwei Kälber und einen Esel, zur Tränke im Verwaltungshof.«

Es war eine der seltenen Gelegenheiten, bei denen ich Meschullam lachen sah.

»Esel!« wieherte er, indem er sich auf Bauch und Schenkel schlug. »Esel! Dieser Esel in Sedschera war Seizer, aber verlang mal von einem russischen Jungsozialisten der *Poale Zion*, daß er zwischen einem Maultier und einem Esel unterscheiden soll.«

Seizer gehörte der Mogilewer Pioniergruppe mehrere Jahre an, traf hier und da Großvater und seine Freunde und arbeitete sogar einige Sommer lang mit ihnen zusammen. Doch als seine Kommune sich auf eigenem Grund und Boden niederließ, machte er sich erneut Gedanken über die richtige Siedlungsform. »Seine Neigung zu Alleingang und Privatinitiative wollte nicht recht in den genossenschaftlichen Rahmen passen«, umschrieb Großvater das Kernproblem. Seizer haßte auch Diskussionen und Versammlungen. Fragen wie ›die Stellung der schwangeren Frau‹, ›was sich unter den lettischen Arbeitern tut‹ oder ›verbesserte Ernährung für Feldarbeiter‹ kümmerten ihn wenig, und die Selbstbekenntnisse der Genossen vor versammeltem Publikum verabscheute er geradezu.

Als eines Tages eine Genossin zum Ausmisten in den Kuhstall kam und ihr verkacktes Baby in seinen Futtertrog legte, empfand Seizer, wie Uri mir erzählte, daß seine Einstellung zum Gemeinschaftsleben nicht mit der Sicht des Kibbuz übereinstimmte, und entschied sich daher, den Gedanken des Genossenschaftsdorfs zu prüfen.

»Seizer war ein ausgezeichneter Arbeiter«, erzählte mir Großvater, als ich klein war, »er wußte immer, welches Feld dran war, man brauchte ihn gar nicht zu lenken.«

Er pflügte und eggte unsere Felder, entwurzelte tote Bäume,

zog vollbeladene Wagen und begeisterte sich genau wie alle anderen beim Anblick sprießender Keimblätter und hochgefüllter Milchkannen. Er trottete von allein zur Schmiede der Gebrüder Goldmann, wenn er spürte, daß seine Hufeisen gewechselt oder neu befestigt werden mußten. Und während Sattler Peker allen Maultieren und Pferden im Dorf lederne Scheuklappen nähte, damit sie nicht den Versuchungen der Welt nachschielten, bekam Seizer als einziger keine angelegt, denn ›außer der Arbeit interessierte ihn sowieso nichts‹. Nur einmal ging er fehl, als er aus Versehen von den Stechapfelblüten fraß, die neben dem Misthaufen wuchsen. Er wurde berauscht, lief im Kreis herum, zwinkerte den Färsen zu und benahm sich zwei Tage lang wie ein heißblütiger Tölpel.

Im Laufe der Jahre ließ seine Kraft nach. Großvater, der die Altersschwäche am eigenen Leib kennengelernt hatte und sie mit Leichtigkeit an dem erschlaffenden Körper des Maultiers wahrnahm, wollte ihm die Arbeit leichter machen, aber Seizer weigerte sich, die Anzeichen des Alters einzugestehen, bis er eines Tages im Zuggeschirr zusammenbrach.

Im allgemeinen erinnere ich mich besser an die Ereignisse, die man mir erzählt hat, als an die, deren Zeuge ich geworden bin, aber jenen Tag habe ich gut im Gedächtnis, so gut wie den Tag meiner Errettung vor den Zähnen der Hyäne. Großvater, Seizer und ich waren zum Futterholen gefahren und hatten an die zwanzig Säcke auf den Wagen geladen. Bei der kurzen Steigung vor der Kurve hielt Seizer plötzlich mit sonderbar hohem Schnaufen an, und der schwere Wagen begann zurückzurutschen. Großvater hatte ihm niemals die Peitsche gegeben; auch diesmal feuerte er ihn nur mit Rufen an und schlug ihm mit den Zügeln auf den Rücken. Seizer zitterte am ganzen Leib. Es gelang ihm, den weggleitenden Wagen zum Stoppen zu bringen, und nun zog er erneut an. Das Hinterteil sank fast bis auf den Boden ab, die Hufeisen stoben Funken auf dem Betonband der Straße, die angestrengten Atemzüge gingen in dumpfes Keuchen über. Großvater warf die Zügel weg und kletterte vom Wagen. Sorgenvenen legten sich als beängstigender Kranz um seinen kahlen Schädel, während er das Maultier zu beruhigen und auszuschirren versuchte. Aber Seizer sammelte all seine Kräfte für einen letzten Versuch, stieß einen ungeheuren Furz aus, rutschte weg und brach zusammen. Vom Vorderteil des Wagens erschallte ein scharfes Krachen, als die Deichsel brach, worauf die Zügel zu Boden fielen und nur noch am Hals des Maultiers festhingen. Großvater nahm ihm eilig das Kummet ab, umfaßte seinen Kopf mit den Händen, und die beiden schluchzten lautlos.

Seizer kehrte mit hängendem Kopf ohne Wagen heim. Ich ging neben ihm her und wußte nicht, was ich sagen sollte.

»Das ist ein Arbeitstier«, sagte Großvater zu mir, »setz dich auf seinen Rücken, damit er nicht das Gefühl hat, einfach nur müßigzugehen.«

Also ritt ich auf ihm, fühlte mit den Schenkeln das gekränkte Beben seiner Haut und seine feuchten Atemzüge. Mitschurin und Stalin, Zirkins Pferde, zogen den Wagen in den Hof, und an jenem Abend beschlossen Großvater und Abraham, Seizer von den schweren Arbeiten zu befreien. Damals kauften wir unseren ersten Petroleum-*Fergusson*, den Großvater nicht lenken konnte, und Seizer beschäftigte sich nur noch mit dem Transport der Milchkannen. Einige Jahre später, als ihm die Venen in den Vorderbeinen zu schaffen machten, die Strongylus-Würmer in den Gedärmen überhandnahmen und seine Energie lähmten und selbst die einfachsten Kutschbefehle seinem Hirn entfleucht waren, band Großvater ihn an einem langen Seil im Schatten des Feigenbaums fest. Abraham stellte die beiden Hälften eines längs durchgesägten Fasses mit Wasser und Gerste vor ihn hin, und gelegentlich nahm Großvater ihn auf einen gemächlichen Spaziergang – allein zu zweit – mit, um Blumen zu schnuppern und nachzusinnen.

Anders als jene alten Leute, die vergessen, was jetzt geschieht, sich aber an das erinnern, was vor vielen Jahren gewesen ist, hatte der kranke Lehrer seine Kindheit und Jugendzeit vergessen.

»Ich weiß, wer ich bin und wo ich hingehe, aber ich erinnere mich nicht, woher ich gekommen bin«, erklärte er seiner Umgebung, mir und sich selber.

Als ich ihn in seinem Garten besuchen kam, schaute er mich trübselig an. Einen Tag vorher war er bei Budenkins Beerdigung im ›Ewigen Haus der Pioniere‹ gewesen, und nun wirkte er traurig und besorgt. Sein ganzes Leben hatte er viel von Erziehung gehalten, und so fühlte er sich auch für mein Fehlverhalten mitverantwortlich. »Vielleicht war es der Ausflug nach Bet Schearim oder womöglich die Episode mit den Aaskäfern?« Doch ich wußte, daß sein Zorn lauer geworden war. Das galt übrigens auch für seine Reaktion auf die Rufe, die er nachts hörte. Er lief nicht mehr rot vor Wut an, wenn er davon erzählte, unterließ sein russisches Getuschel und fuchtelte nicht mehr mit den Armen. Nur ein neugierig staunender Ausdruck trat dabei auf sein feistes Gesicht. Unter seiner Hirnrinde pulsierte der Blutsumpf, den er nicht mehr bändigen und verdecken konnte.

»Ah – na, sieh mal, Baruch«, schmunzelte er, »ich habe so eine Art Mutation durchgemacht und kann sie nicht einmal jemandem weitervererben.«

Sehr alt war er. Jede Woche brachte ich ihm saubere Kleidung, bezog sein Bett und wechselte die Tischwäsche.

»Warum kümmerst du dich eigentlich um mich?« fragte er einmal verschmitzt. »Was führst du im Schild?«

»Wir zwei sind allein übriggeblieben«, gab ich zurück, »ich habe keinen Großvater, und du hast keinen Enkel.« Er lächelte traurig, aber seine Miene verriet, daß ihm die Antwort gefallen hatte.

Nur wenige Freunde waren ihm im Dorf verblieben. Großvater, Lieberson, Fanja, Zirkin waren schon gestorben. Selbst

Rilow war tot. Tonia stattete seinem Grab jeden Morgen einen kurzen Besuch ab, um sich zu überzeugen, daß er nicht auch aus dieser Grube wieder hervorgekrochen kam, und schurrte dann, auf ihr Gehgestell aus Aluminium gestützt, über den Kies, setzte sich auf Margulis' Grab und leckte mit senilem Ausdruck ihre Finger. Margulis liegt bei mir beerdigt – wunschgemäß einbalsamiert und konserviert wie ein Hetiterkönig. Seine Söhne haben ihn erst mit einer schwarzen Knospenharzschicht überzogen und dann in einen undurchlässigen Sarg gebettet, den sie bis zum Rand mit Honig auffüllten und mit Bienenwachs versiegelten. Als die Erde in der Hochsommerhitze bleich und rissig wurde, stiegen orangene Dämpfe von dem Grab auf, und Margulis' Bienen, wahnsinnig vor Sehnsucht und Süße, umschwirrten den Grabstein mit lautem Trauergesumm. Tonia wich nicht von ihrem Posten. »Wie Rizpa, die Tochter Ajas, bei den Leichen ihrer Söhne«, flüsterte Pines bewundernd. »Das ist der Unterschied zwischen uns und euch«, fügte er hinzu, »wir taten's mit ehrfürchtiger Hingabe, und ihr tut's mit vulgären Schreien von der Turmspitze.«

Bei sich zu Hause schrubbte Riva die letzten klebrigen Reste vom Boden, die ihr Mann zurückgelassen hatte, und sann Spitzendecken, chinesischen Lackmöbeln, Angorakatzen und Staubsaugern nach.

»Wenn Riva wüßte, daß auch der Chinalack nichts als das Sekret bestimmter Blattläuse ist, würde sie sich vielleicht beruhigen«, meinte Pines.

Sein Blut grub sich neue Abflußkanäle, überflutete Nervenknoten und die Abgründe des Gedächtnisses. »Als sei ich mit achtzehn Jahren, am Tag meiner Ankunft im Land, geboren worden«, sagte er. »Der Hotelbesitzer in Jaffa könnte mein Vater sein. Er ist der erste Mann, den ich bei meiner Geburt erblickte.«

Er hatte die Namen seiner Eltern und seiner Schwestern vergessen, die Landschaftsbilder seiner Kindheit, die Jeschiwa in Nemirow, die er besucht hatte, bevor er nach Erez Israel entflohen war.

»Alles ausgelöscht.«

Plötzlich begann er seinen alten Haß auf Rilow öffentlich zu zeigen. Kein Mensch begriff, warum. Rilow war ja schon tot. »Ein Kutscher, ein Heidengötze, ein Muskelprotz mit dem Hirn eines Goj«, beschrieb er den Verstorbenen, »vom Stamme Simeons und Levis.«

Er lud sich den Teller bis zum Überlaufen voll, stopfte ungeheure Nahrungsmengen auf einmal in den Mund und kaute beim Essen so rasch, als ständen hungrige Schakale hinter ihm, die ihm die Bissen von den Lippen zu rauben drohten. Halb gekaute, speichelgetränkte Brocken glitten ihm das glänzende Kinn hinunter, und rings um seinen Tellerrand türmten sich kleine Speisehäufchen auf der Tischplatte.

»Ich fresse wie Jean Valjean, nicht wahr? Wie die Rinder das Gras auf den Weiden abgrasen.«

Sobald er seine Mahlzeit beendet hatte, wurde er todmüde und fiel bald ins Bett.

»In Ruhe essen ist sehr wichtig«, verkündete er, »man darf dem Körper nicht mehrere Beschäftigungen auf einmal aufzwingen. Eine Zeit zum Weinen, eine Zeit für die Klage und eine Zeit für den Tanz; eine Zeit zum Umarmen und eine Zeit, die Umarmung zu lösen.«

Nicht nur ich, das ganze Dorf kümmerte sich um den alten, einsamen Lehrer. Der Konsumladen belieferte ihn frei Haus bis an den Küchentisch, damit er keine Einkaufstaschen zu schleppen brauchte. Rachel Lewin, die ihm fertig gekochtes Essen brachte, kam auf ihren alten Seidenpfötchen hereingeschlichen und erschreckte ihn erst mit jähem Geschirrklappern beim Tischdecken.

»Ich möchte frische Nahrung«, sagte er, »nicht vom Fleischtopf, von den Früchten deines Gartens bringe mir, besser ein Gericht Gemüse, wo Liebe herrscht.«

Einmal in der Woche brachte ich ihm Gemüse, das ich neben der Baracke anbaute, und er verschlang alles mit beängstigender Geschwindigkeit. Buskila schleppte ihm volle Töpfe aus seinem Haus in der nahen Kleinstadt an. Auf seine alten Tage hatte sich Pines in Frau Buskilas Couscous verliebt, das er mit Appetit verspeiste – ohne das Fleisch, nur das gedämpfte Gemüse und die Hirse, deren gelbliche Körnchen ihm hinterher noch an der Unterlippe klebten.

»Du hast mich betört, und ich ließ mich betören«, sagte Pines mit Jeremias Worten zu Buskila, »Ihre Frau hätte die Arbeiterküche in Petach Tikva leiten sollen. Ihr hätte keiner eine Eisenbahn gemacht.«

»Möge es Ihrer Gesundheit dienen, bester Herr«, erwiderte Buskila. Er mochte Pines, fürchtete ihn ein wenig, küßte ihm auch manchmal hastig die Hand, worauf er sofort zurückwich, um nicht etwa mit der anderen, die ihre affenartige Geschwindigkeit zurückgewonnen hatte, eine gelangt zu bekommen. Pines mochte die Sitte des Händeküssens nicht, aber Buskila erklärte mir, »so ist es bei uns üblich«.

Ich bot ihm Entgelt für die Mahlzeiten an, die seine Frau für Pines zubereitete. »Du solltest dich was schämen, Baruch«, sagte Buskila, »Pines ist ein Zaddik, ein Gerechter, ein Heiliger. Wir sind alle nur seine Diener. Ihr versteht das nicht, wißt nicht die Zeichen zu deuten. Die weißen Tauben, die immer auf seinem Dach stehen, meinst du, das wären gewöhnliche Vögel? Und die Schlange, die bei ihm im Garten kriecht und das Tor bewacht? Gott behüte, man darf vom Tod nicht sprechen«, Buskila rollte die Augen himmelwärts, »aber wenn es bei ihm einmal soweit ist, wird Licht aus seinem Grab aufschimmern oder vielleicht Wasser unter dem Grabstein hervorsprudeln. Es ist ein großes Verdienst und eine Mizwa für mich, ihm Essen zu bringen.«

Uri machte sich über Buskilas Überzeugungen lustig und nannte den alten Lehrer in seiner Abwesenheit »Baba Pines«.

»Komm, wir gehen den Heiligen besuchen«, sagte er zu mir. Aber unsere Gespräche mit Pines wurden eintönig. Er betrachtete uns wieder als Schüler, referierte uns ausführlich mit vollem Mund über Schamgar, den Sohn des Anat, oder über die Lebensweise der Meisen, ja versuchte sogar, uns Hausaufgaben aufzugeben.

Und immer noch hörte er alle paar Monate den Ruf des Fickers hoch über den Baumkronen.

»Ich bin sicher, der macht das auf dem Wasserturm«, verkündete er mir und Uri, den Mund randvoll mit Zuckererbsenschoten, »schließlich paart sich der Mensch, im Gegensatz zu den Vögeln, nicht gerade im Gezweig. Und er hat ja, verzeiht den Ausdruck, schon das halbe Dorf gefickt«, zwinkerte er verschmitzt, »darunter auch Verheiratete. Heute nacht war die Frau von Israelis ältestem Enkel dran. Ich versteh das nicht, sie haben doch erst vor zwei Monaten geheiratet, und sie sah mir so nett aus.«

Pines wunderte sich, wieso nur er die Rufe hörte. »Schon mehrere Jahre«, staunte er, »wie kann das denn sein? Es patrouillieren doch Wächter durchs Dorf und halten die Ohren offen. Bauern stehen auf, um einer kalbenden Kuh beizustehen oder Truthühner versandfähig zu machen. Wer im Morgengrauen Schädlingsbekämpfungsmittel sprühen will, ist früh unterwegs, die Fahrer des Milchwagens gehen nach Mitternacht auf Tour, und kein Mensch hört was.«

Dann überlegte er einen Augenblick. »Ich habe den armen Daniel Lieberson in Verdacht, der sich nicht trösten will. Oder vielleicht ist es Efraim, der nachts zurückkehrt und Rache nimmt.«

Wir schauten uns betreten an, fragten uns, in welcher angekratzten Zelle seines alten Hirns diese Phantasien gebraut wurden.

»Ich werde der Sache nachgehen«, erklärte Pines, »auch wenn

das meine letzte Tat sein sollte. Ich werde den Wasserturm besteigen und dort auf ihn warten.«

Ich lächelte und versuchte nicht einmal, ihn von seinem Vorhaben abzubringen. Der greise Lehrer war dick, krank und schwächlich, und ich glaubte kaum, daß er es wagen würde, die Turmleiter hinaufzuklettern. Aber Pines ging des Rätsels Lösung mit der ihm eigenen wissenschaftlichen Genauigkeit an. Stundenlang saß er im Sessel und sah alte Notizbücher nach Vorzeichen und Verdachtsmomenten durch. Er hatte ein eigenes Heft für geflügelte Worte, Reime und Weisheiten aus Kindermund, die ihn irgendwann beeindruckt hatten. Wenn hie und da ein solches Werk wieder sein Augenmerk erregte, schickte er eine Auswahl ans Dorfblatt, was ihm unweigerlich den Zorn seiner inzwischen teils schon fünfzig bis sechzig Jahre alten Schüler einbrachte. Eines Tages lachte das ganze Dorf über ein Gedicht von Dani Rilow in der Zeitung:

»Der Henne geht's nicht mies,
Sie frißt den feinsten Grieß.
Ist jetzt alt, der arme Tropf,
Kommt bald in den Suppentopf.«

Vierzig Jahre nach Entstehung dieses Reimes war der feinfühlige Poet Inhaber eines Kälbermastbetriebs und damit Freund und Vertrauter grausamer Rinderhändler und grober Metzger. Doch Pines schmunzelte nur, als er von Dani Rilows brennendem Zorn erfuhr, wachte weiterhin über seine zahlreichen Nester und hielt ein scharfes Auge auf seine Küken. Auch Meschullam ärgerte sich nach Strich und Faden über das Gedicht, weil er darin eine Entstellung der Tatsachen erblickte.

»Wer hatte damals wohl Geld, Hühner mit feinstem Grieß zu füttern?« zürnte er. »Schimpf und Schande. Die Menschen sind bereit, wegen eines Reims die Geschichte zu fälschen.«

In der Nacht sah Pines mich um sein Haus herumstreichen, um ihn vor der Rache des Rilow-Clans zu schützen.

»Geh schlafen, Baruch«, sagte er und kam zu mir heraus. »Meine Sporen habe ich schon dem Wind anheimgegeben. Kinderlose alte Lehrer kann man nicht ausrotten. Erst nach meinem Tod werden die Samen keimen, die ich ausgestreut habe.«

In einem anderen, geheimeren Notizbuch notierte er zig Jahre Anmerkungen über die Familien der Schüler. Er predigte den Kindern immer, ihren Eltern bei der Landarbeit zu helfen, doch er wußte, daß manche Bauern ihre Kinder über Gebühr ausnutzten.

Er erzählte mir von seinen ersten Lehrertagen. In der Schule gab es damals nur wenige Kinder und bescheidenes, billiges Mobiliar. An den Sommertagen saßen die Kleinen auf Matten, und jeden Morgen ließ Pines einen langen, prüfenden Blick über die Klasse schweifen, ›wie ein Schäfer seine Herde mustert‹. Seine Augen sagten ihm, welche Kinder gestreichelt, gefüttert und geküßt worden waren, und welche man bei Tagesanbruch zur Arbeit aus dem Bett gerissen hatte. Riva Margulis pflegte ihre Tochter um fünf Uhr früh zu wecken, damit sie vor dem Unterricht noch den Gehweg scheuern konnte. Nicht selten kam das Mädchen zu spät, weil die Mutter die Zeiger der Wanduhr eine Stunde zurückstellte, wenn der aufgewischte Beton nicht genug glänzte. Es gab noch keine Melkmaschinen im Dorf, und die Kinder, die bei Sonnenaufgang per Hand gemolken hatten, kamen mit derart verhärteten Fingern in die Schule, daß sie kein Wort schreiben konnten. Wenn der Kopf eines müden Kindes auf die Brust sank und ihm die Augen zufielen, sagte Pines kein Wort, aber alle wußten, daß er am Abend heimlich mit den Eltern sprechen würde.

»Jedes Kind war eine Welt für sich, und ich wurde nie müde, sie zu beobachten.«

Er kam stets vor seinen Schülern in die Schule, hängte Bilder und Spruchbänder an die Wand, setzte sich auf den Stuhl und wartete auf die Kleinen. Abraham erzählte mir, als damals Scott und Amundsen ihren Wettlauf zum Südpol unternahmen, habe Pines den Kindern regelmäßig von ihrem Fortkommen berichtet. Im Winter, wenn furchtbarer Morast das Dorf überzog, trug er sie huckepack, oder er spannte sich vor einen der berühmten Schlammschlitten und fuhr sie damit heim, wobei er wie ein Schlittenhund bellte und so selbst mit den Antarktisforschern konkurrierte.

Abraham und Meschullam gehörten mit nur fünf weiteren Kindern zu seiner ersten Klasse. Abraham war still und zurückhaltend, fleißig und ordentlich. Meschullam war ein aufgewecktes Kind, sarkastisch und diskussionsfreudig. Er fand ungeheures Interesse an Pines' Geschichten über die Anfänge des zionistischen Siedlungswerks, bekundete aber große Langeweile in den Naturkundestunden.

»Dein Onkel hatte keine Mutter mehr, und Meschullams Mutter war nie zu Hause.« Pines sah, daß Meschullam kein belegtes Brot von daheim mitbrachte, sondern einfach einen trockenen Kanten. Er wußte auch, daß Zirkin seinem Sohn immer nur Kürbisauflauf mit Ei vorsetzte, weil er nichts anderes kochen konnte, und daß mitleidige Nachbarinnen dem Jungen manchmal eine abgedeckte Schüssel hinüberbrachten oder ihn nach Hause einluden.

»Meschullam hätte der Glanz des Dorfes sein können«, sagte er, »er hat einen regen Verstand und große seelische Stärke, aber seine Kindheit hat ihn in Welten entführt, in denen abgewetzte Kleidung und gebackener Kürbis nicht Zeichen von Vernachlässigung, sondern Symbole eines neuen Lebens waren.«

Er wußte, daß das ganze Dorf Meschullam wegen seines Drückebergertums nicht mochte. »Aber von dir hatte ich erwartet, daß du Meschullams Leben besser verstehen würdest«, sagte er zu mir.

»Großvater konnte ihn auch nicht leiden«, antwortete ich.

»Dein Großvater konnte niemanden ausstehen«, sagte er, »nur mich – manchmal, und auch über seinen Geschmack läßt sich streiten, aber du siehst die Welt und das Dorf mit den Augen deines Großvaters, von seinem Willen gelenkt, in seiner Zucht und Zügelung gefangen.«

Sekundenlang kicherte er sich eins, vergnügt über das Wortspiel, dann erzählte er mir flüsternd, wie Meschullam seine Bar Mizwa gefeiert hatte. Pessja war dauernd außer Haus, Zirkin Mandolina ewig müde von der Hofarbeit, und so mußte Meschullam die Feier für seine Freunde selbst bestreiten. In der Speisekammer fand er ein paar angegammelte Tortenstücke, die von Chaim Weizmanns Besuch im Haus übriggeblieben waren. Die schnitt er in dünne Scheiben und brachte sie morgens früh mit zur Schule. Als Pines um sechs Uhr hereinkam, sah er den verzweifelten Jungen die vertrockneten Kuchenstücke mit Tränen und einigen Tropfen süßen Weins beträufeln, um ihnen wieder Geschmack zu verleihen. Er zog sich stumm zurück, bestrich daheim eine Packung Butterkekse mit Marmelade und brachte sie mit ins Klassenzimmer.

»Deine Mutter hat sie für deinen Geburtstag bei mir zurückgelassen«, sagte er zu Meschullam, der zwar wußte, daß sein Lehrer schwindelte, aber kein Wort sagte.

All diese Dinge schrieb Pines in sein Notizheft, das er ›das Herdenbuch‹ nannte. Alles, was nicht in den Zeugnissen der Schüler auftauchte, stand dort in den hübschen Lettern des alten Lehrers. Seine Handschrift war so schön und die darauf verwandte Sorgfalt so groß, daß alle Kinder des Dorfes in seiner Schrift schrieben – alle malten denselben geschwungenen Hökker des Buchstabens Bet auf einem winzigen Stengel, dieselbe Riesensichel des Gimmel und denselben kühnen, energischen Abstrich des Schluß-Mems bis unter die Zeile hinunter. Noch heute schreiben alle im Dorf Geborenen in denselben Lettern, und es hat schon schmerzliche Fälle gegeben, in denen die Absender anonymer Liebesbriefe falsch identifiziert oder Rechnungen aus demselben Grund nicht beglichen wurden. Als der verehrte Dichter Bialik einmal auf Besuch ins Dorf kam, überreichte Pines ihm ein Heft mit Gedichten, die die Kinder ihm zu Ehren geschrieben hatten. Der Gast war so verblüfft über die Einheitlichkeit der Handschriften, daß er gut gelaunt scherzte, der Herr Lehrer habe gewiß das ganze Heft selber geschrieben. Vor lauter Scham sagte Pines kein Wort, aber in derselben Woche führte er seine Schüler an den Fuß des Gilboa, um dort die Verse seines Dichterrivalen Tschernichowski zu lehren.

Ich beobachtete ihn, als er das grüne Gartentor öffnete und die Straße zu Lewins Haus hinaufzuschlurfen begann. Tonia und Riva waren die letzten beiden alten Gründerinnen unseres Dorfes, er, Seizer und Schlomo Lewin die letzten alten Gründer.

»Seizer ist nie besonders redselig gewesen, Rachel füllt mir den Bauch bei Tisch, und Lewin, der nie im Leben auch nur eine Furche gezogen hat, furcht nun sein Gesicht vor Tücke«, meinte er, als er nachts von dort zurückkam und mich an Großvaters Grab sitzen sah.

31

Jedes Jahr nahm Seizer an zwei festlichen Anlässen teil. Am Tag der Landnahme lud ihn der Kulturausschuß ein, mit den übrigen Gründern die Bühne zu betreten – eine Ehre, der unter allen Nutztieren nur er und die Kuh Chagit teilhaftig wurden –, und am Wochenfest kamen drei ordentlich gekämmte Burschen in weißen Hemden, um ihn in Meschullams Hof zu führen. Dort spannte man ihn unter großem Hallo vor den ›ersten Wagen‹, der mit geschmückten Weizengarben, Milchkannen, Früchten, schreienden Babys, Küken und Kälbern beladen wurde. Erst dann fand Seizer sich bereit, die alte Schirmmütze mit den Löchern für die Ohren durch einen Blumenkranz zu ersetzen, der ihm ein etwas verwegenes Aussehen verlieh.

Daran erinnerte man nun den aufgebrachten Lewin, aber der wurde nur noch wütender, schimpfte Seizer einen ›alten Parasiten‹ und erzählte danach mit viel Geschrei, letzte Nacht sei ihm eingefallen, daß er die Wochenendbeilage seines *Davar* in unserem Kuhstall vergessen hatte, und als er sie holen ging, habe er doch tatsächlich Seizer mit gekreuzten Hufen auf dem Hintern am Feigenbaum sitzen und seine, Lewins, Zeitung im Mondschein lesen sehen.

Diese ganze Auseinandersetzung spielte sich nicht weit vom Standort des Maultiers ab, das am Feigenbaum festgebunden war, neben sich sein Futter und Wasser. In genau abgezirkeltem Kreis um den Baum herum war die Erde schon von seinen Hufen festgestampft, und zwei hingebungsvolle Kuhreiher, die aus dem Jordantal abgesandt worden waren, pickten ihm sanft die Parasiten aus dem Fell. Seizer steckte seine mächtigen Kiefer in die Tonne, aus der er mit geschürzten Lippen erstklassige Gerste rupfte. Ein feines Lächeln trat auf sein Gesicht, und er spitzte die

Ohren über dem abgetragenen Hut, als höre er zu. Bei diesem Anblick geriet Lewin derart in Rage, daß er hinüberging und mit einem Fußtritt den Wasserbehälter des Maultiers umwarf, was wiederum Abraham soweit aus der Fassung brachte, daß er seinen Onkel des Hofes verwies.

Am nächsten Morgen kehrte der Alte zurück, entschuldigte sich und nahm seine Arbeit wieder auf. Abraham, dem sein Verhalten ebenfalls peinlich war, kam zu einer kurzen Aussprache zu mir.

»Wir schulden ihnen viel, sowohl Seizer als auch Lewin«, sagte er. »Selbstverständlich werden wir Seizer nicht dem Abdecker zuschanzen, aber wir dürfen auch Onkel Schlomo nicht vergrämen. Er mag kein großer Landwirt sein, aber ohne seine Hilfe wäre Vater nicht durchgekommen.«

Jossi konnte Lewin nicht ausstehen, und Uri schlug vor, die beiden Alten gemeinsam zu verwursten. Deshalb bat Abraham mich, die Augen aufzuhalten, und tatsächlich entdeckte ich bald, daß der alte Onkel sich gern an Seizer ranmachte und ihm den Wassertrog wegrückte, in der Hoffnung, daß es keiner merken und Seizer daher verdursten werde.

Wenn ich bei den Grabsteinen jätete, winkte ich dem alten Maultier gelegentlich zu, damit es wußte, daß jemand aufpaßt und Schlomo auf die Finger guckt, aber Seizer winkte nicht zurück. Seit Großvaters Tod hatte er den letzten Rest Lebensfreude verloren, und unter Lewins störenden Übergriffen war er recht nervös und jähzornig geworden. Sobald der schmale Schatten des Ladendirektors im Hof auftauchte, geriet das alte Tier in Hochspannung, und während es seinen großen Kopf in den Trog steckte, um teure Gerste zu konsumieren, schwenkte sein Hinterteil in leichten, wohlberechneten Schwüngen nach rechts und links, damit eines seiner Hinterbeine ihm notfalls gute Dienste leisten konnte.

Doch Lewin hatte die Maultierangelegenheit zum Grundsatzstreit erhoben, und da er ein ausgezeichneter Buchhalter war, kam er eines Abends zu Abraham, um ihm eine ›Kostenaufstellung‹ zu zeigen, in der er alle Geldsummen aufgeführt hatte, die bereits für den ›gefräßigen Luftikus, der nicht für seine Mahlzeiten bezahlt‹, investiert worden waren.

Es war eine heiße Nacht voll Gezirpe und Gesumme. Die Fenster standen offen, so daß ich die ganze ärgerliche Debatte mitbekam. Lewin leierte die ›Maultierfutterliste‹ in giftig monotonem Ton herunter. »Pro Tag gestoßene Gerste – acht Kilogramm, Platterbsengrünfutter – eineinhalb Kilogramm, drei Kilogramm Häcksel.« Das wiederholte er einige Male, bis Abraham ihm sagte, er solle mit den Närrischkeiten aufhören.

Lewin ging türenknallend davon. Gebeugt und geschlagen lief er leise fluchend unter meinem luftigen Sitz im Känguruhbaum vorbei, ohne mich in seinem Schmerz zu bemerken.

Eine gute Woche ließ er sich nicht bei uns blicken. Dann kam seine Antwort in Form eines Artikels in der Dorfzeitung, in dem er von einer ›gewissen Familie‹ schrieb, die ›sich ein genußsüchtiges Maultier hält und ihm die feinsten Speisen vorsetzt – in krassem Gegensatz zu allen Regeln wirtschaftlicher Produktivität, denen sich unsere Bewegung verschrieben hat‹.

Für einige Wochen kam Leben in unsere Dorfzeitung, die in normalen Zeiten nur Statistiken über Niederschlagsmengen und Milchpreise, ›indiskrete Mitteilungen des Besamers‹, gelegentlich auch melancholische Gedanken heranreifender Mädchen sowie Trauer- und Familienanzeigen verschiedener Art enthielt. Jetzt füllten sich ihre Blätter mit Stellungnahmen zum Thema Seizer und Lewin.

Viele votierten für Seizer, aber manche schlossen sich auch dem Standpunkt des Buchhalters an. Dani Rilow, den seine Nähe zur Rinderschlachtung zu satirischen Höhenflügen verleitete, verfaßte ein Feuilleton über eine ›Endzeitutopie‹, in der ›barmherzige Schöngeister mit kurzem Verstand auf öffentlichem

Grund und Boden Sanatorien für kranke Eselinnen und Altersheime für eierlose Hennen‹ bauen würden. Er schloß mit der Bemerkung, man brauche sich über Seizers Verköstigung kaum zu wundern, da sie ihm ja von einer Familie gewährt werde, ›die schon sattsam dafür bekannt ist, Rinder auf Händen zu tragen‹.

Letzten Endes mischte sich Elieser Lieberson höchstpersönlich in die Affäre ein. Der einzige noch lebende Vertreter der ›Arbeitsgruppe Fejge‹ wohnte damals schon in Großvaters und Schulamits ehemaligem Zimmer im Altersheim – erblindet, verwitwet und in seinen wie des Dorfes Augen so gut wie tot. Nun teilte er mir mit, er würde sich freuen, wenn ich ihn möglichst bald ›mit Papier und Bleistift‹ besuchen könnte.

Wir saßen auf dem Balkon. Lieberson fragte mich über alles aus, was im Dorf vor sich ging. Das hatte Großvater einige Jahre vorher auch getan, aber ohne Eliesers sehnsüchtig-wütenden Unterton. Er wollte wissen, ob ich die Blumen rings um das Grab seiner Frau begoß und ob ich mich manchmal mit seinem Sohn unterhielt.

»Nicht so sehr«, antwortete ich ihm, fügte aber gleich erschrocken hinzu: »Gießen tu ich schon, aber ich rede nicht viel mit Daniel.«

»Es hätte alles ganz anders sein können«, sagte Lieberson.

»Ja«, sagte ich.

»Was ja?! Was ja?!« rief der Alte ärgerlich, »du weißt doch gar nicht, wovon ich rede! Ja, sagt er!«

Ich schwieg.

»Hast du Papier und Bleistift mitgebracht?« fragte er.

»Ja.«

Und dann diktierte er mir verdrossen ein paar kurze, gepfefferte Zeilen zur Weitergabe an die Dorfzeitung. Es hieß darin, »auch wenn die Ausführungen des Genossen Lewin, dessen verantwortungsbewußte Arbeit im Konsumladen im Kreis der Landwirte stets anerkannt worden ist, ihre ökonomische Berechtigung haben mögen, so kann es doch nicht angehen, daß Gemeindeangestellte dem produktiven Sektor des Dorfes, dem unser lieber Seizer angehört, Vorhaltungen dieser Art machen.«

»Entschuldige, Baruch, daß ich laut geworden bin«, sagte der Blinde später, bevor ich wegging, »eines Tages wirst du auch sehen, was ich sehe. Verzeih mir, und besuch mich mal wieder.«

In der Nacht lagen Lewin und Pines wach. Jeder schmiedete seine eigenen Listen und Pläne.

Lewin wollte sich an dem Maulesel rächen, dessentwegen Elieser Lieberson ihn so demütigend abgekanzelt hatte, wie es ihm noch nie im Leben passiert war. Durch seine Fensterscheibe sah ich seine alten Wunden sämtlich wieder aufbrechen und schmachvoll ätzenden Eiter absondern. Die wüsten Huligane der Arbeitsgruppe umzingelten ihn erneut mit ihrem Spott, Sand- und Schokoladenhügel drohten ihn unter sich zu begraben, Grillen und Heuschrecken wimmelten in seinem Bett und zogen ihm die Haut über die Ohren.

Zu ebendieser Stunde trug Pines den Couscousrest vom Kühlschrank zu sich ans Bett, bekleckerte das Kissen und grübelte über die leidenschaftlichen Lustschreie nach, die an seinen feinen Trommelfellen zerrten und alles verletzten, was ihm lieb und teuer war. Jetzt, da das Blut die Wut weggespült und die Rachsucht besänftigt hatte, wollte er nur noch wissen, wer dort rief.

Er stand mühsam auf, trat aus seinem Garten, überquerte die Straße und umkreiste die mächtigen Betonpfeiler des Wasserturms. Nachdem er einige heiße und kalte Schauder am ganzen Leib überwunden hatte, packte er in jähem Entschluß die Eisenleiter und begann hinaufzuklettern.

»Das hatte ich erst einmal im Leben getan«, erzählte er mir, »vor dreißig Jahren, als die älteren Schüler auf den Turm stiegen, um Abseilen zu üben. Ich ging mit Efraim, Meschullam, Daniel Lieberson, Abraham und einigen weiteren Jungs hinauf, und dann glitten sie das schräg gespannte Seil hinunter; nur Meschullam und ich haben lieber wieder die Leiter genommen.«

Er fürchtete, von jemandem gesehen zu werden, und hatte vor allem Angst, sein kranker Leib könne ihm den Dienst versagen. »Jedes letzte bißchen Verstand, das mir noch geblieben war, riet mir aufzuhören.« Der Höhenkoller lähmte ihm jede einzelne Körperzelle, aber trotzdem kletterte er schlapp und spröde weiter, ohne einen Blick nach unten zu wagen, während die Luft mit jeder Stufe aufwärts kälter wurde.

Mit feuchten Händen umklammerte er die abblätternden Eisenstreben und zerrte seinen angstschlotternden Körper mit einer Kraft nach oben, von der er nicht wußte, woher sie kam, bis die Wand zu Ende war. Er setzte den einen Fuß über die letzte Querstange und stürzte, im wahrsten Sinne des Wortes, auf die Betonabdeckung des Turms, am ganzen Leib bebend vor Schreck und Anstrengung. Ein paar Minuten lag er so da, ›wie ein besiegtes Aas‹, und spürte mit Freuden die rauhe Kühle des Betons zur Vergewisserung, daß er noch da war. Schwer schnaufend blickte er schließlich um sich.

Das runde, flache Turmdach war von einem niedrigen Mauerrand umgeben, in den ein Strebengeländer eingelassen war. An der einen Seite ragten die Reste des Ausgucks empor, auf dem einst ein Wächter, mit Scheinwerfer und Glocke ausgerüstet, ›auf seinem Posten gestanden‹ hatte. Ein paar leere Säcke und verschlissene Signalflaggen lagen, weiß vor Staub, in einem Winkel.

Pines stand auf, lehnte sich über die Brüstung, erlitt prompt einen Schwindelanfall, umklammerte die kalten Eisenstäbe und erholte sich wieder. ›Ah – nu, ah – nu‹ rief er unwillkürlich, doch sein Schrei war so schwach, daß er sich in den Baumkronen und im böigen Nachtwind verlor. Eine Eule, die plötzlich lautlos wie ein Pusteblumensame über seinen Kopf hinwegstrich, erschreckte ihn zutiefst, obwohl er sie immer als Freundin des Bauern eingestuft hatte. »Ihre wenigen Nachteile im Hühnerstall werden durch ihren immensen Nutzen als Mäusevertilgerin übertroffen«, hatte er gepredigt und sich dabei unbändig über jene Bauern aufgeregt, die Eulen nur deshalb töteten, weil sie sich vor ihrem stummen Flug und dem menschenähnlichen Ausdruck ihres weißen Gesichts fürchteten.

Unter ihm lag das Dorf ausgebreitet. »Keine weißen Zelte in der Öde mehr, sondern Häuser, Ställe und bebautes Land, feste, asphaltierte Straßen, hohe Bäume und Menschen, die Wurzeln geschlagen haben.«

Das Dorf schlummerte. Wind pfiff durchs Geäst, die Zellkerne des Eigelbs teilten sich in den Bäuchen der Junghennen, im Futtersilo brummten die Mischwellen, Sprinkler klickten in der Dunkelheit.

Eineinhalb Stunden lauerte Pines dort oben, doch nichts geschah. Zum Schluß kletterte er mit furchterstarrtem Herzen wieder die Leiter hinunter und ging langsam nach Hause.

»Ich hab's geschafft«, sagte er sich halb gelähmt, »morgen mach ich das wieder.«

32

Gegen Ende seines Lebens, im Altersheim, war Großvater derart schwach, daß er die meiste Zeit im Bett oder Rollstuhl zubrachte. Schulamit versorgte ihn so gut es ging, aber auch sie war nicht gerade kräftig und gesund. In der Luft zwischen ihnen hing noch der alte Dampf von Schiffen und Bahnhöfen. Sie wollten gar nicht wieder aufhören, einander anzufassen, zu sehen und zu stützen, sich zu treffen und Abschied zu nehmen.

Die ›krimtatarische Hure‹ schaute Großvater stundenlang an, berührte seine Fingerspitzen, las die Keilschrift seines runzligen Halses und weinte. Innerhalb weniger Wochen wurde er kleiner, die Brust fiel ihm ein, ja sein ganzer Körper schrumpfte in sich zusammen. Ihr Blick, der sich nicht mehr an seiner sinnlichen Aufmerksamkeit laben konnte, sog jetzt Zellen aus seinem Fleisch.

Das sorgfältig ausbalancierte Gespinst seiner Liebe zu ihr war heikel und gefährlich wie die Kunst des Seiltänzers. Eine unbedachte Bewegung, und Großvater wäre vielleicht in ihre Augen abgestürzt und am Staub seiner eigenen Knochen erstickt.

Erst jetzt begreife ich, daß dort vier Menschen im Zimmer waren – Großvater und Schulamit in ihrer Jugend und im Alter. Mal waren sie beide alt, mal jung. Mal war Schulamit jung und Großvater alt, mal war es umgekehrt. Die Zeit, die ich nur vom Ansetzen der Frucht und vom Gären des Futters kannte, wurde in ihrem Zimmer zur vielarmigen Wetterfahne, die kein Wind mehr antrieb.

Obwohl er die Milch, die ich ihm brachte, nicht mehr recht schlucken konnte, beharrte er darauf, die gesamte Menge zu trinken. Manchmal krümmte er sich und erbrach ein kleines, klebriges Klümpchen säuerlichen Käses auf seine Brust. An den

›schweren Tagen‹ trug ich ihn zum Waschen in die Dusche. Wenn sein magerer, eingeseifter Körper in meinen großen Armen hing, verlor sich sein Blick wie ein winkendes weißes Taschentuch im Raum. An den ›guten Tagen‹ rang er sich ein verkrampftes Lächeln ab und fragte mich nach den Geschehnissen auf dem Hof.

Mit Schulamit unterhielt ich mich nie, obwohl ich viele Fragen an sie gehabt hätte. Als sie ins Land kam, haßte ich sie – sie und die Russen, die ihr die Ausreise gestattet hatten. Eine Woche nach ihrer Ankunft leitete Großvater seine Übersiedlung ins Altersheim ein. Vor uns hielt er seine Pläne geheim. Als er uns dann vor vollendete Tatsachen stellte, verschlug es uns allen die Sprache. Abraham runzelte die Stirn, Rivka rang nach Atem, ehe sie schließlich schnaufte: »Schön und gut, du wirst sicher wissen, was du tust.« Jossi schwieg, und Uri sagte grinsend: »Du bist ja ein toller Draufgänger, Großvater.«

Mir wurde vor Grauen klamm im Bauch. Ich wußte, daß das mit der Frau aus Rußland zusammenhing, die an die Barackentür geklopft hatte und eingetreten war, als sei sie geradewegs seiner Kiste entstiegen.

»Schalom, Jakob«, hatte sie gesagt, »bietest du mir ein Glas Tee an?«

Großvater stand mit zitternden Händen auf. Er hatte natürlich gewußt, daß Schulamit zu ihm unterwegs war. Die Pelikane waren ordnungsgemäß eingetroffen, und das Telegramm aus Jerusalem hatte Buskila am Vortag feierlich zugestellt. Buskila liebte Fernschreiben geradezu. Er hatte Süß darauf abgerichtet, ia-ia ›wie ein französischer Krankenwagen‹ zu schreien, wenn er eins hatte. »Das ist der Höhepunkt meiner Arbeit«, sagte er.

»Das ist mein Enkel. Er heißt Baruch«, stellte mein Großvater vor. Das waren die ersten Worte, die er ihr nach so langer Trennung sagte.

Sie lachte, als er ihr ein Glas Tee reichte und dabei geistesabwesend eine Olive im Mund rollte, legte ihm lachend die Hand auf den Arm, in einer besitzergreifenden Geste der Bestätigung.

Alles in allem ist sie nur eine alte Frau, sagte ich mir. Groß, aber gebeugt, ihr dickes Haar weiß, das Gesicht runzlig. Schlaffe Speckfalten hingen ihr vom Hals. Die Altersflecken, die ihr Gesicht und Hände sprenkelten, glichen den Verfärbungen auf alten Oliven. Aber die Schenkel unter ihrem Rock waren lang, die zittrigen Knöchel wohlgeformt.

Auch sie trank den Tee glühendheiß, und als die Gläser leer waren, standen die beiden wie auf ein Signal hin auf und fielen sich in die Arme. Großvater schmiegte das Gesicht an ihrs und wippte sanft mit ihr vor und zurück. Den Schnurrbart an ihren Hals gelegt, tippte er ihr mit der einen Hand kleine, schnelle Erkennungszeichen auf die Schulter, während die andere ihr von den Brüsten auf den Bauch glitt – in einer altgewohnten Bewegung, die all die Jahre im Speicher nostalgischer Gewohnheiten gewartet hatte.

Jedes Paar, erklärte mir Uri hinterher, hat einen begrenzten Privatfundus an Liebesgesten und -bewegungen, der schnell entsteht, langsam eingeübt und niemals vergessen wird.

»Diese Bewegungen bleiben auch dann, wenn die Liebe vorbei ist«, sagte er, »auch wenn sie aufgehört haben, sich gegenseitig die Haut zu beschnuppern, das Fleisch abzuknabbern und sich wie verrückt mit Kopfsprung in die Augen des anderen zu stürzen.«

Uri hatte was gegen Augen. Er behauptete immer, sie seien ausdruckslos, und all das Gerede vom Auge als dem Spiegel der Seele beruhe auf einer ›dummen optischen Täuschung‹. Er las die Lippen seiner Mitmenschen, entschlüsselte ihre Mundwinkel, und wenn er mit jemandem sprach, blickte er ihm nur auf den Mund, nicht in die Augen.

Schulamit weinte, daß der ganze Körper ins Zittern geriet. Großvater strich ihr mit seinen Pflanzerfingern behutsam tastend über die Haut. Die Dämme der Zeit bröckelten, die schwachen Knie der beiden Alten drohten unter den Fluten einzuknikken. Erst jetzt merkte er, daß ich noch in der Baracke war, und ließ von ihr ab. Sie saßen nur da und schauten einander an. Die Atmosphäre war so dicht von all den Worten und Berührungen, die in ihrem Versteck warteten, daß ich unter dem Vorwand, draußen Schieber abstellen zu müssen, in die Pflanzung hinausging.

Als ich nach rund zwei Stunden zurückkehrte, brannte noch Licht in der Baracke, das Ofenrohr des Boilers rauchte, und ich unterbrach sie mitten in einer russischen Unterhaltung.

»Was vorbei ist, ist vorbei«, sagte Großvater zu mir, »jetzt werden wir, Schulamit und ich, zusammenleben. Viele Jahre haben wir ja nicht mehr.«

»Je öfter ich hinaufkletterte, desto schwächer wurden meine Glieder und desto größer meine Angst.«

Pines' Griff wurde loser, und als er einmal die Sprossen hinunterstieg, wäre er fast aus zehn Meter Höhe abgestürzt. »Eine ganze Weile habe ich mit Kräften, die nicht mir gehörten, an der Leiter geklebt.« Seine zitternden Knie schlugen unter Schmerzen gegen das kalte Eisen. Die Angst lähmte ihm das Zwerchfell.

»Warum hast du mich nicht gerufen?« ereiferte ich mich, »wenn du gefallen wärst, hätte ich dich aufgefangen.«

Pines lächelte traurig. »Das ist keine Geschichte, Baruch. Jetzt sprechen wir über reale Begebenheiten. Und obendrein bist du zwar so stark wie dein Vater, aber ich bin schwerer als deine Mutter.«

Langsam erholte er sich, und da der Aufstieg leichter ist als der Abstieg, beschloß er, wieder hinaufzuklettern und sich auf den feuchten Beton auszustrecken, um den Atem und die Fassung wiederzugewinnen.

Es war noch keine halbe Stunde vergangen, als Pines, der

gerade wieder hinunterwollte, flinke Hände die Leiter hochgleiten hörte, begleitet von fröhlich schnaufenden Atemzügen. Er beugte sich vor und sah zwei dunkle, geschmeidige Gestalten rasch zu sich hinaufklettern. Nun gab es keine Zuflucht mehr. Verstört sank er hinter die Wand des Ausgucks, machte sich so dünn er konnte, und sah die beiden immer näherrücken.

In der Dunkelheit konnte er keine Gesichtszüge erkennen, aber ihre Bewegungen verrieten ihm, daß es junge Menschen waren, sich und ihres Körpers sicher, ›voll jugendlicher Gewißheit, daß jeder einzelne Teil ihres Körpers ihrem Willen gehorchen wird‹.

Die beiden ließen sich eilig auf das Sacklager fallen. Von seinem Versteck aus hörte Pines das zarte Schürfen von Stoff auf Haut beim Ablegen der Kleider, dann leises, lustvolles Stöhnen und das längst vergessene Schmatzen sich feucht vereinigender Fleischgewebe. Liebesdünste stiegen von ihren warmen Leibern auf, verdichteten sich in der kalten Luft und rieselten ihm in die Nase. Vom sündigen Zauber des Augenblicks gefesselt, spürte der alte Lehrer ein erregtes Flimmern selbst in die abgestorbensten Teile seines Körpers ausstrahlen, bis er den markanten Kopf des Burschen über die Brüstung hochkommen und als lockige Silhouette auf dem Hintergrund des dunklen Himmels schweben sah.

Der freche Schrei erschallte nun genau neben ihm.

»Ich ficke Jakobis Frau«, rief der jugendliche Liebhaber.

Pines duckte sich wie ein verängstigtes Mäuschen in seine Höhle; die Schläfen drohten ihm vor Scham und Verlangen zu zerspringen. Jakobi war der junge, erfolgreiche Sekretär des Dorfes, dessen Frau der Lehrer seit ihrer Schülerinnenzeit kannte.

»Ben Jaakows Enkelin – desselben Ben Jaakow, der bei den arabischen Unruhen in den dreißiger Jahren umgekommen ist. Ein nettes, verständiges Kind war sie, das vor meinen Augen zu einem guten, fleißigen, schüchtern dreinblickenden jungen Mädchen herangewachsen ist.«

Der Schrei explodierte im Wind, seine zerstiebenden Laute rieselten wie Mandelblütenblättchen auf die Häuser hinunter, und alle Frauen des Dorfes erwachten und lächelten wie im Traum. In der Stille, die sich nun wieder um die Turmspitze legte, hörte Pines nur sein eigenes Herzklopfen und das sanfte, erstickte Lachen, das der Kehle der Frau neben ihm entschlüpfte, als sie den Kopf ihres Geliebten zwischen die Brüste zog, um ihn zum Schweigen zu bringen.

Sie lagen still da, und auch das rasende Blut in den alten Beinen des Lehrers kam wieder zur Ruhe. Langsam kroch ihm die Kälte in die Glieder. So litt er stumm, bis die beiden aufstanden, sich anzogen und die Leiter hinabkletterten.

Er beschloß, noch einige Minuten abzuwarten, um sich die Peinlichkeit des Erwischtwerdens zu ersparen. Dann erhob er sich, klammerte die Finger ums Geländer, guckte hinunter und sah mehrere Männer aus dem Dunkel der Ligusterhecke hervorstürzen und ›wie Bestien‹ über das Paar herfallen.

Die Frau wurde an den Haaren zur Seite gezerrt, der Bursche ›zu Boden geschlagen, geprügelt und getreten, mit Fäusten und Stiefeln bearbeitet‹, und das alles mit der Präzision einer leisen Maschine, in unheimlicher Stille. Nur das dumpfe Aufprallen der Tritte und Schläge und das unterdrückte Wimmern der geschundenen Kreatur waren in der kalten Luft zu hören.

Als die Menschen weg waren, stieg Pines die Leiter hinab und trat zu dem jungen Mann, um in sein blutendes Gesicht zu schauen. Das übel zugerichtete Fleisch glänzte wie ein gequetschter Granatapfel in allen Purpurtönen, daß es dem Lehrer schier das Herz abschnürte.

»Er lag auf dem Bauch. Als ich behutsam sein Gesicht zu mir hindrehte, stöhnte er vor Schmerz. Es war Uri Mirkin. Dein Vetter Uri.«

33

Bis heute sticht es mich ins Herz, daß ich in jener Nacht nicht an Ort und Stelle war, um meinen Cousin aus den Händen seiner Angreifer zu befreien. Ich hatte mich zur selben Stunde um das Haus des Arztes herumgedrückt. Die Krankenstation des Altersheims erstattete den Dorfärzten regelmäßig Bericht über die Verfassung ihrer ehemaligen Patienten, und ich hoffte, durch die Gardinen etwas über den Gesundheitszustand meines Großvaters in seinen letzten Tagen in Erfahrung zu bringen.

»Wäre ich nur dortgewesen«, jammerte ich Pines vor, »wäre ich doch bloß dabeigewesen. Ich hätte Uri gerettet. Hätte sie allesamt umgebracht.« Meine Fäuste ballten und öffneten sich, der Schweiß lief mir den Nacken hinunter.

All das erzählte mir Pines, nachdem man Uri aus dem Dorf gewiesen hatte. Alle wußten, was geschehen war, aber nur mir gestand der alte Lehrer, daß er den Turm erklommen und die Sache mitgekriegt hatte. Den Ratsmitgliedern erklärte er auf Befragung, er sei wegen Schlaflosigkeit auf der Straße spazierengegangen und dabei auf den Burschen gestoßen, der ohnmächtig zu Füßen des Turms gelegen habe. »Und dann habe ich ihnen aus vollem Hals nachgebrüllt, sie seien üble Räuber und Schläger, Kosaken, schwachköpfige Rafaiter.«

Pines fragte Uri, ob er aufstehen könne, und als er keine Antwort erhielt, eilte er in den Rosengarten neben der Synagoge, tränkte ein Taschentuch mit Leitungswasser und hastete zurück, um dem jungen Mann damit die aufgesprungenen Lippen zu befeuchten. Der schlanke, geprügelte Körper regte sich langsam unter den Qualen gebrochener Rippen und gequetschter Gewebe. »Wie ein geschlagener, gefallener Engel.«

Er griff Uri unter die Achselhöhlen und zerrte ihn mit Mühe in sein nahes Haus. »Das Schlüsselbein war gebrochen, die Schulter ausgerenkt.«

»Warum hast du mich nicht gerufen? Ich hätte ihn auf den Armen getragen«, jammerte ich.

Pines legte Uri auf sein Bett und blieb die ganze Nacht bei ihm sitzen, nachdem er ihn vollständig ausgezogen hatte, so daß er seinen zarten, schönen, zerschundenen Körper im Ganzen vor sich sah. Die Wunden desinfizierte er und tupfte sie mit einem weichen Tuch ab.

Uri wälzte sich ständig, vor Schmerz stöhnend, buntschillernde Blutergüsse erblühten wie Blumen an seinem ganzen Leib, und der Venusduft, der noch von seinen Lenden aufstieg, kitzelte Pines unverwandt in der verwirrten Nase, ›erfüllte die Nebenhöhlen‹ und schlug sich unter Schläfen- und Stirnbein zu einer süßen Tauschicht nieder.

Die ganze Nacht saß Pines so neben Uri und betrachtete ihn.

»Er hat mich gefragt, warum ich jedesmal schreie und was ich denn an mir habe, das sämtliche Frauen des Dorfes umwirft.«

»Er war zu verstört und zerschunden, um meine Fragen zu beantworten.«

Die dumpfen Prügel und Schläge, die splitternden Knochen, die knackenden Gelenke, das Schürfen der pellenden Haut ließen Pines keine Ruhe. Er hatte die Schläger in der Dunkelheit nicht erkannt und verdächtigte jetzt jeden männlichen Dorfbewohner zwischen sechzehn und sechzig. »Wir sind wie die Tiere des Waldes geworden, die einander bei lebendigem Leib verschlingen«, grübelte er. Seine Schädelknochen verwandelten sich in eine löchrige Rinde, die nur mit Mühe seinen Kummer und Zorn zu bremsen vermochte. »Mein Leben lang habe ich in der Bresche gestanden, und jetzt, da die Dämme einstürzten, sah ich mich selbst dem Ansturm des Bösen gegenüber.«

Am Morgen ließ er ein Glas Tee und Gebäck am Bett stehen und ging in unseren Kuhstall. Abraham und Jossi molken, wütend auf Uri, der verschwunden war, statt mitzuhelfen. Ich entlud eine Wagenladung Futterrüben im Rinderhof.

»Uri ist bei mir«, verkündete der Lehrer.

Doch bevor er fortfahren konnte, erschienen auch die Ratsmitglieder im Kuhstall. Abraham überließ das Melken Jossi und mir und ging mit ihnen zu sich nach Hause. Zwei Minuten später hallten Rivkas Entsetzensschreie von dort herüber, nachdem sie erfahren mußte, daß sich zu der Schmach, die Tochter eines Gemeindeangestellten, eines einfachen Sattlers und nicht eines echten Landwirts, zu sein, und zu der Schande ihres Mannes, des enttäuschenden ersten Sohns, nun auch noch die skandalöse Unzucht ihres Sohnes gesellte. Zum erstenmal im Leben hörte ich das, was ich hören wollte, ohne deshalb auf dem Bauch zu kriechen, mich zu ducken, Äste zu erklimmen oder wie ein Dieb mit gespitzten Ohren im Dunkeln umherzuschleichen.

»Alles hat mit dieser geilen Kindergärtnerin angefangen, die ihm erlaubt hat, in ihrem Arsch mitzulaufen«, brüllte meine Tante.

»Es müssen ja nicht alle hören«, meinte Abraham.

»Alles hat bei dir und deinen geilen Predigten als Neunjähriger angefangen und bei deinem Kühe fickenden Bruder und bei deiner Schwester, die die Beine unter Dächern spreizen mußte.«

Ein riesiger Taubenschwarm flog erschrocken vom Stalldach auf, und nachdem das Flügelrauschen verklungen war, hörte man nur noch den schallenden Widerhall von Rivkas Wangen. Der Rat wartete geduldig. Als sich der Tumult gelegt hatte, teilte er Uris Eltern mit, man habe beschlossen, ›ihren Sohn für einige Zeit aus dem Dorf zu entfernen‹. Die Frau des Sekretärs Jakobi habe man noch dieselbe Nacht zu ihrer Schwester in die Stadt gefahren, sagten sie. Meschullam Zirkin, der schon auf die fünfzig zuging, aber noch jungfräulich war, meinte hinterher, »wenn sie Uris Fickpartnerinnen sämtlich aus dem Dorf gejagt hätten, wären bloß noch Tonia und Riva hiergeblieben.«

Uri wurde ins Bezirkskrankenhaus eingeliefert. Ich habe ihn dort einmal besucht, doch er bat, es solle keiner mehr kommen. »Gut, daß Großvater das nicht erfahren hat«, sagte er, »gut, daß er schon tot ist.« Die Schwestern, die auf seine trotz Wunden und Verbänden noch erkennbare Schönheit scharf waren, verdächtigten ihn, er hätte es nicht mit Frauen. Nach seiner Genesung beschloß man, ihn zu dem Bruder seiner Mutter zu schicken, der ein großes Tiefbauunternehmen in Galiläa führte. Abraham und Rivka begleiteten ihren Sohn zur Bahnstation. Ich kletterte aufs Scheunendach und spähte ihnen nach, als sie durch das ›Ewige Haus der Pioniere‹ gingen.

Sie hielten an Großvaters Grab inne, durchquerten den Zitrushain und verloren sich dann wie Ameisen auf den gelben Stoppelflächen. So hatte ich Seizer bei seinen Sabbatspaziergängen verschwinden sehen, so sah ich Efraim davonziehen, Großmutter Fejge und alle anderen Dorfbewohner zum Schienenstrang gehen und Lewin von der Beerdigung seiner Schwester zurückkehren.

Uri trug blaue, gebügelte Baumwollhosen zum hellen Hemd und hielt einen kleinen Holzkoffer in der Hand. Rivka wanderte neben ihm, Abraham einige Schritte voraus, den Kopf energisch vorgeschoben. Sie überquerten das Stoppelfeld, umgingen die verlassenen Geschützstände der Engländer und gelangten zu dem zwischen mächtigen Eukalyptusbäumen versteckten Stationshäuschen. Nachdem die Bahn abgefahren und nur noch ihr Pfeifen zurückgeblieben war, sah ich Abraham und Rivka zurückkehren. Sie ging armschwenkend einige Schritte vor ihm her, während er sich hier und da zur Erde niederbeugte, um Giftkügelchen in unterwegs entdeckte Mäuselöcher zu legen.

Jedesmal, wenn ich Pines auf den Fall Uri ansprach, behauptete er, da ich noch nie Liebe zu einer Frau empfunden hätte, könne ich nicht begreifen, was geschehen sei. Damals hatte er sich schon von den alten Hemmungen und Rücksichten befreit und sagte frei weg, was ihm in den Sinn kam. »Du hast nur deinen Großvater geliebt«, sagte er, »machmal erinnerst du mich an Efraims Bullen. Du wartest wohl auch darauf, daß jemand dich auf dem Buckel zu einer Kuhäugigen schleppt.«

Ich verriet ihm nicht, daß ich all die Jahre von den Abenteuern meines Cousins gewußt hatte. Zwar habe ich ihn nie in flagranti ertappt, aber nicht selten hörte ich unabsichtlich schamlos offenherzige Gespräche unter Frauen mit an, die einander ihre Seitensprünge eingestanden, und jedesmal, wenn sie auf Uri zu sprechen kamen, unterdrückt kicherten, sich gegenseitig mit Fingern stupsten und einander zuzwinkerten. Später sah ich sie im Dorf verschmitzte Blicke tauschen. Rilows und Liebersons Enkelinnen, die Frau von Schuka, dem Rinderzüchter, die Tochter des Schreiners Gideon, Michal Margulis' Mutter, Michal selber, die bei uns in der Klasse gewesen war, die Arztgattin, die Frau des Tierarztes, die trotz ihres Alters noch stürmte wie das Korn im Wind und ›Efraim, Efraim‹ rief – sie alle.

»Und das Sonderbarste ist«, sagte Uri, vom Ausmaß meiner Kenntnisse überrascht, »sie mögen es, daß ich so schreie, und sie wissen auch alles voneinander, ja mein Schrei ist ihnen wichtiger als die Sache selber.«

Die erste war die heisere Edna, Rilows Enkelin, gewesen, die schon mit neun Jahren Brüste hatte, und vor deren Zimmerfenster einmal im Monat die Männchen der griechischen Motte in Scharen gegen das Fliegengitter prallten.

Sie war damals siebzehn und Uri fünfzehn. Sein gutes Aussehen und seine Spottlust ließen ihr keine Ruhe, bis sie ihn eines Nachts beim Wickel kriegte und ihn zum Wasserturm abschleppte.

»Mir blieb keine Wahl«, sagte Uri, wobei sich der wohlbekannte versteckte Schalk auf seinen Zügen ausbreitete, »sie hatte eine Pistole.«

Er kletterte hinter ihr die Leiter hoch, die Augen auf ihre Pobacken gerichtet, die in weißen Hosen steckten und in der Dunkelheit leuchteten.

»Wie die heiß war«, erzählte er mir, »bei der hörte es sich an wie ein nackter Fuß im Schlamm, und ich hatte das Gefühl, ich müßte ganz und gar in sie eindringen, alles reinstecken, Arme und Beine und Rumpf und Kopf, und dann mußte ich plötzlich an ihren Opapapa denken samt all seinen Bomben und Gewehren und Sprengstoffen, und daran, was er wohl mit mir machen würde, wenn er mich so im Arsenal seiner Enkelin erwischen würde, und da mußte ich losprusten.«

»Was lachst du?« fragte Edna.

»Ich fick Rilows Enkelin«, flüsterte Uri ihr angeberisch träge in den Mund.

»Dann posaun's doch allen aus«, sagte sie wegwerfend, und ehe sie ihn noch davon abhalten konnte, hob Uri den Kopf über das Turmgeländer und schrie aus vollem Hals: »Ich fick Rilows Enkelin.«

Die Worte wirbelten im Nachtwind durcheinander, prallten gegen die Baumwipfel, zerschellten in einzelnen Buchstaben und Tröpfchen. Kein Bauer hörte sie, da sie in bedeutungslose Splitter zerstoben.

Sogar ich, der große Lauscher, kriegte sie nicht mit. Doch Pines, dessen Ohren nicht voller Erde steckten und den das Leben in Gesellschaft von Insekten und Kindern gelehrt hatte, rätselhafte Klangfetzen zusammenzubauen, hörte sehr wohl. Und ebenso hörten alle Frauen des Dorfes, deren eintöniges Leben sie gelehrt hatte, selbst in verdreckten Hühnertränken und unter haarigen Kürbisblättern Erregung zu suchen.

Der Lehrer sprang entsetzt hoch und wollte sein Mütchen an dem Übeltäter kühlen, aber die Frauen erwachten alle auf einmal und lächelten in der Dunkelheit. Sie erkannten die Stimme und die Chance, das Wiehern des edlen Hengstes und das blendend hervorbrechende Licht. Ein zarter, seltener Duft, kristallene Klarheit und das Gefühl der Berührung makelloser Kelche oder jungenhaften Fleisches überkam sie auf ihrem Lager.

»Du wirst das nie verstehen«, sagte Uri zu mir, »du machst dir nichts aus Frauen. Aber ich denke an die armen Puten in den Dunkelkammern, an Großmutter und an Schulamit, an Chaim Margulis' süße Finger, an den armen Daniel, der deine Mutter im Alter von drei Wochen geliebt hat, und ich denke an Großmutters Ausspruch, daß jeder irgendwo auf der Welt eine Partnerin hat. Ich werde meine finden.«

»Wenn Fanja Lieberson noch lebte, würde sie sagen, das sei die Rache deiner Großmutter«, meinte Pines, »das süße Blut der Arbeitsgruppe hat sich in den Adern der Familie Mirkin in ein niemals versiegendes Gift verwandelt: Dein Großvater hat ihr keine Liebe geschenkt, sich dafür aber mit seiner haßgetränkten Sehnsucht nach Schulamit abgequält. Abraham ist nach seinem einzigen Liebeslied als Neunjähriger für immer verstummt. Uri hat dafür gesorgt, daß wir alle jeden Maßstab verlieren. Und du bist der Stier aus dem Hause Mirkin, Jesajas Wildschaf im Netz, unfruchtbaren Herzens und von mächtiger Kraft.«

Die Schläge, die Uri eingesteckt hatte, gingen dem Lehrer in Mark und Bein. »Wir haben gefehlt«, schrieb er im Dorfblatt, »gefehlt in der Erziehung, gefehlt in der Vision, gefehlt in der Zielsetzung. Wir sind dem Vieh gleich geworden, bis zum Hals in den tiefen Schlamm der Erde versunken.«

Jetzt, im Alter von fünfundneunzig Jahren, hob Pines die Augen und entdeckte, daß die drohenden Wogen hinter dem Damm schon abgeebbt waren und frische Winde von dort über die Erde wehten.

»Kannst du dir vorstellen, welch wunderbare Gedanken in mir aufsteigen?« fragte er mich. »Wie Nachtfalter schwirren sie mir im Schädel herum.«

»Erst jetzt begreife ich«, schrieb er in einem Aufsatz, der einen wahren Sturm im Dorf auslöste, »daß Uri Mirkin der originellste Denker war, den unser Dorf je hervorgebracht hat. Wie Jeremia im Tal Ben-Hinnom, wie Elija auf dem Karmel, wie Jotam auf dem Gipfel des Berges Garizim, so verkündete Uri Mirkin seine Botschaft vom Wasserturm.«

34

»Alles ist passiert, seit Großvater das Haus verlassen hat und seitdem er gestorben ist«, schrieb mir mein vertriebener Vetter. Er war bereits mit dem Wehrdienst fertig, hatte sich geweigert, ins Dorf zurückzukehren, und war wieder zu seinem Onkel in Galiläa gezogen, bei dem er auf einer Planierraupe arbeitete. »Seizer und Lieberson sind erblindet und gestorben, Pines ist durchgedreht, Meschullam hat angefangen, das Dorf mit Sümpfen zu überziehen, Vater und Mutter haben das Land verlassen, Jossi ist beim Militär geblieben, denkt ebenso kurz wie er redet, und das in Soldatenslang, mich haben sie rausgeschmissen, und du, ausgerechnet du, bist der reichste Bauer im Emek geworden.

Ich habe einen Brief von Pines bekommen. Er denkt an uns. Mirkins zwei Enkel, schreibt er, hätten ihm einen Tiefschlag versetzt: der eine in Sachen Tod, der andere in Sachen Liebe. Mit verwesendem beziehungsweise feuchtfröhlichem Fleisch. Das ist ein Zitat. Schade, daß Großvater Pines' neue Ausdrücke nicht mehr hören kann.

»Wodurch hat dieser Alte nur alles so zusammenhalten können?« schrieb Uri weiter. »Wer weiß, wer er wirklich war? Ein über Pflanzen gebietender Engel oder der Satan der Arbeitsgruppe, die nach unserer armen Großmutter benannt war? Auch ich denke, wie du, viel an Efraim. Hat Großvater die Maske seines Sohnes oder seiner selbst willen geholt? Manchmal meine ich, Efraim sei allein wegen Großvater weggegangen.«

Am Strand gesellen sich meine großen Fußabdrücke zu den verwehenden Spuren im Sand. Staunend blicke ich auf diesen leichten, dürftigen Boden, auf seine hübschen, wertlosen Körnchen. Dieser Sand ist nichts als der Boden des Emek im Zeitraffer: er saugt Wasser schneller auf und gibt es schneller ab, weht schneller auseinander und zusammen, reißt schneller auf und klumpt schneller zusammen, nimmt Eindrücke schneller auf und verliert sie schneller wieder.

Spuren kleiner Kinder, deren spielende Zehen feuchte Häufchen hinterlassen haben, Abdrücke von Gummisandalen, kugelförmige Frauenfersen, die ans Wasser führen und verschwinden, die Abdrücke der Strandläufer, die sich mit stupider, gequälter Miene abrackern und mit den Füßen scharfe Gruben in den Sand reißen. Wenn Efraim hier ginge, würde er unter Jean Valjeans Gewicht tiefe Löcher hinterlassen, noch tiefer als meine Fußabdrücke.

Ich kann mir keinen Menschen vorstellen, der wegen Großvater das Weite suchen könnte. Der Wunsch, wieder unter seine Fittiche zu schlüpfen, wieder seinen Hemdenzipfel festzuhalten, brennt bis heute in mir. »Du irrst dich«, sagte ich im Innern zu Uri, »du irrst, keiner kann Großvater verlassen, auch nicht unser Onkel Efraim.«

Bis zu Großvaters Tod stellte man die Suche nicht ein. Ein Fahndungsnetz wurde über die orientalischen Länder ausgebreitet auf der Suche nach einem Mann mit maskiertem Gesicht und einem dicken, hellen Bullen auf den Schultern. Colonel Stoves, der jetzt bei der Arabischen Legion in Transjordanien diente, hinkte auf seinem lädierten Knie und suchte ihn dort. Rilows alte arabische Freunde erhielten Nachrichten aus Syrien und dem Libanon. Im Lande wurden Leute im Auftrag der Bewegung aktiv. Jeder, der viel unterwegs war und mit Menschen und Tieren zusammenkam – Agrarberater, Parteifunktionäre, Beschneider, Ärzte und Tierärzte – wurde gebeten, die Augen offenzuhalten.

Gelegentlich trafen Gerüchte über Charolais-Kälber ein, die

an unerwarteten Orten gesichtet wurden. Aus Mekka heimkehrende Wallfahrer berichteten dem Muchtar der Masarib, sie hätten bei Makna in Saudi-Arabien einen riesigen weißen Bullen am Strand spazieren sehen. Zwei schottische Naturkundler, die sich zu Forschungen über die Fortpflanzungsgewohnheiten von Bleßhühnern in den türkischen Sehan-Sümpfen aufhielten, hatten durch ihre Fernrohre ein kurzbeiniges, gelbliches Kalb bei der Paarung mit einem Büffelweibchen beobachtet. Ein durchziehender Star, der in Pines' Garten gelandet war und ihn anflehte, ihm den Aluminiumring vom Bein abzunehmen, hatte Efraim schwimmend das Schwarze Meer von Süd nach Nord durchqueren sehen, während Jean Valjean es in schwerfälligem Trab an der Küste umrundete.

Eine Zeitlang weckten diese Berichte Hoffnungen, doch der lautlose, unsichtbare, im Anschleichen, Tarnen, Pfadfinden und in Überlebenspraktiken bestens geübte Efraim blieb unauffindbar. Der Radius seiner Wanderzüge war größer, als wir geschätzt hatten. Nach einigen Jahren entdeckte ein französischer Geländemotorradrennfahrer solche Kälber auch in Armenien und Algerien. Offenbar wurden Jean Valjeans *Crème*partikel wie Blütenstaub vom Winde verweht.

»Er hat Jean Valjean in das Bordell von Arseves mitgenommen«, vermutete Uri.

»Grenzzäune sind für Efraim noch nie ein Problem gewesen«, meinte sein englischer Kommandeur, Lord Lovett, der aus London zu uns auf Besuch kam. »Ihr Sohn war ein ausgezeichneter Soldat und ein wahrer Freund«, sagte er zu Großvater, »auch nach seinem Abschied sind die Verbindungen nicht abgerissen. Er hat uns viel geholfen.«

Großvater biß sich auf die Lippe und gab keine Antwort.

Lord Lovett war ein hagerer alter Mann, der an einem geschnitzten Stock ging und einen hellblauen Seidenschal trug, der seinen Hals und die Edelstahlröhre verdeckte, die aus seiner zerquetschten Gurgel hervorragte und sanfte Pfeiftöne abgab, wenn er lachte. Ihn begleitete eine schöne, hochgewachsene ältere Dame, die in dem Augenblick zu zittern begann, in dem sie im Dorf ankam.

Er schrieb sich ins Gästebuch des Dorfes ein, und dann führten wir ihn zum Hause Rachel Lewins, weil er gern wissen wollte, wo Efraim gelernt hatte, derart leise zu gehen. Verblüfft guckte er zu, wie die bronzehäutige Greisin auf ein Kaninchen, das Gemüse aus ihrem Garten stibitzte, zuschwebte und es in Todesschreck versetzte, indem sie ihm ›Buh‹ in die langen Löffel brüllte.

Danach zog er sich mit Großvater zu einem langen Gespräch in die Baracke zurück; ich wurde auf meinem Abhörposten jenseits der Holzwand entdeckt und mit der schönen Frau in die Obstpflanzung geschickt. Dort ging sie zwischen den blühenden Bäumen spazieren und drückte die zarten Blütenkelche an die Kehle, während sie leise sang und lachte.

Man hatte mir aufgetragen, sie zu beschützen, und das tat ich auch. Ich ging möglichst leise in gebührendem Abstand hinter ihr her und störte sie nicht, als sie zwischen den Birnbäumen zu tanzen begann. Nicht einmal Abraham und Großvater hatten sie erkannt. Nur mir stieg ihr Duft in die Nase, und nur sie und ich hörten das Brüllen der Stiere, die auf ihre Gatter zustürmten.

»Erinnerst du dich an diesen Schriftvers, Jakob«, wandte Großvater sich an Pines, nachdem der Lord und seine schöne Begleiterin abgefahren waren, »an die Stelle, an der Jakob sagt: Mein Sohn lebt noch; ich will hingehen und ihn sehen, bevor ich sterbe?«

»Und er hat ihn gesehen, Jakob, zum Schluß hat er ihn gesehen«, antwortete Pines.

»Dieser Jakob hier wird seinen Sohn nie wiedersehen«, sagte Großvater, »nur die Abrechnung mit euch hält mich noch am

Leben. Ihr habt ihn aus dem Dorf vertrieben, und ich werde euch an der Stelle treffen, an der es euch am meisten wehtut, an der Erde. Ich werde Schulamit im Herzen schlagen und euch an eurer Scholle.«

35

Sie hatte ein scharfes russisches ›R‹ und dumpfe, schwammige ›L‹-Laute. Früher einmal haben alle Gründerväter so gesprochen, aber die Luft hierzulande hat den dicken Speichel in ihrem Mund verdünnt, den Gaumen geweitet und die Kehle gedehnt.

»Fünfundsechzig Jahre lang hat dein Großvater im Herzen mit Schulamit gerungen. Er hat sich wie ein Tier in Sand und Sumpf gewälzt, um ihren Duft und ihre Berührung abzuschütteln, hat seine Körperhöhlungen ausgeschabt, hat mit den langen Drähten der Erinnerung nach ihr gestöbert. Aber ihre Haut schimmerte ihm aus den Birnenblüten und vom Kamm der blauen Berge entgegen. Die Wasser seiner Seen ließen keinen springenden Kiesel ruhig abtauchen. Jeder Pelikan, der über Liebersons Haus tiefer ging, zeigte ihm ihre weiße Brust.«

Pines, der dicke, gefräßige, neugierige und kranke Greis, dichtete jetzt ohne viel Federlesen vor sich hin. Als alter Naturkundelehrer getarnt, drückte er mich an die Brust, stach mich mit den Stacheln seiner Liebe und seiner Lehren, und als ich mit dumpfer, klebriger Stimme zu weinen begann, strich er mir über den Nacken.

»Rache ist geduldig, geduldig wie die Meerzwiebel«, sagte er, »und der größte Genuß liegt in den Jahren ihrer Reifung und Verfeinerung. Sie gewinnt in den Tiefen der Seele Gestalt, unter den dünnen Schichten von Weizenfeldern und glatter Haut verborgen, in geheimen Ritzen und Spalten.«

In seinen letzten Tagen nannte Pines alle Rachetaten beim Namen. Er erklärte mir, wie Großvater sich am Dorf und wie an Schulamit gerächt hatte und wie die Erde sich an uns allen rächte. Er sagte Dinge, die – gleich den Grabsteinen im ›Ewigen Haus der Pioniere‹ – das ganze Dorf erschütterten.

»Diese grobe Erde, die an den Gestank von Heiligengebeinen und den schweren Tritt der Pilger und Truppen gewöhnt war, muß sich ausgeschüttet haben vor Lachen über diese Pioniere, die sie küßten und mit Dankestränen überschütteten, ihr in erregter Eroberungssucht ihre winzigen Hacken in den Riesenleib steckten und sie Mutter, Schwester, Frau nannten. Mit den ersten Furchen und den ersten Samen, beim Unkrautjäten, beim Trokkenlegen des Sumpflands und bei der Rodung des Dickichts haben wir auch den Fehlschlag gesät.«

Hier wurde seine Stimme feierlich, als er hinzufügte: »Letzten Endes haben wir die Sümpfe trockengelegt, darunter aber einen viel schlimmeren Morast entdeckt. Die Erdgebundenheit, das Einswerden mit der Natur – was ist das denn anderes als Niedergang und Bestialisierung? Wir haben eine neue Generation hervorgebracht, keine entwurzelten, elenden Juden mehr, sondern ein erdverbundenes Bauerngeschlecht – grobschlächtig, kampf- und streitsüchtig, engstirnig, dickhäutig und breitknochig. Dein Onkel Abraham hat es begriffen, als er neun Jahre war. Dein Großvater hat es begriffen, als Efraim wegging, und ich habe es begriffen, als ich ihn auf die Früchte seiner Pflanzung verzichten und nur auf die Blüten warten sah. Doch Uri hat es erst begriffen, als sie ihm die Milz eingetreten haben.

Es gibt keine solche Erde«, faßte Pines zusammen, wobei leicht zu erkennen war, daß er sich einen treffenden Schlußsatz zurechtgelegt hatte, »und es gibt auch keine solche Frau.«

Schwach und alt stand Großvater vor mir und Schulamit. »Ich werde von nun an mit ihr zusammenwohnen«, sagte er zu mir, »du mußt mich verstehen, mein Kind, in meinem Alter kann ich nicht mehr anders handeln. Aber nicht hier, nicht in diesem Haus.«

Ich hörte vertraute Schritte auf den Barackeneingang zukommen. Pines klopfte an die Tür und öffnete, Lieberson und Zirkin standen hinter ihm.

Nun brachen alle in furchtbares Schluchzen aus, fielen sich schwer atmend in die Arme, und dieser geballte Gefühlsüberschwang, der da ihren alten russischen Körperzellen entströmte, verblüffte mich derart, daß ich eilig wieder hinausging. Jene Nacht schlief ich zwischen den Strohballen in der Scheune, und Großvater kam mich nicht zudecken. Nach Mitternacht gingen die Freunde, doch die ganze Nacht brannte Licht in der Baracke. Als ich morgens kam, machte Großvater langsam Frühstück, während die ›krimtatarische Hure‹ in seinem Bett lag und schlief.

»Ich habe dir noch nie dieses Bild gezeigt«, sagte Großvater. Seine Finger fuhren über das Papierfutter des Kastens, tasteten behutsam, bis sie das Gewünschte gefunden hatten. Er zog das alte Baummesser heraus, ritzte das Papier ein, schälte es ab und fischte mit zwei Fingern ein altes Photo darunter heraus.

»Das ist sie«, flüsterte er, indem er mit dem Kopf aufs Bett deutete, »als wir jung waren, dort.«

Das Photo war fast in voller Länge durchgeschnitten, wie mit einem Sensenhieb. Altes, braunes Klebeband hielt die Teile von hinten zusammen.

In einer dunklen Bluse mit rundem Kragen, den ein schwarzes Samtband verschnürte, saß Schulamit auf einem geschnitzten Stuhl, ihr rundes Gesicht der Länge nach gespalten, die Augenbrauen in hochmütigen Bogen geschwungen, die von hassender Schere abgetrennten Arme in unendlicher Ruhe verschränkt, mit jener Sicherheit, die schöne Frauen ausstrahlen.

»Nachts gingen wir – unter Schilfrohr und Binsen verborgen – im Fluß baden, und Schulamit schimmerte wie ein Fischreiher im Dickicht.«

Sie hat mit sämtlichen Offizieren geschlafen, sagte ich mir, und mit den alten Generälen der Roten Armee. Alle wissen, was sie getan hat. Ihretwegen hast du nachts nicht geschlafen. Ihretwegen ist Großmutter gestorben.

Großvater stand auf, reckte sich mühsam auf die Zehenspitzen hoch und knallte mir die Faust ins Gesicht. Er war so alt und schwach, daß es mir überhaupt nicht wehtat, aber meine Haut perlte Schweiß wie ein Maultier beim Herbstpflügen, und Tränen schossen mir in die Augen.

Als Schulamit aufwachte, floh ich aus der Baracke. Eine halbe Stunde später kamen sie zu einem Rundgang durch den Hof heraus. Ich folgte ihnen in einigem Abstand. Großvater zeigte ihr Abrahams Melkstation, die Scheune, den alten Seizer, der sein Rentnerfutter vertilgte. Das Maultier blickte sie gleichgültig an, da es in seinem hohen Alter schon begriffen hatte, daß es einen Vorteil des Tieres gegenüber dem Menschen nicht gibt, und daß beider Leben nichts ist, als ein langes Wagenziehen, bei dem man vergebens den Fallen, Gruben und Schlammlöchern auszuweichen sucht. Sie kamen an den Resten von Großmutter Fejges altem Lehmofen vorbei, dessen eingestürzte Wände noch immer den Duft nach Brot, Schmerz und Kürbisauflauf abgaben, und gingen zur Pflanzung hinunter. Von fern sah ich seine langen Ärmel wedeln, als er ihr die Bäume einen nach dem anderen vorstellte, und ich wußte, daß er zum Abschied winkte – dem Pfirsichbaum, dem Birnbaum, dem Mandelbaum, mir.

»Schau dir das an«, sagte Uri, der plötzlich neben mir stand, »genau wie in einem russischen Roman.«

Einen Monat später übersiedelten sie beide ins Altersheim. Bis zu seinem Tod rächte sich Großvater an ihr – mit einer beherrschten, wohlkontrollierten, präzisen, unaufhörlichen Liebe, mit herzloser Expertise und sanften alten Gesten der Lust, die sie dazu veranlaßten, graues Laub abzuwerfen, die Wände abzukratzen und mit den Füßen zu stampfen, soweit die Alters- und Gliederschmerzen es ihr erlaubten.

Und dann, wie Uri mir einige Zeit später, als Großvater gestorben war, schrieb, begann alles zu zerbröckeln. Rivkas Geschrei schwoll auf ein Vielfaches an, Abrahams Schweigen und Falten vertieften sich, und ich aß fast nichts mehr, weil der große Wehmutskloß in meinem Magen wuchs und gedieh. Ein Raunen ging durchs Dorf, überflutete Pferche und Hühnerhäuser, flog über die Felder hinweg – Mirkin ist aus dem Haus gegangen. Innerhalb weniger Tage bemächtigten sich die harten Schraubenbohnen der Blumen- und Gemüsebeete an der Baracke. Schwarze Ameisen, deren hohe Bäuche ihnen den Rücken wölbten, flitzten wie verrückt über den Boden. In Großvaters Pflanzung brachen drei verzweifelte Mandelbäume nieder, deren hohles Inneres sich mit dem hellen Staub der Zweifel gefüllt hatte. *Tabanus bovinus*, die hartnäckige Rinderbremse, befiel den Hof. Mit ihrem kurzen, starken Rüssel bohrte sie die Haut von Mensch und Tier an, unter Zurücklassung blutiger Stiche und aufgebrachter Lebewesen, deren Geist von der Arbeit abgelenkt war.

Als das dornige Prosopisgestrüpp die Bodenplatten der Baracke sprengte und seine häßlichen Früchte wie Krebsgeschwüre vor meinen Augen wucherten, erhob ich mich von meinem Bett, rief Jossi, und gemeinsam zogen wir mit Hacken in den Garten. Wir gruben den langen, harten Wurzelsträngen nach, die sich unterirdisch ausgebreitet und den Fluch ihrer Triebe über der Erde verstreut hatten. Jossi gab nach einem Tag des Schaufelns entmutigt auf. Er hatte Blasen an den Händen und konnte sich am Abend kaum aufrichten.

»Aussichtslos«, meinte er, »man muß es einmal in der Woche über der Erde abschneiden, mit Petroleum begießen und fertig.«

Aber ich wollte ins Herz der Schraubenbohne vordringen, in den Leib, der seine Wurzelausläufer sprießen ließ, ja nur darauf gewartet hatte, daß Großvater aus dem Haus ging, und sich jetzt unterirdisch an mich ranschlich.

Die tiefe Furche, die ich aushob, durchquerte den Hof bis in die Felder hinein. Ich grub mich durch die Obstpflanzung vor, wirbelte mit ungeheuren Schaufelhieben Erdklumpen durch die Luft, schnitt quer durch Mais- und Kleeflächen, bahnte mir meinen Weg zwischen den aufgegebenen Flugabwehrstellungen der Engländer, schreckte Maulwurfsgrillen und Maulwürfe auf, förderte entsetzte Tausendfüßler und Tonscherben zutage. Unterwegs hackte ich jeden Seitentrieb des Wurzelstamms ab, und vier Tage später richtete ich mich auf und sah die Quelle vor mir.

Hier, an dem Ort, an dem Pines den alten Araber beim Pflügen angetroffen hatte, an dem Brombeerstrauch, neben dem Abraham als Baby gelegen und im Dunkeln geleuchtet hatte, hielt sich noch immer Bulgakows gräßlicher Geruch. Seine Seidenhaare wirbelten durch die Luft, und der giftige, schleimige Atem der Hyäne hatte sich auf den Alantzweigen abgelagert. Hier entdeckte ich die Mutterpflanze.

Mit einem Mal verdickte sich die harte Wurzel und bog nach unten, in die Tiefen der Erde ab. Ich schlang sie mir um die Hüften, bohrte die Fersen in den Boden und begann zu ziehen. Voll bei Kräften war ich damals. Einhundertzwanzig Kilogramm festes, dickes Fleisch. Groß wie Mutter. Stark wie Vater. Ganz langsam hob sich die Erde, die gelbliche Wurzel kam weiter und weiter heraus und mit ihr große Erdklumpen, Gerippe von Ratten und Uhu-Jungen, große Bierkrüge aus Zinn und zerquetschte Blechspielzeuge, noch warm von den Händen der deutschen Kinder, die sie umarmt hatten, als die Malaria sie wegraffte.

Als ich nach hinten wegkippte, war die ganze Wurzel draußen. Ihre weißen Wurzelschößlinge krümmten sich wie Wurmparasiten haltsuchend in der Luft. Ein großes Loch klaffte im Boden. Milchiger, giftiger Dunst stieg daraus auf, gefolgt von aufschwirrenden Mücken. Als ich hineinlugte, sah ich das schlammig-trübe Wasser der Vergangenheit träge schwappen und die kleinen Larven, die mit dem ganzen Körper an seiner Oberfläche klebten, durch ihre kurzen Atemröhrchen Luft schöpfen und geduldig abwarten. Wie alle, die bei Pines in die Schule gegangen waren, konnte auch ich die Anopheleslarve mit geschlossenen Augen erkennen.

Ein tiefes Gurgeln drang aus dem Loch. Der Sumpf, den die Alten mit dicken Erdschichten und Eukalyptuswurzeln abgeriegelt hatten, begann mir atmend und wimmelnd entgegenzuwallen, sobald nur die Sonnenstrahlen darauf fielen.

Mich packte die Angst. All die Horrorgeschichten, die mir die alten Pioniere erzählt hatten, all ihr Grauen, das mir in Fleisch und Blut übergegangen war – das alles erwachte. Hastig warf ich die Erdschollen hinein, tanzte wie ein Wahnsinniger darauf herum, um die Erde mit all meiner Kraft und meinem ganzen Gewicht festzustampfen.

Als ich nach Hause zurückkehrte, fand ich die gefiederten Prosopisblätter schlapp und siech, riß ihre Reste mit einer Hand aus der Erde und ging schlafen. Tagelang blieb ich im Bett. Aus den Holzwänden der Baracke sog ich Harzduft, Waldluft und Großvaters Geruch ein. Nun erst begann ich zu begreifen, daß in dem mächtigen, einschüchternden Schatten seines Körpers mein eigenes Leben zu niedrigem Farn, zu feuchtem Waldmoos verkümmert war.

Nächtelang lag ich aufgedeckt und lauschte dem sanften Getrappel auf dem Dach, dem zitternden Piepsen gelbflauschiger Küken, bis Abraham mit einer vollen Kanne in der Hand ankam und mir sagte, Großvater wolle Milch haben.

Im selben Jahr teilte man mir mit, als Waise sei ich vom Militärdienst befreit. Im Dorf hieß es, man habe psychische Schwächen bei mir festgestellt.

»Was soll's einen wundern?« sagte Tante Rivka. »Dieses Kind hat sich schließlich einen verrückten Alten zur Mutter erkoren.«

Tante Rivka war nie eine nette Frau gewesen, aber seit Großvaters Übersiedlung ins Heim ließ sie ihrem Haß auf mich freien Lauf. Aus Angst, der Alte könnte den Hof mir vererben, drängte sie ihre Söhne, ihn ebenfalls im Heim zu besuchen. Doch Jossi sagte, er hätte viel Arbeit im Kuhstall, und Uri waren die Sorgen seiner Mutter völlig schnuppe.

»Diese Bäume interessieren mich nicht, und Bauer werden will ich auch nicht«, verkündete er. »Wie kann man an solch einem Ort leben? Hier wird doch den ganzen Tag bloß über Kühe gelästert.«

Kein Mensch wagte es, sich an mir zu vergreifen. Ich war der stärkste Bursche im Dorf. Schon mit vierzehn Jahren bekam ich bei den Bezirkswettkämpfen im Tauziehen den Ankerposten zugeteilt. Großvater trat vor dem Kampf zu mir und sagte: »Baruch, stemm du bloß deine Füße in die Erde und rühr dich nicht. Wir werden's ihnen schon zeigen.«

Doch nun gab es niemanden mehr auf der Welt, außer Pines, der sich mit mir unterhielt, neue Gedanken an mir ausprobierte und meine Fragen beantwortete. Seizer lugte manchmal ins Fenster und nickte mir zu, aber auch er war schon sehr alt und quetschte kaum mal ein Wort heraus.

Wenn ich morgens aufstand, hing nur noch ein schwindender Hauch von Großvaters Geruch in der Luft. Die Oliven, die ich mir einlegte, hatten nicht denselben Geschmack. Sie wurden schnell weich und faul, weil es mir nie gelang, den richtigen Salzgehalt herzustellen – das frische Ei ging entweder wie ein Stein in der Lösung unter oder sprang wie aus der Maschinenpistole geschossen aus der Tonne.

Ich war ›ein einsamer Vogel auf dem Dach‹, wie Uri sagte. Bis er aus dem Dorf gejagt wurde, kam er mich jeden Tag besuchen und brachte immer Kuchenstücke mit, die er aus dem Küchenschrank seiner Mutter stibitzt hatte, eines für mich und eines für Seizer.

»Wie lebst du bloß?« fragte er.

Schwalben nisteten im Dachwinkel, graue Flechten überzogen die Wände.

»Du kannst die Baracke nicht so verfallen lassen, sie ist eins der letzten Überbleibsel aus der Zeit der Landnahme«, ermahnte mich Meschullam, als er zu mir kam, um Großvaters alten Hut für eine seiner Ausstellungen zu erbitten. Es war ein ›Jungarbeiterhut‹ aus starkem grauem Stoff mit abfallendem Rand. Ich setzte ihn manchmal gern auf, wenn ich aufs Feld ging.

Jetzt, allein zu Hause, ging ich zwischen den angefressenen Holzwänden auf und ab, halb erstickt vor Sehnsucht nach meinem Großvater, der mich verlassen hatte, nach meinen toten Eltern, nach meinem verschwundenen Onkel Efraim, nach allen Sternen des Himmels, die kommen sollten, mich aus meiner Trauer und Einsamkeit zu erlösen. Meine einzigen Gefährten waren die schaukelnden Spinnen in den Ecken und die durchscheinenden Geckos, die mit flinken Händen die Wände hinaufkletterten und mich aus unschuldigen schwarzen Augen anguckten. Tagsüber kümmerte ich mich um Großvaters Obstpflanzung, denn aus den luftigen Höhen seines Liebesnests hatte er Abraham angewiesen, sie mir zu überlassen.

»Es ist besser, der Junge hat was zu tun«, sagte er, »und er hat gute Hände.«

Ich beschnitt die Bäume, setzte Augen ein, band Zweige krumm und strich schwarze Paste auf die Wunden, die sich auf den Stämmen ausbreiteten. Wie Großvater ließ auch ich die Früchte reifen und abfallen. Ab und zu erbat Abraham meine Hilfe im Kuhstall, die ich immer gern leistete. Bereitwillig lud ich die schweren Heuballen vom Wagen und stapelte sie in der Scheune, mistete den Stall aus, zerrte scheue, aufgeregte Färsen zu ihrem Joch, zur ersten Begegnung mit dem Besamer.

In Stunden, in denen ich meine Knochen vor Hoffnungslosigkeit zerbröseln spürte, ging ich mit den Kälbern im Mastpferch ringen. Seizer hob den faltigen Kopf von seinen alten Zeitungen auf und guckte mir zu, während ich ein Kalb von einer halben Tonne Lebendgewicht an den Hörnern packte und meinen Spaß mit ihm machte. Die Kälber, eine riesige Mischrasse aus Brahma, Angus und Charolais, brüllten vor Freude aus tiefer Brust, wenn ich mich dem Stall näherte und noch im Gehen das Hemd abstreifte. Sie mochten mich und das Vergnügen, das ich in ihr armseliges, kurzes Leben brachte.

Die Kälbermast war seinerzeit ein höchst einträglicher Erwerbszweig, aber wenn die Viehhändler mit dem Laster vorfuhren, wurde Onkel Abraham trübsinnig. Sie wickelten sich die Schwänze der Kälber um die Faust und steuerten die großen Tiere mit schmerzhaften Rechts- und Linksrucken auf die Rampe. Abraham konnte das nicht ertragen. Noch zwei, drei Tage nachdem die Kälber unter Tränen zum Schlachthaus verfrachtet worden waren, blieben seine Muskeln derart angespannt, daß er wie eine Aufziehpuppe schwankend über den Hof watschelte.

Wenn ich mit den Kälbern herumalberte, sagte er kein Wort, aber ein zufriedener Ausdruck glättete seine Stirnfalten, während ein feines Lächeln sich langsam über sein Gesicht breitete. Manchmal sah ich Tante Rivka hinter dem dicken Eukalyptusstamm versteckt abwarten, wie ich da verschwitzt mit nacktem Oberkörper, wildem Haar und schwellenden Adern zwischen den Boxen herauskam.

»Geh dir endlich ein Mädchen suchen, statt Bullen in den Dreck zu werfen«, rief sie ärgerlich, ehe sie sich eilends davonmachte.

In Großvaters Schubladen fand ich alte Papiere, Urkunden, Mutters getrocknete Blumen und Briefe von Genossen aus dem ganzen Land, die sich in Obstbaumfragen mit ihm beraten wollten. »Mein Boden ist schwer, das Wasser bleibt nach dem Regen darauf stehen. Kann ich Pfirsichbäume anpflanzen?« schrieb Arie Ben David aus Kfar Jizchak.

Großvater hatte jedem Brief eine Kopie seiner Antwort beigeheftet. Er empfahl dem ›teuren Arie‹ sechsunddreißig Bäume pro Dunam zu pflanzen und sie Mirabellenstämmen aufzupfropfen.

Reste angefressener oder kranker Blätter, die ihm zur Diagnose zugesandt worden waren, zerkrümelten in den Umschlägen. Dazwischen lag ein Zettel in seiner Handschrift: »Schimon, alter Freund, als ich vom Zurückstutzen überflüssiger Ranken sprach, meinte ich nicht den dieses Jahr angelegten Weinberg. In diesem Alter darf man die Edelranken nicht anrühren; nur die Lotten, die die Unterlage angesetzt hat, müssen weg.«

Danach machte ich noch mehr interessante Funde. »Ich lebe mit einigen weiteren Arbeitern in einem gemieteten Zimmer«, schrieb Schlomo Lewin aus Jerusalem an seine Schwester in Galiläa, »komme mit wunden, verquollenen Händen von meiner Steinmetzarbeit zurück, ohne noch etwas anfassen zu können. Nicht weit von hier stehen ein paar große Olivenbäume; dorthin gehe ich, lehne mich an einen von ihnen und weine wie ein kleines Kind. Wird jemals ein richtiger Arbeiter aus mir werden? Oder ist es die Sehnsucht nach Mutter?«

Regen trommelte auf das Barackendach, der langsame, volle Regen des Emek, der die Erde in tückischen Morast, das Fleisch in einen Schwamm verwandelt. Ich lief gern wie die Alten mit einem leeren Sack als Kapuze über Kopf und Schultern im Regen herum. Einmal die Woche sah ich mir den Film im Volkshaus an, um mitzukriegen, wie Rilow jeden unsanft abservierte, der sich versehentlich auf seinen Stammplatz niedergelassen hatte, und manchmal ging ich zur Quelle, legte mich im Dickicht auf den Rücken und guckte in den Himmel. Hierher war mein Großvater mit dem kleinen Abraham, dem ersten Sohn, geflüchtet, und das ganze Dorf hatte den Turm erklommen, um einen Schimmer des Kindes zu sehen.

»Ich habe ein kleines Feuer angezündet, das die ganze Nacht brannte, die Schakale fernhielt und die Papyrusstauden und

Brombeerbüsche golden färbte. Abraham schlief, und ich habe nachgedacht«, hatte mir Großvater erzählt.

Dreimal in der Woche kommt eine Frau zum Putzen in mein Haus. Nachts sitze ich in meiner blitzblanken Küche, trinke Tee und stelle mir versonnen das nächtliche Dorf vor. Menschen schlafen, heißt es bei uns im Emek, aber das Dorf schlummert.

Unser Dorf hat einen H-förmigen Grundriß. Die Bauernhäuser sind an den Längsbalken aufgereiht, dahinter die zugehörigen Grundstücke. Der Mirkinsche Hof liegt in der Nordostecke. Im Zentrum stehen Schule, Volkshaus, Kükenhaus, Molkerei, Krankenstation, Konsumladen, Futtersilo und Post. Die Häuser der Gemeindeangestellten ziehen sich parallel zu den Bauernhäusern im inneren Teil des Dorfes hin, umgeben von kleinen Gärten und Hilfswirtschaften.

Kein Mensch käme auf die Idee, daß hier einmal Ödland war. Die alten Bilder in Meschullams Kästen – Zelte in karger Landschaft, ärmlich gekleidete Menschen, ausgemergelte Hühner und häßliche, magere Kühe wie Pharaos Traum entstiegen – scheinen woanders aufgenommen. Jetzt ist jede Hofzufahrt von einer hohen Zypressen- oder Kasuarinenallee gesäumt, und einige haben auch Washington-Palmen am Tor gepflanzt, deren schlanke Stämme hoch aufragen und ihre zerzausten Wipfel im Himmel wiegen.

Ein Dutzend solcher Palmen habe ich als hübsche Allee an den Eingang zum ›Ewigen Haus der Pioniere‹ gesetzt. Damals waren nur noch Abraham, Rivka und Jossi im Haus. Jeden Sabbat fuhren sie Uri besuchen. Gelegentlich luden sie mich ein, mitzufahren.

Jossi lenkte den alten Studebaker. Er besaß noch keinen Führerschein, war aber ein ausgezeichneter, umsichtiger Fahrer, der die Straße mit seinen Pupillen verschlang, als werde sie in seinem Bewußtsein unaufhörlich verdaut. Abraham sagte nichts, und

Rivka, die über dies oder das ein Gespräch in Gang zu bringen versuchte, ließ es irgendwann sein und setzte statt dessen ihre unnachahmliche beleidigte Kälbermiene auf.

Ihr Bruder, bei dem Uri jetzt wohnte, hatte das Dorf nach Beendigung seines Wehrdienstes verlassen und es innerhalb weniger Jahre zu einem erfolgreichen Tiefbauunternehmer gebracht. Seine Traktoren arbeiteten im ganzen Land, und seine Geschäftsverbindungen reichten bis Afrika, Mittel- und Südamerika. Er war ein kleiner, reicher, fröhlicher Mann, der mich gern mochte und mich immer zu einem Ringkampf herausfordern wollte. Jetzt klopfte er mir mit ganzer Kraft auf den Rücken und fragte mich, ob ich ›als D-9‹ bei ihm arbeiten wolle.

»Ich hab gehört, du machst Moneten, mein Junge«, sagte er verschmitzt, wobei er seine kleine Faust auf meinen steinharten Bauch sausen ließ, »wenn du 'nen Bagger für deine Gräber brauchst, mußt du's bloß sagen.«

»Ich grabe mit Hacke und Spaten«, erwiderte ich.

»Bald kauft er dich mit deinen sämtlichen Baggern auf«, sagte Rivka.

Da die Umstände seines Ortswechsels ihn legendenhaft begleiteten, war Uri das Traumziel aller Mädchen seiner neuen Umgebung. Doch nun pflegte er völlige Enthaltsamkeit.

»Weißt du, woran ich so denke?« fragte er, als wir endlich ein paar Minuten allein waren. »Ich denke an deine Eltern – an deinen Vater, der die Augen aufhob und wußte, daß ihm eine Frau vom Himmel herunterfallen würde, und an deine Mutter, die in seinen Armen im Schlaf starb, während sie von Fleisch träumte.«

36

Nach seiner Übersiedlung mit Schulamit besuchte uns Großvater nur ein einziges Mal. Ich weiß noch, wie mir das Herz flatterte, als ich vom Feld heimkehrte und den Krankenwagen des Altersheims im Hof parken sah. In der Baracke fand ich Großvater in seinem Bett liegen. Der Dorfarzt und Abraham saßen bei ihm.

Ich war tief erschrocken. Doch Großvater sagte, er sei nur mal auf Besuch gekommen, weil ihn das Heimweh nach Zuhause übermannt habe. An der Tür bat mich der Arzt, ihn später aufzusuchen.

Dr. Munk war neu im Dorf. Als er seine Stelle bei uns antrat, wohnte Großvater schon im Heim. Er hatte eine nette blonde Frau, die sich mit allen anfreundete und gelegentlich in der Schule aushalf. Ein Duft katzenhafter Reinheit ging von ihrer Haut aus, und ihre Sommerkleider waren mit zerstoßenen Zitronenblättern parfümiert. Einen Monat nach ihrer Ankunft im Dorf hörten Pines und die Frauen schon den Schrei: »Ich fick die Frau vom Doktor.«

Der Arzt spielte Cello und trat sogar einige Male vor dem musikliebenden Publikum auf. Zirkin erklärte nach dem Besuch eines dieser Konzerte, wenn man seine Mandoline auch so zwischen die Beine klemmte, »würde sie genauso jammern.«

»Opa meint, er stirbt«, erklärte mir Dr. Munk mit jener gekünstelten Vertraulichkeit, die er sich angewöhnt hatte, während sein gräßliches Hündchen wütend versuchte, mir die Knöchel anzunagen. »Ich habe ihn untersucht, und es ist alles in Ordnung. Solche Dinge passieren manchmal bei Menschen seines Alters, gehen wir also den Opa beruhigen.«

Im Altersheim hatte Großvaters Wunsch, mal zu Hause reinzuschauen, keinerlei Verdacht erregt. Doch kaum war er da, forderte er Abraham auf, den Arzt zu holen.

»Ich liege im Sterben«, hatte er Dr. Munk verkündet, »und ich möchte wissen, was man im Augenblick des Todes spürt.«

Ich war überrascht. Großvater hatte noch nie nach Ärzten verlangt, sondern immer nur Schwestern und Sanitäterinnen vertraut. Unseren seit einigen Jahren verstorbenen vorigen Arzt hatte er nie gemocht. Er war ein sonderbarer Typ gewesen, ein vegetarischer Naturapostel, der aus Schottland eingewandert war, bevor dieser Landstrich noch in Efraims Briefen auftauchte. Er rieb verunreinigte Wunden und triefende Geschlechtsteile lange vor der Entdeckung des Penicillins mit Schimmel ein und aß gebackene Herbstzeitlosenknollen, Mandragorafruchtfleisch und gemahlene Nußbaumrinde. Jeden Morgen verwöhnte er sich mit Sonnenbädern, seine Gäste bewirtete er mit selbstgesammelten Malvenfrüchten vom Wegesrand und mit Portulak, den er den Hühnern aus den Futternäpfen klaute. Seine Ausdrucksweise belustigte das ganze Dorf. »Die Kuh hat Rilow an den Kopf getreten, worauf er eine halbe Stunde ohne Verstand im Mist lag«, lautete eine seiner berühmten Diagnosen.

Seine Ernährung war derart ausgewogen und gesund, daß er überhaupt nicht alterte. Als er mit achtzig Jahren schließlich zu gelblichem Staub zerfiel, weil die Kleestammbohrer, Knöllchenbakterien und Getreidekäfer ihm nun auch die letzten Zelleinlagerungen in den Eingeweiden aufgefressen hatten, war seine Haut immer noch faltenlos.

Dr. Munk kannte die Geschichten, die im Dorf über Jakob Mirkin umgingen.

»Ich habe viel über Sie gehört, Opa«, sagte er, während er die Karteikarten aus der Krankenstation des Dorfes überflog, »schön, daß ich Sie jetzt auch persönlich kennenlerne.«

Er rief den Heimarzt an, maß Großvaters Blutdruck und Puls und machte zur Sicherheit noch ein EKG.

»Opa, Sie sind kerngesund«, sagte er, »zur Olympiade würde ich Sie zwar nicht gerade schicken, aber es ist alles in Ordnung.«

»Stellen wir die Dinge einmal richtig«, sagte Großvater mit einer Kälte, die ich mit Freuden heraushörte, »erstens bin ich nicht Ihr Opa, und zweitens habe ich keine Diagnose verlangt. Reden Sie mich nicht mit Opa an und schicken Sie mich auf keine Olympiade. Ich habe nur wissen wollen, was man spürt.«

»Ehrlich gesagt, weiß ich das nicht«, antwortete der Arzt gekränkt, »das hängt auch von der Todesursache ab.«

»Altersschwäche«, sagte Großvater, »die Todesursache wird ganz banal das Alter sein.«

Ich schlief die ganze Nacht nicht. Das große Glücksgefühl, ihn wieder bei mir in der Baracke zu haben, und die Angst, die seine Worte mir eingejagt hatten, hielten mich hellwach. Großvater hingegen stand mühsam auf, deckte mich zu, kehrte ins Bett zurück und schlief selig ein wie ein Baby.

Nach Sonnenaufgang machte ich Frühstück. Wir aßen gemeinsam. Dann bat mich Großvater, ihn aufs Feld mitzunehmen. Ich fuhr ihn im Rollstuhl auf den Traktorspuren. Als wir am Kuhstall vorbeikamen, schnaubten ihn die alten Milchkühe freundlich an, aber es gab schon Kälber und Färsen, die ihn überhaupt nicht kannten.

»Man muß den Kühen einen Salzbrocken in den Trog legen«, sagte Großvater zu Abraham, der gerade den Stall betrat.

»Heute ist das Salz schon im Futterkonzentrat, Vater«, erwiderte Abraham.

»Aber die Kühe mögen ihr Salz gern schlecken«, beharrte Großvater.

Wir passierten den Feigen- und den Olivenbaum. Großvater tätschelte Seizer den Hals und strich ihm sanft über die Nase, die trotz der Altersrunzeln noch weich und glatt wie die eines neugeborenen Füllens war. Schließlich erreichten wir die Obstpflanzung, die wild und gesund aussah.

»Sehr schön«, sagte Großvater, indem er Blätter und Zweige betastete. »Hol mir mal was zum Probieren.«

Er beschnupperte die Metley- und Vixenpflaumen, die damals kein Mensch mehr anbaute, meinte, der Erde fehle etwas Stickstoff, und riet mir, zum nächsten Jahr Platterbsen zwischen den Bäumen auszusäen, um die Bodenqualität zu verbessern.

»Jetzt hör mal zu, Baruch«, sagte er unvermittelt, »dieser Arzt da weiß nicht, was er redet. Ich werde bald sterben, und ich möchte, daß du mich hier in meiner Pflanzung begräbst.«

Ich spürte, wie ein furchtsames Lächeln sich auf meinem linken Mundwinkel einnistete und ein Zittern mein Gesicht ergriff.

»Aber Abraham möchte die Pflanzung behalten, und ich pflege sie, wie du's gebeten hast«, sagte ich.

»Du wirst sie weiterpflegen, nur keine Sorge«, sagte Großvater, »ich nehme nicht viel Platz ein.«

»Hör gut zu, mein Kind«, fuhr er nach einiger Zeit fort. »Ich bin nicht auf Besuch hergekommen, sondern zum Sterben. Ich möchte zu Hause sterben. Dann kannst du mich auch leichter gleich hier beerdigen, ohne daß du es jemand erzählen oder vorher erst noch den Kühlraum des Altersheims knacken müßtest.«

»Aber warum denn, Großvater«, begann ich zu stammeln.

»Sie haben meinen Sohn aus dem Dorf gejagt«, deklamierte Großvater, »ich will nicht auf ihrem Friedhof begraben sein, ich will nicht zu ihnen gehören. Ich werde ihnen die Erde auf den Kopf stellen. Du wirst mich hier begraben«, fügte er mit noch strengerer Miene hinzu, »das ist mein und dein Grundstück. Später beerdigst du Schulamit hier, und vielleicht kommen noch andere. Laß keinen uns hier rausholen. Ich verlass mich auf dich, Baruch. Du bist der einzige Mensch, der das für mich tun kann.«

Großvater beobachtete mich, während ich seine Worte langsam verdaute. Jetzt ging mir auf, warum er mich mit Kolostrum, Gemüse und Geschichten gepäppelt, vor der Hyäne gerettet und immer so sorgfältig gewogen hatte.

»Und nun bring mich in die Baracke zurück«, befahl er mir.

Ich fuhr ihn schweren Herzens heim. Schlagartig wurde ich mir der Kürze meines Verstands und meiner ungeheuren Dummheit bewußt. Wie ein einfältiges Stück Vieh kam ich mir vor.

Nachdem ich Großvater ins Bett geholfen hatte, drängte er mich, wieder meiner Arbeit nachzugehen. »Ich werde mich hier ausruhen«, sagte er.

Gegen Mittag kam eine Henne aufs Feld gelaufen, schlug bedeutsam mit den Flügeln, und ich folgte ihr zur Baracke, wo Großvater schon ungeduldig wartete. Er drängte mich, schnell in den Konsum zu gehen und ihm bei Lewin einen neuen Pyjama zu kaufen.

»Ich möchte mich einmal verwöhnen«, lächelte er.

»Seidenbettwäsche für das Maultier sollst du nicht mitbringen?« spottete Lewin.

Als ich mit einem weichen grau-hellblau gestreiften Flanellschlafanzug zurück war, bat Großvater mich, Holz in dem alten Wasserboiler anzuzünden und ihm die Kiste ans Bett zu bringen.

Das Ofenrohr summte, Großvater durchkramte und ordnete die Pergamenttüten mit seinen Papieren – Briefe, Dokumente, erdfarbene Photos. Dann ging er ein wenig in der Baracke spazieren, hoppelte von einer Ecke zur anderen, doch ich kehrte nicht an meine Arbeit zurück. Ich ging hinter ihm her, klebte fast an seinem schmalen Körper, und meine große, schwere Präsenz muß ihn gestört haben, denn er brüllte mich plötzlich an. Aber ich verließ ihn nicht. Ich fürchtete, sobald ich nur einen Augenblick den Blick abwandte, wäre er weg und verschwunden.

Gegen Abend brachte ich ihm Milch aus dem Kuhstall, doch er erbrach alles gleich wieder, wurde ärgerlich und schrie mich an, ich solle den Boden aufwischen. Später entschuldigte er sich und bat mich, ihn auf dem Weg zur Dusche zu stützen und während des Waschens bei ihm sitzenzubleiben. In der Dusche hatte ich seine *Taburetka* aufbewahrt, einen alten hölzernen Melkschemel, den der grobe Drillich der Arbeitskleidung weiß und blank gescheuert hatte. Er setzte sich, um auf den feuchten Fliesen nicht auszurutschen, und stellte das Wasser derart heiß an, daß seine weiße Haut rosig dampfte und die Tropfen von allen Fenstern rannen. Er seifte seinen Körper ein und reinigte ihn sorgfältigst, schrubbte sich geschäftig mit einem großen Lifaschwamm, wischte auch zwischen den Pobacken, hinter den Ohren und zwischen den Zehen, und ich saß dabei und wartete, zusammengefallen an die Wand gelehnt, im Schatten der säuerlichen Arbeitskleidung, die dort am Haken baumelte. Ich wußte Großvaters besinnliche Augenblicke schon zu erkennen und störte ihn nicht.

Als er fertig war, half ich ihm aufzustehen, wickelte seinen ganzen Leib in das große, alte, weiche Laken, mit dem er sich abzutrocknen pflegte, und trug ihn wie ein Pfleger den Säugling ins Zimmer zurück. Mein Großvater zog langsam den neuen Pyjama an, den ich ihm gekauft hatte, bat mich, ihm die Jacke zuzuknöpfen, und sagte dann: »Begrab mich in meiner Erde, zwischen den Bäumen.« Danach ging er ins Bett, legte die Brille auf den kleinen Nachttisch, zog die Decke bis zum Hals und versank in einen tiefen Schlummer, den ich erst sechs Stunden später als eine Bewußtlosigkeit, aus der es kein Zurück mehr gab, zu erkennen bereit war.

Rivka und der Arzt wollten ihn ins Krankenhaus bringen, aber Abraham meinte, da sein Vater nun einmal sterben wolle, dürfe man ihn nicht stören. Um ein Uhr nachts sagte Dr. Munk, eine solche Bewußtlosigkeit könne tagelang andauern. Rivka und Abraham gingen sich daraufhin etwas ausruhen. Großvaters Körper atmete bebend weiter und schied braune, trockene, stinkende Erde aus.

Geschlagene drei Tage saß ich an der Holzwand, ohne auch

nur eine Minute zu schlafen. Menschen kamen und gingen, und vor lauter Müdigkeit hatte ich Halluzinationen, so daß ich gar nicht mehr merkte, wer durch die Tür eintrat und wer Großvaters verschlossenem Kasten entstieg. In der dritten Nacht, als mein ganzer Körper vor Schlafmangel schlaff und porös geworden war, hörten die Träume auf, durchs Zimmer zu wabern, und ich begriff, daß mein Großvater gestorben war. Ich stand auf, trat zu ihm und hob ihn auf. Er war klein und leicht.

»Die Erde, die Erde«, sagte er plötzlich, »die Erde wird ihre Stimme erheben.«

Ich trug ihn auf den Armen und machte mich auf den Weg zum Feld. Wir passierten die Scheune und die Boxen der schlummernden Kälber. Bei Efraims früherem Zimmer hielten wir an, um Forke, Hacke und Spaten mitzunehmen. Lautlos glitten wir an Seizer vorbei, der aufgrund eines innerlichen Streitgesprächs am ganzen Leib zitterte. Fernes Schakalbellen verängstigte die Truthühner. Eine dicke Tauschicht überzog die Erde, das Laub und den Sitz des in der Nähe geparkten Fordson.

»Hier«, sagte Großvater.

Weit ausholend schlug ich die Hacke ein paarmal in den Boden, grub mit der Forke tiefer, warf die Erdklumpen heraus und glättete mit dem Spaten die Wände. So machte ich pausenlos weiter, und da ich viel Kraft habe und innerlich stürmte, hatte ich in fünfundzwanzig Minuten eine saubere viereckige Grube von eineinhalb Metern Tiefe zwischen den Birnen- und Apfelbäumen ausgehoben.

Ich zog ihm den Pyjama aus und legte ihn in die Grube. Sein glatter weißer Körper schimmerte in der Dunkelheit. Ich bedeckte ihn mit der ausgehobenen Erde, trat sie mit den Füßen fest, schichtete schwere Steine darauf, die ich am Rand des Grundstücks gesammelt hatte, legte mich auf den feuchten Boden und versank in tiefen Schlummer.

Um sieben Uhr morgens wachte ich auf. Das Sonnenlicht sikkerte durchs Birnenlaub und fiel mir grell auf die Lider, Onkel Abraham rief meinen Namen, Dr. Munk stand bleich etwas abseits, und Jakobi, der Dorfsekretär, der sich hoch über mir aufgebaut hatte, trat mir gegen die Schulter und fragte barsch: »Was soll das denn?«

Von jähem Mut erfüllt überfiel mich Dr. Munk mit lächerlichen Versuchen, meinen Körper zu rütteln und schrie dabei wie verrückt: »Wie soll ich so eine Sterbeurkunde ausstellen? Wer hat überhaupt festgestellt, daß er tot ist? Was geht denn hier vor?« und noch mehr solchen Quatsch.

Jakobi hob mit sonderbarem Ausdruck Großvaters Pyjamahose hoch, als suche er in ihren Falten nach Erklärungen.

»Laß den Pyjama liegen«, brüllte ich in einem Ton, der meinem Mund noch nie entschlüpft war.

Er reagierte nicht. Ich stieß Dr. Munk beiseite, kam schwerfällig auf die Beine und ließ meine flache Hand mit Bullenstärke auf Jakobis Gesicht niedersausen. Seine Lippen platzten auf wie eine Pflaume, er taumelte wie eine lächerliche Puppe zurück und landete schmerzlich verblüfft auf dem Hintern. Mit zwei Sprüngen war ich bei ihm und riß ihm den Pyjama aus der Hand.

»Für Großvater und für Efraim«, sagte ich.

Auf die Fingerknöchel gestützt, begann Jakobi sich aufzurichten.

»Mach keinen Unsinn«, warnte ich ihn.

Trotz seines kleineren, leichteren Körperbaus war Jakobi, wie die meisten Männer des Dorfes, ein kräftiger Bursche mit reicher militärischer Vergangenheit. Er kam auf die Füße, wischte sich das blutige Kinn ab und warnte mich trocken: »In einer Stunde werden wir herkommen und das Grab öffnen. Wir werden ihn auf dem Dorffriedhof beisetzen, in der Reihe der Gründer neben der Großmutter. Und zu deinem eigenen Besten, Baruch – mach uns keinen Firlefanz mehr.«

Sie gingen weg, doch nach einigen Minuten kam Abraham allein mit der schweren Zugkette des Traktors und einem Eisenrohr von zwei Zoll wieder. Die legte er wortlos aufs Grab und kehrte zu seinen Kühen zurück.

Nach einer halben Stunde tauchte er erneut auf, diesmal in Begleitung einiger Männer, darunter Jakobi, der inzwischen verarztet und verbunden war, Pines und Dani Rilow. Inzwischen hatte ich schon Löcher für die Ziersträucher gegraben, die ich rings um sein Grab anpflanzen wollte.

Ich richtete mich zu voller Höhe auf.

»Mein Großvater hat mich gebeten, ihn hier zu begraben«, wiederholte ich.

»Wir wissen, daß du sehr an deinem Großvater gehangen hast«, sagte Pines gütig, »aber das macht man nicht. Es gibt einen Friedhof, Baruch, auf dem begräbt man die Menschen.« Er wollte mich überlisten wie die Bauern die Mastkälber übertölpeln: unter dem Deckmantel des zuckersüßen, beruhigenden Tons rankommen, um einem dann überraschend die hypnotisierende Hand auf den Nacken zu legen. Aber ich kannte schon alle Lehrer- und Schweizermethoden. Mit einem Satz sprang ich auf den Steinhügel über dem Grab und blieb wortlos dort stehen.

»Spar dir deine pädagogischen Bemühungen, Pines«, sagte der Sekretär, »wir haben jetzt genug Ärger mit dieser Familie gehabt.«

Er machte eine Handbewegung, worauf ich im Augenwinkel Dani Rilows robuste Gestalt mit ausgebreiteten Armen auf mich zukommen sah. Die schwere Zugkette mit dem schauerlichen Haken im letzten Glied begann dunkel-glänzend und bedrohlich pfeifend über meinem Kopf zu kreisen. Dani und die anderen schreckten zurück.

Pines, der mich mehrmals schwere Felsbrocken hatte wegrollen sehen, damit er Taranteln und Steinhummeln darunter aufstöbern konnte, wandte sich dem Sekretär zu. Auch Abraham trat an ihn heran und flüsterte ihm so wütend ins Ohr, daß es rundum zu hören war.

»Wir wollen hier keinen Skandal haben«, sagte er mit drohend geschlängelter Stirn, »vergiß nicht, daß wir jetzt in Trauer sind. Vater ist tot, und wir möchten in Ruhe um ihn trauern.«

Jakobi schätzte die Lage neu ein. »Wir werden jetzt gehen«, sagte er, »aber die Dorfgremien werden das nicht schweigend hinnehmen, das kann ich euch versprechen.«

Bis heute weiß ich nicht, wer recht gehabt hat: Uri, der Großvater prophetische Gaben nachsagte, oder ich mit meiner Behauptung, er habe seine Schritte so lange und genau geplant, daß der Zukunft nichts anderes übrigblieb, als in den Kanälen zu fließen, die er ihr gegraben hatte, bis sie zu mir kam und mich aufweckte.

Großvater wußte, daß kein Mensch ihn aus seiner Erde herausholen würde, daß niemand es wagen würde, den Kampf mit dem monströsen Enkel aufzunehmen, den er herangezogen hatte, und daß ich noch weitere Menschen in dieser Erde bestatten würde – tickende Leichenminen, drohende Goldsäcke.

Er wußte, daß keiner ihn aus seiner Erde herausziehen würde, weil das Dorf Skandale noch nie nach draußen gezerrt hat. Bei uns werden die Probleme intern gelöst. Nur in schweren, grauenhaften Fällen ist die Polizei zu alarmieren. Aber Vergewaltigung und Mord sind bei uns noch nie vorgekommen, und Diebstähle, tätliche Übergriffe und ähnliche Unregelmäßigkeiten werden von unseren eigenen Gremien mit der verläßlichen Hilfe des gesellschaftlichen Drucks und des Dorfblattes angegangen.

Einen guten Monat bewachte ich das Grab. Abraham leistete mir weder Unterstützung noch Widerstand. Jossi und seine Mutter bekräftigten die allgemeine Auffassung, daß ich verrückt sei. Uri war vergnügt, Pines erschüttert.

»Ich kann gar nicht glauben, daß dieses Delirium sich vor meinen Augen abspielt«, sagte er.

»So hat Großvater es mir aufgetragen«, antwortete ich.

»Ein Unding«, sagte Pines.

»So hat Großvater es mir aufgetragen.«

»Und diese Gewalttätigkeit – kreisende Ketten, Eisenstangen. Wie Zerberus am Eingang zur Unterwelt.«

»So hat Großvater es mir aufgetragen.«

Pines blickte mich vorwurfsvoll an, aber auch er trat langsam, wie in demütiger Ergebung, den Rückzug an. Großvater hatte gewußt, daß der verstörte Pines mich zu überzeugen versuchen, aber damit scheitern würde. Von langen Evolutionssträngen getragen, gehörte der alte Lehrer einer Generation an, deren Hals den Krausen der Worte angepaßt war. ›In seiner Erde begraben‹, ›Bestattet in dem Boden, den er sein Leben lang bestellte‹, waren Silbenketten, die Pines Seele nicht zu besiegen vermochte.

»Er starb und wurde im Garten seines Hauses begraben«, zitierte er mit einem Neid, den er nicht recht erklären konnte.

Auch als ich Schulamit beisetzte, sagte er kein Wort. Fanja machte einige Tage lang Aufruhr, bis sie begriff, daß sie damit nichts ausrichtete, und sich wieder beruhigte. Erst als einige Monate später Rosa Munkins Sarg eintraf, ihr rosa Grabstein neben Großvaters enthüllt wurde und ich mit Gräbern zu handeln begann, war Pines bis in die tiefste Seele erschüttert.

Das waren die letzten Tage der Obstpflanzung. Nachdem ich Großvater begraben hatte, prophezeite Uri, jetzt würden die Bäume durch den Dünger seines Leichnams besonders gut gedeihen. Doch die grabnahen Bäume starben schnell ab, als habe man ihnen Gift ins Mark eingeflößt. Die entfernteren Baumreihen wurden krank und unruhig. Sie raschelten auch bei Windstille mit den Zweigen, wimmelten vor Blattläusen, warfen die noch unreifen Früchte ab, und es gab keine Larve, die nicht in ihnen gebohrt hätte. Die spärlichen Blütenkelche verströmten die üblen Gerüche der toten Fliegen und Bienen, die an dem gelben Gift ihres Nektars und Blütenstaubs eingegangen waren. Margulis holte seine Bienenstöcke weg, ganze Blütenteppiche verwehten im Wind und legten harte Erde bloß. Gelegentlich pflückte ich einige der letzten Früchte, die noch zwischen den toten Zweigen hingen, aber in Geschmack und Textur entsprachen sie Fleischklößen. Bei Nacht fraßen Eulen und Iltisse sie ab. Innerhalb kurzer Zeit war Großvaters Pflanzung abgestorben und verfault.

Auf Großvaters Grabstein ließ Abraham Namen, Geburts- und Sterbedatum einmeißeln und darunter den Vers, den sein Vater einst dem ersten selbstgepflanzten Olivenbaum eingeritzt hatte: »Ein üppiger Ölbaum von schöner Gestalt.«

37

Im ersten Frühling nach Großvaters Tod fing es in seinem Grabhügel an zu rascheln und zu wimmeln. Rötliche Käfer mit schwarzen Flecken auf dem Rücken krochen aus der Erde und warteten auf den Anmarsch der nächsten Toten. Die folgten auch prompt. Das ›Ewige Haus der Pioniere‹ war Tatsache geworden, das Dorf glich einem Hexenkessel. Ich weigerte mich, vor den Gemeindegremien zu erscheinen. Buskila kam animiert von der eigens einberufenen Sitzung zurück und las mir die seiner Meinung nach gelungensten Passagen aus dem Protokoll vor.

»Genosse Lieberson: Genossen, seit etwa einem Jahr beerdigt der Genosse Baruch Schenhar Tote auf dem Mirkinschen Hof. Genosse Schenhar hat dort zuerst seinen Großvater – angeblich auf Wunsch des Verstorbenen, aber ohne Zustimmung der zuständigen Gremien – beigesetzt. Einige Monate später folgte Schulamit Motzkin, eine Neueinwandererin aus Rußland, die bekanntlich mit dem Genossen Jakob Mirkin in seinen letzten Tagen zusammengelebt hat. Seither hat er angefangen, Menschen gegen Bezahlung dort zu bestatten und sogar die Leichen von Abtrünnigen aus dem Ausland einzuführen.

Genosse Rilow: Im letzten Halbjahr sind auf dem Mirkinschen Hof mindestens fuffzig Stück begraben worden.

Rechtsanwalt Schapira: Ich möchte Herrn Rilow bitten, sich einer würdigeren Ausdrucksweise zu befleißigen.

Genosse Rilow: Das sind nicht irgendwelche Leute hier. Das ist der Rat! Der Dorfrat fordert den Genossen Schenhar auf, die Gräber vom Mirkinschen Hof zu entfernen und von seiner Gewohnheit abzulassen.

Rechtsanwalt Schapira: Wenn ich anmerken darf: Dies ist keine Gewohnheit, sondern ein Gewerbe. Mein Mandant verdient seinen Lebensunterhalt mit der Bereitstellung von Beerdigungsdiensten für Personen, die diese begehren.

Buskila: Es wird keiner gezwungen.

Genosse Rilow: Sei du bloß still, Buskila.

Genosse Lieberson: Das Dorf besitzt einen Friedhof auf der Anhöhe, eine schöne, würdige Grabstätte, von Bäumen umringt, die das Emek überblickt und einige Kilometer außerhalb des Dorfes liegt, wie es vom sanitären Standpunkt geboten ist. Der Mirkinsche Hof hingegen grenzt an Wohnhäuser an.

Rechtsanwalt Schapira: Laut Volksgesundheitsverordnung 1940, Neufassung 1946, hat das Gesundheitsamt die Genehmigung zur Eröffnung eines neuen Friedhofs zu verweigern, wenn es nicht hinlänglich überzeugt ist, daß: 1.) der neue Friedhof derart angelegt ist, daß er keine Verunreinigungsgefahren für einen Flußlauf, einen Brunnen oder eine sonstige Wasserversorgungsquelle in sich birgt, und 2.) der neue Friedhof am Tage seiner Eröffnung nicht weniger als einhundert Meter von dem nächsten vorhandenen Wohnhaus entfernt liegt. Jeder neue Friedhof muß von einem feststehenden Gitter oder einer Mauer von mindestens eineinhalb Meter Höhe eingefriedet sein. Ferner muß er über einen ausreichenden Wasserabfluß verfügen. Mein Mandant versichert, daß das ›Ewige Haus der Pioniere‹ diese Bedingungen erfüllt – geprüft und bestätigt von der zuständigen Regierungskommission, deren meinem Mandanten ausgestellte Lizenz ich hiermit vorlege.

Genosse Lieberson: Genosse Schenhar verstößt gegen die Ortssatzung. Wir sind zu unserer Erde zurückgekehrt, um eine landwirtschaftliche Siedlung darauf zu errichten und von unserer Hände Arbeit zu leben.

Rechtsanwalt Schapira: Mein Mandant verstößt nicht gegen den Geist des Moschaw. Im vollen Einklang mit den Grundsätzen, die mein Vorredner angesprochen hat, beschäftigt er keine Lohnarbeiter und erfüllt ordnungsgemäß alle Steuer- und sonstigen Verpflichtungen gegenüber der Genossenschaft. Wenn ich es einmal so ausdrücken darf, führt mein Mandant durchaus Juden zu ihrer Erde zurück und macht der Siedlungsbewegung durch die ihren Pionieren geleistete Hilfe alle Ehre.

Genosse Rilow: Dumme Witze.

Rechtsanwalt Schapira: Mein Mandant ernährt sich, im wahrsten Sinne des Wortes, von der Erde. Er lebt von seiner Hände Arbeit, betrachtet sich als Landarbeiter und sieht im Beerdigungswesen einen landwirtschaftlichen Erwerbszweig. Er setzt Agrargeräte zum Graben, Pflanzen, Düngen und Bewässern ein und genießt den Segen seiner Hände Arbeit. Der Anbau meines Mandanten hat sich ökonomisch wie landwirtschaftlich bestens bewährt. Die Gräber sind gegen Dürreschäden, Mäusebefall, Frost und Krankheiten gefeit. Es wird hier eine Bilanz vorgelegt, die beweist, daß ein Dunam Gräber mehr einbringt als jeder andere Agrarzweig, sowohl absolut wie auch relativ zu den erforderlichen Investitionen.«

»Und das hat sie erst völlig fertiggemacht«, frohlockte Buskila, »die Gewinne, Genosse Schenhar, das Geld. Daß unsere Landwirtschaft mehr einbringt als ihre.«

38

Seinen ersten Ruhm hatte Pines sich durch die Entdeckung der prähistorischen Höhle erworben. »Das Dorf und ich waren noch jung«, erzählte er mir. Wie alle seine Schüler kannte auch ich diese Höhle am Rand der felsigen Anhöhe, auf dem der Dorffriedhof liegt. All die Jahre war ihr Eingang zwischen den Kaktushecken und Steinhügeln der ehemaligen deutschen Siedlung versteckt gewesen. Bei Großmutter Fejges Beerdigung war Pines jedoch ein Steinkauzpärchen aufgefallen, das sich vor den Trauergästen eifrig verbeugte und sie aus neugierig zugekniffenen Goldaugen anblickte. »Sie trank aus eurem Becher, aß von eurem Brot«, sagte er in seiner Grabrede und fuhr mit dem Psalter fort: »Vor lauter Stöhnen und Schreien bin ich nur noch Haut und Knochen. Ich bin wie eine Dohle in der Wüste, wie eine Eule in öden Ruinen.« Als er einige Tage später an den Ort zurückkehrte, merkte er, daß die kleinen Raubvögel in den Trümmern nisteten. Bleiche Feldmausschädel, harte, trockene Panzer und abgenagte Heuschreckenflügel lagen auf dem Boden verstreut. Aasgestank umwehte die beiden Vogeljungen, die ihm mit ihrem weißen Flaum und wütendem Schnauben wie zwei Chassidim im Zwergformat vorkamen.

»Ich ging näher heran, kniete nieder, und da sah ich den Eingang.«

Im ersten Augenblick meinte er, eine alte Einsiedelei vor sich zu haben. Er umrundete den Felsen, bahnte sich einen Weg durch die Feigenkakteen und drang in die Höhle ein. Ein fremder, muffiger Geruch schlug ihm von den Wänden entgegen – das Knistern erstickter Lagerfeuer, trockener Moder und der Tragantduft stehengebliebener Zeit. Feuersteinwerkzeuge ruhten nur knapp unter der obersten Asche- und Dungschicht, die sich leicht mit bloßen Fingern wegräumen ließ. Als Pines die oberen Schichten weiter abtrug, entdeckte er das berühmte Stirnbein, das alsbald ein Team englischer Forscher auf den Plan rief, die nach weiteren Grabungen feststellten, hier habe einst der *Homo sapiens erez-israelis* gelebt.

»So was gibt's gar nicht – entweder *sapiens* oder *erez-israelis*«, erklärte mir Pines viele Jahre später, nachdem der Gehirnschlag seine Selbstironie ebenso verstärkt hatte wie seine Toleranz gegenüber Uris Untaten und Lewins Nörgeleien.

Die aus London angereisten Wissenschaftler fanden fünf menschliche Skelette in der Höhle – drei Erwachsene und zwei Kinder. Pines schauderte, als er mir das Schauspiel beschrieb. »Wenn ich an die Beile denke, die einmal in unseren Gräbern wühlen werden. Vor meinen Augen blinken Äxte, stochern in Leas Eingeweiden herum, legen zwischen ihren Rippen und Lenden die blauen Knöchelchen der unschuldigen Zwillinge frei.«

Steinerne Waffen, der große, längs gespaltene Beckenknochen eines Büffels und zertrümmerte Nashornrückenwirbel belehrten Pines, daß nicht Ackerbauern, sondern Jäger hier gehaust hatten. Verhaltener Groll erwachte in ihm. Die versteckten Pfeilspitzen und Faustkeile, die niedrigen, dicken Stirnbeine und die wulstigen Augenhöhlen erinnerten ihn an Rilow.

Er verließ die Höhle, setzte sich an den Eingang und blickte über das weite, gefügige, fruchtbare Tal, das sich zu seinen Füßen ausbreitete. Die armseligen Baracken, jungen Alleen und kleinen Bäumchen des Dorfes schienen ihm plötzlich auf der Geschichte des öden Landstrichs zu schwimmen, auf seinen Schichten zu schlingern und zu schwanken. Die ersten Feldgevierte wirkten wie Flickwerk, wie bloße Spinnweben. Er war noch jung damals, und das Auf und Ab des Zeitpendels über dem Emek machte ihn schwindlig.

Zu dem aus England angereisten Ausgrabungsteam gehörten ein alter Professor, der Pines ›liebevoll‹ ins Herz schloß, und eine fröhliche Schar hochaufgeschossener Studenten in Tropenhelmen und weiten, knielangen Shorts. Sie schlugen ein großes Zelt auf der Anhöhe auf und kauften jeden Tag Eier, Milch und Käse im Dorf. Zu Mittag aßen sie, gegen volle Bezahlung, bei Riva Margulis, in deren Haus sie ihre bestrumpften Füße unter den Tisch steckten und staunend die Kristallteller, sibirischen Spitzendecken und goldumrandeten Gläser bewunderten.

»Das alles hatte der Dorfrat Riva ausgeliehen, aber eigentlich waren es ihre Sachen«, erzählte mir Pines, wobei er ins Flüstern geriet, »aus der russischen Frachtkiste.«

Als Pines mir von der Entdeckung der Höhle und dem englischen Ausgrabungsteam berichtete, lag Rivas berühmte Luxuskiste schon unter dicken Schichten von Erde und Vergessen begraben.

»Das war eine unserer ersten Bewährungsproben.« Gemeinsam mit Abrahams Gedicht, den Heuschrecken im Großen Krieg und Lea Pines' Tod ruhte Rivas Kiste in einer Tiefe, in die nur Bohrtürme vorzustoßen vermochten.

»Nachdem sie Margulis geheiratet hatte, schickte sie ihren Eltern einen Brief, erzählte ihnen von ihrem Mann und seinen Bienenstöcken, schilderte ihre Begeisterung über die schwere Feldarbeit und fügte ein paar Photos von sich bei – eine kleine junge Frau aus Erez Israel in einem Kleid aus grobem, grauen arabischen Stoff, die Honig schleudert und den Hühnern Futter im Hof ausstreut.«

»Als die beiden heirateten«, erzählte Pines, »wußte kein Mensch, nicht einmal Chaim Margulis selber, daß die Braut die Tochter von Beilin in Kiew, dem reichsten Juden der Ukraine, war.«

Ein halbes Jahr später fuhr ein von drei Ochsengespannen gezogener Wagen ins Dorf ein. Sechs Kosaken und vier Tscherkessen mit Winchester-Gewehren am Sattel und blinkenden Säbeln in den Gürteln umkreisten ihn wachsam auf kleinen, nervösen Pferden. Aus der großen Kiste, die auf dem Wagen stand, kamen schwarze Ebenholzmöbel, komplette Service, so durchsichtig wie Luft, prallvoll mit Gänsedaunen gestopfte seidene Kissen und Decken, Bucharateppiche und blauschimmernde Spitzengardinen. Rivas Eltern war es gelungen, ihre Aussteuer vor der Nase der Kommunisten hinauszuschmuggeln. Noch am selben Abend bemerkten die Ratsmitglieder das fremdartige Licht, das in den Augen der Frauen entflammt war, und Tonia Rilow, halb wahnsinnig vor Neid und Grundsätzen, forderte die Einberufung der Mitgliederversammlung.

Die dringende Sonderversammlung eröffnete Riva, daß die Genossenschaft derartige Gegenstände im Hause eines hebräischen Bauern nicht dulden werde. Sie erhielt die Wahl, die Kiste entweder zurückzuschicken oder das Dorf mit ihr zu verlassen.

»Ich habe einen besseren Vorschlag«, sagte Margulis freundlich, »Riva und ich haben darüber gesprochen. Wir werden die ganze Aussteuer der Allgemeinheit zur Verfügung stellen.«

Riva bestätigte tränenerstickt mit einem Kopfnicken die Worte ihres Mannes, worauf Rilow und Lieberson ausgeschickt wurden, den Schatz zu beschlagnahmen. In den folgenden Jahren sah Riva abgerissene Feldarbeiter aus Kristallgeschirr essen und mit dreckigen Fingern die vergoldeten Gabeln ihrer Eltern halten. Sie redeten sich scherzhaft in der dritten Person an, verbeugten sich voreinander, tauschten artige Grüße aus und tanzten Menuette auf dem Stoppelfeld. Ich erinnere mich noch gut an das Wort *Narodniki*, das wiederholt in Pines' Erzählungen auftauchte. Lieberson, der sofort jede Gelegenheit wahrnahm, seiner Frau durch neue Späßchen zu gefallen, klebte sich lange Maisfäden als Bart an die Wangen und schlenderte, als Graf Tolstoi verkleidet, im langen weißen Hemd aufs Feld zu seinen Genossen, die er als ›Leibeigene‹ ansprach und gnädigst mit kühler Limonade aus dem Kristall der Gräfin erfrischte.

Die chinesische Lacktruhe stand im Sekretariatszelt, bis sie von Ungeziefer zerfressen war. Das Silberbesteck wurde gegen sechs Kühe und einen jähzornigen, verwöhnten Holländerbullen eingetauscht. Rilow erwarb eine zerlegte Haubitze gegen einen der Teppiche, und die Gänsedaunen verteilte der Rat zu gleichen Teilen auf alle Decken des Dorfes. Tonia und der Satzung war damit Genüge getan, aber Riva lief trübsinnig und verbittert herum. Margulis sagte ihr, sein Honig schmecke besser direkt vom Finger geschleckt als mit dem goldenen Löffel gegessen. Er rieb ihr die rauhen Hände mit Bienenwachs ein und träufelte ihr lange, goldene Stalagtiten auf den Nabel. Doch Riva ließ sich weder trösten noch beruhigen. Nach außen hin akzeptierte sie die Entscheidung des Dorfes, ›aber nachts hörten wir alle Margulis' Zeltbahnen unter ihren Heulstößen zittern und rauschen‹.

»Was Vater über die russische Revolution hinübergerettet hat, haben die Bolschewiken Erez Israels konfisziert«, klagte sie ihrem Mann.

Innerhalb von zwei Jahren waren alle Kristallsachen in die Brüche gegangen. So durchsichtig waren sie, daß man sie gar nicht sehen konnte, wenn nichts darin war; so wurden leere Gläser von den harten Händen der Bauern einfach vom Tisch gefegt.

Margulis ging jeden Tag auf die Blumenweide hinaus, und als das letzte Geschirrteil weg war, blieb Riva allein mit dem Staub, dem Schweiß, der Vision und den penetranten Dunggerüchen.

»Und da ist sie verrückt geworden«, sagte Pines. »Der normale Sauberkeitsdrang jeder Frau, der auf dem Nestbauinstinkt beruht, schlug bei Riva in Wahnsinn um.« Mit strammem Kopftuch, Schürze, Lumpen und Gummistiefeln bewaffnet, zog sie in den Kampf.

Als erstes entfernte sie den Mülleimer aus dem Haus, da die Anwesenheit jeglichen Schmutzes, sogar unter einem Deckel, sie in furchtbare Unruhe versetzte. Hinter dem Kuhstall, hundertfünfzig Meter vom Haus, befand sich der große Misthaufen, und dorthin schickte sie ihre kleinen Kinder nun zigmal am Tag, um die Schalen einer Gurke, Mittagessensreste oder Krümel, die sie unter dem Tisch zusammengefegt hatte, wegzuwerfen.

»Sie hat dauernd in den Himmel geschaut«, erzählte Großvater.

»Wie Großmutter?« fragte ich, aber Großvater gab keine Antwort.

»Alle gucken hier im Dorf dauernd zum Himmel«, erklärte mir Lieberson, »suchen ihn nach Regenwolken, Posttauben, Heuschrecken ab.«

»Und nach Zugvögeln«, fügte Fanja wütend hinzu.

Doch Riva blickte in den Himmel, weil sie ihr Leben lang einen Überraschungsangriff von Staubwolken aus der Wüste oder kleckernden Starenschwärmen aus dem Norden erwartete. ›Dreckstauben‹ nannte sie sie. Rund um die Baracke hatte sie ein Dutzend große Fliegenfallen aufgestellt – Gitterkästen mit angegammelten Fleisch- oder Obststückchen darin und einem Loch im Boden, durch das sich die Fliegen hineinzwängten, ohne später den Ausgang wiederzufinden. Derartige Fallen erfüllen bis heute ihre Funktion im Dorf, aber bei Riva waren sie immer leer, weil die Fliegen ihr Haus bereits kannten und es gar nicht erst anflogen.

Jeden Tag zur Mittagessenszeit guckten die englischen Forscher sie fröhlich an, wenn sie sich auf ihren Befehl die Schuhe vor der Haustür ausziehen mußten, verspeisten dann höflich den Borschtsch, das Huhn und die Kartoffeln, bedankten sich lobend für die gute Mahlzeit und kehrten zu ihrer Höhle zurück. Pines ging Tag für Tag mit ihnen hinaus.

»Manchmal habe ich mitgegessen, weil ich gern ihren Gesprächen zuhörte, bis mich Lieberson wissen ließ, es sei unpassend, daß ein Genosse sich an gebratenen Hühnern labe, die von reichen englischen Bourgeois bezahlt seien, während die übrigen Genossen sich von gebackenen Kürbissen und wilden Malven ernährten.«

Die Engländer begriffen nicht, warum Pines nicht mehr mit ihnen aß, und Pines wiederum begriff nicht, wieso sie Hacken schwangen, ohne dabei zu singen.

Nachdem die Forscher an die dreißig Kubikmeter Erde abgetragen und durchgesiebt hatten, stießen sie auf eine enorme Schieferplatte, die einen zweiten, tieferliegenden Hohlraum abdeckte. Als sie diese wegzuräumen versuchten, erklang ein unheilverkündendes Dröhnen. Pines riet, unbedingt einen erfahrenen Steinmetz hinzuzuziehen, der die Gesteinsadern zu lesen wisse, und fuhr dann selbst nach Nazaret, um einen alten arabischen Steinmetz zu holen, der ins Höhleninnere hinabstieg, das Ohr an den Stein legte, mit dem Meißel feine Ritzen abtastete, die Fingerkuppen darauf trommeln ließ und schließlich verkündete, der Fels sei zerbrechlich wie Glas, man könne ihn unmöglich abschlagen, ohne einen allgemeinen Gesteinsrutsch auszulösen, der die Wissenschaftler mit unter sich begraben werde. So blieb ein unerforschter Raum in der Höhle.

Die Forscher packten ihre Werkzeuge und Funde zusammen und kehrten in ihr Land zurück. Der englische Bezirksoffizier ließ eine Eisentür am Höhleneingang anbringen, schloß sie ab und händigte Pines den Schlüssel aus. Rilow kam sofort mit unmißverständlichen Forderungen, den Ort für geheime Vereidigungen und zum Verbergen von Leichen und Sprengstoff auszunutzen, aber Pines verwehrte sich entschieden dagegen. In einer überraschenden Anwandlung hartnäckiger Kühnheit eröffnete er Rilow, er werde nicht zögern, den Bezirksoffizier zu unterrichten, falls er Einbruchszeichen an der Tür feststellen sollte.

Die Höhle wurde ihm zum Zufluchtsort. »Jeder mit seiner eigenen Grube«, erklärte er mir schmunzelnd. Er saß gern am Eingang, um das Emek aus einer ihm örtlich wie zeitlich unbekannten Perspektive zu betrachten. Zwar schlief er nie darin, weil er sich vor dem Höhlenfieber und vor allem davor fürchtete, die dort hausenden Zecken könnten ihn mit längst ausgestorbenen Krankheiten infizieren – so was wie Neanderthaltyphus oder gar einer unheilbaren Urpest aus vormenschlichen Zeiten –, aber er hielt sich zum Forschen, Notieren und Nachdenken darin auf.

Dort, im Erdinnern, entdeckte er blinde Schlangen, die sich von Schimmelpilzen ernährten, bleiche Bandmolche, deren Metamorphose viel langsamer verlief als bei ihren Artgenossen unter der Sonne, und afrikanische Höhlenasseln aus einer im Lande unbekannten Krebsfamilie. ›Lebendige Versteinerungen‹ nannte er sie und hatte dabei insgeheim einen blendenden Gedankenblitz. Unweit der Höhle wuchs ein Weißakazienwäldchen, ›das einzige Überbleibsel einer afrikanischen Flora, die sich vor Millionen Jahren in unserem Land ausgebreitet hat‹, und Pines glaubte nun, diese Asseln seien ein weiterer Überrest jener Epoche. Als er sich niederbeugte und die winzigen Urzeitkrebse über den Boden krabbeln sah, verwandelte sich die Höhle in den aufregenden Eingang eines Zeittunnels. Angenehmer Schauder erfüllte sein Herz angesichts der Überreste jener ›winzigen, äußerst weisen Erdenbewohner‹, die ganz ohne Vision, Überlieferung und Institutionen eine derart zähe und beständige Gesellschaft aufgebaut hatten. Der Akazienhain und die Höhle waren in seinen Augen eine Blase aus den Tagen der Schöpfung, die hier hervorgebrochen und geplatzt war, und manchmal ertappte er sich dabei, daß er ganz tief durchatmete und seine Lungen prall mit Luft füllte, ehe er ins Erdinnere eindrang, als werde er gleich in dickflüssigen, fremden Bernsteinmassen versinken.

Jahrelang führte er seine Schüler in die Höhle. Wir wanderten etwa zwei Stunden durch die Felder, kletterten den steilen, hohen Abhang hinauf und tauchten dann auf einmal in die Felsspalte ein. Pines zog den Schlüssel heraus, öffnete die quietschende Eisentür, und gleich kroch ein schwerer, kalter Hauch heraus, der uns wie prüfend über Gesicht und nackte Schenkel strich. Zuerst setzte Pines uns in den vorderen Höhlenraum um ein tiefes Loch mit Wasser, das so alt war, daß es keinerlei Geschmack besaß, weil alle Sedimente längst auf den Grund gesunken waren. Blinde Kleinlebewesen glitten darin herum. Sehen konnte man sie nicht, weil die lange Dunkelheit, die sich in ihrem Gewebe gespeichert hatte, auch die Beobachter blind machte, aber man konnte ihre weichen Leiber auf der Handfläche spüren.

Pines zeigte uns, wie man Feuersteine zu Klingen verarbeitet, versuchte durch das Aneinanderschlagen von Steinen Feuer zu entzünden und komplimentierte uns danach auf die Felsstufe am Eingang, um über das Emek und aufs Dorf zu blicken.

»Hier hat der Steinzeitmensch gesessen und auf unser Emek geschaut«, sagte er. »Sumachsträucher und mächtige Eichen wuchsen hier, Eschen und Zürgelbäume, und dazwischen streunten der gefleckte Leopard, der grollende Löwe und der gierige Bär.«

Er erhob sich von seinem Platz. »Und das ganze Land war bewässert«, verkündete er, »ein klarer Bach floß in der Rinne, weißer Dunst stieg aus dem Tal auf, legte sich über Schilfrohr und Erde. Dort unten weideten die großen Tiere im hohen Gras. Wildschweine und Kuhantilopen, Flußpferde und Wasserbüffel. Höhlenmenschen stiegen in die Ebene hinab, sie zu jagen, und die Knochen knackten sie hier auf dem Felsplateau, mit Hämmern und Messern aus Stein.«

Pines' Ohren hörten förmlich das Gebrüll des erlegten Wildstiers und das Platzen des Jägerbauchs unter den Hauern des Wildschweins. Seine Augen schälten die Erdoberfläche ab und tauchten in die lockenden Schlünde der Vergangenheit. Er erzählte uns von den Regenwäldern, die einst die Erde bedeckten, von den Buntbarschen, Klippschliefern und Urstraußen, die lange vor den ersten Menschen aus Afrika in diese Ebene eingewandert waren. Er meinte, die Spitzmaus, dieser winzige Mörder, sei aus dem eisigen Norden gekommen, die Agame und das Kaninchen aus den Ländern jenseits des Mittelmeers, das Wiesel und der Sperling aus fernen asiatischen Weiten.

Vogelschwingen, Menschenfüße, Tierkrallen und Hufe wirbelten Staub rings um ihn auf. Kanaaniter, Turkmenen, Bachstelzen, Juden, Römer, Wildziegen, Araber, Sumpfkatzen, deutsche Kinder, Damaszenerkühe und englische Soldaten kämpften um das Recht, den zerkrümelnden Erdschollen ihren flüchtigen Stempel aufzudrücken.

Er war kein Historiker. Er war ein bescheidener, wißbegieriger Pädagoge, ›Volksschullehrer‹ nannte er sich, spezialisiert auf Naturkunde und Bibel – zwei Fächer, die sich mit dem Wechsel der Jahreszeiten befaßten, dem Aussterben von Arten und dem periodischen Hinschwinden prophetischer Visionen und alter Götter.

»Ich bin ein gefrorenes Mammut im Schnee«, sagte er zu mir und lachte, daß ihm die Speisereste aus dem Mund spritzten, »wer mich auftaut, wird merken, daß ich eßbar bin.« Er lebte lange genug, wenn auch nur ›einen evolutionären Augenblick‹, um die weißköpfigen Geier vom Himmel des Emek verschwinden zu sehen, sprachbegabten Tieren zu begegnen und das Trällern der Amseln zu hören, die ihre Stammheimat auf den Höhen Untergaliläas verlassen und unser Dorf aufgesucht hatten.

Sein Gehirn war damals noch rund und heil und wohlbefestigt, ohne die ketzerischen Einbrüche der Krankheit. Aber schon damals, als junger Mann, spürte er die Kurzlebigkeit aller Dinge. Der breite Seeweg, die berühmte *Via Maris*, auf der zahllose Eroberer und Kaufleute durchs Emek gezogen waren, war nichts als ein armseliger Kratzer auf der Erdkrume. Die alte Festungsstadt Megiddo mit ihren tiefen Lagerräumen und starken Mauern hatte sich in einen Schutthügel zu Füßen des blauen Gebirges verwandelt. Der ›altgerühmte Bach, der Bach Kischon‹, der einst neunhundert Wagen Siseras davonschwemmte, war nur noch eine trügerische Abflußrinne. Feldherren und Altäre verwesten in den Tiefen, Paläste und Knochen zerfielen. Ebenso wie antike Aquädukte, jahrhundertealte Terrassenfelder und die Weinstöcke des Kibbuz. Kaum zwei Generationen waren vergangen, seit Lieberson Fanja zwischen den Reben entführt hatte, und schon war der Weinberg abgeholzt, die Geschichte vergessen, alles zubetoniert und von einer Plastikfabrik überwölbt.

Plötzlich beneidete Pines den Höhlenmenschen, der keine biblischen Auszugsbefehle gehört hatte, sondern in ein argloses, von den Narben feuriger Inbesitznahme und den kleinlichen Fußstapfen menschlicher Liebe und Treue noch unberührtes Land gewandert war, ›nur angetrieben von Hunger und Durst und dem unschuldigen, bis heute jeder lebenden Zelle eigenen Streben nach jener feuchten Wärme, die wir Leben nennen‹.

Er beneidete auch Meschullam, der die Flügelschläge der Zeit völlig ignorierte und ihren Flug erst von dem Tag erforschte, an dem die Gründer auf dem Boden des Emek gelandet waren. Meschullam übersah die Verwelkungs- und Verwesungsprozesse, verschloß die Augen vor den kalkweißen Knochen, den versteinerten Straußeneiern und den riesigen Muschelscherben. Alles, was dem Dorf vorausgegangen war, erschien ihm als eine lange, überflüssige Reihe negativer Zahlen.

»Meschullam meint, die Gründerväter hätten die Höhlenmenschen und Sumpfpflanzen vertrieben, die Mastodons und Höhlenbären vergiftet, das Hundszahngras gemäht und die Erde, die zitternd wie eine schüchterne Braut auf sie gewartet hatte, entblößt«, sagte Pines.

»Und wartet und wartet auf wen, auf wen, auf wen?« sang der alte Lehrer mit dünner höhnischer Stimme. Auf seine alten Tage hatte er alle Freuden des Sarkasmus kennengelernt. Jetzt begriff er, wie leicht die Erde die Schleier nichtiger menschlicher Vorstellungen abschüttelt.

»Sie ist ja doch nichts weiter als ein schlecht zusammengestoppeltes Gespinst von Einbildungen«, sagte er, »eine Kruste, unter der sich der nackte Egoismus verbirgt, und die gesamte Erdkugel ist nur ein fliegendes Staubkörnchen am Rand einer peripheren Galaxie.«

»Die Erdscholle hat uns betrogen«, verkündete er mir mit süffisantem Lächeln, »sie war nicht mehr jungfräulich.«

39

Jetzt, da Pines alt, schwer und kurzsichtig geworden war, vermochte er in so weite Räume und so tiefe Erdgefilde einzublikken, daß er gelegentlich schwindlig wurde und ohnmächtig auf den Boden seines Zimmers sank, mitten zwischen angeknabberte Frikadellenreste, getrocknete Raupen und alte Brotrinden. So fand ihn eines Tages Meschullam, der – völlig aufgewühlt von einem neuen, unser Dorf unmittelbar berührenden Forschungsbericht – zu ihm geeilt war.

Er rüttelte Pines, bis er wieder zu sich kam, half ihm ins Bett und wedelte ihm darauf wutschnaubend mit einer Zeitschrift vor der Nase herum. Das betreffende Heft – eines von vielen, das Meschullam sich hielt – hieß *Beiträge zur Siedlungsgeschichte Erez Israels*, und auf dem Titelbild prangte ein sonderbarer rötlicher Riesenfisch, der sich so um das Hebroner Patriarchengrab wand, daß er sich beinah in den Schwanz biß.

»Jetzt behaupten sie doch wahrlich, es hätte hier gar keine Sümpfe gegeben«, schrie Meschullam wütend. »Da haben sie sich was Neues zusammengereimt und nennen das auch noch Wissenschaft!«

Mit seinem grauen Haar und den krummen Fingern ähnelte Meschullam einem aufgebrachten Schmutzgeier. Er blätterte hastig die Seiten um, bis er bei dem Aufsatz mit der Überschrift ›Die Sümpfe der Jesreelebene – Dichtung und Wahrheit‹ angelangt war, und begann daraus vorzulesen, wobei er mit bebendem Finger die Zeilen entlangfuhr. »Hier! ›Aus propagandistischen und politischen Gründen umwob man die Jesreelebene zu frühzionistischen Zeiten mit den Symbolen des Sumpfes, der Malaria und des Todes, um sie zum Mythos zu erheben. Neunundneunzig Prozent der Böden waren kein Sumpfland.‹ «

Pines, den überschwengliche Journalisten seinerzeit schon als ›einen der allerletzten Pioniere des Emek‹ betitelten, fand in Meschullams Worten einen Hebel, der ihn aus seiner ketzerischen Ohnmacht heraushob, einen rettenden Anker, an dem er sicheren Halt gewinnen konnte, um sich aus den Höhlenlabyrinthen der Zeit und den trügerischen Untiefen des Raums zu befreien und zu seinen bekannten, sicheren Anschauungen zurückzukehren.

»Lies weiter«, sagte er.

»›In Wirklichkeit gab es zu Beginn der Siedlungstätigkeit im Jesreeltal nur sehr begrenzte Sumpfgebiete‹«, las Meschullam, »›ganz im Gegensatz zur Darstellung jener Quellen, die den Sumpfmythos des Emek geschaffen haben. Der Umfang der Sümpfe war gering, ihre beflügelnde Kraft jedoch außerordentlich stark.‹«

Die Worte ›beflügelnde Kraft‹ wiederholte Meschullam mehrmals mit verhaltenem Zorn. Und nachdem er ein wenig Tee getrunken hatte, meinte er, diese ›Quacksalber, die sich Historiker nennen‹, hätten ›für ihre Lügengeschichten‹ sogar Passagen aus seines Vater und Liebersons Erinnerungen abgeschrieben, dabei aber Pfuscharbeit geleistet, indem sie beliebig nur das zitierten, ›was ihnen bequemte, in halben Sätzen unter willkürlichen Auslassungen‹.

»Die wissen nicht, mit wem sie es zu tun haben!« stellte er seine Drohung in den Raum. »Ich habe sämtliche Urkunden und Beweise. Nicht umsonst habe ich die Papiere gesammelt, über die ihr euch all die Jahre lustig gemacht habt.«

»Hier«, sagte er und zeigte auf das Heft, »sie schreiben sogar über Vater, diese Betrüger.«

Und wieder begann er zu lesen: »Vor der Gründung des Dorfes zog die Gruppe der Erstsiedler zu einem Erkundungsgang aus. Einer von ihnen, Zirkin, der unter dem Beinamen ›Gitarra‹ bekannt ist, schreibt in seinen Memoiren – ›Alle gingen zu dem ersten Sumpf hinunter. Hier stand eine Gruppe frischer grüner Weiden. Die Sachverständigen erklärten uns, dieser Sumpf sei unbedeutend, denn durch Anlegen einfacher, normaler Gräben ließe sich das Wasser problemlos ableiten, bis nichts mehr davon übrigbliebe.‹ «

»Gitarra«, quetschte Meschullam angeekelt hervor und guckte Pines prüfend an, ob er genau so entsetzt war wie er.

»Mach weiter, Meschullam, nur weitergemacht«, sagte Pines.

»Jetzt werde ich dir vorlesen, was Vater geschrieben hat, ohne daß diese selbsternannten Forscher es zitiert hätten«, verkündete Meschullam, während er die Erinnerungen seines Vaters aufschlug, einen grünen, uns allen bekannter Band mit dem Titel *Auf Heimatpfaden*, den er einige Jahre zuvor selber redigiert, gedruckt und jeder Familie des Dorfes geschenkt hatte.

» ›Ringsum trübes Wasser, das in Gräben und Zisternen einsickert und sie mit einem grünen Teppich überzieht, in dem es von allen möglichen Schädlingen wimmelt.‹ « Nach einigem Blättern fand er auch die berühmte Stelle, die seinerzeit sogar im *Hapoel Hazair* und in Schullesebüchern gestanden hatte: » ›Wir spähten die ganze Zeit auf die grünen Seen mit ihrem stinkenden Wasser und waren gar nicht zufrieden: grünes, über mannshohes Schilfdickicht um den ebenfalls grünen, verheißungsvoll tiefen Sumpf – viele große und kleine Tümpel, über denen die Mücken schwirrten.‹ «

Als ich am selben Abend von meinen Gräbern zurück war und Abraham auf der Melkstation half, erschien Meschullam auch bei uns. Über das Dröhnen der Elektromotoren und das rhythmische Stampfen der Preßluft hinweg erzählte er uns – mir, Abraham und den skeptischen Kühen – lautstark, wie die Gründer ›bis zu den Hüften im faulen Wasser stapfend‹ das bekannte Pionierlied ›Ein Gesell des Frosches bin ich‹ gesungen und Tonröhren nach Professor Breuers Drainagesystem verlegt hätten, um das ›fluchbringende Wasser‹ abzuleiten, bis die Malaria sie ›am ganzen Leib schüttelte‹.

»›Wir haben die Papyrusstauden mit Sicheln abgemäht, bis uns die Schultern steif wurden und die Arme wehtaten. Und all das trotz Dr. Joffes strengen Warnungen und der Malaria, die man nicht wieder los wurde‹«, deklamierte er aus den Erinnerungen seines Vaters. »›Auf keinen Fall darf hier eine Siedlung errichtet werden‹«, hatte der damals führende Malariaexperte Dr. Joffe erklärt. Meschullam kannte einen Großteil der Unterlagen in seinem Besitz auswendig.

Wir waren mit dem Öffnen und Schließen von Luftklappen beschäftigt, und als Abraham endlich die Alfa-Laval-Vakuumpumpe abstellte, war Meschullam schon auf prinzipielleren Ebenen angelangt und verbreitete sich über ›den bedauerlicherweise seuchenartig um sich greifenden Zynismus‹ sowie ›den Ehrgeiz und die Sensationslust der elenden Forscher, die damit bald noch die gesamte Gesellschaft und unser Dorf selbst anstecken werden‹.

Seinerzeit transportierte Abraham die Kannen schon nicht mehr zur Molkerei. Seine Kühe lieferten Milch in solchen Unmengen, daß er Kühlbehälter im Hof aufgestellt hatte und der Tankwagen täglich vorfuhr, um ihren Inhalt abzupumpen. Während er jetzt die Kühltemperatur prüfte, bemerkte er, man solle vielleicht einen Brief an die Zeitung schreiben, doch Meschullam spuckte wütend auf die Presse, die ›Teil der Verschwörung‹ sei, und meinte, es seien ›ernste Schritte nötig, damit das ganze Land zur Besinnung kommt‹.

»Das ist ja ungeheuerlich«, meinte Pines, der vorübergehend den sterblichen Überresten des Höhlenmenschen entkam, den Zerfall des Seeweges vergaß und sich wohlig und zufrieden in einem Kosmos einrichtete, der auf die beruhigenden Ausmaße eines Ortsskandals geschrumpft war. »Heute nennen sie Zirkin ›Gitarra‹, und morgen erzählen sie, wir wären überhaupt nicht ins Land eingewandert. Schließlich ist Dr. Joffe höchstpersönlich hiergewesen und hat erklärt, unser Landstrich sei keinen Deut besser als die Sümpfe von Chedera.«

Er schrieb einen langen Aufsatz, den er an die Gewerkschaftszeitung schickte, doch der Artikel wurde nicht gedruckt, ja nicht einmal zurückgesandt. Pines war zutiefst beleidigt. Er erinnerte sich verbittert, daß einst die von ihm und anderen Lehrern verfaßten Beiträge regelmäßig in den Zeitungen der Bewegung gestanden hatten. Zur Dorfgründung hatte er seinerzeit sogar ein ›Kleines Lied‹ gedichtet, das Zirkin Mandolina vertont und der *Hapoel Hazair* in einem blumenumrankten Rahmen veröffentlicht hatte. Alle Kinder des Emek konnten damals mit dünnen, sicheren Stimmchen den Refrain singen:

»Saget nicht: wir straucheln im Sande,
Das Ziel, der Weg – verweht wie Federn.
Pioniere sind wir hier im Lande!
Kein Ysop – nein doch, starke Zedern!«

Er wandte sich ans Dorfsekretariat und forderte Geldmittel, um seinen Aufsatz als bezahlte Anzeige zu veröffentlichen. Der Artikel erschien auch tatsächlich, aber der kleine Buchstabe ›A‹ darunter brannte Pines wie ein Schandmal im Herzen.

Unter der biblischen Überschrift ›Das Land, das seine Bewohner verschlingt‹ betitelte Pines die Wissenschaftler als ›Großmäuler‹ und ›Simri-Verschwörer‹ und erzählte aus seinem Erinnerungsschatz.

»Bei unserer Ortsbesichtigung sahen wir die Gräber der Deutschen, die an derselben Stelle zu siedeln versucht hatten, aber an Malaria gestorben waren. Dann begegneten wir einem alten Araber, der mit einem Ochsengespann pflügte.

›Sie glühen, haben Sie Fieber?‹ fragte ich ihn.

›Nein‹, antwortete er uns. ›Wenn ihr herkommt, werdet ihr

vier Jahre einen Kampf ausstehen, etwas in eurem Blut wird gegen euch ankämpfen. Wenn ihr vier Jahre krank wart und noch am Leben seid, werdet ihr weiterleben.‹

›Sterben bei euch viele Kinder?‹ fragte ich ihn.

›Ja‹, sagte er, ›die Alten leben, und die Kinder – Allah holt sie sich.‹

Ein Jahr später ist meine Frau, meine Lea, an Malaria gestorben und mit ihr das Zwillingspärchen in ihrem Schoß, zwei unschuldige Mädchen, die das Licht der Welt nicht erblicken durften. Meine eigene Schuld muß ich heute gestehen. Ich wollte mir das Leben nehmen, aber die Genossen haben mir das Gewehr aus der Hand genommen. Meine Frau und meine Töchter sind den Sümpfen zum Opfer gefallen, die es in der Jesreelebene nicht gegeben haben soll.«

Im Dorf lebte der alte Streit über die Sache mit dem Gewehr wieder auf.

»Was faselt er denn schon wieder von Gewehr? Das hat er doch vergessen mitzunehmen«, mäkelte Meschullam, der Pines vorwarf, er lenke die Aufmerksamkeit nur auf unwichtige Randthemen ab.

»Rilow hatte den Schlagbolzen rausgenommen«, sagte Lewin.

»Du warst damals noch gar nicht hier«, bekam Lewin zu hören.

»Rilow hat was mit Lea Pines gehabt«, meinte Riva Margulis.

»Die Hure ist gar nicht an Malaria gestorben, sondern an Höhlenfieber«, sagte Tonia Rilow.

»Wer's wissen muß, weiß es, und wer's nicht zu wissen braucht, weiß es eben nicht«, bemerkte Rilow, als er den Kopf zum Luftschöpfen aus der Senkgrube steckte und gleich wieder von der Bildoberfläche wegtauchte.

40

Als Pines' Anzeige erschien, war ich ganz aufgeregt. Zum erstenmal sah ich die Worte der Geschichten vor so vielen Augen säuberlich ausgebreitet. Wieder blickte ich zum Gebirge auf, um nach Schifris' Silhouette, Efraims grünem Auge, Jean Valjeans blanken Hörnern Ausschau zu halten. Uri verspottete mich jedesmal, wenn ich die drei erwähnte, und fragte mich in seinen boshaften Briefen, ob Efraim auch Schifris mit aufladen oder vielmehr Schifris Efraim samt Jean Valjean huckepack nehmen werde.

Pines' Aufsatz erregte einige Aufmerksamkeit im Dorf und in den Nachbarsiedlungen, aber der öffentliche Sturm, den er erwartet hatte, blieb aus.

Meschullam stichelte bitter wie Distelblätter: »Ich hab's euch ja gleich gesagt, wir müssen Schritte unternehmen, die das ganze Land in Aufruhr versetzen.«

Er kehrte in die ›Baracke der Ersten‹ zurück, setzte sich mitten unter die alten Nudelhölzer, Waschbretter, verrußten Petroleumlampen, Tongefäße, Siebe, Reiben, Butterfässer, Mühlsteine und Petroleumbrutmaschinen und machte sich ans Studieren. Er beschloß, den Sumpf und seine Trockenlegung zu veranschaulichen, in der Hoffnung, daß man überall aus dem Land herbeiströmen werde, um sich das Schauspiel anzusehen.

Mühsam grub er eine große, flache Vertiefung auf seinem Hof, die er mit Wasser füllte. »Hier wird ein Sumpf entstehen!« verkündete er jedem, der es wissen wollte, und da unsere schwere, schwarze Erde nicht sehr durchlässig ist, blieb das Wasser tagelang darauf stehen. Ich ging mir die Sache ansehen. Mücken und Libellen kamen, um ihre Eier abzulegen, Einzeller färbten das Wasser mit nostalgischem Märchengrün, und es entstand tatsächlich ein kleiner Sumpf. Meschullam grub unter schmetterndem Gesang flugs Drainagegräben und steckte auch einige Eukalyptuszweige in den Schlamm. Doch die Nachbarn, die die Mückenplage und das Gequake der in Scharen anstürmenden brünstigen Kröteriche bald nicht mehr aushalten konnten, brachen eines nachts in den Hof ein, bescherten Meschullam eine gute Abreibung und legten den Sumpf mit Hilfe einer einfachen, an die Lichtmaschine eines Traktors angeschlossenen Jauchepumpe trocken. Die Angelegenheit kam in der Migliederversammlung zur Sprache, wo Meschullam verkündete, das sei erst der Anfang, und tatsächlich tauchten in den nächsten Tagen an den unvermutetsten Plätzen ärgerliche Pfützen auf – an der Dorfeinfahrt, auf dem Rasen des Volkshauses, neben dem Gefallenendenkmal und schließlich im Kindergarten.

In jener Nacht hatte ich mich auf seine Fährte gesetzt. So sah ich, wie er den Feuerwehrschlauch vom Schulhydranten bis zum Kindergarten ausrollte. Als die Kleinen morgens um halb acht angelaufen kamen, entdeckten sie, daß der Wasserdruck den Sand über den ganzen Hof verspritzt hatte und der Kasten, den die Bande vor vielen Jahren gebaut hatte, überflutet war. Darin stand Meschullam mit aufgekrempelten Hosen, ohne Hemd und wartete auf die erlösende Malaria. Sein Brusthaar war vor Wut ergraut, das Zigeunertuch seines Vaters leuchtete rot auf seiner Stirn, und bunte Plastikspielzeuge umschwammen seine Knie. Als die Kleinen mit ihren Kükenstimmchen und Goldschöpfen herankamen, hatte ich Angst. Ich wußte, daß es Unsinn war, und fürchtete mich doch.

Es passierte nichts. Die Kinder erschraken zwar, zwei der Kleinsten erlitten hysterische Anfälle, und eines von ihnen, Jakobis Sohn, stotterte ein paar Monate lang, aber damit hatte es sich. Selbst Meschullam wurde – mitten im Sumpf – von keiner einzigen Anophelesmücke gestochen. Nur eine neckische Windbö wehte ihm Gespinstraupenfäden vom nahen Eichenwäldchen auf die Schulter, wo sie einen lang anhaltenden Juckreiz verursachten.

In derselben Woche fuhren wir Uri besuchen. Er erkundigte sich nach dem Befinden Seizers, den er als den ›angebundenen produktiven Sektor‹ bezeichnete, und fragte nach Pines, dessen Anzeige er in der Zeitung gesehen hatte. Ich erzählte ihm von Meschullams neuer Macke. »Narzissus, der Sumpfkönig«, befand Uri, worauf wir beide ausgiebig lachten. Rivka meinte, sie sähe keinerlei Unterschied zwischen Meschullams Sümpfen und meinem Friedhof, aber Uri, plötzlich ganz ernst geworden, erklärte seiner Mutter, jetzt aus der Distanz könne er die allgemeinen Auflösungserscheinungen besser erkennen, zu denen er allerdings auch selbst beigetragen habe, und überhaupt ständen dem ganzen Dorf noch einige Überraschungen bevor.

Wieder heimgekehrt, gingen wir uns ausruhen. Mittagshitze brütete über dem Hof. Die Kühe dösten in ihren Boxen. Die Kühlaggregate brummten leise auf der Melkstation. Von weitem sahen wir Seizer mit verhülltem Kopf unter seinem Feigenbaum liegen. Anfangs achtete niemand darauf, weil Seizer sich an warmen Tagen den Kopf mit einem großen grünen Tuch zuzudekken pflegte. Aber als wir aufgestanden waren, hatte sich die Sonne schon dem Westen zugeneigt, und nun brachen sich ihre Strahlen an den grünen Fliegenleibern. Abraham stieß einen langen, bitteren Schrei aus und rannte zu dem Maultier, dem die Aasfliegen den Kopf mit der wohlbekannten schillernden Hülle der im Feld Gestorbenen umkleideten.

Seizer atmete noch. Seine Rippen hoben und senkten sich langsam, und auf dem Boden neben seinem Hals lag eine sonderbare, klebrige Kugel. Es vergingen einige Sekunden, bis der Verstand das grauenhafte Bild verarbeitet hatte und wir begriffen, daß dies nichts anderes als der linke Augapfel des Maultiers war, den ihm ein Steinwurf aus der Höhle geschlagen hatte.

Das Blutrinnsal, die verstreuten Steine, die wohlbekannten Arbeitsstiefelabdrücke und die Spuren der ausschlagenden Hufe auf der Erde zeichneten nach, was geschehen war. Schlomo hatte unsere Abwesenheit ausgenutzt, war in der glühenden Mittagshitze, als alle sich in ihren Häusern verkrochen, auf den Hof geschlichen, in sicherem Abstand von dem angebundenen Seizer stehengeblieben und hatte ihn solange mit Steinen bombardiert, bis das Auge zu Boden fiel.

Abraham holte den Tierarzt – ein guter Mann, dem es niemals gelungen war, den wahren Beziehungen zwischen den Bauern und ihrem Vieh auf den Grund zu kommen. Beide saßen sie nun neben Seizer und untersuchten die furchtbare Wunde.

»Das ist eine schwere Verletzung, und das Maultier ist sehr alt«, sagte der Tierarzt. »Wir müssen ihm ein Kügelchen geben.«

»Kügelchen?« fragte Abraham verblüfft.

»Zwischen die Augen«, sagte der Arzt und stand aus der Hocke auf.

Abraham jagte ihn vom Hof. Er holte eine Rinderspritze und Sulfonamid aus dem Arzneischrank des Kuhstalls, säuberte, desinfizierte und verband die Augenhöhle des Maultiers und pumpte ihm eineinhalb Liter Biokom in die Adern. Unaufhörlich rannen ihm Tränen über die Wangen, aber seine Hände arbeiteten sicher und gewandt. Drei Nächte saß er bei Seizer, und als er die normalen Medikamente abgeschrieben hatte, flößte er ihm gesüßte Magermilch ein und gab ihm Gerstenbrei mit dem Sud von Mohn und Reisschalen aus dem Saugfläschchen des Stalls zu trinken, wie er neugeborene Kälber behandelte, die Durchfall bekommen hatten.

Doch der Alte siechte röchelnd dahin und brachte nicht mehr die Kraft auf, sein verbliebenes Auge aufzuschlagen. Erst Großvaters schwarze Baumsalbe, die ich in einer Blechdose in der Baracke verwahrte, rettete ihm das Leben. Abraham ging das Risiko ein, rieb eine ganze Handvoll in das tiefe, blutverkrustete

Loch, das in Seizers Kopf klaffte, und einige Stunden später kehrten die Lebensgeister des hartnäckigen Greises zurück, worauf mein Onkel aufstand und zum Schlafen nach Hause ging.

Hinter dem Olivenstamm verborgen, sah ich ihn langsam mit gesenktem Kopf dahinschreiten, während die vibrierende Luft seine gebeugten Züge umspielte und die Nachtlampe des Kuhstalls Schatten von seinen Füßen rieseln ließ.

Ich habe Abraham immer gern gehabt. Auch wenn er nicht viel redete und mich nie gestreichelt hat, stellte ich mir im Geist seine gequälten Gedankengänge vor. Den von Großvater und Großmutter ererbten Sehnsüchten fügte er eigene an. So habe ich ihn auch jetzt noch in Erinnerung, obwohl ich ihn lange nicht mehr gesehen habe: neben Seizers großem Rumpf kniend oder über die üppigen Milchstrahle seiner Kühe gebeugt, oder wie er in blauer Arbeitskluft und gelben Stiefeln den Hof überquerte und dabei mit der furchtbaren Stirn die Luft in langen Furchen verdrängte.

Lewin ließ sich nicht mehr bei uns blicken. »Efraim hätte ihn dafür abgeknallt«, sagte Jossi bei seinem ersten Urlaub vom Militär und sann gleich auf grausame Vergeltungsakte. Er wollte ihm den ›Heiligen Geist‹ schicken, ihm mit Dumdumgeschossen die Kniescheiben zerschmettern oder Springminen gegen ihn einsetzen. Aber Abraham redete uns allen ins Gewissen, nur ja keine Abrechnung zu halten und niemandem im Dorf die Untat seines Onkels zu verraten. Trotzdem verbreitete sich das Gerücht wie ein Lauffeuer. Der fromme alte Friseur, der die Siedlungen abklapperte, trug die Kunde weiter, worauf Seizers Freunde aus dem ganzen Emek ihn besuchen kamen.

Alte Leute waren es, die letzten Gründerväter. Mit ihren Schirmmützen, den grauen Hemden und den von Rheuma und Arbeit gekrümmten Fingern sahen sie alle Großvater ähnlich. Seit Jahren waren sie nicht mehr zusammengekommen. Jeder hatte sich in sein Schneckenhaus verkrochen. Manche Freunde waren sich seit der Hochzeit meiner Eltern nicht mehr begegnet. Jetzt schlenderten sie über unseren Hof und gingen dann gemeinsam zum Feigenbaum hinunter – gepflügte Erde unter den Füßen, den hohen Himmel der Worte über ihren Köpfen. Es waren rauhe Menschen, wie man bei uns im Dorf sagt, die Generation der Giganten, der Stammesältesten. Ich mußte daran denken, wie Großvater, als er noch voll Leben und Spott steckte, zu Pines gesagt hatte, Mißtrauen und Streitlust würden den Separatismus der Genossen noch zu seiner reinsten Form – der Persönlichkeitsspaltung – vorantreiben.

Nachdem sie Seizer besucht hatten, setzten sie als einheitlich grauer Trupp ihren Weg zu meinem Friedhof fort, machten die Runde zwischen den Gräbern ihrer Freunde, schnupperten an den blühenden Zierbäumen und unterhielten sich gedämpft, ohne Groll. Ich stand abseits, wagte nicht, sie anzusprechen.

Wie seinerzeit Großvater waren viele schon mager und zusammengefallen – das erste Zeichen ihres bevorstehenden Todes. Jahre überschwenglicher Liebe, brodelnder Haßgefühle, bitterer Enttäuschungen und innerer Bestandsaufnahme hatten ihre Körperzellen verzehrt, ihr Mark ausgesogen. »Wir waren die robusten Wildorangenstämme, auf denen das hebräische Siedlungswerk gewachsen ist«, sagte Elieser Lieberson einige Tage vor seinem Tod zu mir, setzte aber sofort, um nicht etwa großtuerisch zu erscheinen, hinzu, die Früchte des Wildorangenbaums selber seien ›ganz furchtbar, bitter und trocken‹.

Buskila, ehrfürchtig zur Hälfte hinter meinem Rücken versteckt, flüsterte: »Jetzt schau dir das an, Baruch, es wird sich alles bestens regeln.« Er kannte einige von ihnen, diejenigen, die es gewagt hatten, noch zu Lebzeiten ihre Grabstätte zu erwerben.

Nun prüften die Pioniere die Erde ihres ewigen Hauses, wie sie einst die Erde des Emek bei der Landnahme geprüft hatten. Auf jeden ihrer Schritte antwortete Großvater mit leichten

Schwingungen unter ihren Füßen. Die Alten brauchten nicht einmal die Ohren an den Boden zu drücken; ihre breiten Fußsohlen sammelten seine Stimme in das Füllhorn ihres Körpers ein. Ich faßte nicht den Mut, ihnen nachzugehen, sondern beobachtete sie nur vom Zaun aus und wußte, daß Buskila recht hatte: Mein Zwist mit den Alten des Emek würde bald vorüber sein.

Als alle heimgekehrt waren, stellte sich heraus, daß Großvaters verwesender Leichnam und die Geldsäcke der Rosa Munkin und der übrigen kapitalistischen Verräter sich nicht damit begnügt hatten, den Obstgarten zu vergiften und die gewohnte Ordnung auf den Kopf zu stellen. Einige Wochen nach dem Besuch setzte das Wehklagen der Alten wie auf Verabredung im ganzen Emek ein. Pines, im langen Beobachten und genauen Aufzeichnen der Phänomene geschult, begriff als erster, was da vorging. Nachdem er sich von dem Schrecken über sein eigenes haltloses Weinen erholt hatte, nahm er auch das Schluchzen und Husten der anderen wahr und sah langsam ein, daß es weder das erstickte Klagen gefangener Maulwürfe noch das Jammern gespritzter Früchte war.

»Ein Geschrei ist in Rama zu hören, bitteres Klagen und Weinen«, deklamierte er.

Das leise, durchdringende, allgegenwärtige Raunen, untermalt von tiefsitzendem Hüsteln, mühsamem Schniefen und schmerzhaftem Schlucken, ließ die Nachtluft erbeben – ein Wimmern, das auch zusammengepreßte Kinnladen nicht aufzuhalten vermochten. Sanft flossen die Laute aus den runzligen Geierhälsen der Gründerväter, überwanden mit Leichtigkeit kahle Kiefer und stopplige Lippen. »Sie lockern die Erde auf«, sagte Pines, der mir nun plötzlich von den erstaunlichen Grabfähigkeiten gewisser Insekten erzählte.

Dann begannen die Gerüchte unter den Dörfern zu kreisen

wie ein vom Gebirgswind getriebenes Rad. Der fromme alte Friseur, der uns einmal pro Monat mit seinem uralten Motorrad aufsuchte, berichtete, Jehoschua Krieger, der Geflügelzüchter aus Nir Jaakow, der ›den Brutkasten ohne Petroleum‹ erfunden und die Satzung der ersten Arbeitergruppe von Gedera formuliert hatte, habe plötzlich gemeint, Wurzeln geschlagen zu haben. Das hätte keinen gestört, wenn der alte Krieger mit dieser Verkündung nicht ausgerechnet bei der großen Feier zu seinem neunzigsten Geburtstag herausgerückt wäre, und das auch noch neben dem Schieber der Feldfruchtabteilung, wo er die Verlegung der Bewässerungsleitung und die Traktoren behinderte, die das Herbstpflügen zu beenden suchten. Als sie ihn von der Stelle rücken wollten, erhob er ein fürchterliches Geschrei und behauptete, man würde seine zarten Wurzeltriebe verletzen und ihm höllische Schmerzen verursachen.

Letzten Endes, so berichtete der Friseur, gruben sie ihn mit einem riesigen Erdklumpen um seine Füße herum aus und verpflanzten ihn zwischen die Zypressen an der Kibbuzausfahrt, wo er jedem Aus- und Eingehenden einen Gruß zuwinkte, verwirrten Volontärinnen gegenüber aufdringlich wurde und den Passanten mit falschen Wetterprophezeiungen zusetzte.

Jizchak Zafoni, der die erste Furche im östlichen Emek gepflügt hatte, indem er mit der einen Hand den Pflug hinunterdrückte und mit der anderen um sich schoß, schleppte mitten in seinem Dorf Körbe voll rötlicher Eier mit weicher, elastischer Schale herum, beteuerte, sie selbst gelegt zu haben, und versuchte, seine Söhne und Enkel zu zwingen, sie gebraten zu essen – was er selber in der Hoffnung auf ewige Jugend auch tat.

»Das hat eine gewisse Logik«, sagte Pines, während er sich bemühte, seinen neuen Haarschnitt von hinten im Spiegel zu begucken. »Die eigenen Eier essen würde den geradlinigen Zeitenlauf in eine Kreisbahn lenken.«

Seew Ackermann aus dem Nachbarkibbuz baute seine Nahrungsmittel- und Milchmaschine fertig und erschien mit ihr und seinem verlegenen Sohn im ›Ewigen Haus der Pioniere‹.

Ich kannte sie noch aus der Zeit, als ich Großvater im Altersheim besuchte. Viele Jahre war Ackermann der Installateur des Kibbuz gewesen und hatte sich bitter über ›das Verhalten der Ackerleute‹ ihm gegenüber beklagt. Sie brachten den Duft nach Erde und Heu mit in den Speisesaal, während er, der den Dunst von Hanföl, Seife und Abwasser verströmte, diese ›Kronprinzen‹ neidisch anschaute.

Jetzt, im Altersheim, trieb er sein böses Spiel mit den Kibbuzmitgliedern, die einmal im Monat zu ihm pilgerten und ihn anflehten, ihnen doch zu verraten, wo die unterirdischen Wasser- und Abflußröhren verliefen, die er zig Jahre vorher verlegt hatte. Keiner außer ihm kannte das Leitungsnetz. So mußten die Ziergärtner der Siedlung mit wehmütigen Augen zugucken, wie drei ganze Rasenflächen umgegraben wurden, um ein Wasserleck, eine Verstopfung in der Abwasserleitung, ja das ganze Geheimnetz dieses verärgerten Alten zu entdecken, der sein Wissen eisern für sich behielt.

»Das Land wird umgegraben«, kicherte er, »unter der Erde, da findet sich alles.«

Seine gesamte Freizeit und seinen enormen technischen Verstand verwandte er jetzt auf ein einziges Herzensanliegen. ›Konstruktive Rache‹ nannte er das. Den ganzen Tag beschäftigte er sich mit einem Mechanismus aus Röhren, Behältern und glitzernden kleinen Sonnenkollektoren, für den er auf der Drehbank des Hausmeisters Ventile zurechtschliff.

Als mein Großvater ins Altersheim einzog, packte den alten Ackermann große Aufregung. »Wir hätten viele Gemeinschaftsunternehmen durchführen können, wenn diesen Fritzen da, deinen Freund Elieser Lieberson, nicht der Trieb übermannt hätte«, sagte er zu Großvater und fügte hinzu, daß auch er die Sache mit der Kuh keineswegs vergessen habe.

Er fragte nach Zirkin Mandolina und der ›Arbeitsgruppe Fejge‹, wischte sich eine Träne ab, als er Großmutter erwähnte, die er als ›vorbildliche Pionierin‹ bezeichnete, erkundigte sich nach Seizer, der in Javneel mit ihm zusammengearbeitet hatte, und faßte Großvater schließlich am Ärmel, setzte ihn aufs Bett und hielt ihm einen langen Vortrag über die neue Maschine, die das ganze Siedlungswerk von Grund auf umkrempeln werde.

»Schluß mit Schwerarbeit und Vieh in Sommerdürre und Winterschlamm. Die Maschine wird aus Erde, Sonne und Wasser Nahrung erzeugen. Wie die Pflanze trinkt und atmet, absorbiert und blüht, Nahrung speichert und Früchte trägt – so auch die Maschine.«

Er füllte den großen Behälter unter der Maschine mit Erde. »Hier gieße ich Wasser mit den notwendigen Chemikalien hinein, dort prallen die Strahlen der guten Emeksonne auf die Kollektoren, und das sind die Knöpfe.«

»Da, Baruch«, sagte er, als ein ersticktes Klingeln aus dem Innern der Maschine gedrungen war, »die Maschine hat ihren Ertrag gegeben, Rettich und Eierfrucht.«

Er drehte an einigen Griffen, und tatsächlich floß nach einigem Summen und Knarren eine zähe, trübe Masse heraus, die entfernt an Kartoffelbrei erinnerte. Der Alte nahm einen Teelöffel voll und streckte ihn mir strahlend vors Gesicht.

»Probier mal, koste nur«, bestürmte er mich, »wirklich wie Rettich, du wirst den Unterschied nicht schmecken.«

»Genug, Vater, schon gut«, flüsterte sein Sohn beschämt, und mir fielen die Riesenmispeln wieder ein, die in seinem Garten reiften. Als ich Ackermann die Kuchen und Mispeln überbrachte, die sein Sohn für ihn mitgegeben hatte, sagte er mit geringschätzigem Grinsen, Kuchen sei nicht gut für die Eingeweide, und Mispeln – ›leicht zu kauen und ohne Kerne‹ – habe er aus seiner Maschine genug. Er war verärgert darüber, daß er schon an alle Stellen geschrieben hatte, aber keiner ihn ernst nahm.

»Auch deine Milch«, fügte er hinzu, »auch die Milch, die du Großvater bringst – wirklich nett von dir –, auch die werde ich aus meiner Maschine gewinnen, ja Milch und Honig, was schließlich, vulgär ausgedrückt, nichts als Ausscheidungen sind. Und keiner wird die Maschine auf ihre alten Tage schlachten oder ins Altersheim stecken, nein, nein!«

Ich erzählte Pines von Ackermann, weil seine Worte mich tief erschüttert hatten.

»Wir haben nie geglaubt, daß wir mal altern würden«, erklärte mir Pines, der seit seiner Kletterpartie auf den Turm und Uris Abreibung ebenfalls sehr alt und sorgenschwach geworden war. »Wir dachten, wir sind gemeinsam eingewandert, haben gemeinsam gearbeitet und gemeinsam die Dörfer gegründet, und so werden wir eines Tages auch alle gemeinsam sterben.«

»Tatsächlich«, sagte Meschullam, »in keiner ihrer Satzungen steht was über das Alter. Alles findest du bei denen, Genesungskost für die schwangere Genossin, Verteilung der Arbeitskleidung, Anschaffung von Halbschuhen für den Schatzmeister. Bloß über die Pflege der Alten, die sie selber nach Jahren mal sein würden, kein Wort.«

»Aber der Kampf gegen das Alter ist ein äußerst privater Krieg«, seufzte Pines, »das ist nicht Angelegenheit der Bewegung. Wenn meine Stunde gekommen ist, wünsche ich mir nichts weiter, als dem Tod mit klarem Verstand zu begegnen.«

Heute ruht Ackermann in Reihe sechs, Grab siebzehn auf meinem Friedhof. Seine Maschine hat man achtlos hinter den Kuhstall des Kibbuz geworfen, und da liegt sie nun glitzernd und stumm. Ein paar Fachleute vom Technikum, die von ihr gehört und sie in Gang zu setzen versucht hatten, waren unverrichteter Dinge wieder abgezogen. Niemand außer Ackermann vermochte ihr Ertrag abzugewinnen, wie auch der Wildorangenbaum neben unserer Baracke, der früher Aprikosen und Zitronen, Birnen und Quitten getragen haben soll, nach dem

Tod meines Großvaters keine Früchte mehr ansetzte. Grün und unfruchtbar steht er voller Protest im Hof, unordentliche Spatzennester mit frechen Strohbüscheln und geklauten Federn in den Zweigen.

Doch Seizer, zu dessen Ehren uns all die Alten besucht hatten, ertrug seine Schmerzen stillschweigend und war offenbar entschlossen, den Rest seiner Tage umsichtig und zurückhaltend zu verbringen. Zuweilen band ich ihn los, um ihn auf den Friedhof zu führen, wo er im kühlen Schatten der Bäume stand, und selbst wenn er am Rasen knabberte oder auf seiner blinden Seite eine Blume zertrat, tadelte ich ihn nicht.

Auch Meschullams Tick schien sich gelegt zu haben. »Zirkin ist von der Krankheit befallen, an der er sterben soll«, sagte Pines in biblischer Wendung. Und Meschullam bemühte sich so sehr, dem Vater seine letzten Tage zu verschönen, daß er sogar auf dem Hof zu arbeiten versuchte. Aber auch seine Rache reifte, wie alle anderen Rachegefühle, sanft murmelnd unter den feinen Schichten glatter Haut und weiter Weizenfelder, meinte Pines.

Einige Wochen vor seinem Tod rief Zirkin Mandolina mich zu sich. Er lebte zu Hause und weigerte sich entschieden, ins Altersheim zu ziehen. »Ich brauche weder eine Physiotherapeutin, die mir die Finger bricht, noch junge Assistenzärzte, die mir Schläuche in den Apparat stecken.«

Zirkin konnte kaum noch gehen, war nörglerisch und nervös. Meschullam fuhr ihn in einer mit Säcken ausgepolsterten Schubkarre spazieren.

»Der hat ja Zeit, dieser Nichtsnutz, sich um seinen alten Vater zu kümmern«, schimpfte Zirkin, »da hat er wenigstens endlich eine Beschäftigung.«

Meschullam schlug ihm vor, einen dieser Elektrowagen anzuschaffen, mit denen die Alten in den Kibbuzim umherfahren.

»Ich werd doch nicht in den Karossen Odessaer Gymnasiastinnen herumkutschieren«, erklärte Mandolina.

Schwäche breitete sich in seinen Knochen aus. Er konnte nicht mehr arbeiten. Seine gesegneten Äcker, die Obst, erstklassige Futterpflanzen, Weizen und Baumwolle getragen hatten, verödeten. Winden, Bluthirse und Schraubenbohnen eroberten Zirkins Felder und überzogen sie mit einer bedrohlichen Wilddecke. Ganze Mäusefamilien, die vor dem Gift der Nachbarfelder Reißaus genommen hatten, fanden in dem verlassenen Boden Unterschlupf und stießen von dort auf die angrenzenden Grundstücke vor. Der Dorfrat forderte Meschullam mehrmals dringend auf, seine Felder zu bestellen und die Mäuse zu vernichten, aber solche Ansinnen überstiegen schlicht und einfach seine Fähigkeiten. So berieten sie sich mit Lieberson, der sich nach einigem Nachgrübeln an einen exzentrischen ägyptischen Agronom erinnerte, der in den Anfangsjahren mal das Dorf besucht und den Bauern verraten hatte, Mäuse verabscheuten Puffbohnen. Auf Liebersons Anweisung wurde Meschullams Besitz also mit Puffbohnenpflanzen umringt. Kraft des unerklärlichen Zaubers trauten sich die Mäuse nun tatsächlich nicht mehr heraus. Sie vermehrten sich ständig, bis ihnen aufgrund von Hunger, Überbevölkerung, Abkapselung und Zwietracht lange Fangzähne wuchsen und sie sich in einander verschlingende Raubtiere verwandelten. Nachts hörten wir das heisere Schreien der Rächer und das Todesröcheln der Opfer. Pines meinte, evolutionstechnisch betrachtet hätten die Puffbohnenschranken Zirkins Besitz in eine Sackgasse verwandelt, deren Bewohner auch keine Mutation mehr retten könne.

Zirkin Mandolinas Milchkühe brüllten und fluchten vor Schmerz ob ihrer zum Bersten gefüllten Euter, während der Greis auf seiner Schubkarre im Stall saß und seinem Sohn erklärte, wie man melkt. Meschullam hatte noch nie im Leben eine Zitze angefaßt.

»Wir haben mit den Händen gemolken«, schrie der Alte, »mit bloßen Händen! Und du kannst nicht mal den Hahn einer Melkmaschine aufdrehen.«

»Sie hat eine Euterentzündung, du Idiot! Siehst du das denn nicht? Warum quälst du die arme Seele?«

Die Gichtschmerzen brachten Zirkin schier um den Verstand. Seine Finger wurden steif und krumm wie Milankrallen. Die harte Haut seiner Hände trocknete aus und überzog sich mit einem Netz dünner Risse, die bis ins Fleisch reichten und ihm furchtbare Qualen verursachten. Er konnte weder melken noch Bäume beschneiden oder Mandoline spielen. Nachdem der Sattler Tanchum Peker ihm erzählt hatte, daß die alten Bauern auf der Halbinsel Krim Bienengift zur Heilung von Gelenkleiden benutzt hätten, fuhr ich ihn morgens in seiner Schubkarre zu Margulis' Grabstein. Zirkin zog das Hemd aus, erhob sich mühsam aus der Karre, ließ die Hose runter und stand dann, in der Sonne glänzend, an den Stein gelehnt und wartete, daß Margulis' trauernde Bienen ihn stechen sollten. Tonia blickte ihn wütend an, sagte aber kein Wort. Sie zog nur ihre Fingerstummel aus dem Mund, stand auf und verschwand zwischen den Bäumen. Dort hingen, wie Fruchttrauben im dichten Laub versteckt, die Dorfkinder – Enkel und Urenkel, die sich angeschlichen hatten, um einen Gründervaterhintern zu bewundern.

Vor Schmerzen ungeduldig schrie Zirkin die Bienen armwedelnd an, aber vergebens. Lange Jahre der Arbeit und des Musizierens hatten ihm einen guten Duft verliehen, und so betrachteten sie ihn nicht als einen Gewalttäter, über den es herzufallen galt, sondern als eine Art Riesenblütenstand. Sie landeten auf seinen Schultern, krochen ihm über Rücken und Po und taten ihm nichts zuleide.

Nach einer Stunde rief er mich, ich solle ihn wieder nach Hause bringen. Nackenfalten und Poritze waren voll sattgelbem Blütenstaub, den die Bienen dort zurückgelassen hatten. Buskila säuberte ihn mit einer großen, weichen Bürste, half ihm, in sein Hemd zu schlüpfen und den Gürtelstrick um seine Lenden zu knoten, und begleitete uns.

Dann saßen wir zu dritt auf dem Bett unter dem Maulbeerbaum. An Sommertagen schlief Zirkin wieder draußen im Freien, denn wegen der Hitze machte sich Pessjas verfluchtes Parfüm erneut bemerkbar, kroch aus den Wänden, verdunstete im Haus und störte die Nase und die Grundsätze des Alten.

»Hör mal, Baruch«, sagte er zu mir, »das wird nicht mehr lange dauern, und ich möchte einen guten Platz bei dir haben, neben dem Großvater.«

»Sie brauchen nicht einmal darum zu bitten«, erklärte ihm Buskila.

»Erlauben Sie mir bitte, mit Mirkins Kind zu sprechen«, sagte Zirkin in eiskaltem Ton und hielt einen Moment inne. Zirkin fuhr immer erst dann fort, wenn er überzeugt war, daß seine Worte verstanden worden waren.

»Ich möchte, daß du die Mandoline mit mir begräbst, wie du es bei Margulis mit dem Honig gemacht hast, wie die kleinen Pharaonen mit ihrem Elfenbeinspielzeug und ihren Mistkäfern.«

»In Ordnung«, sagte ich.

»Das wird nicht einfach sein, denn da ich nicht mehr spiele, hat Meschullam sie in sein Museum mitgenommen.«

Meschullam einen historischen Gegenstand abzuluchsen, war ein unmögliches Unterfangen, aber Zirkin hatte an alles gedacht. »In unserer Scheune, auf dem mittleren Dachbalken, in der Ecke, steht eine kleine Schachtel. Hol sie mir. Hab keine Sorge, Meschullam wird dich nicht erwischen. Er geht nur in die Scheune, wenn er unbedingt muß.«

Ich reinigte die Schachtel von Taubenmist und Spinnweben und brachte sie ihm.

»Darin sind alle möglichen alten Papiere und so'n Quatsch«, lächelte Zirkin, »eine Einkaufsliste der Arbeitsgruppe vom Juni

1919, ein Brief von Chankin an mich und ein Schreiben von Schifris, das die Pelikane vor zehn Jahren aus Anatolien mitgebracht haben. Nur ich und Lieberson wissen es, aber er kommt voran, der Meschuggene, er ist unterwegs.«

»Soll ich das Meschullam geben?«

Zirkin guckte mich an, als sei ich ein Vollidiot.

»Auf keinen Fall!« kreischte er. »Sag ihm nur, er bekäme diese Papiere im Tausch gegen die Mandoline. Wie ich meinen Trottel kenne, wird er zustimmen. Das liebt er ja, Papiere. Und die Mandoline nimmst du und begräbst sie mit mir im selben Sarg, damit die Würmer mir darauf was vorspielen können.«

41

Zwei Wochen später – im Dunkel der Nacht und ohne jede Vorwarnung – löste Seizer den Strick vom Feigenbaum, trabte zu Schlomo Lewins Haus, hob die Hufe, klopfte sanft an die Tür, trat etwas zur Seite und wartete. Lewin kam heraus, und als er die riesige Silhouette des Maultiers aus der Dunkelheit auf sich zustürzen sah, wußte er, daß es zu spät war. Seizer neigte den Kopf, um seinen Feind mit dem einen Auge besser in den Blick zu kriegen, fletschte die gelben Zähne, schlug sie in Lewins Arm und biß mit der ganzen Kraft und dem gesammelten Haß seiner alten Kiefer so lange zu, bis die schlaffen Armmuskeln rissen, der spröde Knochen darunter zersplitterte und das dünne Blut weißbefrackter Bankiers zwischen den Splittern und Fetzen hervorquoll. Lewin konnte nicht einmal mehr aufschreien. Er fiel sofort in Ohnmacht, während Seizer sich in ruhigem Trab aus dem Staub machte und zu seinem Trog unterm Feigenbaum zurückkehrte.

Gegen Morgen merkte Rachel, daß ihr Mann nicht neben ihr im Bett lag. Sie lief augenblicklich auf den Hof, wo sie ihn grün und stöhnend zwischen den Gartenpflanzen liegen sah. Ihre Schreie weckten das ganze Dorf. Jossi fuhr Lewin ins Krankenhaus. Anfangs meinte man, es sei womöglich eine neue Hyäne aufgetaucht, aber mittags kam Abraham aufs Sekretariat und gestand die Tat des Maultiers. Der ins Dorf gerufene Bezirksveterinär ordnete nach gebührender Prüfung an, Seizer zu erschießen, wie das Gesetz es befahl.

Es kam zu einem Tumult. Abraham raste heulend wie ein Irrsinniger nach Hause, daß die Erde nur so von seinen Füßen stob, und als der Veterinär in Begleitung eines Polizisten erschien, fanden sie Seizer schon nicht mehr auf dem Hof. Mein Onkel hatte ihn ins Dickicht an der Quelle geführt und dort versteckt. An jenem Morgen war ich damit beschäftigt gewesen, Beton zu gießen und zwei neue Grabsteine aufzustellen, so daß ich erst nachmittags bei meiner Heimkehr von der ganzen Sache erfuhr. Abraham wollte mir nicht verraten, wohin er das Maultier gebracht hatte, aber als ich am nächsten Morgen zur Quelle ging, um ein wenig allein zu sein, entdeckte ich es dort und sah, daß die Höhle seines vergossenen Auges zähflüssige Eitertränen absonderte.

»Ich bring dir Gerste«, sagte ich zu ihm, aber Seizer weilte schon in einer anderen Welt, trottete über alte Sandwege, hielt inne, um an Blumen zu riechen, die kein Mensch mehr kannte, da es ihresgleichen nur noch in der Trockenblumensammlung meiner Mutter gab. Am Abend kam Abraham, um ihn vor Raubtieren und Staatsbeamten zu bewachen, doch gegen Mitternacht nickte er ein. Seizer nützte die Gelegenheit, in die Felder zu flüchten.

Am nächsten Morgen bei Sonnenaufgang zerrten wir den großen, halbierten Leichnam von der Hauptstraße. Seizer wußte, daß der lange Milchlastzug jeden Morgen um drei Uhr zur Stadt losfuhr. Er hatte ihn am Straßenrand abgepaßt.

»Er hat sich mit einem Satz vor die Räder des *Mack* geworfen«, berichtete der Fahrer Motik völlig verstört, »mit achtundzwanzig Tonnen Milch konnte ich nichts mehr machen.«

Seizer war, spröde und rissig vor Arbeit und Alter, wie eine alte Porzellanpuppe an der mächtigen Stoßstange des *Mack* zerschellt. Reifenspuren, Haarbüschel, verkrustetes Blut, Fleischfetzen und altersgegerbte Fellstreifen lagen über zweihundertfünfzig Meter verstreut. Abraham lief schreiend die Straße auf und ab, um die herbeieilenden Schakale zu vertreiben.

Als Schlomo Lewin einen Monat später mit baumelndem Armstumpf im leeren Hemdärmel aus dem Krankenhaus zurückkehrte, begrüßte ihn niemand, denn der verblichene Seizer war eine der ›großen Gestalten der Gründergeneration‹ gewesen, wie Elieser Lieberson in seiner Gedenkansprache im Volkshaus, zu der er eigens aus dem Altersheim gekommen war, betont hatte.

Der elende Lewin, den die Dorfnarren von nun an ›Trumpeldor‹ nannten, kam nicht wieder zu Kräften, wurde immer schwächer, saß nur noch in Rachels Garten und knabberte Kamardinschichten von Bettlakengröße. Besonders ärgerte er sich über Seizer, der ihm nicht nur zu Lebzeiten die öffentliche Achtung verdorben, sondern ihn jetzt auch schlau um den Ruhm des Freitods gebracht hatte. Nur Abraham, der seinem Onkel noch die Wohltat seiner guten Hände und seiner Geschenke zugute hielt, besuchte ihn ab und zu, ebenso wie Uri, nachdem er ins Dorf zurückgekehrt war.

Als Lewin sein Ende nahen spürte, ließ er mich rufen, bot mir eine beträchtliche Geldsumme an, die ich sofort zurückwies, und bat mich, ihn bei mir, zwischen den Pionieren, zu begraben. »Beim produktiven Sektor des Moschaw«, sagte er bitter.

Und das tat ich auch. Schließlich gehörte Lewin zu den Leuten der Zweiten Alija. Auf seinem Grabstein prangt die Inschrift, die er sich gewünscht hat: »Hier ruht der Pionier Schlomo Lewin, ein Mann der Zweiten Alija, der sich mit einem Maultierbiß tötete.«

Jede Woche debattierten Buskila und Rechtsanwalt Schapira mit mir über die Notwendigkeit, meine Gewinne sinnvoll anzulegen, doch ich reagierte nicht auf ihre Vorhaltungen.

Buskila beauftragte einen Agenten in Florida, USA. »Da sitzen sie alle«, sagte er, »all die alten Juden. Dort haben sie Sümpfe und können darauf warten, daß die Sonne sie umbringt.«

Er kaufte sich einen schwarzen Lieferwagen, auf dessen Türen er in goldenen Lettern ›Ewiges Haus der Pioniere‹ pinselte, und managte mich und meine Geschäfte mit großem Geschick.

»Es geht nicht, daß ich im Büro sitze und du die Gräber aushebst und mit dem Schlauch bewässerst«, belehrte er mich. »Du bist der Eigentümer, Baruch. Ich werde einen Arbeiter für die Knochenarbeit einstellen.«

Ich erklärte ihm, was die Landarbeit für uns bedeutet und warum wir Lohnarbeit prinzipiell ablehnen, doch Buskila, der sorgfältig die Sabbat- und Speisegebote einhielt, begegnete den Grundsätzen des Moschaw mit nachsichtiger Geringschätzung.

»Das beeindruckt mich überhaupt nicht. Ich bin auch religiös«, sagte er, »jeder hat so seine Riten und Gebote, und ihr seid darin manchmal noch schlimmer als wir.«

Und ein andermal: »Warum fährst du nicht ein bißchen ins Ausland auf Urlaub, nur so zum Vergnügen, um Frauen kennenzulernen?«

Und später fragte er: »Was ist denn, hast du kein Geld?«

Buskila hat eine Tochter, die jünger ist als ich, ein dickliches, heiteres, nett anzusehendes Mädchen. Mehrmals hatte er angedeutet, daß ich sie mal kennenlernen sollte.

»Wieso das denn?« Ich wurde knallrot. »Mir gefällt alles, wie es ist.«

»Ich werde sie bitten, Pines das Essen zu bringen, und du bist dann da«, schlug er schließlich unumwunden vor. »Sie wird dir eine gute Frau sein, nicht so wie eure Frauen hier.«

»Laß doch, laß das«, sagte ich mit gekräuselten Brauen.

»Es ist nicht gut, daß du so lebst. Du bist ein gesunder Mann und mußt heiraten.«

»Auf keinen Fall!« sagte ich entschieden.

»Wenn ein Marokkaner dich mit seiner Tochter verheiraten will, kannst du nicht nein sagen«, warnte mich Buskila.

»Ich mag keine Mädchen«, erwiderte ich ihm.

»Meinen Sohn werd ich dir nicht geben«, lachte er, aber sein Gesicht verfinsterte sich.

Manchmal guckte er mir bei der Arbeit zu, verblüfft über

meine Ausmaße und meine Körperkraft. »Du bist überhaupt nicht wie deine Familie«, sagte er. »Du bist dunkel, groß, fleischig und behaart und absolut nicht liebeskrank. Dein Cousin, dieser Schwerenöter, hat mit allen Frauen hier geschlafen, und du bist so ruhig.«

»Genug, Buskila«, sagte ich, »es ist nicht deine Sache, was hier in der Familie und im Dorf vorgeht.«

»Ihr habt alle irgendwo einen Webfehler«, reizte er mich, die Grenzen meiner Geduld auslotend.

Zuweilen erzählte er mir von seinen ersten Tagen im Dorf. »Die haben mich schief angesehen, mich die ganze Zeit geprüft. Haben mich in den Zwiebeln arbeiten lassen, als ob das eine Probe für die Post wäre. Sogar Süß hat geglaubt, weil sein Vater, der Esel, Wasser gebracht hat, sei er was Besseres als ich, bis ich ihm was aufs Haupt gegeben hab. Da hat er angefangen, sich menschlich zu benehmen.«

Er betrachtete die Menschen mit unverhohlenem Interesse, erfaßte rasch die feinsten Saiten, die im Dorf angeschlagen wurden, und prägte geflügelte Worte, die mich oft auf die Palme brachten.

»Ein Mensch, der die ganze Zeit in der Grube sitzt, fürchtet sich sicher vor irgendwas.«

»Eine Frau wird nie den ersten Finger vergessen, der sie berührt hat.«

»Wenn ein Großvater gut ist, ist er besser als ein Vater. Und wenn er schlecht ist, gibt es nichts Schlechteres.«

»Warum immerzu Erde, Erde, Erde? – Ist doch genug, daß man aus ihr kommt und zu ihr zurückkehrt. Zwischendrin braucht man Ruhe.«

»Wenn bei euch jemand mit neun Jahren Quatsch geredet hat, wird er bis zum Grab für dumm gehalten. Da hat man dann seine feste Meinung.«

In seiner Briefträgerzeit hatte er jedes Haus im Dorf aufgesucht und sich gut eingeprägt, wo man ihm kaltes Wasser oder ein Stück Obst angeboten hatte und wo die Tür geschlossen blieb, während man ihn prüfend durchs Fenster fixierte. Buskila wußte als erster, wann die Beziehungen zwischen Margulis und Tonia wieder aufgenommen wurden, begriff, daß Großvater Auslandsbriefe nicht nur per Post erhielt und daß er Buskila nicht aus persönlichem Groll ignorierte, sondern aus Trauer und tiefersitzendem Haß. Er wußte, daß Meschullam regelmäßig Veröffentlichungen über die Geschichte des jüdischen Siedlungswerks erhielt, aber auch braune Umschläge, die hätten versiegelt sein sollen, ihren Inhalt jedoch prall-üppig und chromglänzend hervorblitzen ließen. Er lachte im stillen, wenn er Liebersons Post brachte, denn ein Großteil der Briefe, auch manche, die dem Anschein nach aus dem Ausland kamen, hatte Lieberson in Wirklichkeit selber an Fanja abgesandt.

»Er schickt ihr Briefe ohne Absenderangabe, damit sie eine Überraschung hat.«

42

Nach der Wehrdienstzeit wurde Jossi Berufsoffizier, und Uri kehrte in den Tiefbaubetrieb seines Onkels zurück. Deshalb erhob sich auf dem Mirkinschen Hof nicht das bekannte Problem des Hoferben.

Als die Gründerväter ins Land kamen, so hatte mir Meschullam erklärt, sahen sie, wie die Erbgrundstücke der Fellachen mit der Testamentsschneide in winzige Teile zerschnitten wurden, und bestimmten daher, daß nur jeweils ein Sohn den Hof weiterführen sollte.

Sie prüften ihre Söhne vom Tag der Geburt an, um zu gegebener Zeit entscheiden zu können, wer den Vater beerben solle. Die geübten Augen der Eltern, Lehrer und Nachbarn musterten die ersten Schritte des Jungen im Hof, die Entwicklung seiner Rückenmuskeln, seine Fähigkeit, den Regen vorauszusagen, und das Vorhandensein oder Nichtvorhandensein jener Zauberhand, mit der jeder gute Bauer begnadet ist. Schon mit zehn Jahren wußte jeder Junge, ob er einmal im Dorf bleiben oder sich seine Zukunft woanders aufbauen würde.

Die Abgelehnten hüllten sich zuerst in beleidigtes Schweigen, entfachten dann einen wahren Sturm energiegeladenen Bemühens, aber das Urteil war bereits gefällt. Bei ihrer Rückkehr vom Militär wurden sie ausgeschickt, ihr Schicksal zu meistern, doch das Dorfbild war ihnen wie ein Rindermal ins Fleisch gebrannt. Manche wurden anderswo Landwirte, andere wandten sich Geschäften oder Studien zu, und alle hatten sie Erfolg in ihrer neuen Umgebung. Die Kinder- und Jugendzeit im Dorf, Jahre der Schwerarbeit, der freiwilligen Verantwortung und der gründlichen Bekanntschaft mit der Viehnatur ließen ihnen später alles gelingen, was sie anpackten.

Nach und nach übertrug der Vater dem ausgewählten Jungen seine Aufgaben, löcherte ihn mit Fragen nach Ernte und Düngung, prüfte seine Antworten und Ideen. Wie das Bienenvolk seine Königinnen aufzieht, so zog das Dorf die künftige Bauerngeneration heran.

Hier und da kam es zu Irrtümern. Daniel Lieberson, dessen kindliche Liebe zu meiner Mutter anfangs als ein Zeichen mangelnder landwirtschaftlicher Eignung ausgelegt wurde, mauserte sich letzten Endes zu einem hervorragenden Bauern. Nachdem meine Eltern gestorben waren und es daher niemanden mehr zu lieben oder zu hassen gab, wandte er seine ganze Begabung und Energie der Feldarbeit zu. Später ging er in die Moschawim der Neueinwanderer, wo er als aufopfernder Agrarberater gerühmt wurde, und als er mit seiner Rumänin von dort zurückgekehrt war, hatte er viel Erfolg mit Hühnerzucht, Baumwollanbau und Speisepilzen. Meschullam gab ihm ein altes russisches Landwirtschaftsbuch im Austausch gegen Chagits ersten Melkeimer, und darin fand Daniel die Geheimmischung aus Stroh, Asche und Pferdemist, auf dem die besten Pilze wachsen. Die richtige Schnittzeit, so hieß es in dem Buch, sei genau dann erreicht, wenn in dem Gewächshaus ›starker Waldgeruch‹ aufkomme. Aber Daniel hatte noch nie den Duft eines russischen Waldes eingesogen, und so scheuchte er alle paar Wochen, sobald eine neue Sporenfolge ihre Früchte trug, seine alten Eltern von ihren Küßchen und Liebkosungen auf und bat sie, seine dämmrigen Beete zu beschnuppern, wobei sie ihn nicht ein einziges Mal enttäuschten.

Meschullam hingegen ließ schon in jungem Alter klar erkennen, daß »ihn außer der Schwerkraft absolut nichts zur Erde hinzog«, wie Uri sagte.

Uri selber hatte nie die Absicht, im Dorf zu bleiben, und seine entsprechende Erklärung überraschte niemanden. Seine Büchergier, die Anhänglichkeit an den Po der Kindergärtnerin

Ruth, mangelnde Ausdauer bei körperlicher Schwerarbeit, gelegentliche Witzchen über das freudlose Leben der Legehennen oder den losen Umgang des Besamers mit den Färsen und weitere schwerwiegende Punkte hatten noch vor der Unzuchtserie auf dem Wasserturm Verdacht geweckt, aber diese war dann das Zünglein an der Waage.

Alle mochten Uri, aber allen war auch klar, daß Jossi Abrahams Melkstiefel erben würde. Er war ein gründlicher, verantwortungsbewußter Junge mit gutem technischem Verstand und einem angeborenen Geschick für Planung und Ordnung. Nur seine unterschwellige Gewaltsamkeit machte seinem Vater Sorgen. Er fürchtete, Jossi könne gegen ein aufmüpfiges oder pflichtvergessenes Rind handgreiflich werden. Doch schon als er vierzehn Jahre alt war, durfte man ihm getrost die morgendliche Melkschicht anvertrauen. Auch Großvater, der in Uri ein entferntes Abbild seines verlorenen Sohnes Efraim sah, wandte sich an Jossi, wenn es darum ging, die Obstpflanzung sauber zu grubben, ohne die Stämme zu verletzen.

Als dann auch Jossi erklärte, er wolle nicht auf den Hof zurückkehren, denn das Soldatenleben läge ihm, hob Abraham die Augen vom Boden auf, was er bis dahin nicht oft getan hatte, und sah mit Schaudern sein Leben wie eine eintönige Ebene bis zum Horizont seines Todes hingestreckt. Da packte ihn die Verzweiflung. Ich half ihm so gut ich konnte auf dem Hof, aber mein wahres Interesse galt der Pflege des Totenackers auf Großvaters aufgegebener Pflanzung.

»Keiner von Mirkins Enkeln wird Bauer«, sagte Rilow. »Man muß diesen Hof zum Verkauf anbieten.«

»Reg dich nicht über ihn auf«, beruhigte Buskila. »Welcher Querkopf würde diese Wirtschaft denn jetzt kaufen? Wer wollte schon die Knochen der Alten aus der Erde buddeln? Wer mag hier zwischen den Grabsteinen arbeiten?«

Großvaters Rache nahm Gestalt an. Die Gräber brannten wie

ein schwerer Vorwurf in der Erde des Dorfes, boten eine grauenhaft höhnische Alternative zu dem ganzen Aufbauwerk, rochen nach aufrührerischer Infragestellung des Bestehenden. Wenn ich durch die Dorfstraßen ging, blickten die Leute mir tuschelnd nach, maßen meinen Rücken, der sich nicht dem Joch der Vision gebeugt hatte, und zählten in Gedanken das Geld in meinen prallvollen Säcken. Ich ignorierte sie. Ihre starr auf mich gerichteten Augen waren nichts als aufgemalte Täuschungen, die mir keine Angst einflößten. Und Buskila, der die Protokolle unserer Auseinandersetzung mit den Dorfgremien in einem seiner sorgfältig geführten Aktenordner verwahrte, blätterte sie mit Vergnügen durch und sagte mir immer wieder, ich bräuchte mich um ihre Drohungen nicht zu kümmern.

»Von Landwirtschaft versteht ihr vielleicht mehr als ich«, sagte er, »aber von Gräbern habe ich auch eine Ahnung. Sechshundertsechzig Heilige liegen bei uns in Marokko begraben, und die ganzen Jahre sind unsere Alten übers Meer gefahren, um im Heiligen Land beerdigt zu werden.«

»Das kannst du nicht vergleichen«, sagte ich.

»Natürlich nicht«, grinste Buskila, »wir Marokkaner kassieren Geld von den Leuten, die das Grab eines Heiligen aufsuchen, und ihr Aschkenasim knöpft den Heiligen selber Geld ab.«

Abraham war der einzige, den mein Gräberfeld nicht störte. Finster und verzweifelt versenkte er sich in seine Melkstation und schuftete dort wie sonst noch nie im Leben. Er erfand neue Masttechniken, desinfizierte die Polster der Boxen mit Mitteln, die sämtliche Haut- und Darmparasiten vernichteten, entwikkelte in Zusammenarbeit mit zwei Ingenieuren ein Strömungsmeßsystem, das den Luftdruck für jede Zitze getrennt regulierte, und experimentierte mit unterschiedlichem Musikangebot beim Melken. Seit mein Vater sein Grammophon an Rilows Kuhstall angeschlossen hatte, wußten alle Rinderzüchter, daß Musik die Qualität und Quantität der Milch verbessert, aber Abraham vermochte die Musikstile auf seine Kühe abzustimmen, so daß die ernst dreinschauenden Rinder – große Kopfhörer über den Ohren – verträumt und sehnsüchtig die Köpfe wiegten, während Flöten und Schalmeien ihnen die Milch aus den Eutern sogen.

Er verzichtete fast gänzlich auf die Beigabe von Rauhfutter in den Trögen der Kühe, die er statt dessen einmal pro Woche ›aus seelischen, nicht diätetischen Gründen‹ auf die Weide führte. Die Motoren der Station brummten unablässig, und der alte Streit, ob man zwei- oder dreimal am Tag melken solle, war für Abraham ausgetragen. »Das ist keine Sachfrage, sondern ein kleinliches Gerangel darüber, ob die Bequemlichkeit des Tieres oder die des Züchters Vorrang hat«, sagte er. Seine Kühe wurden viermal täglich gemolken, so daß die Vakuumpumpen praktisch nie stillstanden.

Seine schlechteste Milchkuh gab dreimal soviel wie die berühmte Chagit, aber Meschullam, den seine melancholischen Streifzüge durchs Dorf auch zu uns führten, sagte, keine von ihnen würde je in ein Museum kommen oder als prämierte Siegerin in die Geschichte eingehen.

»Geschichte ist nicht das, was geschieht, sondern das, was aufgezeichnet wird«, sagte er, »und deshalb ist diese verdammte Sumpfstudie so gefährlich. Chagit und nicht eine von den sprudelnden Milchquellen deines Onkels wird im historischen Gedächtnis verankert bleiben.«

Seit Abraham die Milch nicht mehr selbst zur Molkerei brachte, versäumte er auch das tägliche Schwätzchen mit den anderen Milchbauern und zog sich in sich selbst zurück wie die Maulwurfsgrille in ihre Kammern. Jeden Morgen hörte ich den schweren Dieselmotor und das Schnaufen der Steuerung, wenn der Fahrer Motik den riesigen Sattelschlepper auf seinen zweiundzwanzig Rädern in kunstvollem Rückwärtsgang gerade auf den Hof lenkte, und danach sein übliches Zwiegespräch mit Abraham.

»Guten Morgen.«

»Guten Morgen.«

»Kann ich pumpen?«

»Bitteschön.«

»Er ist mir vor die Maschine gesprungen. Ich konnte nichts machen.«

»Ich weiß. Du bist nicht schuld.«

In einem Seitenraum des Kuhstalls rauschten die beiden großen, unaufhörlich kreisenden Separatoren. Der eine Schlund spie Sahne aus, die die Besucher des ›Ewigen Hauses der Pioniere‹ verzückt in den Stall lockte, wo Rivka ihnen ohne Wissen der Dorfgremien Gläschen davon verkaufte. Aus der anderen Öffnung rann Magermilch, die, mit Mineralien angereichert, direkt in die Rindertränke zurückgeleitet wurde. Abraham hatte als erster Milchbauer im Dorf begriffen, daß die Flüssigkeitsaufnahme für den Stoffwechsel der Kuh noch viel wichtiger ist als die Festnahrung. Bei ihm traten nie Störungen in der heiklen Trockenphase einer Milchkuh oder bei ihrer Rückkehr zur Milchabgabe auf. »Die Kuh muß fünf Liter Flüssigkeit zu sich nehmen, um einen Liter Milch zu erzeugen«, hörte ich ihn Jossi belehren, während die beiden mit durchsichtigen Druckschläuchen den weißgekachelten Boden der Melkstation abspritzten. Das gesamte Melkschlauchwerk – für Wasser, Desinfektionsmittel, Luft und Milch – war ebenso durchsichtig wie die Glasbehälter, die sich unaufhörlich füllten und leerten. »Damit das Werk auch transparent wird«, sagte Uri, der selbst einen originellen Vorschlag zur Vergrößerung des Milchertrags beisteuerte: »Man könnte das Wasser doch der Milch beisetzen, statt der Kuh.«

Erst jetzt begriff das Dorf Liebersons Prophezeiung. Der harte Olivenkern war aufgesprungen – die Verheißung des ersten Sohns hatte sich erfüllt. Abraham, im weißen Kittel und gelben Gummistiefeln, erbrachte fachliche Leistungen, die die Erfolge jedes anderen ersten Sohns in den Schatten stellten. Aber seine mechanisch arbeitenden Hände hatten etwas Beängstigendes an sich. Er massierte die Euter nicht mehr mit den Fingern, sondern rieb sie nur noch geistesabwesend. Er lächelte auch nicht mehr vergnügt, wenn die Zitzen anschwollen, klopfte den brünstigen Kühen nicht mehr auf den Hintern und hielt keinem Lieblingstier ein Büschel Klee vors Maul. Die Milchkühe trotteten brav an ihre Plätze, als seien sie ausgestopft, und Abraham streifte ihnen die Gummitrichter der Maschine über, als sei er selbst einer der Automaten, die er in den Stall eingeführt hatte. Aber die Milch floß so üppig, daß er mehrmals Überschüsse ablaufen lassen mußte, die sich in Sümpfe mit Haut verwandelten.

Als er eines Abends ein paar Hundert Liter Milch verschüttete, kam Rivka in den Stall und fragte kokett, warum er ihr kein Milchbad nach Art der römischen Kaiserinnen bereite. Abraham lächelte, aber am Rande dieses Lächelns zog ein wütender Ausdruck auf, wie Rivka ihn noch nie gesehen hatte. Seine Stirnfalten vertieften und verzweigten sich bis in sein dickes Haar hinein, und das Gesicht verzerrte sich derart, daß er sie einen Augenblick an ihren verschollenen Bruder erinnerte. Jetzt erkannte sie den Ernst seiner Lage. Sie wußte, wie schnell die Mirkins sich hinter Baumrinden und Imkernetze zurückzogen, und begriff, was mir längst klar gewesen war: daß ihr Mann seinen Ärger und Schmerz in den weißen Seen seiner Kühe ertränkte.

Inzwischen hatte ich meine Erde mehrmals umgepflügt und geeggt und mit Lupine eingesät, während Buskila etliche Lastwagenladungen roten Kies und auch Steinmetze bestellte, die Randsteine zuschnitten und weiße Steinplatten für Grabsteine polierten. Ich legte Wege bis zum äußersten Ende des Grundstücks an, und als die Lupine zu blühen begann, faltete ich sie als grünen Dünger in die Erde, pflanzte hübsche Zierbäume und stellte Sitzbänke aus Stein und Holz auf. Prächtige Vögel, die nicht einmal Pines kannte, landeten bei ihren Wanderzügen auf meinem Boden und hüpften auf den Zweigen, und kleine, leise Wildtiere schienen wie zwischen den Blumen erschaffen. In der Abenddämmerung ging ich gern im Garten spazieren, polierte die Kupferbuchstaben, atmete die kühle Luft, die sich im Schatten der Bäume sammelte, erfand Namen für die Blumen und Tiere.

Vollkommene Ruhe herrschte hier. Die alten Lieder verflogen zu leisem Gemurmel, die großen Schlagworte verklangen in der saftigen Scholle, die glühenden Streitschwerter prallten nicht mehr klirrend aufeinander. In Sommernächten schlichen sich Pärchen aus dem ganzen Emek in meinen Friedhof, um sich dort auf den kühlen Grabplatten zu umschlingen. In der nächtlichen Stille hörte ich das zarte Stöhnen der Frauen und der Eulen im Wind verschmelzen und von Zeit zu Zeit ein dumpfes Bersten aus der Erde, wenn der Bauch eines Frischbegrabenen das Blähstadium beendet hatte und die schlaffe Muskelwand dem Gärungsdruck nicht mehr gewachsen war, sondern mit einem Knall aufsprang. Dann, so wußte ich, quollen die Gedärme heraus, und die Heerscharen weißer Maden, die wie irrsinnig an die Särge gepocht hatten, stürmten hinein. Im ›Ewigen Haus der Pioniere‹ wurden alle, außer meinem Großvater, in Särgen beigesetzt. So war es in den Dörfern und Kibbuzim schon immer üblich, seit Lieberson verkündet hatte, daß sich die Religiösen auch bei der Rückkehr zum Staub ein leichtes Leben machten, indem sie auf Särge verzichteten.

Elieser und Fanja Lieberson kamen zu jeder Beerdigung, die bei mir stattfand. Der Alte stand stets in der ersten Reihe, den Arm um die Schultern seiner Frau gelegt, während seine Finger auf ihrer Brust spielten, aber noch immer beharrte er auf seiner Ablehnung gegen meine florierenden Geschäfte. Wie seine übrigen Freunde berechnete auch er vorsichtig die ihm verbliebenen Tage und seine Fähigkeit, sie auszukosten.

Alle Plackereien auf dem Hof, außer dem Pilzebeschnuppern, waren schon auf Daniels Schultern übergegangen. Er fand auch kein Interesse mehr daran, die Vision prägnant zu formulieren, geschliffene Kritik zu üben oder die Grundsätze zu zementieren. Sätze wie ›Unsere verborgenen Seelenschätze sind angetastet‹, ›In Momenten des Zweifels und der Verwirrung‹, und ›Der Grundsatz der eigenen Arbeit ist nicht allein aus der historischen Perspektive, sondern auch aus dem innersten Verlangen unserer Generation zu betrachten‹, flossen ihm mit einer Leichtigkeit aus Mund und Feder, die ihm Frustration und Schmerz bereitete. Nur Fanja mit ihrem schallenden Lachen, dem weißen Haar und den schalkhaften Augen war kein selbstverständlicher Besitz. Sie blieb wie immer das Ziel seines Sehnens, der schwirrende Weinbergsschmetterling, und die Farbtupfer ihres Kleides und ihres Haares waren die letzten Lichter, die Eliesers kranke Augen zu sehen vermochten.

Jedes Jahr feierte er den Tag ihrer ersten Begegnung auf freiem Feld mit einem zweisamen Essen im Schoß der Natur. Früher hatte sich auch Zirkin mit der Mandoline dazugesellt, aber seit er in seiner Schubkarre von Ort zu Ort fuhr, ließ er das sein.

Am fünfzigsten Jahrestag ihrer Liebe füllte Lieberson einen Korb mit Brotscheiben, Pepsin-Käse, der noch den Abdruck des Mullgewebes trug, eingelegten Heringen mit grünen Äpfeln und saurer Sahne und Spätgurken, von denen eine ein Zettelchen in sich barg. Das winzige Blechröhrchen hatte Lieberson einige Wochen zuvor genau in dem Moment in den Fruchtknoten der Blüte gesteckt, in dem er zwischen den welken Blütenblättern anzuschwellen begann, so daß das grüne Gurkenfleisch ihn beim Wachsen umschloß. Fanja packte Teller und Gabeln ein, Lieberson goß klaren Granatapfelsaft in die Thermosflasche, und die beiden wanderten auf die Felder hinaus.

Glückstrunken bummelten sie am Rand der eingesäten Fläche entlang. Am Vortag war der erste Regen gefallen. Zarte Keimblättchen stöhnten unter der Anstrengung des Knospens, und die Erde gab die altbekannten Dünste reiner Verheißung ab, die die Bauern Jahr für Jahr mehr berauschten. An solchen Tagen pflegte ich mit Pines hinauszugehen, um die Tätigkeit der grabenden Insekten zu beobachten, die den feuchten Boden dazu ausnutzten, für sich und ihre Nachkommen eine neue Behausung zu buddeln.

Fanja und Elieser steuerten auf Margulis' alten Weinberg zu. Lieberson, mit einer dicken Brille ausgestattet, trug den Korb. Fanja, schwach und leicht, lehnte den Kopf an seine Schulter und ulkte mit ihrem Mann über den schweren, kecken Duft der männlichen Johannisbrotstaubgefäße, worauf Lieberson, vor Liebe rosig geworden, sagte: »Ich bitte dich, Fanja, in deinem Alter!«

Zu Stütze und Trost aneinandergeschmiegt schritten sie in den Wagenspuren dahin, freuten sich am Duft des Regens und an den Wolken, die aus der Höhle im blauen Gebirge quollen. Unter den alten Reben breiteten sie die Decke aus, reichten einander hilfreich die Hand, hockten sich langsam ins hohe Gras und ließen beim Essen kein Auge voneinander.

Ringsum war kein Mensch. Margulis hatte seinen kleinen Weinberg vor Jahren zum alleinigen Nutzen seiner Bienenstöcke angelegt und niemals abgeerntet, da er meinte, so bekäme sein Honig ein stärkeres Weinaroma. Die Reben, um die sich seit Margulis' Tod niemand mehr gekümmert hatte, überwucherten die bröckeligen Kordonstangen mit einem Gewirr kräftiger Ranken, die wild in alle Richtungen wuchsen und sich miteinander verschlangen. Große Silberspinnen hatten glitzernde Vorhänge zwischen den Reihen geknüpft. Erzschleichen wärmten sich in den letzten Strahlen des Sommers auf frischen Maulwurfshügeln und guckten das Paar freundlich an.

Lieberson schnitt langsam und sorgfältig die eingelegten Fische auf, bestrich die Brötchen mit saurer Sahne und fragte verschmitzt: »Möchtest du eine Gurke essen, Fanja?«

»Später«, antwortete Fanja, und Lieberson drängte sie nicht, um nicht etwa Verdacht zu wecken und die vorbereitete Überraschung zu verderben. Er lehnte sich gegen einen Stein, Fanja lag auf dem Rücken im Gras, den hübschen Tupfer ihres Kopfes in seinem Schoß. Es war Nachmittag, die weiche Herbstsonne, blaß wie das Dotter von Kühleiern, überflutete ihre Haut, drang in die alten Gelenke und erfüllte die beiden mit Wohlbehagen und Liebe.

»Guck mal«, sagte Lieberson. Seine trüben Augen sahen verschwommene Punkte, die in der Dämmerung schwarzglänzend und durchscheinend vor ihm umherschwirrten.

Fanja schlug die Augen auf. »Ameisenköniginnen«, sagte sie. »Die Ameisenköniginnen ziehen auf Brautflug.«

Die geflügelten Ernteameisen schwärmten scharenweise ins Herbstlicht hinaus, sausten durch die Luft, krochen über den Boden. Viele verschwanden in aufgesperrten Schwalbenschnäbeln oder verfingen sich in Spinnennetzen. Andere taumelten, eng umschlungen mit einem der kleinen Männchen, durch die Luft.

»Wie schön sie sind«, sagte Fanja, »wie schön bei ihrem Flug in einen einzigen Tag des Lichts und der Liebe.«

Lieberson spähte in den Raum, konnte aber die glänzenden Königinnen kaum wahrnehmen. Fanja schloß die Augen, streckte sich behutsam auf dem Boden aus, legte den Kopf zur Seite, die Wange an seinen Oberschenkel gelehnt. Lieberson spürte ihren leichten Flügelschlag an der Wange, fuhr mit der Hand dorthin, griff zu und hielt vorsichtig eine Königin zwischen den Fingern.

»Schau«, sagte er zu Fanja, »da ist sie, die Königin. Und ich, mein Schatz, dachte, das wärst du.«

»Ich bin's«, antwortete Fanja, »flieg mit mir.«

Die Segler durchschnitten die Luft mit scharfen Schreien und schwarzen Sichelflügeln. Fanjas Augen waren geschlossen, die Sonnenstrahlen färbten das Dunkel unter ihren Lidern rosa. Sie lauschte lächelnd den abgehackten Schreien, und Lieberson spürte all ihre Zuneigung und Liebe auf sich überströmen, als sie so dalag. Er hielt die Königin nah an seine schwachen Augen und musterte ihre fein ziselierte Figur.

»Pines hätte in seinen guten Tagen einen Vortrag über die Liebe halten können, die der Ameisenkönigin Flügel wachsen läßt«, sagte er.

»Das kannst du auch«, erwiderte Fanja. Ihren halb geöffneten Lippen entschlüpfte ein jäher Atemzug wie in Schlaf und Traum. Ihre Hand sank zu Boden, das weiße Haar spielte im Wind. Lieberson schaute sie an, fühlte ihren Körper erschlaffen und streckte sich vorsichtig auf dem Rücken aus, um sie ja nicht zu wecken. Den Kopf an einen Feldstein gelehnt, blickte er in den weiten Himmel und kraulte seiner Frau sanft den Nackenflaum. Die langen Jahre mit ihr hatten ihn gelehrt, die Lebenslust anzufachen, die mit zunehmendem Alter immer stärker in ihm brannte. ›Ewige Flamme‹ nannte er sie bei sich. Er dankte Gott dafür, daß er ihn trotz seines Glaubensabfalls liebte und ihm die Kraft gegeben hatte, diese Flamme Tag für Tag in Gang zu halten, und er dankte dem Kibbuz und Zirkin Mandolina, mit deren Hilfe er dieses Geschenk, diesen ›Weinbergschmetterling‹ erlangt hatte.

Ein paar Königinnen landeten auf Fanjas Kleid. Lieberson blies sie weg, ehe auch er einnickte, damit sie ihr nicht auf die Haut krabbelten und ihren Schlaf störten. Nach einer Stunde fuhr er hoch, am ganzen Leib zitternd von der Kälte, die sich in die Luft eingeschlichen hatte. Bis er begriff, daß es nicht die Kühle des Herbstes war, sondern die Kälte des Todes, die vom Körper seiner Frau aufstieg, hatte sich der graue Star rasch wie ein undurchsichtiger Vorhang über seine Augen gelegt und ihn völlig erblinden lassen.

In der Dunkelheit, die sich über ihn gesenkt hatte, betasteten seine Finger ihre eisige Haut, und seine Ohren hörten das Gesummm der Aasfliegen, die den Tod Sekunden vor seinem Eintreten riechen können. Aus den Weinranken, zwischen denen ich im hohen Gras versteckt lag, sah ich ihn ihre Leiche schütteln.

Lieberson kam mühsam auf die Beine, riß einen alten Rebstekken aus und begann sich schreiend und stöhnend seinen Weg zwischen den Weinstöcken zu ertasten. Ich wußte, wohin er jetzt gehen würde, stand auf und ging ihm nach, um darüber zu wachen, daß ihm nichts zustieß. Sechs Stunden lang stolperte er durch die schwarzen Furchen seiner Blindheit, stieß an Bäume und Steine, fiel über Erdklumpen und Bewässerungsleitungen, bis er sein Ziel erreicht hatte. Inzwischen war es Nacht geworden. Ich versteckte mich in einer Bodenwelle.

»Sie war mein Licht«, sagte er immer wieder in dem Bemühen, den Wächtern des Nachbarkibbuz seine Lage zu erklären. Sie waren auf das Klingeln der Alarmglocken in die Plastikfabrik geeilt, wo sie einen alten Mann vorfanden, aus dessen trüben Augen weiße Kalktränen rannen, während er versuchte, den Zementboden mit einem morschen Holzstab aufzureißen. Lieberson vermochte ihnen nicht zu erklären, wie er die Alarmanlagen am Zaun, die Eisentore und die Strahlen der Suchscheinwerfer überwunden hatte, um zwischen den Plastikpressen genau an der Stelle niederzuknien, an der einst eine alexandrinische Muskatrebe gewachsen war, neben der ein junger Mann und ein junges Mädchen Trauben und Käse gegessen und bei den schmelzenden Klängen einer Mandoline gescherzt hatten.

»Hier habe ich Fanja getroffen«, erklärte er ihnen, zehn Kilometer von ihrer Leiche entfernt.

Aber die beiden hübschen Burschen kannten weder Fanja noch Lieberson und hatten keine Ahnung von dem, was nur ich wußte – daß der erbitterte, anhaltende Krieg gegen die Leute des benachbarten Moschaw seinetwegen begonnen hatte, genau hier unter dem Kleid von Zement und Asphalt.

Ich sah, wie sie sich verstört berieten, Lieberson stützten und ihm übers Haar strichen. Da ich jetzt sicher war, daß sie ihm nichts zuleide tun würden, erhob ich mich aus meinem Versteck und ging im Dunkeln ins Dorf. Von fern sah ich das jammernde Rotlicht des Krankenwagens, der aus dem Kibbuztor herausfuhr, und wußte, daß Lieberson schlapp und wütend darin lag und unerklärliche Sätze über eine allein auf dem Feld zurückgebliebene Gurke murmelte. Fanja war schon vor ihm heimgeholt worden, und zwei grüne Scheinwerfer leuchteten auf Rilows Hof, um die Suchtrupps des Dorfes zurückzurufen.

Als ich die Baracke erreichte, traf ich auf Daniel und Jakobi. »Wo warst du denn? Man sucht dich im ganzen Dorf«, sagten sie ärgerlich.

Lieberson hatte sie beauftragt, mich zu ihm zu bringen. Der Alte war sehr sachlich und direkt. Mit entschiedenem Ton verkündete er uns, er wolle Fanja ›auf Baruchs neuem Friedhof‹ begraben. In seiner wütenden Erregung wollte er weder Widerspruch gelten lassen noch an seine frühere Ablehnung erinnert werden. Sein Ärger beruhte nicht auf Trauer und Leid – so tief er diese auch empfand –, sondern auf der Tatsache, daß der Tod seiner Geliebten ihm keine neuen Erkenntnisse gebracht, ihn nichts gelehrt hatte, was er nicht schon vorher wußte. »Der vorausgesehene Trennungsschmerz stellt sich schließlich immer ein«, hatte Großvater Jahre vorher auf einen Zettel geschrieben, und es gab ja im ganzen Emek keinen größeren Experten für Abschiedsrechnungen und Sehnsuchtskonten.

»Im Gegensatz zu den meisten Verliebten«, brummte Lieberson, »bin ich erst mit Blindheit geschlagen worden, als meine Geliebte von mir ging – nicht, als ich ihr zum erstenmal begegnete, und nicht, als sie bei mir war.«

Er weigerte sich, seinen grauen Star ärztlich behandeln zu lassen.

»Sie war mir Sonne, Mond und Sterne, das Licht, das Tag und Nacht beherrscht. Grauenhafte Dunkelheit ist über mich gelen«, stöhnte er am nächsten Morgen, als ich ihr Grab aushob. Ich erinnerte mich an seine wütenden Tiraden im Protokoll der bewußten Ratsversammlung, in denen er mich mit ›Leichenimporteur‹, ›schlechtes Vorbild‹ und anderen Ausdrücken belegt hatte, aber ich war nicht überrascht. In diesem Stadium meines Lebens wußte ich Großvaters Hand zu erkennen, die die Erde vor meinen Füßen auflockert und den Fluß der Zukunft lenkt. Jede Nacht legte ich mich in den Rinnen schlafen, die er geschaufelt hatte, und wachte feucht, stinkend und zitternd auf, sobald der Strom seiner Prophezeiungen mich erreichte.

Lieberson wies mich und Daniel an, ihm einen Platz neben Fanja zu reservieren, und damit war die Debatte über meinen Friedhof beendet. Kein Mensch störte mich mehr. Der Alte hüllte sich in Blindheit und wurde ins Altersheim gesteckt, wo er das Zimmer, das vorher Großvater und Schulamit bewohnt hatten, mit einem greisen bulgarischen Juden von hundertvier Jahren teilte.

Die Langlebigkeit seines neuen Freundes beeindruckte ihn.

»Joghurt?« fragte er anerkennend.

»Cognac und Schokolade«, sagte der Bulgare, der sich mit dem Namen Albert vorstellte.

So büßte Lieberson einen weiteren Glauben ein und erwarb doch noch einen tieferen Einblick in die menschliche Natur. Da er innerhalb einer Woche seine Frau verloren und seinen Boden verlassen hatte, freundete er sich mit dem alten Bulgaren rasch und entschieden an. Sie wußten beide, daß das Altersheim die letzte Station war, und hatten beschlossen, das Beste daraus zu machen. Lieberson debattierte nicht mit Albert, versuchte ihn nicht auf den guten Weg, den der Mensch gehen soll, zu bringen, und Albert lohnte es ihm mit einem Lächeln, das Lieberson zwar nicht sah, aber hautnah spürte. Sie führten lakonische, angenehme Gespräche und erreichten ein freundschaftliches Einverständnis, das nur wenigen vergönnt ist. Lieberson strengte sich nicht an, Albert zu belustigen oder zu beeindrucken, erzählte ihm weder von Sümpfen und Pelikanen noch von der Arbeitsgruppe, sondern lediglich von seiner Kindheit in der Ukraine und vom Tod seiner Frau. Dazwischen hing nur ein dunkler Vorhang vor seinen Augen.

Der Bulgare lag den ganzen Tag mit hellen, strahlenden Augen und bis an die Brust zugedeckt im Bett, dessen feuchte Laken einen leichten Geruch nach Wundstellen und Waffengruben abgaben. Er erzählte Lieberson von den Wundertaten des berühmten Ringers Podumow, von der Großherzigkeit des Zaren Boris und vom Geschmack des Schwarzbrots seiner Jugendzeit in Plovdiv. Der Panzer, den Albert anlegte, war ein weißes, gebügeltes Seidenhemd, und seine glänzende Fliege wirkte wie ein schwarzer, durstiger Nachtfalter, der ihm auf der Kehle gelandet war. Unterhalb des Hemdes war Albert splitternackt, aber Lieberson wußte das nicht, und hätte sich auch sonst nicht daran gestört.

43

Zeit verging. Milch floß. Maiskolben reiften und schnitten einen mit ihren lanzenartigen Blättern in die Haut. Scheunen füllten sich. Feigenbäume setzten Früchte an. Weitere Kriege wurden gefochten. Und ins Futtersilo gelangte eines Tages ein alter, muskulöser Arbeiter namens Jehoschua Bär.

»Ich kenn dich von irgendwoher«, sagte Wächter Rilow, »und ich werde überprüfen, woher genau.«

Wann immer jemand Neues im Dorf aufkreuzte, kroch der Alte ›zum Überprüfen‹ aus seinem Waffenloch hervor. Ich sah gern, wie er sich aus seiner stinkigen Höhle herauszwängte, ein paar Minuten in der Sonne stehenblieb, bis wieder Bewegung in seine Glieder kam, und sich dann aufs Pferd schwang, es mit wunderbar geübtem Hand- und Schenkeldruck zurücktänzeln ließ und davonsauste. Dieser Art waren die Gesten aller Alten, die ein altes Gerät zur Hand nahmen: eine altmodische Hacke zum Unkrautjäten im Garten oder eine Sense, um die Erstlingsähren fürs Wochenfest zu mähen. So waren auch Großvaters Handbewegungen, wenn er Schulamit streichelte.

Jehoschua Bär grinste verlegen. Er war ein runzliger, glatzköpfiger Mann von erheblichen Ausmaßen, dumm und gutmütig.

»Ich bin überhaupt an allen möglichen Orten rumgekommen«, sagte er.

»Wir mögen keine Menschen, die überall rumkommen«, bemerkte Rilow, »bewegliche Ziele sind schwer zu treffen, selbst wenn sie so groß sind wie du.«

»Laß ihn doch«, mischte sich der Leiter des Futtersilos ein, »er ist ein guter Arbeiter. Was willst du denn von ihm?«

»Gar nichts«, sagte der Alte, »aber wenn ihr beiden in eurem

Bett sterben wollt, soll er ja nicht meinem Hof zu nahe kommen.«

»Wir schlafen nicht miteinander. Was redest du denn da überhaupt!« sagte Jehoschua Bär ärgerlich.

Aber Rilow drückte seinem Pferd schon die Sporen in den Bauch, rief »und hör auf, dauernd ›überhaupt‹ zu sagen«, und verschwand mit kerzengeradem, jeden Nachspürversuch abweisendem Rücken.

Jehoschua Bär spielte gern mit den Dorfkindern. Und in der Arbeitspause pflegte er in den Konsumladen zu gehen, wo er ein rundes Mischbrot, hundert Gramm Butter in Pergamentpapier und drei Knoblauchknollen kaufte. Das war sein Mittagessen.

»Das Brot ist pure Gesundheit, die Butter macht fettig im Darm, was gut fürs Scheißen ist, und der Knoblauch bringt überhaupt Kraft und ist gut gegen die Würmer, die wegen der Butter in den Menschen kommen«, erzählte er den Kleinen, die sich wie Küken um die Glucke um seinen großen, Kraft und Wärme ausstrahlenden Leib scharten.

In Polen war Jehoschua Bär ein berühmter Ringer gewesen. »Ich hab mir überhaupt ein Leopardenfell umgebunden, hab einen Römergürtel umgemacht und die Gojim geschlagen«, ereiferte er sich und zeigte uns eine alte Photographie von sich – auf dem Kopf einen vergoldeten Papphelm mit einem Roßhaarbusch, die mächtigen Waden von Gladiatorensandalen umschnürt.

Jehoschua Bär mietete ein Zimmer bei Rachel Lewin und stellte seinen Arbeitgeber mit Fleiß und Ausdauer zufrieden. Morgens machte er Dauerlauf und Gymnastik auf den Feldern, wobei sein ungeheures Büffelschnauben im ganzen Dorf zu hören war. Zweimal wöchentlich unterwies er die Jugend in den vergessenen Künsten aus den Zeiten der Engländer – Jiu-Jitsu und Nahkampf. »Man braucht überhaupt kein Geld dafür«, druckste er verschämt. Doch eines Tages, als er den Kindern gerade zeigte, wie er mit einer Hand den Futtersack aufhob, und dabei vor Vergnügen und Anstrengung rot anlief, stürzte Rilow hinter einem Haufen Durakörner hervor, zog seinen russischen Revolver aus dem Gürtel und rief: »Jetzt hab ich's! Ich weiß, wer du bist. Du bist Setunis Kraftmensch.«

Nun ging es allen auf. Das war Setunis starker Mann, der Backsteinzertrümmerer und Nägelkrummbieger, dem die Jahre seine üppige Haarpracht geraubt hatten.

Dani Rilow und Jakobi, der Sekretär, führten Jehoschua Bär ins Ratszimmer und verständigten Abraham.

Abraham war nervös und aufgeregt. »Wo ist mein Bruder?« fragte er sofort.

Aber auch das, was der starke Mann berichtete, konnte nicht weiterhelfen.

»Dein Bruder war überhaupt bloß einen Tag bei uns«, erzählte er, »Setuni nannte ihn ›Alfonso Corrida, der eiserne Mann aus Toledo‹.«

Ein angewidertes Stöhnen entfuhr den Lauschenden, als sie diesen abscheulichen Künstlernamen hörten.

»Den ganzen Tag ist er mit der Kuh auf dem Buckel hinter uns hergegangen«, sagte der starke Mann.

»Bulle, es war ein Bulle, von der Charolais-Rasse«, sagte Dani Rilow, »keine Kuh.«

»Wie er so gegangen ist, hab ich meinen Augen nicht getraut. Ich bin da aufm Wagen gesessen und hab überhaupt die ganze Zeit nach hinten geguckt, um ihn zu sehen, und da war er mit dieser Maske überm Gesicht und ist immer so sacht weg mit der Kuh gewandert, hat überhaupt nicht schwer geschnauft. Am Abend sind wir in ein Araberdorf gekommen, und Setuni hat mich so beleidigt, seit dein Bruder mit war. Ich hab sogar für alle Abendessen kochen müssen.«

Zehnmal hatte Efraim Jean Valjean zur Verblüffung der Dörfler auf die Schultern geschwungen. Die Zuschauer waren überzeugt, daß Geister in seinem Körper hausten. Auch die Gesichtsmaske und das grünschimmernde Auge hinter dem Gitterwerk versetzten sie in Angst und Schrecken.

»Und der hatte überhaupt bloß für die Kuh Kraft«, sagte Jehoschua, »ich hätt ihn mit einer Hand umlegen können, er konnte überhaupt keine hundert Kilo aufheben, keine fünfzig, überhaupt nur die Kuh.«

»Du sagst schon wieder ›überhaupt‹«, bemerkte Rilow, »du wirst noch die Peitsche fressen.«

Pines machte die Tür auf, trat ein und setzte sich.

Setuni hatte an jenem Abend viel Geld eingenommen und war entsprechend aufgekratzt.

»Und nach dem Essen hat er deinem Bruder das Schlangenmädchen gegeben.«

Abraham stiegen Tränen in die Augen. »Wofür haben wir das verdient? Warum gerade wir?«

»Wie elend muß der Mensch werden, um sich derart verführen zu lassen?« grübelte Pines.

»Keiner hat's mit ihr gemacht«, sagte der starke Mann, »nur Setuni. Sie hat überhaupt keine Männer gebraucht. Wenn sie Lust hatte, konnte sie sich überhaupt selbst dort küssen. Sie hat sich so winden können, daß ein Mann überhaupt verrückt geworden wär.«

Pines sagte erschauernd, »diese Schilderungen interessieren uns nicht, komm bitte auf Efraim zurück«, und der starke Mann fuhr fort.

»Setuni hat sie mit deinem Bruder in ein Zelt gesteckt, und da haben sie losgelegt, bis wir die Frau plötzlich wie ein irrsinniges Tier brüllen gehört haben. Mitten drin ist die Kuh angetrabt, hat mit den Hörnern die Zeltplane weggeschoben und die beiden angeglotzt. Ich hab die zwei zusammen gesehen, wie sie überhaupt um ihn rumgewickelt war. Dein Bruder war völlig nackt, nur mit dem Zeugs überm Gesicht, und er hat den Fuß gehoben und der

Kuh einen Tritt auf die Nase gegeben, daß sie sich packen sollte, aber die Kuh dachte gar nicht dran.«

»Der hat Efraim angeschaut wie Efraim ihn«, quetschte Abraham aus heiserer Kehle hervor, als spräche Großvater aus den Tiefen der Erde.

»Und dann ist er aufgestanden, mit dem Mädchen um sich geschlungen, und ist losgelaufen, und die Kuh hat seine Kleidung ins Maul genommen und ist hinter ihm hergetrottet, und nach fünfzig Meter oder so haben wir was wie'n Korken knallen hören, und das Mädchen ist ihm überhaupt wie'n feuchter Lappen vom Leib geplumpst.« Der starke Mann steckte sich den dicken Zeigefinger gerade in den Mund, drückte ihn gegen die Innenwand der Wange und zog ihn mit einem abscheulichen, feuchten Knall wieder aus dem Mundwinkel.

»So hat sich's angehört«, sagte er.

Setuni war ihnen schreiend und bittend nachgelaufen, »aber die Kuh hat sich umgedreht und ihm mit gesenktem Kopp in die Augen geschaut und so geschnaubt und mit dem Fuß gescharrt, da hat er sich nicht näher rangetraut«.

»Und wo ist er hingegangen?« fragte Rilow.

»In welchem Azimut?« fragte Dani. Sein Sohn Usi diente damals beim Militär an einer Stelle, die ›die Einheit‹ hieß, und Dani hatte ein paar Ausdrücke von ihm aufgeschnappt.

Jehoschua ließ davon ab, auf den Boden zu stampfen und drohend zu brüllen.

»Das war wie'n Traum«, sagte er. Sein grobes Gesicht leuchtete auf und wurde weich. »Als hätt ich das überhaupt im Traum gesehen. Er hat sich die Kuh auf den Rücken geladen, und dann sind sie in'n Bäumen und Wolken verschwunden.«

»Wohin sind sie verschwunden? Wohin?« rief Abraham.

»Das weiß keiner«, sagte der starke Mann, »auch Setuni hat sie ein bißchen gesucht, dachte, vielleicht würd sich's dein Bruder überhaupt wieder anders überlegen, aber die waren weg. Ich hab nie im Leben so einen Menschen gesehen. Nur zwei Tage hab ich ihn gekannt. Am Morgen hab ich ihn beneidet, mittags hab ich ihn gefürchtet, und am Abend hab ich ihn schon gern gehabt.«

Am nächsten Morgen hatte Setuni bei den Dörflern ein zartes Kalb gekauft und den Kraftmenschen angewiesen, sich im Bullenschwenken zu üben.

»Ich hab ihm gesagt: Wieviel krieg ich schon hoch? Eine Kuh von zweihundert Kilo? Dreihundert Kilo? Wie der werd ich das nie schaffen. Ich weiß, was Kraft heißt. Kraft ist mein Beruf. Das hat nix mit Kraft zu tun, das ist bloß ein Mensch, der überhaupt sehr verzweifelt ist, nur der kann so was machen. Oder's können überhaupt nur zwei gute Freunde.«

Durch die Wand hörte ich einen tiefen Seufzer und das Schurren der Stuhlbeine. Abraham stand müde auf und ging hinaus. Jehoschua Bär blieb noch einen Augenblick sitzen, sprang dann ans Fenster und rief ihm, genau über meinen Kopf hinweg, nach: »Ich glaub, die Kuh hat nicht gewollt, daß dein Bruder das mit dem Mädchen macht.«

Jakobi und Dani drückten ihn wieder auf seinen Stuhl.

»Und warum bist du hierher zurückgekehrt, Jehoschua?« fragte Jakobi.

»Ich bin von Setuni weg. Wollte nicht mehr bei ihm arbeiten. Das ist lange her. Dann hab ich alles mögliche gemacht. Ich war aufm Bau, Zementsäcke verladen, war auch im Hafen, hab überhaupt Schiffe vertaut, und erst als ich hierhergekommen bin, ist mir eingefallen, daß der Mann mit der Kuh aus diesem Dorf gewesen ist.«

Ich hörte den alten Rilow von seinem Stuhl hochkommen und wußte, daß er sich jetzt hinter dem Rücken des Verhörten aufstellen würde, um seinen schaudernden Nacken mit furchterregenden Fragen zu überschütten. »Das war eine hübsche Geschichte über Efraim und den Bullen«, sagte Rilow, »die haben wir schon mal gehört. Aber jetzt paß auf und hör gut zu. Habt ihr unterwegs Engländer getroffen?«

»Nein.«

»Ich werd dich nochmal fragen, damit du's kapierst: Hast du Engländer mit Efraim sprechen, von ihm etwas bekommen oder ihm was übergeben sehen?«

»Was hast du denn überhaupt für Engländer im Kopp?« ärgerte sich Jehoschua, »wir leben doch jetzt in unserem eigenen Staat.«

»Ich hab schon mit Menschen zu tun gehabt, die zweimal soviel wogen wie du«, bemerkte Rilow mit ehrlicher Wehmut. »Denk gut nach. Vielleicht ein hinkender englischer Offizier mit Stock? Oder zwei Schotten?«

»Was sind Schotten?«

»Geh nicht aus dem Dorf weg«, sagte Rilow, »ich werde deine Geschichte bei meinen Freunden in Galiläa überprüfen, und danach habe ich sicher noch Fragen. Das ist nicht irgendwer hier, das ist der Rat!« Mit den Jahren hatte Rilows Stimme einen hohlen Klang bekommen, und die Worte blieben nun in der Luft hängen und hallten noch nach, als Rilow längst aus dem Zimmer war.

Abraham schien nach Jehoschua Bärs Verhör die ganze Welt eingestürzt zu sein. Statt nach Hause ging er geradewegs in den Kuhstall, fing mit ausgebreiteten Armen an, sich brüllend im Kreis zu drehen, rannte wie die geschlachtete Schoschana hin und her, und seine tiefen Stirnfalten wurden weiß vor lauter Druck. Jossi war beim Militär, Uri arbeitete bei seinem Onkel, und so schnappte Rivka mich bei meiner Rückkehr und schleppte mich sofort in die Melkstation, um aufzupassen, daß ihr Mann nicht mit dem Kopf gegen die Wände anrannte. Ich wartete, bis er umkippte, und trug ihn in sein Haus.

Mit Leichtigkeit trug ich meinen Onkel. Ohne jede Anstrengung. Ich bin ein starker Mann. So groß wie ein Stier. Ein gehorsamer, streitbarer Enkel mit breitem Rücken und hartem Nakken. Wozu sonst all diese Kraft, die Großvater in meinen Körper gestopft hat? So habe ich den kranken Pines getragen, meinen toten Großvater, die im Meer abgesoffene Surferin. So trage ich den erschöpften Schifris, die Geldsäcke, das Faß der Geschichten, meine hochgewachsene, schöne, verbrannte Mutter.

Zirkin Mandolina starb auf dem Bett im Hof. Pessja, die ein Jahr später verschied, wußte nicht einmal, daß er tot war. Sie lag allein in einem kleinen Zimmer der gewerkschaftseigenen geriatrischen Klinik im Landeszentrum, auf der rechten Körperseite gelähmt, und führte lauthals eingebildete Gespräche mit dem Finanzminister, mit Fanja Lieberson und mit einem gewissen Ettinger. Als Meschullam kam, um ihr den Tod seines Vaters mitzuteilen, begriff sie gar nicht, von wem er sprach. Wieder und wieder sagte sie ›Nabelblume, Nabelblume‹, und bat, man solle ihren Unterrock aus den Flammen retten.

Zirkin starb mit viel Lärm und Geschrei höchst unwillig und unter enormem Widerstand. Das ganze Dorf hörte ihn mit dem Tod ringen.

»Kein Mensch hat mir gesagt, daß das auch weh tut«, rief er in bitterer Verblüffung.

An seinem Bett standen Meschullam und Dr. Munk. Mit Hilfe von Elieser Lieberson, den man aus dem Altersheim geholt hatte, versuchten sie ihn zu überreden, sich ins Krankenhaus überführen zu lassen. Er debattierte, wand sich, war entschieden dagegen.

»Das ist bloß noch Minutensache«, sagte er. »Studenten werden mir Schläuche reinstecken«, setzte er ächzend hinzu.

Dann verwirrten sich seine Sinne.

»Ruft Dr. Joffe.«

Und nach kurzem Schweigen: »Komm, iß mit uns, Fejge, ich hab gebackenen Kürbis zubereitet, mit Eiern und Mehl. Komm, die beiden sind weg, geh mit mir ins Wasser, es ist nicht kalt.« Und plötzlich rief er: »Die Genossen Zirkin, Mirkin und Lieberson werden gar nichts versuchen.« Aber nur ich begriff seine Worte.

Danach beruhigte er sich etwas. Seine Brust hob und senkte sich schwerfällig.

»Atmen ist wichtig«, sagte er zu sich, »bloß keinen Moment damit aufhören.«

Ein neuer Schmerzanfall schüttelte seinen Körper, und wieder begann er zu schreien. Diesmal schmähte er die ›Löcherzähler‹, ein altvertrauter Ausdruck, dessen Bedeutung keiner mehr kannte. »Alles hat mit den Löcherzählern, diesen Schwachköpfen, angefangen«, schimpfte er.

»Wer sind denn die Löcherzähler?« fragte ich Meschullam einige Wochen später.

»Bloß so eine Erfindung meines Vaters«, antwortete er.

Mandolinas Brief an Großmutter Fejge, der niemals abgeschickt worden war, übergab ich ihm nicht. Die übrigen Papiere aus dem Kästchen verlas Meschullam am Grab seines Vaters. Er war selig, als er ein Originalschreiben Chankins entdeckte, das sich mit der Entfernung arabischer Pächter von den Böden Ein Tabuns befaßte, und freute sich auch riesig über eine Einkaufsliste der ›Arbeitsgruppe Fejge‹ vom Winter 1919: »Zwei Rotl Mehl, Sesamöl, vier Hemden aus arabischem Stoff, ein Strohhut für Mirkin.«

Meschullam hielt Schifris' Brief für eine Fälschung. »Ein dummer Scherz«, sagte er, verwahrte ihn aber trotzdem in seinem Archiv. »Falls du ihn gegen die Satzung der Arbeitsgruppe eintauschen möchtest, ließe sich darüber reden«, meinte er.

Wir ließen den Sarg in die Grube hinunter, und Meschullam bedeckte ihn mit Erde. Nach ein paar Hackenschlägen löste der blinde alte Lieberson, der letzte der Arbeitsgruppe, ihn ab und beendete das Werk mit einigen sauberen Spatenschwüngen.

»Was hast du mit Vaters Mandoline gemacht?« fragte Meschullam, als sich die Leute verliefen.

Ich deutete auf das Grab.

»Was?« schrie Meschullam, »du hast sie in den Sarg gepackt?«

»So hat es der Verstorbene gewünscht«, sagte Buskila.

»Es war die Idee deines Vaters«, erklärte ich.

Meschullam warf uns einen Blick zu, der töten sollte, griff sich den Spaten und begann, in dem frischen Grab zu schaufeln. Ich mischte mich nicht ein. Erst als Meschullam tiefer vorgedrungen war und die Töne lauter wurden, hielt ich ihn an.

»Hör mal, Meschullam, hör zu.«

Er grub weiter. Ich entwand ihm den Spaten und warf ihn zur Seite.

»Hör gut hin, Meschullam.«

In unserem Dorf hört man immer was aus der Erde: erwachende Schnecken, das Piepsen fiebernder deutscher Babys, das Todesröcheln von Siseras Heer. Jetzt hörte Meschullam die Mandolinensaiten seines Vaters, die Sehnen seiner Hände, sogar seine Augenlider flehentlich schreien.

Meschullam, der ältliche, schlaffe Waisenjunge, der keinen Baum gepflanzt und keine Frau gekannt hatte, fing an zu weinen, drückte das Gesicht auf den Boden und rief: »Verzeih, Vater, verzeih.«

44

Im Sommer zirpten die Zikaden im Friedhof, klammerten sich an die Zweige der Olivenbäume und Jasminsträucher. Sie bohrten ihre kurzen Rüssel in die Rinde, um frischen Saft aus den Pflanzenadern zu saugen, und ließen ihre eintönigen, anhaltenden Freudentöne erschallen. Das war derselbe durchdringende Lärm, der die Erde und ihre Bewohner seit unvordenklichen Zeiten – von Pines' Höhlenmenschen bis zur ›Arbeitsgruppe Fejge‹ – begleitet hat. Er begrüßte die Erobererheere, die Pilger- und Einwandererscharen, die Karawanen der Händler und Spielleute.

Jemand, der nicht an das ohrenbetäubende Zirpen der Zikade gewöhnt ist, kann nach einigen Minuten den Verstand verlieren, aber für uns, die Bewohner des Emek, war sie die geliebte Sängerin von Sommer und Feld.

»Wozu singt sie?« fragte Pines mich und sich selber. »Es ist doch kein Brautgesang, denn die Weibchen kommen nicht zu den trällernden Männchen. Es dient nicht der Absteckung des Territoriums, denn die Männchen greifen einander nicht an. Und außerdem ist die Zikade ja fast taub. Wozu also singt sie?«

Er blickte mich antwortheischend an, aber ich war damals ein Junge von zehn Jahren, ein unförmiger, sehnsüchtiger Sack voller Geschichten, aber ohne Antworten.

»Das ist das wahre Lied dieses Landes«, erklärte mir Pines, »ein hartnäckiger Triller, der weder Melodie noch Noten, weder Anfang noch Ende hat, sondern ganz und gar eine aufrüttelnde, fröhliche Daseinsverkündigung ist – hier bin ich!«

»Du mußt wissen, Baruch«, sagte Pines, »dieses bescheidene Insekt ist der Held der berühmten Fabel von der Zikade und der Ameise. Schwachsinnige Übersetzer haben in der hebräischen

Version eine Grille aus ihr gemacht, und noch größere Ignoranz beweist die dumme Fabel selbst.«

Er nahm mich in die Obstpflanzung mit. Die Sonne brannte auf die weiten Felder, kein Vogel war am Himmel zu sehen. In den Schattenvierecken der Boxen hechelten die Kälber, die Spinnennetze wurden spröde, und ihre Insassen versteckten sich zwischen den Blättern. Wie glühende Federn taumelten blaue Schmetterlinge zu Boden, und wenn ich sie anfaßte, waren ihre Flügel warm und hart wie gehämmertes Kupfer. Nur die kräftige, widerstandsfähige Zikade zirpte mit Macht und Lust ihre dürren Hitzelieder. Ihre orangene Stimme drang sägend zwischen den Blättern hervor, protestierte lauthals gegen den Zorn der Sonne, höhnte den Glutöfen des Staubs.

Pines war ein Experte im Zikadenfangen. Jedes Kind im Dorf wußte, daß eine Zikade verstummt, sobald sie einen Menschen nahen sieht, und schnell auf und davon fliegt, aber Pines verriet mir, daß ihre scharfen Augen die fast vollständige Taubheit tarnen.

»Fabre hat Sprengstoff neben dem Kastanienbaum in seinem Garten explodieren lassen, ohne daß die Zikade auch nur einen Mucks gemacht hätte«, erzählte er mir. Den französischen Insektenforscher Jean Henri Fabre schätzte Pines sehr. »Er war nicht besonders sorgfältig und glaubte nicht an die Evolutionstheorie«, gestand er, »aber dafür hatte er die naive Wißbegier eines Kindes.«

Gemeinsam näherten wir uns den Büschen. Pines' Hand schnellte vor, ein entsetztes Kreischen erschallte aus den Zweigen, und schon hielt er die Zikade zwischen den Fingern. Jetzt zeigte er mir die großen Netzaugen, die durchsichtigen, geäderten Flügel und die Lautblasen an den Bauchseiten. Mit einem dünnen Strohhalm schabte er darüber, wobei er ein kurzes Zirpgeräusch hervorbrachte.

Bei dieser Gelegenheit klagte er mir, wie groß die menschliche

Unwissenheit doch sei. Aristoteles habe geglaubt, Fliegen würden aus verdorbenem Fleisch geboren. Bei Mose steht geschrieben, der Hase und der Klippdachs seien Widerkäuer. »Elende Tölpel«, flüsterte er – er senkte stets die Stimme, wenn er ein Insekt in der Hand hielt – »Dummköpfe! Wieviel Unkenntnis und Dummheit enthält doch diese Fabel über die Ameise und die Zikade. Im Winter lebt die Zikade als Larve unter der Erde und ist nicht auf die Gnade der Ameise angewiesen, und im Sommer ist gerade die fleißige Ameise die Räuberin, die die Zikade um die Früchte ihrer Arbeit bringt.«

Zehn Jahre war ich damals alt. Ich erinnere mich noch heute, wie sich der harte Zikadenleib zwischen meinen Fingern anfühlte, als sie mit den starken Beinen strampelte, um sich aus meinem Griff zu befreien. Pines zeigte mir, wie sie Saft aus der Rinde eines Apfelbaums sog und eine lange Schlange winziger dunkler Ameisen, die das süße Harz gerochen hatten, als schwarzer Strom den Stamm emporkrochen. Die Vorhut klammerte sich an den Rüssel der Zikade, kletterte auf ihren Rücken, trank die Safttropfen, die aus der von ihr gebohrten Kerbe rannen. Ein übler, penetranter Geruch nach Ameisensäure hing in der Luft.

»Siehst du«, sagte Pines, »geh zur Ameise, du Fauler, heißt es in Salomos Sprichwörtern – zu dieser elenden Parasitin und Bettlerin, dieser hausierenden Räuberin, die ihrem Gewerbe in aller Öffentlichkeit nachgeht, unter der gnädigen Schirmherrschaft König Salomos und dieses moralisierenden Bourgeois La Fontaine.«

Großvater interessierten Geschöpfe wie die Zikade nicht. Insekten, die seinen Obstbäumen weder schadeten noch nutzten, waren von seiner Aufmerksamkeit befreit. Gelegentlich ließ die Zikade zwar einen rötlichen Kringel auf der Obstschale zurück, aber Großvater betrachtete das nicht als Schaden. Als ich einmal mit ihm in der Pflanzung jätete, entdeckte ich eine Zikadenlarve in ihrer tiefen Höhle. Dort verbrachte sie ihr Leben in völliger Finsternis an einer Baumwurzel, aus der sie ihre Nahrung sog. Sie war hell, schwerfällig und trübäugig von der Dunkelheit, und ihr schleimiger Körper glitschte einem aus den Fingern.

Mit Pines' Hilfe konnte ich auch die letzte Metamorphose der Zikade verfolgen. »Das ist Glückssache«, dämpfte er meinen Elan, doch genau in dem Augenblick krabbelte eine Puppe an die Erdoberfläche und suchte sich einen Strauch zum Erklimmen. Langsam und schwerfällig war sie, aber die Augen glänzten schon schwarz.

»Die Grundmuster sind schon bereit, am Licht Gestalt anzunehmen«, flüsterte Pines, »denn ›dann wird das Licht süß sein, und den Augen wird es wohltun, die Sonne zu sehen‹, wie es schon in der Bibel heißt.« Wir saßen beide auf der Erde, der Lehrer legte mir die Hand auf den Arm. Die Puppe klammerte sich an die Strauchrinde, kletterte hinauf und hielt inne. Ihre Haut riß den Rücken entlang auf wie mit einer unsichtbaren Klinge geschnitten.

Nach und nach schlüpfte die erwachsene Zikade aus ihrem Puppenkleid. Die feuchten, schwachen Beine zuckten träge, während die einer feuchten Robe ähnelnden Flügel erhärteten. Drei Stunden standen wir daneben und sahen zu, wie Sonne und Luft ihre Adern füllten, und wie ihre Färbung von Gelblich über Grünlich zu Graubraun wechselte. Auf einmal kam sie vom Stamm los und flog ihres Weges, und sofort erklang ihre laute, durchdringende Stimme unter den Artgenossinnen auf dem Feld, berauscht von Lebenslust, Daseinsfreude und Leistungsstolz.

Pines wurde sehr nachdenklich. »Heute hast du ein Schauspiel verfolgt, das nur wenige sehen dürfen«, sagte er. Als wir gemeinsam heimgingen, packte der Lehrer plötzlich meine Hand.

»Sein Leben lang nimmt er sein Essen im Dunkeln ein«, zitierte er, »vier Jahre hat sie im Finstern der Erde gebuddelt, und vier Wochen darf sie nun unter dem süßen Sonnenlicht singen. Ist es da ein Wunder, daß sie fröhlich und laut ist?«

Diese Worte beeindruckten mich sehr. Ich erzählte Großvater vom Gesang der Zikaden, doch er machte eine abwertende Handbewegung. »Pines hat ein großes Wissen«, sagte er, »aber er dichtet seinen Käfern haufenweise Geschichten an. Ist die Larve in der Erde traurig? Oder die Zikade auf dem Baum fröhlich? Pines schreibt den Insekten menschliche Gefühle zu.«

Doch dort, auf den Feldern meiner Kindheit, beobachtete mich der Lehrer und lächelte – glücklich, geben, erziehen, einwirken zu können. Und ich begriff trotz meines jugendlichen Alters, daß er eifrig bedacht war, mich zu fördern. Ich wußte, daß Großvater und Pines manchmal über mich stritten, und wie ein großes Kalb reckte ich meinen Hals wohlig unter der Fülle ihrer Streicheleinheiten.

»Ist es dir denn nicht genug, daß er von Vater und Mutter verwaist ist? Warum mußt du ihm all dein Mißgeschick auf die Schultern laden?« fragte Pines über einer nächtlichen Olivenschüssel.

Ich lag im Bett, Jean Henri Fabres Insektenbuch, das Pines mir zum Lesen ausgeliehen hatte, auf der Brust, und ungeheures Glück durchströmte mich, als Großvater wieder einmal antwortete: »Er ist mein Kind.«

Erst Jahre später gestand Pines, daß seine entomologischen Gesänge keine wissenschaftliche Grundlage besaßen und er sie nur zum besten gab, um mein Ohr zu gewinnen und mich für die Naturkunde zu interessieren. »Die Faszination, die die Tiere auf das Menschenherz ausüben, ist nichts als ein Egotrip. Sie beruht auf dem Verlangen nach Bestätigung und Bestärkung. Wir domestizieren Tiere, dressieren Vögel, setzen Affen Hüte auf, und all das, um zu beweisen, daß die Krone der Schöpfung unser eigenes Haupt ziert. Auf eigenartige Weise«, fuhr Pines fort, »haben die Schöpfungsgeschichte der Bibel und Darwins Evolutionslehre einen gemeinsamen Zauber. Sie beide stellen den Menschen auf die oberste Stufe. Aber dürfen wir denn annehmen, mein Kind, daß die Natur zweckgerichtet ist und die Verwirklichung von Zielen anstrebt? Oder ist sie nicht nur eine Folge von Zufällen, die selber ihre Fehler vertuscht?«

Er schlug seine große Bibel auf und zeigte mir einen ›wichtigen Vers‹: »Denn jeder Mensch unterliegt dem Geschick, und auch die Tiere unterliegen dem Geschick. Sie haben ein und dasselbe Geschick. Wie diese sterben, so sterben jene. Einen Vorteil des Menschen gegenüber dem Tier gibt es da nicht.«

»Alle Exegeten haben sich bei diesem Vers geirrt«, sagte er, indem er die Bibel zuklappte, »nicht ›sterben‹ ist hier das Schlüsselwort, sondern ›Geschick‹. Nicht der Tod bringt die Gleichheit von Mensch und Tier zum Ausdruck, sondern die Zufälligkeit des Lebens.«

Er schaute mich an und freute sich, als er mich aufmerksam lauschen sah.

»Das Geschick des Menschen und das Geschick des Tieres«, sann er, »sie beide sind nur das Produkt des Zufalls, und sie beide unterliegen der Willkür des Zufalls.« Dann brach er in Lachen aus: »Um nicht von den Tieren zu reden, die in unserem Dorf arbeiten und am Aufbauwerk teilnehmen.«

»Erinnert sich die Zikade an die vier Jahre unter der Erde?« überlegte Pines unter dem Apfelbaum. »Und der wunderhübsche Schwalbenschwanz? Weiß der noch von den Tagen, als er eine plumpe Raupe auf dem Rautenblatt war?«

»Das Puppenstadium«, erklärte er mir, »ist nicht nur eine Zeit des stillen Heranreifens, sondern auch eine Zeit des Vergessens, eine undurchlässige Barriere zwischen dem Raupen- und dem Insektenstadium, zwischen zwei derart gegensätzlichen Lebensäußerungen ein und derselben Seele.«

»Und wir haben diese furchtbare Gabe erhalten«, klagte er. »Erstens sind wir dazu verurteilt, die Höcker des Gedächtnisses zu tragen, und zweitens ist uns auch nicht dieses kurze Leben geschenkt, das ganz und gar aus Flug, Liebe und Gesang besteht, befreit von unaufhörlichem Essen und Hamstern, von Torheit und Fettansatz.«

Ich beobachtete fasziniert den Zug räuberischer Ameisen, die die Zikade umwimmelten, sie verjagten und den Saftbrunnen plünderten, den sie sich gebohrt hatte. Pines guckte mich an und wußte, daß die Stunde für eine weitere Lektion reif war. »Und warum hat König Salomo gerade die Ameisen gepriesen?« fragte er. »Weil Salomo ein König war und Könige stets die Ameisen den Zikaden und die Bienen den Mistkäfern vorgezogen haben. Wie dieser verächtliche Mitschurin. Immer hat er uns als große, blinde Masse von Sklaven betrachtet, deren erlernte Sklavenmentalität erblich weitergegeben wird.«

Als er mich in die Baracke zurückbrachte, nahm er den Burbank-Band von Großvaters Bett und las mir vor: »Vor der Natur sind die giftige Schlange und der größte Staatsmann eindeutig gleich.«

»Warum? Warum?« schreckte Großvater vom Küchentisch auf, »warum bringst du das Kind durcheinander?«

Die Fortsetzung dieser Lektion hörte ich von Pines erst, als ich erwachsen und der Lehrer krank geworden war, worauf er seine seelischen Hemmungen verlor. »Besser sein Leben lang die eigene Mistkugel vor sich herrollen, als den Honig der Behörden schlecken«, verkündete er, während er grinsend Frau Buskilas Delikatessen mampfte.

45

Im Dorf waren nur noch Rilow, Pines, Tonia, Lewin und Riva übriggeblieben. Ich bat Buskila, sie ab und zu ins Altersheim zu bringen, um den Blinden zu besuchen, und er tat das ›mit gebührender Hochachtung‹. Lieberson schien sich jedoch nicht groß für sie zu interessieren. Nur als Lewin seinen Anwurf gegen Seizer veröffentlichte, antwortete er mit dem bewußten Aufsatz, und als Rilows Senkgrube explodierte, hörte er den Knall, wußte sofort, was es war, und kam zur Beerdigung.

Rilow war schon sehr alt gewesen. Manchmal war er aus seinem Loch herausgekommen, um durch die Felder zu reiten, Sonne zu tanken, sein wachsames Auge schweifen zu lassen und sich auszulüften. Aus dem ganzen Land strömten Leute herbei, um den greisen Wächter des *Haschomer* zu sehen, der zäh wie ein Stiefel war und stundenlang reiten konnte. »Die wissen nicht, daß dieser arme Tattergreis auf den Sattel steigt und nachher zwei Tage reitet, weil er nicht gern jemanden bitten möchte, ihm da wieder runterzuhelfen«, antwortete mir Uri, nachdem ich ihm von Jehoschua Bärs Verhör und Rilows Verdächtigungen geschrieben hatte.

Die Harnsäuredämpfe, die jahrelang die versiegelten Kisten in der Grube umwabert hatten, müssen wohl eine Kiste mit chemischen Zeitzündern zerfressen haben, nehme ich an. Die Detonation des Waffenverstecks erschütterte das ganze Dorf. Tausende alter Mauserpatronen und Handgranaten nebst Tonnen von Sprenggelatinekuchen und Dynamitkerzen gingen in einem Feuerwerk von Jauche, Milch, Erdfontänen und bizarren Waffenfetzen in die Luft.

Als die gelben Dämpfe verweht waren, wurde offenbar, daß der halbe Hof des alten Rilow sich in einen Krater verwandelt hatte. Der Kälberpferch seines Sohnes Dani war ein Trümmerhaufen aus verrußten Röhren und Kalbsschnitzeln. Von der Scheune sah man nur noch stinkige Scheite, die unter dem unaufhörlich niedergehenden Regen zischten und prasselten. »Vierzehn Milchkühe kamen um, die bis zu ihrem Tod nicht entdeckt hatten, wo die Waffen versteckt waren«, faßte Uri das Ereignis zusammen. Der alte Rilow lag über einen Umkreis von mehreren hundert Metern verstreut. Getreu der konspirativen Familientradition überzeugten sein Sohn Dani und sein Enkel Usi die Ermittlungsbeamten der Polizei, es handle sich um einen Arbeitsunfall, ausgelöst durch die Vermischung großer Mengen roten Phosphors mit Schwefel- und Kaliumsalzen, die zur Felddüngung gedacht waren.

Mehrere Tage suchte man Rilows sterbliche Überreste im ganzen Dorfbereich, aber der Alte war nicht aufzufinden. Monate vergingen, bis der entsetzliche Geruch nach Ammoniak, Braten und Rauch verflogen war und die sporenbewehrten Knobelbecher des alten Reiters, voll verwesenden Breis, zum Vorschein kamen. Der rechte Stiefel hatte sich an der Quelle versteckt, der linke in der Bougainvillea, die die Stelzen des Wasserturms hochrankte. Säuberlich in einen Nylonbeutel verpackt wurden sie mit großem Trauergefolge auf meinem Friedhof begraben.

Zur Beisetzung der Stiefel kamen die letzten noch lebenden Mitglieder des *Haschomer*, Veteranen der *Hagana* und Hunderte bleiche, unbekannte Greise, die Gruben, Kellern und luftdichten Betonkammern entstiegen waren. Nachdem das Grab zugeschaufelt war, steckten sie im Schatten der Bäume die Köpfe zusammen, um Parolen abzustimmen, Uhren zu vergleichen und Geheimnisse auszutauschen.

Wir hatten immer gewußt, daß Rilow auch nach der Staatsgründung weiter Waffen hamsterte, um das Dorf und die Bewegung zu verteidigen, aber kein Mensch hatte geahnt, um welche Mengen es dabei ging. »Rilow hätte zwei Regimenter ausrüsten können«, sagte einer der Trauerredner, indem er seine gelben Augen auf die Versammelten heftete. »Es tut uns leid um dich, leid um die Entdeckung des Verstecks, leid um Tonia, die Mitwisserin deiner Geheimnisse, und leid, sehr leid tut es uns um all die guten Waffen, die hier zugrundegegangen sind.«

Doch Tonia, die das Leben mit ihrem Mann gelehrt hatte, daß der Tod kein ausreichender Grund zur Vergebung ist, ging vom frischen Grab ihres Ehemannes direkt zu Margulis' Steinplatte, wo sie sich unter den Augen der Trauergemeinde auf ihren gewohnten Platz setzte. Ihr Körper hatte schon einen festen Hohlraum in die Bienenwolke gerissen, und dort saugte und schleckte sie weiter an ihren verrottenden Fingern.

Auch Lieberson verweilte nach der Bestattung noch auf dem Friedhof, tastete mit seinem Wildorangenstock zwischen den Grabsteinen herum. Als ich auf ihn zutrat, strich er mir über Gesicht und Schultern und erkannte mich sofort. »Wie groß du bist«, sagte er, »stark wie der Vater und hochgewachsen wie die Mutter.« Dann bat er mich, ihn an Fanjas Grab zu führen, wo er sich auf den weißen Stein setzte und tief Atem holte. »Rilow ist nun also auch gegangen«, sagte er, »dieser Verrückte. Ein großer Verlust. Pines und Mirkin konnten ihn nicht ausstehen, aber wenn Rilow und seine Kameraden nicht gewesen wären, hätten wir nicht standgehalten. Man braucht sehr wohl Typen wie ihn.«

Der Duft der Blumen und Ziersträucher machte ihm Freude. »Man sollte auch Gemüse anpflanzen«, erklärte er mir, »Gemüse würde hier bestens gedeihen.« In Rußland, so erzählte er, hatte ein krimtatarischer Bauer Kürbis und Zwiebeln, Wassermelonen und Kartoffeln zwischen den Grabsteinen seines Dorfes angepflanzt und Rekordernten erzielt. Seine Kartoffeln erreichten die Größe von Melonen, die Wassermelonen waren besonders rot und süß, ›und ein Kürbis, der über sechs Pud wog – fast soviel wie du, Baruch – wurde per Troika geradewegs zur Residenz Nikolais II. kutschiert‹.

»Das Blut der Toten pulsierte in den Adern der Pflanzen«, erklärte er mir. »Auf meinem Grab mußt du Rosen und Auberginen anpflanzen. Die werde ich mit meinem alten Fleisch prall machen. So werde ich prächtig blühen im Lande Israel.«

Lieberson zog ein Okkuliermesser mit Holzgriff aus der Tasche. Genau so eines hatte mein Großvater zum Einritzen der Baumrinde besessen. Vorsichtig, damit er es nicht merkte und womöglich böse auf mich wurde, setzte auch ich mich auf das Grab seiner Frau. Lieberson begann, sich einen Jonathanapfel zu schälen, den er aus der Hosentasche geholt hatte. Die Schale ringelte sich dünn und gleichmäßig zu einer einzigen roten Spirale, bis der ganze Apfel geschält war, den Lieberson nun mit seinen verhornten Kiefern kaute.

»Dort, wo die Fabrik des Kibbuz steht«, sagte er feierlich, »lag früher ein herrlicher Weinberg. Dort habe ich Fanja kennengelernt.«

Gegen Abend fuhr Buskila uns ins Altersheim zurück. Lieberson saß schlaff und verwelkt zwischen uns auf der Vorderbank des schwarzen Lieferwagens. »Das nächste Mal fahre ich schon hinten im Liegen«, sagte er.

Als wir angekommen waren, faßte ich ihn behutsam am Ellbogen und führte ihn in sein Zimmer. Der alte Bulgare lag, in Seidenhemd und schwarzer Fliege, im Bett und lächelte seinem Freund zu.

»Schalom, Albert«, sagte Lieberson.

»Seid ihr schon zurück?« fragte Albert.

»Vorbei.«

»Bei uns geht man nach der Beerdigung noch zum Haus des Verstorbenen und ißt viel«, sagte Albert sehnsüchtig, »*Pastelikos, Apju,* kalte Bohnen. Und man trinkt auch was.«

»Und bei uns frißt man nach der Beerdigung weiter Stroh«, sagte Lieberson.

Die beiden Alten lachten. »Ich hab eine Freundin in Varna gehabt«, sagte Albert, »die hatte einen Busen, drei Kilo hier und drei Kilo dort, auch schon alles unter der Erde.«

Lieberson machte mir ein Zeichen zu gehen, und ich kehrte nach Hause zurück.

46

Es war die Zeit, in der die Alten einer nach dem anderen, wie auf geheime Absprache, wegstarben. Die Trauerredner beklagten immer wieder ›die Lücken, die die Verschiedenen zurückgelassen hatten‹, aber obwohl die Natur laut Pines' Unterricht ›das Vakuum haßt‹, brach absolut nichts in diese Lücken ein.

Jene Nacht spionierte ich vor Meschullams Fenster herum. Ich sah ihn über seine Schriften gebeugt, das Gesicht von den weißen Bartstoppeln des Trauernden eingerahmt und von Reuefalten durchzogen. Beileidsbesucher hörten aus seinem Munde bedauernde Worte über seinen eigenen Müßiggang, der seines Vaters Tage verkürzt habe, Selbstbeschuldigungen, weil er sich nichtigen Kleinigkeiten hingegeben habe, und eine Zusammenfassung der Hauptunterschiede zwischen der Anopheles- und der Culexmücke, die er fließend, fast im Singsang herunterleierte. Die Culexlarve hat eine lange Atemröhre und liegt schräg im Wasser, die Anopheleslarve hat eine sehr kurze Atemröhre und liegt waagrecht. Die Culexmücke hat kurze Fühler und einen durchhängenden Rumpf. Die Anophelesmücke hat lange Fühler und einen hochstehenden Rumpf. Wenn Meschullam gefragt wurde, warum er denn an diese Binsenweisheiten erinnere, die doch jedes Kind im Dorf auswendig hersagen könne, antwortete er demütig, das Gedächtnis des hebräischen Jischuw sei heute schwach und oberflächlich, und es gebe schließlich Dinge, die man nicht vergessen dürfe.

Als die dreißig Trauertage vorüber waren, sah Meschullam in den Spiegel und beschloß, sich den Bart nicht abzurasieren. »Wo er zum erstenmal was zum Sprießen gebracht, will er doch das neue Beet nicht gleich wieder kaputtmachen«, schrieb Uri, der mich bat, ihm über alle Geschehnisse im Dorf zu berichten.

Meschullams Bart gedieh prächtig, und nach Art der Bärte verlieh er seinem Träger Selbstsicherheit und Vertrauen in die Richtigkeit seines Weges. Jeden Tag kam er ans Grab seines Vaters, um ihm Fragen zu stellen, wobei seine Erscheinung große Erregung bei den Besuchern auslöste. In seiner alten Arbeitskluft mit dem abgewetzten Gürtelstrick des toten Mandolina und der grau-weiß melierten Haarpracht auf Schädel und Gesicht erschien ihnen Meschullam wie das Abbild Chankins, Gordons und des Propheten Jesaja. Amerikanische Touristen und einheimische Schulkinder auf Ausflug betrachteten ihn respektvoll und wollten mit ihm photographiert werden. Buskila schlug vor, wir sollten Meschullam ›ein paar Groschen‹ dafür zahlen, sich von morgens bis abends ›mit Hacke und Schirmmütze‹ im ›Ewigen Haus der Pioniere‹ aufzuhalten. Ja er plante sogar, einen Photographen beizubringen und Meschullams Konterfei auf Postkarten zum Verkauf abzulichten. Aber in meinen Augen war Meschullam ein unliebsamer Störenfried. Seit Abraham und Rivka im Ausland waren, wurde er langsam unverschämt. Eines Tages forderte er, ›wir‹ sollten die ausgestopfte Chagit neben den Grabstein seines Vaters stellen. Doch jetzt, da Großvater tot und Abraham weg war und mir der ganze Hof unterstand, blieb mir keine Geduld für Meschullam.

»Ich kann diese schäbige Kuh nicht zwischen meinen Gräbern gebrauchen«, erwiderte ich ihm, »und wenn dein Vater darauf erpicht gewesen wäre, hätte er sie von Lieberson erbeten.«

Buskila lag schon der Standardsatz auf der Zunge, die Verstorbene erfülle nicht die Aufnahmebedingungen, aber Meschullam, dessen Züge den transparenten Goldschimmer der Bodenkultivierer und Sümpfetrockenleger trugen, den er sich nach langen, konzentrierten Bemühungen von alten Bildern abgeguckt hatte, erhob keine Widerrede.

Einige Wochen versuchte er sich im Ackerbau, brachte ein paar Rhode-Island-Junghühner auf den Hof und wollte dann

Gemüse säen. Schüchtern tauchte er bei Rachel Lewin auf, deren Gemüsegarten ein Begriff war, und zeigte ihr einen der Schätze seiner Sammlung – das Buch des Bauern Lifschitz aus Petach Tikva, *Gemüseanbau in Erez Israel.* Aber Rachel blickte skeptisch auf den alten Band, dessen Umschlag ein riesiger Salatkopf und zwei feiste Kinder als bildhafte Verheißung für Fülle und Ertrag zierten, und erklärte Meschullam, das Buch sei ja noch älter als das Dorf selber und ziemlich überholt. Doch Meschullam war dem Zauber des Lifschitzschen Stils erlegen. »Die Eierfrucht liebt leichten, gedüngten Boden«, las er mir laut vor und rundete die Lippen, als schmecke er den Lieblingsdünger der Eierfrucht. Zwei Sätze hatten es ihm besonders angetan. »Die für Erez Israel geeignetste Rettichsorte ist der Stuttgarter Weiße Riese«, und »je kleiner ein Tier, desto wertvoller ist sein Dung. Schafsmist geht über Kuhmist, Singvogelmist geht über Taubenmist, und am allerbesten ist der Mist von Seidenraupen.«

»Er träumt von Nazi-Riesenrettichen, die bis zum Bersten mit Bakterienscheiße gemästet sind«, schrieb mir Uri und fügte hinzu, Meschullam werde tatsächlich in die Geschichte eingehen, »aber als der erste Bauer im Emek, der Dünger mit Pinzette und Vergrößerungsglas ausgestreut hat.«

Meschullam erwarb Seidenraupen, und die nette, geduldige Rachel erlaubte ihm, von dem großen Maulbeerbaum in ihrem Hof frische Blätter für sein winziges Vieh zu pflücken. Aber auch der Zaubermist half ihm nichts. Die Erde spürte seine ängstlich zögernde Berührung, erschauerte und spuckte den Samen wieder aus, während die halbverhungerten Hühner hinter seinem Rücken über ihn lästerten.

Meschullam gab nicht auf. Die Großtat, die er künftig vollbringen wollte, erfüllte sein Inneres und verlieh seinem Gesicht schwangeren Glanz. Die Dorfbewohner kannten diesen Ausdruck sehr gut, aber nur aus Heim und Stall. Auf einem bärtigen Gesicht wie seinem interpretierten sie ihn irrtümlich als Trauer.

Die Hartnäckigkeit seines Vaters und die Schamlosigkeit seiner Mutter waren Meschullam in Fleisch und Blut übergegangen und gaben ihm Halt. Er engagierte Usi Rilow, ihm sein Feld tief umzupflügen, dann bestellte er die Kettenmähmaschine und die schwere Egge des Dorfes und befreite seinen verödeten Besitz von den wuchernden Teppichen der Wildkarotten, Disteln und Reseden.

Die überlebenden Feldmäuse, Schlangen, Tausendfüßler und Mungos flüchteten entsetzt von dem Grundstück, das seit Zirkin Mandolinas Erkrankung ihr Heim gewesen war. Der grüne John Deere zermalmte Maulwurfshügel, walzte Echseneier platt und setzte wütende Maulwurfsgrillen den Schrecken der Sonnenstrahlen aus. Usi schichtete alles zu einem großen Haufen am Feldrand auf, Meschullam zündete ihn an und betrachtete fasziniert die Verheißung der hohen, reinigenden Flammen.

»Meschullam hat endlich beschlossen, Landwirt zu werden«, meinten die Bauern bei ihren abendlichen Treffen in der Molkerei und erboten sich, ihm mit Rat und Tat beizustehen, denn die einzigen landwirtschaftlichen Geräte, die er näher kennengelernt hatte, waren die altmodischen Streichbleche von Kirchner und Zirle, deren Abbildungen in den Fachzeitschriften der zwanziger Jahre erschienen. Doch Meschullam brauchte keine Ratschläge. Er bestellte den großen Schaufelbagger der Kreisverwaltung und faßte sein Grundstück mit einem Erdwall von eineinhalb Meter Höhe ein. Den verwunderten Angrenzern erklärte er, er wolle Versuche mit Flutfeldanbau unternehmen.

»Reis ist ein wichtiges, sättigendes Nahrungsmittel, dem der hebräische Jischuw bisher keine Beachtung geschenkt hat«, verkündete er.

Aber jetzt glaubte ihm kein Mensch mehr. Alle begriffen, daß sich hinter Meschullams weißem Bart und seinem Pflüger- und Trauergehabe nur seine größte Pfütze verbarg. Man beschloß, die Sache schon auf der nächsten Versammlung zu besprechen, deren Tagesordnung ansonsten die Geschäftsverbindungen zu den Futterlieferanten, den genossenschaftlichen Ankauf von alten Eisenbahnschienen für die Erweiterung der Kuhställe und zu meiner Freude auch Uris Antrag, auf Besuch ins Dorf zu kommen, umfaßte.

Es waren mehrere Jahre seit seinem Ausstoß vergangen, und die Gemüter hatten sich inzwischen beruhigt. Jakobis Frau war längst heimgekehrt, umgeben vom stillen Glorienschein hochherziger Vergebung und den neuen Gedanken, die sie in der Stadt aufgeschnappt hatte, und als Uri dem Sekretariat schrieb, er würde zu den Hohen Feiertagen gern auf Besuch kommen, war mir klar, daß die zuständigen Gremien seinen Antrag bewilligen würden.

Doch die Versammlung fand nicht statt, weil Meschullam mit unerwarteter Eile handelte. Die Nacht zuvor ging er in den Gummistiefeln seines Vaters und mit einem neuen ›Fünfkilohammer‹, den er im Werkzeuglager gekauft hatte, aufs Feld hinunter. Selbst als ihm die Briefe von Berl Kazenelson und Slutzkin an seinen Vater aus einem Karton im Sekretariat entgegengeflattert waren, hatte sein Herz nicht so geklopft wie jetzt, da er die Bewässerungsleitung abschritt und die großen Schieber einen nach dem anderen zertrümmerte, ohne sich auch nur umzuschauen.

Das Wasser schoß in Fontänen heraus und floß unaufhörlich weiter. Anfangs versickerte es etwas, doch als dann die feinen Erdpartikel aneinanderklebten, verwandelte sich das ganze Feld in ein riesiges Schlammbecken, und das Wasser begann zu steigen. Meschullam kehrte nicht nach Hause zurück. Die ganze Nacht stapfte er auf dem Feld umher, und als ihm das Wasser über die Stiefelränder anschwoll, erklomm er den Erdwall und setzte sich darauf. Bis die Angstschreie aus den Kuhställen und Hühnerhäusern drangen und die Verantwortlichen aufwachten und den Druckabfall bemerkten, war die schwere Erde schon überflutet, und das Dorf hatte seine Bewässerungsquote für drei Wochen verloren.

Am Morgen standen wir alle staunenden Blicks am Rand des Zirkinschen Besitzes. Der Schlamm war schon auf den Grund gesunken, der Sumpf glitzerte ruhig in der Sonne, und aus meinem Sichtwinkel spiegelte sich das blaue Gebirge sanft schwappend im stillen Wasser. Unter der dumpfen Angst spürten wir die verborgenen Sehnsüchte eines jeden Bauern nach plätschernden Bächlein, durchscheinender Kühle, sich spiegelnden Wolken. Nur Pines begriff sofort, daß es geschehen war. Nach Jahren des Säens und Erntens unter Tränen, Jubel und Spott hatten sich die Schleusen der Erde aufgetan.

»Als ich so dastand, mußte ich an den Tag denken, an dem Abraham Mirkin sein Gedicht aufsagte. Auch damals spürten nicht alle das nahende Unheil«, sagte er Tage später vor der Ermittlungskommission der Bewegung, die das ganze Geschehen aufklären sollte. Die Ausschußmitglieder sahen erst ihn und dann einander an, dankten ihm und entließen ihn nach Hause.

Nach einiger Zeit trollten sich die meisten vom Zirkinschen Besitz davon, aber ich konnte mich nicht losreißen. Je länger ich hinschaute, desto trüber wurde das durchscheinende Wasser. Mir legte sich der grüne Schlick des Alptraums über die Augen. Der Geruch nach Legende und Zweifel lockte die Riedgras- und Weiderichkeimlinge und die großen Feldschnecken aus ihren Verstecken, in denen sie ihr ganzes Leben auf die Verheißung der Feuchtigkeit gewartet hatten, und Meschullam stand hoch auf dem Erdwall, mit einer krummen Schilfsichel aus der ›Baracke der Ersten‹ und dem Zigeunertuch seines Vaters gerüstet, und verkündete: »Hier wird ein Sumpf entstehen!«

»Das wird Mücken geben«, rief der Sekretär, den der Preis des verschütteten Wassers und die spätsommerliche Schwerarbeit schier um den Verstand brachten.

Meschullam hob die Hand. »Auch Mücken«, rief er. »Der hebräische Jischuw hat die Sümpfe vergessen, und nun erinnern wir uns alle.«

Jakobi wartete das Ende der Geschichte nicht erst ab. Er brüllte, ›du bist verrückt‹, schwang sich auf den Baggersitz und ließ die Maschine an. Die vorstoßende Baggerschaufel riß eine zwei Meter breite Bresche in den Erdwall, der See begann abzulaufen und die benachbarten Felder zu überfluten.

»So nicht!« rief Meschullam bewußt in dem Tonfall, den Pines in seinen Bibelstunden für die Bußpredigten der Propheten verwendete. »Man muß Rinnen graben, Tonröhren verlegen, die Genossen von der Presse einladen, Eukalyptus pflanzen, singen, krank werden und sterben.«

Unterdrücktes Lachen klang auf. Doch ich sah Pines, Tonia und Riva, die etwas abseits standen, einander entsetzt an den Händen halten. Im Altersheim, so wußte ich, hörte Elieser Lieberson jetzt auf, sein Frühstück zu kauen, weil ihm der altbekannte, längst vergessene Geruch penetrant in die Nase stieg. Gleich würde er zu Albert sagen: »Mir ist schlecht« und ein ekliges, grünbrodelndes Häufchen auf die Tischdecke erbrechen.

»Die Kruste ist durchbrochen, der Abgrund hat seinen Schlund aufgetan«, sagte Pines und dachte ›im Kreis‹ an die Nebeldecken des Vergessens, mit dem die Krankheit sein Gehirn überflutet hatte. Nur die Spitze des blauen Berges ragte jetzt noch als einsame Gedächtnisinsel daraus hervor. Von furchtbarem Hunger gepackt, machte der Lehrer kehrt und schleppte sich mit letzten Kräften nach Hause, um seine Angst in einem Topf Zucchini in Tomatensoße mit Reis zu versenken.

Tonia Rilow steckte zwei Finger in den Mund und kehrte auf ihren Wachtposten an Margulis' Grab zurück. Ihre Nagelhaut war schon rissig und weiß wie die faltige Haut auf abgekochter Milch. Riva, die der Sumpf beim Fensterputzen unterbrochen hatte, wandte sich wieder ihrer Arbeit zu. Meschullam blieb fröhlich und gelassen. Da er alle praktischen Aspekte der Vision in- und auswendig kannte, vermochte er die künftigen Ereignisse vorauszusehen. Jakobis Anschlag auf den Erdwall verstärkte seine Erwartung nur noch.

Von hier an verlief alles nach der unumstößlichen Gesetzmäßigkeit von Ursache und Wirkung. Das Wasser sickerte in das angrenzende Kleefeld, wo die Stengel ergeben abfaulten. Als nächstes brach der Maisanbau unter dem bösartigen Ansturm zusammen und löste sich in schwammige Schaumflocken auf. Die Wasseroberfläche schlug riesige, gurgelnde Urzeitblasen, die mit gräßlichem Gestank aufplatzten. Danach flog mit einem lauten Aufblubbern eine Wolke hochleibiger Mücken aus dem brodelnden Schlamm auf und schwirrte darüber.

Da begriff ich langsam, daß die Dinge nicht zufällig geschahen, daß die geheimen, unsichtbaren Fasern, die uns an die Erde binden, in ungeahnte Weiten und Tiefen fortreichen und dort an Wurzelsprossen, Leichen und Fußabdrücke anknüpfen. Mir fiel ein, wie der arme Lewin, seine blauen Hände ringend, behauptet hatte, diese Erde habe ›den auf ihr Wandelnden nie Kraft verliehen, sondern ihnen nur den Wahnsinn durch die Fußsohlen eingeimpft‹.

Großvaters Flucht vor Schulamit, Efraims Weggang, Uris Vertreibung, Abrahams Abreise, Daniel Liebersons unentschlüsselte Liebesfurchen – all das waren nur Risse, durch die das nie verkrustende Gift austrat.

Pines hat sich geirrt, sagte ich mir. Er hat die falschen Löcher mit den Fingern verstopft. Wir werden nicht durch Zufall gelenkt, es sei denn Pessja Zirkins Brüste waren ein Zusammentreffen üppiger Zufälle, die auf Zirkin Mandolina einwirkten und den beiden ihren geistesverwirrten Sohn bescherten.

Gegen Mittag trafen schon ein paar Tagelöhner ein, die Meschullam in der nahen Stadt angeheuert hatte. In den Russenkitteln und Schirmmützen, die er ihnen verpaßt hatte, und mit dem verlegenen Grinsen auf den Gesichtern wirkten sie elend lächerlich. Meschullam drückte ihnen alte Sensen und Hacken in die Hand und führte sie an den Sumpf hinunter, wo sie zu unserer Überraschung sofort das altbekannte Lied der Sümpfetrockenleger anstimmten.

»Ein Gesell des Frosches bin ich,
Mit ihm ruf und quak und schrei ich,
Denn wie er zu singen weiß ich
Ein Wasserlied, ein Wasserlied.
Siebzig war der Helden Zahl,
Neunzig Wesire allemal.
Doch nun wird mein Lied immer blasser,
Denn mein Mund singt naß und nasser
Voller Wasser, voller Wasser.«

Anfangs sangen sie zögernd und verschämt, dann schwollen die Stimmen langsam an, und die Arme holten weiter aus. Doch eine Stunde später rollten die Tankwagen an, die Jakobi bei der Kreisverwaltung bestellt hatte, pumpten Meschullams Sumpfwasser ab und fuhren zum Wadi hinunter, um es dort abzulassen. Danach krauchten randvoll mit Erde beladene Kipplaster herbei, die ihre Last auf das Gelände schütteten. Bis nachmittags war die Erde schon mit wutbebenden Walzen planiert. Dem Zirkinschen Hof hatte man die Wasserrechnung, den entstandenen Schaden und die Anmietung der Maschinen zu Last geschrieben, begleitet von einer strengen Pfändungsandrohung. Als ich gegen Abend zur Bahnstation fuhr, um Uri heimzuholen, hätte man meinen können, die morgendlichen Szenen seien nur eine weitere Geschichte gewesen, einer meiner schlechten Träume.

Ich lenkte meinen Lieferwagen durch die Felder. Da ich keinen Führerschein besitze, fahre ich nur auf den Traktorwegen rings ums Dorf.

Uri sprang vom Trittbrett, wir fielen uns in die Arme. Als ich ihn ans Herz drückte, spürte ich, daß er reifer und kräftiger geworden war.

»Du erdrückst mich ja, du Rindviech«, lachte er halb erstickt, »du hast keine Ahnung, wie stark du bist.«

Er sah gut aus. Schlank und spöttisch, frisch und anziehend wie immer. Wir fuhren nach Hause. Uri betrachtete das bestellte Land. Ringsum platzten die Baumwollblüten mit ihren weißen Bärten. Die ersten roten Granatäpfel lösten die letzten Somerset-Pfirsiche ab. In der Ferne zog ein großer gelber *International* die ersten Furchen des Herbstes. Wir bogen in den Weg ein, der am Zaun des ›Ewigen Hauses der Pioniere‹ entlangführt. Uri verstummte, blickte staunend auf die Grabsteine, das üppige Grün, die Blumen und Zierbäume.

»Was machst du eigentlich mit all dem Geld, das du einnimmst?« fragte er, als wir die Baracke betraten. »Hier hat sich gar nichts verändert.«

Ich schlief noch immer in meinem alten Bett, trocknete mich mit Großvaters großem, weichem Laken ab. Großmutter Fejges Glasteller und große Zinnlöffel taten weiterhin Dienst in der Küche.

Wir tranken Tee, aßen leckeren Kuchen, den Uri mir mitgebracht hatte, und am Abend bot ich ihm Großvaters Bett an, denn auf Ersuchen des Rats hatte ich sein Elternhaus dem Kantor zur Verfügung gestellt, der für die Hohen Feiertage aus der Stadt gekommen war, um in der Synagoge vorzubeten.

Die ganze Nacht über lagen wir wach, Uri und ich.

»Morgen besuchen wir Pines«, sagte er, »und vielleicht fahren wir zu Elieser Lieberson ins Altersheim.«

Die Sache mit Lieberson überraschte mich ein wenig, denn Uri hatte sogar Großvater nur selten besucht, als er noch im Altersheim lebte.

»Auf diesen Bulldozern habe ich viel Zeit zum Nachdenken«, sagte er. »Lieberson ist mein Alter hier im Dorf, nicht Pines und auch nicht Großvater.«

»Alle suchen sie nach vorbildlichen Menschen«, erwiderte ich, »Buskila hält Pines immer noch für einen Heiligen, und Pines hat im Dorfblatt geschrieben, du seist auch was Besonderes.«

»Für Pines bin ich nur ein exotisches Individuum in der Gattung der Säugetiere.«

Ich hörte sein Lachen in der Dunkelheit. Feine prickelnde Wellen überfluteten wohltuend meine Haut.

»Ich bereu's«, fügte er nach einigen Minuten hinzu, »ich bereu all das, was auf dem Turm passiert ist. Ich war noch ein Junge, und die haben mich einfach verführt. Ich war ein Spielball, ein Instrument der Rache und der Lust in ihren Händen. Schade, daß ich nicht gleich am Anfang zu Lieberson gegangen bin.«

»Der hätte dich in hohem Bogen rausgeworfen«, sagte ich zu ihm, »besonders nachdem du auch Daniels Tochter gefickt hast.«

»Er hätte mich nirgends rausgeworfen«, antwortete Uri, »er hätte mit mir gesprochen, aber jetzt ist das schon egal. Ich bin von alleine klug geworden. Du redest mit dem monogamsten Mann des Emek, wenn nicht der ganzen Welt.«

»Nicht jeder kann so eine Frau wie Fanja finden, die lebenslange Hingabe wert ist«, sagte ich.

»Du hast keine Ahnung und redest Quatsch daher«, sagte Uri. »Jede Frau ist lebenslange Hingabe wert. Das hängt nicht von ihr ab, das ist nur eine Frage der Entscheidung. Fanja hat nichts Besonderes an sich gehabt außer Liebersons Liebe. Sie war einfach ein Spiegel, den er unaufhörlich putzte, um seine Spagate und Pirouetten davor zu vollführen. Er hat getanzt und gesungen und für sich selbst geschwärmt. Die meisten Frauen sind so.«

»Und Großmutter und Schulamit?«

Uri richtete sich auf. »Großvater hat beschlossen, daß Schulamit lebenslängliche Hingabe wert ist«, sagte er mit gleichmütiger, gesetzter Stimme, als habe er sich die Dinge schon häufig zurechtgelegt, in demselben Ton, in dem Großvater sein Die-haben-meinen-Sohn-vertrieben herunterbetete. »Obwohl sie keine zwei Minuten Hingabe wert war. Das hat er getan, auch wenn er Großmutter unterwegs umgebracht und Schulamit fast sein ganzes Leben lang nicht gesehen hat.«

»Du denkst schon wie deine Mutter«, erboste ich mich.

Uri lachte. »Du bist mit meiner Mutter nicht so gut ausgekommen, aber sie ist keine dumme Frau, damit du es weißt. Überhaupt nicht dumm. Sie hat meinen Vater hier beizeiten rausgeholt. Zwei Sekunden bevor die Zündschnur abgebrannt war.«

Er schaltete Großvaters Leselampe ein und setzte sich auf seine Bettkante. Sein Oberkörper war nackt, schmal und faszinierend. Von der Nacht, in der er Prügel bezogen hatte, war nur noch eine breite Narbe über der linken Brustwarze übriggeblieben – der Schnabelabdruck eines schweren Schuhs. Er kramte in seinem Holzkoffer und förderte einen Umschlag zu Tage. »Ich habe einen Brief von ihnen bekommen«, lächelte er und zog Photos von einem großen weißen Haus zwischen Palmen hervor. Rivka, im gelben Kleid, saß auf einer schattigen Holzveranda und saugte ein rötliches Getränk mit Eiswürfeln aus einem Riesenglas, über dessen Rand ihre runden Augen freudig blitzten. Abraham, in kurzen Hosen und grauem Trägerhemd, die Stirnfalten schlaff und feucht in der Tropensonne, leitete eine Gruppe Schwarzer in einem Kuhstall an, der wie eine Kreuzung aus Labor und Palast wirkte.

»Ja«, sagte ich, »das hat sie geschafft. Ich mache ihr keine Vorwürfe. Gut, daß du deinen Vater nicht gesehen hast, als er von Jehoschua Bärs Verhör zurückkam.«

Ich habe sie noch gut in Erinnerung. Mit ihrer resoluten, geschäftigen Miene glich sie einer törichten, sturen Glucke. Ihr gesamtes Spatzenhirn verwandte sie auf den einmal gefaßten Entschluß. Als ihr Mann nach der Rückkehr aus der Ratsstube im Kuhstall zusammengebrochen und ihr dabei klar geworden war, daß sie ihn aus dem Dorf herausholen mußte, fuhr sie eiligst zu ihrem Bruder. Der kannte Tiefbauexperten, Waffenhändler, Großunternehmer mit weltweiten Verbindungen und unauffällige Mittelsmänner, die sich bei Bedarf in Luft aufzulösen schienen. »Mein Bruder wird mir helfen«, sagte sie immer wieder, »mein Bruder macht das schon.« Und plötzlich gefiel sie mir. »Ich fahr mit ihm reden. Soll ich Urinka was von dir ausrichten?«

Sie fuhr hin und zurück und erzählte keinem Menschen etwas. Aber einige Tage später kamen drei fremde Männer zu Besuch auf den Hof. Kühl und schweigsam liefen sie überall in ewig gleichbleibendem Abstand herum, wie die kleinen Schwebfliegen, die im Scheunenraum auf der Stelle schwirrten. Sie maßen, überschlugen, redeten mit Abraham und schauten ihm stundenlang bei der Arbeit im Kuhstall zu. Ihre blanken Anzüge glänzten wie die Brüste aufgeplusterter Täuberiche. Kein Stäubchen oder Strohhalm ließ sich auf ihr gepflegtes Haar oder ihre spiegelnden Schuhspitzen nieder. Wenn Rosa Munkins Advokat sich mit einem schottischen Kommandooffizier gepaart hätte, wären seine Söhne so ausgefallen, dachte ich bei mir.

Einer photographierte die Melkstation, notierte Zahlen und Tabellen, und einen Monat später kamen die Lastwagen und Händler. Abraham verkaufte die Kühe und die elektrischen und hydraulischen Geräte, überließ mir seinen blauen *Fordson-Dexta* und fuhr ab – begleitet von seiner Frau, vier trächtigen Färsen, die verängstigt muhend die Hälse nach hinten reckten, und mehreren Dutzend Reagenzgläsern mit gefrorenem Samen. Auf den Karibischen Inseln erwartete ihn ein Regierungsvertrag, ›nach Milch dürstende Eingeborene‹, unbegrenzte Haushaltsmittel und eine heitere, einfache Erde, die weder von Heiligengebeinen noch von den Giftsalzen ewiger Heilserwartung befallen war.

Sie übergaben mir den Hausschlüssel, aber ich blieb in der Baracke. Nur gelegentlich ging ich dort hinein – um zu lüften und die Wasserhähne aufzudrehen, damit die Leitungen nicht verstopften. Im Kuhstall überzogen dichte Spinnweben die Melkstände, Mauerhüpfspinnen und Geckos fingen Mücken in den Mauerritzen, und nachts hörte ich das schwache Klirren der Kacheln, die von selber barsten.

Mehrere Wochen vergingen, bis die letzten Klänge der Melkmusik, das Rupfen und Mampfen über den Trögen, das Pfeifen der Preßluft und das sanfte Klatschen der Fladen verhallt waren. Die Milchströme zersetzten sich zu einer dicken, gelblichen Pulverschicht auf dem Boden, auf der es sich gut barfuß lief.

So, sagte ich mir, muß die Dorfschmiede ausgesehen haben, als die Gebrüder Goldmann aus Großvaters Geschichten weg in den Krieg zogen.

»Auf Schulamit hat er bloß gewartet, um sich an ihr zu rächen«, sagte ich zu Uri.

»Mein Kind«, sagte Uri, »du verstehst überhaupt nichts. Erinnerst du dich, wie Pines uns den Kreislauf von Sauerstoff und Atemluft beibringen wollte und dich mit einer Tüte über Mund und Nase vor die Klasse gestellt hat?«

»Ja, weiß ich noch«, sagte ich, »zum Schluß bin ich umgekippt.«

»Weil du ein gutes Kind warst, und weil Pines immer vergessen hat, dir zu sagen, wann du aufhören sollst«, grinste Uri.

»Na und?« sagte ich beleidigt.

»Großvater hat sein Leben lang mit diesem blöden Ballon gelebt, den Schulamit ihm über die Nase gestülpt hat, und hat die giftige Luft aussichtsloser Liebe geatmet. Das ist der Bazillus, der ihn krank gemacht hat, davon ist er schier verrückt geworden, und das hat ihn kurze Zeit nach ihrer Ankunft umgebracht. Warum, meinst du, ist er dann so schnell gestorben, und wieso wußte er, daß der Tod bevorstand?«

»Er war alt«, sagte ich, »das hat er Dr. Munk selber gesagt.«

»Ich habe Großvater nie so geglaubt wie du es getan hast, aber Dr. Munks Frau habe ich einen Monat nach ihrer Ankunft im Dorf gefickt«, sagte Uri verächtlich, »und glaub mir, der versteht auch nichts, weder von der Liebe noch von Liebeskrankheiten.«

In der Nacht wurde der Vorhof der Molkerei überflutet, und als wir Pines morgens besuchen gingen, trafen wir ihn nicht zu Hause an. Er war hinausgelaufen, um den Arbeitern zuzugukken, die man ins Dorfzentrum gerufen hatte. Faulige, eiskalte Fontänen sprudelten aus klaffenden Rissen im Beton, und als die Milchbauern mit der morgendlichen Milch ankamen, fanden sie dort Meschullam mit seinem roten Tuch und der krummen Sichel vor der aufgebrachten Schar fröhlich tanzen und singen. Diesmal zögerte der Sekretär nicht. Er war die Sache gründlich leid und versetzte Meschullam eine entsprechend schallende Ohrfeige.

»Wenn ich dich noch ein einziges Mal an einem Schieber erwische«, rief er bedrohlich nahe, »dann stehst du auch bald mit Wattebauch in deinem albernen Museum.«

Meschullam blutete die Nase, sein weißer Trauerbart bekam rote Tupfen, aber er lächelte nur. Die Arbeiter pumpten die trübe Brühe ab, legten Brettervierecke, um neuen Beton zu gießen, sprühten Unkrautvernichtungsmittel und verstopften die Breschen.

Pines bemühte sich ins Sekretariat, um den ärgerlichen, erschöpften Leuten zu erklären, daß der Sumpf nicht mittels Lohnarbeit trockengelegt werden könne, worauf Jakobi ihn derart anbrüllte, daß die Leute vor dem Fenster zusammenliefen: »Was für ein Sumpf denn?! Hier rennt ein Verrückter rum, der Hähne aufdreht, und geh einem doch nicht dauernd auf den Geist, Pines, wir sind nicht mehr deine Schüler.«

Pines war derart entsetzt und gekränkt, daß er den vor ihm stehenden Uri gar nicht wahrnahm. Aber der Sekretär sah ihn – und mich – sehr wohl, und da er sowieso schon vor Ärger überlief, sprühte er jetzt wie ein Plantagensprinkler los. Die Narbe an der Unterlippe, die ich ihm an Großvaters Beerdigungstag aufgeschlagen hatte, wurde bleich.

»Da haben wir sie ja alle beisammen«, schrie Jakobi halb erstickt weiter, »die ganze Scheißfamilie. Ich muß Traktoren für die Feldfruchtabteilung mobilisieren und wegen Samen ins Zentrum laufen, aber statt dessen hab ich Mirkins zwei übergeschnappte Enkel hier, den Ficker und den Totengräber, Meschullam mit seinen Sumpfmätzchen und den alten Idioten mit seinen Käfern.«

Pines legte mir beruhigend die Hand auf den Nacken, um mich vom Sturm abzuhalten, Uri hakte ihn zur Stütze unter, und so gingen wir zu seinem Haus Tee trinken.

»Vielleicht kommt jetzt euer Schifris, nachdem man ihm endlich einen Sumpf zum Trockenlegen geschaffen hat«, sagte Uri.

»Oder Efraim«, sagte ich.

»Schifris kommt nicht, Efraim kehrt nicht zurück«, sagte Pines.

47

Keiner wußte, wie der alte Friseur des Emek hieß. Alle nannten ihn ›der Rabbi‹, und dieser Titel gefiel ihm offenbar, obwohl er immer wieder beteuerte: »Ich bin nur ein einfacher Jude.« Er fungierte nebenher noch als Kantor und Mohel und wohnte in dem religiösen Moschaw im Nordwesten des Emek.

Als Junge hatte mich Großvater einmal dorthin mitgenommen, als man ihn gebeten hatte, sich einer kranken Obstpflanzung anzunehmen. Sobald wir auf dem Feldweg waren, der sich gerade durch die Äcker zog, ließ Großvater mich die Zügel halten. Seizer legte die ganze Strecke in leichtem, gleichbleibendem Trab zurück. Er mochte diese gelegentlichen Fahrten über die Wege des Emek, die ihn hinterher mit doppelter Lust an seine tägliche Arbeit zurückkehren ließen.

Großvater unterhielt sich mit den bärtigen Pflanzern in einer Sprache, die ich nicht kannte, nicht in der, die er an Schulamit schrieb, sondern mit den Worten, die Lewin verwendete, wenn er mit den Lieferanten des Konsumladens redete. Auf der Heimfahrt erzählte er mir gutgelaunt, wie findig die frommen Bauern das biblische Gebot, ein Feld nicht mit zweierlei Arten zu besäen, umschifften, um eine gute Ernte zu erzielen. »Einer geht Getreide aussäen, und am nächsten Tag sät ein anderer auf derselben Fläche ganz harmlos Hülsenfrüchte, als wüßte er von nichts.«

Diese religiösen Bauern waren komische Leute. Sie fluchten niemals, wenn sie im Herbst in einen wolkenlosen Himmel blickten. Am Sabbat melkten sie zwar die Kühe, um sie nicht leiden zu lassen, legten aber eine Fliese in den Eimer, damit die Milch als auf den Boden vergossen gelten konnte. An Pessach achteten sie darauf, daß sogar im Viehfutter nichts Gesäuertes enthalten war, worauf Elieser Lieberson es sich, wie es hieß, nicht hatte nehmen lassen, zu ihnen hinzureiten und den frommen Kühen ein besonderes Spottlied mit dem Titel ›Muh, muh, muh, Matzen frißt die Kuh‹ vorzusingen.

Es waren heitere Menschen mit Sinn für Humor, die deswegen nicht eingeschnappt waren. Aber gleich nach dem Fest kam eine Abordnung von ihnen auf Liebersons Hof und brachte eine Kiste mit geflochtenen Broten, rotleuchtenden Gläsern, erstklassigen, tränentreibenden Meerrettichen, mehreren Flaschen ihres umwerfenden selbstgebrannten Schnapses und randvollen Blechbüchsen mit Salzfischen, die die Gründerväter des ganzen Emek mit nostalgischen Zauberbanden anlockten. Nach dem herzerwärmend pikanten Festmahl blinzelten die Frommen einander an, gingen zu Liebersons Truthühnerverschlag hinunter und schrien aus voller Brust: »Es lebe der Sozialismus!«

Die dummen Puten antworteten mit begeisterter Zustimmung im Chor, worauf selbst Fanja Lieberson schallend lachen mußte und ihrem beschämten Mann sagte, diesmal habe er den kürzeren gezogen.

Der Kantor-Friseur-Mohel war inzwischen alt geworden. Seine erste Bekanntschaft mit dem Emek hatte er gemacht, als man ihn vor vielen Jahren per Pferdewagen aus der Stadt jenseits der Berge holte, um meinen Onkel Abraham zu beschneiden. Der Wagen fuhr über den federnden Frühlingsboden, ein angenehmer Duft nach Pferden und Blumen hing in der Luft, und schon verfiel auch der junge Mann, dessen üppiger Bart den zarten, blassen Teint überdeckte, dem Zaubermurmeln der Erde. Nach Hause zurückgekehrt, träumte er weiter von ihr. Unser blaues Gebirge sah er von der anderen Seite, aber an schönen Tagen flimmerte die Erde der Jesreel-Ebene verlockend im Kopfstand als Fata Morgana am blauen Horizont vor ihm auf und brachte ihn um seine Ruhe. Als er von Plänen hörte, ein chassidisches Dorf zu errichten, schloß er sich sofort den Gründern an.

Ein Jahr später brach er sich jedoch beide Knie unter den Holzrädern eines schwer beladenen Wagens und mußte sein früheres Handwerk wieder aufnehmen.

Seine Wege führten ihn kreuz und quer durchs Emek. Eines Tages sah er auf den Feldern eines Dorfes eine kolossale Frau, deren Kinn einige harte Stoppeln zierten. Sie führte einen arabischen Spitzpflug, dessen Handgriff ein etwa zehnjähriger Junge hinunterdrückte. Der Chassid war fasziniert von den stämmigen Astartebeinen, dem angestrengten Ächzen und den Schweißperlen, die sich in den Achselhöhlen der Bäuerin abzeichneten. Im Dorf angekommen, holte er Erkundigungen über sie ein. Sie hieß Techija Fein. Ihr Mann hatte sich von ihr scheiden lassen, erzählten ihm die Bauern, und war nach Rußland zurückgekehrt, ›um die ganze Welt mit den Fackeln der Revolution zu erleuchten‹. Bitter und hartnäckig war sie auf ihrer Scholle geblieben, und der Junge war nicht etwa ihr Kind, versicherte man ihm gleich, sondern der Sohn mitleidiger Nachbarn.

Der ›Rabbi‹ bat die Dorfbewohner, als Ehevermittler aufzutreten, was sie gern taten. Sie waren glücklich, sie auf diese Weise loszuwerden, da sie die Grundsätze der gegenseitigen Hilfeleistung auf eine harte Probe gestellt hatte. Nach zwei Wochen setzte sie ein züchtiges Kopftuch auf und ging mit ihm, am Strick einen hochbepackten Esel mit ihren Habseligkeiten und ein junges Kälbchen.

Die kolossale Braut war unfruchtbar, aber fleißig und gutmütig. Sie lernte, die leichten wie die schweren Religionsgebote einzuhalten, arbeitete auf dem Hof des ›Rabbi‹ und brachte anstelle von Leibesfrüchten prächtige Ernten ein. Er selbst zog weiterhin im ganzen Emek umher und lernte auch, den Kühen die Hufe zu stutzen.

Anfangs drehte er zu Fuß die Runde zwischen den Moschawim und Kibbuzim, um Gurgeln durchzuschneiden, übermäßig gewucherte Hufe zu kürzen, Vorhäute und Haarschöpfe zu stutzen – immer von neuem verblüfft murmelnd beim Anblick der nackten Schenkel der Pionierinnen und beim Duft der umgepflügten Erdschollen. Von dem verdienten Geld kaufte er sich einen kleinen zweirädrigen Karren, vor den er einen hochbeinigen, leichtfüßigen zypriotischen Esel spannte, und nach dem Krieg erwarb er ein altes BSA mit Beiwagen aus englischen Armeeüberschüssen.

In meiner Kindheit kam er einmal im Monat zu uns. Von fern sah man die Staubwolke wie ein kleiner herbstlicher Laubwirbel über die Feldwege fegen, dann war das erstickte Knattern des altersschwachen Kolbens zu hören, und bald folgte der Augenblick, auf den alle Kinder warteten. Der alte Chassid sauste mit Vollgas die Böschung zur irischen Brücke im Wadi hinunter und hoppelte unter Juppi-Rufen schwerfällig auf der Gegenseite wieder hinauf. Sein Gesicht strahlte. Die graue Jacke und die weißen Schaufäden flatterten im Wind. Er trug eine lederne Fliegermütze, unter die er seine dicken Schläfenlocken stopfte, und eine Traktoristenbrille über den Augen. Im Beiwagen schepperte der erstaunliche Holzkasten, der sich zu einem Barbiertisch öffnete. Aus seinem Boden wurden Beine ausgeklappt, aus den Schubladen kamen Rasiermesser, Scheren, ein fleckiges Laken und ein manueller Scherapparat zum Vorschein. Dann breitete der alte Friseur eine Zeitung über den Tisch, das Laken über den Kunden und berichtete beim Klappern seiner Messer und Scheren das Neueste aus den umliegenden Ortschaften.

Er war eine unerschöpfliche Quelle für Nachrichten und Geschichten aus dem gesamten Emek. Er überbrachte Schlomo Lewins Briefe an die Heiratsvermittler in den Städten und beförderte ihn selber heimlich zur ersten Begegnung mit Rachel nach Tiberias. Oftmals schmuggelte er geheime Zettel von und zu Rilow. Er verriet uns, daß die Jugend des Nachbarkibbuz uns mit Steinen auflauern wollte, daß der neue Zuchthengst der Versuchsfarm beispiellose Potenz an den Tag legte (»seine Garbe richtete sich auf und blieb auch stehen«, zitierte er schmunzelnd), und er verbreitete mit ungeheurer Begeisterung die Kunde von Uris Taten, nachdem deren Urheber geschnappt worden war. Sobald die Zuhörer gelernt hatten, seine Worte vernünftig zu sieben, konnten sie wichtigen Nutzen daraus ziehen. Von selbst erbot er sich, überall nach Efraim herumzuhorchen, den er dann jahrelang engagiert suchte. Er hatte nämlich Efraim nicht nur im geschlossenen Zimmer die Haare geschnitten, sondern Efraim hatte ihm auch die Lederkappe bei den Kameraden aus dem englischen Stützpunkt besorgt.

Ein Jubeljahr hat er bei uns gearbeitet, hat Großvater, Efraim und Abraham, meiner Mutter und meinem Vater, Uri, Jossi und mir, ja dem ganzen Dorf die Haare geschnitten. »Ein Lehrer, ein Friseur, eine Erde«, sagte Uri, »welch angenehmes Gefühl der Kontinuität.« Auch ich war unter seinen Händen durchgegangen. Gleich bei Sommeranfang, zwischen Pessach und Schawuot, wurden alle Kinder zur Kopfrasur zu ihm geschickt. Das sparte Geld und stärkte die Haarwurzeln. Die widerspenstigen Kleinen zappelten und tobten auf dem Stuhl herum, aber ich saß auf Großvaters Anordnung ›lammfromm‹ da. Die übrigen Kinder hielt der ›Rabbi‹ mit fester Hand und führte ihnen mit einer schnellen Armbewegung die schabende Schermaschine über den Schädel, so daß ein breiter, kahler Streifen von der Stirn bis zum Nacken reichte. Dann ließ er sein Opfer frei.

»Fort, fort, mein Geliebter«, sagte er mit den Worten des Hohenlieds. Das Kind sprang auf und rannte weg, aber nach einer Weile kam es reumütig zurück und flehte den Friseur an, sein Werk zu vollenden.

Jedes Jahr zu den Hohen Feiertagen bestellte der Dorfrat den ›Rabbi‹ für die paar Leute, die unsere kleine Synagoge besuchten. Nach den Festtagen kehrte er – wohlversorgt mit einem Bündel Geld, einigen gefesselten Hühnern, einer Kiste voll Granatäpfel, Feigen und Weintrauben, und wenn es ein gesegnetes Jahr gewesen war, sogar einem großen Glas saure Sahne – wieder heim.

Jetzt, da er alt geworden war, ›und lange Jahre des Gebets und des Motorradfahrens seine Hände zittrig gemacht hatten‹, vertraute man ihm keine Feinarbeiten wie Haarschnitt und Beschneidung mehr an. Auch zum Singen und Schofarblasen reichte seine Kraft nicht mehr, weshalb er selber uns einen neuen Kantor aus seinem Familienkreis fand – einen strenggläubigen Juden aus der Stadt hinter dem Gebirge.

Der Rat schickte Usi Rilow im offenen Jeep der Feldfrüchteabteilung zur Bahnstation. Familie Weissberg – der neue Kantor, seine Frau, die reife Tochter und die kleinen Zwillinge – wirkte gleichermaßen verstört von der schnellen, staubigen Fahrt über die Feldwege und von Usis nackten Schultern. Frau und Tochter wiesen keusch seine Hand zurück, als er ihnen beim Aussteigen helfen wollte, und eine Stunde nach ihrer Ankunft stieg mir aus Rivkas und Abrahams Wohnung schon der gute Duft eines fremden, süßen Gerichts in die Nase.

Der neue Kantor war anders als sein Vorgänger. Er kannte keinen von uns, und die Erde des Emek verfehlte ihre Wirkung auf ihn. Bereits einen Tag nach der Ankunft hängte seine Frau sonderbare Kleidungsstücke auf Rivkas Wäscheleine, derentgleichen man im Dorf noch nie gesehen hatte, und später trat Weissberg auf die Terrasse und übte sich in Schofartönen, die die Luft in zitternde Streifen zerrissen und die Tauben zu Hunderten von den Dächern aufscheuchten.

Die Zwillinge des Kantors verblüfften die Dorfjungen mit ihren langen Schläfenlocken und Strümpfen und den riesigen Samtkappen, die ihre kahlgeschorenen Schädel bedeckten. Betäubt von der Dorfsonne, dem frischen Obst, den Feld- und Stallgerüchen, schlichen sie über die Höfe, um Geflügel und Vieh zu bestaunen, wobei sie ununterbrochen in einem schnellen

Tonfall plapperten, den wegen der komischen Aussprache kein Mensch verstand. Besonders fürchteten sie sich vor den brünstigen Kühen, die einander frech besprangen, und vor den Maultieren, die als Abkömmlinge einer Kreuzung unreine Höllengeschöpfe für sie waren. Die Dorfkinder wiesen mit den Fingern auf die beiden und verhöhnten sie aus sicherer Entfernung. Näher trauten sie sich an diese exotischen Geschöpfe lieber nicht heran. Selbst Pines beobachtete die zwei angestrengt, konnte jedoch partout keine Verbindung zu seinen Kindertagen herstellen, die schon aus seinen Gehirnfalten gelöscht waren.

»Ich kenne diese Kinder«, sagte der Greis immer aufs neue, »aber ich weiß nicht woher.«

Die Tochter, dunkel und streng wie ihr Vater, in züchtig lange Gewänder gehüllt, war die meiste Zeit im Haus eingesperrt, aber gegen Abend sah ich sie, bei der Mutter eingehakt, durch die Palmenallee des Dorfes spazieren. Die beiden waren ganz anders als unsere rotwangigen Frauen und als die Dorfmädchen, deren fruchtig natürlicher Charme ihnen weithin voranwehte. Während sie so tuschelnd mit niedergeschlagenen Augen dahintrippelten, schien es, als seien Mutter und Tochter von den robusten Bauern samt ihren nacktschultrigen Söhnen abgestoßen und wollten sich nun – mit den fest umklammerten Taschentüchlein, dem unaufhörlichen Gemurmel und den Panzern ihrer Kleider, die keinerlei Schlüsse auf das Darunterliegende zuließen – vor ihnen schützen.

Eines Spätnachmittags lud Buskila die ganze Familie Weissberg zu einem Friedhofsbesuch ein. Uri und ich jäteten die Blumenbeete, Pines saß neben uns. Nachdem Buskila den Gästen erklärt hatte, wer hier begraben lag, nickte der Kantor wohlgefällig: »Ja, da ist euch ein großes Verdienst zugefallen, es ist eine große Mizwa, die Toten zu bestatten.« Natürlich ahnte er nicht, daß man bei uns ohne Bettler und Gebete und noch dazu im Sarg bestattet.

Als sie zur Begrüßung auf uns zukamen, richtete ich mich – völlig verwirrt von der Schönheit der Kantorstochter – auf. Ihr Teint war eine herzerschütternde Mischung von Olive und Pfirsich, und ihre dunklen Augen senkten sich unter starken Brauen, die so exakt und kühn geschwungen waren wie eine Sense. Bis dahin hatte ich nur die Frauen des Emek gesehen. Die waren entweder alt oder hatten für mich ihren Reiz verloren, weil ich sie von Kindesbeinen an kannte.

»Herr Jakob Pines, der Lehrer«, stellte Buskila dem Kantor vor, »und das ist mein Boß, Baruch, und das ist Uri, in dessen Elternhaus wir Sie unterbringen durften.«

»Willkommen im Dorf«, sagte Pines trocken.

Der Kantor lächelte.

»Weissberg«, sagte er, »besten Dank für Ihre Gastfreundschaft.«

»Passen Sie bloß in der Küche auf, daß Sie da nicht etwa über Sauerteig stolpern«, sagte Uri.

»Hör auf, Uri!« rief Pines nervös.

»Sauerteig?« Der Kantor kannte meinen Vetter noch nicht.

»Ihr eßt doch nur Matzen am Versöhnungstag, oder?«

»Du solltest dich was schämen, Uri, genug«, schimpfte Buskila. »Bitte verzeihen Sie ihm gütigst.«

»Wir haben unser Essen von daheim mitgebracht«, lachten die kleinen Zwillinge, worauf der Vater, dessen Gesicht sich verdüstert hatte, sie streng zurechtwies.

Spätsommermelancholie lag in der Luft und machte uns alle schweigsam. Aus den Zitrushainen wehte schon der scharfe Geruch der Herbstdüngung herüber, und Jakobis Gänse beklagten lautstark den Tod des Sommers, während sie sich schmerzvoll schnatternd gegen ihre Pferchgitter warfen, sobald sie ›die Vögel gen Ägypten fliegen‹ sahen.

»Sommer und Winter, Schwalbe und Drossel halten die Frist

ihrer Rückkehr ein«, rezitierte Pines in jenem feierlichen Tonfall, in dem er uns seinerzeit biblische Lieder beigebracht hatte. Ein geheimnisvolles Lächeln auf seinem Gesicht verriet mir, daß der Alte dem Wechsel der Jahreszeiten wieder im eigenen Körper lauschte.

»Es geht mir wie nach der Obsternte, wie bei der Nachlese im Weinberg«, parierte der Kantor, besänftigt lächelnd.

Ich spürte das Ende des Sommers an den versengten Blättern, die in der Obstpflanzung herumwirbelten, am sanften Spiel des Windes auf der nackten Schulter, am Verschwinden der Palmtauben und an den zerzausten Nestern der Spindelwespen. Margulis' verwaiste Bienen schwirrten nurmehr lustlos auf der Suche nach vergessenen Trauben und Feigen umher, die den Augen der Leser und Pflücker entgangen waren. Wenn ich gegen Morgen von meinen Rundgängen zurückkehrte, sah ich flauschige tote Rabenjunge auf der Reifschicht unter den Zypressen liegen. Es gab mehr und häufiger Tau, und auf dem Traktorsitz sammelten sich kleine, kalte Pfützchen in den Dellen, die die Pobacken der Bauern eingedrückt hatten. Nachmittags zogen immer mehr Federwolken am weiten Himmel auf. Pines, Rachel, Riva und Tonia säten Radieschen und Blumenkohl im Garten, sammelten Kartoffeln ein, entfernten tote Zweige von den Tomatenstauden. Nur die Blumen im ›Ewigen Haus der Pioniere‹, meine gepflegten, wohlgenährten Blüten, kümmerten sich nicht um den Jahreszeitenwechsel, sondern versetzten die Luft in strahlende Schwingungen wie das schöne Kantorstöchterlein.

Ein Jahr später verließ ich das Dorf. Damals vermochte ich noch nicht alle Vorzeichen richtig zu deuten, aber ich spürte jenen Herbst schärfer. Es lag eine Atmosphäre von Ende und Abschied in der Luft.

»Der Sommerausgang ist schwerer als der Sommer«, sagte der Kantor, der meinen Gesichtsausdruck bemerkt hatte, auf Aramäisch.

Menschen, die mich nicht kennen, probieren auf verschiedenen Wegen, mich zu gewinnen oder auszuloten. Sie werfen einen Satz hin, um meine Schädeldicke zu prüfen, halten mir die Hand vor die Nase, damit ich fühlen und riechen kann. Ich kreide ihnen das nicht an. Ich weiß, Großvater hat mir etwas von Tier und Baum eingepflanzt. Aber diesmal empfand ich Abscheu. Die häßliche Art, in der er das talmudische Idiom aussprach, der T-Laut, der mit klebrig-hartem Ton wie von einem großen, steifen Finger produziert Weissbergs Mund entfuhr, weckten meinen Groll gegen diesen Menschen, der mich in seinem langen schwarzen Mantel an eine der wurzellosen Vogelscheuchen auf den Gemüsefeldern erinnerte.

48

Am Vorabend des Neujahrsfestes ging ich mit Uri ins Altersheim, Elieser Lieberson besuchen. Buskila fuhr manchmal geschäftlich dorthin, und ich hatte vorgehabt, ihn in dem schwarzen Lieferwagen zu begleiten. Aber Uri sagte, ›laß uns zu Fuß gehen‹, und so wanderte ich wieder diesen Weg, der mir aus den nackten Fußsohlen zu fließen und wie eine warme, ergebene Staubschlange vor mir herzukriechen schien.

Die meisten alten Leute hatten sich in der Heimsynagoge versammelt, wo sie mit kindlich-fordernden Stimmen sangen, um sich gewissermaßen ihren letzten Weg zu ebnen. Doch Lieberson hatte noch nie auf Gebete vertraut, die andere verfaßt hatten, und Albert lag im Bett. Elegant und ruhig atmete er unter den wogenden Seidenwellen seines weißen Hemds und versetzte die Flügel der schwarzen Fliege an seiner Kehle in Beben.

»Wir Bulgaren halten uns nicht viel an die religiösen Gebote«, sagte er freundlich lächelnd. *»Por lo ke stamos, bendigamos.«*

»Man muß mit dem zufrieden sein, was man hat«, übersetzte Lieberson, der Alberts ladinische Sprichwörter überwiegend schon kannte. Meist unterhielt er sich mit Albert auf hebräisch, aber gelegentlich tuschelten sie auch russisch miteinander.

»Ist dem Bulgarischen sehr ähnlich«, sagte Lieberson, »und auf meine alten Tage habe ich sogar ein bißchen Ladino gelernt.«

Er saß seinem Freund gegenüber, den Wildorangenstock zwischen den Knien. Als er mir seine Hand aufs Gesicht legte und mich mit seinen weißlich-trüben blinden Augen ansah, erkannte er mich sofort. »Wie groß du bist«, sagte er, »die Stärke deines Vaters und die Höhe deiner Mutter.«

Erst jetzt spürte er Uris Anwesenheit. Er griff ihn am Handgelenk, zog ihn zu sich heran und ließ seine tastenden Finger auch über ihn gleiten. Der Atem stockte ihm. Er strich über die Stirn, spannte und kniff sanft die Wangenhaut, fuhr wehmütig über das Nasenbein, das in jener Nacht, in der man Uri erwischt und geschlagen hatte, in die Brüche gegangen war.

»Du bist also ins Dorf zurückgekehrt«, sagte er, »ich habe gewußt, daß du's tun würdest.«

»Ich bin wieder da«, sagte Uri.

»Und deine Wunden sind verheilt«, fügte Lieberson hinzu, »alles in Ordnung jetzt.«

»Ja«, antwortete Uri, »bei mir ist wieder alles in Ordnung.«

»Und dein französisches Kalb?«

Mich packte das Grauen. Die Finger des Blinden hatten Uri geschält und waren zum Kern des Schmerzes und des Gifts vorgedrungen.

»Ich bin Uri Mirkin«, flüsterte mein Cousin verlegen.

Die Hand des Alten zuckte zurück, als habe sie glühende Kohlen berührt.

»Uri Mirkin«, sagte er, »vom Wasserturm?«

Ich beobachtete die beiden, den häßlichen alten Mann, der eine einzige Frau fasziniert hatte, und meinen gutaussehenden Vetter, der mit sämtlichen Frauen des Dorfes geschlafen hatte.

»Ich wollte dir sagen, daß ich's bedaure«, stieß Uri heiser hervor.

»Wer bedauert denn nicht?« fragte Lieberson.

»Hat er dir was angetan?« fragte Albert.

»Nein, nein«, sagte Lieberson, »er ist nur ein wilder Ableger, der auf den Feldern des Dorfes gewachsen ist.«

»Wirklich ein hübscher Bursche«, bemerkte Albert.

»Wenn ich mit seiner Schönheit gesegnet gewesen wäre, hätte ich kein Leben gehabt«, meinte Lieberson. »Die Frauen hätten sich vor mir hingebreitet wie die Frühfeigen auf dem Dach.«

»Non tiene buscha«, stellte Albert fest, »er kennt keine Scham.«

»So war das nicht«, wandte Uri ein.

Lieberson stand auf und bat uns auf die Veranda. Dort wanderte er an der Brüstung entlang. Ein leichtes Lüftchen entlockte seiner Haut den bekannten Geruch alter Bauern, diesen Anflug von Flechten und Frachtkisten, trockenem Vogelmist, Klee und Milch. Sein starker Stock und die graue Arbeitshose verliehen ihm eine Stärke, die Mitschurins Worten zum Trotz nicht in die Erbmasse übergegangen war.

Er hob den Stock und deutete auf den Horizont. »Seht ihr das ferne Wadi dort? Von da sind wir gekommen, Zirkin und ich mit eurem Großvater und eurer Großmutter, um das Emek auszukundschaften, damals, als ihr phlegmatischer Bruder in Jaffa Bankier war.«

Er hielt inne, um sicherzugehen, daß wir seine abfällige Bemerkung über Schlomo Lewin mitgekriegt hatten, aber wir schwiegen. Elieser Lieberson sah das Emek wie eine Reliefkarte seiner Erinnerungen vor sich ausgebreitet. Gerüche und Schemen, die ihm zugetragen wurden, ermöglichten es ihm, sich darauf zurechtzufinden. Aber seine Stockbewegungen im Finstern erfüllten mich trotz ihrer Sicherheit und Genauigkeit mit Trauer.

»Die Wege wimmelten vor Räubern«, fuhr Lieberson fort, »und das ganze Emek war ein Jammertal. Augenkranke Pächter bestellten kleine Felder, Schakale und Hyänen streunten am hellichten Tag umher.«

Wie ein Feldherr aller Zeiten ließ er seinen Stock über die Linien der Landschaft wandern. »Und dort bei den beiden Eichen, seht ihr? Dort hat das Zelt Jaels, der Frau des Keniters Heber, gestanden, aber wir sind zum Trümmerberg der Deutschen hinuntergegangen und in den Zug gestiegen.«

»Zar Boris hat sich vor den Zug gestellt und gesagt: ›Ihr holt mir meine Juden hier nicht weg‹. Zu den Deutschen hat er das gesagt. Ohne Furcht«, kam Alberts Stimme feucht vor Anstrengung und Dankbarkeit aus dem Zimmer.

»Das war derselbe Boris, der gewartet hat, bis Katschke sein Gespräch mit dem englischen König beendet hatte«, sagte Uri.

Der Blinde lächelte liebevoll und nachsichtig. »Albert träumt im Wachen«, sagte er, »bei den Sepharden ist das anders.« Doch sofort kehrte er zum Thema zurück: »Wir haben eine Weile am Kinneret gearbeitet und an der Straße nach Tiberias, und bei Nacht sind wir im See baden gegangen. Wir waren schon splitternackt im Wasser, haben sie angespritzt, und da hat sie ihr Kleid ausgezogen, hat aufrecht und bloß wie ein wunderschöner Fischreiher auf den Uferfelsen gestanden, und wir sind ihr aus dem Wasser entgegengegangen.«

»Drei Kilo hier und drei Kilo da«, drang die sanfte Stimme aus dem Zimmer.

»Wovon spricht er?« flüsterte Uri.

Lieberson trat in die Tür. »Schsch, Albertiko, schsch«, sagte er.

Wir setzten uns auf die Veranda. Unter dem Heimgarten wimmelte die Erde. Zikadenlarven fraßen. Samen warteten. Regenwürmer und Totengräberlarven mühten sich mit ihrem Fäulniswerk.

»Wir waren nicht besser als ihr«, sagte Lieberson, »die Zeit und der Ort haben uns geprägt. Viele sind geflüchtet. Du mußt es doch wissen, Baruch, jetzt kehren sie ja zu dir zurück.«

»Erzähl uns eine Geschichte, Elieser«, sagte ich plötzlich, »erzähl uns was.«

»Eine Geschichte«, sagte der Alte, »gut, ich werde euch eine erzählen.«

»Bevor wir euren Großvater getroffen haben«, begann er in seinem vertrauten Tonfall, »wenige Tage nach unserer Ankunft im Land, haben wir, Zirkin und ich, Pflanzlöcher in den Mandelplantagen von Gedera gegraben. Eine fürchterliche Arbeit. Die Wirbelsäule wollte schier abbrechen, die Hände bekamen Blasen, und hinter den Akazienhecken lauerten die Scheißaraber bloß darauf, daß wir zusammenklappten und man sie wieder zur Arbeit rief. Und da hat ein Arbeiter seine Hacke hingeworfen und hat gesagt, er werde Wasser holen, und sein Genosse ist mitgegangen, um zu helfen. Als sie mit den Krügen zurück waren, meinten sie, jetzt würden sie das Wasser an die Grabenden austeilen, und nachdem sie das Wasser verteilt hatten, sagten sie, jetzt wollten sie die Löcher zählen.«

Ein höhnisches Grinsen trat auf seine Lippen. »Hast du gehört, Albert?« rief er, »wir haben gegraben, und die haben gezählt.« Da Albert nicht antwortete, fuhr Lieberson fort: »In jeder Arbeitergruppe gab es Löcherzähler. Erst brachten sie Krüge, dann verteilten sie das Wasser, dann zählten sie Löcher, danach zählten sie Menschen und schließlich Parteigenossen. Ein Jahr später fuhren sie schon zum Zionistenkongreß und von da nach Amerika, um Geld zu sammeln, damit sie noch was zum Zählen hatten.«

Lieberson lachte. »Zirkin hat sie gehaßt. Aus den Löcherzählern sind wichtige Funktionäre geworden, die uns nie genug Gelder bewilligt haben. Immer standen wir kurz vorm Erfolg, kurz vorm Verhungern, kurz vor dem Einbringen der Ernte.«

»*Non tiene buscha*«, wiederholte Albert von seinem Lager aus.

»Einmal«, erzählte Lieberson weiter, »hat Pessja einen wichtigen Mann aus der Zentrale mitgebracht. Meschullam war noch ein kleiner Junge. Den ganzen Abend hat er wie hypnotisiert neben ihm gesessen, hat ihm zahllose Fragen gestellt, und der Gast, den ich nicht beim Namen nennen möchte, war so begeistert von der Sachkenntnis des Kindes, daß er gern alle Fragen beantwortete. Danach hat Pessja ihn in den Stall mitgenommen, um Zirkin beim Melken zuzuschauen. Zirkin hat ihn auf den ersten Blick erkannt: ›Ah, du bist's‹, grinste Mandolina, ›dann können wir's ja wie in den guten alten Tagen machen: Ich melke, und du zählst die Kühe.‹«

Lieberson wandte sich wieder dem Emek zu. Hände und

Stock lasen langsam tastend die Karte seiner Sehnsüchte. »Wir sind hergekommen, um ein Dorf zu gründen. Ein eigenes Plätzchen. Dieser große grüne Fleck da, in der Ferne, das ist der Eukalyptuswald, den wir gepflanzt haben. Der Wald, der den Sumpf aufgesogen hat. Wenn man die Stämme fällt, kehrt der Sumpf zurück, soweit das Auge reicht.«

Lieberson wußte nicht, daß der Eukalyptuswald schon weg war. Ein Jahr zuvor hatte man die mächtigen, saftstrotzenden Bäume gefällt, ohne daß etwas passiert war. Nachdem die Stümpfe ausgegraben waren, wurde die Fläche mit Baumwolle eingesät.

»Und in das Wadi hinter dem Wald ist Pines gerannt, um sich umzubringen, nachdem er Lea beim Knutschen mit Rilow erwischt hatte. Wer hätte das gedacht? Eine schwangere Frau! Wir sind ihm nachgerannt und haben ihn heimgeholt. Das Gewehr haben wir erst ein Jahr später beim Pflügen gefunden. Es war schon völlig verrostet und nutzlos, und auch Lea war längst tot, hatte sich ein seltenes Fieber zugezogen, das nicht einmal Dr. Joffe kannte, Höhlenfieber.«

Mit einer schnellen Stockbewegung zeichnete er den Horizont von Westen bis Süden nach. »Dort auf dem fernen Gebirge hat Elija die kleine Wolke gesehen, ist dann vor Ahabs Wagen hergelaufen bis nach Jesreel dort drüben und den Pferden des Königs zuvorgekommen.«

Wir kehrten ins Zimmer zurück. In der Luft hingen der süßliche Duft überreifer purpurroter Astrachan-Äpfel, Liebersons bevorstehendes Todesschweigen und der Geruch nach Alberts Laken.

»Schöne Skandale habt ihr beiden angefacht, was? Du mit den Gräbern und du mit den Frauen.«

»Ich bin jetzt Traktorist«, antwortete Uri, »ich arbeite.«

Der Humor verging ihm, blätterte gewissermaßen von ihm ab, bis er Lieberson bloß und verlassen gegenüberstand. Der Alte setzte sich erschöpft aufs Bett. Ich fühlte mich unbehaglich, denn mein Körper nahm zuviel Raum im Zimmer ein, so daß Lieberson sich eng an die Bettwand drückte.

»Die Bewegung sieht uns gern immer in einem«, sagte er, »als Stamm der Pioniere. Sie wandern gemeinsam ein, erlösen den Boden gemeinsam, siedeln gemeinsam, sterben gemeinsam und werden in einer photogenen Reihe begraben. Auf jedem unserer alten Photos gibt es eine sitzende und eine stehende Reihe. Noch zwei Genossen sind auf eine Kiste geklettert und gucken hinten rüber, und zwei liegen im Vordergrund, auf den Ellbogen gestützt, die Köpfe aneinander. Von jedem Bild sind drei wieder ausgewandert. Gefallene Riesen, Blindgänger.«

»Auch Großvater hat mal sowas gesagt«, meinte Uri, aber Lieberson beachtete ihn nicht. In der ihn umhüllenden Dunkelheit konnten nur noch Erinnerungen an die Liebe seine reizunempfindlichen Augen verlocken. Er blickte zum Fenster. Ich wußte, was er sagen würde. »Dort, wo die Fabrik des Kibbuz steht, war früher ein herrlicher Weinberg. Da habe ich Fanja getroffen.« Er hob seine tränenerfüllten weißen Augäpfel zu mir auf. »Es war schön von dir, Baruch, daß du mich da hast hingehen lassen. Ein anderer hätte mich sicher zu retten versucht.«

Ich erzählte ihm von Meschullams Sumpf. »Das ist Unsinn«, seufzte er, »wen interessiert das denn? Pure Wasserverschwendung und weiter nichts.« Er erkundigte sich nicht nach Einzelheiten.

»Ich hasse diesen Ort hier«, sagte er, »man zwingt mich, Lampenschirme aus Bast zu flechten und um vier Uhr nachmittags zu Abend zu essen.«

Uri hätte sich gern noch weiter über seine Liebe zu Fanja und über seine eigenen Abenteuer mit ihm unterhalten, aber Liebersons Stimmung war schon trübselig geworden. Er kappte die Verbindung, tauchte weg und achtete nicht mehr auf uns.

»Alter Knacker«, schimpfte Uri auf dem Heimweg, »nichts kümmert ihn. Ich habe mich so lange auf diese Begegnung vorbereitet, und ihr beiden mußtet sie mir kaputtmachen: du mit deinen phantastischen Geschichten und er mit seinen lehrreichen Erinnerungen. Fuchtelt mit dem Stock. Selbst wenn sie blind sind, deine Gründerväter da, blicken sie immer noch am weitesten und wissen alles am besten.«

»Was willst du denn?« verteidigte ich Lieberson. »Seine Frau ist tot, seine Freunde sind gestorben, und Meschullams Sumpf hat ihm meines Erachtens mehr Angst eingejagt, als er zeigen wollte.«

»Da hätte er mich schon lieber hochkant rauswerfen sollen, statt mich derart von oben herab zu behandeln. Aber die sind schon immer blind gewesen – stur nur ein einziges Bild vor Augen und dabei bis zu den Knien im Schlamm und die Ohren voller Erde.«

»Warum sollten ihn deine Probleme überhaupt kümmern? Was schuldet er dir denn?«

»Schon besser so«, antwortete Uri, »vielleicht beruhen alle meine Gewissensbisse rein auf Sehnsüchten.«

»Er denkt nur an seine Frau«, sagte ich, »diese ganze Vorstellung auf der Veranda sollte zeigen, daß er noch weiß, wo der Weinberg des Kibbuz gewesen ist.«

»Er ist ein kranker Mann«, sagte Uri, »völlig irrsinnig. Schließlich könnte man ihn operieren, diesen blöden Star wegmachen. Aber der will blind sein. Ganz einfach.«

»Was hat er schon zu sehen?«

»Meine Mutter hat recht gehabt«, sagte Uri, »diese Alten haben dich tatsächlich verrückt gemacht.« Ich schwieg.

»Du hast keine Ahnung, wie ich mich nach dem Dorf gesehnt habe«, sagte Uri, »trotz des Skandals, trotz der Prügel, die ich abgekriegt habe, trotz des Rausschmiß'. Zweimal bin ich nachts hiergewesen und gleich wieder abgehauen.«

Einen Augenblick guckte er mich an und lachte. »Das ist Verschwendung, dich einfach so laufen zu lassen, man muß dich vor einen Wagen oder Pflug spannen.«

»Ich kann dich auf den Arm nehmen«, schlug ich vor.

»Hör mit dem Unsinn auf«, meinte er.

»Kein Problem für mich«, grinste ich in törichter Hoffnung, »ich kann dich von hier bis nach Hause auf Händen tragen.«

»Was ist denn mir dir los?« fragte er. »Geh Stiere in den Mist legen statt Knaben auf den Arm zu nehmen.«

Uri kann grausam wie ein Mungo sein.

»Ich kann dich auf die Arme, auf den Rücken, auf die Schultern nehmen, wie du willst«, beharrte ich, aber Uri wollte nicht.

»Hör endlich auf«, sagte er, und diesmal schlich sich ein ängstlich abgehackter Ton in seine Stimme.

Wir gingen stumm weiter. Als wir aufs Dorf zukamen, sahen wir einen großen Menschenauflauf an Ben Jaakows Birnenpflanzung. Schon von weitem hörten wir die Schreie, und als wir angelangt waren, stand dort wieder Meschullam mit dem verhaßten Lappen um den Kopf und der scharfen Sichel in der Hand.

»Was wollt ihr denn?« brüllte Jakobi. »Soll ich eine Wache neben jeden Schieber stellen?«

Um ihn her wankte und wogte die Erde. Bebend und laut gurgelnd spie der Abgrund dunkle Brühe, Dreck, Knochen und dicke, bleiche Würmer, die sich an die Bäume klammerten und sie in die giftigen Rinnsale zerrten. An ihrer Stelle schossen mannshohe Schilf- und Bambusrohre empor, auf die Meschullam sichelschwingend zustürmte. Ein alter Araber, den er im Nachbardorf angeheuert hatte, pflügte gemächlich am Rand des Sumpfes, bekannte Worte vor sich hinmurmelnd. Eine kleine Wildschweinherde kam stampfend und grunzend aus Großvaters Geschichten hervor. Es waren ein paar große Eber, brutal aussehende Säue und ein Dutzend oder mehr stoppelborstige Frischlinge mit steif erhobenen Schwänzen. Das Rudel galoppierte auf den Sumpf zu, glitt hinein und plantschte in dem immer tiefer werdenden Morast. Ich hob den Kopf. Schwarze Punkte kreisten über mir, flitzten von oben herab, schrien wie wahnsinnig.

Ich blickte auf den rasenden Jakobi, auf Uri, auf die wütenden Bauern. Durch die transparenten Schichten der Arbeitskleidung, der versengten Haut und des starken Fleisches sah ich die riesigen Schlammversteinerungen, die all diese Jahre in der Erde gewartet hatten.

Jetzt trotteten die schwerfälligen Wasserbüffel auf uns zu, ihre tiefen, feuchten Nüstern weiteten sich erregt angesichts der ersten Zeichen menschlichen Unglaubens. Ich hatte keine Angst vor ihnen, war ja an Tiere gewöhnt. Ein riesiger heller Bulle trabte dazwischen. Seine breiten Schultern, die dicken Hufe und der warme Atem, der ihm aus der feuchten Nase drang, ließen mein Herz schneller schlagen. Ich begann, auf die Tiere zuzulaufen, und als ich nahe bei ihnen war, sah ich auch den Burschen in Khakihosen und Imkermaske, der den stolpernden Alten stützte und ihm seinen abgewetzten Rucksack trug. Aber die ganze Herde überquerte das Feld und verschwand hinter den fernen Zypressen, und als ich zu dem überfluteten Feld und den mich verwundert anstarrenden Blicken zurückkehrte, begriff ich, daß kein Mensch außer mir sie gesehen hatte.

49

Nach dem Neujahrsfest kam auch Jossi auf Urlaub. Ich hörte die Reifen des Jeeps knirschend im Sand bremsen, dazu das laute Krächzen des Sprechfunkgeräts, dann Laufschritte die Eingangsstufen hoch und gleich darauf der entsetzte Aufschrei eines Mädchens aus dem Haus. Die Barackentür flog auf. Da stand er in seiner Uniform mit Fallschirmspringer- und Rangabzeichen und wollte augenblicklich wissen: »Wer ist diese fromme Wucht in meinem Elternhaus?«

Uri platzte los. Die Zwillinge umarmten sich. Mir kam die Wut hoch bei so viel Zuneigung und Verschiedenheit. Auch Jossi hatte Post von seinen Eltern erhalten, und nun setzten sich die Brüder zusammen, um Briefe und Photos zu vergleichen.

»Endlich hat auch Vater was vom Leben«, lächelte Uri. Aber Jossi meinte, Abraham hätte auch »irgend'nen neuen Moschaw auf den Golanhöhen beraten können statt diese Schwarzen da.«

Ich stand am Spülstein und schnipselte Salatgemüse, erst Zwiebeln und Tomaten, dann Gurken und Paprika. Vielleicht würde ihre Frische bis ans Ende der Welt wehen.

Ich hatte mich mit Uri wohlgefühlt. Jossis Auftauchen erboste mich. Ich wußte, daß ich ihm ein Lager in der Baracke anbieten mußte, und bereute, daß ich die Familie des Kantors im Haus seiner Eltern untergebracht hatte.

»Geht ein bißchen spazieren«, sagte ich, »in einer halben Stunde gibt's Abendessen.«

»Was ist denn, Baruch?« fragte Jossi. »Redst du nicht gern mit deinen Cousins, oder hast du Sorge, wir wollten dich anpumpen?«

»Ich habe keine Sorgen, und ich geh hier anstandslos weg, sobald einer von euch auf den Hof zurückkehren will«, sagte ich.

»Wer will denn auf den Hof zurück, und wer hat was von Weggehen geredet?« fragte Uri. »Warum mußt du immer alles gleich aufbauschen?«

»Um dich hier rauszuholen, bräuchte man schwere Artillerieunterstützung«, sagte Jossi in seinem strammen militärischen Tonfall, den er von Usi Rilow gelernt hatte, und lachte überlaut los. Jossi lachte in sich hinein, sog die Luft ein, statt sie auszustoßen, und diese verzerrten Töne brachten mich zur Weißglut. Meine Nackenmuskeln strafften sich.

»Wenn Uri nicht hier wäre, würdest du jetzt durchs Fenster genau in deinen blöden Jeep fliegen«, warnte ich ihn.

»Genossen«, sagte Uri, »Freunde, regen wir uns mal ab, okay? Baruch, Josef, in diesen Tagen, in denen die ganze Bewegung ratlos nach neuen Wegen sucht, wollen wir unsere Energie nicht auf fruchtlose Streitigkeiten vergeuden. Jahrelang haben wir nicht mehr allein zu dritt zusammengesessen – die drei Enkel unseres einen, einzigartigen Großvaters, des Pioniers, Sümpfetrockenlegers und Landbegrüners: Applaus für Jakob Mirkin.«

»Die beiden Enkel und Jean Valjean«, verbesserte Jossi.

»Besser Großvaters Kalb als der Sohn deiner Mutter zu sein«, fauchte ich zurück.

Jossi stand auf, verkündete, er wolle ›den Apparat aus dem Jeep requirieren‹, und verließ die Baracke.

»Was sollte denn dieses geniale chinesische Sprichwort bedeuten?« fragte Uri.

»Ihr habt wenigstens eine Mutter«, sagte ich.

»Sei doch nicht so theatralisch«, schimpfte er, »ich hör dich ja nicht zum erstenmal Unsinn verbreiten, aber ich kenn dich gut genug, um zu wissen, wann du wirklich Blech redest.«

»Geh deinen Bruder rufen«, sagte ich, »der Salat ist fertig, und die Eier brat ich erst, wenn ihr am Tisch sitzt.«

Uri ging. Erst nach einer halben Stunde kehrten sie beide zurück.

»Wir waren auf dem Friedhof«, sagte Jossi, »großer Gott, was du mit dem Hof unseres Vaters angestellt hast.«

»Euer Vater hat beschlossen, ins Ausland zu fahren«, antwortete ich, »und ihr beide habt verkündet, ihr wolltet nicht auf den Hof zurückkehren, also kommt jetzt nicht mit Vorwürfen.«

»Genug«, sagte Uri, »jetzt essen wir, oder ich laß euch hier und kletter mit irgendeiner auf den Turm.«

Nach dem Essen hatten wir uns beruhigt und gingen zum Ringkampf in Meschullams verlassene Scheune, denn auf unserem Hof gab es keine Strohballen mehr.

»Die Zwillinge gegen das Ungeheuer«, prustete Uri, der an meinem Rücken klebte und mich am Hals zu würgen versuchte, während Jossi vor mir rumhüpfte und mit Stirn und Fäusten nach mir stieß. Alle drei lachten wir ununterbrochen. Die Spreu klebte uns an der Haut, hängte sich an Kopf- und Brusthaar, und zum Schluß warf ich Uri ins Stroh, stellte ihm den Fuß auf die Brust, damit er nicht entkam, packte Jossi am Gürtel und schwenkte ihn durch die Luft. Jetzt heulte er nicht mehr wie früher, sondern sperrte den Mund auf und stieß, halb erstickt vor Lachen, wilde Kampfrufe aus.

Von der ›Baracke der Ersten‹ her sah man eine Petroleumlampe durch die Dunkelheit heranschwanken. Meschullam betrat ängstlich und wütend die Scheune.

»Habt acht!« rief Jossi.

Uri sprang Meschullam an und riß ihm die Lampe weg. »Kommen wir vom Rendezvous mit ’nem Schieber zurück?« fragte er. »Oder wollten wir einfach mal die Scheune anzünden?«

Meschullam war aufgebracht. »Was habt ihr denn hier zu suchen?« wollte er wissen. In Pessjas schwarzem feuchten Unterrock wirkte er wie ein rührendes kleines Rabenküken.

»Drückeberger!« höhnte Jossi.

»Wir haben bloß rumgespielt, Meschullam«, sagte ich. »Kommt, wir hauen ab.«

Uri ging rückwärts, das zynische Gesicht Meschullam zugewandt. »Du kennst die Regeln«, sagte er, »zähl bis hundert, ehe du uns nachrennst.«

Meine Hochstimmung verebbte. Wir zogen heimwärts, aber unterwegs bat Jossi, wir sollten ein bißchen auf den Friedhof gehen. »Muß doch furchtbar schön sein dort bei Nacht, mit all den weißen Blumen und Grabsteinen.«

Ich öffnete das Tor. Der Kies knirschte unter unseren Füßen. Grillen zirpten ringsum. Die Zwillinge lehnten sich an Großvaters Grab, ich setzte mich auf Rosa Munkins rosa Stein.

»Wieviel nimmst du pro Grab?« fragte Jossi.

»Kommt drauf an. Von den reichen Alten aus Amerika verlange ich um die hunderttausend Dollar. Buskila weiß es genau.«

»Du bist Millionär«, sagte Jossi, seine Stimme klang höher als normal, »du bist einfach Millionär. Weißt du das?«

»Ich bin gar nichts«, sagte ich, »ich führ den Hof weiter. Mach, was Großvater mir aufgetragen hat.«

»Schön hier«, sagte Uri, »schrecklich schön.«

Er stand auf und entfernte sich von uns. Wir hörten ihn hinter dem Zaun pinkeln.

»Haben sie dir beim Militär nicht beigebracht, wie man nachts leise pinkelt? Du mußt ihn wedeln«, rief Jossi.

»Versuch ich ja, aber mein Leben lang wedelt er mich«, klang Uris Stimme aus dem Dunkeln. »Ich geh schlafen. Seh euch morgen.«

»Filou«, sagte Jossi, »so ein Schlitzohr, dieser Uri.«

Jetzt im Dunkeln, als mir die Visage seiner Mutter nicht aus seinen Zügen entgegenblickte, und nachdem wir drei herumgetollt hatten, fühlte ich mich in seiner Anwesenheit wohler.

»Also was wird am Ende mit dir?« fragte er.

»Was machst du dir Sorgen? Ich bin doch Millionär.«

»Warum stellst du sämtliche Stacheln auf, wenn du mich bloß siehst?«

»Weil du einem auf die Nerven gehst.«

»Und du nicht? Du bist ein Dorn im Arsch. Bist's immer gewesen. Die ganze Schule hat uns deinetwegen ausgelacht. Das ganze Dorf betrachtet dich bis auf den heutigen Tag als hirnrissig.«

»Sollen sie doch«, sagte ich, »die sind bloß neidisch. Die haben Efraim hier weggejagt, jetzt sollen sie's wissen.«

»Hör auf, dauernd Großvater zu zitieren«, sagte Jossi, »und überhaupt ist es ja ziemlich komisch, daß nur du Großvaters sonderbaren letzten Wunsch gehört haben sollst.«

»Was willst du damit sagen?«

»Daß dieses Testament dir nicht besonders geschadet hat.«

»Pines hat es auch gehört«, sagte ich.

»Pines«, schnaubte Jossi, »der muß es ja wissen.«

Irgendwie gefiel mir diese Unterhaltung.

»Das ist das erstemal, daß wir richtig miteinander reden«, sagte Jossi. Er stand auf, ging ein Stück weg, beugte sich nieder, um an Blumen zu schnuppern, musterte Schulamits Grab, wanderte auf und ab und setzte sich schließlich neben mich.

»Wieso hast du die hier begraben? Wer ist das überhaupt?«

»So hat Großvater es gewollt«, erklärte ich ihm.

»So hat Großvater es gewollt, so wollte es Großvater. Hast du noch nicht genug davon?«

»So hat er's gewollt.«

»Dann bist du hergegangen und hast sie einfach mitgenommen, oder was?«

Ich hatte sie mitgenommen. Ihr Sarg war der einzige, den ich vor der Beisetzung nicht aufgemacht hatte.

»Sie war ganz allein im Land. Hatte hier niemanden.«

»Beinah könnt sie einem leidtun! Sag mal«, forschte er, du hast die beiden doch manchmal im Altersheim zusammen gesehen. Was ist da eigentlich zwischen ihm und dieser Schulamit gewesen?«

»Ich versteh nichts von diesen Dingen«, antwortete ich und sah dabei Großvaters faltigen Hals und kahlen Kopf im Fleisch ihrer schlaffen Schenkel vergraben.

»Was hast du gesagt?«

»Nichts.«

Jossi sah mich mißtrauisch an. »Aber du mußt doch gelauscht haben, wie du's immer gemacht hast.« Er wartete auf meine Antwort, bis er schließlich sagte: »Meinst du, wir hätten nicht gewußt, daß du hinter den Türen zuhörst und in die Fenster lugst?«

»Also ihr habt's gewußt. Na und?«

»Als wir klein waren, hat meine Mutter gesagt, wenn sie dich noch einmal erwischen sollte, würde sie dich verprügeln, aber mein Vater hat geantwortet, falls sie auch nur den kleinen Finger gegen dich aufheben sollte, würde er ihr Arme und Beine brechen.«

Ich schwieg. Ich erinnerte mich, wie Rivka mich beobachtete, wenn ich mit großen Kälbern rang, und wie sie meine Mutter haßte, deren Hochzeitskleid und makellose Beinklöppel ihr das Leben auch dann noch versauerten, als sie in Feuer aufgegangen waren.

»Ich hab dich immer beneidet«, sagte er plötzlich, »weil du bei Großvater gewohnt hast, weil du sein Kind warst.«

»Auch ich habe damals gedacht, ich sei sein Kind.« Ich würgte den trockenen Kloß in der Kehle hinunter. »Aber jetzt bin ich nicht mehr so sicher.«

»Ich hab dich beneidet, weil du ein Waisenkind warst«, sagte er. »Einmal, als wir sechs oder sieben Jahre waren, habe ich zu Uri gesagt, wenn unsere Eltern tot wären, würde Pines uns auch zu Feldspaziergängen mitnehmen, und wir dürften auch bei Großvater wohnen.«

»Aber ihr hättet ihn nicht so begraben wie ich«, sagte ich. »Du wärst vor Jakobi zurückgeschreckt, und Uri – was kümmert ihn so was.«

»Du warst immer so komisch, dauernd mit den Alten zusammen. Mit Pines und Großvater und Zirkin und Lieberson, und alle haben Angst vor dir gehabt, seit du in der zweiten Klasse warst. Weißt du, daß sich deinetwegen keiner an mich und Uri rangetraut hat? Sie haben dich gefürchtet.«

Er glitt vom Grab herunter und setzte sich auf die Erde, durchwühlte sie spielerisch. Er hatte die kurzen, quadratischen Finger seines Vaters. Nun zerkrümelte er Erdklümpchen zwischen Daumen, Zeige- und Mittelfinger. Diese Geste hatten die Pioniere sich angewöhnt, als sie ins Emek kamen, und sie dann ihren Kindern beigebracht. Der dritten Generation des Dorfes war sie schon angeboren.

»Ich wäre hiergeblieben«, sagte er nach kurzem Schweigen, »todsicher wäre ich im Dorf geblieben, und du weißt, daß ich kein schlechter Bauer geworden wäre. Nur wegen dieser Gräber habe ich beschlossen wegzugehen, und Uri kommt gewiß nicht hierher zurück. Bloß du bleibst hier und zeigst es dem ganzen Dorf und der ganzen Welt und machst ein Geld, von dem die Alten nicht mal in ihren tollsten Phantasien geträumt haben.«

»Warum redet ihr alle bloß vom Geld?« fragte ich. »Du siehst doch selbst, daß ich dieses Geld nicht benutze. Habe ich Möbel gekauft? Kleidung? Mir einen Swimmingpool angelegt? Nicht einmal im Ausland bin ich gewesen.«

»Das weist dich wirklich als echten Bauern aus«, grinste Jossi. »Keiner im Dorf weiß das Leben zu genießen. Auch ich nicht. Bauern geben nicht gern Geld aus. Das macht die Angst vor Dürre, Heuschrecken, Mäuseplage. Die Beine stecken in der Erde, die Augen suchen nach Wolken, Regen – Wasser, das es gratis gibt. Nur Uri hat sich von diesem Erbe befreit.«

»Ich bin nur ein Wächter«, sagte ich, »ich bewache Großvater, denn ich habe ihm versprochen, daß sie ihn hier nicht rausholen.«

»Die Geschichte, die ich am liebsten hören mochte, war die,

wie Großvater dich vor dem tollwütigen Schakal gerettet hat«, flüsterte Jossi. »Vater hat sie uns vorm Einschlafen erzählt. Du hast im Hof gesessen und die Katzenjungen mit Erde beschmissen, und Großvater hat sich auf den Schakal gestürzt und ihm sämtliche Knochen gebrochen.«

»Es war eine Hyäne«, sagte ich, »das hat auch in der Zeitung gestanden, und ihr Schädel liegt bis heute im Naturkunderaum der Schule.«

»Wenn dir das so wichtig ist, egal«, sagte Jossi, »die Hauptsache, Großvater hat dich gerettet.«

»Es war Zufall, daß gerade ich im Hof saß«, sagte ich. »Glaubst du etwa, dich hätte Großvater nicht gerettet?«

»Zu mir wäre die Hyäne nicht gekommen. Begreifst du das nicht? Meinst du, die wär gerade mal so vorbeigekommen? Rein zufällig?«

Ich war verblüfft, hatte mir nicht träumen lassen, daß Jossi die Dinge so sah.

»Manchmal, bei diesen langen Hinterhalten an der Grenze, wenn ich nächtelang nicht schlafe und langsam Gestalten und Trugbilder sehe, krieg ich Angst, Schifris könnte ankommen und die Minen am Zaun auslösen, oder irgendein Soldat schreit ›halt‹, und dieser alte Idiot, der doch nie aufhört, ins Land zu pilgern, kriegt in der Dunkelheit eine Kugel ab.«

»Er wird nicht kommen«, erklärte ich ihm, »Schifris ist bloß eine Erfindung von Großvater.«

»Großvater war doch was Besonderes, ein ernstzunehmendes Kaliber«, sagte Jossi. »Sonst würden sie nicht aus der ganzen Welt herlaufen, um hier begraben zu werden.«

»Dieser Tag mit der Hyäne war ein strahlender, glasklarer Sommertag«, sagte ich. »Dank Pines habe ich alles nach Jahreszeit in Erinnerung.«

»Komm, gehen wir ein bißchen«, sagte er, »mir ist plötzlich kalt.«

»Als dein Vater geboren wurde, war es Juni«, erzählte ich ihm. »Die Doppelhochzeit war im Herbst. Großmutter ist im Frühling gestorben, Rilow im Winter explodiert. Auch bei Zirkin war's Winter, Fanja ist am Ende des Sommers gestorben, Großvater ging im Herbst. Und ich habe drei Tage und drei Nächte neben ihm gesessen.« Zum erstenmal im Leben erzählte auch ich eine Geschichte. »Euer Vater ist dauernd raus- und reingegangen. Der Arzt desgleichen, und Großvaters Freunde sind dagewesen – Zirkin, Lieberson, Schifris und Pines. Vor lauter Müdigkeit wußte ich, glaube ich, schon gar nicht mehr, was ich tat.«

Er lag im Bett auf der kratzigen Seegrasmatratze, die weiße Haut in den neuen Pyjama gehüllt, und ich stand schwerfällig auf und ging hinaus auf die Feldwege, die mich noch nie enttäuscht hatten.

Der Herbst überfiel das Dorf wie üblich mit Schauern welken Laubs und dem traurigen Wehklagen verängstigter Heckensängerküken, die nicht wegziehen wollten. Ich ging den Karrenweg zu den Feldern hinunter, zertrat die letzten gelben Gräser, die noch auf dem Buckel zwischen den Radspuren aufragten. Im Obstgarten und in den Stallkandeln zerfielen die Nester der Kohlmeisen und der Zarten Sänger. Hinter dem Bullenpferch sah ich den verhaßten sechsrädrigen Laster der Rinderhändler, beladen mit drei niedergeschlagenen, trübschwänzigen Kälbern, zwischen Pferdekutschen und amerikanischen Limousinen hindurchlavieren, wie sie das Dorf noch nie gesehen hatte. Elegant gekleidete Männer und Frauen mit hohen, runden Kragen und Kinder in schwarzen Lackschuhen stolzierten dort herum. Ich fragte mich verwundert, wer diesen Fremden von Großvaters Ableben erzählt hatte, hielt aber nicht inne. Ich ging die Johannisbrotallee entlang, deren schwerer, weißer Duft die Passanten peinlich berührte. »Die Palme und der Johannisbrotbaum sind zweihäusige Bäume. Ein männlicher kann Dutzende weibliche befruchten«, sagte Pines genau hinter mir.

Ich hörte das emsige Wispern der Quelle, die ihr dünnes Spätsommersprudeln aufrechtzuerhalten suchte, und das aromatische Moussieren zarter, reif abgefallener Früchte, die nun am Boden berauscht rülpsend vor Fäulnis platzten. Jeden Sommer steckten wir gelbe Birnen in Heuballen, die sich erwärmten und süße Gärungsdünste abgaben. Das Fruchtfleisch zerfiel, verflüssigte sich in der Schale, und im Herbst waren die Birnen schon zu weichen, ledrigen Eiern voll berauschenden Safts geworden. Dann zogen wir sie vorsichtig heraus, bissen die Schale auf und schlürften den aromatischen Nektar.

»Ich erinnere mich daran«, sagte Jossi, »wie Likör.«

Trockenheit und Herbststimmung herrschten allerorten. Die Zikaden waren längst verschwunden. Das starke, selbstsichere Gesumm der hitzegetriebenen Wespen und Käfer war verstummt, und nur winzige Steinhügel und feine Spreuflächen bezeichneten die Behausungen der Feldameisen. Aber in den grünen Zitrushainen schwollen langsam wispernd die Fruchtknoten der Schamuti-Orangen, und die Grapefruits wölbten sich an ihren Stengeln. In den befruchteten Eiern der Truthühner teilten sich die Zellen. Vereiste Samen tauten in den Gebärmüttern der Kühe. Milch und Honig, Samen und Saft wurden vom Herbst eingebracht.

Der Geruch bewässerter Felder hing in der Luft. Die Erde war schon für die Aussaat umgewälzt. Immer roch sie nach Regen, bevor noch der erste Guß gefallen war. »So stachelt sie die Wolken an, ihr Wasser auszuschütten«, sagte Pines, der neben mir herging.

Furchtbare Trauer nistete in mir. Über meinen Großvater, der sterben wollte, ohne daß ein Arzt ihn von seinem Entschluß kurieren konnte. Über mein Leben. Über das Mirkinsche Haus, in dem mit meinem Vater und meiner Mutter auch die Liebe gestorben war, die sich hier nur einmal wie ein Dieb durchs Fenster eingeschmuggelt hatte.

An der Quelle blühten die Brombeersträucher, und ein Baby piepste Lieder zwischen ihren Stacheln. Ein barfüßiger, bullenstarker Junge mit groben Zügen kam mir entgegen, kleine Milchkannen schwenkend. »Direkt von der Kuh«, brüllte er, schloß die Augen und wartete, daß man ihm den Nacken streichelte.

»Laß uns hier weggehen, mein Kind, komm hier weg«, sagte Pines und stieß mich mit einer ihm sonst nicht eigenen Kraft zur Seite.

Es war Herbst, die Pelikan- und Storchenschwärme zogen schon über meinem Kopf nach Süden, verdunkelten den Himmel des Emek mit ihren Riesenschwingen. Ich wußte, daß das Rotkehlchen bald zurückkehren, in dem Granatapfelbaum nisten und seine Behausung mit lautem, rosigherzigem Gezeter verteidigen würde. Nach ihm würden die Stare mit ihren gepünktelten Westen kommen, in wirbelnden, wimmelnden Schwärmen über das Emek herfallen und die Erde mit ihrem Dung bedecken.

Meine bloßen Fußsohlen spürten die mächtigen Schnecken, die in der Erde zu beben begannen und auf das erste Wasser warteten, das sie aufwecken würde, um hervorzubrechen und mit ihren Siliziumklingen aufeinander loszugehen. Die Knospen der Herbstzeitlosen wölbten sich schon unter der Erdoberfläche. »Bald kommt der Kiebitz auf unsere Felder, wedelt seine hübsche Federhaube und läuft die Furchen entlang«, rief Pines hinter mir. Ich ging immer weiter zwischen die Hügel, auf den verwaisten Pfaden, die den Berg hinaufführen, und je weiter ich mich von Zuhause entfernte, desto stärker wurde der aufdringliche Geruch des Alants, und die Kissen der dornigen Bibernelle wuchsen zusehends. Auf dem blauen Gebirge, das ich noch nie bestiegen hatte, blühten schon die biegsamen Lanzetten der Meerzwiebel, und die weißgefiederten Knospen des Kapernstrauchs verbargen die Widerhaken, die mir die Haut zerrissen.

Grüne Flächen dehnten sich auf der anderen Bergseite; nur der Windhauch und das sanfte Wogen des Getreides sagten mir, daß es nicht das Meer war. Ein breiter Strom floß dort, in dessen Wasser weißbrüstige Frauen badeten, kleine Dörfer schmiegten sich an seine Ufer, und in der Ferne neigte sich die Erde und entschwand in waberndem Nebelschimmer. Es war, als klagten dort weiße Eisbären, als spiele der Wind im Birkenlaub. Ein weites Land war das. So groß, daß der Horizont nicht seine Säume berührte, sondern nur flimmernd darüberhing.

Ich wandte das Gesicht und entfloh wie ein Kind, das einen verbotenen Kasten aufgemacht hat.

Und nun stiegen die Bilder und Träume nicht mehr aus Großvaters Leib auf, und so wußte ich, daß er tot war.

»Eine interessante Methode, den Tod festzustellen«, sagte Jossi, »hast du das mal Dr. Munk erzählt?«

»Großvater ist am Ende der Träume gestorben«, sagte ich, »so sterben sie doch alle, oder?«

50

Nach Neujahr kehrte Jossi zum Militär zurück. Als ich ihm vorm Einsteigen in den Jeep die Hand drückte, sträubte sie sich immer noch vor argwöhnischem Mißtrauen. Uri blieb zu Hause und half mir bei der Arbeit. In jener Woche starb Tonia Rilow. Als wir, Uri und ich, sie von Margulis' Grab wegzogen, füllten nicht einmal die Bienen die entstandene Lücke aus. Dani Rilow stand daneben und stöhnte in hohem, sonderbarem Ton. »Hör ihn dir an«, flüsterte Uri mir zu, »der weiß einfach nicht, wie man weint. Das hat ihm sein Vater nicht beigebracht.«

In den nächsten Tagen kamen wir aus dem Graben gar nicht wieder heraus. Dani Rilows Spatzengehirn hatte ein unerwartetes Problem ausgebrütet – sollte man seine Mutter neben den Schuhen ihres Mannes oder neben Margulis beisetzen? In seiner Beschränktheit ging er sogar Riva Margulis um ihre Meinung fragen, worauf sie den Lappen in ihrer Hand auswrang, Dani von den bereits aufgewischten Stufen wegscheuchte und bemerkte, ihretwegen könne man den Sarg ihres Mannes öffnen und ›deine Mutter samt den dreckigen Schuhen deines Vaters mit reinschmeißen‹.

Jeden Morgen änderte er seine Meinung und kam verlegen und in Tränen aufgelöst bei mir angelaufen. Über die Seelenqualen dieses groben Kälbermästers verblüfft, schaufelte ich andauernd und verlegte Tonia fünfmal – dem üblen Geruch und den Stichen der erbosten Bienen zum Trotz. Doch selbst Uri, der in normalen Zeiten sicher seine Witze über die Tunnelwanderungen der Leiche gerissen hätte, meinte, Tonia sei jeder Rücksichtnahme würdig, »allein schon wegen dem hingebungsvollen Fingersaugen zwischen den Bienen all diese Jahre über, in Regen und Sonnenschein«.

Zu meinem Glück wurde Buskila schließlich wütend und erklärte Dani in strengem Ton: »Genug! Wir machen diese Schande nicht mehr mit. Was soll das denn? Ist hier eine Katze gestorben? Wo bleibt denn da die Ehrfurcht vor den Eltern?«

Und zu mir sagte er: »Bald ist Versöhnungstag, was denkt er sich denn?«

Später lud er mich und Uri wieder ein, den Versöhnungstag bei seiner Familie in der nahen Kleinstadt zu verbringen.

»Kommt zu uns und geht mal in die Synagoge der Marokkaner, damit ihr merkt, daß es auch Juden in diesem Land gibt«, sagte er.

»Ja, warum nicht«, sagte Uri, »das könnte amüsant werden.«

»Du kannst ruhig hingehen«, erklärte ich ihm, »ich mag so was nicht. Seit wann machen wir hier Aufhebens um den Versöhnungstag?«

»Allein geh ich nicht«, sagte Uri.

Wir blieben daheim. Am Nachmittag kamen die kleinen Weissberg-Zwillinge zu uns herunter. Wie zwei schwarzbekappte Bülbül-Junge standen sie verschämt und stolz an der Barackenschwelle. »Kommt zur Abschlußmahlzeit vor dem Fasten zu uns«, sagten sie und rannten mit genau gleichen Bewegungen weg, als sei einer der Schatten des anderen.

»Laß uns hingehen«, sagte Uri, »Weissberg hat uns verziehen.«

»Ich geh nicht«, sagte ich, »das interessiert mich nicht, und ich mag um vier Uhr nachmittags nicht zu abend essen.«

»Ich geh zu ihnen rauf.«

»Mach, was du willst.«

Um vier Uhr nachmittags zog ich das Hemd aus, stellte mich mitten auf den Hof und zerhackte geräuschvoll einige Holzkloben. Die Scheite stopfte ich in den Ofen an der Barackenwand, stieß sie dabei absichtlich gegen die scheppernde Eisenplatte, und während mein Cousin in seinem Elternhaus saß, sich an den

Speisen des Kantors mästete und mit der Schönheit seiner Tochter beweihräucherte, hockte ich auf Großvaters kleinem Melkschemel unter dem glühenden Wasserstrahl.

Ich schrubbte, bis ich knallrot wurde, und lauschte, im Wasserdampf verborgen, dem tiefen Brummen des Kessels hinter der Wand. Ich wußte, daß das Feuergeknister auch bei ihnen zu hören war und daß alle so taten, als ob nichts wäre.

Gegen Abend, als der Kantor mit seiner Familie in die Synagoge ging, kehrte Uri in die Baracke zurück. »Gehst du nicht beten?« fragte ich, um einen sarkastischen Ton bemüht.

»Heute abend nicht, aber morgen«, antwortete er ernst.

Die Dorfsynagoge stand die meiste Zeit des Jahres einsam und verlassen. Die Nachkommen der zweiten und dritten Generation betraten sie gar nicht, aber die Alten, die in ihrer Jugendzeit aus Prinzip dagegen und später gleichgültig gewesen waren, fanden in ihren letzten Tagen teils wieder Interesse an der Synagoge. Während die einen sich in ihrem Unglauben noch bestärkt fühlten, wurden andere von Angst und Reue befallen und beteten jeden Sabbat mit großer Inbrunst, sogar unter Tränen. Letztere betitelte Elieser Lieberson als ›die Genossen Ratzepeter‹, ein Ausdruck, dessen genaue Bedeutung mir entgangen ist, obwohl er dem Stil und Tonfall nach glasklar war.

»Wie ist sie?« fragte ich.

»Wer denn?«

»Die junge Kantorstochter.«

Uri lachte. »Die hat wie ein Kalb dagehockt, mit dem Kopf im Trog. Hat die ganze Zeit auf den Teller geguckt und kein Wort gesagt. Das einzige, was ich von ihr gesehen habe, war ein Stückchen Stirn, ein paar Finger und sechs Meter blauen Stoff.«

»Sie ist hübsch«, sagte ich.

»Seit wann schaust du dir Mädchen an?« fragte Uri. »Ist was passiert, möchtest du reden?«

Ich gab keine Antwort.

»Ich bin zwar schon aus diesen Dingen raus, aber das eine oder andere hab ich doch noch behalten«, verkündete er mir.

In der Nacht weckte ich ihn, wir gingen zum Friedhof hinunter. Ich grub doch noch einmal und verlegte Tonia zu Margulis, aber den Grabstein ließ ich neben Rilows Stiefelgrab stehen.

»Ich hab den Eindruck, du wirst verrückt«, sagte Uri, der auf Schlomo Lewins Platte saß.

»Dir Vogelscheuche würden Bart und Schläfenlocken direkt stehen«, gab ich zurück.

»Du fällst einem langsam auf den Wecker«, meinte Uri, »pure Eifersucht. Wenn du mit ihr anbändeln willst, dann tu's doch. Bitte Pines um ein paar gute Eröffnungssätze aus der Bibel, geh in die Synagoge, mach ihr schöne Augen. Ich kann dir auch noch ein paar Tricks beibringen.«

»Ich bin nicht eifersüchtig«, sagte ich, während ich die Seitenwände glattstrich, »und ich glaube nicht, daß die Tricks, die du im Dorf gelernt hast, bei ihr wirken.«

Als ich am nächsten Morgen aufwachte, sah ich ihn in der Unterhose dastehen, den Oberkörper aus dem Barackenfenster gelehnt.

»Steh schnell auf und schau dir das an«, forderte er mich auf, »sieh bloß mal.«

Ich stieg aus dem Bett und blickte auf die Straße. Familie Weissberg verließ unseren Hof in Richtung Zentrum, unterwegs zur Synagoge, Häubchen saßen auf den Köpfen von Frau und Tochter, ein heller Kittel und ein großes schwarzes Käppchen schmückten den Kantor. Alle trugen sie neue weiße Turnschuhe an den Füßen, um sich an diesem Tag vorschriftsmäßig auch durch den Verzicht auf Lederschuhe zu kasteien.

»Sieh dir diese Sportler an«, grinste Uri.

»Kommt mit dem Pokal zurück!« rief er ihnen zu.

Sie wandten sich zu Uri um, dessen Kopf und Schultern ins Freie ragten. Durch das Kasuarinenlaub rieselnde Sonnensprenkel glitzerten auf seiner nackten Haut. Nur eine Silbe entrang sich Weissbergs Mund. Die beiden herrlichen Augen senkten sich wieder, die bestrumpften Beine unter dem Rock setzten sich erneut in Bewegung.

»Laß uns was essen«, sagte Uri, »mach mir Großvaters berühmtes Frühstück, aber ohne Kolostrum bitte.«

Doch nach der Mahlzeit verkündete er, er ginge in die Synagoge.

»Sie haben mich gestern eingeladen«, erklärte er.

»Ich bin nicht sicher, daß sie dich nach deinem Morgenmätzchen noch gern dort sehen.«

»Die Synagoge gehört dem Dorf, nicht ihnen.« Damit verließ er die Baracke.

Ein langweiliger Tag erwartete mich. Auf dem Friedhof war nichts Besonderes zu tun, ich hatte niemanden, den ich um Verzeihung hätte bitten können, und Uris Weggehen ärgerte mich. Nachdem ich das Geschirr gespült hatte, lief ich ein wenig auf dem Hof herum, stieg dann geduckt und lautlos auf nackten Zehenspitzen die Stufen zu Abrahams Haus hinauf und lauschte, ob vielleicht jemand zum Ausruhen ins Haus zurückgekehrt war.

Stille herrschte ringsum. Ich machte die Tür auf und ging hinein, tauchte ein in den fremden Geruch, der sich bereits in den Wänden eingenistet hatte. In dem Zimmer von Jossi und Uri hingen die Kleidungsstücke der kleinen Zwillinge säuberlich über den Stuhllehnen. Ein großes Laken verdeckte das Regal mit den verbotenen Büchern. In Abrahams und Rivkas Schlafzimmer standen zwei große, achtunggebietende Koffer, die Betten waren auseinandergerückt. Die Bilder im Empfangsraum hingen sämtlich umgekehrt, mit der Vorderseite zur Wand. Auf der Couch ruhte das dunkle, hochgeschlossene Alltagskleid, zusammengefaltet und stumm. Ich kniete nieder, barg mein Gesicht im Fleisch des schweren Gewebes, sechs Meter dicker, blauer Stoff. Doch der furchtbare Schrei eines vorwitzigen Eichelhähers schreckte mich auf. Eilends sauste ich die Treppe hinunter und im selben Schwung weiter ins Dorfzentrum.

Die Traktoren fuhren wie an jedem anderen Tag auf der Straße. Die Hohen Feiertage hatten bei uns noch nie besonderen Eindruck gemacht.

»Die Hennen hören nicht auf, Eier zu legen, und die Euter verkünden keinen Streik«, hatte Elieser Lieberson viele Jahre vor meiner Geburt im Dorfblatt geschrieben.

An die Synagogenwand gelehnt, lauschte ich dem flehenden Gebetsgemurmel, das durch die Freudenschreie spielender Kinder, das Pfeifen der Mauersegler und das Stampfen der Kühlkompressoren in der Molkerei gestört wurde.

Ich lugte durchs Fenster hinein. Weissberg wippte wie ein riesiger Steinkauz auf und ab. In der Frauenabteilung saßen seine Frau, seine Tochter und einige fremde Frauen, die bei Verwandten im Dorf zu Gast waren. Ein paar junge Mädchen gingen leise kichernd aus und ein, um meinen Vetter zu bestaunen, den das gestickte Käppchen auf dem Kopf noch hübscher machte. Die kleinen Weissberg-Söhne saßen rechts und links neben ihm und sangen mit dünnen, durchdringenden Stimmchen. Uri verfolgte ihre zarten Finger, die ihn durch die strengen Furchen der Zeilen führten und sicher über die Untiefen der althergebrachten Worte leiteten.

»Die Sünde, die wir vor dir begangen haben ohne Erkenntnis. Die Sünde, die wir vor dir begangen haben durch Unzucht. Die Sünde, die wir vor dir begangen haben durch Verabredung zur Unzucht. Die Sünde, die wir vor dir begangen haben durch Torheit des Mundes. Die Sünde, die wir vor dir begangen haben durch den bösen Trieb.«

Weissberg schloß die Augen und fuhr in weinerlichem Singsang fort wie Großvater nach dem Hyänenbiß: »Alles, o Gott der Verzeihung, verzeihe uns, vergib uns, sühne uns.«

Die Sonne senkte sich zum blauen Gebirge, draußen hörte man die letzten Jauchzer der Kinder und Jugendlichen aus dem nahen Schwimmbad.

Durch die Synagogenfenster klang die klare, angenehme Stimme des Kantors: »Öffne uns das Tor zur Zeit, da das Tor geschlossen wird, denn der Tag hat sich gewandt! Der Tag wendet sich, die Sonne geht unter, wir möchten in deine Tore kommen.« Die spärliche Gemeinde fiel mit ein: »O Gott, verzeihe doch, vergib doch, habe Nachsicht, erbarme dich doch, sei uns gnädig, sühne doch, unterdrücke Sühne und Schuld!«

Die Luft war ruhig, warm und stumm. Kein Windhauch ging. Klar, rund und unversehrt traten die Worte ihren großen Flug an.

Am nächsten Morgen ging ich gleich nach dem Aufstehen ins ›Ewige Haus der Pioniere‹ hinunter. Uri schlief noch. Buskila kam gegen Mittag, sagte, es sei ›ein guter Jom Kippur‹ gewesen und im nächsten Monat würden wohl zwei Beerdigungen stattfinden, ›eine kleine aus dem Ausland und eine große aus Tel Aviv‹. Als pflichtbewußter, tüchtiger Direktor fuhr Buskila gelegentlich in Dörfer und Kibbuzim, Altersheime und Krankenhäuser und irrte sich nie bei seinen Vorhersagen. »Er fährt Ware prüfen«, sagte Pines verächtlich, wenn der schwarze Lieferwagen seine Staubsäule zwischen den Feldern aufwirbelte.

Später sah man von fern die Gestalten der Weissberg-Zwillinge und der Tochter den Kiesweg zum Friedhof hinuntergehen. Verwirrt versteckte ich mich hinter den Bäumen, aber die Kleinen entdeckten mich sofort.

»Wir fahren morgen ab«, verkündeten sie. Ihre Schwester ging zwischen den Grabsteinen spazieren, die ganze Zeit mit dem Rücken zu mir.

Furchtbare Angst vor dem eigenen Körper stieg in mir auf. »Gute Fahrt«, flüsterte ich den Kindern zu und ergriff eilends die Flucht, bevor ich womöglich etwas tat, dessen Ausgang ich gar nicht absehen konnte. Ich hatte mich immer in der dunklen, tiefen Stille meines Fleisches wohlgefühlt, doch jetzt nahm ich angstvoll und ärgerlich die Beine in die Hand und rannte zur Baracke.

»Wohin rennst du denn so eilig?« fragte mich Uri, der mir entgegenkam.

»Ich hab was vergessen«, sagte ich. Zwei Minuten später sah ich vom Scheunendach aus, wie er die Friedhofspforte öffnete.

Am Nachmittag ging ich zu Pines.

»Jakob«, sagte ich, »Uri ist den ganzen Versöhnungstag in der Synagoge gewesen und hat gebetet wie von der Hyäne gebissen.«

»Das ist nicht schlimm, mein Kind, das ist nicht weiter schlimm«, sagte Pines.

»Ich möchte heute nacht bei dir schlafen«, bat ich ihn.

»Bitteschön«, sagte Pines. Er hatte ein Klappbett hinter der Tür. Nachdem wir gemeinsam zu Abend gegessen hatten, zeigte er mir, wo ich es aufstellen sollte.

»Deck mich zu, Jakob«, bat ich. Ich wollte mit ihm reden, eine Geschichte hören, mich bei ihm beschweren, daß er und Großvater mir nie beigebracht hatten, die Quälgeister aus meinem eigenen Fleisch zu vertreiben.

Sein dicker, schwacher, kranker Leib bewegte sich mühsam. Er breitete die dünne Decke über mich, und mir bebte die ganze Haut vor Vergnügen und Sehnsucht. In der Dunkelheit strich seine Hand über mein Gesicht, dann hörte ich nur noch die Sprungfedern seines Bettes quietschen und seine sanften Worte.

Eine Stunde nach Mitternacht wachte ich auf. Im Finstern sah ich die runde, gebeugte Silhouette des alten Lehrers wach auf der Bettkante sitzen. Ohne seine Brille wirkte er wie ein verängstigter Maulwurf, der auf den Hackenschlag in den Nacken wartet.

»Was ist denn passiert, Jakob?« fragte ich. »Ist was nicht in Ordnung?«

»Pst!« sagte Pines streng. »Sei still!«

Die Luft war stumm. Ein leichtes, warmes Lüftchen wie der Mundhauch eines schlafenden Kalbes wisperte in den Bäumen. Doch auf einmal hielt Pines schaudernd den Atem an, und die Worte prasselten unversehrt, klar und kräftig wie riesige Spätregentropfen, wie Myriaden Heuschreckenflügel nieder: »Ich ficke die Tochter des Kantors.«

Danach Stille. Und ich wußte nicht, wo zuerst hin – zu Pines, der wie ein Futtersack vom Bett geplumpst war und röchelnd nach Luft rang, oder zu Uri am Wasserturm, den Schreie und schwere Laufschritte schon von allen Seiten einkreisten.

»Hilf mir«, stöhnte Pines, der innere Konflikte bei jedem lebenden Organismus zu erkennen wußte.

Ich legte ihn auf sein Bett und fütterte ihn unaufhörlich, Löffel für Löffel – ein wildes, tröstendes Fressen, bei dem ich ihm gelegentlich Mund und Kinn abwischte.

Als ich an den Wasserturm kam, waren schon zig Menschen dort. Weissberg und seine Frau saßen bleich wie meine toten Amerikaner auf der Erde. Kräftige Bauern warteten am Fuß der Leiter.

Alle blickten nach oben, und da tauchte mein Vetter auf, schwang die Beine über das Eisengeländer und begann die Leiter herunterzuklettern, gefolgt vom glockenförmigen Schatten des dunklen Kleides, unter dem die schönen, verbotenen Schenkel selbst durch das dicke Gestrick der langen Strümpfe noch schimmerten und läuteten. Wutgebrüll erhob sich bei den Umstehenden, doch ich schritt vorwärts, bahnte mir mit den langsamen Stoßbewegungen, die jeder Rinderzüchter im Dorf gut kannte, meinen Weg durch die Menge, bis ich mit verschränkten Armen am Fuß der Leiter Aufstellung nahm.

Uri kam als erster herunter, reichte der Kantorstochter helfend die Hand, und ich folgte ihnen schützend eng auf den Fersen, bis wir zu Hause waren.

Noch in derselben Nacht verließen die Weissbergs das Dorf, Uri vergrub sich in Großvaters Bett, und morgens erwachte Riva Margulis von einem feuchten Gestank, der von draußen hereinkam. Einen Augenblick dachte sie, Bulgakow sei zurückgekehrt und verpeste mit seinem Atem den Hof. Doch als sie freudig ans Fenster stürzte, die blitzsauberen Gardinen beiseite schob und durch die Scheibe, an die wegen ihrer Durchsichtigkeit ständig sehnsüchtige Bienen prallten, hinausblickte, sah sie, daß Meschullam die große Wasseruhr in ihrem Hof zerschmettert hatte.

Dreckige Viecher wälzten sich im Hof, gräßlicher Schlamm kroch schon die Terrassenstufen herauf. Riva, die am Vorabend des Neujahrsfestes sogar die Straße aufgewaschen und die Traktoren nicht übers Nasse hatte fahren lassen, war die letzte Seele im Dorf, die noch mit der alten Mischung aus Verrücktheit, Glauben und Kompromißlosigkeit gewappnet war. Sie zögerte keinen Augenblick, sondern zog sogleich in den Kampf.

Riva hatte sich nicht unvorbereitet überrumpeln lassen. Sie öffnete den Lagerraum ihres Mannes, wo auf den Regalen, die einst Honigschleudern und Räuchergeräte, Wabengerippe und Gläser voll Honig und Propolis geborgen hatten, unzählige gefaltete Scheuertücher aufgestapelt lagen. Hunderte neue Besen und Gummischieber lehnten an den Wänden.

Mit einfachem Handwerkszeug und erprobter Vision gerüstet, machte sie sich an die größte aller Scheuerkampagnen. Wir versammelten uns vollzählig, um der vom ganzen Dorf verspotteten Alten zuzugucken, die durch ihren Irrsinn den Mann verloren hatte und der Allgemeinheit zur Last geworden war.

Rivas geübte Hände bewegten den Gummischieber in gleichmäßigen Zügen, die jeweils mit einem exakten Schlag auf den

Boden endeten. Erst moppte sie den Sumpf weit von ihrem Hause weg, dann trat sie nach einer kleinen Verschnaufpause in die letzte Phase der Konfrontation ein. Drei Tage nacheinander wischte sie den Sumpf mit Scheuertüchern auf, die sie ins Wadi auswrang.

»Jetzt ist alles sauber«, sagte Riva tiefbefriedigt nach getaner Arbeit. Sie wusch alle Lappen, hängte sie zum Trocknen auf und ging ins Haus, um die Fensterscheiben zu polieren.

51

Uri nahm seine Arbeit bei Rivkas Bruder nicht wieder auf. Wochenlang lag er in Großvaters Bett und gab schauerliche Töne von sich. Nechama, die schöne, schweigsame Tochter des Kantors, war noch in jener Nacht heimverfrachtet worden. Weissberg hatte sich nicht einmal mehr mit Packen aufgehalten.

Ohne seinen Lohn oder auch nur Angebote, ihn an die Bahnstation zu bringen, anzunehmen, hatte er sämtliche Entschuldigungen, Reuebekundungen und Bedauernsäußerungen zurückgewiesen und war mit Frau und Kindern durch die Felder gegangen, wo sie im Dunkeln über Erdschollen stolperten und vom dornigen Herbstgestrüpp zerkratzt wurden.

In den nächsten Wochen mußte ich mich um Uri kümmern, der unter der Last seiner Liebe und Sehnsucht schier zusammenbrach. »Nur sie will ich, die Nechama«, stöhnte er, »nur sie allein.«

»Ich möchte, daß du dort hinfährst und sie mitbringst«, forderte er, »dir kann niemand widerstehen.«

»Geh hin!« schrie er. »Lad sie dir auf den Rücken, auf die Schultern, auf die Arme, wie du willst. Bring sie her, oder ich sterbe hier auf der Stelle.«

Ich erschrak, wußte nicht, wo anfangen. Trotzdem fuhr ich in das chassidische Dorf, um anzufragen, aber sie wollten nicht mit mir sprechen.

»Das ist nun wirklich nicht mehr zum Lachen«, war der einzige Satz, den ich von dem greisen ›Rabbi‹ hörte, der traurig mit gesenktem Kopf auf der Erde saß und die Motorradkette in einer Schale voll Benzin und Öl reinigte.

»Das sind nicht mehr unsere Debatten mit Reb Elieser«, seufzte er, »eine Schandtat ist in Israel begangen worden, eine große Untat.«

Uri wollte sich nicht waschen, nicht anziehen, nichts zu sich nehmen. Nachts stöhnte er und rief ihren Namen. Er rieb sich krampfhaft die Lenden, kratzte ächzend und schnüffelte wie besessen an seinen Fingern, um den Geruch ihres Schoßes zu spüren, der sich dort schwer und süß gehalten hatte wie Bernsteintropfen, die nicht erstarren wollten.

Anfangs bemühte ich mich, ihn zum Essen zu überreden, dann versuchte ich ihn voller Angst gewaltsam zu füttern. Aber der Teelöffel verbog sich an seinen Zähnen, und er spuckte klaren Speichel aufs Laken.

Fünf Wochen später, nachdem er siebenundzwanzig Kilo Körpergewicht und die meisten Schamhaare verloren hatte, wurde Nechama Weissberg, von drei niedergeschlagenen Rabbinern begleitet, ins Dorf gebracht.

»Sie ist schwanger«, sagten sie und nahmen Uri mit.

So kam ich zum erstenmal in meinem Leben in die Stadt. Uris und Nechamas Hochzeit fand in einem muffigen Hinterhof zwischen mehreren Wohnhäusern statt. Weissberg hatte kaum Gäste eingeladen, und aus dem Dorf waren nur Pines und Jossi gekommen. Buskila, der als einziger daran gedacht hatte, Abraham und Rivka ein Telegramm zu schicken, war ebenfalls da. Uris Eltern trafen direkt vom Flughafen ein. Abraham war nervös und angespannt, aber als er Nechama sah, glätteten sich seine Stirnfalten wie weggebügelt, und sein Gesicht strahlte. Rivka war sonnengebräunt, mißtrauisch und laut, doch als die Brautmutter ihr ein großes, undurchsichtiges Tuch über den Kopf warf, beruhigte sie sich wie ein Vogel im Dunkeln und saß still dabei.

Die Zeremonie war streng orthodox. Von uns nahmen die Chassidim nicht einmal Obst für das Hochzeitsmahl an. Sie brachten Spirituosen und süßen Wein, fettige Fleischtaschen und angesengten Nudelpudding auf den Tisch. Zwei Kellner servierten das Essen, und der Kantor jammerte unaufhörlich leise mit angenehmer, vertrauter Stimme.

Die Schwangerschaft hatte Nechamas Figur noch nicht füllig werden lassen, aber ihre Züge leuchteten bereits samtig matt und anmutig. Ihre gedämpfte Stimme überraschte mit ihrem volltönenden Zauber. Die Frommen hatten ihr den Schädel rasiert, wie es sich bei ihnen für eine Ehefrau ziemt, aber der gute Duft feuchter Erde dünstete schon von ihrem Kopf aus, verfing sich in dem Brautschleier vor ihrem Gesicht, und selbst Weissberg und seine Freunde, denen solcherlei Gerüche fremd waren, begriffen, daß die Braut ihrem Mann ins Dorf folgen würde.

Später kamen ein paar verschämte Musikanten und spielten die Weisen, die wir alle aus dem Dorf kannten, da die Gründerväter sie an Winterabenden sangen – ›Der Rabbi Elimelech‹, ›Meine Seele sehnt sich nach dir‹, ›Und am Sabbattag‹, – aber keiner von ihnen spielte wie Zirkin Mandolina, der ›die Saiten und das Herz mit derselben Hand zum Klingen bringen konnte.‹ Jossi, Abraham und ich standen verlegen grinsend etwas abseits und sahen den Chassidim zu, die schicksalsergeben im Kreis zu tanzen begannen. Pines fiel albern und glücklich lauthals in ihren Gesang ein, während Buskila schon leise mit einem bleichen, bärtigen Mann verhandelte. Kein Mensch lachte, als der Spaßmacher auf den Tisch kletterte oder als Weissbergs dicker Bruder einen Stuhl auf der Stirn balancierte, beladen mit sieben Flaschen und vollen Gläsern, die gleich abrutschten und am Boden zerschellten.

Später verfinsterte sich der Himmel, ein feiner, angenehmer Frühregen ging nieder, und wir fuhren nach Hause. Jossi saß am Steuer, Abraham quatschte fröhlich den ganzen Weg, erzählte von den warmen Sommerregen am Äquator und von den herrlichen Tropenfrüchten. Auch Buskila versuchte, Spaß zu machen, und Pines sang unbekümmert weiter. Doch ich wußte, daß ich bald das Haus verlassen würde, und schwieg daher. Uri saß mit Nechama auf dem Rücksitz und hielt ihre Hand, deren Finger ein schützendes Taschentüchlein umklammerten.

Jenen ganzen Winter half ich Uri, die Zierbäume im ›Ewigen Haus der Pioniere‹ zu fällen, die Blumenbeete umzugraben, die Steinwege zu zerstören und abzutragen.

Uri war mit Feuer und Flamme dabei. Er schlug vor, zwei Motorsägen zu holen, um die Arbeit zu beschleunigen. Aber ich wollte die Bäume wirklich eigenhändig mit der Axt umhacken und ihre schweren Leichname herauszerren, denn wieder spürte ich die Unruhe in meinem Leib pulsieren, brauchte also schwere, brutale Arbeit. Die Bauhinien, Weihnachtssterne, Judasbäume und Hibiskussträucher knickten unter meinen Schlägen nieder, die Harzrinnsale versickerten im Boden, und ich zerhackte die Stämme und Zweige zu kleinen duftenden Scheiten und schichtete sie im Kuhstall zu ordentlichen Brennholzstapeln auf.

Abraham und Rivka überließen ihr Haus dem jungen Paar. Als es Frühling wurde und Nechama mit kurzem Haar und knielangem Umstandskleid aufs Feld hinunterging, sah ich, wie die Sonne im Gegenlicht ihre wunderschöne Bauchwölbung und den sanftgeschwungenen Bogen zwischen den Beinen unter dem leichten Stoff nachzeichnete. Jossi kam eine Woche auf Urlaub, und zu viert pflanzten wir Obstbäume und säten Futterpflanzen zwischen den Grabsteinen. Besonders die glatten kleinen Kleesamen fühlten sich gut zwischen den Fingerkuppen an.

Unaufhörlich reiften Pläne in Uris Hirn. Er besaß keine Ersparnisse, aber seine Eltern, sein Onkel und ich gewährten ihm jetzt ausreichende Anleihen. Nechama säuberte Abrahams Kuhstall, an den Eisenketten standen wieder muhende, musikhörende Kühe aufgereiht, und die Melkmaschinen stampften von neuem.

Ende des Sommers trugen wir Elieser Lieberson zu Grab. Ein paar Wochen vorher war er aus seinem Zimmer verschwunden.

»Er läuft auf den Feldern rum«, sagte Albert mit geheimnisvollem Lächeln und gab noch ein ladinisches Sprichwort zum besten, aber Lieberson war nicht da, um die weichen, erprobten Worte zu übersetzen.

Alle wußten, daß Lieberson im Emek umherwanderte, denn die kleinen Staubsäulen, die seine Füße aufwarfen, tauchten flüchtig an den unwahrscheinlichsten Orten auf, aber der Alte entging den Augen der Suchenden. Er wandelte, halb verschmachtet vor Hunger und Durst, über die Erde, und selbst wenn er die herrlichen Früchte an den Bäumen gesehen hätte, hätte er nicht die Kraft aufgebracht, sie zu pflücken oder einen Schieber zu öffnen. Daniel suchte unaufhaltsam nach seinem Vater, aber Lieberson war, wie Großvater vor seinem Tod, so klein und leicht, daß er keine Spuren hinterließ. Man fand ihn erst einige Monate später, als die Maismähmaschine des Kibbuz sein Vogelgerippe freilegte.

Jetzt wartete ich auf Pines. »Sobald er stirbt, gehe ich von hier weg«, verkündete ich. Aber Uri und Nechama sagten mir, sie wären froh, wenn ich bliebe.

»Wo denkst du denn hin, Baruch. Wir wollen schließlich der einzige Hof sein, der auch noch ein Arbeitstier und nicht nur Traktoren besitzt«, sagte Uri.

Ich grinste. Nechama lachte. Efraim, der an ihrer Brust saugte, war entsetzt, und Pines, jetzt der älteste und kränkste Mann im Emek, der letzte Vertreter der Gründergeneration, kaute weiter bedächtig die gefüllte Milz, die Buskila ihm gebracht und höchst feierlich vorgesetzt hatte. Pines wußte, daß ich auf ihn wartete, und war mir deshalb seit Monaten böse.

»Du kannst jetzt schon weggehen«, sagte er mühsam. »Selbst wenn ich sterbe, werde ich mich nicht bei dir begraben lassen, nicht einmal umsonst.«

Wenn ich ihn nach Hause begleitete, spürte ich Angst in seinen Bewegungen. Er sprach nicht mehr mit mir über Insekten und

Früchte, legte mir nicht mehr die Hand auf den Nacken. Seine schwachen Kräfte widmete er ganz dem letzten Grundsatzkampf.

»Du wirst mich nicht kriegen«, sagte er, »mich nicht.« Ich gab keine Antwort. Ich wußte, die Schule der Natur, die auf Mensch und Tier gleichermaßen zufällig einwirkt, ist stärker als Pines und ich.

»Der Floh, die Küchenschabe, die Hyäne, der Bussard, der Gepard, die Brillenschlange sind der Natur genauso wichtig wie der Hund, der den Menschen liebt und ihn treu bewacht, wie das Pferd, das den Menschen versteht und für ihn arbeitet, wie das junge Mädchen in den Armen ihres Geliebten, wie das Kind, das auf dem Schoß seiner Mutter betet, oder wie der erwachsene Mann, von dem Glück und Wohl einer hübschen Frau und einer Schar netter Kinder abhängen«, hat Luther Burbank geschrieben.

»Aus Eigenliebe versuchen wir, diese offensichtliche Tatsache zu übersehen«, hatte Pines mir als Kind gesagt. »Wir versüßen sie uns mit frommen Mären über Heilande, andere Welten und Paradiesaberglauben.«

Jetzt lief ich ihm nach, wie eine Hyänenmeute einen verwundeten Hirsch bis zum erwarteten Zusammenbruch verfolgt, heftete mich wortlos an seine Fährte. »Du elender Sammler«, sagte er, zu mir umgewandt, »wenn du könntest, würdest du uns zur Zier deiner Sammlung mit der Stecknadel aufspießen, aber diese Serie wirst du nicht vollenden.«

Mitten in der Nacht sah ich ihn in seiner Nachttischschublade kramen, den alten Schlüssel finden und damit losziehen. Er legte die fünf Kilometer in zwei Tagen zurück, während ich, immer hinter ihm, einige Meter Abstand wahrte, wie ich einst Lieberson auf dem Weg zur Kibbuzfabrik gefolgt war. Aber Pines drehte sich von Zeit zu Zeit um und blickte mich ängstlich an.

»Du kannst dort auf mich warten«, sagte er, »brauchst mir nicht nachzulaufen. Du weißt sehr gut, wohin ich gehe.« Doch ich trug weiter die Erinnerung an den alten Rucksack voll Giftschälchen und Pinzetten, den englischen Funkertornister meines Onkels Efraim, auf der Schulter.

Der alte Eisenriegel, der jahrelang nicht in seiner Schiene bewegt worden war, glitt wie geschmiert zur Seite. Pines hielt einen Augenblick am Eingang inne, wandte sich nach mir um und lächelte. »Bei klarem Verstand«, verkündete er, »im Vollbesitz der geistigen Kräfte.« Dann bückte er sich und verschwand. Ich nahm an, er werde dort einige Abschiedszeremonien vollziehen, herauskommen und mir zufallen.

Im Höhleninnern blieb Pines einen Moment tief atmend stehen. Die blinden Urschlangen umstrichen seine Füße, die altertümlichen afrikanischen Mauerasseln krabbelten ihm begierig auf die Haut. Nun plötzlich begriff ich auf meinem Standort draußen, was geschehen würde, und stürzte schreiend und jammernd vorwärts. Doch der alte Lehrer stolperte schon mit überraschender Behendigkeit weiter, tappte strauchelnd und rutschend über den feuchten Boden, bis er die große Schieferplatte erreicht hatte, die die unausgegrabenen Tiefen abdeckte. Er zog ein Hämmerchen aus der Tasche und tastete sich bis zu der Stelle vor, die der alte Steinmetz aus Nazaret ihm gezeigt hatte.

Pines hob die schwache Hand, hatte aber nicht die Kraft zuzuschlagen, sondern ließ den Hammer nur schlaff auf den Schwachpunkt des Felsens fallen.

Das Klirren war auch außerhalb der Höhle deutlich zu hören. Einen Augenblick passierte nichts, dann dröhnte ein Bersten und Brechen aus dem Gesteinsinnern, Risse breiteten sich mit beängstigender Geschwindigkeit darüber aus, bis das Ganze wie eine Glasscheibe zerschellte. Pines glitt hinein, rutschte zwischen den scharfen Splittern abwärts, begraben unter zig Tonnen Erde aus längst vergangenen Eiszeiten, gemeinsam mit den Gebeinen seiner vorsintflutlichen Ahnen und seinen einzelligen Freunden, den fleißigen Bakterien, die schon vor der Trockenlegung der Sümpfe und vor der Erschaffung des Lichts da waren. Draußen rollte der schwache Widerhall, den nicht meine Ohren, nur meine nackten Fußsohlen wahrnahmen.

Der Vollmond durchbrach den Himmel, und das ganze Emek breitete sich klar und licht wie weiße Seide unter mir aus. So, dachte ich, hat Lieberson das Emek gesehen, bevor er völlig erblindete, als seine Augenrinde – vor Fanjas Tod – noch halb durchlässig war.

Ich blickte um mich. Die Plastikbahnen über den bestellten Feldern schimmerten wie große Milchseen, Bäume und Scheunen hoben sich als mächtige dunkle Klumpen ab, dazwischen glitzerte eine neue große Pfütze. Die Obstbäume, die Uri auf meinem Friedhof gepflanzt hatte, waren noch nicht viel gewachsen, und zwischen ihnen glänzten die Grabsteine weißlich wie riesige Zugvögel, die sich zur Ruhe auf der Erdkruste niedergelassen hatten.

Mein Kopf drehte sich langsam wie auf einer Achse. Der Steinkauz kehrte zu seinen Stinkerjungen zurück und verbeugte sich in uraltem Hohn vor mir. Und ich ging zum Dorf hinunter.

Die ganze Nacht wälzte ich mich schlaflos im Bett. Gegen Morgen kletterte ich tapsig und geräuschvoll wie ein großer Bär auf den Känguruhbaum vor Uris und Nechamas Schlafzimmer, um ihnen Schalom zu sagen. Dort, zwischen den Zweigen eingeklemmt, den Kopf voll abgeworfener Kasuarinennadeln, hörte ich die beiden schnaufen und dann Nechamas Stimme, die ihren eigenartigen, schnellen Tonfall noch nicht verloren hatte.

»Und jetzt«, sagte sie zu Uri, »ruf das noch mal.«

Wir lachten alle drei, Uri und Nechama in ihrem Zimmer, ich zwischen den mächtigen Baumästen, auf deren Rinde noch die Narben der Hängematte meiner Eltern glänzten.

Ein paar Wochen später eröffnete mir Buskila, daß er mir das Haus gekauft hatte, und fuhr mich mitsamt meinen Geldsäcken zum Heim des Bankiers.

Achtunddreißig Jahre bin ich heute, und die Ruhe ist in mein Fleisch zurückgekehrt. Ich wachse auch nicht mehr; mein festes Gewicht beträgt, wie ich in Großvaters zerdrücktem Notizbuch vermerkt habe, einhundertsiebenundzwanzig Kilogramm, rund sieben Pud. Manchmal kommt Buskila mit dem schwarzen Lieferwagen und fährt mich ins Dorf, um Uri und Nechama zu besuchen und mit ihren vier kleinen Kindern zu spielen.

Im letzten Frühjahr war ich bei ihnen. Ich habe Uri weiteres Geld gebracht, und er hat mich müde umarmt. Nechama hat mir lächelnd die Hand gedrückt, während die vier Kinder hüpfend und zwitschernd auf mich zustürmten und versuchten, mich zu Boden zu bringen. Nachmittags bin ich mit ihnen in den Feldern spazierengegangen. Das tue ich bei jedem Besuch. Efraim und Ester, die beiden Großen, setze ich mir auf die Schultern, Benjamin und die kleine Fejge, die sich viel über den jiddischen Namen beschwert, den ihre Eltern ihr gegeben haben, nehme ich unter die Achseln.

Gemeinsam sind wir ausgezogen, die roten Fahnen der Natur, die kleinen Wildkatzen und die Bienenköniginnen zu beobachten. Dann haben wir die Gräber von Großvater und seinen Freunden aufgesucht. Uri hat hohe Masten mir purpurnen Lappen daran neben den Grabsteinen eingerammt, weil man sie sonst im Wogen der Baumwolle und des Getreides, im Dickicht der Maisstauden und der Obstbäume gar nicht mehr finden würde. Danach sind wir barfuß über die Feldwege gelaufen und zur Anhöhe hinaufgestiegen. Während die Kinder herumtollten, setzte ich mich vor die rostige, verbogene Eisentür und blickte auf die nordwärts fliegenden Pelikanschwärme, den gescheckten Teppich, der das Emek überzieht, und die Wand des blauen Gebirges.

»Sieh mal«, zog Fejge mich am Hemdzipfel, »guck mal, Onkel Baruch.«

Ihre braunen Augen schillerten in Grün und Gelb, und die Sonne hatte ihre Pupillen so verengt, daß sie wie ein Uhu aussah, der sich dem Hohn der Tagvögel ausgesetzt hat. Das nie ganz versiegende ängstliche Lächeln zitterte ihr in den Mundwinkeln. Mit ihrer kleinen Hand deutete sie auf den fernen Namen meiner Mutter. Einst hat ihn Daniel Lieberson in die Erde gepflügt, und jedes Jahr färbt ihn der Frühling mit riesigen blauen Kornblumenlettern.

Glossar

Aschkenasim – die europäischen Juden. Versus *Sephardim*, die orientalischen Juden.

Abbaya – Burnus, arabisches Männerübergewand.

Alija – Mehrzahl *Alijot*. Bezeichnung für die jüdische Einwanderung ins Land Israel. Im einzelnen unterscheidet man sechs Alijot oder Einwanderungswellen zu vorstaatlicher Zeit:

1. Alija: 1882–1904, etwa 24 000 Einwanderer, überwiegend aus Rußland und Rumänien, die die ersten landwirtschaftlichen Kolonien *(Moschawot)* auf eigenen Böden gründeten.

2. Alija: 1904–1914, rund 34 000 Einwanderer, überwiegend aus Rußland, die die Grundlagen für die jüdische Arbeiterbewegung mit ihrem Siedlungswerk (Kibbuzim, Moschawim, städtische Arbeiterviertel) legten.

3. Alija: 1919–1923, etwa 35 000 meist jugendliche Einwanderer, überwiegend aus Rußland, Polen und Rumänien, die als Pioniere das begonnene Arbeitersiedlungswerk ausbauten und verstärkten.

4. Alija: 1924–1928, diese im Gegensatz zu den beiden vorangegangenen sozialistischen Einwanderungswellen eher bürgerliche Alija umfaßte rund 65 000 Menschen, die überwiegend aus Polen stammten, dort dem Mittelstand angehört hatten und nun meist in die aufstrebenden Städte, wie etwa Tel Aviv, strömten.

5. Alija: 1929–1935, an die 100 000 Einwanderer aus Ost- und Mitteleuropa, seit 1933 vor allem aus Deutschland. Diese Einwanderung umfaßte alle Schichten und ideologischen Richtungen.

6. Alija: 1936–1940, an die 90 000 meist ›illegale‹ Einwanderer, die unter Umgehung der britischen Einwanderungsbeschränkungen ins Land geschmuggelt wurden.

Neben diesen Haupteinwanderungswellen hat es immer wieder Einzel- und Gruppeneinwanderungen aus anderen Gegenden gegeben, vor allem auch schon früh aus dem Jemen. Nach 1940 hat man die *Alijot* nicht mehr numeriert. Zu erwähnen wäre aber besonders die Masseneinwanderung nach Gründung des Staates Israel, bei der große Zahlen von Holocaustüberlebenden einerseits und Vertriebenen aus den arabischen Ländern andererseits ins Land kamen.

Baal Schem Tow – Beiname des Israel ben Elieser, der von etwa 1740 an im ukrainischen Miedzyborz wirkte und dort den Chassidismus als volkstümliche mystische Bewegung begründete.

Bülbül – Haarvogel, Pycnonotus. Drosselähnliche Singvogelgattung Afrikas und Asiens.

Chuppa – Trauhimmel oder Hochzeitsbaldachin, unter dem die jüdische Trauzeremonie vollzogen wird.

Emek – Tal. Hier kurz für *Emek Jisrael* = Jesreelebene.

Erez Israel – Land Israel. Zur Zeit des britischen Mandats über Palästina 1920–1948 war es die hebräische Bezeichnung für das Mandatsgebiet westlich des Jordans.

Gilead und Baschan – biblische Landschaftsbezeichnungen für zwei Gebiete östlich des Jordans. Gilead umfaßt in etwa das Gebiet zwischen dem Jarmuk und dem Nordende des Toten Meers. Baschan erstreckt sich nördlich des Jarmuk.

Hagana – die offizielle Untergrundarmee des jüdischen Bevölkerungsteils im Palästina der Mandatszeit. Sie bestand von 1920–1948 und ging nach der Staatsgründung in den regulären israelischen Streitkräften auf. Die Briten verfolgten die Hagana und suchten ihre Waffenlager aufzustöbern.

Haschomer – »Der Wächter«. Eine 1909 in Galiläa gegründete jüdische Selbstschutzorganisation, die die bis dahin beschäftigten arabischen Wächter entbehrlich machen sollte.

Histadrut – die 1920 gegründete israelische Gewerkschaft.

Jachin und Boas – zwei Tempelsäulen, Sinnbild der Solidität und Standfestigkeit. Siehe 1. Könige 7,21.

Jecke – Mehrzahl *Jeckes*, in Israel gebräuchlicher Ausdruck für die deutschen Juden.

Jischuw – Sammelbezeichnung für die vor der Staatsgründung auf dem Boden des Landes Israel ansässigen Juden mit ihren Selbstverwaltungseinrichtungen.

Kefiya – arabisches Männerkopftuch, ›Palästinensertuch‹.

Kwuza – Mehrzahl *Kwuzot*, kleiner Kibbuz. Historisch gesehen die Frühform des Kibbuz. Die ersten Kommunen (von 1909 an) wollten so etwas wie eine große Familie sein und begrenzten daher die Mitgliedschaft auf eine kleine Gruppe. Erst als nach dem Ersten Weltkrieg mit der dritten Alija Pioniere in größerer Zahl ins Land kamen, erweiterte man den Siedlungsrahmen von der kleinen Kwuza zum größeren Kibbuz.

Ladino – auf dem Spanischen basierende Sprache der orientalischen Juden.

Mohel – Vollzieher der rituellen Beschneidung, die bei gesunden männlichen Kindern nach jüdischem Religionsgesetz im Alter von acht Tagen vorgenommen wird.

Moschaw – Mehrzahl *Moschawim*: Ein israelisches Genossenschaftsdorf, bei dem jede Familie ihren Hof auf volkseigenem Boden möglichst ohne Lohnarbeit selbst bestellt, Einkauf und Vermarktung aber genossenschaftlich erfolgen und die Einwohner zu gegenseitiger Hilfeleistung verpflichtet sind. Die beiden ersten Moschawim, Nahalal und Kefar Jecheskel, wurden 1921 in der Jesreelebene gegründet.

Moschawa – Mehrzahl *Moschawot*. Bezeichnung für die ersten landwirtschaftlichen Kolonien, die schon von den Einwanderern der 1. Alija gegründet wurden. Es handelte sich um Dörfer selbständiger Bauern oder Pflanzer auf eigenem Boden mit Lohnarbeitern. Da sie mit großen Anfangsschwierigkeiten zu ringen hatten, mußten sie meist in größerem oder kleinerem Maß die Hilfe des Barons Edmond de Rothschild in Anspruch nehmen, dessen Verwalter zum Teil mehr die eigenen Interessen als die der Bauern verfolgten. Einige dieser Moschawot haben sich heute zu Städten mittlerer Größe entwickelt (Rischon Lezion, Rechovot, Petach Tikva u. a.).

Palmach – Kommandotruppe der jüdischen Untergrundarmee *Hagana*. Wirkte entscheidend am israelischen Unabhängigkeitskrieg mit und wurde danach aufgelöst.

Pessach – das jüdische Passafest (um die Osterzeit) zum Gedenken an den Auszug aus Ägypten. Während der sieben Tage des Festes darf kein Sauerteig gegessen werden. Brot wird daher durch Matzen ersetzt.

Trumpeldor – Josef Trumpeldor (1880–1920). Erster jüdischer Offizier der russischen Armee mit reicher Kriegserfahrung und zionistischer Organisator, der bei der Verteidigung nordgaliläischer Siedlungen gegen die Araber einer Schußwunde erlag. Einem unbewiesenen Heldenmythos zufolge soll er in seiner Sterbestunde gesagt haben: »Es ist gut, für unser Vaterland zu sterben.«

Yallah, yallah! – auch im Hebräischen gebrauchter arabischer Ausruf, der etwa »los, los« oder »dalli, dalli« bedeutet.

Zaddik – Mehrzahl *Zaddikim*. Gerechter, Frommer, dem in chassidischen Kreisen unter Umständen auch Wunderkräfte nachgesagt werden.

22. Adar II 5678 – Datum nach dem jüdischen Kalender. Der traditionelle jüdische Kalender richtet sich nach dem Mond, wird aber von Zeit zu Zeit durch Einschiebung eines Schaltmonats (immer ist es ein zweiter Monat Adar) in etwa dem Sonnenjahr angepaßt. Anfang der Zeitrechnung ist die Erschaffung der Welt (nach religiöser Zeitauffassung). Das jüdische Jahr beginnt mit den Hohen Feiertagen (Neujahrsfest und Versöhnungstag) im Frühherbst.

Muriel Spark
Das Mandelbaumtor

Roman. Aus dem Englischen
von Hans Wollschläger
detebe 21466

Muriel Spark erzählt das Abenteuer der englischen Lehrerin Barbara Vaughan, die nach Jerusalem fährt, um sich über sich selbst klar zu werden: sie ist eine zum Katholizismus konvertierte Halbjüdin, sie liebt einen verheirateten Mann, der nach katholischem Recht nicht geschieden werden kann.
Die Suche nach der eigenen Identität ist das Thema des Romans, das in Jerusalem, dem Schnittpunkt der Religionen und Weltanschauungen, nicht nur an Barbara Vaughan demonstriert wird: ihr Auftritt zwingt mehr oder weniger alle, die am Abenteuer beteiligt werden, an Gefahr, Spionageverdacht und Flucht, zu eigenen Entscheidungen und zur Selbsterkenntnis.

»Das ist Muriel Spark: eine Meisterin in der Kunst, das Phantastische erst plausibel zu machen, es dann aufzuheben und die Unsicherheit des Lesers auszunutzen zu einer zweiten Ebene der Ironie dem Leben gegenüber, das sie in diesem Roman schildert.«
Die Zeit, Hamburg

»Der Roman hat viele Qualitäten: Eine Handlung, die den hohen Spannungsbogen hält, glänzend nuancierte Personen, eine hochintelligente Sprache. Seine größte Qualität liegt indes in der Wiedergabe und ironischen Überwindung des Milieus.«
Süddeutsche Zeitung, München

Schalom

Erzählungen aus Israel von S. J. Agnon bis S. Yishar
Herausgegeben und aus dem Hebräischen übersetzt von Eva Rottenberg
Vorwort von Heinrich Böll. detebe 20884

»Eva Rottenberg stellt fünfzehn Schriftsteller vor, von denen zwei jiddisch, die andern hebräisch schreiben. Die meisten von diesen fünfzehn Erzählungen hat die Herausgeberin auch selbst übersetzt.
Alle diese Geschichten können nur aus diesem Land stammen, die meisten handeln von ihm, würden sich anderswo nicht so oder gar nicht abspielen. Es paßt gut, daß die Herausgeberin der Sammlung den Titel ›Schalom‹ gab, also ›Friede‹, das hebräische Grußwort, das als eine Art Programm erscheinen will.«
Gabriele Wohmann